Dem Leser gewidmet,
der sich bei einer Signierstunde in Coral Gables
mit der Bitte zu Wort meldete:
»Schreiben Sie wieder über Andi Oliver!«
Danke.
Hier ist sie.

The thoughts of others
Were light and fleeting,
Of lovers' meeting
Or luck or fame.
Mine were of trouble,
And mine were steady,
So I was ready
When trouble came.

A. E. HOUSMAN

BIS IN ALLE EWIGKEIT

1. KAPITEL

Jeder Schritt fiel dem Mädchen schwer, als es in der brütenden Hitze eines späten Augustnachmittages die rote Schotterstraße entlangging. Nur ab und zu blieb es stehen, um das Gewicht des schwer beladenen Rucksacks zu verlagern.

Die Badlands von South Dakota lagen bereits hinter ihr. Leider, wie sie fand. Sie hatte sie tröstlich gefunden, diese Landschaft, die schon so lange, seit Hunderten von Millionen Jahren, gleich war: riesige, zerklüftete Felsformationen, einige flach wie Tafelberge, andere spitz aufragend und mit einer roten Schicht gekrönt, wie festgebackene Ziegelerde.

Sie wünschte, die Badlands blieben für alle Zeiten so, doch selbst Felsgestein veränderte sich irgendwann. Starker Wind und heftiger Regen hatten die einzelnen Schichten erodiert, der Little Missouri River sie zu spitzen Skulpturen geformt. Die ausgetrockneten Läufe älterer Flüsse hatten Narben hinterlassen. Nicht einmal die Badlands waren den Elementen gewachsen, wo schwere Regenfälle tiefe Rinnen in die Felsen gegraben hatten, so dass sie wie plissiert aussahen. Lehmschichten färbten die Oberfläche blau. Auch gab es schwarze Kohleadern, die bisweilen unter dem Erdboden brannten und ihn ziegelrot werden ließen. So wie diese rote Schotterstraße unter ihren Füßen.

Und dann diese Stille. Noch nie hatte sie eine derart umfassende Stille erlebt.

In einem Café in Medora, wo sie vor über einer Woche gefrühstückt hatte, meinte die Bedienung beim Kaffeeeinschenken: »Den Namen haben die Badlands von den Indianern, ›land bad‹, sagten sie dazu, schlechtes Land. Wahrscheinlich weil man nichts damit anfangen konnte, es nicht bestellen oder drauf jagen oder Fallen stellen konnte.«

»Oder vielleicht«, sagte das Mädchen, »war das Land schlecht, weil es ihnen unheimlich vorkam.«

»Kommt es dir denn unheimlich vor? Mir nicht.« Die Bedienung hielt die Kaffeekanne mit nur einem Finger hoch, als wollte sie es darauf anlegen, dass sie Kaffee verschüttete.

»Nein«, erwiderte das Mädchen, »aber wir sind ja auch keine Lakota.«

Die Kraft und Ausdauer der Natur. Sie veränderte sich, ständig veränderte sie sich, aber nicht in der Zeit, die man je messen könnte, was ihr den Anschein von Beständigkeit verlieh. Wie anders war es doch bei Menschen, die so leicht davonhuschen, bereits in jenem kurzen Augenblick zwischen Hinschauen und Wegschauen verschwunden sein konnten, unsichtbar wie ein Atemhauch im Nebel.

Sie sah aus wie achtzehn oder zwanzig oder noch älter, schwer zu sagen. Sie trug ausgebleichte Jeans und ein verwaschenes blaues Hemd unter der Steppweste. Der khakibraune Rucksack, das blasse Blau der Kleidung und ihr helles Haar, heller als der Bart eines Maiskolbens, fast so bleich wie der Mond – es passte alles zu der staubigen Landschaft, die sie durchwanderte, als hätte das Land sie aufgesogen.

Es war eine alte, nicht mehr sehr befahrene Landstraße. Autos und Lastwagen wichen inzwischen auf die Interstate 94 oder eine der Bundesstraßen aus. Diese hier diente eher dem örtlichen Verkehr, und außer dem Mädchen war meilenweit kein Lebewesen zu sehen. Nur kahle Felder, die vielleicht einmal zu Farmen gehört hatten oder die zu gar nichts gehörten.

Tiere hatte sie bisher noch keine gesehen. Bis auf den Esel dort vorn auf dem eingezäunten Feld, wo eine noch schmalere Straße, die vielleicht dem Besitzer des Esels gehörte, auf die Schotterstraße traf. Der Esel war immer noch vor einen Karren mit Holz und Düngemitteln gespannt, was irgendeinem Zweck zu dienen schien, doch welchem, war ihr nicht klar.

Das Mädchen verlangsamte den Schritt und blieb stehen. Dann kletterte sie die Böschung hoch und stellte sich neben den Zaun. Aus der Nähe konnte sie sehen, dass der Esel übel zugerichtet war. Seine Haut war vom Halfter ganz wundgescheuert. Kriebelmücken umschwirrten ihn, das Tier war allerdings zu müde, sie mit dem Schwanz zu vertreiben. Am Gatterzaun hielt sie Ausschau nach einem Tor oder sonst einer Öffnung, sah aber nichts und warf ihren Rucksack kurzentschlossen darüber. Oben auf dem Zaun verlief Stacheldraht. Wieder so etwas, was nur bedrohlich wirkte, sonst aber keinen Zweck erfüllte, dachte sie. Ein Pferd, das über den Zaun springen konnte, schaffte bestimmt auch noch die paar Zentimeter über den Draht.

Sie stellte den Fuß auf die zweite Zaunsprosse und ließ sich auf der anderen Seite herunterfallen. Aus dem Rucksack holte sie eine kleine Flasche und einen Lappen. Sie fuhr dem Esel mit der Hand am Hals entlang und begutachtete die wunden Stellen. Es war ein hübsches Tier, wunderschön silberblau mit weißer Blesse und tief liegenden Augen. Doch es wirkte abgezehrt und geschwächt. Was sollte es hier auch zu fressen finden? Hier gab es nur verdörrtes Gras, braun und hart.

In ihrem Rucksack hatte sie immer etwas zu essen dabei – Äpfel, Orangen, Zucker, auch abgepackte Sachen, Katzenfutter etwa. Selbst Käse war da und ein paar süße Brötchen. Zum Schneiden hatte sie ein scharfes Messer bei sich. Sie förderte einen Apfel und eine Orange zutage und schnitt beide in der Mitte durch. Die Orange schälte sie, weil sie nicht wusste, ob Tiere die Schale mochten. Der Esel hätte vermutlich alles gefressen, aber das war kein Grund, sich nicht ein bisschen Mühe zu geben. Im Nu hatte er den Apfel verputzt, und sie hielt ihm die Orange hin. Die saftige Frucht konnte zur Not als Wasserersatz dienen. Wasser gab es keins, jedenfalls nicht auf diesem Feld. An so etwas dachten die Leute einfach nicht!

Während der Esel die Orange aß, machte sie sich an den wunden Stellen zu schaffen, an die sie leicht herankam. Um das Geschirr würde sie sich später kümmern. Die Tinktur zum Einreiben hatte sie selbst hergestellt. Sie enthielt ein Betäubungsmittel, damit der Alkohol nicht allzu sehr brannte. Dann hatte sie noch eine Salbe, die sich bei ihr auf der Haut kühl anfühlte, und so dachte sie, dass sie der Eselshaut ebenfalls guttun würde. Für ganz schlimme Schmerzen hatte sie noch ein paar Ampullen von dem Schmerzmittel übrig, das sie vor über einem Jahr in der Apotheke in Santa Fe gestohlen hatte. Anderthalb Jahre waren seit Santa Fe vergangen. Sie fragte sich, wie lange dieses Medikament wohl haltbar war. Buprenex war eine Art Morphium, und obwohl sie inzwischen herausbekommen hatte, wie viel man einem Kojoten oder Wolf gefahrlos verabreichen konnte, war sie bei größeren Tieren unsicher. Vielleicht sollte sie nur ihre homöopathischen Arzneien anwenden, Ledum oder Arnika.

Als sie die Salbe auf eine der wunden Stellen auftrug, zuckte der Esel ein wenig zusammen. Er wich aber nicht zurück, zerrte auch nicht am Halfter und ließ sich widerstandslos von ihr behandeln.

Unterdessen schweifte ihr Blick über die Felder, sie hielt Ausschau nach Menschen. Das Farmhaus, die Stallgebäude und die anderen Hoftiere waren nicht zu sehen, versteckt hinter der Anhöhe. Sie überlegte, ob sie die Farm auskundschaften sollte, entschied sich dann aber dagegen. Was käme dabei schon heraus?

Nachdem sie mit dem Antiseptikum fertig war, begutachtete sie das Geschirr. Sie machte den Karren los, und es war, als hätte sie den Esel seines alten Lebens entledigt. Nun lag es wohl an ihr, ihm ein neues zu bieten.

Sie ging den Zaun ab, suchte nach einer Öffnung und fand eine Stelle, an der ein Stück Draht sich gelockert hatte, weil die Holzsprosse verrottet war. Sie hatte eine Drahtschere dabei und versetzte der verrotteten Sprosse kurzerhand einen Tritt, so dass diese nach unten fiel wie ein Holzscheit im Kaminfeuer. Dabei hielt sie den Blick immer auf das entlegene Feld gerichtet. Jetzt war die Öffnung groß genug zum Durchschlüpfen. Sie ging zurück, packte den Rucksack zusammen, griff nach dem Strick und brauchte gar nicht erst heftig zu ziehen, denn der Esel trottete bereitwillig hinter ihr her. Von Karren und schwerem Halfter befreit konnte er sich nun leicht bewegen.

Der Sonnenuntergang war prächtig: ein schmelzendes Farbgemisch in Rot und Orangegelb. Hatten die Besitzer den Esel etwa die ganze Nacht hier draußen stehen lassen wollen, am Karren angeschirrt, ohne Futter und Wasser? Blind starrend auf das, was ihm dort draußen auf der Landstraße zu Hilfe kommen mochte? An diese Ecke hatte sich der Esel wohl geschleppt, um die Straße im Blick zu haben, in der Hoffnung, jemand würde anhalten. Und jemand hatte angehalten.

»Du warst also schlau«, sagte sie und rieb ihm den Rücken. »Und du hattest Glück.« ... *und lenkte den weißen Falter hinweg in die Nacht?*

Die Gedichtzeile kam ihr überraschend, unaufgefordert in den Sinn. Sie stammte aus einem Gedicht von Robert Frost, irgendetwas über eine weiße Spinne. In ihrem Rucksack hatte sie einen kleinen Gedichtband bei sich. »*Lenkte den weißen Falter hinweg in die Nacht?*« Wie war sie darauf gekommen? Es würde ihr schon noch einfallen. An die nächste Zeile konnte sie sich nicht erinnern, aber die würde ihr auch noch einfallen.

Sie führte den Esel am Zaun entlang zu der Öffnung. Als er stehen blieb, stieg sie als Erste durch und bedeutete ihm nachzukommen. Sie zog nicht am Strick, sondern wartete. Es dauerte nur ein paar Sekunden, bis er es sich überlegt hatte und ihr folgte.

Geduldig stand er dann da, während sie die Hufe nacheinander hochhob und begutachtete. Beim Gehen schien er keine Schmerzen zu haben, oder doch? Hier konnten sie nicht bleiben, denn es könnte ja jemand von der Farm kommen und das Tier holen wollen. Bis zum nächsten Morgen würde sich aber bestimmt keiner hier blicken lassen, wenn überhaupt, und auch keiner nach ihm suchen.

Jetzt, wo seine schorfigen Wunden versorgt waren, schien es

dem Esel besser zu gehen. Sie fand ihn auch friedlicher, nachdem er den Karren los war, obwohl sie das natürlich nicht genau zu sagen wusste. Als Erstes brauchten sie jetzt Wasser. Sie holte ihre Wasserflasche hervor, in der nicht mehr viel drin war, bloß ein winziger Rest. Aber besser als gar nichts. Sie griff in den Rucksack nach einer kleinen Plastikschüssel, die sie manchmal für ihre Frühstücksflocken benutzte, und goss den Rest Wasser hinein. Der Esel trank alles auf und drückte dann seine Nase gegen die Schale, erst hierhin, dann dorthin, und wollte mehr.

Unterwegs war ihr Blick immer wieder auf einen Wasserlauf gefallen, vielleicht einen Nebenarm des Little Missouri. Das Licht, das sich im Wasser spiegelte, faszinierte sie. Immer wieder blitzte dieses dunkelgrüne Leuchten jenseits eines verbrannten, ausgedörrten Feldes auf. Dort drüben, dichter am Strom, wäre ein passendes Plätzchen. Dort wären sie, geschützt durch eine Baumgruppe, auch nicht so leicht auszumachen.

Nachdem sie den Rucksack in die bequemste Position zurechtgerückt hatte, zupfte sie leicht an dem Strick, der um den Hals des Esels gebunden war. Der Esel trottete brav neben ihr her. Sie ging die Schotterstraße ein Stück zurück bis zu einer breiteren Asphaltstraße.

Beim Überqueren überlegte sie, ob das hier früher wohl die Hauptverkehrsstraße gewesen war. Seit dem Bau einer parallel führenden Schnellstraße war sie nur noch wenig befahren und diente hauptsächlich als Zubringer in den nächsten Ort. Aber Häuser waren weit und breit keine zu sehen!

Sie gingen auf die Bäume und den Wasserlauf zu. Was für eine andere Welt! Sie führte den Esel zum Fluss, der gemächlich zwischen den braunen Ufern dahinfloss, und das Tier senkte den Kopf und begann gleich zu trinken. Sie füllte ihre Plastikflasche auf. Der Esel hatte einen Fuß ins Wasser gestellt und trat nun mit allen vieren hinein. Ganz ruhig blieb er stehen. Es war bestimmt eine Wohltat, dachte sie sich. Nachdem sie Schuhe und Socken ausgezogen hatte, stellte sie sich neben ihn ins Wasser. Es war wunderbar kalt. Das fand der Esel vermutlich auch. So blieben sie ein paar Minuten stehen, dann trat sie wieder aus dem Wasser und setzte sich in den Schatten unter einen Baum. Ihr war klar, dass sie eigentlich einen Plan haben sollte, aber wie konnte man vorausplanen, wenn man plötzlich einen Esel bei sich hatte? Es war auch schwer zu planen, wenn man kein bestimmtes Ziel vor sich hatte. Sie gähnte. Dabei musterte sie den Esel, der immer noch im Fluss stand. Bestimmt war er ganz außer sich vor Freude, nachdem er wer weiß wie lange in der prallen Sonne gestanden hatte.

Sie fragte sich, unentwegt fragte sie sich, wie wohl ihr Zuhause ausgesehen hatte, als sie noch eines gehabt hatte. In Erinnerung behalten hatte sie gar nichts, kein einziges Bild vor dem Tag, an dem sie vor anderthalb Jahren in der Bed&Breakfast-Pension in Santa Fe aufgewacht war. Wie waren ihre Eltern? Hatte sie Geschwister? Was gab ihr Stütze und Halt?

Wieder gähnte sie, lehnte sich zurück, schloss die Augen und versuchte, sich einen Plan zurechtzulegen.

Als sie aufwachte, tauchte die Sonne die Äste der Bäume in schwaches Licht. Mit einem Ruck fuhr sie hoch. Es war nicht die Abenddämmerung, sondern früher Morgen. Sie musste zehn Stunden geschlafen haben. Der Esel war ganz in ihrer Nähe. Sie ging zum Bach, spritzte sich kaltes Wasser ins Gesicht und fühlte sich gleich wacher. Dann nahm sie ihre Wasserflasche und füllte sie auf.

In der Bed&Breakfast-Pension in Santa Fe waren im ganzen Zimmer Männersachen verstreut gewesen: Kleidung, eine Armbanduhr, Geld. Das Geld hatte sie recht gut brauchen können. Doch sie dachte nur mit Grauen an jenen Morgen. Was ihr dort passiert war, könnte der Grund sein, weshalb sie ihr Gedächtnis verloren hatte. Obwohl er es dem Feuer zugeschrieben hatte. »Daddy.« So nannte sie den Mann ironisch. »Daddy, wir sind fertig miteinander.« Das war von Sylvia Plath, glaubte sie.

Nachdem sie die Wasserflasche im Rucksack verstaut hatte, schulterte sie ihn und ging zu dem Esel hinüber, der sich inzwischen aufgerappelt hatte und jetzt Gras knabberte.

Sie hatte ihre Karte herausgenommen und aufgefaltet, um sich zu orientieren. Das ging gut, denn es war eine sehr präzise Landkarte. Sämtliche Landstraßen waren eingezeichnet. »Nicht weit von hier ist eine Ortschaft. Wenn wir erst mal dort sind, können wir ja überlegen, was wir weitermachen.«

Das war ihre Art, so mit Tieren zu reden. Als könnten sie ihr helfen oder wären zumindest gewillt, dahin zu gehen, wohin sie ging.

2. KAPITEL

Sie wusste, dass die Stille nicht rätselhaft war, dass es einfach die frühmorgendliche Ruhe war. Trotzdem glaubte sie unwillkürlich, es sei verlorene Zeit. Ihr war, als sei das Pendel der Zeit angehalten worden.

Sie führte den Esel die zweispurige Asphaltstraße entlang. Bis in die nächste Stadt war es nicht weit, bloß etwa anderthalb Meilen, und vielleicht fand sie dort jemanden – einen Farmer vielleicht –, der den Esel bei sich unterstellen konnte.

Obwohl die Farm bereits eine Meile hinter ihnen lag, bestand immer noch die Gefahr, entdeckt zu werden. Als sie in der Ferne ein Auto hörte, warf sie einen Blick über die Schulter und sah einen Pick-up näher kommen. Als der Wagen sich näherte, fuhr er langsamer, und sobald er sie eingeholt hatte, kroch er nur noch im Schneckentempo voran. Erst dachte sie, vielleicht wollte jemand sie mitfahren lassen. Den Esel könnte man ja auf die Ladepritsche stellen.

Der Fahrer, mit unförmigem Teiggesicht, den tätowierten Arm aus dem Fenster hängend, rief ihr zu: »Geilen Arsch hast du, Kleine!«

Der auf dem Beifahrersitz beugte sich herüber und rief: »Jaah, und ich erst! Willst ihn sehen?« Sehr witzig, alle beide. Der Beifahrer hatte ein Pickelgesicht, obwohl er dafür eigentlich zu alt aussah. Der Fahrer war ein stämmiger Kerl mit dunklem Bürstenschnitt.

Ach, fahrt weiter, betete sie.

Das taten sie aber natürlich nicht. Sie hielten am Straßenrand an. Beide stiegen aus und kamen lachend auf sie zu, ganz gemächlich und mit der Lässigkeit derer, die wissen, dass sie den

Ton angeben können. Denn was konnte sie schon machen (dachten die wohl)? Sie war nicht nur ein wehrloses Mädchen, sondern hatte auch noch einen Esel dabei. Wie sollte sie weglaufen?

Sie hatte genug von diesen Begegnungen mit Dummköpfen. Wieder so eine unnötige Konfrontation mit der Feigheit von Männern, die sich etwas beweisen mussten, indem sie die Schwäche anderer ausnutzten – oder das, was sie für Schwäche hielten. Was, fragte sie sich, war daran eigentlich so toll? Die Käfigjagd fiel ihr wieder ein, die sie in Idaho gesehen hatte – das erbarmungslose Losballern auf einen eingesperrten Tiger. Und der Schütze – so selbstzufrieden.

Dass es sich um eine Landstraße handelte, auf der vielleicht Leute vorbeifuhren, schreckte die beiden Männer nicht ab. Sie hatten sich ihre Ausrede schon zurechtgelegt: Falls jemand sie sah, waren sie einfach zwei junge Burschen, die einem Mädchen und ihrem Tier Beistand leisteten.

»He! Kleine Eselei gefällig? Du und ich!« Das fanden sie äußerst amüsant, hielten sich für echte Komiker.

Scheiße, dachte sie. Als die beiden auf sie zukamen, schwang sie ihren Rucksack herum, um in die Außentasche greifen zu können. Mit einer geschmeidigen Bewegung zog sie eine 38er Smith & Wesson hervor, schob ein Magazin ein und hielt sie mit beiden Händen ganz ruhig und sicher hoch. »Los, steigen Sie wieder ein und verschwinden Sie!«

Sie blieben wie angewurzelt stehen, sahen sich erstaunt an. Der Stämmige sagte mit nervösem Lachen: »Ah, komm schon, Kleine, du wirst doch nicht schießen …«

In der Stille ringsum klang der Schuss wie das Knacken eines Astes. Eine Staubwolke wirbelte zu seinen Füßen auf, an der Stelle, auf die sie gezielt hatte. »Noch … einen … Schritt«, rief sie.

Sie waren vermutlich sauer, dass sie klein beigeben und Leine ziehen mussten. Und es wurmte sie, dass sie nicht einfach kühn auf sie zugegangen waren und sie überwältigt hatten. Die beiden dachten wohl, sie würde nicht auf sie schießen, wenn es drauf ankam …

Falsch. Sie hob die Waffe wieder etwas an.

Sich selbst gegenüber konnten die beiden Kerle das Ganze schönreden, anderen würden sie eine Lüge auftischen. Der Polizei zum Beispiel – allerdings glaubte sie nicht, dass die beiden die Polizei verständigen würden. Es konnte nicht in deren Sinne sein, wenn die Polizei auch *ihre* Version der Geschichte erfuhr. Und dann der Esel… Nein, niemand würde glauben, dass sie die beiden angegriffen, dass *sie* die Männer bedroht hatte.

Sie hatten den Rückzug angetreten, stolperten fast übereinander in ihrer Hast, wieder in den Wagen zu kommen. Als sie schließlich in Sicherheit waren, riefen beide mehrfach etwas Vulgäres zu ihr herüber, und während die Reifen Staub aufwirbelten, machte der Fahrer eine obszöne Geste. Was Besseres fiel ihnen nicht ein.

Sie nahm das Magazin heraus und verstaute es zusammen mit der Waffe wieder im Rucksack. Sie konnte gut umgehen mit der Pistole. Während sie als Kellnerin gejobbt hatte, war sie oft beim Zielschießen gewesen. Drei- oder viermal pro Woche hatte sie auf dem Schießplatz außerhalb von Idaho Falls geübt. Durch diese Übung war sie zu einer guten Schützin geworden, einer sehr guten Schützin. Die Waffe hatte sie im Kofferraum des Camaro gefunden, den der Mann draußen vor der Bed&Breakfast-Pension geparkt hatte. Unter ein paar alten Lappen hinten drin: Pistole, Magazin, Munition.

Die beiden Typen waren natürlich Feiglinge. Wenn es hätte sein müssen, hätte sie sie umgelegt. Einen zumindest. Der andere wäre dann wie der Teufel davongerannt. Manchmal kam es ihr so vor, als würde es nie aufhören, die Gemeinheit und Grausamkeit der Menschen. Sie begegneten einem auf Schritt und Tritt. Auch wenn man gar nicht danach suchte.

Sie nahm die Strickleine wieder zur Hand, zupfte leicht daran, und sie gingen weiter. Ein paar Autos und Laster fuhren vorbei, reagierten aber nur mit Lachen und Winken.

Es war fast neun Uhr morgens, als sie schließlich die Ortschaft erreichten, die ein schwarzweißes Schild als KINGDOM ankündigte. Jemand hatte sich einen Witz erlaubt und mit weißer Farbe »Come« dazugepinselt – KINGDOM COME, dein Reich komme, bis in alle Ewigkeit. An der Hauptstraße kamen erst eine Trailersiedlung auf der einen und ein Obst- und Gemüseladen auf der anderen Seite. Sie führte den Esel zum Laden hinüber. Neben den Auslagen saß eine Frau und las. Überrascht hob sie den Blick.

»Haben Sie eine Ahnung, was Esel so fressen?« Die Frage ließ sie erröten.

Da staunte die Frau noch mehr, nicht nur über das Mädchen mit einem Esel an der Leine, sondern auch darüber, dass das Mädchen keine Ahnung von Eseln hatte. »Hmm… nein, ich glaub nicht. Wo hast du ihn denn her?«

»Ich hab ihn gefunden.«

Die Überraschung der Frau wurde noch größer. »Gefunden?«

»Ja. Am Straßenrand hab ich ihn gefunden. Er war allein. Ich hab gewartet, ob ihn jemand holen kommt, aber es kam niemand.«

Inzwischen war die Frau aufgestanden und musterte den Esel eingehend. Das Mädchen hatte nichts dagegen, weil sie nicht glaubte, dass die Frau an ihren Worten zweifelte. Sie zeigte sich eben besorgt.

»Ich hab ihm einen Apfel und eine Orange gegeben, die haben ihm nicht geschadet.«

Die Frau sah zu den Kisten hinter ihnen hinüber. »Pferde mögen doch Karotten, stimmt's?«

»Ich glaub schon.«

Die Frau überlegte kurz und sagte dann: »Ich ruf vielleicht Jared an, der wird's wissen.« Sie verschwand hinter den Auslagen.

Wer war Jared? Ein farbenfroher Laden, fand das Mädchen. In einer Kiste waren Paprikaschoten – rot, orangegelb, gelb und grün. Ein wahres Meer von Farben!

Die Frau kam wieder zurück. »Jared, dieser Trottel, meinte, Heu und Stroh. Seh ich denn aus, als würd ich Heu und Stroh verkaufen?« Sie breitete die Arme aus. »Manche Leute haben wirklich nicht mehr alle Tassen im Schrank. Schließlich meinte er, Äpfel und Karotten. Hab ich beides da.« Sie zog ein paar Karotten aus einer Holzkiste hinter den Auslagen. »Sind ganz frisch. Man muss sie aber schneiden, damit sie dem Esel nicht im Hals stecken bleiben. Der Länge nach, sagte er, das hat er extra betont. Ich hab ein schön scharfes Messer.«

Das Mädchen war so dankbar für diese kleine Freundlichkeit, dass sie schon fürchtete, sie würde gleich anfangen zu weinen, was ziemlich dumm gewesen wäre. Diese Frau war ein Geschenk des Himmels, nach allem, was vorher passiert war. Die beiden Männer hatten ihr ziemlich zugesetzt, obwohl sie es sich nicht anmerken lassen wollte. Diese Frau mit den Kisten voller Obst und Gemüse kam wie gerufen, um die Wogen des Lebens etwas zu glätten.

Sie sah zu, wie die Frau nacheinander ein Dutzend Karotten in der Mitte durchhackte. Das Grünzeug oben ließ sie dran. »Ich kann mir denken, dass ihm das auch schmeckt. Dabei fällt mir ein« – bei diesen Worten unterbrach sie ihre Tätigkeit –, »falls du vorhast, in Kingdom zu übernachten, kann ich Jared ja mal fragen, ob er den Esel bei sich unterbringt. Er hat bereits ein paar Ponys in Pension. Bestimmt könnte er den Esel aufnehmen und ihm ein bequemes Schlafplätzchen geben.« Sie ging zu dem Esel hinüber und musterte ihn eingehend. »Scheint, dass die ihn nicht besonders gut behandelt haben, die, denen er gehört hat, bevor du des Weges kamst. Ich seh, du hast ihn ein bisschen verpflastert. Das war aber lieb von dir. Die Mühe hätten sich nicht viele gemacht. Nein, nicht viele.« Sie steckte die Karotten in eine Tüte und holte eine weitere für die Äpfel. »Falls du vorhast dazubleiben, es gibt da ein richtig nettes Gästehaus gleich an der Hauptstraße. Nicht weit von da, wo Jared sein Geschäft hat.«

»Gut. Ja, irgendwie bin ich schon müde.« Obwohl sie vorige Nacht so lange geschlafen hatte, wurde ihr plötzlich bewusst, wie erschöpft sie war. Es lag bestimmt an dem Zwischenfall mit den beiden Männern. »Wo ist das?«

»Du gehst die Main Street entlang, bis du nach zwei Ampeln zur Eucalyptus Street kommst. Es ist das Haus an der Ecke, ein großes, weißes Haus. Viktorianisch nennt man so was ja wohl. Weißt du was – ich ruf Jared jetzt kurz an wegen dem Esel! Damit er auch bestimmt da ist, wenn du kommst. Das mach ich jetzt gleich!« Sie ging wieder zum Telefon hinüber.

»Das ist wirklich sehr nett.«

Die Frau nahm den Hörer ab und wählte. »Ach so, wie heißt du denn, Liebes? Ich bin Eula Bond.«

Es schien, als wollte Eula Bond ihr nicht die ganze Last der Namensnennung alleine aufbürden.

»Ich heiße Andi. Andi Oliver.«

Es stimmte nicht, aber mit etwas Besserem konnte sie nicht aufwarten.

3. KAPITEL

Den Namen hatte sie sich ausgedacht, nach den Anfangsbuchstaben auf ihrem Rucksack: »AO«. Von dem Mann, der behauptete, sie gefunden zu haben, hatte sie schließlich erfahren, dass
die Buchstaben für Alhambra Orphanage standen – ein Waisen-
heim. Nicht nur, dass sie nicht wusste, wo oder wer ihre Familie
war, sie wusste auch nicht, ob sie überhaupt je eine gehabt hatte.
Es hätte ja auch sein können, dass sie ihr ganzes Leben im Wai-
senheim verbracht hatte, weggegeben von einer Mutter, die ihr
Baby nicht selbst versorgen konnte oder es nicht haben wollte.

Schließlich hatte sie sich auf die Suche nach diesem Waisen-
heim gemacht. Sie wusste: Wenn er sie in Idaho aufgegriffen
hatte und anschließend mit ihr Richtung New Mexico gefahren
war, dann befand sich das Alhambra-Waisenheim vermutlich irgendwo dazwischen. In jeder Stadt, durch die sie seitdem gekommen war, war sie in die öffentliche Bücherei gegangen und hatte
versucht, etwas darüber herauszufinden. Ohne Erfolg.

Er hatte es sich ausgedacht. Selbst beim Anblick der Pistolen-
mündung hatte er noch gelogen. Es gab Menschen, die sich am
Unglück anderer ergötzten; sie waren wie Vampire, die statt Blut
Jammer und Elend tranken.

Die zweite Sache, die es zu recherchieren galt, war der bren-
nende Bus. Dort, hatte er behauptet, habe er sie gefunden – als
sie verwirrt und benommen aus dem verunglückten Bus geklettert sei. Sie konnte keinen Bericht über einen derartigen Unfall
finden, was in Anbetracht der Ungeheuerlichkeit des Ereignis-
ses seltsam war. Die Kinder in diesem Bus wären alle verbrannt,
hatte er gesagt, alle außer ihr. Eines wusste sie allerdings, nämlich das ungefähre Datum, an dem es sich zugetragen haben

konnte – ein Tag zwischen dem Zeitpunkt, als er Idaho verlassen hatte, und dem Tag, an dem er – an dem sie beide – in Santa Fe angekommen waren. Sie hatte die Zeitungen nach einem Bericht darüber sorgfältig durchforstet, jedoch nichts gefunden.

Das war also auch gelogen gewesen. Trotzdem war sie irgendwie erleichtert. Im Augenblick erinnerte sie sich zwar an nichts aus ihrem früheren Leben, aber so ein Gedächtnisverlust konnte ja nicht ewig andauern, oder? Zumindest das wusste sie: Wenn ihr Erinnerungsvermögen zurückkäme, gäbe es bestimmt etwas, was zu erinnern wert war.

Sie gab dem Esel das Grünzeug und eine Mohrrübe zu fressen. Dabei hatte sie Angst, ihn zu überfüttern, denn er schien wirklich hungrig zu sein und hätte wahrscheinlich ewig so weitergefressen.

»Also, das hätten wir«, sagte Eula Bond. »Jared meint, er kann deinen Esel über Nacht nehmen, kostet zehn Dollar, inklusive Heu und so weiter. Ist ein schöner, sauberer Stall.«

»Das ist toll. Vielen Dank!«

Eula streichelte den Esel und machte Geräusche, von denen sie meinte, dass Esel sie machen. »Meine Güte, ist das ein geduldiges altes Kerlchen. Hast du schon einen Namen für ihn?«

Andi schüttelte den Kopf. »Nein, ich will ihm nur einen geben, der wirklich gut zu ihm passt.«

Beide standen vor dem Esel und schauten ihn an, als sollte er ihnen mit Namensvorschlägen helfen. Eula sagte: »So eine Gemeinheit! Wie kann jemand ein armes Tier einfach so auf der Straße stehen lassen? Ich frag mich, ob es vielleicht Zigeuner waren. Ich hab gehört, wie die ihre Esel schlecht behandeln, und dabei tun die Tiere alles für sie.«

»Gibt's hier Zigeuner in der Gegend?«

»Nein, ich hab jedenfalls noch keine gesehen.«

Andi zog ein Beutelchen hervor, in dem sie Geld für tägliche Ausgaben aufbewahrte. Der Großteil ihrer Barschaft war ganz unten im Rucksack verstaut. Wenn sie den Rucksack verlor, hatte sie wirklich ein Problem. Sie hatte ein paar Geldscheine und rechnete aus, dass die Äpfel und Mohrrüben nicht mehr als fünf Dollar kosteten. Die gab sie Eula.

Eula streckte abwehrend die Hände von sich. »Nein, keinen Cent. Wenn du dich um ihn kümmerst, dann ist es doch das Mindeste, dass ich ein bisschen was zu fressen beisteuere. Nein, nein, steck dein Geld nur gleich wieder weg.«

»Das ist wirklich nett von Ihnen, Eula.« Andi steckte den Geldbeutel ein. »Ob er vielleicht Wasser braucht?«

»Ich hab hier gleich um die Ecke eine Regentonne.« Andi folgte ihr mit dem Esel.

Während der Esel aus der alten Tonne trank, sagte Andi: »Das gibt's heute gar nicht mehr so oft, oder? Ich kann mich nicht erinnern, schon mal eine Regentonne gesehen zu haben.«

»Es gibt viel, was man heute nicht mehr sieht«, erwiderte Eula mit einem Hauch Traurigkeit in der Stimme.

Unerklärlicherweise wurde Andi plötzlich unruhig. Sie hatte das Gefühl, als ginge etwas unwiederbringlich verloren. »Na, dann wollen wir mal zu Jared hinüber.«

Eula beschrieb ihr den Weg, es war in der gleichen Richtung wie die Pension. »Du biegst links ab und gehst weiter am letzten Haus vorbei, dann bist du da. Sieht aus wie eine große Scheune – na ja, ist ja auch eine. ›Jared – Hufschmied‹ steht auf dem Schild. Er beschlägt Pferde.«

Andi bedankte sich und versprach wiederzukommen. Dann ging sie.

Auf der Straße hielt sie sich dicht am Randstein und blieb ab und zu stehen, um auf den Bürgersteig zu treten und in ein Schaufenster zu gucken. Währenddessen stand der Esel reglos da. Das Schaufenster des Herrenausstatters gefiel ihr. Im Fenster war ein feiner dunkler Anzug ausgestellt. Gleich nebenan war noch ein Kleidergeschäft und daneben eine Apotheke. Alles wirkte so altmodisch und friedlich. Die Kleider sahen aus, als wären sie vor Jahrzehnten getragen worden – mit Blümchenmuster, schmalen Gürteln und weiten runden Ausschnitten. Da sie sich an nichts von früher erinnern konnte, wusste sie auch nicht, wie sie auf den Begriff »altmodisch« kam. Auf dem breiten Fenster-brett hinter dem Apothekenfenster standen kobaltblaue Flaschen aufgereiht, die keinen speziellen Zweck zu haben schienen. Viel-leicht hatten sie einmal Arzneisäfte enthalten oder waren zum Abmessen verwendet worden. Drinnen schien es kühl wie in ei-ner Höhle. In den späten Morgenstunden war die Sonne mittler-weile gleißend hell und heiß.

Der Esel wartete geduldig an der Straße, während sie sich um-sah.

An der zweiten Ampel bogen sie links ab und gingen wei-ter, bis sie die Häuser hinter sich gelassen hatten und Andi die Scheune erblickte. Die war recht hübsch und farbenfroh, ganz in Blau gestrichen und mit einem ziegelroten Schild, auf das in Weiß die Aufschrift JARED – HUFSCHMIED gekerbt war. Sie standen in der großen, offenen Scheunentür, die heiße Sonne im Rücken, während Andi hineinspähte und ihre Augen sich nach der Helligkeit draußen allmählich der Düsternis hier drinnen anpassten.

In der Mitte der Scheune stand ein Mann, der das Eisen am er-hobenen Huf eines Schimmels mit einer kräftigen Bürste bear-beitete. »Entschuldigung, sind Sie Jared?«

»Ja, richtig, der bin ich.«

Andi führte den Esel zu ihm hinüber. Pferd und Esel schienen sich füreinander zu interessieren, denn sie berührten sich mit dem Maul und beschnupperten einander.

»Du bist bestimmt die, wegen der Eula vorhin angerufen hat. Andi, hab ich recht?« Er war ein großer, stämmiger Mann mit einem Lächeln, bei dem Goldzähne aufblitzten.

»Eula meinte, Sie könnten meinen Esel über Nacht aufneh-men?«

Er wischte sich mit dem Hemdsärmel über die Stirn und rückte seine Schildmütze zurecht. »Klar doch. Sieht gut aus, dein Esel.« Er begutachtete den Esel und rieb ihm über den Rücken.

Andi lächelte bei dem Gedanken, dass der Esel in den letzten vierundzwanzig Stunden vermutlich mehr Zuwendung erhalten hatte als in seinem gesamten bisherigen Leben. »Der stand einfach am Straßenrand.«

Jared sagte: »Von einem Hof hier ganz in der Nähe, der Bailey-Farm, ist ein Esel verschwunden. Lucas Bailey meinte, den haben sie bestimmt gestohlen, der Zaun war nämlich aufgeschnitten. ›Wer will denn einen alten Esel?‹, sagte er. Ich zu ihm: ›Nicht jeder hat so eine Einstellung zu Tieren wie du.‹ Der wusste gar nicht, was ich meinte.« Jareds Lachen hörte sich eher an wie Schnauben. Der Esel schnaubte ebenfalls.

Andi war entzückt. »Ich glaub, er hat kapiert, was Sie gesagt haben.«

»Oh, kein Zweifel. Esel sind ja schlau. Find ich komisch, dass manche denken, die sind störrisch und stur und damit hat sich's. Du wärst auch störrisch, wenn du tagtäglich einen Karren mit ein paar Klafter Brennholz ziehen müsstest.« Jared inspizierte die aufgescheuerten Stellen, die Andi verarztet hatte. »Eins ist klar: Selbst wenn es Baileys Esel wäre, von mir erfährt der nichts, so viel ist schon mal sicher.«

Andi war erleichtert, und nur um noch mehr zu hören, wie Jared diesen Bailey verachtete, fragte sie: »Was für eine Farbe hatte denn sein Esel?«

»Braun, meint er.«

»Mein Esel ist eher silbrig, stimmt's? So eine Art Silberblau.«

»Bailey sagt immer braun, egal, ob Esel, Pferd, Hund oder Schwein.«

Sie musste an sich halten, um nicht lauthals loszukichern (überrascht, dass sie überhaupt noch kichern konnte). »Seit wann sind Schweine denn braun?«

»Seit Bailey sich welche zugelegt hat. Daran sieht man, was der von seinen Tieren hält. Der kommt vermutlich später hier vorbei. Das da drüben ist sein Pferd.« Jared deutete auf ein Pferd gegenüber von dem leeren Verschlag.

Besorgt sagte sie: »Wenn der einen Esel nicht von einem anderen unterscheiden kann, was soll ihn dann davon abhalten, meinen für sich zu reklamieren?«

»Ich.« Jared ließ den Hammer krachend auf den Amboss niedersausen.

Noch jemand, der auf ihrer Seite war! Erst Eula, jetzt Jared. Sie fühlte sich – und der Esel wahrscheinlich auch – beschützt. Trotzdem war ihr wohler, wenn der Esel erst einmal in seinem Verschlag war. Dort fiel er Bailey nicht sofort auf. Sie führte das Tier hinüber und machte das Türchen auf.

»Dort drüben ist Heu, und da ist frisches Stroh für sein Lager. Wie heißt er denn?«

»Er hat noch keinen Namen.«

Jared richtete sich von seinem Amboss auf. »Dann gib ihm einen vorläufigen.« Er ging zum Verschlag hinüber, wo der Esel bereits Heu malmte. »Also, ich finde, er sieht irgendwie adlig aus, du nicht?«

Andi nickte.

»Wie wär's also mit Duke?«

Unwillkürlich fing Andi an zu lachen.

»Was ist daran so schlecht? Duke ist doch ein guter Name.«

Sie nickte, verschluckte sich fast vor Lachen. »Schauen Sie mal, wie der Sie anguckt.«

Der Esel hatte aufgehört zu fressen, als Jared »Duke« gesagt hatte, und starrte ihn nun versonnen an. Andi wollte gerade etwas sagen, als sie sich beide beim Geräusch einer fremden Stimme umdrehten.

»Wem gehört denn der Esel?«

Der Stimme fehlte merkwürdigerweise jedes Timbre, als käme sie aus einem anderen Raum. Sie klang rasiermesserdünn.

»Ah, wenn das nicht Lucas Bailey ist, frohgemut und quietschvergnügt.«

Das war so ziemlich die letzte Beschreibung, fand Andi, die auf diesen groß gewachsenen, hageren Mann passte. Er war ganz in Schwarz gekleidet und sah aus wie sein eigener Schatten. Alles andere als quietschvergnügt. Sein Blick war schneidend.

»Hübsches Tier hast du da. Da fällt mir gleich das ein, das von meiner Weide verschwunden ist.«

Jared tat seine Worte lässig ab. »Ach, du meine Güte. Gibt's hier in der Gegend denn überhaupt irgendwas, von dem du nicht meinst, es gehört dir?« Er stand wieder am Amboss bei seinen Hufeisen, hatte sich zwischen den Mann und Andi gestellt.

Lucas Bailey hakte die Daumen in den Gürtel, hielt den langen schwarzen Mantel mit den Händen zurück. War er so gefährlich, oder sollte bloß sein Aufzug so gefährlich wirken? Vermutlich Letzteres. Sie hatte trotzdem Angst, denn es sah aus, als legte er es darauf an, anderen dieses Gefühl einzuflößen.

»Pass auf«, sagte Bailey, »Carl und Junior haben ein Mädchen mit einem Esel die Straße lang laufen sehen, vielleicht eine Meile von hier. Die Beschreibung passt haargenau auf die junge Dame da.«

Junior. Sie mochte wetten, einer der beiden im Truck hasste diesen Namen abgrundtief.

Bailey war noch nicht fertig. »Das warst nicht zufällig du« – dies war an Andi gerichtet –, »nehm ich mal an?«

Jared ließ den Hammer heftig niedersausen und sagte: »Junior und Carl, die behaupten doch auch von allem, es gehört ihnen, genau wie du.«

Während Lucas Bailey sich dem Verschlag und Andi näherte, sagte er: »Ja, aber da ist noch was ganz schön Merkwürdiges. Meine Jungs sagen, das Mädchen hätte eine Waffe gezogen, als sie anhielten, um ihr zu helfen. Ist doch seltsam, nicht?«

Andi schwieg und verzog keine Miene. Ihr Gesichtsausdruck blieb unverändert.

»Ach, tatsächlich? Dann erklär mir mal eins, Lucas: Wenn die anhielten, bloß um ihr zu helfen, wie kam sie dann dazu, auf sie zu schießen?«

»Wahrscheinlich 'ne Verrückte.«

»Oder auch nicht. Vielleicht hatten deine Jungs außer helfen noch was anderes im Sinn. Wie ich mich erinnere, hatte Carl letztes Jahr eine Anklage am Hals, weil er einer Dreizehnjährigen an die Wäsche gegangen ist.«

Bailey ließ Andi stehen. »Es gab Freispruch, das weißt du.«

»O ja, das weiß ich. Die Geschworenen waren lauter Freunde von dir.«

»Verdammt, Jared. Bloß weil du anderer Meinung bist, müssen nicht Bestechung und Drohungen im Spiel gewesen sein.«

»Hab ich auch nicht behauptet. Komisch, dass du das ansprichst.«

Lucas Bailey drehte sich um und ging zum Verschlag hinüber. »Ist der gottverdammte Gaul jetzt fertig? Ich will endlich nach Hause.«

»Klar doch.« Jared öffnete die Stalltür und führte den Rappen heraus.

Natürlich ein schwarzes Pferd, dachte Andi.

»Woher kommst du denn, Kleine?« Bailey sattelte sein Pferd.

»Aus New Mexico. Santa Fe.« So antwortete sie immer, denn es war der erste Ort in ihrem Leben, an den sie sich erinnerte.

»Schöne Stadt, hab ich gehört, bloß ein bisschen abgelegen, was?«

Andi behielt eine Hand auf dem silbrigen Fell ihres Esels, als könnte der jeden Moment von diesem Mann weggezaubert werden, wenn sie ihn nicht irgendwie festhielt. »Ich bin viel unterwegs.«

»Mit dem Esel da? Mit dem geht's doch bestimmt nur langsam voran.«

»Ich hab's nicht eilig.«

»Wohin soll's denn gehen?«

»Nach Alaska.«

»Alaska? Meine Güte, da hast du ja noch was vor.«

Jared war verärgert. »Mann, jetzt hör endlich auf, dem armen Mädchen ein Loch in den Bauch zu fragen.«

Bailey hatte sich auf sein Pferd geschwungen. Hoch zu Ross und mit dem breitkrempigen schwarzen Hut und den schwarzen Sachen fühlte Lucas Bailey sich wahrscheinlich als mythische Figur, als Sagengestalt. Vermutlich fand er, er sah aus wie Johnny Cash. »Was bin ich dir schuldig, Jared?«

»Zwanzig Dollar. Ich schreib's für dich an.«

»Okay. Zahl ich nächste Woche.«

Sobald er weg war, kam Andi wieder herüber. »Hat der hier im Ort viel zu sagen?«

Jared lachte. »Wenn du den hörst, gibt's außer ihm erst mal gar nichts. Farmer ist er. Hat zwei bis drei Meilen von hier ziemlich viel Land. Und Carl, sein Ältester, das ist der größte Störenfried hier, abgesehen von seinem anderen Sohn, Junior. Ich sag dir, wenn ein Mädchen wirklich mal eine Waffe zieht, hätte ich gern einen Logenplatz. Oh, *das* würd ich gern aus der Nähe sehen!«

Andi verkniff sich ein Lächeln. »Wieso sind die nicht zur Polizei, wenn jemand sie bedroht hat? Ich meine, hat das Mädchen sie überfallen und ihnen ihr Geld abgeknöpft oder was?«

»Gute Frage. Wieso die nicht zum Sheriff gegangen sind? Äh, halt hier mal bitte Seymours Zügel! Hier muss bloß noch dieses letzte Hufeisen dran. Keine Sorge, der ist ganz sanft.« Das Pferd war ein wenig zurückgewichen. »Die Jungs sind deswegen nicht zur Polizei, weil Harry McKibbon ihnen nicht geglaubt hätte. Falls da ein Mädchen war – egal, was für eins, muss gar nicht so hübsch sein wie du –, irgendein armes Ding, dann hätten die ihr zugesetzt. Und wenn sie Harry erzählt hätten, die hätte eine Waffe gezogen, dann hätte er das Gleiche gefragt wie ich – warum? Er hätte gewusst, dass sie es nur aus Selbstschutz getan hätte. Nein, die Baileys, das sind ganz fiese Typen.«

»Wer ist Harry McKibbon?«

»Der Sheriff. Der weiß alles, was in Kingdom und Umgebung vor sich geht. Noch wichtiger: Er kennt die Leute und weiß, wie sie sind. Besonders die Baileys. Ein guter Gesetzeshüter.«

»Ermittelt er auch in Sachen gestohlene Esel?«

»Würde er wohl schon, wenn jemand formal Anzeige erstattet. Und nicht bloß dumm rumquatscht, mein ich. Dazu müsste Bailey sich schon bequemen, bevor Harry ihn anhören würde. Harry kann die Baileys nicht ausstehen.«

Andi sagte: »Es kommt ja nicht oft vor, dass man jemand mit einem Esel auf der Landstraße laufen sieht. Der Sheriff würde doch bestimmt denken, das bin ich. Sieht jedenfalls so aus.«

Hatte sie tatsächlich geglaubt, niemand würde nach dem Esel suchen? Nein. In Wirklichkeit hatte sie überhaupt nicht nachgedacht. Und warum nicht? Sie gehörte ganz sicher nicht zu den Leuten, die glaubten, dass die Dinge sich von selbst erledigten, dass am Ende schon alles gut ausgehen würde. Wenn überhaupt, dann glaubte sie das genaue Gegenteil.

»Harry geht nicht danach. Der geht nach der Beweislage.«

Andi lächelte. »Aber ich spreche ja von der Beweislage.«

Darauf ging Jared lieber nicht ein. Er ließ das Bein des Pferdes hinunter. »Fit wie ein Turnschuh, Seymour.«

»Wem gehört Seymour?«

»Mir.«

»Der Name Seymour gefällt mir.«

»Siehst du, wie sein Ohr gezuckt hat, als du seinen Namen gesagt hast? Den hört er gern. So, und jetzt willst du dir wahrscheinlich ein Zimmer suchen. Patty Englehart vermietet welche. Kocht auch für Stammgäste. Das ist so eine von diesen altmodischen Pensionen. Von denen gibt's ja nicht mehr viele.«

»Stimmt.«

Eigentlich hätte sie lieber hier in der Scheune geschlafen, neben ihrem Esel. Und den Pferden.

»Keine Angst, Andi. Scher dich einfach nicht um Bailey. Das ist ein ganz übler Bursche.«

Eingehend betrachtete Andi ihren Esel. »Ich dachte, vielleicht nenne ich ihn Silver. Sein Fell ist irgendwie silbrig, finden Sie nicht?«

Jared ging zum Verschlag hinüber. »Das ist ein guter Name.« Er rieb ihm das Maul.

»Aber vielleicht zu vornehm. Ich glaub, ich nenn ihn einfach Sam.«

Durch Andis Kopf schossen lauter winzige Sterne, kamen und waren auch blitzschnell wieder verschwunden. Da war das Bild eines Hundes. War es Jules, der Hund, den sie erfunden hatte? Wieso tauchte es plötzlich auf, kalt und so gleißend hell, dass sie sich abwenden musste?

»Stimmt was nicht?«, erkundigte sich Jared.

»Schon gut. Bloß eine Erinnerung.«

Er nickte verständnisvoll und ging wieder zu Seymour hinüber. Für Jared bedeutete Erinnerung nichts oder fast nichts. Für sie bedeutete es alles.

4. KAPITEL

Mrs. Englehart sagte, ja, sie habe ein Zimmer, und für wie lange sie es denn haben wolle? Es koste zwölf Dollar pro Nacht, zehn, wenn sie für mehr als eine Nacht bleiben wolle, und für die ganze Woche bloß sechzig. Andi meinte, das sei ja ein sehr vernünftiger Preis, und sie hätte es gern für zwei Nächte, mindestens. Vielleicht länger. Sie wusste auch nicht, wieso sie das sagte. Sie hatte nicht vorgehabt zu bleiben, aber jetzt, wo sie es recht überlegte, während sie Mrs. Englehart die Treppe hinauffolgte, schien es ihr eine gute Idee. Zumindest die beiden Nächte.

Das Zimmer war groß und freundlich eingerichtet, nicht mit ausrangierten Sachen oder zusammengewürfeltem Zeug vom Dachboden oder einem privaten Flohmarkt. Das Himmelbett und die kunstvoll geschnitzte Kommode glänzten dunkel von Politur und sorgfältigem Polieren.

Ihr Ebenbild im Spiegel über der Kommode versetzte ihr einen Schreck. Abgekämpft von der Reise sah sie aus, stumpf, als könnte sie selbst ein bisschen kräftiges Polieren vertragen. Ihr helles Haar, heller als alle Schattierungen von »blond«, war zu einem Pferdeschwanz zusammengebunden. Wann hatte sie es zum letzten Mal gewaschen?

Zum Abendessen, schlug Mrs. Englehart ihr vor, solle sie ein paar Häuser weiter in den Diner gehen. Dort ginge sie selbst oft hin, wenn sie keine Lust zum Kochen hatte. Das Bad, meinte sie, sei übrigens gleich nebenan.

Andi zog die Schuhe aus und legte sich auf das große Bett, versank förmlich darin. Seit dem Motel in Medora hatte sie immer nur in ihrem Schlafsack geschlafen. Sie schloss die Augen und ließ die letzten beiden Tage Revue passieren. War sie eigentlich verrückt, den Esel mitzunehmen? Wie stellte sie sich vor, ihn zu versorgen? Was täte sie, falls jemand herausbekam, woher der Esel stammte?

Seltsam! Sie stellte sich diese Fragen, die ja bereits beantwortet waren. Sie war dem Besitzer ja bereits begegnet.

Ihre Augen fielen zu, und sie gebot sich, nur ja nicht einzuschlafen.

Bevor sie sich versah, war durch das Fenster die Dämmerung zu sehen. Sie hatte mehrere Stunden geschlafen, es war nach sieben Uhr.

Rasch stand sie auf, nahm Handtuch und Seife von der Kommode und ging nach nebenan ins Bad. So schlimm sah ihr Haar gar nicht aus, fand sie und beschränkte sich auf Katzenwäsche.

Wieder im Zimmer nahm sie Geld aus ihrem Rucksack, genug für die beiden Übernachtungen und ihr Abendessen. Weil sie Mrs. Englehart nicht antraf, legte sie zwanzig Dollar auf das Telefontischchen neben der Treppe und beschwerte die Scheine mit dem Telefonapparat.

Als sie die Haustreppe hinunterging, verspürte sie ein wohliges Gefühl bei dem Gedanken, dass der Ort, den sie verließ, derselbe war, an den sie später zurückkehren würde.

Es war angenehm, im Dunkeln die Hauptgeschäftsstraße entlangzuspazieren. Nach der Hitze des Tages hatte sich die Luft abgekühlt, fühlte sich weich an und verströmte einen Blütenduft, den sie aber nicht einordnen konnte. Sie schloss die Augen und sog ihn tief ein.

Im Vorbeigehen spähte sie in die Schaufenster der Geschäfte. Bonnie's Bouquet (künstliche Blumen im Fenster), der Dollar Store (»Alles für einen Dollar!«) und die Unique Boutique, die »heiße neue Mode« anpries (wollte ihr die geschwungene Schrift im Fenster jedenfalls weismachen), eine Bar namens Two Dogs und ein Stückchen weiter noch eine namens The Plugged Nickel. Nicht weit davon stand ein großes kastenförmiges Gebäude, das sich »Begonia Apartments« nannte. Andi musste schmunzeln. Denjenigen, der sich den Namen ausgedacht hatte, würde sie gern kennenlernen. Ganz schön gewagt.

Das Neonschild des Diners vor ihr flackerte nervös, als hätte es einen Wackelkontakt. Die Neonschrift, blau und rot und eigentlich recht hübsch, verlief senkrecht seitlich neben der Tür entlang. MAY'S LONG GONE stand dort zu lesen: May ist schon lange weg. Was für ein wundervoller Name, was auch immer damit gemeint sein mochte. Andi liebte Diner – das Essen im Diner, die Kellnerinnen im Diner, die Theken im Diner, die Tischnischen im Diner. Sie musste an den Diner an der Grenze zu Idaho denken, in dem sie damals mit Mary Dark Hope gegessen hatte. »Let's Get Away from It All« hatte die Kellnerin gesungen.

Im Fenster hing ein Schild BEDIENUNG GESUCHT. Sie überlegte, ob es vielleicht damit zu tun hatte, dass May weg war. Vermutlich nicht.

Als sie sich auf einen der Barhocker an die Theke setzte, stellte sie fest, dass es bereits nach acht war. Es saßen noch vier weitere Gäste an der Theke, außerdem waren drei kunstlederbezogene Tischnischen besetzt. Die Leute hier in der Gegend, darunter vermutlich viele Farmer, hatten bestimmt schon viel früher zu Abend gegessen. In einer Nische saß ein Grüppchen Teenager lässig hingefläzt, als hätten sie es darauf angelegt, dass die anderen Essensgäste ihre Reaktion auf das gebieterische Schild sahen: BITTE DIE FÜSSE NICHT AUF DIE SITZE LEGEN. Andere Leute, Ehepaare wahrscheinlich, besetzten zwei weitere Nischen, und in der hinter ihr saß ein einzelner Mann.

Andi zupfte eine Speisekarte aus dem Schlitz zwischen dem Serviettenspender und der Schale mit Zuckerbriefchen. Sie wusste, dass sie das Interesse der anderen Gäste geweckt hatte, da es nicht viele fremde Mädchen gab, die mit einem Esel in die Stadt marschiert kamen, und sie war sicher, dass inzwischen jeder von dem Esel gehört hatte. Warmes Roastbeef-Sandwich mit Kartoffelbrei und Soße. Sie seufzte genüsslich, obwohl sie sich vorgenommen hatte, kein Fleisch mehr zu essen. Seit jenem

Café in Medora hatte sie keine warme Mahlzeit mehr zu sich genommen. Und sie konnte sich nicht erinnern, wann sie das letzte Mal ein warmes Roastbeef-Sandwich gegessen hatte – allerdings konnte sie sich ja an ganz vieles nicht mehr erinnern.

Ständig musste sie daran denken, an ihre unbeschriebene, leere Vergangenheit. Bisweilen brach ein Stück davon ab wie Eis von einem Gletscher, sank und tauchte wieder auf, aber das geschah so selten und so zusammenhanglos, dass es ihr kaum nützte.

»Was darf's denn sein, Liebes?«

Versunken in ihre nicht existente Vergangenheit hatte Andi die Kellnerin gar nicht herkommen hören. »Oh, ich nehme eine Cola und ein Käsetoast-Sandwich mit Kartoffelbrei und Soße…« Sie zögerte. »Nein, keine Soße. Butter.« Als wollte sie ihr ein Geheimnis verraten, beugte sie sich zu der Kellnerin hinüber, deren Name – Mildred – in Blau quer über das Täschchen an ihrem Kleid gestickt war. »Könnten Sie eine kleine Kuhle reinmachen und die Butter hineintun?« Sie senkte die Stimme, als sie es sagte. Die Bitte war so kindisch, dass sie rot wurde.

Aber Mildred konnte nichts erschüttern. »Ja, doch, kann ich machen.« Die Kellnerin wandte sich um und schob dem Koch den Zettel mit der Bestellung durch das offene Fenster zu. Andi konnte zwar nicht hören, was sie zu dem Koch sagte, stellte sich aber vor, dass es vermutlich um die Bitte mit der Butter ging.

Sie begutachtete ihr Platzdeckchen. Am Rand entlang waren ringsum Anzeigen für die lokalen Geschäfte. Für eine Kleinstadt eigentlich recht viele. Bonnie's Bouquet, der Dollar Store, die Unique Boutique. Ihr Edelstahlbesteck war in eine Papierserviette eingerollt, die sie nun aufrollte und sich die Serviette auf den Schoß legte. Ihr Blick glitt über die drei Männer, die nebeneinander am Tresen saßen, und wandte sich gleich wieder ab. Bei der geringsten Ermunterung würde einer von ihnen bestimmt gleich ein Gespräch vom Zaun brechen. Sie wollte aber mit überhaupt niemandem reden außer mit der Kellnerin, die ihr soeben eine Cola hingestellt hatte.

Andi schämte sich, ohne zu wissen warum. So war ihr oft zumute, als ob sie etwas tun sollte, aber zu schwach war, es zu tun. Oder etwas sein sollte, aber zu feige war, es zu sein. Was auch immer es war, eins war ihr klar: Es barg Gefahren.

»Bist du nicht die, die auf einem Esel in die Stadt gekommen ist?« Der Mann ein paar Sitzplätze weiter lächelte sie verkniffen an. Seine Zähne waren dringend renovierungsbedürftig.

Andi fühlte sich in die Enge getrieben. Sie nickte. »So ungefähr.«

Unterstützung oder Ermunterung heischend schaute er zu den beiden anderen Männern hinüber. Die lächelten ebenfalls. Alle drei musterten Andi eingehend.

Nicht zu antworten würde es sicher nur noch schlimmer machen. »Ich bin aber nicht drauf geritten.« Sie spürte, wie etwas in ihrer Brust sich zusammenkrampfte, ihr Herz vielleicht. Einer der Männer kam herüber, um sich neben denjenigen zu setzen, der die Frage gestellt hatte. Sie versprachen sich Unterhaltung von dem Wortwechsel.

Mildred kam mit dem Käsetoast-Sandwich und bedachte den Mann mit einem abfälligen Blick.

»Wo hast du denn den Esel her? Armseliges Geschöpf, hab ich gehört. Was fängt eine wie du denn mit einem Esel an?«

Sie zuckte die Achseln und tat unbeteiligt. »Weiß ich auch nicht genau.«

»Wir haben gehört, bei Bailey ist ein Esel weggekommen.«

Andi biss in ihr Sandwich. Inzwischen war ihr der Hunger ziemlich vergangen.

»Das warst du aber wohl nicht, oder?«

Sie blieb die Antwort schuldig. So etwas konnte sich ewig hinziehen, und dafür war sie zu müde.

Eine Stimme hinter ihr sagte: »Lass sie in Ruhe.«

Sie wandte sich um. Es war der Mann, der in der Tischnische hinter ihr gesessen hatte. Inzwischen war er aufgestanden und trat neben sie an den Tresen.

Der erste Mann warf abwehrend die Hände hoch. »Ach komm,

Jim«, versuchte er abzuwiegeln, »war doch bloß 'ne unschuldige Frage.«

Der Mann namens Jim sagte: »Die Leute kommen hierher, um zu essen, Bobby, nicht, um dir bei deinen Konversationskünsten zuzuhören.«

Der zweite Mann wirkte verlegen und kehrte an seinen ursprünglichen Platz zurück.

»War doch bloß Spaß«, murmelte der erste.

Jim wandte sich ihr zu. »Mach dir nichts aus denen. Die sind harmlos.« Er setzte sich wieder in seine Nische.

Andi war so überrascht, dass sie nicht wusste, was sie sagen sollte. Sie widmete sich wieder ihrem Käsetoast und dem Kartoffelbrei. Die Verkrampfung in ihrem Inneren hatte sich gelöst, und sie verspürte wieder Hunger. Als sie aufgegessen hatte, legte sie Geld auf ihre Rechnung, dazu ein stattliches Trinkgeld. Einen kurzen Augenblick musterte sie den Mann, der ihr beigesprungen war, und als er ihren Blick spürte und aufschaute, sagte sie: »Danke.«

Er lächelte und hielt grüßend zwei Finger an die Stirn. Die Geste erinnerte sie an die Pfadfinder. »Gern geschehen.«

Vom Diner nahm Andi den gleichen Weg zurück, den sie gekommen war. Die Luft war kühl, als hätte sich die Jahreszeit geändert, während sie dort drin gewesen war. Schnell zog sie den Reißverschluss an ihrer Jacke zu.

Gleich hinter der Two Dogs Bar schaute sie die Straße hinunter zu Jareds Scheune. Da kam jemand – nein, es waren zwei – aus einem Sonnenblumenfeld getrampelt. Lärmend und lachend liefen sie über die Straße davon.

Sie konnte sie zwar nicht genau sehen, jedenfalls nicht ihre Gesichter, wusste aber gleich, dass es die beiden mit dem Pick-up waren. Lucas Baileys Jungs. Sie bog in die Straße ein und sah sie aus dem Blickfeld verschwinden. Feiglinge. Bloß Feiglinge stellen Schwachen und Verwundbaren nach.

Andi hatte ihre Waffe nicht dabei. Sie kannte nur eine Tai-Chi-Bewegung, die ein Meister ihr einmal beigebracht hatte: mit dem Knie in die Schrittgegend des jeweiligen Angreifers. »Das ist nicht nur am schmerzhaftesten«, hatte er gesagt, »sondern deutet auch an, dass du noch andere Griffe kennst.«

Tai-Chi-Bewegungen meinte er damit.

Was hatten eigentlich die Bailey-Brüder hier zu schaffen? Niemand wusste, dass Andi von der Hauptstraße auf diese Straße hier einschwenken würde. Ach, wieso dachte sie bloß nie daran, immer eine Taschenlampe bei sich zu tragen? Inzwischen war es vollkommen finster.

Da war es wieder, das Geräusch: Irgendetwas regte sich in den Sonnenblumen. In einer bedrohlichen Lage war es immer am besten, man ging direkt auf die Bedrohung zu. »*Lässt dich dein Nerv im Stich...*« Emily Dickinson. Poesie verlieh ihr Kraft. Also überquerte sie die Straße, spähte in den Wald aus Sonnenblumen. Jemand – oder etwas – war dort drin. Höchstwahrscheinlich ein Tier, das hätte sie sich gleich von vornherein denken können. Sie hinein, horchte wieder, woher das Geräusch kam – es war Sam! Was hatte er hier draußen zu schaffen? Jared hatte ihn doch bestimmt nicht herumstrolchen lassen. Wie hatte der Esel das Türchen von seinem Verschlag und noch dazu das große Tor aufgekriegt?

Damit sollte wohl ihr eins ausgewischt werden. Sie hatte keinerlei Zweifel, dass die beiden Kerle den Esel viel weiter drin im Feld ausgesetzt hatten und er, seiner untrüglichen Eselsnase nach, den Weg hierher zurück zur Straße gefunden hatte.

»Wie hast du das denn geschafft?« Sie rieb ihm übers Maul. »Bist ja ein schlaues Kerlchen.« Es gab nichts, woran sie ihn hätte halten können. Sie hatten ihm die Decke abgenommen und auch den Riemen, mit dem sie festgezurrt war. Doch Sam folgte willig, als sie ihm die Hand an die Flanke legte und sanft anschob.

Sie waren aus dem Feld heraus und auf der Straße und schritten behutsam auf Jareds Scheune zu.

Ja, damit sollte sie bestraft werden. Wenn sie am nächsten Morgen in Jareds Scheune gekommen wäre, wäre der Esel weg gewesen. Und weil er die ganze Nacht draußen verbracht und sich immer weiter verirrt hätte, wäre Sam vielleicht für immer verschwunden gewesen. Warum hatten sie ihn nicht mit auf ihre Farm genommen? Wahrscheinlich weil sie kein Transportmittel dabeihatten.

Das Vorhängeschloss war immer noch am Tor zur Scheune, verriegelt. Hier waren sie also nicht hereingekommen. Sie führte Sam hinten herum an die andere Tür, die sie zwar geschlossen, aber nicht verriegelt fand. Andi führte Sam hinein und brachte ihn in seinen Verschlag. Sie hob die Decke auf, warf sie ihm über den Rücken und befestigte sie mit dem Riemen, der im Heu lag. Dann holte sie noch etwas Heu und gab Sam ein paar aufmunternde Klapse. Sie trat aus dem Verschlag und zog den Holzstuhl mit den gedrechselten Streben vor die Stalltür. Es wäre nicht das erste Mal, dass sie auf einem Stuhl schlief. Sie schloss die Augen und wünschte, sie hätte ihre Waffe dabei.

Sie hoffte, wenn der Morgen graute, würde sie sich das nicht mehr wünschen.

5. KAPITEL

Andi fühlte sich in Kingdom pudelwohl. Sie mochte Jared wirklich gern. Sie mochte auch den Diner und ihr Zimmer bei Mrs. Englehart. Und den Mann, der sich für sie eingesetzt hatte. Wenn sie an diesem Morgen von hier weggehen müsste, würde ihr bestimmt etwas fehlen, denn ihr war, als hätte sie diese Stadt schon ihr Leben lang gekannt. So schnell gleich irgendwo heimisch zu werden hatte jedoch bestimmt nichts Gutes zu bedeuten.

Sie fragte sich, ob es vielleicht daran lag, dass sie nirgends verwurzelt war. Ihr blieb keine Zeit, die Dinge genau unter die Lupe zu nehmen. Statt auf Vernunft verließ sie sich auf Intuition.

Als Jared hereingekommen war, wunderte er sich, dass sie schon da war. Sie erzählte ihm, was letzte Nacht geschehen war.

»Ach, du liebe Zeit! Waren es diese verdammten Baileys?«

»Keine Ahnung. Gestern Abend im Diner haben mir ein paar Männer ziemlich zugesetzt. Ich glaube, einer hieß Bobby, die Namen der anderen habe ich nicht gehört.«

Verärgert nahm Jared seine Kappe ab, wischte damit seinen Hocker sauber und setzte sie sich wieder auf. »Ja, ich glaub, ich weiß, wen du meinst. Wir haben hier ein paar ziemliche Trottel im Ort.«

»Die waren aber immer noch im Diner, als ich ging. Wahrscheinlich waren es die Baileys.«

»Das tut mir wirklich leid.« Er trat an einen der Verschläge, führte einen hübschen Braunen heraus und machte sich ans Werk.

»Schon gut. Mit den Baileys hätte ich früher oder später sowieso rechnen müssen. Übrigens, ich dachte mir – wissen Sie vielleicht, ob es hier irgendwo Arbeit gibt? Im Diner wird eine

Bedienung gesucht, aber da ist man zu …« Zu sehr im Rampen-licht, hatte sie gemeint, sagte es aber nicht. Dort würde sie sich jeden Tag mit Männern wie denen am Vorabend herumschlagen müssen oder mit Typen wie den Baileys. »Da ist man doch im-mer drinnen, verstehen Sie?«

Sie war nicht unbedingt darauf angewiesen, sie hatte genug Geld, um einige Monate über die Runden zu kommen, hatte sie sich ausgerechnet, eventuell sogar länger. Im Sparen war sie ab-solute Meisterin. Als wollte sie rechtfertigen, weshalb sie bleiben wollte, fuhr sie fort: »Und Sam hätte wahrscheinlich gern eine feste Bleibe. Ich glaub, er hatte es bis jetzt echt schwer.«

Jared unterbrach seine Tätigkeit. »Also, auf Anhieb weiß ich jetzt gerade keine Jobs. Lass mich aber mal überlegen, vielleicht fällt mir ja noch was ein.« Er wandte sich wieder seiner Arbeit zu. »Wohin soll's denn dann gehen?«

»Nach Alaska.«

Er hob überrascht den Blick. »Nach Alaska?« Er lachte. »Ent-schuldige, ich lach nicht über dich, aber da bist du schon ein biss-chen abseits vom Kurs. Ich würde sagen, Alaska ist in der Rich-tung.« Er deutete nach Westen und dann nach Norden. »Und du bist Richtung Osten gegangen, stimmt's? Zumindest auf der alten Landstraße.«

Andi wusste nicht, was sie darauf antworten sollte, denn sie hatte keine Ahnung, wieso sie nicht gleich von Idaho aus den Weg nach Kanada eingeschlagen hatte. Sie wusste nicht einmal, warum sie überhaupt nach Alaska wollte oder warum sie es ge-sagt hatte. Die Antwort blieb ihr allerdings erspart, als in dem Moment jemand hinter ihr hereinkam.

»Hallo, Jared.«

Andi erkannte die Stimme wieder und drehte sich um.

Er hielt die Hand an die Hutkrempe und sagte: »Ach, hallo!«

Es war der Mann, der in der Tischnische hinter ihr gesessen hatte.

»Jim, na, da bin ich aber platt!« Jared erhob sich von seinem Hocker, um ihm die Hand zu schütteln.

»Keine Ahnung, warum du so von den Socken bist bei meinem Anblick. Schließlich ist das mein Pferd, das du da gerade beschlägst. Sieht wenigstens aus wie meins.«

Jared lachte und deutete zu Andi hinüber. »Das ist Andi – wie heißt du eigentlich mit Nachnamen? Hast du noch gar nicht gesagt.«

»Oliver. Andi Oliver.« Ursprünglich hatte sie sich eigentlich »Olivier« genannt, aber die Leute hatten es immer in Oliver umgewandelt. Olivier – wie der Schauspieler – hatte um einiges vielversprechender geklungen. Worin das Versprechen bestehen sollte, wusste sie allerdings nicht.

»Jim Purley.« Er tippte sich erneut an den Hut. »Wir haben uns gestern in May's Diner schon irgendwie kennengelernt. Die haben dir doch weiter keinen Ärger gemacht, oder?«

»Die Baileys schon«, sagte Jared. »Was die so unter Spaß verstehen. Du kennst sie ja.«

»Ich glaub, die waren die Einbrecher«, sagte Andi.

Jim sah Jared erstaunt an. »Einbrecher? Hier?«

Jared machte gerade den Mund auf, um es zu erklären, als Andi für ihn antwortete. »Jemand – also, mehr als einer – wollte Sam auf die Pelle rücken. Sam ist mein Esel.« Sie erzählte ihm den Rest der Geschichte. »Die haben Sam im Sonnenblumenfeld draußen stehen lassen. Jedenfalls habe ich ihn dort gefunden. Wenn ich ihn nicht gefunden hätte …« Ihre Stimme verlor sich.

»Das tut mir wirklich leid.« Jim sagte es, als wollte er sich für die ganze Stadt entschuldigen. »Du hattest ja schon auf der Landstraße Ärger, hab ich gehört.«

Jared sagte: »Klingt so, als würdest du vom Ärger verfolgt.«

»Nein«, meinte Jim, »manche Leute haben Angst vor etwas, was sie nicht verstehen.«

»Wie meinst du das?« Jared schien verwirrt.

»Wie oft hast du schon eine junge Frau mit einem Esel die Straße entlanglaufen sehen?«

»Wahrscheinlich noch nie.«

Jim deutete auf das Pferd, an dem Jared gerade arbeitete. »Hast du Odds On dann fertig?«

»Klar doch.« Jared tätschelte das Bein und setzte es dann behutsam zu Boden. »Moment mal, Jim. Wenn ich mich recht erinnere, sagtest du doch, du brauchst bei dir draußen eine Hilfe?«

Jim schob seinen Hut etwas zurück, als bräuchten seine Augen mehr Licht. »Ja, schon. Wieso?«

Jared deutete zu Andi hinüber. »Die junge Dame hier sucht einen Job.«

Andi stellte sich aufrecht hin, als sollte sie gleich begutachtet werden.

»Ich kann dir gleich sagen, dieses Mädchen ist ausnehmend einfallsreich und ausnehmend zielstrebig. Nicht, was du sonst hier so siehst. Wenn ich sie hier gebrauchen könnte, würd ich sie glatt dabehalten.«

Jim musterte Andi. »Na, das ist aber eine Empfehlung. Jared lässt sich nämlich nichts vormachen.«

Andi nickte. »Das ist wirklich nett von Ihnen.« Sie wollte nicht als Bittstellerin erscheinen, die unbedingt auf den Job angewiesen war. Sonst überlegte er es sich doch noch anders.

Er lächelte. »Hältst du dich für zielstrebig, Andi?«

Sie runzelte leicht die Stirn. »Darüber hab ich noch nie so richtig nachgedacht.«

Jim lachte. »Dann bist du's wahrscheinlich. Na, jedenfalls steht der Beweis dafür gleich da drüben.« Er deutete zu Sams Verschlag hinüber. »Du kümmerst dich jedenfalls zielstrebig um diesen Esel. Ich hab gehört, was passiert ist. Was du tust, ist bestimmt nicht leicht.«

Unsicher, wie sie darauf antworten sollte, runzelte sie die Stirn.

Er sagte: »Wenn du mit zu mir rausfahren möchtest, kann ich dir erklären, worin die Arbeit besteht, und du kannst gleich selber sehen, ob es dir gefällt.«

Sie lächelte. »Oh, damit ich es mache, muss es mir nicht gefallen.«

»Aber es schadet nicht.« Er wandte den Blick zu Jared. »Im Anhänger ist bestimmt auch genug Platz für deinen Esel. Meinst du, er verträgt sich mit Odds On?«

Jim, fand Andi, hatte so eine entspannte Art, dass man gar nicht anders konnte, als ihm zuzustimmen. Das fiel ihr auch nicht schwer. »Bestimmt. Sam ist überhaupt nicht launisch.«

Odds On und Sam wurden in den Anhänger, Andi ins Fahrerhäuschen von Jims Pick-up verfrachtet. Der sah ziemlich neu und sehr sauber aus.

Jim fuhr in einem langsamen, weiten Bogen aus Jareds Einfahrt.

»Macht das den Pferden denn was aus? Verlieren sie dann das Gleichgewicht?«

»Na ja, kann schon sein, wenn man mal plötzlich zu schnell scharf abbiegt. Und ob ihnen so eine Fahrt was ausmacht … hm, vermutlich wären sie lieber auf einer Weide oder auf der Rennbahn.«

»Ist Odds On ein Rennpferd?«

»Hält sich jedenfalls für eins. Nein, ich hab ihn nie Rennen laufen lassen. Ab und zu überlege ich, ob ich ihn in ein Verkaufsrennen gebe, aber dann kommt womöglich einer und kauft ihn, und dann heißt's Abschied nehmen, Odds On.«

»Halten Sie denn Rennpferde?«

»Ja, ein paar schon.« Er nahm den Blick von der Straße und sah Andi an. »Ich hoffe, du versprichst dir von diesem Job nichts Glamouröses. Ich betreibe das nicht ernsthaft, das Pferderennen. Es ist bloß eine Art Zeitvertreib.«

Die Bemerkung versetzte ihr einen winzigen Stich. »Seh ich aus wie eine, die auf Glamour aus ist?«

Er lachte. Heftig. Schüttelte den Kopf. »Nach allem, was ich gehört hab, nein.«

Dabei fürchtete sie, dass es doch so war, hauptsächlich bei ihm, wegen der Art, wie er ihr zu Hilfe gekommen war. Andi war es nicht gewöhnt, dass man ihr zu Hilfe kam.

Die Landschaft, die sie durchfuhren, war karg, aber nicht öde.

Sie schien durch die Kargheit sogar noch üppiger. Monochrom zu Gold verschattetes Braun mit langen, von der Sonne geworfenen Schatten. »In Montana gibt es auch solche Landstraßen. Schnurgerade und unendlich lang. Ohne ein Ende in Sicht.«

»Glatt durch«, sagte Jim. »Und pfeilgerade.«

Sie wandte sich zu ihm hin. »›Pfeilgerade.‹ Die Beschreibung gefällt mir, aber das hört sich an, als sei die Straße ein Geschoss, irgendwie tödlich.«

Ein paar Minuten fuhren sie schweigend, dann fragte Jim: »Als was arbeitest du denn sonst so?«

Andi sah aus dem Beifahrerfenster. »Als Kellnerin, Kassiererin im Drogeriemarkt, aber hauptsächlich als Kellnerin. Mal hier, mal da.«

Jim überlegte einen Augenblick, dann fragte er: »Hast du denn Erfahrung mit Tieren? Ich meine, außer mit dem Esel, den du gerettet hast.«

Ein heller Streifen Sonnenlicht durchbohrte die Windschutzscheibe, und Andi kniff die Augen zusammen. »Hm, keine außer …« Sie verstummte.

Jim wartete. Als sie nicht weitersprach, fragte er: »Außer was?«

Sie dachte an jenen Winter im Sandia-Gebirge und an die in der Falle gefangenen Kojoten. Aber davon wollte sie nicht anfangen. Es hörte sich verdächtig an, es klang nach einer Lüge. Sie schüttelte den Kopf und log trotzdem. »In meiner Familie haben wir Lamas gezüchtet. Mit Lamas kenn ich mich echt gut aus.« Sie bezweifelte, das Jim welche hatte. »Wir hatten auch ein paar Ziegen, aber bloß so nebenbei.«

»Und davon lebt deine Familie? Ich könnte mir denken, der Markt für Lamas ist ziemlich begrenzt.«

»Nein. Mein Dad war – ist – Investmentbanker.« Wieso hatte sie das gesagt? Wenn sie Geld hatten, wieso zog sie dann von Ort zu Ort, schlug sich mit Gelegenheitsjobs durch, kriegte Ärger? »Bis der Aktienmarkt zusammengebrochen ist.« War er das denn? »Ich meine, er hat dabei einen Haufen Geld verloren.«

47

»So ein Pech. Tut mir leid. Woher kommst du denn, Andi?«

»Aus Santa Fe.« Dies sagte sie ganz selbstsicher. Irgendwie war es ja die Wahrheit. Und weil in ihrer Geschichte manchmal die Hamptons auftauchten, fügte sie hinzu: »Und aus New York.«

»Santa Fe ist toll. Leben deine Leute noch dort?«

Wie sollte sie darauf antworten? »Ein paar schon. Ein Bruder und ein Hund. Der Rest ist in den Hamptons.«

Er schwieg eine Weile. »Und seid ihr in Kontakt?«

»Ja, natürlich.« Einen Bruder hatte sie Swann genannt. Das klang so exotisch wie die Lamas. Irgendwie war es fast tröstlich, dass sie sich an nichts erinnerte, bevor sie an jenem Morgen in Santa Fe aufgewacht war. Weil sie sich an keine Vergangenheit erinnern konnte, konnte sie damit machen, was sie wollte. Konnte alles machen, sein, wer sie wollte. Sie merkte, dass sie hier noch einen draufsetzen konnte. »Ach ja, und einer meiner Brüder lebt in Alaska.« Damit ließe sich Alaska erklären.

»In Anchorage?«

»Nein.« Warum bejahte sie es nicht einfach? »In Juneau. Er hat einen kleinen Laden, verkauft Mäntel und Jacken.«

»Warst du schon mal in Alaska? Hast du ihn mal besucht?«

Sie schüttelte den Kopf. Es war nicht so sehr, dass sie das alles erfand, um den wahren Grund zu verbergen, weshalb sie hinwollte; es war eher so, dass sie nicht wusste, was der wahre Grund war. Sie wusste nicht, was sie nach Alaska trieb. Sie wünschte, sie wüsste es. Sie fragte sich, ob jemand anderes es ihr sagen konnte. Der Wunsch musste ursprünglich aus dem Leben rühren, an das sie sich nicht erinnern konnte. Und es war ja auch gar kein so starker Wunsch, als dass er sich nicht zurückstellen ließe. Vermutlich verhielt es sich mit der Sache mit Alaska so wie mit dem Gespräch mit Jim: Sie kam von einem Kurs ab, der schon von Anfang an nicht besonders klar gewesen war.

»Nun, Andi. Du wirst ja wohl nicht zu Fuß nach Alaska laufen, oder?«

Da musste sie schmunzeln. Mehr oder weniger eigentlich

schon. »Deshalb such ich ja einen Job, um das Geld für den Flug zusammenzukriegen.«

Jim überlegte einen Augenblick. »Es geht mich ja nichts an, aber wieso kauft dir dein Bruder denn kein Ticket?«

»Das krieg ich lieber selber hin. Sie wissen ja, wie es ist.«

»Kann sein. Ich war nie dort. Warst du schon mal dort?«

»Einmal. Es war ganz toll. Wenn man aus der Stadt rauskommt, sieht alles so unberührt aus. Genau wie hier« – sie deutete auf die Landschaft –, »bloß noch viel stärker.«

»Die Gletscher, die würd ich schon gern mal sehen. Blaues Eis. Die sehen so geheimnisvoll aus.«

Sie nickte. »Wenn ein Teil abbricht und ins Meer gleitet, das ist wie der Beginn der Welt. Es gibt nicht viele Orte, an denen man das erleben kann. Vielleicht in Afrika, vielleicht wenn man auf einem von diesen Flüssen fährt, etwa dem Kongo.« Die Sonne stand hoch am Himmel und ließ das Gras glänzen, als sei es lackiert. »Vielleicht wussten wir früher, wie die Dinge wirklich sind, vielleicht haben wir alles vergessen, haben es ausgeblendet, und was wir jetzt sehen, sind bloß Schemen.« Sie redete zu viel. Es lag vermutlich daran, dass sie dauernd allein war. »Entschuldigung. Manchmal rede ich einfach so daher.«

»Du bist ja ein ziemlich tiefsinniger Mensch.«

Sie fuhren an ein paar Gebäuden vorbei, die in einer Art Talmulde lagen. Die langgestreckten Gebäude wirkten sauber, waren strahlend weiß.

»Was ist das da unten?«

»Diese Anlage? Das ist Klavan's.« Er verlangsamte die Fahrt. »Eine Schweinemastfarm.«

»Ach, so ein Betrieb für Massentierhaltung?«

»Ja, ein ziemlich kleiner allerdings.«

»Macht's Ihnen was aus, mal anzuhalten?«

Überrascht hielt er den Truck an. Sie hatten gerade das letzte der langen weißen Gebäude passiert.

Andi stieg aus, ging ein Stück zurück und schaute von der grasbewachsenen Bankette hinunter quer über das Feld.

Jim, der diesen Ort noch nie gemocht hatte, wandte sich jedes Mal ab, wenn er hier vorbeifuhr. Hätte es einen anderen Weg nach Kingdom gegeben, hätte er den gewählt.

»Wieso sieht es so sauber aus, wenn sie dort all die Schweine halten?«

Bei ihr, dachte er, war es keine rhetorische Frage. »Ein Grund sind die Hygienevorschriften. Da muss alles tipptopp sein, falls eine Kontrolle kommt. Vom staatlichen Veterinär, kann ich mir denken.«

»Es sieht so hell und freundlich aus.«

»Ja, das gehört wohl alles dazu.«

Sie musterte ihn mit fragendem Blick, als ob er die Leute dort insgeheim in Schutz nehmen wollte.

Jim schloss die Augen. »Mädchen, bist du eigentlich immer so gottverdammt kritisch?«

Nun schien sie verwirrt. »War ich das? Hab ich gar nicht gemerkt.«

Er lachte kurz auf. »Na komm, fahren wir.« Als sie sich nicht rührte und keine Anstalten machte, gehen zu wollen, wiederholte er: »Na, los. Ich muss nach Hause.« Musste er eigentlich nicht. Seine eigenen Schweine tummelten sich friedlich in ihrem Pferch.

Sie fragte: »Wann werden die Sauen ins Freie gelassen?«

Er hatte sich zum Gehen gewandt und drehte sich nun wieder um, schluckte seinen Ärger hinunter. Immerhin war sie kein oberflächlicher, nerviger Teenager, der nur an iPods und die Easy-Street-Band dachte.

»Die werden gar nicht rausgelassen.«

»Ach?« Sie musterte ihn ungläubig. »Waren Sie schon mal dort drin?«

»Nein. Da kommt man nicht rein.«

Sie schaute ihn an oder gewissermaßen durch ihn hindurch, fand er. Dann blickte sie wieder zu den hellen, weißen, niedrigen Gebäuden hinüber, gerade so, als nähme sie ein großartiges Panorama in sich auf – die Tetons oder den Grand Canyon oder die

Black Hills. Sie hatte wirklich etwas Tiefsinniges an sich, fand er. Gleichzeitig spürte er, dass sie bestimmt gut mit Pferden umgehen konnte. Sie war eine, die nicht so leicht aufgab.

Als sie sich endlich zum Gehen wandte, schien es, als wäre die Luft schmerzgepeinigt zerrissen.

Jims Anwesen war eigentlich gar keine richtige Farm, weil er sich überhaupt nicht für Landwirtschaft interessierte, wenigstens nicht für die Art, bei der man Ackerland bestellte und Mais und Weizen anbaute. Es war auch kein Viehzuchtbetrieb. Die Tiere hielt er einfach, weil er sie mochte.

»Wirklich hübsch«, sagte sie von ihrer hohen Sitzposition aus, als sie in die Auffahrt einbogen. »Sieht mir so aus, als bräuchten Sie gar niemanden.«

»Falsch. Ich bin recht oft weg, zum Beispiel in Fargo, und da muss ja jemand nach den Tieren schauen.«

Sie waren ausgestiegen und gingen nach hinten zum Anhänger. Auf das Haus deutend, das in einem sehr blassen Blau gestrichen war, einem Blau, das schon völlig ausgebleicht und verwittert war, sagte Andi: »Sieht aus wie Alaska, wie blaues Eis, wie Sie vorhin gesagt haben.«

»Stimmt irgendwie, jetzt wo du's sagst.« Jim führte das Pferd die Rampe hinunter und holte dann den Esel. »Hier, führ du ihn herum. Schau mal, wie es ihm gefällt.«

Lächelnd griff Andi nach dem Strick. Es war, als würde Sam ein Hotelzimmer besichtigen, um zu sehen, ob es ihm behagte.

Während sie zum Stallgebäude hinübergingen, ließ Andi die Hand über die Flanke des Pferdes gleiten. »Odds On, der Name gefällt mir.«

»Da drin ist noch eins, das heißt Odds Against – wie beim Pferderennen: Favorit und Außenseiter.« Jim deutete in Richtung Stall. »Ich hab versucht, ihn für kleine Rennen zu trainieren, aber es war hoffnungslos. Hoffnungslos. Ich konnte ihn nie dazu bringen, den Galopp lang zu halten.«

Sie betraten den dunklen, kühlen Stall, wo Andi die anderen Pferde sah und außerdem eine leere Box.

»Meinst du, das ist was für Sam?« Jim öffnete die Boxentür, und Andi führte Sam hinein. Jim sagte: »Mit Odds On hat er sich ja recht gut vertragen. Und die anderen scheinen sich tatsächlich für ihn zu interessieren.«

Andi blinzelte, als könnte sie dadurch das Interesse in den Mienen der Pferde erfühlen. Konnte sie nicht. »Für Sam ist das hier bestimmt das Eselsparadies.« Sie nahm ihm den Strick ab und machte die Tür zu.

»Na, wenn die sich nicht miteinander anfreunden …« Jim ließ die spekulative Bemerkung unvollendet. Er sagte: »Du kannst doch reiten, hoffe ich. Ich könnte einen guten Übungsreiter gebrauchen. Reiterin, meine ich.«

»Oh ja«, antwortete Andi.

Oh nein! Sie war noch nie geritten. Allerdings … wie konnte sie sich so sicher sein, schließlich war ihre Vergangenheit ein unbeschriebenes Blatt. »Ich sollte sagen, ich bin schon lange nicht mehr geritten. Wir hatten aber Pferde, zwei Stück.« Sie sah sie im Geiste vor sich, wunderschöne Geschöpfe wie diese beiden hier, die aufmerksam über ihre Boxentür lugten. Sie sollte wirklich aufhören, Sachen zu erfinden. Eines Tages würde sie sich noch verhaspeln, wenn sie nicht aufhörte. Und doch, eine Vergangenheit musste sie schließlich haben, oder nicht? Also fuhr sie fort: »Hauptsächlich zum Turnierreiten.«

»Wirklich? Dann bist du also gut im Dressurreiten?«

Sie war sich nicht sicher, was das hieß, hütete sich also, es zu bejahen. Ein weiteres Pferd, das nun über seine Boxentür lugte, ersparte ihr die Antwort.

Kaum war Odds On in seiner Box, reckte er den Hals zu dem Pferd in der Nachbarbox hinüber, ein Tier von einem so dunklen Mahagonibraun, dass es fast schwarz wirkte, wie die Farbe des blank polierten Treppengeländers vor Mrs. Engleharts Haustür.

»Die scheinen ja gute Freunde zu sein.«

»Stimmt. Das hier ist Dakota.«

»Mag der denn gerne galoppieren?«

»Wenn er Lust hat, schon. Hat als Zweijähriger vier von sieben Rennen gewonnen.«

Andi staunte. »Heißt das, er ist ein Rennpferd?«

»Ganz genau.« Jim streichelte Dakotas Maul. »Schade, dass ich kein Turnierpferd habe. Dann könnten wir die Hürden aufstellen, und du könntest es mal alle Gangarten durchlaufen lassen.«

»Ja, schade.« Andi fühlte, wie sich ihr der Magen umdrehte, als säße sie bereits auf dem unaufhaltbaren Pferd. Die beiden in den Nachbarboxen schienen sich für sie und Jim zu interessieren. »Wer ist das?«

»Das ist Odds Against. Er und Odds On sind sehr gute Freunde.« Jim trat an die nächste Box zu einem wunderschönen kastanienbraunen Pferd. »Und das ist Palimpsest. Den habe ich an ein paar Rennen teilnehmen lassen. Der ist in Ordnung.«

»Palimpsest? Das ist ja ein seltsamer Name.«

»Es bedeutet so in etwa ›Überschreiben‹. Früher war Papier wohl so wertvoll und teuer, dass man es nicht wegwerfen konnte, also löschte man, was man konnte, und schrieb darüber. Das ist Palimpsest. Schön an der Oberfläche, aber darunter liegt mehr, so als hätte ich statt zu löschen oder wegzuwischen einfach darüber geschrieben. Was einmal da war, ist immer noch da, Schicht um Schicht überschrieben, aber wenn man ganz genau hinsieht, kann man immer noch erkennen, was darunter ist. Hinter diesem Pferd steckt viel mehr als das, was man mit bloßem Auge sieht. Es ist einfach so ein Gefühl, das ich bei ihm habe, schon seit er noch ein Fohlen war.« Jim nahm seine Schildmütze ab und setzte sie gleich wieder auf. Sein Blick fiel auf das Pferd in der nächsten Box. »Das ist Nelson. Nicht umwerfend, einfach ein braves, altes Pferd. Nie launisch, immer bereit, das zu tun, was man von ihm will.«

Sie gingen hinter den Stall zum Schweinekoben.

Dort befanden sich die beiden fettesten Schweine, die sie je gesehen hatte. Eins wühlte im Dreck, das andere lag auf der Seite und schlief. Zwei komische Gesellen.

»Das hier sind Max und Hazel. Ich schlachte ja nicht mehr selber. Die beiden habe ich schon seit Jahren. Sooft jemand vorbeikommt, denken Max und Hazel, es ist Fressenszeit. Besonders Hazel. Siehst du den Apfelbaum da? Seltsamerweise gibt's an den unteren Ästen nie Äpfel.«

Die Äste weiter unten waren zwar belaubt, trugen jedoch keine Früchte. »Was ist damit?«

»Haben die Schweine sich geschnappt.« Jim grinste. »Fragt sich bloß, wie.«

Sie sah zu den Ästen hinauf, dann zu Max und Hazel hinunter. »Wie haben die das geschafft?«

»Ist mir ein Rätsel.«

»Na, und was ist die Lösung?« Sie lächelte.

Er zuckte die Schultern. »Frag mich was Leichteres.«

Sie standen da und betrachteten Max und Hazel sinnierend.

»Komm doch rein auf einen Kaffee.«

Die Einladung hätte auch den Schweinen gelten können, so wie die sich an den Zaun drängelten. Andi begann sich schon etwas unbeschwerter zu fühlen, oder vielleicht trug Jim jetzt etwas von der Bürde, und mit vereinten Kräften würden sie es schon schaffen.

Im Haus setzte sie sich an einen Tisch mit gelb-weiß-karierter Wachstuchdecke und ließ die Hand über die glatte Fläche gleiten.

»Ich mach uns gleich was zu Mittag. Inzwischen« – er stellte eine Kuchenplatte auf den Tisch, wo unter einer Plastikhaube ein halbes Dutzend Donuts lagen, mit Zuckerguss und ohne – »bedien dich hier.«

Erst jetzt merkte sie, wie hungrig sie war. Sie hatte nicht gefrühstückt, und inzwischen war es fast zwölf. Doch sie wollte auf ihn und den Kaffee warten.

Er stand an der Anrichte und betrachtete die Kaffeemaschine, als wollte er sie antreiben, den Vorgang endlich zu beenden.

»Wohnen Sie allein hier?« Das Haus war so groß, dass sie mit einer Familie gerechnet hätte, mit ein paar herumsausenden Kindern.

»Ja! Ich bin alleinstehend. Meine Frau ist vor ein paar Jahren gestorben.«

»Das tut mir leid.« Es stimmte, gleichzeitig war es beruhigend zu hören, dass außer ihr auch noch andere auf sich selbst gestellt waren.

Die Kaffeemaschine hatte endlich den letzten Tropfen ausgespuckt, und er füllte die Tassen. »Machst du dir was draus, was die Leute sagen?« Er grinste, stellte Kaffee und Milchkännchen hin. Der Zucker war schon auf dem Tisch. »Ich kann mir nicht vorstellen, dass jemand, der mit einem Esel an der Leine in eine fremde Stadt marschiert, sich viel draus macht, was andere Leute denken.«

Über das Thema Schicklichkeit hatte sie sich noch gar keine Gedanken gemacht. Sie lächelte. »Wahrscheinlich.«

»Hör mal, Andi, was hattest du denn mit deinem Esel vor?« Er stellte weiße Tassen und Untertassen hin und platzierte die Kaffeekanne zwischen ihnen.

»Weiß ich auch nicht. Ich glaube, das war so eine Art Spontankauf.« Sie brach einen gezuckerten Donut in der Mitte durch und legte eine Hälfte auf ihre Untertasse. Die andere stippte sie kurz in ihren Kaffee.

»Das glaub ich dir.« Jim tunkte seinen Donut ein.

Andi betrachtete ihn über den Rand ihrer Tasse hinweg. »Kennen Sie diesen Mann? Der behauptet, Sam gehöre ihm?«

»Lucas Bailey? Klar kenn ich den. Seine Jungs kenn ich auch. Die werden immer mal wieder verhaftet, und Lucas haut sie immer mal wieder raus. Schade, dass du die nicht einfach abgeknallt hast, du hättest uns alle von unserem Elend erlöst.« Er nahm einen Schluck Kaffee. »Du hättest dem Sheriff eine Menge Ärger erspart.«

»Woher wussten Sie ...«

Jim musterte sie erstaunt. »Dass es die Bailey-Jungs waren, die dich bedroht haben? Meine Güte, Mädchen, das wusste doch jeder, kaum dass du den Fuß in die Stadt gesetzt hast.«

»Es ist mir wirklich nicht recht, dass der Sheriff mich auf dem

Kieker hat.« Nicht nach dem, was in Idaho passiert war. Aber das war über ein Jahr her, und etwaige Ermittlungen waren offenbar recht rasch wieder eingestellt worden.

»Ich auch nicht.« Er lachte. »Irgendein bestimmter Grund?«

Sie hob den Blick nicht von ihrem Kaffee und blieb die Antwort schuldig.

»Also, wenn du nicht willst, dass Harry McKibbon dich auf dem Kieker hat, dann solltest du vielleicht besser keine Waffe tragen, geschweige denn Esel entwenden. So was macht zu viel Wirbel.«

»Wie gut kennen Sie diesen Lucas Bailey?«

»Nur ganz oberflächlich. Der ist ziemlich wortkarg.«

»Hat er denn einen Esel?«

»Pferde, ja. Von Eseln weiß ich nichts. «

Über Jims Schulter hinweg sah Andi eine Gestalt näher kommen. »Da ist jemand.«

Jim wandte sich um. »Tom! Komm rein! Mit dir hab ich heute gar nicht gerechnet. Gerade eben habe ich Odds On von Jared zurückgebracht. Hier ist Andi Oliver. Die wird bei uns arbeiten. Wir könnten doch eine gute Trainerin gebrauchen. Andi, das ist Tom Rio. Wir sind Geschäftspartner, mehr oder weniger.«

»Eher weniger.« Tom tippte sich an den Hut. »Freut mich.«

Seine Augen waren haselnussbraun, sein Gesicht – Wangenknochen, Unterkiefer – kantig, von Zeit und Wetter hager und gegerbt. Er sah ganz und gar nicht so aus, als wäre er überzeugt, dass sie einen Neuzugang brauchten, egal wofür. Er holte sich einen Henkelbecher und nahm Platz. Jim schob ihm die Kaffeekanne hin. »Andi hat Erfahrung mit Pferden, aber bloß mit Turnierpferden. Das heißt aber nicht, dass sie für uns nicht ein bisschen reiten könnte …«

Oh doch, das heißt es schon, dachte sie. Wieso war sie bloß so dumm gewesen, zu sagen, sie wüsste etwas über Pferde?

Tom zog sich die Zuckerdose herüber und gab ein paar Löffel voll in seine Tasse. »Turnierpferde? Da braucht man eine Menge Fachwissen, das ist sehr präzise, sehr anspruchsvoll.«

»Ich will nicht sagen, dass ich viel davon verstehe…«

Tom entgegnete: »Schon gut. Seit Quentin gegangen ist, hatten wir keinen Trainer außer Jesus. Der ist gut, aber überlastet, und Quentin war sowieso nicht besonders zuverlässig.« Als ob ihm viel im Kopf herumginge, verzehrte er seinen Donut bedächtig, fast meditativ. »Hast du dir einen Esel zugelegt, Jim? Draußen im Stall steht nämlich einer.«

»Ach, der gehört Andi. Ist ihr irgendwie zugelaufen.«

Tom nickte beiläufig, als käme es recht häufig vor, dass Fremde mit Tieren herumstromerten, die ihnen einfach so »zugelaufen« waren.

Andis fragender Blick wanderte zwischen den beiden hin und her, doch stellte keiner der Männer die Herkunft des Esels in Frage.

Tom lehnte sich zurück und zündete sich eine Zigarette an. »Bist du die junge Dame, die auf der Landstraße draußen von den Bailey-Jungs belästigt wurde?«

»Wenn es die waren. Ich wusste ihre Namen nicht.«

»Ich sagte grade zu ihr«, meinte Jim, »sie hätte uns allen einen Gefallen getan, wenn sie die abgeknallt hätte.«

Tom schnaubte durch die Nase. »Das kannst du wohl sagen.« Er zog an seiner Zigarette und blies einen dünnen Rauchstrahl aus. »Schleppst du immer eine Waffe mit dir herum?«

»Nein, aber ab jetzt vielleicht schon. Nach dem allem.«

Jim schüttelte den Kopf. »Würde ich dir nicht raten, Mädchen.«

»War bloß ein Witz.« Es war aber keiner gewesen, in Anbetracht all dessen, was ihr im Leben schon alles zugestoßen war.

Tom sah zu Jim hinüber. »Wieso würdest du's ihr nicht raten?«

»Mann, du weißt doch, wie leicht man dabei selber zu Schaden kommen kann.«

»Was wäre passiert, Jim, wenn sie die Waffe nicht gehabt hätte?«

»Zugegeben, da hast du recht.«

In stiller gemeinschaftlicher Runde, wie sie sie bisher so selten erlebt hatte, saßen sie da, während der Nachmittag allmählich verfloss. Da war dieses Gedicht, das sie nicht mehr recht zusammenbekam. In dem der Sprecher zurückkehrte und feststellte, dass die Schwäne fortgeflogen waren. Es war nicht vorbei, das Zu-Ende-Gehen, der Verlust.

»Stimmt was nicht, Andi?«, fragte Jim. »Du siehst blass aus.«

Sie schüttelte den Kopf und sah auf ihre leere Tasse hinunter. Wenn sie jetzt etwas sagte, egal was, würde sie die Fassung verlieren, befürchtete sie.

Jim stand auf. »Na, kein Wunder, dass du blass bist. Sie hat ja nichts gegessen außer dem einen Donut und Kaffee. Ich mach ein paar Eier mit Würstchen. Du, Tom?«

»Nein, danke. Ich muss noch nach Fargo. Hoffe, du bleibst uns erhalten«, sagte er zu Andi. »Wir könnten wirklich Hilfe gebrauchen.«

»Danke.« Sie sah ihm nach und wünschte, er würde zurückkommen.

»Ich zeig dir das Zimmer, das du haben könntest, wenn du willst«, sagte Jim.

Sie stiegen die fächerförmig nach oben führende Hintertreppe hoch bis zu einem Treppenabsatz und einem Flur, von dem mehrere Zimmer abgingen. Jim öffnete die erste Tür. »Das hier hat ein eigenes Bad. Es ist das schönste.«

Andi hätte auch im Stall geschlafen. Noch lieber war ihr natürlich dieses große, geräumige Zimmer. Es hatte zwei Fenster mit zarten, von der leichten Brise gebauschten Gardinen und hölzernen Rollläden, durch die das Sonnenlicht Streifen auf einen großen Häkelteppich warf. Die Tapete war mit winzigen blauen und grünen Blumen und Blättern bedruckt. Möbliert war es im nüchternen Missionsstil – Bett, Kommode und alter Schaukelstuhl. Die Sitzkissen auf dem Schaukelstuhl waren mit zur Tapete passendem Chintzstoff bezogen. Jemand hatte sich wirklich Mühe gegeben.

»Es ist ein wunderschönes Zimmer. Mit Aussicht auf den Stall.« Es gefiel ihr, dass sie sehen konnte, was dort vor sich ging.

»Okay, wenn du willst, kannst du's haben.«

Weil sie auf demselben Weg zur Stadt zurückfuhren, kamen sie wieder an dem Schweinemastbetrieb vorbei.

Er sah, wie sie sich in ihrem Sitz aufrichtete, um die Gebäude besser sehen zu können, sagte aber nichts. Ihm war nicht ganz wohl dabei, dass sich jemand so auf etwas einschoss, was sowieso nicht zu ändern war. Jim fand, es gab Dinge im Leben, die man einfach akzeptieren musste. Und dieser Betrieb gehörte eben dazu.

Okay, das konnte er ihretwegen seiner Großmutter erzählen. Wenn man jung ist, gibt es für einen nur Schwarz und Weiß. Er jedenfalls sah keine Möglichkeit, dem entgegenzuwirken. Fortschritt nannte sich das.

»Das da drüben gefällt dir nicht besonders, stimmt's?«

»Ihnen etwa?«

6. KAPITEL

»Tut mir leid«, sagte sie zu Mrs. Englehart, die neben dem Telefontischchen stand, als Andi zur Haustür hereinkam. »Tut mir leid, dass ich gestern Abend nicht wiedergekommen bin, aber mir kam was dazwischen. Es hatte mit meinem Esel zu tun.« Andi erzählte ihr, was geschehen war.

Die Frau schüttelte bekümmert den Kopf. »Weiß man denn, wer's getan hat? Eine Schande, ein armes Tier so zu behandeln. Wer das getan hat, sollte streng bestraft werden.«

»Ja, genau. Na, jedenfalls hab ich einen Job gefunden.«

Mrs. Englehart wischte sich die Hände an ihrer Schürze ab. »Das ist ja wunderbar. Und wo? Ich wusste gar nicht, dass du was gesucht hast. Heißt das, du bleibst?«

»Auf Jim Purleys Farm. Ich soll ihm in Haus und Hof zur Hand gehen.«

»Oh, auf Jim Purley hält man hier in der Gegend große Stücke. Er hat ein paar sehr feine Pferde, hab ich gehört.«

»Stimmt. Und auf die Art kann ich auch dafür sorgen, dass Sam – so heißt der Esel – gut untergebracht ist. Der wohnt dann im Stall bei den Pferden.«

»Na, das ist ja großartig. Dann brauchst du das Zimmer also ab morgen nicht mehr?«

»Nein, aber danke für alles, Mrs. Englehart.«

Oben in ihrem Zimmer zog Andi die Nachttischschublade auf und nahm die Smith & Wesson heraus. Das Magazin hatte sie entfernt und in eine Tasche in ihrem Rucksack gesteckt – für den unwahrscheinlichen Fall, dass jemand (ein Kind, Mrs. Engleharts

Enkelkind vielleicht) sich hier umsehen kam. Sie hatte keine Ahnung, ob Mrs. Englehart ein Enkelkind hatte oder ob es überhaupt Kinder im Haus gab.

Doch sie wusste, dass man sich so gut es ging auf alle Eventualitäten vorbereiten musste. Wenn man nachlässig wurde (und etwa eine geladene Schusswaffe in einer unverschlossenen Schublade liegen ließ), würde das Desaster gleich auf dem Fuße folgen. Nicht nur *vielleicht*, sondern ganz *bestimmt*. Das Leben war gefährlich. Die Landmine im hohen Gras, der offene Brunnen, der nicht abgedeckte Swimmingpool, der Riss im zugefrorenen See. Das alles lauerte draußen direkt vor ihrer Tür.

Andi wusste, dass sie paranoid war, hatte aber auch reichlich Grund dafür. Außerdem war sie lieber paranoid als tot.

Nachdem sie die Waffe wieder in der Schublade verstaut hatte, legte sie sich auf die flauschige weiße Tagesdecke und fuhr mit der Fingerspitze über die Initialen auf ihrem Rucksack: AO. Sie hatte immer noch keine Ahnung, wofür die Anfangsbuchstaben standen oder zu wem sie gehörten.

Es war das, was von einem Leben übrig war, an das sie sich nicht erinnern konnte. Andi Olivier. Eine Fiktion. Ihr ganzes Leben war eine Fiktion. Sie dachte es sich einfach so nach und nach aus. Sie hatte den Namen und die Familie erfunden. Die Oliviers, jetzt Oliver. Das mit dem Dressurreiten. Das war aus der Fülle falscher Tatsachen gegriffen, die sie den Leuten erzählt hatte. Selbstverständlich hatten die Oliviers Zugang zu jedem erdenklichen Luxus – Tennis, Reiten, Segeln.

Und sie war natürlich versiert im Dressurreiten. Das Wort gefiel ihr. Sie wusste bloß nicht recht, was es bedeutete, außer dass es etwas mit dem Vorführen von Pferden zu tun hatte. Von Turnierpferden.

Sie lag da, die Hände hinter dem Kopf verschränkt, und ließ den Tag noch einmal Revue passieren: Es war einer der besten Tage gewesen, die sie je erlebt hatte, fand sie, und nun bestand die Aussicht, ihn wieder und wieder zu erleben.

Seufzend schloss Andi die Augen.

7. KAPITEL

Sie stand auf, um sich das Gesicht zu waschen, bevor sie sich auf den Weg zu May's Diner machte.

Als sie zur Apotheke kam, um sich dort Zahnpasta zu besorgen, bemerkte sie neben dem Zeitungsstand einen Ständer mit Taschenbüchern. Sie zog eines mit einem prächtigen Foto von einem Sonnenuntergang heraus, im Vordergrund die Silhouette eines Cowboys, ihm gegenüber eine weitere Silhouette, ein Indianer. Ihre Umrisse hoben sich von einem flammenden Himmel ab. Sie konnte sich nicht erinnern, jemals einen Western gelesen zu haben, diesen hier erstand sie jedoch wegen des Umschlags.

Im Diner beschloss Andi, sich in eine Tischnische zu setzen, weil sie dachte, am Tresen würden die Leute bloß ermutigt, ein Gespräch mit einem anzufangen. Es war leichter, am Tresen Smalltalk zu machen als an einem Tisch. Sie rutschte also in eine halbdunkle Nische, und als Mildred mit ihrem breiten freundlichen Lächeln ankam, bestellte sich Andi ein gegrilltes Käsesandwich mit Pommes frites und Kohlsalat, dazu eine Cola. Dann zog sie das Taschenbuch hervor und fing an, darin zu blättern.

Einige der Gäste, die am Vorabend hier gewesen waren, hatten sich wieder eingefunden. Für die Einwohner von Kingdom waren es die Stammlokale, dieser Diner und die benachbarten Bars.

Als sie den Blick von ihrem Buch hob, fiel er prompt auf die beiden, die sie auf der Landstraße angehalten hatten. Andi verspürte einen Adrenalinstoß und wünschte, sie hätte nicht so oft diese panische Angst. Sie versuchte, sie nicht zu zeigen. Dadurch wirkte sie vermutlich kühl oder zumindest gleichgültig. Aber das war ja gerade ihre Absicht: die Leute abzuschrecken. So gefährlich die Smith & Wesson auch war, Andi war froh, dass sie sie bei sich hatte und dass sie nach ihrem Weggang aus der Hütte in den Sandias mit den Schießübungen weitergemacht hatte. Eine verlassene Hütte war es gewesen, offensichtlich bloß einen Teil des Jahres genutzt.

Nicht auf Wilderer hatte sie schießen wollen, obwohl sie sich nicht ganz sicher war, ob sie es nicht doch getan hätte. Sie hatte nie irgendwelche gesehen, nur die Fallen, die sie hinterlassen hatten, und sie hatte gesehen, wie die Tiere darin kämpften – Kojoten, Wölfe und Füchse. Der Schmerz musste unbeschreiblich gewesen sein, wie der eines menschlichen Wesens, das versucht, sich selbst Arm oder Bein abzusägen. Sie hatte die Pistole bei sich für den Fall, dass sie die Fallen nicht aufbekam, diese Fußangelfallen mit Stahlbacken, für die man seine ganze Kraft brauchte, um sie aufzustemmen. Ein Tier konnte sich daraus nur befreien, indem es sein Bein durchnagte. Wenn sie die Falle damals nicht aufbekommen hätte, hätte sie den Kojoten erschießen müssen. Das war aber nicht nötig gewesen. Als sie ihn in der Falle fand, versuchte sie wieder und immer wieder, die Falle aufzustemmen, ohne dass es ihr gelang, und so stapfte sie auf und ab, auf und ab, angewidert von der Aussicht, womöglich ein Wesen töten zu müssen, das sie lieber retten würde. Mitten im tiefen Winter stapfte sie dort schwitzend auf und ab.

Jetzt fragte sie sich, ob sie es wohl fertiggebracht hätte, den Kojoten zu erschießen, wenn sie die Falle nicht am Ende doch aufbekommen hätte. Vielleicht nicht.

Es war leichter, einen Menschen zu erschießen.

Als das Sandwich und die Pommes frites vor sie hingestellt wurden, sah sie auf, dankte Mildred und ließ den Blick zur Jukebox schweifen, wo die »Bailey-Jungs« herumlungerten, nachdem sie ein paar Münzen in den Apparat gesteckt hatten, um einen Rapsong zu spielen. Der Interpret hätte mit seinem Imponiergehabe sämtliche Leute in Kingdom vom Hocker hauen können.

Die beiden standen an die Jukebox gelehnt und starrten zu ihr herüber.

Andi starrte zurück. Unverwandt. Das Lächeln der beiden erstarb, und sie schauten einander an, als müssten sie ihre Blicke austauschen, um wieder Mut zu fassen. Andi bemerkte es und lächelte insgeheim. Das sagte alles. Jetzt mussten sie sich irgendwie regen, also kamen sie zu ihr herüber.

»Na, ist das nicht die Kleine mit dem Esel? He, Süße«, sagte Junior – oder war es Carl? Egal. »Da war Dad ja überhaupt nicht begeistert, dass du ihm was geklaut hast. Oh nein, ganz und gar nicht.«

Andi nahm in aller Seelenruhe einen Bissen von ihrem Sandwich und betrachtete die beiden, wie man eine langweilige Fernsehsendung anschaut, um während des Essens etwas zu tun zu haben. Sie reagierte nicht. Es war offensichtlich, dass dies die beiden ärgerte. Carl (oder Junior) schob seine schaffellgefütterte Jacke beiseite, damit Andi das Halfter mit der Schusswaffe sehen konnte.

Sie verzog keine Miene. Schließlich sagte sie: »Also, Carl, du und Junior ...«

Damit wandte sie sich an den Jüngeren, dem es gar nicht gefiel, so genannt zu werden. Wütend biss er die Zähne zusammen.

»... da müsst ihr beiden aber ganz fix sein, denn so schnell wie ich ziehe, könnt ihr gar nicht gucken.« Sie biss wieder von ihrem gegrillten Käsesandwich ab und kaute bedächtig, während ihr Blick zwischen den beiden hin und her wanderte.

Junior ruckte mit den Schultern, als hätte er etwas mit ihnen vor, eine Tür eindrücken vielleicht. Er sagte: »Du hältst dich wohl für verdammt gut, hä?«

Sie schüttelte den Kopf. »Nein. Ich halte mich nicht für gut. Ich weiß, ich bin gut. Kann ich beweisen, ›mit Auszeichnung‹ von der Academy.«

Wieder wechselten die Brüder einen unsicheren Blick. »Was soll das denn für'n Scheiß sein?«

»Ihr kennt die Academy nicht? Oh, Mann.« Sie schüttelte erstaunt den Kopf über so viel Ignoranz und gab einen Lacher von sich. »Mit Auszeichnung im Fach Schießkunst.« Während sie sich die fettigen Finger ableckte, beschlich sie der Gedanke, dass sie es vielleicht doch ein wenig zu bunt trieb. Dem Gesichtsausdruck der beiden nach konnte sie aber sogar noch einen draufsetzen. »Von den hundert Besten kriegt einer 'ne Auszeichnung. Ein Prozent.« Sie nahm ein Pommes-Stäbchen und vollführte eine zweideutige Geste, die als der gute alte Stinkefinger interpretiert werden konnte – und auch wurde.

Beide liefen rot an wie Schuljungen.

Wie ein Stier, der sich zum Angriff rüstet, blähte Junior die Nüstern auf. Alles an ihm wirkte fies, seine zu Schlitzen verengten Augen, der fleischige Nacken. Vom Hals fielen die Schultern in einem so abschüssigen Winkel ab, dass kein Eindruck von Kraftprotz entstehen konnte. Andi mochte wetten, dass ihm diese Hängeschultern ein ständiges Ärgernis waren. Jedes Mal, wenn er sich breitschultrig postieren wollte, ging es daneben.

Carl sagte: »Pass auf, Puppe. Wenn du versuchst, dich mit den Baileys anzulegen, fliegst du aber so was von auf die Schnauze. Wir gelten hier in der Stadt nämlich was.«

Zumindest ihr Vater war eine furchteinflößende Erscheinung, einer, dem sie nicht allein im Mondschein hätte begegnen wollen. Andi verspeiste weiter ihre Pommes frites und behielt das Fenster im Auge, dem die beiden den Rücken zugewandt hatten. Der Streifenwagen des Sheriffs war soeben draußen vorgefahren.

Andi konnte ihr Glück kaum fassen. So ein Glück hatte sie selten. Sie hätte am liebsten laut losgelacht. Der Sheriff war inzwischen ausgestiegen und steuerte auf den Diner zu.

An Carl gewandt sagte Andi: »Und die Knarre, die du da hast? Ist die echt oder vielleicht von der Schießbude übrig geblieben?«

Abrupt schob Carl seine Jacke hoch. »Das kannst du aber glauben ...«

Als sie den Sheriff durch die Tür kommen sah, fuhr Andi von ihrem Sitz hoch und schrie: »Alle runter! Der hat eine Knarre!« Sie drängte sich zwischen den beiden durch und rannte auf den Sheriff zu. Die beiden blieben wie angewurzelt stehen.

»Die haben mich bedroht, Sheriff!«

»Was geht hier vor?«, rief Sheriff McKibbon. »Carl? Junior? Führt ihr euch wieder auf wie Idioten?« Er ging auf die Tischnische zu. Sein schlingernder Gang erinnerte an John Wayne.

Die anderen Gäste, von denen die meisten aufgestanden und in Richtung Ausgang gelaufen waren, standen nun dicht gedrängt neben dem Tresen und schauten zu.

»Wer von euch Jungs ist hier bewaffnet?«

Äußerst widerwillig schob Carl seine Schaffelljacke zurück. Es fiel ihm schwer, den gewünschten Ton anzuschlagen – streitbar und zugleich unterwürfig. »Ich hab einen Waffenschein, Sheriff, wie Sie wissen.«

»Schon, Carl, das ist aber kein Freibrief, hier mit der Knarre herumzufuchteln und Leute zu bedrohen.« Sheriff McKibbon griff nach hinten in seinen Gürtel und zog ein Paar Handschellen hervor.

Carl wich ein paar Schritte zurück. »Langsam, Sheriff. Ich hab doch überhaupt nichts ...«

Hinter der Theke hervor ließ sich Mildred vernehmen: »Quatsch, Carl Bailey! Du und dein Bruder, ihr nervt hier seit zwanzig Minuten das arme Mädel, und dich hab ich gesehen – dich, Carl Bailey –, wie du ihr vorhin die Knarre gezeigt hast.«

Der Sheriff wandte sich Andi zu. »Stimmt das, Miss?«

»Das stimmt. Seit ich hier in der Stadt bin – und sogar schon vorher –, kleben die wie die Kletten an mir.«

Als befände sich der Sheriff am anderen Ende des Raumes und ließe nicht neben ihm gerade die Handschelle an seinem Handgelenk zuschnappen, brüllte Carl: »Ach, ja? Und was ist mit der da? Die hat uns auf der Landstraße mit der Knarre bedroht, dabei haben wir doch bloß helfen wollen ...«

Das Grüppchen zerstreute sich wieder, einige gestikulierten abfällig, andere – zwei Frauen – drückten Andi verständnisvoll den Arm, bevor sie wieder ihre Plätze einnahmen.

Der Sheriff meinte: »Das haben wir alles schon gehört, wie du und dein Bruder den Schwanz eingezogen habt ... so!« Jeder trug eine Handschelle, so dass sie fest aneinandergekettet waren. Sie konnten natürlich auf der Fahrt zum Gefängnis beide gleichzeitig losrennen, bloß wäre das verdammt dumm.

Beide Baileys schauten Andi an, als wäre ihre erste Amtshandlung, sie umzubringen, sobald sie wieder in Freiheit waren.

»Na, warte du nur, du kleine …«

»Jetzt reicht's!« Der Sheriff baute sich dicht vor ihnen auf. »Ich hab die Schnauze voll von euch beiden.« Er wandte sich Andi zu. »Wenn die wieder rauskommen – irgendwann in grauer Zukunft – und sich dir auch nur auf dreißig Meter nähern, dann geht's gleich wieder ab ins Kittchen.«

»Danke. Haben Sie vielen Dank.« Ihr Dank kam von Herzen. Der Gedanke, den beiden begegnen zu müssen, war ihr äußerst unangenehm. Obwohl sie ja ab morgen unter dem Schutz von Jim Purley und Tom Rio stand. Was für eine wunderbare Vorstellung! Sie konnte sich nicht erinnern, wann sie je von jemandem beschützt worden war, außer vielleicht von Reuel damals in Salmon, Idaho. Doch sie bemühte sich, an das alles gar nicht zu denken, und schaute zu, wie der Sheriff Carl und Junior aus dem Lokal bugsierte, während gleichzeitig ein zweiter Polizeiwagen angefahren kam.

Andi setzte sich auf einen der Barhocker am Tresen, um die Tür im Auge zu behalten.

»Das war wirklich gut«, sagte der Mann neben ihr. »Wie du das gemacht hast.« Er rauchte und schnippte mit dem kleinen Finger die Asche von seiner Zigarette in ein Blechtellerchen.

»Was denn?«

Er lächelte und sog an seiner Camel, als wollte er daraus Sauerstoff saugen. Alles an ihm wirkte ein wenig abgerissen – die Haare (die ihm etwa bis zum Ohrläppchen reichten), der Schnurrbart, der bläulich-graue Stoppelbart, die Fingernägel (abgebissen, aber nicht ganz bis aufs Fleisch), die Jeansjacke, das verwaschene braun-weiß (früher vielleicht rot-weiß) karierte Hemd. Selbst die Zigarettenstummel im Blechaschenbecher wirkten zerquetscht.

Er ließ ihr »Was denn?« unkommentiert, da die Antwort für beide offenkundig war. »Du bist doch die, die das Maultier hergebracht hat.«

»Esel.« Komischerweise ärgerte sie der Ausdruck Maultier. »Die Leute tun gerade so, als ob Kingdom von einer Stadtmauer umgeben sei. Ich meine, als müssten Besucher ihre Habseligkeiten, inklusive Esel, am Tor abgeben.«

Sein Lachen schüttelte ihn, weil es von ganz tief drinnen kam und kaum ein Laut nach außen drang. »Gut getroffen.« Den Ellbogen hatte er auf den Tresen gestützt, in derselben Hand hielt er die Zigarette. Die andere Hand streckte er ihr entgegen. »Ich heiße Norman.«

Sie lächelte. »Und ich heiße Andi Oliver.«

»Hab ich mir gedacht.«

»Wieso?«

»O bitte, keine falsche Bescheidenheit! Du bist hier doch Stadtgespräch.«

»Na, dann kann hier ja sonst nicht viel los sein.«

»›Nichts und zugleich etwas geschieht überall.‹« Er trank einen Schluck lauwarmen Kaffee und machte Mildred ein Zeichen, frischen zu bringen.

Andi musterte ihn neugierig. Er schien sich vor ihren Augen zu verwandeln, ein anderer Mensch zu werden. »Das klingt wie Poesie.«

»Vermutlich, weil es das ist.«

»Von wem?«

»Vergessen. Also, wie bist du an den Esel gekommen? Komisch, alle versuchen sich zusammenzureimen, woher du den hast, und übersehen dabei das Wichtigste, nämlich wieso du ihn hast.«

Mildred kam mit dem Kaffee. »Lass doch das arme Mädchen in Ruhe, Norman. Die hat sich schon mit genug Irren rumschlagen müssen.« Sie ging wieder.

Norman hob lächelnd den heißen Kaffee an die Lippen. Er nahm seinen Faden wieder auf. »Begleitet dich der Esel denn schon von Anfang an auf deinen Reisen? Oder ist er eine Neuerwerbung?« Er musterte sie fragend. Sie antwortete nicht. »Hm. Dann wollen wir mal zum zweiten interessanten Teil der Geschichte kommen. Du hast die Bailey-Brüder mit der Waffe bedroht. Das ist fast so haarsträubend wie die Sache mit dem Esel. Als Antwort wirst du dir wahrscheinlich irgendwas ausdenken, wenn du überhaupt antwortest.«

»Nein, werd ich nicht. In Wahrheit ist es so …«

»Ich höre.«

»… ich bring den Esel zu einer Verwandten nach Fargo. Zu meiner Großmutter.«

»So eine ähnliche Geschichte hat Rotkäppchen auch erzählt. Bloß dass die nicht nach Fargo wollte.«

»Ich will dir was sagen, falls du's nicht schon weißt. Gestern Nacht hat jemand Sam – das ist mein Esel – aus seinem Verschlag geholt, drüben in Jareds Scheune, und ihn in dem Sonnenblumenfeld dort in der Nähe ausgesetzt.«

Norman musterte sie fragend. »Wer? Die Baileys?«

»Nehm ich mal an, aber ich weiß es nicht. Ich kenn ja hier keinen. Wer, glaubst du, würde so was tun?«

Er schüttelte den Kopf. »Das ist verdammt fies. Hat dich außer diesen Brüdern sonst noch jemand auf dem Kieker?«

»Wie denn? Ich bin ja erst seit zwei Tagen hier.«

»Ja, hm, verzeih mir, wenn ich das jetzt sage, aber bei dir sind zwei Tage nicht das Gleiche wie bei anderen Leuten.« Norman erhaschte Mildreds Blick. Er fragte Andi: »Willst du Kaffee?«

»Nein, danke. Mir ist ein bisschen flau im Magen.«

»Das sind bloß die Nerven. Kein Wunder.«

Andi stützte das Kinn in die Handfläche. »Was machst du denn so? Ich meine, beruflich?«

»Bücher schreiben. Wenn ich nicht hier sitze oder in der Two Dogs Bar und mich unterhalte.«

Sie glaubte sich verhört zu haben. »Bücher? Bist du Schriftsteller?«

»Hm-hm. Ist nicht viel, reicht aber für die Miete.«

Mildred war mit der Kaffeekanne herübergekommen und

hatte den letzten Teil des Gesprächs aufgeschnappt. »Dieser Mann ist unser einziges Ruhmesblatt. Kannst du dir das vorstellen?« Sie verdrehte die Augen und ging davon.

»Soll das heißen – du machst das professionell? Hast du denn was veröffentlicht?«

Er nickte. »Ja! So zwanzig, einundzwanzig Titel.«

Andi staunte nicht schlecht. »Was schreibst du denn? Was für Bücher?«

Er zog kräftig an seiner Zigarette. »Western. Cowboygeschichten. Was du gelesen hast, bevor Dick und Doof vorhin reinkamen.«

Sie zog das Buch aus der hinteren Hosentasche. »So was? Die Art von Western?«

»Ehrlich gesagt, ganz genau diese Art von Western. Das ist nämlich ein Buch von mir. Ich bin hocherfreut, dass das tatsächlich jemand liest.«

Andi schaute von dem Buch zu ihm. »Du bist Norman X. Black?«

»Das X hab ich hinzugefügt in der Hoffnung, dass die Leute sich den Namen dann besser merken. Na, weil Norman und Black ja doch recht alltägliche Namen sind.«

»Was ich so sehen konnte, sind es ja Bücher von der altmodischen Art.«

»Ganz recht. Neunzehntes Jahrhundert, hauptsächlich die 1880er Jahre.«

Andi seufzte. »Das muss wunderbar sein, ein Leben als Schriftsteller...«

Er lachte. »Wenn du Kingdom und das Essen hier wunderbar nennen willst.«

»Du kannst doch überallhin, das ist unter anderem das Gute am Schriftstellerdasein.«

Er schnippte das lange verkohlte Ende von seiner Zigarette. »Nein. Mir gefällt's hier ganz gut. Genau die richtige Mischung zwischen verrückt und normal.«

»Spielen deine Geschichten denn auch in Kingdom?«

»Klar doch.« Er lachte.

»Macht es den Leuten denn nichts aus, wenn sie sich plötzlich wiedererkennen?«

»Ach, die lesen doch gar nicht. Jedenfalls nicht meine Bücher.«

»Ein paar aber doch bestimmt ...«

Norman sah ihr direkt ins Gesicht. »Außer Jared und Jim Purley hat mir noch nie jemand gesagt, er würde eins von meinen Büchern lesen.« Er wandte sich wieder seinem Kaffee zu.

»Aber das ist ja schrecklich ... abscheulich ist das. Wieso willst du unter Leuten leben, die so gleichgültig und abgestumpft sind? Oder vielleicht eifersüchtig. Aber kann eine ganze Stadt denn so abgrundtief eifersüchtig sein?«

»Du bist der erste Mensch, der je auf meiner Seite gestanden hat«, sagte Norman mit einem Lächeln.

»Klar steh ich auf deiner Seite. Weil das nämlich die einzige Seite ist, die's gibt.« Sie betrachtete den Indianer und den einsamen Cowboy oder was er auch sein mochte. »Irgendwie hat das Bild so was Tröstliches.«

»Der Indianer ist ein Sioux. Der andere ist meine Hauptfigur. Er kennt den Typen schon seit zehn Jahren. Kommt dir vielleicht tröstlich vor, weil das Gespräch so vertraulich wirkt. Man sieht, dass sie Freunde sind. Der Indianer und der weiße Mann – eine der umstrittensten Beziehungen in der Geschichte. Der weiße Mann war schuld, aber die Indianer waren keine großen Verhandlungskünstler. Die ziehen einem eher die Kopfhaut ab, als dass sie mit einem reden.«

»Unüberbrückbare Gegensätze. Wie in einer schlechten Ehe?«, sagte Andi. »Hört sich an, als hättest du eine gehabt.«

Er ließ das harte Papierknöllchen in seinen Aschenbecher fallen. »Sie wollte von hier weg, nannte es den trostlosesten Fleck auf Erden. Als ich mich weigerte ...« Achselzuckend meinte er: »Wie du sagst, schreiben könnte ich theoretisch überall. Doch das stimmt nicht. Irgendwie brauche ich diesen Ort, warum, weiß ich auch nicht. Vielleicht einfach, weil ich schon mein ganzes Leben hier verbracht habe.«

»Verständlich. Es muss beruhigend sein, wenn man sich so verbunden fühlt.«

»Und was ist mit dir?«

In ihrem »Leben« hatte es Erinnerungsfetzen gegeben, doch hatten sich die Bilder immer so schnell verflüchtigt, dass sie sie nicht festhalten konnte. »Santa Fe.«

»Santa Fe? Hmm. Du hast dich also davongemacht, gelangweilt von seiner Schönheit?«

»Könnte man so sagen.« Sie lächelte und sah auf das große weiße Zifferblatt der Wanduhr neben der Küche. »Es ist spät, schon nach neun. Ich glaub, ich geh jetzt besser.«

»War nett, mit dir zu reden, Andi. Ich hoffe, man sieht sich wieder.«

»Ganz bestimmt.«

Andi ging die Main Street hinunter. Kingdom war eine ganz typische Kleinstadt in den Plains. Die Two Dogs Bar, der Dollar Store, die Unique Boutique, Ernies TV-Geschäft/Verkauf und Reparaturen – lauter Fossile aus einer anderen Zeit. Kein Wunder, dass Norman X. Black sie als Kulisse verwendete, denn die Stadt hatte sich in Jahrzehnten nicht verändert. Nicht alles ließ sich natürlich direkt übernehmen, denn in einer Westernstadt hätte es wohl kaum einen Dollar Store gegeben – wäre das nicht der Kolonialwarenladen gewesen? Und die Two Dogs Bar hätte genauso gut der Two Dogs Saloon sein können.

Andi übersetzte jeden Laden, an dem sie vorbeikam. Die Boutique wäre vielleicht der Ausstatter für die Dame – Stoffe und Kurzwaren. Den Friseur und den Plugged Nickel ließ sie als das, was sie immer gewesen waren.

Nachdem sie sich gewaschen und die Zähne geputzt hatte – erneut dankbar, dass sie dafür nur den Wasserhahn aufzudrehen brauchte –, ins Bett gestiegen war und unter der sauberen weißen Decke lag, überlegte sie: Wie das Leben damals wohl gewesen wäre? In der Zeit von Normans Büchern?

Er war natürlich sentimental, in der Vergangenheit die guten alten Zeiten zu sehen, aber angesichts der Tatsache, dass ihre eigene Vergangenheit null und nichtig war, was konnte sie da anderes tun, als nach der Vergangenheit von anderen zu greifen?

Nichts und zugleich etwas geschieht überall.

8. KAPITEL

Als Jim um zehn vor neun vorfuhr, stand Andi mit ihrem Rucksack bei Mrs. Englehart vorm Haus auf der Veranda.

»Guten Morgen«, sagte er, als sie einstieg und sich neben ihn
setzte. Während er immer wieder versuchte, seine Zigarre zum
Glimmen zu bringen, sagte er: »Harry McKibbon will wissen, ob
du gestern Abend wirklich Angst hattest vor den zwei Arschlö-
chern – so hat er sich ausgedrückt – oder ob du bloß dafür sorgen
wolltest, dass er sie auch verhaftet.«

»Doch, ich hatte Angst. Der eine hatte schließlich eine Waffe!«

»Ja, das hatte er, in der Tat.« Sein Seitenblick entging ihr nicht.
»Aber du natürlich auch.«

Andi war genervt. »Aber nicht dabei. Ich nehm das Ding doch
nicht überallhin mit. Manchmal glaube ich, alle wollen mir die
Schuld in die Schuhe schieben für das, was passiert ist.«

»Nein, das ist es nicht. Ich glaube, es hat mehr mit Neugier zu
tun. Das Problem mit einer Schusswaffe ist, wenn du sie einmal
wirkungsvoll einsetzt – selbst wenn du auf niemanden schießt –,
wenn du das einmal machst, will dir jedes dahergelaufene Groß-
maul beweisen, dass er besser ist. Ich sehe schon, du bist anderer
Meinung.« Er schaltete den Gang herunter, damit er am unteren
Ende der Main Street den Hang hinaufkam.

Andi hatte den Kopf in die Hände sinken lassen. »Weißt du,
wie das klingt? Wie in einem von Norman X. Blacks Büchern.
Kennst du ihn?«

»Den Schriftsteller? Klar, ein bisschen schon. Ich glaube,
Norm kennt jeder nur ein bisschen.«

»Wie kann das sein? Immerhin hat er mehr als zwanzig Bücher geschrieben?«

»Manche Leute halten sich unter vielen Schichten verborgen. Damit andere Leute all diese Mäntel und Schals nicht durchdringen können, sozusagen.«

»Du hast einige seiner Bücher gelesen, stimmt's?«

»Ja, Jared hat mir mal eins geschenkt. Das ist aber das einzige, das ich gelesen habe. Das soll nicht heißen, dass es kein gutes Buch war. War auch gut geschrieben. Ich mag bloß keine Western. Tom hat ein paar gelesen.«

»Also, Norman glaubt, außer Jared und dir hat nie einer auch nur ein Wort von dem gelesen, was er geschrieben hat.«

»Vielleicht sind die Leute ja einfach in Ehrfurcht vor ihm erstarrt. Oder vielleicht können sie nicht lesen. Oder vielleicht haben sie ja das eine oder andere gelesen und fürchten, es hört sich dumm an, wenn sie mit Norman darüber reden.«

»Warum können sie nicht einfach sagen, ›He, Norman, das Buch da hat mir wirklich gefallen!‹«

»Weil dazu Selbstvertrauen gehört, Andi. Es besteht immer die Möglichkeit, dass er fragt, was ihnen daran denn gefallen hat.«

»Ich glaub nicht, dass er das tun würde.«

Jim musterte sie. »Du bist ja ganz schön streitlustig.«

»Bin ich nicht.«

Eine Weile fuhren sie schweigend weiter, und Jim hoffte, an Klavan's vorbeifahren zu können, ohne dass sie etwas merkte, aber dazu bestand wenig Hoffnung. Beim Anblick des Hinweisschilds richtete sie sich in ihrem Sitz auf, und Norman X. Black war vorerst vergessen. Diesmal bat sie Jim nicht anzuhalten, sondern blickte starr geradeaus, während er an der Schweinefarm vorbeifuhr.

Schließlich fuhren sie auf dem knirschenden Kies an Jims Haus vor, und Andi überkam dieses wohlige Gefühl von Vorfreude, das man mit Nachhausekommen verbindet.

»Ich hätte gern, dass du Dakota heute zum Grasen rausführst. Bring ihn raus auf die Felder, der ist gerade ein bisschen gereizt.«

»Klar«, sagte sie.

Jim fuhr bis vor den Stall, aus dem gerade ein gedrungener, stämmig aussehender Mann herauskam.

»Hallo, Jesus. Wo warst du?«

»Hatte irgendwie Grippe.«

»Das ist Andi. Andi – Jesus Hernandez.«

Jesus grüßte etwas missmutig und fragte dann: »Soll ich Dakota bisschen bewegen?«

»Nein. Dakota kriegt heute frei. Ich hab Andi gesagt, sie soll ihn aufs Feld rausbringen.«

»Hast du ihr gesagt, aufpassen wegen Löcher und so?« Bevor Jim antworten konnte, wandte Jesus sich an Andi. »Nicht aus den Augen lassen.«

»Natürlich nicht.« Er schien sehr besorgt um das Wohl der Pferde.

Sorgenvoll runzelte er die Stirn. »Musst du aufpassen, dass er nicht in Löcher tritt oder so.«

»Ich pass ganz fest auf bei allem, was auch nur irgendwie gefährlich sein könnte.«

Jesus nickte, schon etwas besänftigt, aber immer noch skeptisch, als ob man zum Wohl des Pferdes gar nicht genug Vorsicht walten lassen könnte.

»Komm, Andi, wir gehen rauf, dann kannst du dein Zimmer beziehen.«

Nachdem sie den Rucksack ausgepackt hatte, zog Andi die Stiefel aus und legte sich auf die weiße Tagesdecke, versank förmlich in dem daunenweichen, flauschigen Stoff. Was für eine Wohltat nach Mrs. Engleharts dünner Matratze. Aber selbst die war nach der harten Unterlage der vergangenen Wochen eine Wohltat gewesen.

Das Zimmer wirkte friedlich, mit der ausgeblichenen Blümchentapete und den durchsichtigen Gardinen, die sich nach innen bauschten. Ihre Habseligkeiten fielen in diesem schlichten Raum kaum auf.

Aus der Küche drang der kräftige Duft von gebratenem Speck

herauf. Frühstücksspeck, der sich im eigenen Fett dünn kräuselte, gehörte für die meisten Leute womöglich wohl zu den reinsten Wonnen, die es gab. Sie konnte gut verstehen, dass viele nicht widerstehen konnten, wenn er in marmorierten Streifen, fest in Plastikfolie verpackt, im Supermarkt auslag. Wieso sollte jemand dabei an Klavan's oder ähnliche Orte denken?

Andi blickte an die Zimmerdecke hoch, wo in einer Ecke zarte Spinnweben hingen, die sich wie die Gardinen sanft hoben und senkten. Sie überlegte, wie es sich wohl anfühlen mochte, in so einem zarten Gewebe gehalten zu werden, einer Hängematte aus Licht.

Wie aus einem Filmprojektor schoss ihr zwei, drei Sekunden lang ein Bild durch den Kopf – eine zwischen Bäumen schwingende Hängematte, Sonne, die durch die Blätter drang und ein Gewebe aus Licht bildete.

Sie richtete sich auf. Es war fort. Vagabundierende Erinnerungen, nannte sie es, die sie überrumpelten, von nirgendwoher auftauchten und nirgendwohin entschwanden.

»He, Andi! Eier mit Speck sind fast fertig.«

Tom Rios Stimme tönte vom Fuß der Treppe herauf.

Sie schlüpfte in ihre Stiefel und musste an die lang gestreckten, weißen Gebäude von Klavan's denken.

Jim sagte: »Ich dachte mir, du hast vermutlich nicht mal gefrühstückt, und wir hätten zu May's gehen sollen. Das hier ist aber besser. Tom macht French Toast, Jesus kümmert sich um die Omeletts, und ich fabriziere den Speck.«

Jesus lächelte ihr sogar zu, als hätte es die Ermahnungen von vorhin nie gegeben. Sie erwiderte sein Lächeln, überzeugt, dass sie wieder zur Sprache kämen, sobald sie Hand an ein Pferd legte.

»Das bequemste Bett, das ich je hatte.«

Tom meinte: »Ist ja auch so ein Federdings drauf.«

Jesus drehte sich um und schüttelte die große gefüllte Gusseisenpfanne. »Ist so gut wie fertig.«

»Meins auch«, sagte Tom.

»Speck ist durch.« Jim holte vier schwere weiße Teller vom

Regal. »Muss nur noch abtropfen.« Schwungvoll gab er acht bis zehn Scheiben auf Küchentücher und von dort auf die Teller.

Sie saßen um den Tisch und genossen das Essen, als Jim über Andis Schulter hinweg aus dem Fenster schaute. Von seinem Platz aus hatte er die Kiesauffahrt im Blick. »Oh, nein!«

Alle wandten sich um und sahen einen blauen Pick-up auf das Haus zufahren.

»Lucas Bailey! Na, der hat ja Nerven, tanzt hier einfach so an.«

Andi wurde unruhig. »Was will der denn?«

Jim sagte: »Einen stören, wo er bloß kann.«

Jesus sprang auf und schoss aus der Tür, als wäre der Teufel hinter ihm her. Bevor jemand etwas sagen konnte, überquerte er das Rondell in Richtung Stall.

Von der Sonne umrahmt stand Lucas Bailey in der Fliegengittertür und klopfte.

»Komm schon rein, Lucas.«

Er ließ die Tür klappernd hinter sich zufallen. Sein Blick schweifte umher, ohne etwas preiszugeben. Er grüßte Tom und Andi. Aus seinem Mund klang selbst ein schlichter Gruß irgendwie unflätig.

»Na, setz dich doch!« Tom stand auf und zog einen fünften Stuhl her, einen mit hoher Sprossenlehne.

»Willst du was essen?«, fragte Jim. »Es gibt French Toast.«

»Nein, danke.« Lucas schob zwei Finger unter die Krempe seines Huts und rückte ihn ein wenig nach hinten. Seinen Mantel, einen von diesen knöchellangen, wie Cowboys sie trugen, behielt er an.

Er sah tatsächlich unheimlich aus, was jedoch nicht an dem Mantel oder dem schwarzkrempigen Hut lag, sondern an seinem von tiefen Falten durchfurchten Gesicht. Daran und an seinen hellen Augen.

»Also, was kann ich für dich tun, Lucas? Hast du was auf dem Herzen?«

»Na ja, schon, wie du weißt. Ich bin eigentlich bloß hier, um das abzuholen, was mir gehört.«

»Was gehört dir denn?«, erkundigte sich Jim.

»Der Esel, den das Mädel da gestohlen hat.« Er sah Andi an, hielt seinen starren Blick auf sie geheftet, als wollte er sie auf den Stuhl nageln.

»Na komm, trink einen Kaffee, und lass uns ein bisschen quatschen.«

Andi hätte fast losgelacht. Sie konnte sich niemanden denken, der weniger geneigt wäre, ein bisschen zu quatschen.

»Na gut, eine Tasse nehm ich. Was dagegen, wenn ich ein paar Fragen stelle?«

Dies war an Andi gerichtet, die sehr wohl etwas dagegen hatte. Sie sagte, und hoffte dabei, dass ihre Stimme nicht zitterte: »Das haben Sie aber doch schon.«

Dies ignorierte Bailey. Er sagte: »Ich möchte bloß wissen, woher ihr den Esel habt, der vermutlich hier im Stall steht.« Er deutete mit dem Kopf hinter sich in die Richtung.

»Ach, Lucas, lass gut sein. Meine Güte, lass doch das Mädchen in Ruhe.«

»Nein, Jim, tu ich nicht. Der Esel gehört mir.«

Tom Rio griff nach der Kaffeekanne auf der Anrichte, schenkte Bailey ein und füllte seine eigene Tasse nach. »Es ist doch so: Vorausgesetzt, Andi hätte ihn tatsächlich gestohlen, wie hätte sie das denn anstellen sollen? Bei dir in den Stall gehen und den Esel rausführen?«

»Nein, Mann! Der war draußen auf dem Feld. Beim Grasen.«

»Auf welchem Feld? Musste sie dazu deine dreihundert Acres ablaufen?«

»Wie zum Teufel soll ich wissen, auf welchem Feld?«

»Ich will nur sagen«, fuhr Tom fort, »um ihn zu stehlen, hätte man deinen Esel von der Straße aus sehen müssen. Und soweit ich mich erinnere, ist dein Hof verdammt weit weg davon. Falls dieser Esel in der Nähe der Straße war, hätte er es weit, weit nach Hause gehabt. Du wusstest also gar nicht, wo er war. Du hast dich auch nicht darum geschert, ob er Hunger hatte oder Durst, ob er krank oder fast am Verenden war.«

Jesus kam herein und setzte sich auf seinen Stuhl. »Von was redet ihr?«

»Bailey behauptet, der Esel gehöre ihm.«

»Welcher Esel?« Jesus machte sich über seinen kalten French Toast her.

Tom musste sich ein Lachen verkneifen und brachte seinen Teller zum Spülbecken hinüber.

Bailey sagte: »Hör auf von wegen ›Welcher Esel?‹. Mr. Meeh-hii-ko, du wissen verdammt genau, dass es der ist, den ihr draußen bei den Pferden habt.«

Jesus' Stirnfalten wurden tiefer. »Ich, ich weiß nicht, was du redest.«

»Was dagegen, wenn ich in euren Stall geh und mich mal umschau?«

Die Frage war offensichtlich an alle Anwesenden gerichtet, jedoch ruhten alle Blicke auf Jesus.

Der sagte: »Und ob ich was dagegen hab. Mach mir meine Pferde nicht scheu.«

Bailey war aber schon aufgestanden und steuerte auf die Tür zu.

Jesus sprang auf und ging ihm nach.

»Kommt«, sagte Tom. Jim und Andi standen auf und folgten den anderen beiden hinaus.

Sie versammelten sich am Stalltor, wo Jesus mit einer ausladenden Armbewegung auf die fünf Pferde in ihren Boxen deutete. Der Stall war wie immer makellos, Sams Box inbegriffen, wo kein Esel stand. Nichts deutete darauf hin, dass sich dort je ein Esel befunden hatte.

Bailey baute sich bedrohlich vor Jesus auf. »Also, wo haben du ihn, Chee-zuus? In Meeh-hii-ko?« Er wandte sich zu Tom hinüber. »Oder bei Tom?«

»Bailey«, sagte Tom, »der alte Esel ist dir doch im Grunde scheißegal. Du hast dich wahrscheinlich sowieso nie drum geschert. Mann, du hast ihn wahrscheinlich überhaupt nie gesehen. Also, lass gut sein!«

»Wenn's dich glücklich macht«, fügte Jim hinzu, »bezahl ich ihn dir.«

»Wieso denn, Jim, wenn's doch gar nicht meiner ist?«

»Ganz einfach. Damit ich dich vom Hals hab.«

Baileys Lachen klang abgehackt, als wollte er es nicht so recht herauslassen. »Nein. Ich will mein Eigentum wiederhaben, mehr nicht.« Er wandte sich um, ging auf seinen Wagen zu und rief über die Schulter zurück: »Und ich krieg es auch.«

Sam stand still im Anhänger, der immer noch an Jims Truck gekoppelt war, und wartete (oder, dachte sie betrübt, wartete eben nicht) auf Erlösung. Andi malte sich aus, dass er sich wohl daran gewöhnt hatte, auf irgendeinem Feld oder sonst wo zu stehen. Er war so gefügig, dass es zum Weinen war.

Sie hakte die Finger in das Zaumzeug, das Jesus ihm angelegt hatte – vielleicht weil er befürchtete, das Tier würde einen Satz machen, statt sich in den beengten Raum des Trailers zu begeben. Andi hätte ihm sagen können, dass Sam sich nicht wehren würde. Sie führte ihn wieder in den Stall.

»Danke, dass dir das mit dem Anhänger eingefallen ist, Jesus«, sagte Jim.

»Verdammt clever«, sagte Tom.

Jesus lächelte, während sein Nacken rot anlief.

9. KAPITEL

Andi hatte eine Menge Fragen, die sie aber nicht stellte, um ihre Unwissenheit nicht zur Schau zu stellen.

Sie hatten eine Weile dagestanden und Palimpsest beobachtet.

Tom sagte: »Dieses Pferd sieht doch fast so groß aus wie der berühmte Secretariat. Wenn er nur auch so laufen könnte wie Secretariat...«

»Ist er denn schnell?«

»So schnell nicht. Setzt die Beine aber fast genauso ab, wie Radspeichen. Der ebenmäßigste Gang, den du je gesehen hast.«

Tom nahm einen Zahnstocher aus der Brusttasche und steckte ihn sich in den Mund. Nachdenklich rollte er ihn hin und her. Die Hände hatte er in die hinteren Jeanstaschen gesteckt. Er schaute Andi an, die ihn aufmerksam beobachtete, zog noch einen Zahnstocher aus seiner Tasche und reichte ihn ihr.

Sie steckte sich den Zahnstocher in den Mund, genau wie er. Es wirkte ziemlich beruhigend. Sie rollte ihn umher und steckte sich die Hände in die hinteren Hosentaschen. »Das soll ich also machen, die Pferde trainieren?«

»Keine Ahnung, was Jim vorhat, aber es wäre schon gut, wenn du das ab und zu machen könntest. Jesus hat zu viel zu tun. Ich glaube aber, was Jim wirklich braucht, ist jemand, dem er die anderen anvertrauen kann, wenn wir mit dem einen oder anderen auf die Rennbahn gehen.«

Das überraschte sie. »Ich? Aber du kennst mich doch gar nicht. Und Jim auch nicht. Woher wisst ihr, dass ihr mir vertrauen könnt?«

»Das ist offensichtlich, würd ich mal sagen.« Er lächelte sie an, den Zahnstocher im Mund, die Hände in den Taschen vergraben. »Er braucht jemanden mit Mumm.«

Sie staunte mit offenem Mund. »Ich? Ich habe kein bisschen Mumm.« Irgendwie machte die Pose, die sie angenommen hatte und die, wie sie nun feststellte, genau die von Tom war, sie viel verwegener.

»Und was da draußen auf der Landstraße passiert ist? Willst du behaupten, dazu gehörte kein Mumm?«

»Vergiss nicht, ich hatte eine Waffe.«

»Hmm, hmm. Möchte wissen, was dir unterwegs passiert ist. Wie es dazu gekommen ist, dass du jetzt eine Waffe trägst.«

Andi wandte den Blick nicht von Palimpsest, der die beiden beobachtete, das Maul voller Heu. Für ein Rennpferd wirkte er ausgesprochen ruhig. Sie sah zu Nelson in der Nachbarbox hinüber. »Ein wunderschönes Pferd!« Nelson war Karamellbraun und hatte eine golden-rosabraune Mähne.

»Nelson? Ja, das ist ein ganz Schöner. Wenn der läuft, fängt er an zu leuchten, wenn die Sonne drauffällt. Das ist dann, wie wenn ein Goldflirren um die Rennbahn läuft. Das Problem ist, zum Rennen taugt der nichts.«

Sie gingen auf die andere Seite hinüber, wo Sam untergebracht war. Hier waren zwei weitere Pferde: der große Braune, der aussah wie blankpoliert, und ein kleinerer Apfelschimmel mit weißer Blesse bis zum Maul.

Sie sagte: »Odds On und Odds Against. Als ich gestern mit Jim hierherkam, hatten wir Odds On im Anhänger.« Gestern schien lange her zu sein.

»Die sind gute Kumpels, beinah unzertrennlich. Wenn wir den einen zum Rennen mitnehmen und den anderen nicht, dann schmachtet der Zurückgelassene vor sich hin. Hoffentlich passiert es nicht, dass die mal lange getrennt werden. Hoffentlich bricht sich nicht einer mal ein Bein oder hat sonst was Schlimmes.« Tom ließ die Hand über die weiße Blesse am Maul gleiten. »Sieht aus, als wäre der ziemlich neugierig auf deinen Esel.« Er deutete zur Nachbarbox hinüber.

Der große Braune, Odds On, reckte den Hals so weit er konnte, um in Sams Box sehen zu können. Sam wiederum beachtete dieses Werben um seine Gunst überhaupt nicht.

»Sam ist so … hm … so entspannt. So war er schon, als ich ihn gefunden hab, da draußen auf dem …« Dem Feld, hatte sie schon sagen wollen, als ihr einfiel, dass sie damit praktisch zugab, den Esel gestohlen zu haben.

Aber Tom sagte nichts.

Sie fuhr fort: »Es ging ihm wirklich dreckig, und er sah aus, als würde er nicht damit rechnen, noch mal bessere Tage zu sehen.«

»Bei den Satteldruckstellen, die der hat, kann ich's ihm nicht verdenken. Was hast du ihm draufgetan?«

»Arnikasalbe. Die soll schmerzstillend sein.«

»Haben wir auch hier im Geschirrraum. Schleppst du etwa immer einen Tiegel von dem Zeug mit dir rum?«

»Ja. Man kann schließlich nie wissen. Ich hab es viel bei Kojoten verwendet.« Irritiert hielt sie inne. Sie hatte schon zu viel herausgelassen.

Tom fütterte Sam eine Möhre aus einer Tüte neben der Boxentür. »Kojoten. Von Kojoten werden wir hier in der Gegend nicht sonderlich belästigt.«

»Nein. Das war in New Mexico. Im Sandia-Gebirge.«

»Was hast du denn da gemacht?« Er trug die Tüte mit Möhren zu Odds On hinüber.

Sie hatte über das alles gar nicht reden wollen, über die vergangenen anderthalb Jahre, aber nun war es heraus, und nun überlegte sie, welche Lügen diese Erzählung wohl begleiten würden. Ihr Bruder Swann? Nein, sagen wir Frederick. »Als mein Bruder Frederick und ich vor ein paar Jahren in den Ferien in Santa Fe waren, beschlossen wir, eine kleine Hütte im Sandia-Gebirge zu mieten. In der Nähe dieses großen Skilifts. Das ist am Sandia Peak. Er fährt gern Ski, im Gegensatz zu mir. Ich ging dafür in den Wäldern spazieren, manchmal mit Schneeschuhen. Dabei habe ich mal einen Kojoten entdeckt, der sich in einer von diesen Fußangelfallen verletzt hatte. Dem hab ich dann die Salbe auf die wunden Stellen getan.« Sie zuckte die Achseln. So einfach war das!

»Soll das heißen, der Kojote blieb einfach still sitzen, damit du ihm das Bein einschmieren konntest?«

»Äh, nein, ich musste ihm schon ein bisschen von dem Beruhigungsmittel verpassen, damit er sich benommen hat. Morphium, bloß ein kleines bisschen. Das hat sie immer beruhigt.«

»Morphium würde jeden beruhigen, selbst die Baileys. Das hattest du also auch zufällig dabei? Mädchen, du warst ja bestens vorbereitet, wenn du Schneewandern gegangen bist.«

Sie ritt sich immer tiefer und tiefer hinein. »Nein, das war mein Bruder, der hatte es dabei. Der hatte einen kaputten Rücken, Muskelkrämpfe. Dafür war das gedacht.« Es wäre fast einfacher, die Wahrheit zu sagen. »Na, jedenfalls hatte ich deshalb die Salbe bei mir«, beendete sie die Geschichte etwas lahm.

Tom nickte. »Das mit den Kojoten ist ja sehr interessant, aber...«

Sie war froh, dass Jim sich inzwischen zu ihnen gesellt hatte, denn Tom hatte offenbar nicht vor, das Thema Kojoten auf sich beruhen zu lassen.

»Wird allmählich Zeit, dass Andi mit einem von den Pferden rausgeht, meinst du nicht?«

Tom nickte. »Ich hab grade überlegt, wo ich sie draufsetzen soll.«

Andi sah ängstlich zwischen den beiden hin und her. »Nicht vergessen, ich bin schon lang nicht mehr geritten.«

Tom tat es mit einer lässigen Handbewegung ab. »Das ist wie beim Radfahren. Das vergisst man nicht. Gehen wir in den Stall und holen Dakota.« Er ging das Sattelzeug holen.

»Ein feines Pferd«, sagte Jim. »Und ganz sanftmütig.«

Beim Anblick von Dakota tat es ihr leid, dass sie sich vorhin den Bauch vollgeschlagen hatte. Er hatte so etwas in den Augen, was wenig vertrauenerweckend war.

Tom war mit Sattel und Zaumzeug wieder da, streifte Dakota das Zaumzeug über den Kopf und legte ihm den Sattel auf den

Rücken. Andi sah zu, während er den Gurt anpasste. In der Box war ihr Dakotas Größe nicht weiter aufgefallen. Nun schien er den gesamten Stall auszufüllen.

Es war eine kleine Trainingsbahn, in deren Mitte Büschel von Süßgras wuchsen. Jim sagte, einmal herum sei etwa eine Dreiviertelmeile.

Wie schwer kann das Aufsitzen schon sein?, überlegte Andi.

Aus alten Western wusste sie, dass man dem Pferd irgendwie den Rücken zuwandte, den linken Fuß in den Steigbügel stellte und sich dann in einer geschmeidigen Bewegung auf den Rücken des Pferdes hievte. Wie schwer konnte das schon sein?

Beim ersten Versuch hüpfte sie mehrmals auf und ab, ohne es aber hoch genug zu schaffen, so dass sie jedes Mal mit einem dumpfen Geräusch wieder auf dem Boden aufkam. Wenn sie sich nicht an der Sattelnase festgehalten hätte, wäre sie auf dem Hinterteil gelandet. Mit dem Zaunpfosten als Stütze brauchte es noch zwei weitere Versuche, bevor sie endlich im Sattel saß.

Weder Jim noch Tom sagten ein Wort, was sie ziemlich nett von ihnen fand. Sie straffte die Zügel und schnalzte ein paarmal mit der Zunge, was für Dakota aber offenbar nichts bedeutete.

»Lass ihn einfach ein bisschen traben«, rief Jim ihr zu. »Nicht zu schnell.«

»Okay«, sagte sie, schnippte leicht mit den Zügeln und drückte Dakota ihre Knie in die Seiten. Überraschenderweise setzte das Pferd sich in Bewegung und begann zu traben. Jedenfalls hielt sie es für einen Trab. Was es auch war, sie hatte das Gefühl, überhaupt keine Kontrolle zu haben, weder über das Pferd noch über ihren eigenen Körper. Sie wurde auf und ab und auf und ab gerüttelt, dabei wusste sie, dass sie sich eigentlich in einer rhythmischen, gleichmäßigen Bewegung heben und wieder fallen lassen sollte. Wenn sie das Pferd antrieb, schneller zu machen, würde sie glatt aus dem Sattel rutschen.

Inzwischen waren sie auf der anderen Seite der Übungsbahn angelangt, wo Jim und Tom sie nicht so gut sehen konnten, und sie versuchte sich ein paarmal in Aufundabbewegungen. Allmählich hatte sie den Bogen heraus, fand sie und winkte den Männern zu, als sie um die Ecke bog. Die grinsten so breit, als würde sie gerade ein Derby gewinnen.

»Hast du schon mal jemand gesehen, der so eine miese Figur auf einem Pferd macht?«, fragte Jim.

»Nein, hab ich nicht«, erwiderte Tom. »Doch, im Zirkus hab ich einmal einen weißen Hund auf einem Pferd reiten sehen. Ich glaub, der alte Köter sah schlimmer aus.«

Schweigend sahen sie ihr zu, wie sie die Übungsbahn abritt.

Tom sagte: »Hab's mir anders überlegt.«

»Ja?«

»Der Hund sah besser aus.«

Sie standen stocksteif da, die Arme über dem Brustkorb verschränkt, und kauten Kaugummi, beide im gleichen Rhythmus. In diese Art von Gleichtakt verfiel man wohl, wenn man einander schon so lange kannte.

»Na, Jim, meinst du, sie ist dir eine Hilfe?«

»Als Übungsreiterin? Nein.«

Beide lächelten und winkten, als Andi und Dakota vorbeigetrabt kamen.

»Ich hätte gedacht, das Pferd wirft sie innerhalb von zwei Minuten ab.«

»Wart's ab.«

»Dakota hat was gegen Dilettanten.«

»Stimmt. Ich weiß noch, wie der gebockt und Joey Chesny dann über die halbe Koppel geschleudert hat.«

»Dabei ist Joey ein guter Reiter.«

»Na ja, war wahrscheinlich dumm von mir, es ihr zuzutrauen. Trainergehilfen bringen sonst jede Menge Know-how mit und setzen sich nicht bloß drauf und reiten los.«

Schweigend sahen sie wieder zu, wie Dakota vorbeitrabte.

»Man sieht's ihr an, dass sie sich freut.«

»Wie ein Schneekönig.«

»Nun wird sie absteigen und überlegen, ob sie vielleicht Jockey werden soll.«

»Höchstwahrscheinlich.«

Tom steckte sich noch einen Streifen Kaugummi in den Mund und schob mit der Daumenkuppe einen Streifen für Jim aus dem Päckchen.

Jim nahm ihn. Beide kauten.

»Mann, sieht die selbstzufrieden aus!«

»Stimmt. Die geborene Reiterin.«

»Hmm, hmm.«

Andi – oder jedenfalls das Pferd – hatte die Gangart vom Trab zum leichten Kanter gewechselt.

»Solang sie nicht anfängt zu galoppieren.«

»Das wird das Pferd schon verhindern.«

»Da hast du vermutlich recht.« Jim seufzte.

»Meinst du denn immer noch, sie kann den Laden hier schmeißen, während wir in Fargo sind.«

»Absolut. Ich sag dir, wenn die sich was in den Kopf setzt, würd ich mich nicht dagegenstellen.«

»O nein!«

»Mühe gibt sie sich ja, das muss man sagen.«

»He, Respekt, dass sie sich überhaupt getraut hat, aufzusitzen, ohne den blassesten Schimmer vom Reiten zu haben. Ganz schön zielstrebig.«

»Wie gesagt: Wenn die sich in den Kopf gesetzt hat, mit einem Pferd rumzutraben oder mit einem Esel anzutanzen, dann macht sie das auch.«

Als sie von Dakotas Rücken glitt (geschmeidig wie Butter, fand sie), verspürte Andi dieses belebende Gefühl, kam sich fast vor wie ein neuer Mensch, zumindest teilweise. In derart kurzer Zeit die Kunst des Reitens gemeistert zu haben – nun, gemeistert vielleicht nicht gerade, nein, das war übertrieben; das hätte sie nicht in zwanzig Minuten geschafft. Um bei einer Fertigkeit wie dem Reiten eines Pferdes gleich beim ersten Mal zu brillieren, nun, dazu musste sie einfach Naturtalent besitzen. Wenn man bedachte, wie wenig Talent sie für andere Dinge hatte – eine Woche hatte sie gebraucht, um mit einer Schusswaffe umgehen zu können – , dann war Reiten vielleicht das, was ihr am mühelosesten von der Hand ging.

Sie kam mit dem Pferd auf die beiden Männer zu, und ohne ihre ermunternden Worte abzuwarten, ohne in Komplimenten zu baden, legte sie sofort los: »Ich frage mich, wie man es anstellt, Jockey zu werden?« Sie runzelte die Stirn. »Was? Was ist denn daran so komisch?«

10. KAPITEL

»Ich soll Dakota zum Grasen rausbringen.«

»Nimmst du Sam mit?«, fragte Jesus.

»Ja.«

»Denk aber dran, was ich dir gesagt hab.« Jesus sagte es ihr noch einmal, während er von Odds On zu Odds Against ging, um ihre Eimer mit Hafer nachzufüllen.

»Ich werd extra vorsichtig sein. Wovor hast du denn solche Angst?«

Jesus war so verdutzt, dass er den Hafereimer hinstellte. Er wirkte sehr ernst. »Weiß nich. Vielleicht, dass er verschwindet.«

»Wieso? Wie sollte das Pferd denn das machen?«

Jesus ließ die Hand über Dakotas Maul gleiten. »Weiß nich«, wiederholte er, »is vielleicht zu gut für diese Welt.« Verlegen wandte er seine Aufmerksamkeit nun dem Futter zu und nahm die Haferwanne wieder hoch.

Andi musterte ihn verwundert. Sie fand es seltsam, dass er so etwas sagte, denn Jesus hatte so etwas ganz Magisches an sich. Wie Kinder glaubte er an die Art von Zauber, bei dem Dinge verschwinden, sobald man ihnen den Rücken kehrt. Menschen und Dinge.

»Ich weiß, was du meinst, Jesus.«

Während er Dakota das Zaumzeug über den Kopf streifte, sagte Jesus: »Bring sie auf die Nordweide rauf. Das is nicht so weit.« Er öffnete die Boxentür und führte Dakota heraus. »Da rüber.« Er deutete über die Trainingsbahn hinaus. »Da bring ich ihn immer hin, das is er gewöhnt. Da sind ein paar hohe Pappeln. Is sein Lieblingsplätzchen zum Grasen. Siehst du dann schon.«

Sie hielt Dakota am Zaum und machte Sam ein Zeichen, ihr zu

folgen, und so gingen die drei quer über den Hof, am Übungsring vorbei in Richtung Felsen. In trauter Dreisamkeit. Andi atmete tief durch. Es fühlte sich nach Freiheit an. Es fühlte sich an wie etwas Neues.

Dakota schien schon zu wissen, wohin es gehen sollte. Üppig stand das Indianergras auf dem Feld, teils mehr als einen halben Meter hoch, dazu Fuchsschwanzhafer und Süßgras in dicken Büscheln als Futter. Der Erdboden unter ihren Füßen fühlte sich kühl an. Als das Pferd seinen Gang ein wenig beschleunigte, wusste sie, dass dort vorn unter den hohen Bäumen sein Lieblingsplatz zum Grasen war.

Sie nahm ihm das Halfter ab und bekam einen Schreck, als Dakota anfing zu laufen. Doch dann kam er zurück, lief eine Weile im Kreis und machte sich dann ans Grasen. Einen Augenblick glaubte sie, Sam würde ihm hinterherlaufen, doch der Esel stand bloß da und schaute zu.

Andi setzte sich im Schatten einer Pappel nieder und sah zu, wie das Pferd am knochenharten Gras knabberte. Sam wanderte ein Stück weiter, um ein eigenes Fleckchen zum Grasen zu finden. Sie hätte nicht gedacht, dass er in Anbetracht seines bisherigen Lebens sonderlich wählerisch sein würde. Dakota dagegen nahm einfach, was sich ihm bot.

Vielleicht war ihr unter dem trockenen Gestrüpp etwas entgangen. Etwas Darübergeschriebenes, wie der Name Palimpsest. Was einst dort war, ist immer noch dort, verborgen unter Schichten von Geschriebenem, und man kann immer noch sehen, was darunterliegt, wenn man nur genau genug hinschaut.

Wenn man genau genug hinschaut. Sie dachte an das, was Jim gesagt hatte, während sie, das Kinn auf den angewinkelten Knien, dasaß und das Pferd beobachtete.

Ihr Blick schweifte zur Weide und zu den Felsbrocken hinüber. Es war die Weite solcher Orte, das freie Feld, das einen unfähig machte, sie genau zu beschreiben oder auch nur darüber zu reden. Es war, wie wenn man im Schlaf plötzlich auf dem Mond ist und beim Aufwachen eine riesige Gesteinslandschaft vor sich sieht. Das Gefühl war nicht unangenehm, es war, als wäre der Mondfelsen einem im Bewusstsein eingebettet, als wäre er das Wesentliche, Wahre und überschrieben von kleinen, verschlafenen Orten und lärmenden Städten und allem, was dazugehörte, während das Echte, Wahre darunter trotzdem noch da war.

Wie eine 38er Smith & Wesson.

Andi hätte nicht erklären können, wie sie auf diesen Zusammenhang kam. Ihre Gedanken schweiften umher wie Dakota und Sam auf der Suche nach Futter.

Ihr Leben würde immer wieder auf die Waffe zurückkommen und auf das tosende Wildwasser des Salmon River. Sie hätte sich mit Mary Dark Hope oder Reuel in Verbindung setzen sollen. Hätte sie sollen, schämte sich aber zu sehr. Sie war fortgelaufen, wusste nicht, was sie sonst hätte tun sollen. Sie hatte versucht zurückzukehren, war aber zu verängstigt gewesen, zu feige, zu schwach. Sie konnte die Geschichte höchstens in der Zeitung verfolgen. Es war überraschend wenig darüber berichtet worden. Kaum zwei Wochen nach ihrem Weggang war das Thema fallen gelassen worden. Auch die Ermittlungen zum Tod von Harry Wine waren eingestellt worden.

Sie wusste selbst nicht recht, was sie da tat. Du bist ein bisschen ab vom Kurs, hatte Jared gesagt. Sie hatte vorgehabt, direkt nach Norden in Richtung Alaska zu gehen, war stattdessen aber nach Osten abgedriftet und in North Dakota gelandet. Warum hatte sie das getan? Sie wusste es nicht, fand nur, dass North Dakota bestimmt der einsamste Staat im ganzen Land sein musste. Beim Blick über die Ebene kam ihr erneut dieser Gedanke.

Irgendwie wurde sie von diesem Nichts, dieser Leere ganz erschöpft und schlief ein.

Beim Geräusch von Donnergrollen wachte sie erschrocken auf. Als sie Dakota und Sam nicht sofort sah, geriet sie in Panik, sprang auf. Doch die beiden waren bloß auf die andere Seite des Baumes hinübergegangen und hoben jetzt mit gespitzten Ohren die Köpfe, schauten gespannt in die Ferne. Als sie, die Augen abgeschirmt, in die Richtung schaute, aus der das dumpfe Dröhnen kam, sah sie, wie sich etwas wie eine riesige Staubkugel auf sie zubewegte.

Dakota schnaubte. Alles, was Andi an Science-Fiction je gelesen oder gesehen hatte, kam ihr in den Sinn, lächerliche, kindische Ängste.

Wildpferde! Dakota machte ein paar zögernde Schritte, schnaubte wieder. Sam rührte sich nicht vom Fleck.

Weil sie dachte, die Pferde hätten Dakota verschreckt, streifte sie ihm rasch wieder das Zaumzeug über den Kopf. Er wehrte sich zwar, doch es gelang ihr, ihn festzuhalten. Wahrscheinlich hatte er im Training gelernt, dass er dableiben sollte.

Es hatte den Anschein, die Wildpferde – mindestens zwei Dutzend waren es – würden direkt auf sie zukommen, in Wirklichkeit galoppierten sie aber knapp hundert Meter weiter an ihr vorbei. Nun konnte sie auch erkennen, dass es Wildpferde in allen erdenklichen Farben waren – schwarz, weiß, grau, bunt, kupferrot. Wohin sie wohl liefen?

Sie legte Dakota einen Arm um den Hals.

Wer hatte das Recht, sie aufzuhalten?

11. KAPITEL

Am nächsten Morgen beluden sie den Anhänger für die Fahrt nach Fargo. Jim ließ Andi ein paar Notrufnummern da: zwei verschiedene Tierärzte, den hauseigenen und noch einen für alle Fälle. »Aber keine Sorge, es wird schon nichts passieren.«

Sie würde sich ununterbrochen Sorgen machen. Die beiden waren nach Fargo auf die Rennbahn gefahren, Palimpsest hatten sie mitgenommen.

Nachmittags war sie im Stall bei Jesus, der von dem Pferd erzählte. »Is richtig gut, das junge Ding. Problem is bloß, fällt gern zurück. Geht in Führung und fällt dann sechs, sieben Längen zurück, ohne dass man kapiert, warum. Weißt du, wer auch so is? Der amerikanische Hengst, Whirlaway. Hat in den Staaten Triple Crown gewonnen. War fast schon klar, dass er verliert, da legt der los und holt auf. Is schon lang her, vor meiner Zeit. Whirlaway, der war Wahnsinn. Total wild.«

Andi lächelte. Sie musste an die Wildpferde denken.

Während er erzählte, saß Jesus bei Odds On in der Box auf einem Hocker und kratzte dem Pferd mit einem raffinierten kleinen Pickel Dreck und Sand aus den Hufeisen. Odds On schien nichts dagegen zu haben, dass ihm Jesus das Bein hochhob und sein Hufeisen bearbeitete.

»Ein Pferd braucht seine Zeit, weißt du, muss sich sammeln, wie man so sagt, ›sich am Riemen reißen‹. Das kannst du fühlen bei einem Pferd, da geht alles so zusammen« – er hielt seine Hände aneinander, verschränkte die Finger –, »so etwa. Und du fühlst, wie die Kraft aufsteigt.« Er nahm sich wieder ein Bein vor und säuberte das Hufeisen. »Alle die Guten, die Großen, die machen das so. Machen vielleicht alle, auch die nicht so Guten.«

Odds On drehte den Kopf und stupste Jesus an der Schulter.

»Hab ich gesagt, du bist nich so gut? Nein, hab ich nich, also zieh ab, Alter.«

Andi lachte und tätschelte dem Pferd die Kruppe.

Es musste ein automatischer Reflex gewesen sein: Der Huf, den Jesus gerade auskratzte, entzog sich seiner Hand, fuhr nach oben und schlug ihm so heftig gegen die Stirn, dass Jesus vom Hocker fiel.

Andi war entsetzt. »O mein Gott!« Sie zog Jesus schnell bei den Schultern aus der Box, falls das Pferd ihm einen weiteren Tritt versetzen wollte.

Jesus wehrte ab. »Schon gut, alles okay.«

»Oh, das tut mir leid, Jesus, komm, ich hol dir Eis.« Als er zustimmend nickte, lief sie hinüber in die Küche.

Aus dem Tiefkühlschrank schüttelte sie ein paar Eiswürfel in einen wiederverschließbaren Plastikbeutel und ließ die Fliegengittertür hinter sich zuknallen.

Jesus stand gegen die Stalltür gelehnt, eine Hand an der Stirn. Er nahm den Beutel mit den Eiswürfeln und presste ihn sich gegen die Stirn, wo sich bereits eine große Beule zu bilden begann.

»Das hätte ich doch wissen müssen«, machte Andi sich Vorwürfe.

Wieder winkte er ab. »Konntest du gar nich. Da hinten links hat so ein gottverdammter Idiot immer mit Peitsche draufgeschlagen, glaub ich, drum is Odds On da echt empfindlich.« Jesus seufzte. »Na, komm schon, du Dummer, is ja gut.« Er drehte Odds On so hin, dass das Pferd sehen konnte, was vor sich ging. »Aber nich Andi erschrecken, hörst du. Wenn du Andi erschreckst, dich blöd rumdrehst, dann haut sie ab und dann tut's dir leid.« Das Eis gegen den Kopf gepresst ließ Jesus ihm seine Hand übers Maul gleiten, und das Pferd versuchte, Jesus am Kinn zu stupsen.

»Siehst du, jetzt tut's dir leid, he?« Und zu Andi: »Gibt bestimmt Mordskopfweh. Ich geh besser nach Haus, wenn das okay is, Andi.«

War es eigentlich nicht! Sie würde sich die ganze Nacht Sorgen um die Pferde machen. »Klar ist es okay, Jesus. Sag mir bloß, was sonst noch zu tun ist.«

»Sonst nichts mehr. Gib ihnen einfach Hafer, wie immer.« Er ging zum Anschlagbrett hinüber, nahm den Kugelschreiber, der dort an einer Schnur hing, und notierte seine Telefonnummer auf den »Nicht vergessen«-Block. Dann riss er den Zettel ab und gab ihn ihr. »Ruf mich an, wenn was is. Nummer vom Tierarzt hast du ja auch.«

»Soll ich dich nach Hause fahren? Mach ich gern. Vielleicht hast du ja eine Gehirnerschütterung.«

Als Autofahrerin war sie eine Katastrophe. Ihre einzige Fahrerfahrung bestand, soweit sie wusste, aus jener Reise von Santa Fe nach Salmon mit Mary Dark Hope. Sie hatten alle beide keinen Führerschein gehabt: Mary, weil sie zu jung war, und Andi – warum eigentlich nicht? Weil sie vermutlich nie fahren gelernt hatte.

Es war ihr furchtbar, dass Jesus sich selbst nach Hause chauffieren musste. Man musste doch füreinander da sein.

»Nein, nein, Andi. Mach du nur und geh füttern. Morgen früh bin ich wieder da. Machst du dir keine Sorgen, ja? Du schaffst es schon.«

»Okay, Jesus. Mach's gut.«

Er ging hinaus zu seinem Wagen, den Eisbeutel an den Kopf gepresst, und zu spät fiel ihr ein, ob sie ihm vielleicht eine Art Verband hätte verpassen sollen, damit er beide Hände frei hatte. Er fuhr hupend die Auffahrt hinunter, winkte zu ihr zurück und rief ihren Namen. Laute, die sich in der frühen Abenddämmerung verloren.

Andi überkam die vollkommen irrationale Furcht, dass jegliche Hoffnung auf Hilfe soeben über die Kiesauffahrt davongefahren war.

Über die schwarze Pfanne und den Pfannkuchenteig gebeugt haderte sie mit sich selbst. Sie fühlte sich so hilflos, dabei war sie nicht hilflos, war es nie gewesen. Mist, und doch kam sie sich so hilflos vor!

Sie schob einen Pfannenheber unter die dampfenden Pfannkuchen, um sie zu wenden, schüttelte gleichzeitig eine Pfanne mit ein paar Sojawürstchen. Frühstück zum Abendessen. Das lenkte sie von den Pferden ab, nützte aber nichts, denn nun wandten sich ihre Gedanken jenem meilenweit entfernten Komplex aus hellen, weißen Gebäuden zu. Sie hasste es, wie ihr das Wasser im Mund zusammenlief, sobald sie den Duft von gebratenem Speck oder gegrilltem Steak erschnupperte oder von Koteletts mit Sellerie-Salbei-Brotkrumen-Füllung, die im Backofen schmurgelten. Ihre Sinneswahrnehmungen gingen in eine, ihre Empfindungen in die andere Richtung.

Sie holte die Flasche mit dem Ahornsirup vom Küchenbord und träufelte die dickflüssige Masse auf die Pfannkuchen, konzentriert ein kompliziertes Blattmuster fabrizierend. Beim Essen schaute sie aus dem Fenster über dem Spülbecken ins violette Dämmerlicht hinaus und zu den Stallungen auf der anderen Hofseite. Durch die offen stehende Küchentür konnte sie eins der Pferde über irgendetwas jammern hören. Sie versuchte, sich nicht die bange Frage zu stellen, ob es Jesus wohl gut ging oder ob die Pferde mit ihr allein hier gut versorgt waren. Sie versuchte, den Gedanken aus dem Kopf zu vertreiben, dass etwas Schlimmes passieren könnte und sie den Tierarzt rufen müsste. Vielleicht sollte sie sich gar nicht erst schlafen legen. Ja, beschloss sie, sie würde sich nicht schlafen legen.

Nichts rührte sich, während sie Pfannkuchen und Sojawürstchen verdrückte und das Dämmerlicht sich allmählich in Dunkelheit verwandelte. Sie hielt es allerdings nicht lange in der Küche aus. Gleich nach dem Essen trug sie das Geschirr zum Spülbecken und ging wieder zu den Pferden hinaus.

12. KAPITEL

Andi wollte nach allen Boxen sehen, um sicherzugehen, dass genug Heu und Mischfutter da war. Sie wusste, dass Odds On fähig war, im Bruchteil einer Sekunde einen ganzen Kübel Hafer zu verputzen. Sie ging von Box zu Box, überprüfte die Heuraufen und sagte gute Nacht.

Mittlerweile war es vollends dunkel geworden, und in der Dunkelheit war nur noch die weiße Blesse von Odds Against zu erkennen. Andi trat zur Wand, um die Stalllampe anzuknipsen, doch als ihre Hand sich dem Schalter näherte, wieherte Dakota plötzlich, und die anderen – zumindest Odds On und Odds Against – scharrten mit den Hufen in ihren Boxen. Sie zog die Finger vom Schalter zurück und trat zur Stalltür hinüber. Im Stall war es stockfinster. Ihre Augen hatten sich noch nicht an das grelle Licht gewöhnt, das aus den hell erleuchteten Fenstern des Hauses fiel und lange Schatten über die Außenseite des Stallgebäudes warf. Es war diese Blindheit, wie man sie beim Betreten eines dunklen Auditoriums empfindet, wenn man sich zu orientieren versucht und ein paar Sekunden lang überhaupt nichts sieht.

Andi ging zur Tür und spähte nach draußen. Es hörte sich an, als ob ein Auto vorfuhr. Sie hätte sich nichts weiter dabei gedacht, sondern angenommen, Jesus wäre noch einmal zurückgekommen, wäre es nicht ganz langsam und mit ausgeschalteten Scheinwerfern über den Kiesweg heraufgekrochen. Dann blieb es stehen. Es hörte sich an, als wäre es nur den halben Weg heraufgekommen. Dann war das Zuschlagen von Wagentüren zu hören. Sie duckte sich wieder in den Stall zurück.

Leise Stimmen wehten herüber, ohne dass Worte auszumachen waren. Sie lehnte sich mit dem Rücken an die Wand und streckte den Kopf gerade so weit vor, dass sie die Auffahrt und die beiden näher kommenden Gestalten im Blick hatte. Ihre Gesichter waren zwar nicht sichtbar, doch brauchte sie nicht lange zu überlegen, um zu wissen, dass es die Bailey-Brüder waren.

In diesem Moment hasste sich Andi dafür, dass sie dort im finsteren Stall hockte, verängstigt und allein und ohne ihre Waffe.

Warum trug sie sie nicht immer bei sich? Wahrscheinlich weil sie nicht dachte, ständig überfallen zu werden. Die beiden waren noch ziemlich weit entfernt, und Andi rechnete sich aus, dass ihr noch fünfzehn bis zwanzig Sekunden blieben, um sich zu überlegen, was sie tun sollte. Sie hatten es, so viel war sicher, auf Sam abgesehen oder auf sie oder auf alle beide.

Wenn sie ins Haus gingen, hatte sie mehr Zeit. Aber wieso sollten sie annehmen, sie kämen an Jim oder Tom vorbei? Die Antwort war einfach: Sie wussten, dass Jim und Tom nach Fargo gefahren waren. Palimpsest lief ja im Rennen. Jim hatte in der Stadt bestimmt ganz unbeschwert davon erzählt. Sie nahmen an, dass sie allein war, oder falls doch noch jemand da wäre, dann höchstens Jesus, ein eher klein gewachsener Kerl.

Als sie den Lichtstrahl passierten, der durch das Küchenfenster fiel, konnte sie die frechen Gesichter von Carl und Junior erkennen. Sie gingen ins Haus durch die Tür, die sie hatte offen stehen lassen, nahmen vermutlich an, dass sie drinnen war und außerdem allein. Bestimmt führten sie etwas Schlimmes im Schilde.

Nach jener Begegnung auf der Landstraße und dem Zwischenfall zwei Abende später bei May's waren womöglich beide bewaffnet.

Hätte Tom sein Gewehr hier draußen gelassen – Gewehr, Schrotflinte oder was auch immer –, sie hätte ohne zu zögern davon Gebrauch gemacht. Aber hier war nichts. Sie kniff die Augen fest zu, runzelte die Stirn und ballte die Hände zu Fäusten. Los! Denk nach! Sie öffnete die Augen und sah Dakota an. Dann nahm sie die dunkle Decke, die gefaltet über der Stalltür hing, öffnete die Boxentür, warf dem Pferd die Decke über den

Rücken und führte es heraus. Dakota verhielt sich ganz ruhig. Dann bemerkte sie etwas, was ihr vorher nicht aufgefallen war: Sämtliche Pferde waren unheimlich still, als hätte sich herumgesprochen, in welch misslicher Lage man sich gemeinsam befand.

Sie führte Dakota in den rückwärtigen Stallteil, an den anderen Boxen vorbei. Dort drehte sie ihn um, hielt die Hände hoch, wie um zu sagen »Bleib!«, als wäre das Pferd ein störrisches Hündchen. Er blieb jedoch tatsächlich reglos stehen, lediglich ein paar schwungvolle Kopfdrehungen deuteten auf seine Verwirrung oder Ungeduld ob dieser Entwicklung.

Andi schnappte sich einen dunklen Mantel mit Kapuze vom Haken, wo Jesus ihn aufgehängt hatte, und zog ihn über. Dann holte sie sich den Hocker her, den Jesus benutzt hatte, und stellte ihn neben Dakota. Mit einer von der Angst bewirkten Behändigkeit sprang sie auf seinen Rücken und rutschte wieder herunter, zog dabei auch die Decke mit sich. Dakota guckte neugierig.

Zum Aufsatteln war keine Zeit. Die Sättel waren sowieso im Geschirrraum. Sie warf ihm wieder die Decke über, stellte sich auf dem Hocker zurecht und sprang. Diesmal schaffte sie es, oben sitzen zu bleiben. Sie wartete. Das alles hatte nicht mehr als drei Minuten gedauert.

Es vergingen weitere fünf Minuten, bis die Männer das Haus wieder verließen. Sie konnte sie reden und lachen hören. Im Schein der Verandalampe waren sie deutlich zu sehen, auch zeigte sich, dass sie nichts in den Händen hatten, wenigstens vorab noch nicht. Sie steuerten auf die Ställe zu.

Andi spürte, wie Dakota sich unter ihr ebenfalls in Anspannung versetzte. Sie wand die Finger ihrer rechten Hand durch seine Mähne. Weil sie keine Ahnung hatte, welches Kommando sie benutzen sollte, zischte sie ein abruptes »Los!« und versetzte ihm gleichzeitig mit der anderen Hand anstelle einer Peitsche einen Klaps auf die Kruppe.

Das Pferd machte einen Satz vorwärts und schoss aus dem Stall, direkt auf die Baileys zu.

Für die musste es gewesen sein, als liefen sie die Gleise einer verlassenen Bahnlinie entlang und sähen plötzlich von hinten einen Zug auf sich zukommen.

Schreiend rannten sie los, die Auffahrt hinunter auf den Pickup zu, Dakota immer dicht auf den Fersen. Sie hechteten in den Truck.

»Scheiße, was ist da?«, rief einer von ihnen.

»Der verdammte Gaul!«

Der Truck schoss rückwärts die Auffahrt hinunter. Dakota nahm die Verfolgung auf, allein. Andi, die er auf halbem Weg abgeworfen hatte, lag im staubigen Kies und lachte. Sie konnte nicht anders. Dann fiel ihr ein, dass das Pferd womöglich immer weiterlief, im Galopp dem Truck hinterher. Die Seite tat ihr weh, doch es war nur eine Prellung. Sie konnte bis ans Ende der Auffahrt sehen. Der Mond war aus seinem Versteck hervorgekommen und ergoss sein blasses Licht über die Landschaft.

Da war auch Dakota wieder, jenseits des steinernen Tors auf der anderen Straßenseite, und interessierte sich mehr für ein Fleckchen Gras, das er dort entdeckt hatte, als für einen mitternächtlichen Schauerritt.

Sie überquerte die Straße und ging auf ihn zu. An Wiederaufsteigen war nicht zu denken, wollte sie auch nicht. Allerdings wusste sie nicht, wie sie ihn sonst zurückbringen konnte. Sie zupfte an seiner Mähne, doch er schüttelte ihre Hand ab, als ärgerte er sich über den unbeholfenen Versuch, ihn herumzukommandieren. Er senkte den Kopf, um weiter im kalten Gras zu weiden.

»Ach, komm schon!« Sie war müde. Ihr Blick wanderte zu den Felsen hinauf, die weit zurückgesetzt von der Straße lagen, Felsbänke aus rotem Gestein, das sie an die Badlands erinnerte. »Na los«, sagte sie zu dem Pferd.

Dakota hob den Kopf und schaute sie an. Oder vielmehr durch sie hindurch. Wie sollte sie das wissen? Würde dieses Pferd ihr wohl irgendwann einmal Beachtung schenken? Wie sollte sie ihn bloß wieder in den Stall zurückbekommen? Ohne Zaumzeug gab es nichts, woran sie ihn ziehen konnte. Und sie fürchtete, wenn sie ihn hier zurückließ, würde er davonlaufen, da offenbar nichts seine Aufmerksamkeit lange zu fesseln vermochte. Aber wie auch, bei Nacht, auf diesem Feld?

Ein Auto fuhr vorbei und dann noch eines, das Licht der Scheinwerfer streifte über sie und das Pferd hinweg.

Sie kramte in ihren Sachen und überlegte, ob der dünne Schal, den sie umhatte, vielleicht als Halfter dienen könnte. Sie zog ihn sich herunter und warf ihn dem Pferd über den Hals. Dann versuchte sie, einen Knoten zu knüpfen, der fest genug war, um gegen den Widerstand des Tiers zu ziehen.

»Na, komm!« Andi versetzte ihm einen Klaps auf die Flanke und zog mit einer Hand am Schal, mit der anderen an seiner Mähne. Er rührte sich nicht vom Fleck, sondern kaute weiter bedächtig Gras und schaute sie an. Erneut zog sie heftig am Schalhalfter. Keine Reaktion.

Etwa eine halbe Meile weiter sah sie ein verschwommenes Scheinwerferlicht, winzig wie das eines Spielzeugautos, über die schnurgerade Straße näher kommen. O Gott, bitte lass es nicht wieder die Baileys sein, die es noch einmal versuchen, wütend diesmal, weil sie ihnen erneut einen Strich durch die Rechnung gemacht hatte. Wer es auch war, sie befürchtete, der Wagen würde Dakota verschrecken, was vielleicht nützte, wenn es ihn heimwärts scheuchte, doch sie fürchtete eher, dass er in Richtung Felsen davongaloppieren würde.

Es war ein Pick-up-Truck, kein normales Auto. Allmählich reichte es ihr mit Pick-ups, aber wenigstens handelte es sich diesmal (wie sie sehen konnte, als er langsamer fuhr) um einen Fremden, nicht um die Baileys.

Der Wagen blieb mit laufendem Motor stehen. »Kann ich irgendwie helfen, kleine Lady?«

»*Kleine Lady!*« Sie hasste den herablassenden Ausdruck. »Nein, nein. Wir waren bloß reiten, schon gut.«

Als der Mann Anstalten zum Aussteigen machte, bei laufendem Motor im Leerlauf, da wusste sie, dass es Ärger geben würde. »Du musst ja ziemlich gut sein, wenn du ohne Sattel im Dunkeln draußen reiten kannst.«

Als er sich ihr näherte, konnte sie den Whiskey riechen. Doch betrunken oder nicht, sie wusste, dass der Kerl nichts Gutes verhieß. Es war dieser anzügliche Ton, die stechende, kratzige Stimme, als hätte er einen Kaktus verschluckt.

Dakota hatte den Kopf gehoben und guckte aufmerksam, als überlegte er, was es mit dieser neuen Entwicklung der Ereignisse auf sich hatte. Sie trat dichter an das Pferd heran, die Hand auf seinem Rücken, während der Mann immer näher auf sie zukam. Als sie tief Luft holte, konnte sie seine Fahne deutlich riechen und wich weiter zurück, weit genug, um aus Dakotas Reichweite zu sein. Im Gegensatz zu dem Mann, der direkt neben Dakota stand und gerade wieder einen Schritt auf sie zumachen wollte.

Wie ein bleiernes Rohr kam das Bein hochgeschnellt und erwischte ihn knapp über dem Hals. Sie hörte es knirschen. Ihm blieb kaum Zeit für Schmerz oder Überraschung, seine Augen weiteten sich erschrocken, platzten ihm fast aus dem Kopf in jenem langen, letzten lichten Moment, bevor er auf dem Erdboden aufschlug.

Andi sah auf ihn hinunter. Zweifellos hatte er eine Gehirnerschütterung, wenn er nicht überhaupt tot war. Wäre er tot gewesen, hätte es sie nicht die Bohne geschert, außer wegen des zusätzlichen Ärgers, den das für sie alle bedeuten würde. Nein, sie konnte sehen, wie sich sein Brustkorb hob und senkte. Nicht sehr stark, aber genug, damit er noch ein Weilchen am Leben blieb.

Dakota war wieder zu einem Busch hinübergegangen, für den er sich vorher schon interessiert hatte. Andi hatte nicht die Absicht, das Pferd hier allein zu lassen, während sie ins Haus ging, um Hilfe zu rufen. Der Truck stand immer noch mit laufendem Motor an der Straße. Vielleicht hatte der Mann dort ein Mobiltelefon drin. Sie lief auf den Truck zu, blieb plötzlich stehen. Wie würde die Polizei reagieren? Ob das Gesetz mit ausschlagenden Pferden genauso verfuhr wie mit zubeißenden Hunden?

Was würde geschehen? Würde man ihr glauben, wenn sie sagte, weshalb das Pferd hier draußen gewesen war? Wieso sie denn die Polizei nicht verständigt hätte, nachdem sie die beiden anderen Kerle vom Grundstück vertrieben hatte, würde man fragen.

»Wieso haben Sie das Pferd nicht einfach draußen stehen lassen, sind ins Haus gegangen und haben die Polizei verständigt?«

»Weil ich mein Pferd nicht allein lassen wollte.«

»Was hätte ihm denn zustoßen sollen? Es ist doch bloß ein Feld. Und Sie sehen ja, was passiert ist, weil Sie nicht...«

»Aber sehen Sie doch, was alles hätte passieren können, wenn ich nicht dort gewesen wäre! Der Mann hätte vielleicht mein Pferd gestohlen! Verstehen Sie denn nicht?«

Andi kehrte zu Dakota zurück, um es noch einmal zu versuchen. Als sie diesmal am Schal zog, hielt Dakota gleich Schritt, als wüsste er, wann es ihr zu viel war. Vielleicht spürte er, dass der Spaß vorbei war und sie nach Hause gehen mussten.

Nachdem sie Dakota in den Stall gebracht hatte, rief sie bei der Polizei an, um den Unfall zu melden. »Ich glaube, er hat sich den Kopf aufgeschlagen, an einem Stein vielleicht. Ich vermute mal, er ist hingefallen, weil er betrunken war. Der Kerl ist so besoffen, dass er wahrscheinlich nicht mal was mitbekommen hat.«

Das war ihre Geschichte, und an der würde sie festhalten: Sie hatte den Mann da draußen auf dem Feld gefunden.

13. KAPITEL

Am nächsten Morgen lag Andi im Bett und überlegte, was sie Jim und Tom sagen sollte. Sie fürchtete, wenn sie ihnen die ganze Wahrheit erzählte, würden die beiden denken, dass sie das Unheil magisch anzog – und hätten sogar recht damit. Ohne sie wäre das alles überhaupt nicht passiert.

Sie würden natürlich von dem Betrunkenen erfahren, aber sie konnte ihnen ja dieselbe Geschichte erzählen wie der Polizei, die alles problemlos geschluckt hatte. Weil kein Krankenwagen verfügbar war, hatten die Polizisten ihn in ein Krankenhaus gebracht.

»Wie kamen Sie drauf, dass da was nicht stimmte, Miss?«

»Es lag an dem Truck. Ich hab das Wagenlicht gesehen. Als es später immer noch da war, ging ich hinunter, um nachzusehen.«

Es klang vollkommen glaubhaft.

Als sie unten in ihren Mantel schlüpfte, kam ihr der Gedanke, die Baileys könnten vielleicht etwas mitgenommen haben. Zwar waren sie nicht zum Stehlen gekommen (außer um Sam mitzunehmen, da war sie sich sicher), aber die Kerle waren so boshaft, dass sie gut auch etwas hätten mitlaufen lassen können.

Andi sah sich im Wohnzimmer um, im Esszimmer und im Büro – besonders im Büro, denn das sah den Baileys ähnlich, dass sie etwas mitnahmen, von dem sie dachten, dass es für Jim einen persönlichen Wert besitzen könnte. Keinen Geldwert, sondern etwas, was ihm lieb war. Eine Siegerprämie etwa oder jene kleine Bronzestatuette von einer Stute mit Fohlen. So etwas in der Art. Vielleicht das gerahmte Foto von Jim mit einem Jockey. Als sie sich dem Stall genähert hatten, hatten sie allerdings nichts in den Händen gehabt. Wenn sie also etwas gestohlen hatten, hätte es ein sehr kleiner Gegenstand sein müssen.

Erschöpft ließ sich Andi in Jims altem Bürodrehstuhl nieder und blickte im Raum umher. Aber wie sollte sie es wissen? Sie war nicht so vertraut mit dem Haus und allem, was sich darin befand.

Sie stand auf, ging in den Stall hinüber und machte den Hafer und das Maismischfutter zurecht. Die Heunetze waren noch halb voll. Die halbleeren Kübel füllte sie frisch auf. Sofort hatte Dakota die Nase drin und nach fünf Sekunden wieder heraus.

»Gestern Abend war bestimmt ein Riesenstress für dich.«

Dakota musterte sie auf eine etwas melancholische, ja fast traurige Art, blieb ihren Grübeleien gegenüber im Grunde jedoch gleichgültig und wollte einfach noch mehr Hafer. Sie füllte den Kübel nur bis zur Hälfte und erntete einen von Dakotas undankbaren Blicken, bevor er die Nase darin vergrub.

Andi hatte sich *Menschen und ihre Pferde* mitgebracht, das sie noch nicht gelesen hatte. In den Geschichten ging es um Celebrity-Pferde und deren enge Bindung zu ihren Besitzern. Sie ließ die Hand über Dakotas Maul gleiten und fragte sich, als er sie abschüttelte, ob sie beide vielleicht schon eine enge Bindung eingegangen waren. Viel miteinander erlebt hatten sie jedenfalls schon.

Sie sollte Jesus anrufen, um zu hören, wie es ihm ging. Dann schaute sie wieder Dakota an, dessen Kübel bereits leer war. »Du brauchst Bewegung. Wenn ich gefrühstückt hab, gehen wir auf die Trainingsbahn.« Dakota steckte sein Maul in den leeren Kübel. O ja, sie verstanden sich inzwischen schon viel besser.

Es gab wieder Pfannkuchen, und sie beschloss, bei der Geschichte zu bleiben, die sie der Polizei erzählt hatte. Nach einer Weile überlegte sie es sich anders. Und dann wieder anders. Die Kaffeetasse in beiden Händen, als wäre sie ein Kelch und das Ganze eine Art heilige Handlung, sinnierte sie über das Schlamassel, das sie angerichtet hatte, und dass das Unheil nun auch vor Jims Schwelle nicht Halt machte.

Mit den Büchern über Sattelkunde, die sie gefunden hatte, ging sie in den Geschirrraum hinüber, holte den kleinen Sattel, dazu Halfter und Zaumzeug, und trat an die Boxen. Sie führte Dakota – vielmehr, zog und schob ihn – aus seiner Box in der Hoffnung, das Pferd würde still stehen bleiben, damit sie es satteln konnte, doch das tat es natürlich nicht. Andi schlug das Buch auf mit den Anweisungen, wie das Halfter anzulegen war, und als sie sich nach dem Sattel umdrehte, fiel das Buch zu Boden. Dakota versetzte ihm einen Tritt.

Es gelang ihr, den Sattel aufzulegen, dann passte sie laut Anweisung den Sattelgurt an. Nun kam das Halfter dran, was ziemlich einfach vonstattenging. Sie nahm den am Halfter befestigten Strick zur Hand, schnalzte mit der Zunge, zog ein paarmal ruckartig am Strick, doch Dakota blieb mucksmäuschenstill stehen. In der Anweisung stand, man sollte nicht am Strick ziehen, doch was blieb ihr anderes übrig, nachdem sie ein halbes Dutzend Mal geschnalzt und resolut gezogen hatte? Diesmal zerrte sie heftig, und schon hörte das Pferd auf, sich so anzustellen, und kam mit, ja ging sogar voraus, als wäre das alles seine Idee gewesen.

Mit dem Zaumzeug würde es kompliziert werden, denn das bedeutete, Dakota das Gebissstück ins Maul zu schieben. Als sie zur Reitbahn kamen, versuchte sie ganz lässig, ihm die Trense überzustreifen und das Gebissstück im Maul anzupassen, was sich als sehr schwierig herausstellte. Wahrscheinlich, weil Jesus und Tom bei dieser Prozedur immer recht grob waren und das Pferd das Gebissstück hasste. Als Andi fertig war, trat sie einen Schritt zurück, um das Ergebnis zu überprüfen. Ganze zwanzig Minuten hatte sie dafür gebraucht – Jesus hätte es wohl in zwei geschafft, was sie jedoch nicht weiter störte. Dakota wusste ihre Extrabemühungen höchstwahrscheinlich sehr zu schätzen. Sie war froh, dass ihr keiner dabei zusah, wie sie in den Sattel zu kommen versuchte. Als Aufstiegshilfe benutzte sie einen Hackstotzen und schaffte es dreimal nicht. Jesus schaffte es beim ersten Mal und noch dazu aus dem Stand.

Endlich aber, die Zügel fest in der Hand, das Gebissstück fest an Ort und Stelle, drückte sie die Schenkel zusammen. Dakota stand einfach da und rührte sich nicht. Er drehte bloß den Kopf, um zu sehen, was sie da eigentlich machte. Nachdem sie zehn Minuten oder eine Viertelstunde vergeblich versucht hatte, vom Fleck zu kommen, gab sie auf.

Es brauchte nicht viel Anstrengung, ihn in seine Box zurück-zuführen. Leichtfüßig strebte er hin.

Seit wann war sie so unsicher? Schwankte sie so hin und her? Oder war es schlicht und einfach Angst? Sie fürchtete sich da-vor, weiterziehen zu müssen. Das Leben bei Jim gefiel ihr, ihr be-hagliches Zimmer, Sams Box, der Ausritt mit den Pferden. Sie mochte die Routine. Routine bedeutete, man hatte einen Platz, man wusste, wohin man seinen Fuß setzen musste, heute wie gestern, morgen wie heute. Darüber dachte sie nach, während sie ihren kalten Kaffee trank.

Bei ihr gab es keine Vergangenheit, auf die man bauen konnte: Solche Dinge dachte man sich darum eben aus. Alle logen, die Guten wie die Schlechten. Harry Wine hatte bis ganz zum Schluss gelogen. Selbst dann hatte er einfach immer weiter gelo-gen, war mit einer Lüge abgetreten, lügend gestorben. Er log aus keinem anderen Grund als dem, dass er es eben konnte. Selbst als das Blut sich in seiner Kehle verklumpte, log er.

Es gab gar keinen Bus, der in Flammen aufgegangen war, kein Feuer, dem sie als Einzige entkommen war. Sie war nicht am Straßenrand aufgelesen worden, als sie vor dem Feuer flüch-tete. Es gab, mit anderen Worten, nichts. Keine Geschichte, die sie für sich reklamieren, keinen Anfang, an den sie sich erin-nern konnte. Das Einzige, was sie während der letzten andert-halb Jahre getan hatte, war: sich treiben zu lassen, ziellos um-herzuwandern.

Sie ging mit dem Kübel für Max und Hazel zum Schweine-stall hinüber. Sie war spät dran, und Hazel lief ungeduldig neben dem Trog hin und her und grunzte, als hätte sie etwas im Hals stecken.

»Ach, hab dich nicht so, hör auf mit dem Theater. Ich hab mich doch bloß ein ganz kleines bisschen verspätet.« Sie schüttete das Futter in den Trog, und Hazel steckte den Rüssel hinein, noch bevor Andi vollends fertig war. »Lass Max aber auch noch was.« Das Schwein hob den Blick und kaute still vor sich hin. Nicht mal im Traum! »Das ist hier das reinste Schweineparadies, weißt du das?« Von dem Schweinemastbetrieb ein paar Meilen weiter sagte sie nichts. Sie setzte sich neben dem Koben auf einen umgedrehten Eimer und schaute Hazel zu, die in Windeseile das Futter verputzte. Dabei dachte sie an Klavan's Schweinemast. Sie hatte noch nie einen Betrieb für Massentierhaltung gesehen. Hatte auch nie das Bedürfnis gehabt. Diesen hier hatte sie ebenfalls nicht sehen wollen. Wer wollte so was schon?

Da fiel ihr wieder die Anzeige ein, die sie in der Zeitung gesehen hatte. Teilzeitstellen. »Teilzeit« deutete darauf hin, dass man bloß den Mindestlohn bekam.

Nein, Andi!

Ich war bloß neugierig, mehr nicht.

Nein!

Ich hab doch gar nicht so viel zu tun…

Nein!

… hier.

Nein!

Endlich war Max aus seinem Dämmerschlaf erwacht und blinzelte, als hätte er noch nie Tageslicht gesehen und hätte keine Ahnung, wo er war und wer Hazel war.

Andi stand über den Zaun gelehnt und biss an einem Daumennagelhäutchen herum, als sie den Wagen mitsamt Anhänger über den knirschenden Kies heranfahren hörte. Sie waren wieder da, zumindest hoffte sie, dass sie es waren und nicht Sheriff McKibbon, der gekommen war, um sie an die Justiz auszuliefern.

Jim war gerade dabei, Palimpsest auszuladen, der anmutig wie ein Fotomodell bei einer Modenschau die Rampe herunterkam.

»Ist Dritter geworden.«

»Das ist ja toll!«, sagte sie.

»Noch toller wär's gewesen, er wär Erster geworden.«

»Wo ist Tom?«

»Den hab ich bei ihm zu Hause abgesetzt.« Jim hatte seine Baseballkappe abgenommen und kratzte sich am Nacken. Er stand hinter dem Anhänger und klappte gerade das Gitter zusammen. »Alles gut gelaufen?«, erkundigte er sich.

»Nicht so ganz.«

»Ach?« Er sah sie überrascht an.

Sie hob beschwichtigend die Hände. »Den Pferden ist nichts passiert.«

»Okay, aber ist dir was passiert?«

»Können wir kurz reingehen und uns hinsetzen und einen Kaffee trinken? Es ist nämlich eine lange Geschichte. Ich bring Palimpsest in die Box.« Sie wandte sich zum Gehen.

»Andi.«

Sie blieb stehen.

»Ist es wieder was mit Dakota?«

Sie seufzte. »Teilweise, aber ihm ist nichts passiert.«

»Okay, ich mach uns einen Kaffee.«

Die Kaffeemaschine spuckte soeben den restlichen Kaffee in die Kanne, als Andi in die Küche kam.

Jim hielt eine weiße Tüte hoch. »Donuts. Hab ich in der Stadt besorgt.«

»Ah, gut, die liebe ich.«

Jim schenkte Kaffee ein und legte die Donuts auf einen Teller. Er wartete, bis sie sich einen ausgesucht hatte. Sie nahm einen mit Zuckerguss, und er genehmigte sich den mit Puderzucker, von dem Andi wusste, dass es seine Lieblingssorte war, und davon gab es nur einen.

»Okay, schieß los. Was ist passiert?«

»Die Baileys waren hier.«

Er sackte auf seinem Stuhl zusammen. »O Mann, nicht schon wieder.«

Da wurde ihr plötzlich das Herz schwer: Den Ärger war sie nicht wert.

»Gestern Nacht kamen sie – Carl und Junior. Die wollten bestimmt Sam holen.« Irgendwie wusste sie, dass sie Jim immer die Wahrheit sagen musste, also tat sie es. Sie gestand ihm auch, dass sie die Polizei angelogen hatte. »Ich hatte Angst, sie würden Dakota mitnehmen –«

»Und ihn einsperren?« Jim musterte sie erstaunt.

»Du weißt, was ich meine. Ich hab nicht direkt gelogen. Ich hab die Polizei nicht korrigiert, hab es dabei belassen, dass der Fahrer des Pick-up sich den Kopf an einem Stein aufgeschlagen hatte.«

»Hast du heute schon von ihm gehört? Wie's ihm geht?«

Sie schüttelte den Kopf.

»Dann wird der eine andere Geschichte erzählen. Diese verdammten Baileys ... das tut mir ja so leid, Andi.«

Sie sagte: »Nein, mir tut es leid. Wenn ich nicht wäre, würden die Baileys dich hier nicht belästigen.«

»Die belästigen mich nicht. Fiese kleine Dreckskerle – entschuldige den Ausdruck. Du hast sie gedemütigt, und jetzt wollen sie mit dir abrechnen.« Er fing an zu lachen. »O Mann, das hätte ich zu gern gesehen, wie du mit Dakota auf die los bist.« Er hörte gar nicht auf zu lachen, schlug mit der flachen Hand auf den Tisch. »Das entschädigt einen schon fast wieder für den dritten Platz.« Er lachte Tränen, die er sich mit dem Handrücken wegwischte. »Jetzt hör mir mal zu, Andi: Mir macht das gar nichts aus, aber denen ganz bestimmt. Gut so! Jetzt rechne ich natürlich damit, dass Lucas Bailey hier auftaucht und wissen will, was zum Teufel dir einfällt, seine beiden unschuldigen Jungs mit einem Pferd anzugreifen.«

»Aber Klage einreichen können die doch nicht, wenn man bedenkt, wieso sie hergekommen sind?«

»Du erwartest doch wohl nicht, dass die das zugeben? Die könnten ganz einfach sagen, sie hätten einen Besuch machen wollen.«

»Wer würde ihnen das abnehmen? Nach dem, was vorher passiert ist? Der Sheriff etwa?«

»Harry McKibbon? Wohl kaum. Der weiß, dass sie der letzte Abschaum sind.«

Sie schnitt einen Donut in zwei Hälften und nahm sich eine. »Die sollten besser stillhalten.«

»Allerdings könntest du ihnen ja zuvorkommen und selber Klage einreichen.« Jim nahm sich die andere Donuthälfte.

»Aber würde die Polizei dann nicht wissen wollen, wieso ich gestern Abend nichts davon erwähnt habe? Es passierte ja, unmittelbar bevor dieser andere Kerl angefahren kam.«

Jim überlegte. »Hm, da ist was dran.«

»Und ich bin wegen der anderen Sache damals ja auch nicht zur Polizei gegangen.«

»Den Scheißkerlen sollte man eine einstweilige Verfügung aufbrummen. Die werden es wieder versuchen. Dir möchte ich allerdings nicht im Mondschein begegnen.« Er grinste.

Andi dachte über die einstweilige Verfügung nach. »Ja, ich werd mal versuchen, so eine einstweilige Verfügung zu bekommen.«

»Gut. Und ich ruf jetzt Harry an. So was soll man lieber gleich erledigen.« Er stand auf und ging in sein Büro.

Andi war im Stall, als Harry McKibbon eine Stunde später vorfuhr. Sie sah, wie er auf den Seiteneingang zustrebte. Dabei fragte sie sich, ob es einen richtigen Prozess geben würde oder ob die Anwälte bloß einem Richter den Fall darlegen würden. Und ob die Bailey-Brüder ebenfalls vor Gericht erscheinen mussten.

»Warum können die Leute einander nicht einfach in Ruhe lassen?«, wandte sie sich an Sam, während sie ihm Kohlrübenstückchen fütterte.

Vom anderen Ende der Boxen ertönte lautes Wiehern. Es war Dakota, der natürlich auch etwas zu fressen haben wollte, egal was. Sie trat an seine Box. »Ich sollte wahrscheinlich dankbar sein, dass du mich vor einer Vergewaltigung bewahrt hast, aber sieh es doch mal so: Ich wär überhaupt nicht dort gewesen, wenn du nicht stehen geblieben wärst, um Gras zu mampfen. Da!« Sie gab ihm ein Stückchen Kohlrübe, worauf er sich prompt abwandte.

Dann ging sie ins Haus, um mit dem Sheriff zu sprechen.

14. KAPITEL

»Hallo, Sheriff«, sagte Andi und streckte ihm die Hand hin.

Harry McKibbon ergriff sie lächelnd. »Schön, dich wiederzusehen.«

»Wo ist Jim?«, fragte sie.

Harry nickte. »In seinem Büro. Er hat mir gesagt, was passiert ist, aber ich hätte gern, dass du es für mich noch mal durchgehst. Schließlich warst du ja dabei.«

»Klar.« Andi erzählte ihm die Geschichte so detailliert sie konnte. Details waren der Polizei immer sehr wichtig. Harry McKibbon sagte: »Wussten die, dass Jim und Tom weg waren?«

»Vermutlich. Jim hat in der Stadt herumerzählt, dass sie nach Fargo wollten.«

Harry hielt einen Kaffeebecher in der Hand. Er hatte sich nicht hingesetzt, sondern stand am Küchentisch. Ein viel beschäftigter Mensch, dachte Andi, der sich erst hinsetzen konnte, wenn alles erledigt war.

»Wieso sind die beiden ins Haus gegangen?«, fragte er.

»Keine Ahnung. Ich nehm an, die haben nach mir gesucht.«

»Wie lange, meinst du, waren sie ungefähr drinnen?«

Es war das erste Mal, seit es passiert war, dass sie darüber nachdachte. »Zehn Minuten, glaub ich.«

»Zwei Minuten hätten gereicht, um zu sehen, dass du nicht da warst.«

Mit anderen Worten, sie log. Tat sie aber nicht. »Dann haben sie sich da drin vielleicht für irgendwas interessiert.«

»Hatten sie es auf was Bestimmtes abgesehen? Jim sagt, er bewahrt im Haus kein Geld auf.«

»Sie waren in seinem Büro, glaub ich. Ich kann es nur vermuten, so gut kann ich mich bei Jim ja nicht aus, also, um zu wissen, ob was Bestimmtes gestohlen wurde.«

»Du bist dir also ziemlich sicher, dass sie deinen Esel holen wollten?«

»Ja.« Andi erzählte ihm, was damals bei Jared passiert war.

»Ja, davon hab ich gehört.« Er lächelte. »Die Baileys lassen sich nicht gern zum Narren halten.« Sein Lächeln wurde breiter. »Erzähl mir von deinem Leben, Andi.«

»Meinem Leben? Warum?« Sie hatte sich auf einen der Stühle mit den Sprossenlehnen gesetzt, und nun ließ er sich ebenfalls nieder. Es war, als gäben beide eine Pose auf, die keiner weiter durchhalten konnte.

»Vielleicht ist es wichtig«, sagte er, ohne genauer zu werden.

Das verblüffte sie. Jetzt bekam sie auch ein wenig Angst vor ihm. Worauf wollte er hinaus? »Moment, bin ich jetzt die Verdächtige? Ich bin fremd in der Stadt, und gleich passieren lauter schlimme Dinge?« Das entsprach so ziemlich dem, was sie sich selbst immer einredete.

»Nein, natürlich nicht. Ich will nur etwas mehr über dich erfahren.«

»Ich kann mir nicht vorstellen, warum.« Im Geiste kramte sie die Geschichte wieder hervor, die sie immer erzählt hatte. »Also, ursprünglich komm ich aus New York. Meine Eltern haben ein großes Haus in den Hamptons. Ich habe zwei Brüder – Marcus, der ist Maler, und Swann. Und eine Schwester, Sue. Wir hatten einen eigenen Badmintonplatz, wo wir oft gespielt haben.«

»Ein Schwimmbad?«

Dieses Detail mochte Andi nicht und verneinte. »Nein. Aber wie ich schon sagte, Badminton haben wir viel gespielt. Ich hatte einen Hund namens Jules. Der hat sich immer so gern die Federbälle geschnappt.« Sie lächelte bei dieser Schwindelei. Die Lamas ließ sie lieber weg.

»Hört sich an, als sei deine Familie wohlhabend.«

»Ja, ist sie.« Sie wusste, dass sie nun gefragt werden würde, wieso sie denn dann durch die Lande zog, wie eine Vagabundin, und sich – wenn sie das Geld dafür hatte – in Pensionen wie der von Mrs. Englehart einquartierte. Auf diese Frage war sie vorbereitet.

Und er stellte sie. »Es kann nicht besonders angenehm sein, von einem Ort zum nächsten Ort zu ziehen, auch nicht für einen Menschen, der die Freiheit so schätzt, wie du es offensichtlich tust.«

Sie musterte ihn stumm. *Nein,* wollte sie sagen, *ich mag meine Freiheit nicht.* Sie überlegte, ob sie ihm mit der Antwort Abenteuer-nach-Uni-vor-Jobsuche kommen sollte, aber er war es als echter Sheriff gewöhnt, einer verdächtigen Person (nicht, dass sie eine wäre) die Wahrheit zu entwinden, möglicherweise sogar gewaltsam, einem zuzusetzen oder einen in verbale Fallen zu locken.

»Was ist denn los?«

»Was? Nichts ist los. Ich hab bloß überlegt, ob ich Ihnen sagen soll… Ach, was soll's!« Das klang eingängig, das Widerstreben überzeugend, fand sie zufrieden. »Ich hab mich mit meinen Eltern gestritten. Und mit meinem Verlobten.« Sie beugte sich zu ihm hinüber, wollte ernsthaft wirken. »Ich sollte mich in Harvard für Jura einschreiben, aber ich wollte nicht.«

»Ziemlich anspruchsvoll, die Uni Harvard.«

Sie legte die Hand über ihre Kaffeetasse, als wollte sie das Nachfüllen verhindern. »Meine Eltern haben sogar damit gedroht, mich zu enterben, wenn ich nicht mitspiele. Ich sagte, na Pech, das Geld könnte ich gut gebrauchen, und ging trotzdem fort.« Sie lehnte sich zurück, verschränkte die Arme schützend über der Brust und zuckte lässig die Achseln.

»Ziemlich hart von Ihnen, diese Haltung. Und dein Verlobter, was tat der?«

Den hatte Andi ganz vergessen. »Ach, der? Dem hab ich seinen Ring zurückgegeben.« Zu gern hätte sie sich jetzt eine Zigarette angezündet, das Streichholz ausgeblasen und Harry McKibbon durch einen dünnen Rauchschleier angeblickt. In den alten Kinofilmen wirkte diese Geste immer so souverän.

»Wieso hattest du überhaupt vor, diesen verdammten Idioten zu heiraten?«

Wieso? Sie biss sich auf die Lippe. »Ich wusste nicht, dass er so war.« *Verdammter Idiot*, hatte er gesagt. Sie runzelte die Stirn. »Wieso ist der ein verdammter Idiot?«

Harry lachte kurz auf. »Der Mann, der dich aufgeben würde, müsste schon ein Idiot sein.«

Erst nach fünf Sekunden fiel ihr ein, den Mund wieder zuzumachen. Lieber Gott, das war ein *Kompliment* gewesen! »Hmm ... danke.«

»Und nun fährst du einfach so im Land herum, mit einem Rucksack auf dem Buckel.«

Das Kinn in die Faust gestützt musterte sie ihn. Seine Augen waren blau wie das Meer. »Stimmt.«

»Lucas Bailey wird vielleicht behaupten, sie wären bloß hergekommen, um ihren Esel zurückzuholen ...« Ihren möglichen Einwand abwehrend streckte er die Handfläche von sich wie ein Verkehrspolizist. »Damit will ich nicht sagen, dass ich ihnen das abnehme, aber das könnten die vielleicht anführen. Also, du hast den Leuten erzählt, du hättest den Esel einfach gefunden. Ist das richtig?«

»Ja. Er stand ganz verloren am Straßenrand, und es ging ihm wirklich schlecht. Daraus schloss ich, dass man ihn ausgesetzt hatte. Vielleicht Zigeuner. Jedenfalls hab ich allmählich die Nase voll davon, dass die Baileys behaupten, Sam gehöre ihnen. Die wollen Sam doch nur, um ihn zu quälen.«

Harry musterte sie und hatte den Kopf schief gelegt, als müsste er diese Geschichte erst noch abwägen.

»Das ist jetzt schon das dritte Mal, dass sie mir und Sam nachstellen.« Sie hielt drei Finger in die Höhe. »Das dritte Mal.«

Er nickte. »Du willst also eine einstweilige Verfügung, damit sie dir vom Hals bleiben.«

»Nicht mir. Damit sie Sam vom Hals bleiben.«

Harry blinzelte ungläubig. »Für wen willst du die? Für deinen Esel?«

»Sehen Sie es doch mal so: Um mir eins auszuwischen, würden sie Sam was antun, haben sie ja schon mal – als sie ihn aufs Feld gebracht und dort ausgesetzt haben. Die machen so was nur zum Spaß.«

»Andi, soviel ich weiß, hat es für ein Tier noch nie eine einstweilige Verfügung gegeben. Hab ich noch nie gehört. Das Gesetz tut nicht viel zum Schutz von Tieren.«

Andis Gesichtsausdruck verriet ihm, was sie davon hielt.

Inzwischen war Jim wieder in die Küche gekommen. »Wovon hast du noch nie was gehört?«

»Diese einstweilige Verfügung. Die will Andi für den Esel, nicht für sich selbst.«

Jim lachte.

»Sagt sie jedenfalls.« Harry klappte sein Notizbüchlein zu.

Andi glaubte, dass er hauptsächlich Männchen reingekritzelt hatte.

»Richterin Brown ist nicht gerade berühmt für ihren Sinn für Humor.«

»Gut, humorvoll ist daran nämlich gar nichts«, sagte Andi.

Harry überlegte einen Augenblick, während er sich mit dem Kugelschreiber gegen die Zähne tippte. »Wie wär's mit einer für euch beide? Für dich und den Esel?«

»Na gut, in Ordnung.«

»Ich werd's der Richterin unterbreiten.« Er stellte seine Tasse hin. »Wo wolltest du hin, Andi? Ich meine, bevor du hier gestrandet bist?«

»Nach Alaska«, sagte Jim. »Ich hab ihr gesagt, da geht sie in die falsche Richtung.«

Andi war den ewigen Witz allmählich leid. Doch Harry McKibbon lachte nicht. »Wohin in Alaska?«

»Nach Juneau.«

»Hast du da Familie?«

Sie dachte daran, was sie Jim erzählt hatte. »Einen Bruder.«

»Die waren aber doch in den Hamptons.«

»Außer dem einem. Der ist eher mein Halbbruder.«

Harry nickte. »Alaska ist wunderschön.« Er erhob sich. »Okay, ich will mal sehen, was sich machen lässt.«

»Danke, Harry«, sagte Jim.

Andi stand auf und nickte. »Danke für Ihre Mühe.«

Er lächelte. »Eins ist sicher, die müssen dich in Ruhe lassen. Das geht nicht, dass die dich dauernd belästigen.«

Harry verabschiedete sich und ging hinaus zu seinem Streifenwagen.

Jim öffnete den Kühlschrank und spähte hinein, während Andi die Kaffeetassen einsammelte und zum Spülbecken trug. Dann sagte sie: »Weißt du, dass sie in der Schweinemastfarm Teilzeitkräfte einstellen?«

Er hatte ein Bier herausgeholt und stellte es auf die Anrichte. »Ja, die stellen wahrscheinlich ständig Leute ein.« Er sah ihr ins Gesicht. »Sag bloß nicht, du hast vor, dir dort einen Job zu suchen.« Er nahm Brot und den Rest Schweinelendchen aus dem Kühlschrank.

»Neben der Arbeit hier könnte ich dort gut Teilzeit arbeiten. Ich muss doch Geld sparen, damit ich nach Alaska kann.«

»Was ist mit deinem Bruder? Kann der dir nicht ein wenig unter die Arme greifen?«

»Schon, aber das will ich nicht.«

Jim holte ein Glas Saure Gurken und einen Becher Margarine heraus. »Willst du ein Schweinefleisch-Sandwich?«

»Nein, danke.«

»Dachte ich mir schon. Irgendwie kann ich mir nicht recht vorstellen, dass du da arbeitest. An einem Ort, wo Tiere geboren und aufgezogen werden, damit man sie später schlachtet... Das passt nicht zu dir, Andi.«

Sie sah zu, wie er Margarine aufs Brot strich. »Hier bei dir hab ich bloß den halben Tag was zu tun. Ich sag doch nur, wenn du mich nicht brauchst...?«

»Na, zunächst mal – wie würdest du da überhaupt hinkommen?«

»Zu Fuß. Die zwei Meilen werd ich ja wohl laufen können!«

»Stimmt. Ich glaube, du könntest so ziemlich alles, was du dir in den Kopf gesetzt hast.«

Was sie sich an diesem Nachmittag in den Kopf setzte, war ein Anruf bei Klavan's, wo sie sich für den Job bewarb, wie auch immer der aussah. Die Bezahlung war nicht besonders gut, bloß ein paar Dollar über dem Mindestlohn, aber das war ihr egal. Der Mann, mit dem sie sprach, war ein gewisser Jake Cade, der ihr sagte, sie solle am nächsten Vormittag vorbeikommen.

15. KAPITEL

Am nächsten Morgen fuhr Tom sie zur Mastfarm. In ein, zwei Stunden wäre er wieder da, sagte er. »Wahrscheinlich wird dich jemand rumführen und dir den ganzen Betrieb zeigen.«

In dem Gebäude, das als Büro diente, händigte ihr jemand ein Formular zum Ausfüllen aus. Es war ein einfacher Fragebogen: Name, Adresse, Alter, »allgemeiner« Gesundheitszustand. »*Neigen Sie zu Atemwegsinfektionen?*«

War das hier etwa eine gesundheitsschädigende Umgebung? Nein, bei der Frage ging es wohl eher um das Wohl der Schweine, nicht um ihr eigenes. Sie schaute aus dem Bürofenster auf die drei nebeneinander stehenden weißen Gebäude, zwei weitere befanden sich auf der anderen Seite.

Als Jake Cade ihr das ausgefüllte Blatt abnahm, fragte sie, ob sich auch noch andere auf die Anzeige gemeldet hatten, und er erwiderte, bisher noch nicht. Er sagte, sie müsse noch mit Mr. Klavan sprechen, und führte sie zu seinem Büro.

Mr. Klavans Bemerkungen bestanden hauptsächlich aus Grunzen. Den größten Teil der zehn Minuten verbrachte er damit, ihre Brüste zu beäugen. Ein ganz fieser Charakter, das merkte sie gleich. Der einzige komplette Satz, den er sagte, war: »Abramson kann Ihnen alles zeigen.«

»Von Ferkel bis Finito«, sagte Lionel Abramson. »Das machen wir hier. Von Ferkel bis Finito. Bringen sie auf Verkaufsgewicht, und dann ab auf den Markt, wenn Sie wissen, was ich meine.« Er wackelte vielsagend mit den Augenbrauen, als wäre das, was er sagte, besonders clever. »Ein paar Kollegen sind für die Abferkelstationen zuständig, andere für die Ferkelchen, wieder andere für die Masttiere.«

Er war ein kleiner Glatzkopf, so glatzköpfig, dass Andi dachte, wenn sie ihm je einen Finger ins Ohr steckte, könnte sie ihn als Kugel die Kegelbahn herunterrollen.

»Jawohl, von Ferkel bis Finito.«

So wie er es unablässig wiederholte, klang es wie ein Mantra.

Sie trugen weiße Overalls. Andi hatte ihren angezogen, nachdem sie das Desinfektionsverfahren durchlaufen hatte, das verhindern sollte, dass irgendetwas eingeschleppt wurde, was die Schweine infizieren könnte.

Er ließ eine Hand wie einen Drachen durch die Luft segeln, während sie auf eines der Gebäude zugingen, die er als Baracken bezeichnete.

»Hier läuft alles wie am Schnürchen. Wir haben alles im Griff, wie es so schön heißt. Böse Überraschungen gibt es nicht. Nein, Madam, wir sind auf alles vorbereitet, auf alle Even-tu-a-litäten! Ob Regen, ob Hagel, ob Schnee.«

»Was ist, wenn mal Schweine krank werden? Es gibt da doch diese scheußliche Krankheit – die Schweinepest?«

»Schon, aber die haben wir im Griff.«

»Aber so ein Ausbruch ist doch beinahe unmöglich zu stoppen.«

»Ich seh, Sie kennen sich in dem Bereich aus. Gut. Aber *unmöglich* ist ein Wort, das mir nicht schmeckt. Nein, Madam. Wir haben das im Griff.«

»Was ist mit diesen Tierschützern?«

Abramson schlug sich laut lachend auf die Schenkel. »Na, das ist ja wirklich lustig. Zunächst mal kämen die hier ja gar nicht erst rein. Und was könnten die denn schon ausrichten? Etwa einen von den Ställen aufmachen und sagen ›Ihr seid frei!‹. Und tausend Schweine rauslassen?« Er breitete die Arme weit aus. »Wo sollten die denn hin, kleine Lady? Wo um alles in der Welt könnten die denn hin? Die wüssten doch gar nicht, was tun, he?«

»Verstehe. Aber Sie wissen ja, wie die zur Tierquälerei stehen.«

Er bedachte sie mit einem strengen Blick. »Sehen Sie vielleicht, dass hier jemand gequält wird?«

»Nein, überhaupt nicht. Ich rede ja nicht von mir. Oder von hier«, fügte sie hinzu.

»Terroristen sind das, alle miteinander. Wer gibt denen das Recht, Feuer zu legen und Bomben hochgehen zu lassen?«

»Die denken wahrscheinlich, das machen sie, weil Tiere sich nicht selber wehren können.«

»Ha! Schon mal probiert, sich mit einem Berglöwen zu unterhalten?«

»Nein, ich hab aber auch noch keinen Berglöwen mit einer Schusswaffe gesehen. Ich hab noch keinen Kojoten eine Fußangelfalle stellen sehen …« *Halt die Klappe!*, befahl sie sich. Wenn sie so weiterredete, würde Mr. Abramson sie am Ende noch zu diesen Terroristen zählen.

»Sie reden da ja recht schlau daher, junge Dame. Sind Sie immer so kess?« Er beschrieb mit der Hand einen Kreis und bedeutete Andi, ihm zu folgen.

Eigentlich war es ja dumm dahergeredet. »Wie lang arbeiten Sie schon hier, Mr. Abramson?«

»Etwa fünfzehn Jahre, so ungefähr.«

»Mögen Sie Ihre Arbeit?«

»Mögen?« Er sah sie überrascht an, als wäre ihm der Gedanke noch nie gekommen. »Darum geht's doch gar nicht, nein, darum geht's nicht.« Er fing an zu lächeln, nachdem er diesen Punkt zu seiner Zufriedenheit geklärt hatte.

Sie setzten ihren Weg fort, während er sagte: »Sie stellen ja einen Haufen Fragen. Ich an Ihrer Stelle wär ein bisschen vorsichtiger.«

»Inwiefern?«

Genervt blieb Abramson stehen, die Hände in die Hüften gestemmt. »Ha, und schon wieder eine Frage!«

»Ich red doch bloß mit Ihnen.«

»Okay, aber nicht so.«

Sie beschleunigten ihre Schritte, und Andi schwieg.

»Hier ist eine von den Schweinebaracken.« Das Gebäude, das sie nun betraten, war riesig.

Als er die Tür öffnete, erhob sich lautes Geraschel – nicht der heisere, raue Lärm, den sie bei so vielen eng zusammengepferchten Tieren erwartet hätte. Die Schweine drängten zu ihnen hin. Bestimmt trampelten sie einander bisweilen nieder, um dahin zu gelangen, wo ihnen Aufmerksamkeit geschenkt wurde.

»Also, da hinten« – er deutete ans andere Ende des Stallgebäudes – »sind die Eimer zum Füllen. Kommen Sie.« Wieder beschrieb er mit der Hand einen ausladenden Kreis, als ginge es darum, einen Trupp Soldaten anzutreiben. »Die Futtertonne ist da draußen, und wenn man hier dreht« – er legte eine Art Metallriegel um –, »dann fällt das Futter in die Eimer hier. Dann nehmen Sie die Eimer und verteilen das Futter. Kommen Sie.« Diesmal kam die Bewegung aus der Schulter, als würde er rudern.

Das nächste Gebäude, teilte er ihr mit, sei der Abferkelstall, wo Vernon Whipple die Oberaufsicht führte. »Ein paar von uns sind für die Ferkelchen zuständig. Wir bewegen so zirka eintausend Ferkel pro Jahr. Sechs Monate dauert es, bis so ein Schwein im Durchschnitt sein Verkaufsgewicht erreicht hat.«

Reihenweise lagen oder standen die Schweine in ihren abgetrennten, röhrenförmigen Boxen, die aussahen, als wären sie etwa einen guten halben Meter breit, gerade breit genug, dass die säugenden Sauen sich hineinlegen konnten, aber nicht so breit, dass sie sich umdrehen konnten. Gleichförmig ragten ihre Rüssel über die obere Boxenkante, wahrscheinlich warteten sie auf Futter. Oder auf sonst etwas. Alle standen direkt vor ihren Futterrinnen. Das Ganze erforderte nur minimale Bewegung.

Er wies sie an, ihm auf einen hölzernen Laufgang zu folgen, der zwischen den Reihen von Schweinen hindurchführte. »Wie Sie sehen, ist der Boden so konstruiert, dass Stallmist und Jauche durchfallen können. Ein Lattenrost. Die Grube da drunter wird drei-, viermal im Jahr ausgepumpt. Seien Sie froh, dass Sie Ihre Maske aufhaben. Auch hier kommt das Futter aus einer Tonne draußen, und Sie füllen es nur ab. Aber Sie werden ja eher beim Reinigen eingesetzt als beim Füttern.«

Was sie so erstaunlich fand, war diese Gleichförmigkeit, alle hatten diese gleiche rosige Haut. »Die sind ja alle gleich. Was ist das für eine Rasse?«

Die Frage fand er amüsant. »Rasse? Sie meinen Yorkshire oder Berkshire oder Chester White? Nein, das ist doch passé, junge Dame, außer in so kleinen Farmbetrieben, wo man meint, man kann sich's noch leisten. Heute wird Gleichförmigkeit gewünscht, damit die Großhändler genau wissen, was sie kriegen und was sie dann verkaufen. Keine Rassen, das ist längst vorbei.«

»Das ist aber doch traurig«, sagte sie. »Wir stellen uns all die verschiedenartigen Schweine vor – braune und weiße, rote, graubraune – da draußen auf den Feldern. Alle verschieden. Wenn Sie die Wahl hätten, würden Sie denn da nicht auch lieber lauter verschiedene Rassen sehen?«

»Wieso denn? Das würde die Sache bloß verkomplizieren.«

Andi schwieg eine Weile, dann sagte sie: »Die leben also bloß sechs Monate, bevor sie geschlachtet werden?«

»Sechs Monate und dann ab zum Großhändler.«

»Sie meinen, ins Schlachthaus.«

Er seufzte. »Wenn Ihnen das lieber ist.« Abramson musterte sie schweigend und schüttelte wieder den Kopf. »Leute wie Sie, die wünschen uns zurück in die Zeit vor Internet und Mobiltelefon ... ach, wer sagt's denn!«

Sein Handy hatte mit der Melodie aus einem Song geklingelt, den Andi schon einmal irgendwo gehört hatte; den Titel hatte sie aber wieder vergessen. Er redete kurz und klappte das Gerät dann zu. »Mr. Abramson, was ist das für eine Musik da auf Ihrem Handy?«

»›Tumbling Tumbleweed.‹ Toller Song: ›Here on the range I belo-ong, drifting along with the tumbling tumbleweed.‹«

Andi wusste nicht, ob sie lachen oder weinen sollte. »Das ist der alte Wilde Westen.«

»Hopalong Cassidy. Wetten, von dem haben Sie noch nie gehört. Berühmter Filmcowboy.« Summend ging er weiter.

Andi warf noch einmal einen Blick auf die Reihen von Schweinen und die nuckelnden Ferkel. Sie waren so gleichförmig und
durchscheinend wie Tränen.

16. KAPITEL

Als Andi von dem Rundgang zurückkam, wartete Tom Rio schon mit dem Wagen auf sie. Er reichte über den Vordersitz und öffnete ihr die Wagentür.

»Wartest du schon lang?« Sie kletterte hinein und machte die Wagentür hinter sich zu.

»Ach nein«, sagte er, während er den Motor anließ. »Fünf, zehn Minuten, mehr nicht. Hast du den Job gekriegt? Sieht eher nicht so aus.«

»O doch, ich hab ihn gekriegt. Ich soll nachmittags arbeiten, von eins bis fünf. Hoffentlich ist das okay für Jim. Ich kann alles am Vormittag erledigen, hab ich ja bisher auch schon gemacht. Ich kann früh aufstehen und die Pferde rausbringen ...«

»Klar, das wird schon gehen.« Sie fuhren los. »Also, wie ist es? Wie viele Schweine haben die eigentlich da drin?«

»Fünftausend.«

Er stieß einen staunenden Pfiff aus.

»Einer von den Männern sagte mir, für einen Schweinemastbetrieb sei das nicht viel. Manchmal muss man ein Atemschutzgerät tragen, wenn der Gestank einfach zu viel ist. Ich soll hauptsächlich im Abferkelstall arbeiten und den sauber halten.«

»Dort sind die Sauen untergebracht, stimmt's?«

Andi nickte. »Wo die Ferkel geboren werden, bloß ...«

Er warf ihr einen Blick zu. »Bloß – was?«

»Die haben überhaupt keinen Platz, diese Sauen. Es gibt kein Stroh und gar nichts. Beton ist schlecht für die Ferkel, da brechen die sich oft die Knochen. Und sie können nur fünf Wochen bei der Mutter bleiben, bevor sie entwöhnt und in den Stall gebracht werden, wo man die Mastschweine hält.«

»Ach, ich weiß nicht. Das ist doch auf jeder Farm so.«

»Tatsächlich?« Andi fühlte sich etwas erleichtert. Es war, als wollte sie einfach irgendetwas hören, das Klavan's in einem besseren Licht erscheinen ließ.

»Ja, schon. So lang hat Hazel ihre auch immer behalten. Natürlich gibt's da auch noch andere Dinge zu bedenken außer dem Säugen. Schweine sind ja gesellige Tiere, da ist diese ganze Sozialstruktur, die die Ferkel erlernen müssen. Wenn die das nicht mitkriegen, haben sie's richtig schwer.«

Eine Weile fuhren sie schweigend weiter. Dann sagte Andi: »Ich fühl mich manchmal so eingesperrt.«

Er musterte sie, während er versuchte, sich eine Zigarette anzuzünden. »Das klingt ja nicht sehr erfreulich. Du musst dort nicht arbeiten, weißt du. Ist es wegen dem Geld?«

»Nicht nur.« Sie schaute aus ihrem Fenster.

»Wieso dann?«

»Ich weiß nicht.«

»Ich kann dich nicht jeden Tag hinfahren, aber ...«

»Ich könnte doch Dakota reiten. Das wäre ein gutes Training für ihn. Inzwischen hat er sich an mich gewöhnt. Was meinst du?«

Tom räusperte sich. »Ob Dakota da mitmacht – den ganzen Nachmittag dort rumhängen? Das sind immerhin vier Stunden.«

Sie runzelte die Stirn. »Ja, natürlich, du hast recht. Wie dumm von mir.«

»Dakota kann nämlich ganz schön stur sein. Wir hatten unsere liebe Mühe damals, ihn zuzureiten, kann ich dir sagen.«

»Ist mir noch gar nicht aufgefallen, dass der stur ist. Zielstrebig ist er, das schon.«

»Kommt aufs Gleiche raus.«

Andi schwieg und ließ es sich durch den Kopf gehen.

Tom sagte: »Dakota hat's nicht leicht gehabt. Jim hat ihn von so einer Farm, von so einer PMU-Farm. Das steht für Urin von schwangeren Stuten. Den sammeln die da, das heißt, die Stuten stehen angebunden in kleinen Boxen, während der Urin aufgefangen wird. Also fast ein ganzes Jahr.«

»Willst du damit sagen, Dakota war das Fohlen von einer Stute, von der sie diesen Urin abgezapft haben? Und was war dann? Ist die Stute gestorben?«

»Nein. Die wurde wieder gedeckt. So machen die das da. Es geht darum, sie ständig schwanger zu halten, weil in dem Urin etwas ist – Östrogen, glaub ich, das wird für ein Medikament verwendet, das Frauen helfen soll, die Wechseljahre zu überstehen. Hitzewallungen und solche Sachen. Meine Frau hat es genommen. Premarin heißt es, glaub ich. Na, und wenn das Fohlen weiblich ist, behalten sie es vielleicht, damit es später auch benutzt werden kann, vielleicht um die Mutter zu ersetzen. Wenn es ein Hengst ist wie Dakota, wird es versteigert.«

»Gibt es da viele… viele Stuten?«

Tom bog auf die Kiesauffahrt ein. »So viele Pferde, wie du heute Schweine gesehen hast. Und auch genauso viele Fohlen, würd ich mal vermuten. Und weil es für die männlichen keine Verwendung gibt, werden die weggebracht.«

»Sie werden geschlachtet, meinst du.«

»Ganz richtig.« Tom öffnete die Fahrertür und wartete. »Steigst du jetzt aus, oder bleibst du den ganzen Nachmittag hier sitzen und grübelst darüber nach?«

Auf alle Eventualitäten vorbereitet – das hatte Mr. Abramson über Klavan's gesagt. »Ich hab das im Griff.«

»Was?«

»Das Aussteigen«, sagte Andi.

17. KAPITEL

Andi stand vor Dakotas Box und fragte sich, ob ein Pferd seufzen konnte. Das Geräusch, das er gemacht hatte, war eigentlich kein Wiehern, sondern eher etwas wie ein duldsam leidendes Ausatmen.

Sie verschränkte die Arme, rieb sich die Ellbogen und guckte finster. Dieses Pferd hatte definitiv keine Ahnung, was für ein Glück es gehabt hatte. Was an sich, wie sie feststellte, ein unerheblicher Gedanke war. Eine ganze Reihe von Dingen, die ihm nie hätten passieren dürfen, waren dennoch passiert und konnten nicht gerade Glück genannt werden. Wenn man am Roulettetisch tausend Dollar verliert, würde man es dann als Glück betrachten, hundert wieder zurückzugewinnen? Wenn einer der Bailey-Brüder ihr am Straßenrand übel zusetzte, war es dann Glück, dass sie eine Schusswaffe bei sich hatte?

Sie ließ die Hand über Dakotas Maul gleiten. Unwirsch warf das Pferd den Kopf herum. Dann ging sie zu Sams Box hinüber. Er hatte seit gestern früh keinen Auslauf gehabt. Die anderen waren vermutlich ausgeführt oder auf die Trainingsbahn gebracht worden.

Es erstaunte sie immer wieder, dass Sam nie einen Laut vernehmen ließ, außer dann, wenn er mit den Hufen auf Heu oder Erde oder Stein aufkam. Zu ihm würde sie nicht sagen, er solle dankbar sein, genauso wenig wie sie es zu Dakota sagen würde. Sie sollten nicht dankbar sein müssen, sie hätten einfach immer nur gut behandelt werden sollen.

Andi überlegte, was es mit Sams Stille auf sich hatte – ob es charakteristisch für Esel war oder ob Sam einfach so war. Sie öffnete die Boxentür, und Sam trottete hinaus. Er brauchte eigent-

lich keine Leine. Sam folgte ihr einfach da hin, wo er sie hingehen sah. Sie ging um das Stallgebäude herum zum Schweinestall,
Sam hinterher.

Hazel und Max waren nicht in ihrem Koben. Andi lehnte sich
mit den Unterarmen oben auf den altersschwachen Zaun, Sam
streckte den Kopf darüber. So blieben sie geraume Zeit stehen –
Hazels Grunzen nach viel zu lange. Max zog es vor, in einer kühlen Schlammpfütze zu sitzen und zu Sam hochzustarren, der seinerseits auf ihn hinunterstarrte. Hazel dachte, keiner käme zum
Schweinestall, ohne den Trog nachzufüllen. Mit ihren krummen
Beinchen versetzte sie dem Ding ein paar Tritte, als ob es dadurch
Fressen vom Himmel regnen würde.

Andis Erfahrung mit Schweinen war vielleicht zu beschränkt –
hier gab es nur Hazel und Max, bei Klavan's wiederum die vielen, vielen Tiere. Dort wurde exakt die richtige Menge an Ge-
treide verfüttert. »Phasenfütterung« hatte Mr. Abramson die
Fütterungsart bei Jungsauen und kastrierten Jungebern genannt,
die zu ganz bestimmten Zeiten genau einen viertel bis halben
Eimer bekamen. Nichts wurde dem Zufall überlassen. *Wir haben alles im Griff.*

Hazel kam an den Zaun, grunzte ein bisschen und trollte sich
dann zurück zum Trog für den Fall, dass Andi ihren Hinweis an-
zweifelte. Max saß still da und schaute zu Sam auf. Schweine
seien gesellige Tiere, hatte Tom gesagt, und müssten mit anderen zusammen sein. Andi malte sich aus, wie all die Schweine
bei Klavan's auf die umliegenden Wiesen und Felder getrieben
würden. Ob sie wohl gleich wüssten, was sie tun sollten? Konnte
man etwas vermissen, was man noch nie erfahren hatte? Vielleicht waren manche Dinge richtig eingegraben in einen: der
Himmel und die Felder, Sonnenlicht und Mondlicht.

Als Hazel ihre Jungen geworfen hatte, schaffte sie bestimmt
von draußen Stroh in den Schuppen, oder vielleicht hatten Tom
oder Jim oder gar Jesus ihr frisches Stroh aufgeschüttet und
Hazel hatte es in den Schuppen mitgenommen, um ein Nest zu
bauen.

Max saß da und kaute und sinnierte vielleicht über Menschenwesen oder Esel nach, denn er war immer noch in die eingehende Betrachtung von Sam versunken.

Sie drehte sich nach dem Apfelbaum um. Wären an den unteren Ästen noch Äpfel gewesen, hätte sie sie den Schweinen gegeben. Doch da hing keiner mehr.

»*Die haben sich die Schweine geschnappt*«, hatte Jim gesagt.

Die Zweige hingen direkt über dem Zaun, einen knappen halben Meter darüber vielleicht. Doch wenn Hazel und Max nicht bis zum oberen Rand des Zauns reichen konnten, wie hatten sie es dann geschafft, sich diese Äpfel zu holen?

Jim lächelte. »*Ein Rätsel.*«

War es vielleicht der Wind gewesen? Der Wind hatte die Zweige so stark umhergeweht, dass die Äpfel durch die Luft geflogen waren – ach, so was gab es doch nur in der Poesie. Die Äpfel waren höchstwahrscheinlich zu Boden gefallen und Fallobst gewesen.

»*Die haben sich die Schweine geschnappt.*« Andi lächelte. Solch rätselhafte Dinge gefielen ihr.

Sam stand unter den überhängenden Zweigen des Apfelbaums, zufrieden, den ganzen Tag hier vor sich hinzudämmern … War das also die Lösung? Hatte eins der Pferde, Dakota vielleicht, die Äpfel von den Zweigen gerissen und sie in hohem Bogen über den Zaun geworfen?

Andi überlegte: *Ist jemand schon mal auf so eine blöde Idee gekommen?* Errötend guckte sie still vor sich hin.

Trotzdem – das Bild gefiel Andi: wie Dakota Äpfel herunterriss und sie in hohem Bogen in den Schweinestall fliegen ließ. Ein schöner Gedanke: Alle halfen einander aus, was sie natürlich nicht taten und nie tun würden.

Andi sah jedoch die Äpfel umherfliegen, und sie musste an Robert Frost denken. In ihrem Gedichtband war ein Gedicht von ihm über das Apfelpflücken. Eigentlich handelte es vom Tod. Wie die meisten Gedichte. Einige dieser Gedichte konnte sie fast auswendig, so oft hatte sie sie schon gelesen.

Und wieder gesellte sich dazu das Bild von all den in den weißen Gebäuden eingesperrten, zusammengepferchten Schweinen. Sie stellte sich vor, wie der Junge oder der Mann im Gedicht von seiner Leiter aus die Felder und Wiesen und Bäche sehen konnte, die sich bis zum Horizont erstreckten. Und wie alles voller Schweine war, die aus den weißen Gebäuden gekommen waren und nun in der untergehenden Sonne langsam umherstreiften und grasten, mit ihrer glatten rosafarbenen Haut.

18. KAPITEL

Ihre erste Aufgabe bestand darin, die Abferkelhütte sauber zu machen und die Muttersauen zu füttern. Sie hoffte, das Abkratzen des angetrockneten Stallmists würde vom Anblick der Ferkelchen etwas wettgemacht.

Sie ging in den Materialraum, um sich ein Atemschutzgerät zu holen, doch die waren schon alle weg. Dann müsste sie sich eben ohne behelfen. Eine Mundschutzmaske trug sie immerhin. Ansonsten war keine Rede mehr von den Hygienevorschriften gewesen, an die sie sich bei ihrem ersten Besuch hatte halten müssen. Das hatte anscheinend bloß Eindruck schinden sollen.

Als sie die Tür öffnete, war der Gestank so schlimm, dass sie sich den Halsausschnitt ihres T-Shirts als zusätzlichen Filter über die Mundschutzmaske zog. Bestimmt litten die Schweine auch darunter, dachte sie, obwohl sie ja den Mief selbst produzierten. Man konnte doch scheißen, ohne deswegen gleich in einer Latrine stehen zu wollen.

Die Sauen waren gar nicht in der Lage, auf das Futter loszustürmen, weil sie sich kaum rühren konnten. Trotzdem drängten sie nach vorne ans Gitter.

Sauber machen war zwar Andis Hauptaufgabe (hatte Mr. Abramson gesagt), doch sie machte sich bald auch ans Füttern. Sie füllte zwei Eimer, beschloss dann aber, nur einen auf einmal zu tragen, denn der Bretterboden war rutschig. Dann würde sie eben mehrmals gehen müssen, und die Sauen in den hintersten Kästen würden warten müssen. Vielleicht würde sie das nächste Mal dort hinten beginnen. Sie konnte ja abwechseln, wo sie anfing. Erst als sie mit dieser Aufgabe fast fertig war, fielen ihr die

Deckenventilatoren auf. Sie konnte nur ahnen, was für ein Gestank ohne die Dinger geherrscht hätte.

Die Sau im vierten Kasten stupste eines der Ferkelchen so, als wollte sie es hochschubsen oder umdrehen. Da sah Andi, dass fast der halbe Wurf tot war oder jedenfalls aussah wie tot. Die Sau stupste sie nacheinander an: Zwölf hatte sie geworfen, und fünf waren tot.

Andi überlegte, ob sie hinauslaufen und es jemandem sagen sollte, doch als sie einen Blick in den Nachbarkasten warf, waren die Ferkel dort in Ordnung. Eine Krankheit war es also nicht, sonst wären die anderen hier ebenfalls befallen. Nein, es handelte sich um das, was Mr. Abramson schlicht und einfach als »Kollateralschaden« bezeichnet hatte.

Ein Ferkel steckte mit dem Bein zwischen den Holzplanken fest. So etwas kam häufig vor. Sie befreite das Beinchen, nahm das Ferkel hoch und steckte es sich gemütlich in die Jacke. Sie nannte es Oscar.

Als Vernon hereinkam, der für die Abferkelstation zuständig war, zeigte sie ihm die toten Ferkel.

»Ja, ja, das kommt vor. Die hocken so eng aufeinander, dass das eben passiert.« Er sammelte die toten Ferkel ein.

Als er sich gerade einmal abgewandt hatte, holte sie Oscar schnell hervor und setzte ihn wieder behutsam neben die Muttersau. »Wohin bringen Sie die?«

»Zur Leichenkippe, draußen beim Lagunenbecken. Komm mit.«

Auf der Kippe lagen tote Schweine, davor noch ein weiterer Haufen, für die auf der Kippe kein Platz mehr war. Der Gestank aus der Lagune, einem riesigen Becken, in das die tierischen Ausscheidungen liefen, spottete jeder Beschreibung.

Sie sagte: »Das ist doch keine Lagune, Vernon, das ist eine Jauchegrube. Die verseucht bestimmt das Grundwasser hier. Mit menschlichen Ausscheidungen dürfte man das nicht machen, wieso dann mit tierischen?«

»Gibt schon andere Möglichkeiten«, sagte Vernon, »aber die kosten Geld.«

»Ein Sarg aber auch.«

»He, Kleine, wenn du so weiterstänkerst, bist du ausgebrannt, noch bevor du zwanzig bist.«

»Ich *bin* zwanzig. Einundzwanzig, um genau zu sein.«

»Na, dann komm, Einundzwanzig, ich bring jetzt dieses Futter in Baracke drei rüber. Du kannst mir helfen.«

»Wie ist das mit dem Gestank, ich meine, für die Leute, die hier in der Nähe wohnen, die das ja aushalten müssen, was da aus der Jauchegrube rausläuft?«

»Fass mal hier mit an, ja?«

Andi hielt den Behälter auf der einen Seite, Vernon auf der anderen, bis er ihn besser im Griff hatte. »Ich weiß schon, es hat einen Haufen Beschwerden gegeben von Leuten, die von dem Gestank hier krank geworden sind«, sagte Vernon. »Und zwar richtig krank. Vor allem Kinder.«

Sie gingen über den gepflasterten Fußweg zum dritten Gebäude.

»Bei wem beschweren sie sich denn?«

»Hier. Bei Klavan. Das heißt aber nicht, dass sie weit damit kommen. Als Nächstes wenden sie sich an den County, da kommen sie aber auch nicht weiter.«

»Wundert mich gar nicht! Und was ist mit den toten Schweinen, die dort hinter der ersten Baracke aufgetürmt liegen? Erzählen Sie mir jetzt nicht, das sei legal.«

Er lachte. »Das ist, weil der Laster zum Abtransport nicht rechtzeitig gekommen ist.«

Sie konnte es bildlich vor sich sehen und wünschte, es wäre nicht so. Schweine, auf einen Haufen geworfene Schweine, eins über dem anderen, ein kleiner Leichenberg. »Das begreif ich einfach nicht: wie steril diese Gebäude aussehen, und dann die Jauchegrube und die toten Schweine dort draußen … das lässt sich einfach nicht zusammenbringen.«

»Na, und ob sich das zusammenbringen lässt. Das Geld ist es, das bringt es zusammen. Es lohnt sich. Das alles lohnt sich. Wenn die ihren Profit verdoppeln könnten, würden sie's tun. Um

Profit geht's! Ist doch nicht schwer zu begreifen.« Vernon stieß die Tür auf, und sie trugen den Behälter hinein.

Jedes Mal, wenn Andi diese Schweine ansah, fast tausend an der Zahl allein in diesem einen Gebäude, konnte sie es einfach nicht fassen, wie perfekt symmetrisch sie waren, wie die Schweine alle wie Kopien voneinander wirkten, mit der gleichen rosabraunen Haut, sauber, wie schockgefroren sahen sie aus. Dabei fielen ihr diese Papierketten ein, die man als Kind zu einem Muster ausschneidet, das immer wieder die gleiche Figur darstellt, die perfekte Kopie.

Bloß dass hier die Kette von Figuren an einem verschwindend kleinen Punkt endete und die Letzten in der Reihe so gut wie unsichtbar waren. Es vermittelte einem den Eindruck, die Kette sei endlos, sie könnte sich bis ans Ende der Welt erstrecken.

Wie auch immer – dies zu ändern stand nicht in ihrer Macht. Sie konnte nur Augenzeuge sein, ähnlich wie ein Autofahrer, der auf der Autobahn zu einer Unfallstelle kommt und an Autos vorbeifährt, die zusammengeknüllt wie Papier langsam ausbrennen.

»Fass mal hier mit an. Du wirst schließlich nicht fürs Rumstehen bezahlt.« Vernon war zu ihr hergetreten. »Also ehrlich, so was Grüblerisches wie du ist mir noch nie untergekommen. Was musst du für ein trauriges Leben haben.«

Seine Stimme schwoll an, als er auf sie zukam, und wurde wieder etwas leiser, als Andi sich abwandte. Wenn sie es nicht besser gewusst hätte (aber was wusste sie denn wirklich?) und weil eine Schweineschnauze ja so geformt war, dass es aussah, als würde das Tier permanent lächeln, dann hätte sie glatt gedacht, das Schwein gleich neben ihr hätte gerade den Kopf hergedreht und gelächelt.

Nach der Jauchegrube und dem Berg von toten Schweinen half sie Vernon weiter beim Füttern. Sie sah zu, wie die Schweine ihr Getreidefutter mampften, als bliebe ihnen sonst nichts zu tun, was auch stimmte, als wäre es ihre Henkersmahlzeit, was es ja auch bald sein würde.

19. KAPITEL

Jim mühte sich gerade ab, eine Flasche Wein zu entkorken, als Andi in die Küche kam.

»Was gibt's denn zu feiern?«

»Den ersten Tag im neuen Job.« Der Korken knallte mit so gewaltiger Kraft heraus, dass es Jim heftig gegen die Anrichte stieß.

»Nett von dir. Ich bin mir aber nicht sicher, ob es da viel zu feiern gibt.«

»Klar doch. Die schiere Tatsache, dass du durchgehalten hast.« Er schenkte den Wein in dünnstielige Gläser.

Andi nahm sich eines, dankte ihm und setzte sich hin. »Was ist das für ein Wein?«

»Ein weißer.« Jim nahm sich ein Messer und hackte ein paar Zwiebeln klein. »Bitte zu beachten, dass ich zum Abendessen kein Schweinefleisch serviere.«

»Das tue ich.«

»Was nicht heißt, dass ich dem für immer abschwöre.«

»Verstanden.« Ein angenehmer Duft erfüllte die Küche. »Riecht gut.«

Jim brummte bloß. »McKibbon war vorhin da.«

»Schon wieder? Wegen was denn?«

»Es geht um die einstweilige Verfügung. Die Richterin hat sich anscheinend schiefgelacht, weil es für einen Esel gedacht ist. ›Na, das ist ja originell‹, meinte sie. Wie du dir vorstellen kannst, sind unsere Gerichtsverfahren hier in der Gegend sonst nicht besonders originell.«

»Es ist eine Richterin?«

Er nickte. »Harry sagte zu ihr, er fände, du solltest in die Verfügung mit einbezogen werden, das heißt, den Bailey-Brüdern wird unter allen Umständen untersagt, das Grundstück zu betreten. Für Lucas gilt das allerdings leider nicht.«

»Schade. Der taucht aber vermutlich trotzdem auf, schon allein aus Prinzip, oder?«

»Um sein Gesicht zu wahren. Zu Harry sagte ich, ich hätte noch keinen gesehen, der so verdammt scharf drauf ist, ein Tier zurückzukriegen – das ist bloß Stolz. Und diese einstweilige Verfügung gegen seine Söhne kam bei ihm auch nicht gut an, kannst du dir ja denken.«

»Hat man sie schon zugestellt?«

»Hat man.«

»Gut. Und … werden sie sich dran halten?«

»Würd ich ihnen schwer raten. Sie müssten es schon viel heimlicher anstellen als letzthin abends, wenn sie demnächst hier aufkreuzen wollen.« Er hackte weiter, diesmal waren es Paprikaschoten. »Wusstest du, dass Harry vor ein, zwei Jahren mal in Idaho gearbeitet hat?«

Andi richtete sich gespannt auf. »Nein, wusste ich nicht.«

»Warst du nicht ungefähr zu der Zeit auch dort?«

Sie nickte. »Wieso war der Sheriff dort?«

Jim legte das Messer hin und gab Zwiebeln und Paprika in eine Pfanne. »Um einem erkrankten Freund auszuhelfen. Harry hat sich ein paar Wochen frei genommen. Sein Stellvertreter hat inzwischen hier seine Aufgaben übernommen. War ja nicht allzu lang. Na, jedenfalls sagte er, dort sei etwas wirklich Seltsames passiert. War das nicht in der Gegend von Salmon? Auf dem Salmon River sei jemand ertrunken, sagte Harry, beim Wildwasserrudern. Noch schlimmer – es war Mord. Gefasst haben sie den Täter aber nicht, wer auch immer es war. Willst du ein paar Peperoni drin haben?«

»Was kochst du denn?«

»Mein mexikanisches Spezialgericht.«

»Mach, wie du willst. Hatte die Polizei irgendwelche Vermutungen?«

»Was? Ach, in Idaho? Na ja, Vermutungen hat die Polizei doch immer. McKibbon dachte, es steckten ganz persönliche Motive dahinter.«

»Jemanden erschießen ist doch immer ganz persönlich, denke ich«, sagte sie trocken.

»Von Erschießen hab ich nichts gesagt. Hast du denn was darüber gelesen?« Er musterte sie neugierig.

Sie zuckte die Achseln. »Wahrscheinlich.« Ihre Fähigkeit zu lügen war manchmal deprimierend.

»Nein, ich meine – also, Harry meint –, es war nicht kaltblütig, wie bei einem Auftragskiller. Hier war jemand aus Rache bis zum Äußersten gegangen, richtig extrem, obwohl es im Fall dieses Mannes gar nicht extrem genug sein konnte. Haben wir uns jetzt für Peperoni entschieden oder nicht? Willst du noch Wein? Bedien dich einfach.«

»War Sheriff McKibbon tatsächlich damals dort?«

»Harry? Nein, ich glaube, es ist passiert, nachdem er schon weg war. Ganz kurz danach, glaub ich. Jedenfalls hab ich ihn zum Abendessen eingeladen. Du kannst ihn ja selber fragen, wenn du willst. Ich tu jetzt die Peperoni rein.«

Andi starrte mit einem etwas furchtsamen Blick auf das dritte Gedeck. Sie wünschte, sie hätte kein Interesse an der Geschichte des Sheriffs geäußert, denn jetzt konnte es sein, dass sich die Unterhaltung beim Abendessen hauptsächlich darum drehte. Sie nahm die Flasche zur Hand – Sancerre hieß der Wein – und füllte sich etwas in ihr Glas, stand dann auf und schenkte Jim nach.

»Kannst du dich an die Sache noch irgendwie erinnern?«, fragte er.

»Nein. Will jemand Salat? Ich kann einen machen.«

»Ah, ja, gute Idee.«

Andi holte Kopfsalat, Zwiebeln und Tomaten aus dem Kühlschrank und nahm die große Holzschale aus dem Wandschrank. Während sie Salatblätter zupfte und Tomaten viertelte, redete sie von Hazel und Max.

»Die reinsten Faultiere«, sagte Jim. »Tust du auch Peperoni in den Salat?«

»Das«, sagte Harry McKibbon, seinen Whisky in die Höhe haltend, »ist ja was ganz Feines, also wirklich – was ganz Feines.« Er drehte die Flasche Scotch so hin, dass er das Etikett sehen konnte. »Glenfiddich. Den hatte ich, glaub ich, noch nie – verdammt, ich weiß bestimmt, dass ich den noch nie probiert habe. Wo hast du den her, Jim?«

»Aus Schottland.«

Harry sah von der Flasche hoch. »Warst du denn mal in Schottland?«

»Ist schon eine Weile her. Bevor du hierherkamst.«

»Ich bin jetzt seit sechzehn Jahren hier.«

»Na, dann ist es eher neunzehn oder zwanzig Jahre her.« Er hörte mit Salatmischen auf und genehmigte sich selbst einen Schluck Scotch. »Hmmm. Ist der aber weich!«

Jim wandte sich wieder dem Salat zu, den Andi bereits gemischt hatte. In der Küche konnten die anderen es ihm nie recht machen.

Lächelnd trank Andi ihren Wein.

Jim brachte den Salat und drei kleinere Holzschalen zum Tisch herüber. »Das kann hier stehen, bis wir ausgetrunken haben. Inzwischen nehm ich noch was von dem Scotch.«

»Ich bin dabei.« Harry schob ihm sein Glas hin. »Heißt das, du hast diesen Scotch zwanzig Jahre lang aufbewahrt? Bei mir würde der nicht mal zwanzig Tage ungeöffnet stehen.«

»Ganz recht.«

Andi meinte: »Warum hast du ihn denn heute Abend aufgemacht? Sag jetzt bloß nicht, um meinen neuen Job zu feiern.«

Jims Blick fiel aus dem Fenster. »Ich weiß auch nicht. Komisch, aber es schien mir einfach an der Zeit, ihn zu trinken.«

»Zeit? Merkwürdig. Was ist denn jetzt anders?«, fragte Harry.

»Weiß ich auch nicht.« Jim hielt sein Glas in die Höhe. Auf dem Tisch stand eine dicke Stumpenkerze, deren Flamme vom Glas vergrößert wurde, so dass es aussah, als stünde die Kerze im Whisky. Er zuckte die Schultern. »Zeit eben.«

»Das klingt aber ominös«, sagte Andi.

Harry zitierte: »›Ein jegliches hat seine Zeit: geboren werden und sterben.‹ Irgendwie fand ich diesen Vers aus Predi-
ger Salomo nie besonders – erbaulich, könnte man vielleicht
sagen.«

»Ich hab Andi vorhin von dem Mord damals in Idaho erzählt.
Andi hat auch mal in Salmon gearbeitet…«

Ihr fiel das Herz in die Hose. Rasch unterbrach sie ihn: »Aber
nicht, als es passiert ist.«

»Die Polizei hat den Fall nie gelöst, oder?«, fragte Jim.

»Haben sich ja auch nicht sonderlich Mühe gegeben. Der Kerl
war ein elender Dreckskerl. Den konnte keiner besonders leiden,
viele Leute hassten ihn regelrecht. Man nahm an, es war jemand
von außerhalb.«

»Wieso das?«

Harry lächelte. »Weil sie nicht glauben wollten, dass es jemand aus dem Ort war, insbesondere etwa seine bedauernswerte
Ehefrau, die allen Grund hatte, ihm den Tod zu wünschen. Er
hat sie jahrelang geschlagen. Die Bullen wussten das, die mochten sie, alle mochten sie, genauso wie sie ihn nicht mochten.« Er
musterte Andi. »Du warst in Salmon?«

»Ja.«

Harry musterte sie nachdenklich.

Wenn jemand schlagartig zum Eisklotz gefrieren konnte, so
fühlte sich Andi in diesem Moment genau so.

»Alles in Ordnung, Andi? Du bist ja auf einmal so blass«, sagte
Jim.

Andi wünschte inständig, ihr Körper würde sie in all seinen
hektischen Reaktionen nicht dauernd verraten. Ihr war zum
Heulen zumute. Würde diese Sache sie denn immer wieder einholen? »Ich war nur kurz in Salmon, hab eine Freundin besucht.
Das muss also alles passiert sein, nachdem ich schon weg war.«
Sie stocherte in ihrem Essen herum, lustlos, als hätte Jim ihr
einen Teller mit Asche vorgesetzt.

Doch Harry redete munter weiter. »Vielleicht hab ich dich ja
in dem Coffeeshop gesehen, in dem Jack und ich manchmal wa-

ren. Beliebtes Lokal. Warst du nicht mit einem anderen Mädchen dort? Bisschen jünger, mit ganz dunklen Haaren?«

Wie war das möglich, dass er solche Einzelheiten noch wusste, während sie sich nicht einmal an ihre eigene Familie erinnerte? »Mary, heißt sie, Mary.« Mary Dark Hope war um Jahre jünger, aber viel reifer und überlegter gewesen. Andi hatte nicht viel gesunden Menschenverstand.

»Na, das war ja was, damals«, sagte Harry, die Diskussion schlagartig beendend.

Andi starrte auf ihren Teller, zog die Gabel durch Jims mexikanisches Gericht und tat so, als würde sie essen.

»Was haben Sie denn dort gemacht?«, fragte Andi, um das Thema etwas weiter zu fassen.

»Einem Freund ausgeholfen. Im Jagd- und Fischereiamt. Jack Kite. Ich bin mit, wenn er gerufen wurde. War manchmal schon seltsam. Ich meine, wozu er gerufen wurde, nicht Jack selber. Dagegen ist der Sheriffjob hier richtig lahm. Ich meine, hier kriege ich ja nicht viele Anrufe von wegen, ein Bär ist in meinem Garten und ›frisst meine Kohlköpfe‹, wie eine alte Frau dort mal behauptete.«

»Gibt's doch nicht!«, ließ Jim sich vernehmen.

Harry beteuerte, es sei absolut wahr. »Bären streichen gern an den Ausläufern der Zivilisation herum.«

Um die beiden von Idaho abzubringen, fragte Andi: »Wie lange ist diese einstweilige Verfügung eigentlich gültig?«

»Solange du willst, da gibt's keine Beschränkung. Wir können dafür sorgen, dass die dich nicht mehr belästigen, solange du hier bist.«

»Wenn die es aber schaffen, sich trotzdem hier einzuschleichen, wie letzthin bei Nacht?«

»Wenn sie dabei geschnappt werden, wandern sie beide ziemlich lang ins Kittchen. Das ist ein ernstes Vergehen, gegen eine einstweilige Verfügung zu verstoßen.«

Sie sagte: »Denen stinkt es gewaltig, dass ihnen eine Frau eins ausgewischt hat.«

»Das ist klar.«

Vielleicht ist es an der Zeit, dass ich weiterziehe, dachte sie. Der Gedanke war ihr unangenehm. Es wäre nicht leicht, wieder so eine Bleibe zu finden wie hier. Ganz und gar nicht leicht. Die Wahrscheinlichkeit lag praktisch bei null. Und jetzt waren da ja auch noch die Schweine. Warum war sie immer von Gefahr umlauert? Warum gab es so viele Fallstricke? Warum zog sie das Unheil an? Sie betrachtete ihr zerfleddertes Gedichtbändchen, das achtlos zwischen Koch- und Pferdebüchern lag, und dachte an A. E. Housmans Gedicht, wie manche Menschen leichtfertig und ausgelassen bloß flüchtige Gedanken an Liebe und Ruhm hegten. Mit dem sollte man sich befassen, denn Unheil würde letztlich auf jeden Menschen zukommen. Sie musste lächeln. Ach Gott, kein Wunder, dass manche Leute die Lyrik so liebten. Denn die Dichter hatten es alles lange vor einem selbst begriffen.

»Worüber lächelst du?«

»Ach, bloß über eins von den Gedichten in dem Buch hier.« Sie zog es herüber, schlug eine der eselsohrverzierten Seiten auf und las ein Stück von dem Housman-Gedicht vor. »Mine were of trouble,/And mine were steady,/So I was ready/When trouble came.«

Sie klappte das Buch zu. »Ich liebe dieses Gedicht.« Wieder lächelte sie, sie lächelte wirklich, und so wie sie es erwiderten, musste es ein ganz tolles Lächeln sein.

»Wenn man bedenkt, dass dieses Mädchen sich mit Schweinen abgibt«, sagte Jim.

Später lag sie im Bett und dachte an Frost und Housman und Emily Dickinson. Woher wussten die Dichter eigentlich, was sie wussten? Woher wussten sie das, was sie wusste, bloß besser? Sie wäre gern Dichterin, eine vornehmere Existenz konnte sie sich nicht vorstellen. Aber wieso wollte sie vornehm sein? Sie seufzte – wahrscheinlich eher doch nicht – und rollte sich auf die Seite. Na, jedenfalls ging es bei der Dichtung nicht um Vornehmheit; sie lenkte vielmehr den Blick auf Dinge , die man vorher noch nicht bemerkt oder im Laufe der Zeit vergessen hatte. Oder vielleicht sollte einem auch die Person in dem Gedicht nahegebracht werden – der äpfelpflückende Junge und der Mann war man in Wirklichkeit selber. Man selbst musste Träume von Liebe und Ruhm beiseitelassen, und man selbst musste auf Unheil gefasst sein.

Sie dachte an die Schweine, malte sich aus, wie sie auf Feldern und richtigen Farmen waren. Freigelassen aus den hellen, gleißend heißen Gebäuden, aus jener unnatürlichen Stille. Sie dachte über sich selbst nach, was sie ungern tat, denn sie hielt sich für eine ziemliche Versagerin. Jetzt allerdings erkannte sie, dass sie nicht zu denjenigen gehörte, deren Gedanken sich um rasch Vergängliches wie Schönheit, Geld und Ruhm drehten. Nein, sie war die Sprecherin in dem Gedicht. Sie war auf Unheil gefasst. Unheil drohte immer; sie wusste es in dem Moment, als sie den Truck der Baileys in der Auffahrt gesehen hatte. Sie wusste, dass diese Jungs etwas im Schild führten, und war darauf gefasst gewesen.

Sie musste überhaupt nichts sein. Sie musste nicht schlau sein, nicht kühn, gewitzt, heroisch oder mutig. Sie musste nur ganz einfach ihr Leben leben, das war alles. Es ging nicht im Mindesten um Mut (wie sie überrascht feststellte). Eigentlich eine Erleichterung, da sie so wenig davon hatte. Blindheit schon. Und mit Blindheit war sie reichlich gesegnet!

20. KAPITEL

Es war schon fast acht Uhr morgens, als sie endlich aufstand, sich anzog und in die Küche hinunterging. Inzwischen hatten die anderen schon alles erledigt. Sie entschuldigte sich und trank an der Anrichte stehend ihren Kaffee. Tom aß den French Toast, auf den sie auch richtig Lust hatte.

»Setz dich«, sagte Jim. »Ich mach dir welchen.«

Weil sie glaubte, ihre Säumigkeit wettmachen zu müssen, lehnte sie dankend ab und meinte, sie müsse in den Stall.

»Sie sind schon gefüttert«, sagte Tom. »Da musst du nichts mehr machen. Danke.« Letzteres war an Jim gerichtet, der ihm soeben eine weitere schön dicke Scheibe French Toast auf den Teller geschoben hatte.

Andi sagte: »Ich dachte, ich geh mit Dakota ein bisschen auf die Trainingsbahn.«

Sie nickten, schauten einander vielsagend an und schüttelten, sobald die Fliegengittertür hinter ihr zugefallen war, die Köpfe.

Als Dakota sie kommen sah, drehte er sich zu Sams Box und legte das Maul auf die Trennwand zwischen den beiden Boxen.

»Morgen«, sagte Andi zu Sam und rieb ihm den Hals. Sie hielt ihm ein Stück Würfelzucker hin.

»Morgen«, sagte sie zu Dakota. Er zuckte nicht einmal mit der Wimper, als sie ihm die Hand mit dem Würfelzucker hineinstreckte. »Wetten, du bist weit und breit das einzige Pferd, das keinen Zucker mag.« Andi fand das interessant.

Sie ging in den Geschirrraum und kam mit Sattel und Zaumzeug zurück. Dann öffnete sie die Boxentür und wartete. Dakota rührte sich nicht. Er schien wie gelähmt. Sie trat mit dem Zaumzeug in die Box. »Alles okay? Du bist wahrscheinlich immer noch aufgeregt nach dem, was kürzlich abends passiert ist.« Obwohl er sich im Stall ganz weit nach hinten verdrückt hatte, konnte er dem Zaumzeug nicht entkommen, das Andi ihm nun über den Kopf streifte.

Sie zog ihn aus dem Stall, wo er wie angewurzelt stehen blieb.

Tom und Jim sahen vom Küchenfenster aus zu.

»Da geht sie nun hin«, sagte Jim.

»Und da bleibt er nun stehen«, sagte Tom.

»Du bist ja ganz schön stur«, sagte Andi. »Mehr als sonst. Na, wenn du unbedingt dableiben willst, okay. Dann sattel ich dich eben hier.« Sie warf ihm die Decke über den Rücken und hob den Sattel hinauf. Da raste Dakota ihr wie der Blitz unter der Hand weg und stellte sich unter einen Baum. Kopfschüttelnd ging Andi zu ihm hinüber.

»Brauchst du Hilfe?«, rief Jim.

Jim und Tom kamen herüber. Als Tom ihn am Zaum griff, kam Dakota anstandslos mit.

»Das ist ja vielleicht ein Dickkopf«, sagte Andi.

»Ach, die werden so mit der Zeit«, entgegnete Jim, und gemeinsam machten sie sich mit dem inzwischen lammfrommen Dakota auf in Richtung Trainingsbahn.

Am Zaun sattelte Tom das Pferd, das ihn mit einem schiefen Blick bedachte (ähnlich dem, »den Washington einst Benedict Arnold zugeworfen hatte, einem britischen Spion und Verräter«, wie Tom später meinte). Tom half Andi beim Aufsteigen.

Sie bedankte sich, schnalzte mit der Zunge und wartete darauf, dass Dakota sich endlich auf die Rennbahn bequemte. Tat er aber nicht.

Tom sagte: »Bockiges Mistvieh«, und versetzte ihm einen Klaps auf die Kruppe.

Dakota trat auf die Bahn und schoss wie der Blitz los, warf durch die Wucht beim Losstarten seine Reiterin beinahe ab und dann wieder, als er plötzlich abrupt stehen blieb.

»Der verdammte Gaul kann ja bremsen wie ein Porsche«, sagte Tom.

»Knallhart und haarscharf«, meinte Jim.

Sie standen nebeneinander am Zaun, jeder mit dem Fuß auf der untersten Latte, und schauten zu. Beide kauten Teaberry-Kaugummi.

»Glaubst du, die werden sich über irgendwas mal einig?«

»Nee«, sagte Jim.

Die erste haarscharfe Bremsaktion gelang nicht so recht...

»Oh, Mann!«

... die zweite dann schon.

»Au weia, voll in den Zaun, die arme Kleine.«

Jim schniefte und lachte. »Schluss mit den Witzen. Das arme Mädchen könnte sich was tun.«

Doch Andi war schon wieder aufgestanden und wischte sich Erde und Gras von den Sachen. Dakota stand daneben und zupfte Gras.

Andi hielt ihm eine Strafpredigt. Das konnten sie an den in die Hüften gestemmten Händen erkennen.

»Das ist dem verdammten Gaul doch egal. Sieht aus, als ob er gähnt.«

Jim hatte seine Baseballkappe abgenommen und kratzte sich am Kopf. »Pferde gähnen doch nicht.«

»Denen ist aber doch auch mal langweilig, oder?«

»Kann schon sein«, sagte Jim.

Die Hände weiter in die Hüften gestemmt setzte sie ihre Predigt fort. Dakota hob den Kopf, das Maul voller Gras, das er unter dem Zaun hervorgezupft hatte, und betrachtete sie kauend.

»Was ich nicht verstehe: Wie kann es angehen, dass ein Mädchen mit so einem tollen Gespür für Tiere aus diesem Pferd einfach nicht schlau wird.«

Tom runzelte die Stirn. »Mir auch ein Rätsel.«

»Liegt bestimmt an den eingesperrten Schweinen. Ich nehm ihr das nicht ab, wenn sie sagt, es geht bloß drum, Geld für Alaska zu sparen... Da, jetzt versucht sie schon wieder aufzusteigen.«

Andi hatte sich für die Zaunlatten als Aufsteighilfe entschieden.

»Brauchst du Hilfe, Andi?«, rief Jim hinüber. »Nein«, schrie sie zurück.

Sie schwang das Bein herüber, schob sich dabei dicht gegen den Zaun und schaffte es schließlich wieder aufs Pferd.

Dakota ließ sie gewähren, doch sobald sie sich im Sattel zurechtgesetzt und die Zügel aufgenommen hatte, schoss das Pferd vorwärts, sodass es sie tief in den Sattel zog. Tapfer hielt sie sich fest.

Tom hob das Fernglas an die Augen und beobachtete Pferd und Reiterin, die weiter hinten um die Kurve kamen. »Was ich einfach nicht begreife«, sagte er und ließ das Glas sinken, »nachdem sie doch anscheinend geübt hat, seit sie hier ist...«

»Hmmm?«, machte Jim.

»Wie kommt es dann, dass sie jetzt schlechter ist?«

Jim lachte.

»Allmächtiger, sieht aus, wie wenn sie beim Rodeo Wildpferde zureiten würde. Dakota denkt, es ist ein Spiel.«

»Was? Pferde denken nicht so, Tom.«

»Der da schon. Hast du noch Kaugummi?«

Jim kramte das Päckchen mit dem Teaberry aus der Brusttasche, wo er normalerweise seine Zigaretten stecken hatte. Er versuchte mit dem Rauchen aufzuhören, ohne großen Erfolg. Schweigend reichte er Tom den Kaugummi.

Tom sagte: »Da kommen sie wieder. Na, wenigstens nicht im Galopp. Jemand sollte ihr ein bisschen was über das Pferd erzählen, weißt du, damit sie sich nichts tut.«

»Hmmm.« Jim nickte. »Das solltest du tun.«

»Ich? Wieso, es ist schließlich dein Pferd.«

Jim nickte erneut. »Also, ich red nicht mit ihr.«

»Ich begreif einfach nicht, wie jemand auf Gottes Erdboden eine dermaßen schlechte Figur im Sattel machen kann.«

Sie sahen sie holpernd und stolpernd vorbeikommen, als wäre das Pferd ein Geländewagen auf felsigem Terrain.

»He, Andi! Dakota sieht schon recht müde aus.«

Andi winkte und legte sich in die Kurve, während Dakota sich auf einen langsameren Trab verlegte. Als sie wieder pausierten, machte Jim ihr ein Kompliment über ihre Zügelführung.

»Ich führe ja eigentlich nicht …«

Wie zum Beweis des Wahrheitsgehalts dieser Aussage legte Dakota wieder los.

Die beiden Männer schüttelten den Kopf. »Du sagst, sie will diesen Job, weil die Schweine ihr leidtun?«

»Vermute ich mal.«

»So wie ihr der Esel leidtat?«

»So ungefähr.«

»Allmächtiger!«

21. KAPITEL

Sie hatte mehr als ein ganzes Tagespensum geleistet, bis es schließlich nach fünf war und die Sonne sich allmählich verzog. Launisches Wetter, fand sie, während sie in der zweiten Abferkelstation stand und den Stallmist vom Lattenrostboden kratzte. Der war so verkrustet, dass sie das Zeug auch mit dem Schlauch nicht abbekam. Sie stand auf dem mittleren Laufweg, und ein paar von den Schweinen beobachteten sie aus hohlen Augen, die sich so weit in die Höhlen zurückgezogen hatten, dass sie fast verschwanden und nur die blassgrauen Höhlen blieben. Andi fand es fast heldenhaft, dass sie immer noch Interesse an ihrer Umgebung bekundeten, die sie doch absichtsvoll leiden ließ. Die Ferkelchen waren dagegen einfach begeistert, egal, was sie da anstellte, und drängten sich dicht an die Gitterstäbe.

Sie kniete gerade am Boden, als Nat und Hutch hereingewankt kamen. Die beiden gingen den Gang ab, öffneten die Gittertüren und trieben ein paar Sauen heraus oder versuchten es jedenfalls, nicht alle, bloß ein paar. Wie konnten sie erwarten, dass die Tiere sich frei bewegten, nachdem sie doch so lange eingesperrt gewesen waren.

Andi sah mit versteinerter Miene zu. Die Sauen, die sich nicht so schnell bewegen konnten, wie die beiden wollten, wurden gepeitscht oder gestoßen. Dazu benutzte Nat eine Peitsche und Hutch einen elektrischen Viehtreiberstab. Die beiden Männer agierten fast synchron. Viele Schweine waren entweder lahm oder krank und wollten sich nicht rühren. Nat traktierte sie mit Peitschenhieben, bis sie es taten.

»Wo bringt ihr die hin?« Sie stellte die Frage in vorsichtigem, neutralem Ton. Wenn sie sich ihr Mitgefühl anmerken ließ, traktierten sie die Schweine bestimmt nur noch schlimmer.

»Zum Truck«, sagte Hutch.

Sei vorsichtig, mahnte sie sich. »Zu was für einem Truck?«

»Zur Sweetland-Farm rüber.«

»Wieso?«

»Mann, hörst du überhaupt nie auf zu fragen?« Eins der Schweine hatte am Unterbauch einen Tumor, so groß wie ein Basketball, und sträubte sich. »Komm schon, du Dreckstück.« Hutch versetzte dem Schwein einen so heftigen Hieb auf den Rücken, dass es auf die kotverschmierten glatten Bretter plumpste. Obwohl Nat es ein paarmal mit dem Stock anstieß, stand es nicht wieder auf.

Andi erkannte das Problem. »Es steckt mit dem Fuß zwischen den Brettern fest.«

Das eingeklemmte Schwein war bei den drei letzten – die anderen mussten mühsam über das Tier klettern oder darauf treten. »Verdammt noch mal.« Hutch versuchte, das Schwein hochzureißen, doch das Bein steckte fest. Das Tier quiekte bloß, als Nat ihm mit dem Stock über den Rücken hieb. »Verdammt, wir müssen los.«

Andi sagte: »Ihr zwei habt doch was Besseres zu tun, also fahrt ihr nur schon mal voraus. Ich mach ihm das Bein los, dann kann es ja später weg.« Sie behielt ihren ungerührten Gesichtsausdruck bei, als die beiden sie musterten. Sie wusste, sie musste vorsichtig sein.

Draußen trieben sie die übrigen Sauen zusammen, und Andi hörte die Hufe auf der abschüssigen Metallfläche klacken und den quiekenden Protest gegen das ganze Unterfangen. Nat streckte den Kopf noch einmal herein und ließ seine Stentorstimme ertönen: »Halbe Stunde oder so, dann sind wir wieder da und holen noch welche.«

»Alles klar.« Inzwischen konnte sie sich denken, was sie vorhatten: Sie verkauften die Schweine an Sweetland und steckten das Geld in die eigene Tasche. Das war durchaus möglich bei so vielen Schweinen, von denen manche schon halbtot auf dem Ausschusshaufen gelandet waren. Was würde Sweetland mit den Schweinen machen? Was konnte man mit ihnen machen?

Sie wartete, bis der Truck davongefahren war. Dann zog sie ihre Daunenweste aus und schob sie dem Schwein unter den Kopf. »Das wird dir guttun.« Sie besah sich die Planken, zwischen die der Fuß eingeklemmt war. »Wir haben dreißig Minuten. Hast du eine Ahnung, wie du es schaffst, nicht in dem Truck zu landen? Überleg mal scharf.«

Sie brauchte so etwas wie einen Vorschlaghammer oder vielleicht eine Säge. Normalerweise gab es in den Baracken Werkzeug, und sie ging an die Tür, um nachzusehen. Kein Hammer. Die Ahle war da, die Nat manchmal benutzte. Mit der ginge es vielleicht. Wenn sie kein Werkzeug fand, mit dem sie richtig auf das Brett schlagen konnte, ließe sich das hier vielleicht als Hebel zum Lockern verwenden. Sie ging wieder zu dem Schwein zurück. Mithilfe der Ahle stemmte sie das Brett hoch. Das Holz war alt und splitterte gleich. Sie bekam das Bein des Schweins sofort frei. Nun blieben noch fünfundzwanzig Minuten, um zu überlegen, wie es weitergehen sollte. Obwohl sie bezweifelte, dass die beiden so bald zurück sein würden. Die würden sich bestimmt Zeit lassen für einen Plausch mit ihren Kumpels bei Sweetland drüben.

Dort stand der Lieferwagen, der weiße Van, den hier alle benutzten, um zwischen dem Bürogebäude und den verschiedenen Baracken hin und her zu fahren. In den konnte sie das Schwein verfrachten – nun, theoretisch ging das, mit seinen dreihundert Pfund war das Tier aber nur schwerlich von der Stelle zu kriegen. *Wollen wir mal sehen*, sagte sie sich.

Es wunderte sie immer wieder, wie wenig auf dem Gelände los war, keine Menschenseele war zu sehen, obwohl sie wusste, dass Leute unterwegs waren, denn gelegentlich bewegte sich eine Gestalt durch die Stille. Da draußen herrschte immer diese Stille. Es war nicht die gedämpfte Stille von Schnee. Es war eine menschenleere Stille.

Andi sah für einen Augenblick zum wolkenleeren Himmel hoch. Das war alles, was über ihr und um sie herum war – Leere, Weiß und Leiden. Ach, ja: eine weiße Spinne, ein weißer Wal – und Gott.

Hinten drin im Van, erinnerte sie sich, war eine Laderampe verstaut. Über die müsste sie das Schwein hinaufbugsieren. Hochheben konnte sie das Tier nicht. Sie hatte immer noch die Hand auf seinem Rücken, es kam ihr ein bisschen läppisch vor, es zu streicheln, aber wen scherte das schon?

»Ich bin gleich wieder da.« Sie trat nach draußen.

Der Van stand an der hintersten Baracke geparkt, der Schlüssel steckte wie immer. Der Gedanke, einen Van von hier zu entwenden, erschien ihr zutiefst absurd. Obwohl jeder ihn benutzen durfte, würde sie sich eine Geschichte ausdenken müssen, falls jemand sie anhielt. Sie hatte noch keine parat.

Andis Fahrkünste waren katastrophal. Sie hatte die ganze Strecke von Santa Fe nach Idaho am Steuer gesessen und fuhr am Ende der Reise noch genauso lausig wie am Anfang. Gut, dachte sie, dass sie wenigstens besser reiten konnte.

Sie ließ den Motor an, der sich knatternd meldete. Benzin war drin, wenn auch nicht viel. Sie fuhr im Rückwärtsgang auf den breiten Weg – es war eigentlich gar keine richtige Fahrstraße –, der die verschiedenen Gebäude miteinander verband. Der Wagen ruckte zwar ein wenig, doch es gelang ihr, ihn in die gewünschte Richtung zu lenken.

Der Van holperte den Weg hinunter. Sie fuhr an die Rückseite des Gebäudes heran, und als sie hineinging, stand das Schwein inzwischen aufrecht da: Das Bein war also nicht verkrüppelt. Das Tier sah Andi aus kleinen bleichen Äuglein an. Du tust dein Bestes, schienen die Augen sagen zu wollen.

»Wir müssen hier raus.« Sie versetzte der Sau einen Schubs von hinten. Die hatte immer noch den Kopf nach ihr gewendet. Andi schob kräftiger, aber das Schwein rührte sich nicht. Als Andi sich umdrehte und sich mit ihrem ganzen Gewicht gegen den Rumpf lehnte, machte das Tier plötzlich einen Satz, sodass

Andi ausgestreckt auf allen vieren landete und gegen die Bodenplanken schlug.

Die Sau stellte die Ohren auf und blickte um sich. Rasch stand Andi auf, legte ihr die Hand auf den Rücken und bugsierte sie vorwärts zur Tür hinaus. Bis zum hinteren Wagenschlag des Vans war es nicht mehr weit.

Das würde ihr nicht passen, dachte sich Andi. Doch das Schwein marschierte anstandslos die Metallplanken hoch, und Andi sprang hinter ihm hinein und überlegte, ob sie vielleicht die Plane über das Schwein werfen sollte, falls jemand sie anhielt. Das wäre allerdings nicht besonders schlau, denn falls jemand hinten hineinschaute, wüsste er gleich, dass sie dort etwas versteckte.

Sie sprang wieder herunter, ging zum Fahrersitz und ließ den Motor an. Eine halbe Stunde war vorbei, und vom Truck keine Spur. Vermutlich wärmten sich Hutch und Nat noch den Hintern auf ihrem Barhocker.

Es war lange nach Betriebsschluss, und der Himmel verfärbte sich allmählich grau. Kein Mensch war zu sehen, als sie am Büro vorbeifuhr – zur einzigen Ausfahrt –, doch dann sah sie, wie jemand herauskam, stehen blieb und den heranfahrenden Wagen musterte.

Gott sei Dank, es war bloß Jake. Er bedeutete ihr anzuhalten, und sie kam auf dem Kies des Parkplatzes zum Stehen. Alle anderen Autos waren inzwischen weggefahren.

Sie lächelte. »Hallo, Jake.«

»Ach, du bist's. Was ist mit dem Van?«

»Ich bring das Schwein dahin, wo Nat mit dem Truck ist.«

»Zu Sweetland?«

»Die haben mir nicht gesagt, wieso sie die hinbringen.«

»Ganz schöner Aufwand für ein einziges Schwein.«

Andi seufzte genervt. »Okay, es hieß aber, ich soll.« Er musterte sie fragend, und Andi glaubte nicht, dass er es ihr abnahm.

»Okay«, meinte er dann aber lächelnd und versetzte dem Wagen einen Klaps. »Dann los, Mädchen.«

Sie ließ den Motor wieder an. »Bring das verdammte Ding

aber bloß wieder zurück«, sagte er. »Dir wär's auch zuzutrauen, dass der schon halb in Alaska ist, bevor jemand was merkt.«

Sie lachte. »So dämlich bin ich nun auch wieder nicht.«

»O doch. Du würdest wahrscheinlich alles machen, was dir so in den Sinn kommt.«

»Nein.« Sie überlegte einen Augenblick. »Pass auf, hier ist doch jetzt zu, und keiner braucht den Van. Meinst du, ich könnte ihn über Nacht behalten? Wär schön, wenn ich danach gleich heimfahren könnte. Dann müsste mich niemand hier abholen kommen.«

Jake verschränkte lächelnd die Arme. »Warum eigentlich nicht? Aber bloß, wenn du versprichst, dass du ihn gleich morgen früh zurückbringst.«

»Mach ich. Ich versprech dir, dass ich damit nicht nach Alaska fahre.«

Sie legte den Gang ein und rumpelte davon. Im Rückspiegel beobachtete sie, wie er in der Entfernung immer kleiner wurde, während er dem verschwindenden Van hinterherschaute.

Jake war ein netter Kerl!

Es wurde allmählich dunkel, und der trübe graue Himmel senkte sich tiefer über den Horizont. Sie schob das Fensterchen zwischen Vorder- und Rücksitzen auf, um zu horchen, ob mit dem Schwein alles in Ordnung war. Andernfalls würde das Tier wohl Stresslaute ausstoßen.

Beim Fahren überlegte sie sich nun in aller Ruhe, wie Jim (und Tom) die Nachricht von der Ankunft eines weiteren Schweins aufnehmen würde – eines gestohlenen Schweins. Einen gestohlenen Esel hatten sie ja schon. Dass sie deswegen Ärger mit dem Sheriff bekommen würde, war eine Sache. Eine ganz andere war, Jim in Teufels Küche zu bringen. Und sie hatte sich (natürlich) noch keine Geschichte für morgen ausgedacht, mit der sie die Sache von heute erklären konnte.

Lügen ohne Ende! Sie wünschte, sie müsste nie mehr lügen.

Der Van holperte über den steinigen Boden, und sie konnte hören, wie das Schwein mit klickenden Füßchen auf der Metallfläche umherrutschte. Die Straße war kurvenreich und voll mit Steinbrocken. Dazu kam noch ihr unmöglicher Fahrstil.

Ein paar bleiche Sterne waren zu sehen und ein dunstverhangener Mond, als sie bei Jim ankam. Sie stellte den Van direkt neben dem Schweinekoben ab. Sie wollte das Schwein gleich hineinbringen und versorgen, wenn das möglich war (war es vermutlich nicht), bevor sie Jim davon erzählte.

Sie traute sich was, ziemlich unverfroren war sie, denn sie rechnete fest damit, dass niemand das Schwein vermissen würde. Es war anders als damals, als sie Sam mitgenommen hatte, denn der Esel war ein Arbeitstier gewesen. Ein vergessener Arbeitsesel. War es also doch das Gleiche? Hier handelte es sich um ein krankes Schwein und – wahrscheinlich – ein vergessenes krankes Schwein. Aber wenn jemand Verdacht schöpfte und es dem Sheriff meldete, käme Harry McKibbon umgehend zu Jim heraus. Der Sheriff müsste sich schon sehr viel einreden, um zu glauben, dass nicht sie es gewesen war, die die alte Sau entwendet hatte. Den Esel und das Schwein.

Als sie den Van hinten aufmachte, drehte sich das Tier um und schaute sie stumm an. Die plötzliche Veränderung seiner Lebensumstände schien es nicht sonderlich zu stören, aber woher sollte Andi das wissen?

Sie legte die Metallplanke an die Türkante an und gab der Sau einen sanften Schubs. Die setzte sich ohne weiteres Zureden oder Schieben in Bewegung und betrat festen Erdboden.

Max und Hazel wühlten gerade im Dreck und förderten einen alten Maiskolben, ein Stückchen Lappen und ein Salatblatt zutage. Das neue Schwein stand innerhalb des Gatters da und schaute ihnen zu. Es tat Andi leid: Noch nie hatte es den Geschmack von Freiheit gekostet oder überhaupt gewusst, dass es so etwas gab, und hier stand es nun. Sie hatte Ähnliches über Gefangene gehört: Wie ein Sträfling am Tag seiner Entlassung draußen vor dem Gefängnis stand, mit dem Koffer in der Hand, und wartete. Nicht auf einen Bus oder eine Mitfahrgelegenheit, sondern darauf, dass ihm etwas erklärt wurde.

Nach einer Weile kam Hazel herüber, um sich die Sache näher anzusehen. Das neue Schwein wich ein paar Schritte zurück. Andi legte ihm beruhigend die Hand auf den Rücken. Max rückte vom Futtertrog weg, und als er sah, dass Hazel nichts passierte, stellte er sich neben sie. Das neue Schwein trat noch ein paar weitere Schritte zurück, bis es mit dem Hinterteil gegen das Gattertörchen stieß. Alle drei fingen an zu grunzen, und Andi fragte sich, was für eine Art von Kommunikation hier wohl vonstattenging.

Weil sie nicht wollte, dass ihr Schwein sich eingesperrt fühlte, öffnete sie das Törchen, ließ das Schwein wieder hinaus und brachte es von dort in den abgezäunten Teil des Stalles. Vielleicht sollte sie es über Nacht dort lassen. Es wäre bestimmt weniger stressig. Stressig? Diese Sau hatte ihr ganzes Leben in der Hölle zugebracht, einen Wurf Ferkel nach dem anderen in die Welt gesetzt, bis ihr Körper zu erschöpft dafür war und deshalb für Klavan's nutzlos. Die Begegnung mit Hazel und Max würde wohl kaum zu Stress führen.

Die Schweine hörten auf, Laute von sich zu geben, und wurden wieder still. Andi besah sich den Tumor noch einmal genau. Er sah schlimm aus, fast beängstigend. Morgen würde sie dafür sorgen, das der Tierarzt sich darum kümmerte. Ob das Schwein wohl Schmerzen hatte, fragte sie sich. Dabei fiel ihr ein: Wenn es auf der Mastfarm vermisst wurde, wäre es nicht schwer zu identifizieren. Sobald der Tumor entfernt war, sähe es aus wie jedes x-beliebige Schwein.

In der Küche, wo Jim und Tom saßen, ging Licht an. Es ging einfach nicht anders, sie musste ihnen die Wahrheit sagen.

Die Küchentür ging auf, und sie hörte ihren Namen. »Andi!«, rief Jim ihr entgegen.

Sie machte das Törchen zu und ließ die drei sich durch den Zaun gegenseitig begucken. Max und Hazel schienen nichts gegen das neue Schwein einzuwenden zu haben, sie waren einfach neugierig.

Sie ging über den Kiesweg zur Küchentür, die Jim ihr aufhielt. »Was macht denn der Van da?«

»Der ist von Klavan's. Damit fahren sie drüben Sachen zwischen den Baracken hin und her. Morgen früh bring ich ihn wieder zurück. He, Tom«, fügte sie mit einem fröhlichen Lächeln hinzu.

Tom hob den Blick von seinem Rippchenteller. »Du siehst völlig fertig aus. Was hast du denn da mitgebracht? Oder sollte ich besser nicht fragen?«

Sie wandte sich zum Spülbecken, um sich die Hände zu waschen.

»Ich nehm an, davon willst du nichts?« Jim hielt eine Platte mit Rippchen in die Höhe.

»Nein, danke.« Wieso probierte er es immer wieder? Sie holte sich einen von den schweren Steingut-Tellern und setzte sich zwischen die beiden. Dann spießte sie eine Backkartoffel von einer Platte und beschloss, gleich damit herauszurücken. »Ein Schwein hab ich mitgebracht. Es ist jetzt draußen im Koben bei Hazel und Max.«

Tom kaute plötzlich langsamer.

Jim sagte: »Ein Schwein. Äh, wieso überlassen die dir denn ein Schwein?« Er zögerte. »Mit dem stimmt was nicht, hab ich recht?«

»Ja. Es hat einen Tumor an der Seite, und da dachte ich mir, vielleicht kann der Tierarzt helfen.«

»Das ist mir neu, dass die dort so großzügig sind, nein, nicht mal mit einem kranken Tier. Den Ausschuss, die Kranken, die schlachten die doch auch einfach mit, obwohl das natürlich untersagt ist.«

»Bestimmt«, sagte Andi und sah einem Butterbächlein zu, das seitlich an ihrer Kartoffel herunterfloss.

Die beiden anderen kauten weiter auf ihren gegrillten Rippchen herum. Andi entspannte sich ein wenig und zerteilte ihre Kartoffel.

»Der Sheriff war hier«, sagte Tom und schielte auf das Rippchen in seinen Fingern.

Andis Entspannung war augenblicklich verflogen. »Warum?«

»Auf Betreiben der Baileys.«

»Ach ja? Und ich wurde auf Betreiben der Baileys fast vergewaltigt.«

Jim nickte. »Das ist Harry schon klar. Aber Lucas Bailey will, dass du wegen tätlichen Angriffs belangt wirst.«

»Ich hab überhaupt keinen tätlich angegriffen. Dakota schon, dann sollen sie den mal belangen. Meine Güte! Ich hab keine Zeit für solchen juristischen Kleinkram.«

Jim wischte sich kichernd die Hände ab und sagte zu Tom: »Na, dann wollen wir uns dieses Schwein doch mal anschauen.«

Sie waren sich einig, dass der Tumor behandelt werden musste, und Andi hatte darauf bestanden, die Arztrechnung zu übernehmen.

Inzwischen lag sie im Bett und versuchte sich eine Geschichte auszudenken, die sie verzapfen konnte, sollte irgendjemand – speziell Nat und Hutch – fragen, was passiert sei. Sollte sie ihnen sagen, es sei einfach entwischt? Oder gestorben? Was hätte sie aber dann mit dem Kadaver gemacht? Und was war mit der Story, die sie Jake erzählt hatte? Inzwischen wünschte sie, sie hätte geschwiegen, aber was war ihr anderes übriggeblieben?

Auf dem Weg zu Sweetland ist das Schwein gestorben, also musste ich es ja irgendwie loswerden. Vermutlich war es der Tumor. Ich wusste nicht, was tun, also nahm ich es mit auf Jims Farm und hab sie dann den Kadaver dort entsorgen lassen.

Kann euch aber doch egal sein, oder? Es hätte ja sowieso sterben sollen.

22. KAPITEL

Am nächsten Morgen, als sie gerade dabei war, mit dem Schlauch die Bodenplanken abzuspritzen, kam Abramson in die Baracke, sein Klemmbord in der Hand. »Nur nicht übertreiben.« Er deutete mit einem Kopfnicken auf den Schlauch.

»Es stinkt aber zum Himmel hier drinnen.«

Er lächelte. »Soll's ja. Ist schließlich rappelvoll mit Schweinen!«

»Es gibt aber solchen Gestank und solchen. Das können Sie ruhig aufschreiben.« Sie deutete auf sein Klemmbord. »Was schreiben Sie da eigentlich auf?«

»Notizen. Zur Kontrolle.«

»Über mich?«

Er lachte. »He, es geht hier nicht immer nur um dich.«

»Da bin ich aber froh.«

»Hast du dafür gesorgt, dass das alte Schwein wegkommt?«

Sie nickte und fummelte mit der Spritzdüse herum, um ihn nicht ansehen zu müssen. »Kann man so sagen. Es ist unterwegs gestorben. Also hab ich den Van zu Jim Purley gefahren, wo ich ja wohne. Der hat sich drum gekümmert. Hat es vielleicht begraben.«

»Du hättest es hierher zurückbringen sollen. Es ist schließlich Eigentum von Klavan's.«

Andi hängte den Schlauch wieder über den Haken. »Wieso? Die hätten doch nichts damit machen können. Es war ja krank.«

Abramson nickte. »Also, in Zukunft, wenn's zu so einer Situation kommt, denk dran, es ist das Eigentum von Klavan's.«

Erstaunt fragte sie: »Na, zu was für einer Art von Situation könnte es denn kommen? Ich mein, wie oft im Leben werde ich ein Fahrzeug fahren, in dem ein Schwein verendet?«

»Pass bloß auf.«

»Hat jemand wegen dem vermissten Schwein was gesagt? Bei fünftausend Tieren kann ich mir nicht denken, dass es groß vermisst wird.«

»Das Schwein nicht, aber der Van. Nat und Hutch haben nicht kapiert, wieso du ihnen hinterher bist. Die hätten gar nicht gesagt, dass du das sollst.«

»Hab ich auch nie behauptet. Ich dachte eben, ich sollte ihnen hinterherfahren.«

Abramson musterte sie weiter wortlos, während er bedächtig seinen Kaugummi kaute.

Er machte sie ganz nervös. »Was denn?«

»Wie gesagt, pass bloß auf.«

Sie zuckte die Achseln. »Tu ich doch immer.«

Am Nachmittag verteilte sie den Schweinen Extrarationen. Die Jungtiere, die nicht in ihren separaten Verschlägen eingesperrt waren, drängten sich gegen die Gitterstäbe, als gäbe es auf der ganzen weiten Welt nicht genug Fressen, um sie satt zu kriegen. Kein Wunder, dass die Leute dick wurden. Trübsinn, Schmerzen, Leere – was blieb einem anderes übrig, als zu essen? Kein Wunder nannte man es »Futter für die Seele«.

Andi trug einen Eimer mit Futter herum und kniete sich ab und zu hin, um den Schweinen eine Handvoll zu geben. Als ihr Vorrat aufgebraucht war, beugte sie sich in den Verschlag, hob Oscar heraus und trug ihn mit sich herum, während sie ihre anderen Tätigkeiten verrichtete. Dabei horchte sie immer aufmerksam, ob vielleicht jemand kam. Als sie Stimmen hörte, setzte sie Oscar wieder in den Verschlag, allerdings so hastig, dass er ihr mit dem Beinchen ein winziges Loch in die Weste riss. Vielleicht noch eine Woche, dann würde Oscar zu den Mastschweinen kommen und auf sein Marktgewicht von etwa zweihundertfünfzig Pfund gemästet. Seine Lebenszeit würde sogar noch kürzer als die seiner Mutter sein.

Nat und Hutch kamen herein.

»Verdammt, was war das denn für ein Mist, Mädchen? Abramson sagt, du hättest es in einem Van zu dir nach Hause gefahren.«

»Es ist mir weggestorben. Im Van ist es gestorben. Was hätte ich denn tun sollen, es begraben? Ich konnte es ja nicht mal aus dem Van wälzen. Und hier war ja keiner mehr da.«

Hutch schüttete Mais in die Futterrinne. Nat sagte: »Die Frage ist doch, was hatte das verdammte Vieh überhaupt im Van zu suchen?«

Andi ließ den Eimer sinken. »Ach, das hab ich Mr. Abramson und Jake doch schon alles erklärt.«

»Ja, und behauptet, wir hätten gesagt, du sollst es zu Sweetland bringen.«

»Das habe ich *nicht* gesagt. Ich sagte, ich dachte, ich sollte *versuchen*, es dorthin zu bringen.« Entgegen Abramsons Anweisungen begann Andi den Boden abzuspritzen. Sie hielt den Kopf gesenkt und konzentrierte sich auf den Stallmist und den Geruch. Sie trug keinen Mundschutz. Inzwischen hatte sie sich schon ziemlich an den Gestank gewöhnt.

»Wo hast du das Schwein also hingebracht?«

Sie stieß einen tiefen Seufzer aus. »Ich hab das Schwein mit nach Hause genommen, damit mir jemand hilft, es zu entsorgen.«

»Du wohnst doch bei Jim Purley, stimmt's?«

Sie nickte wortlos.

Hutch hatte die Futterrinne inzwischen fertig gefüllt. Nun starrten sie alle beide unverwandt an, hatten die Arme verschränkt, die Hände in den Achselhöhlen.

»Wieso macht ihr so ein Riesentheater? Das blöde Schwein war doch hier schon krank, das wisst ihr. Da ist es eben gestorben.« Sie nahm einen Besen zur Hand und fing an, das Wasser wegzukehren.

Nat setzte sein dünnlippiges, ungläubiges Lächeln auf. »Also, wir nehmen dir dieses Lügenmärchen nicht ab.«

»Ach, *tatsächlich*?« Sie strich sich eine Strähne aus der Stirn.

»Hmm, hmm. *Wir* glauben, du hast die alte Sau geklaut.«

Ihr Herz pochte heftig, aber das ließ sie sich nicht anmerken. Stattdessen ließ sie den Schlauch los und trat auf Nat zu, bis sie so dicht vor ihm stand, dass er einen Schritt zurück machte.

»Was zum Teufel sollte ich mit einer kranken Sau anfangen?«

Hutch entgegnete: »Den Esel hast du ja auch mitgenommen.«

Sie wandte sich an Hutch. »Weißt du eigentlich, wie dämlich das klingt? Ich hab einen Esel geklaut, also muss ich auch ein krankes Schwein geklaut haben. O Gott!« Andi ging wieder zu ihrem Besen. »Wenn ihr wollt, dass ich gefeuert werde, dann geht doch zu Jake oder Mr. Klavan oder sonst wem und sagt es.« Klavan würde sie wahrscheinlich tatsächlich feuern. Diesem Menschen, hatte sie gehört, war jede Gemeinheit zuzutrauen.

»Niemand will, dass du gefeuert wirst. Aber der Van ist nicht zur privaten Nutzung da.«

»Wie kannst du von privater Nutzung sprechen, *wenn jemand ein Schwein transportiert?*«

»Ach ja.« Nat schnaubte verächtlich.

»Na, ihr beiden nehmt ihn doch auch dauernd, wenn ihr zur Two Dogs Bar fahrt. Da könnte man doch viel eher von privater Nutzung reden als bei einem Schweinetransport. Ich entschuldige mich hiermit für meine Spritztour.«

Hutch sagte: »Weißt du was, Kleine, aus dir wird man einfach nicht schlau.«

»Wer behauptet, das müsstet ihr?«

»Wieso hast du eigentlich den verdammten Esel in die Stadt gebracht?«

»Das ist doch schon ewig her. Macht dir das immer noch Bauchweh? Entschuldige.« Den leeren Eimer in der Hand schob sie sich an ihnen vorbei. Der Laufweg war nicht breit genug für zwei, geschweige denn drei Leute nebeneinander, so dass sie ihr ausweichen mussten. »Ich würde gern weiter hier rumstehen und mit euch quatschen, aber ich habe einen Haufen Arbeit zu tun.«

23. KAPITEL

Als Jim wissen wollte, wie es ihr denn so bei der Arbeit gehe, sagte Andi ihm nichts von dem Berg von toten Schweinen und von dem Güllebecken, weil er sonst (wieder einmal) fragen würde, wieso sie so einen deprimierenden Job nicht aufgab. Sie erzählte ihm auch nicht von ihren Traumgespinsten, denn sie wollte nicht, dass er sie für zu sentimental oder romantisch hielt. Der Anblick all dieser Schweine, die hinter Gitterstäben gefangen waren oder auf diesem Haufen lagen, ging ihr einfach nicht mehr aus dem Kopf.

»Wir leben anscheinend nicht alle ...« Was? In derselben Welt? Sie sprach es aus.

Zum Glück wollte er darauf nicht weiter eingehen und meinte bloß, sie hätte ja seltsame Vorstellungen. Er müsse in die Stadt, sagte er, ein paar Besorgungen machen. Sie ginge gern mit, erwiderte sie. Und dachte, nachdem sie sonst keinen hatte – weder Jim noch Tom –, dem sie solche Sachen sagen konnte, würde sie eben Dakota davon erzählen. Hatte er nicht auch Schlimmes durchgemacht, genau wie diese Schweine? Und war zusammen mit anderen Fohlen zur Versteigerung getrieben worden? Geradewegs in die Hände des Schlachters?

Als sie an Klavan's vorbeifuhren, musste Andi bei diesem Weiß wieder an Absolution denken und wie widersinnig dies in diesem Zusammenhang war.

»Glaubst du, Pferde verstehen, was man zu ihnen sagt?«

Jim überlegte eine Weile.

»Kommt drauf an, was man mitteilen will. Ob es in eine bestimmte Richtung traben soll. Oder ob es stehen bleiben soll ...«

»Nicht bloß das. Ich meine ... einfach bloß reden.«

Wieder wurde Jim nachdenklich. »Na ja, du weißt ja, mit Dakota hast du es nicht eben leicht.«

»Das Reiten meine ich gar nicht. Ich glaube, er hört es gern, wenn ich mit ihm rede. Wahrscheinlich beruhigt es ihn.« Sie sah wieder auf die Landstraße hinaus. »Glaub ich wenigstens.«

Als sie am Gemüsestand vorbeifuhren, winkte Andi zu Eula hinüber, die dort auf ihrem Stuhl saß, und bat Jim, sie herauszulassen, sie wolle mit ihr reden. Jim hielt an und sagte, er würde wahrscheinlich gleich wieder nach Hause fahren müssen, in einer Dreiviertelstunde etwa, und ob das genug Zeit sei für ihre Besorgungen? Sie wollte doch bestimmt in verschiedene Läden gehen.

Sie fand es amüsant, dass Jim ihr sagte, was sie wohl gern täte und was nicht. »Schon gut. Zurück nehm ich einfach ein Taxi.«

Jim nickte. »Also, dann bis später. Bist du zum Abendessen wieder da?«

Vermutlich, meinte Andi, und sie würde ihn anrufen. Jim winkte kurz zum Abschied und fuhr davon.

Seltsam: Obwohl sie noch gar nicht so lange hier war, fühlte sie sich in Kingdom schon fast zu Hause. Wie schnell sie sich doch hier eingelebt hatte! Sie winkte Jim zu und murmelte ihm einen Gruß hinterher – und verspürte dabei sofort jenes düstere Gefühl, das einen überkommt, wenn man meint, einen Menschen zum letzten Mal gesehen zu haben. Ein paar Sekunden nur, bevor sie sich umdrehte, um zum Gemüsestand zu gehen, kam sie sich verlassen und trostlos vor, ohne zu wissen, warum. War ihr Leben so unsicher und fragil, so vom Augenblick abhängig, dass sie Angst hatte, der Erdboden könnte sich auftun und sie verschlingen?

Dabei stellte sie sich immer die Frage, wie sie wohl damals gewesen war, bevor sie geworden war, was sie jetzt war. Vielleicht hatte sie sich diese Geschichte von der Familie Olivier auch gar nicht so sehr für andere ausgedacht, sondern um sie sich selbst zu erzählen.

»Hallo, Liebes«, sagte Eula. »Wie geht's denn dem alten Esel-chen?«

»Dem geht's prima. Wirklich ein Glück, dass ich Jim begeg-net bin.«

»Scheint mir, ein bisschen Glück hast du dir auch verdient. Jim ist ein ganz feiner Mensch.«

Ihre Stimme klang sehnsüchtig, fand Andi, und sie fragte sich, ob Eula Jim vielleicht mehr als nur mochte. Dann überlegte sie, wieso Jim und Tom Rio eigentlich nicht verheiratet waren. Jim, so viel wusste sie, war verwitwet, aber was war mit Tom?

»Ich frag mich, warum die nicht verheiratet sind.«

Eula sagte: »Ach, die Geschichte kennst du nicht? Sie waren verheiratet, und ihre Frauen waren eng miteinander befreun-det. Einmal fuhren die Frauen in dem alten Pick-up nach Fargo, als ein Reifen platzte. Das wäre gar nicht so schlimm gewesen, wenn auf der Straße nicht Glatteis gewesen wäre und bei einem Unfall kurz davor jemand auf eine Leitplanke gefahren wäre. Der Truck fuhr dagegen und stürzte die Böschung hinunter, und beide kamen ums Leben.«

Andi kam sich so hilflos vor, als sie das hörte.

»Das klingt jetzt bestimmt schrecklich, aber ich weiß noch, wie froh ich war, dass die beiden Frauen beieinander waren, dass nicht eine allein den Abhang runtergestürzt ist. Ich stell mir bloß vor, was für eine Angst sie gehabt haben mussten, aber allein zu sein, als es passierte … wie viel schlimmer wär das gewesen.«

»Ich hatte ja keine Ahnung«, sagte Andi. »Ich hatte wirklich keine Ahnung.«

Eula hatte die Geschichte mit tränenerstickter Stimme erzählt.

»Nein, über ihre Sorgen reden die nicht viel. Aber jetzt sind sie die besten Freunde, und ich bezweifle, dass einer von ihnen je wieder heiratet. Kinder hatten sie auch keine. Schon seltsam, wie bei manchen Leuten das Leben so parallel verläuft, nicht?«

Andi nickte, ohne sich ein Leben denken zu können, das paral-lel zu ihrem verlief. Sie sagte: »Ich weiß, wie du das meinst, dass die Frauen nicht allein waren. Ich hatte einen Bruder, dem ist fast immer das Gleiche passiert wie mir. Wir waren zum Beispiel beide gleichzeitig krank, haben uns gleichzeitig den Arm gebrochen und beide gleichzeitig mit Freund oder Freundin Schluss gemacht. Es war tröstlich, jemanden zu haben, der genau wusste, wie ich mich fühlte.«

»Na, du bist ja schon ziemlich lang von zu Hause fort, nicht, und reist allein herum?«

»Ja, stimmt.« Andi betrachtete eine Pappkiste mit Karotten.

»Dein Bruder vermisst dich bestimmt.«

»Ja, das tut er, das weiß ich.« Sie hielt ein paar Karotten in die Höhe. »Die sehen so frisch aus, da nehm ich ein paar mit für Sam und die Pferde.«

Eula hielt eine braune Tüte auf, in die Andi gleich einige Pfund Karotten füllte. Eula holte Wechselgeld aus ihrer alten Registrierkasse, wo die Zahlen bei der Gesamtsumme noch oben heraussprangen und die Geldschublade ping machte.

»Bitte sehr.« Eula gab Andi das Wechselgeld heraus. »Da werden sich die Pferde aber freuen.«

Andi nickte und meinte lächelnd, sie wolle sich noch ein bisschen in der Stadt umsehen. Dann verabschiedeten sie sich voneinander.

An der Ecke stand Mrs. Engleharts großes viktorianisches Haus, aber keine Spur von Mrs. Englehart auf der Veranda. Bei Dairy Queen und Donut Delite drüben auf dem weitläufigen, etwas von der Straße zurückgesetzten Grundstück war je ein Kunde im Laden. Andi fragte sich, wie diese Geschäfte eigentlich existierten.

Sie überquerte die Straße in Richtung Dollar Store, um zu sehen, was man für einen Dollar heute noch erstehen konnte. Offenbar eine ganze Menge. Während sie die Gänge auf und ab ging, nahm sie ein paar Sachen mit: eine Stahlscheuerbürste für Töpfe und Pfannen, ein Geschirrtuch und eine Nagelbürste in Schweinchenform.

Nach dem Dollar Store kam sie am Plugged Nickel vorbei, wo es wie üblich recht lautstark zuging. Etwas zerbrach mit Klirren, Flasche oder Glas. Sie stattete der Apotheke einen Besuch ab, um wieder einen Roman von Norman X. Black zu erstehen. Inzwischen hatte sie vier davon gelesen und fand den Stil für einen Western doch ziemlich anspruchsvoll. Aber hatte Walter van Tilburg Clark denn nicht auch »Westernromane« geschrieben?

Wie kam sie auf diesen Namen? Gedächtnisverlust war eine seltsame Krankheit. Offenbar hatte man im Kopf immer noch bestimmte Dinge gespeichert, beispielsweise wie man Auto fuhr oder ein Pferd ritt. Nun, keines von beiden konnte sie besonders gut, aber beides war vorhanden.

Als sie etwas später zu May's ging, hoffte sie, Norman auf seinem Barhocker sitzend anzutreffen. Die Vorstellung, dass ein Schriftsteller im Ort wohnte, ein richtiger Schriftsteller, der über zwanzig Bücher geschrieben hatte, fand sie einfach betörend. Zuerst wollte sie aber noch mit Jared reden.

Schon von weither auf der Schotterstraße konnte sie das Schlagen von Metall auf Metall hören. Wahrscheinlich beschlug er gerade ein Pferd. Sie trat in die große Scheune und rief: »Jared.«

Er wandte sich vom Schmiedefeuer herüber und lächelte sie an. »Schau mal an! Wie geht's dir denn?«

»Gut. Mir gefällt's wirklich bei Jim.«

»Dann ist's gut.« Er schubste mit der Fußspitze eine Katze weg, die um das Vorderbein des Pferds herumstrich, das er gerade in Arbeit hatte.

»Lassen sich Pferde das von Katzen denn normalerweise gefallen?«

»Kommt drauf an. Die Katze nimmt auf, und das Pferd nimmt auf.« *Klong* machte der Hammer.

»Nimmt *was* auf?«

Jared überlegte. »Gedanken, Hirnströmungen, solche Sachen.«

»Soll das heißen, du meinst, dass die kommunizieren?«

Jared sah sie erstaunt an. »Natürlich. Oder meinst du, Tiere sehen gar nicht über sich selbst hinaus?«

»Ist das bei Menschen denn nicht auch so?«

Klong! »Glaub ich nicht. Meistens versuchen wir doch, uns in einen anderen hineinzudenken. Weiß Gott, wieso.«

Andi hatte sich auf einen Heuballen gehockt. »Das frag ich mich schon die ganze Zeit. Glaubst du, dass Menschen und Tiere miteinander kommunizieren?«

»Klar. Man dressiert doch Hunde, oder? Man reitet Pferde.«

»Nein, das meine ich gar nicht. Das sind Dinge, die wir mit den Tieren tun. Ich meine, wissen sie denn, wie der andere sich fühlt?«

»Denkst du jetzt an Sam?«

»Ja. Aber vor allem an Dakota, Jims Pferd.«

»Ach, Dakota.« Jared schnaubte lachend durch die Nase. »Dakota hat seinen eigenen Kopf. Aber gleichzeitig ist er ganz gefügig. Lammfromm, wenn er einen mag. Schon merkwürdig.«

»Wie verhält er sich denn, wenn er einen nicht mag?«, fragte sie etwas verzagt.

»Nichts zu machen, dann ignoriert er einen. Wenn er zum Beschlagen hier ist und Leute kommen und sich bei den Boxen umschauen, ignoriert Dakota sie komplett.« Wieder dieses naseschnaubende Lachen, als fände Jared Dakota einen ganz komischen Kerl.

Nun, *sie* ignorierte er jedenfalls ganz und gar nicht, dachte Andi erleichtert.

Im Diner saß Norman Black über seinen Kaffee gebeugt und sah aus, als würde er ihn bewachen.

Andi ließ sich auf dem Barhocker neben ihm nieder. »He, Norman.« Sie zog sich die Speisekarte her, ließ den Blick darübergleiten.

»Andi.« Er grinste.

»Ändert May die Speisekarte eigentlich nie?«

»Nee, und überhaupt gibt's gar keine May. Ich meine, keine echte.«

»Was redest du da? Da drüben ist sie doch.« Sie deutete auf die

Blondine am anderen Ende des Tresens, die sich gerade mit einer von den anderen Kellnerinnen und einem Lastwagenfahrer unterhielt. »Weiß ich genau.«

»Die Mädels wechseln sich ab. Das da ist in Wirklichkeit Estelle.«

»Norman, was redest du da? Die wechseln sich ab?«

»Hmm. Estelle ist im Augenblick May. In einem Weilchen, einem Monat oder so, hört Estelle auf, May zu sein, und Carly, die Brünette, die wird dann May. Und dann wird es Mildred. ›May Walked Out‹ – so hieß der Diner früher.«

Sie lachte. »Wieso hat man ihn dann in ›Long Gone‹ umbenannt?«

»Laut Carly haben die Leute auf der Durchfahrt nicht kapiert, dass es ein Speiselokal war, trotz der großen Kuchenschilder im Fenster. Das hat sie verwirrt.«

»Norman, wieso ist ein Name verwirrender als der andere? Und überhaupt, wie viele Leute kommen schon nach Kingdom?«

»Ha, du würdest dich wundern.«

May war herübergekommen und stand mit ihrem Bestellblöckchen und einem Lächeln erwartungsvoll vor Andi. »Na, Liebes, was darf's denn sein?«

»Ich weiß nicht. Vielleicht ein gegrilltes Käsesandwich mit Fritten und Kohlsalat?« Während die Kellnerin es notierte, sagte Andi: »Heißen Sie denn wirklich Estelle?«

»Estelle? Nein, May. Mir gehört der Diner. Zusammen mit meinem nichtsnutzigen Schwiegersohn. Wieso?«

Andi sah Norman an. Der meinte: »Erwarte nicht, dass sie es zugibt. Es ist ein großes Geheimnis, so eine Art Freimaurertum.«

May hatte eine Hand fest in die Hüfte gestemmt. »Norman Black, was hast du ihr da wieder verzapft?« Sie wandte sich an Andi. »Glaub ihm kein Wort. Der hält die ganze Welt für erfunden. Ich bring dir dein gegrilltes Käsesandwich.« Als sie ging, erntete Norman verächtliches Schniefen und einen bösen Blick.

»Das hast du dir ausgedacht, stimmt's?«

Er wischte ein paar Krümel vom Tresen. »Nein, hab ich nicht.«

»Wieso sollte sie lügen? Und wie kommt es, dass du es weißt, wenn es doch so geheim ist?«

»Hat mir Carly erzählt. Carly und ich hatten nämlich paar Monate lang ein Techtelmechtel.«

»Ein *Techtelmechtel*? Das ist ja wohl ein Witz!«

»Du glaubst nicht, dass eine gutaussehende Frau sich mit mir abgeben würde?«

»Doch, schon. Ich lache bloß, dass so ein Wort in Kingdom benutzt wird. Carly hat dir also das mit May's Long Gone erzählt?«

»Ganz recht.«

»Norman, jetzt ziehst du mich aber gewaltig auf.« Sie hielt das Taschenbuch in die Höhe, das sie vorhin gekauft hatte. »Das Cover hat so eine einsame Stimmung. Die verblassten Farben, die karge Landschaft – sieht traurig aus.«

Norman nahm ihr das Buch aus der Hand. »Ist es auch irgendwie. Die Geschichte ist traurig – ja, kann man schon sagen. Wenn ich mir's recht überlege, sind vielleicht die meisten davon traurig.« Er blätterte die ersten paar Seiten durch und schaute dann auf seine Titelliste. »Bisher ist es mir noch gar nicht aufgefallen«, sagte er, »aber ich kann mich bei keiner an ein glückliches Ende erinnern. Die Leute wollen ein Happyend.«

»Das ist an sich schon ganz schön traurig.«

»Vielleicht hab ich mein emotionales Kapital aufgebraucht. Vielleicht kann ich mir gar kein Happyend mehr ausdenken.«

»Emotionales Kapital?«

»Du weißt schon. F. Scott Fitzgeralds Vorstellung, dass wir mit einem gewissen Quantum an emotionalem Kapital anfangen, dann davon zehren, manche zu viel, manche zu früh, und wenn es weg ist, ist es weg. *Pfffft* und bye-bye.«

»Seltsam. Glaubst du da dran?«

»Nein.«

Andi lachte.

»Sind dir die Baileys in letzter Zeit über den Weg gelaufen?«

»Seit sie mich letzten Monat mit einem Besuch beehrt haben, nicht mehr.«

»Wie lässt sich die einstweilige Verfügung an?«

»So weit okay. Ich hab dir aber gar nicht die ganze Geschichte erzählt.« Andi blickte um sich, ob jemand in Hörweite war, sah aber keinen. »Über den Mann im Truck?«

»Der hingefallen ist und sich den Kopf aufgeschlagen hat?«

»Ganz genau. So war's aber gar nicht.«

»Komisch, aber das hab ich auch nie angenommen.«

»Wir sind also zurück zum Haus – Dakota und ich –, und ich hab die Polizei angerufen. Ich hatte ihn so hingeschoben, dass er mit dem Kopf näher an einem Stein war, also das war die Geschichte von dem Unfall, die ich den Troopers erzählt hab, als sie kamen. Dass er hingefallen sei und sich wohl den Kopf aufgeschlagen habe. Auf keinen Fall wollte ich der Polizei sagen, was wirklich passiert war, denn dann würden sie womöglich behaupten, Dakota sei gefährlich und müsste eingeschläfert werden. Und... Norman, das bleibt aber jetzt unbedingt unter uns, okay?«

»Absolut.« Er kicherte. »Du solltest dich als Leibwächterin verdingen.«

Sie lachte. »Keine Chance.«

»Das Pferd muss dich ja wirklich mögen.«

»Der scheint nicht so furchtbar scharf drauf zu sein, dass ich ihn reite. Glaubst du, Tiere und Menschen können miteinander kommunizieren?«

»Aber ja doch. Das spielt sich auf einer völlig anderen Ebene ab, dabei geht es nicht um Wörter, jedenfalls nicht um die Wörter, wie wir sie kennen.«

Als Norman ihr von seinen Zigaretten anbot, war sie versucht, eine zu nehmen. Verwundert über sich selbst lehnte sie kopfschüttelnd ab.

»Wie geht's auf der Arbeit?«

Mit gedämpfter Stimme erzählte Andi ihm von dem Schwein. »Das ist jetzt aber streng vertraulich.«

»Das gilt doch für alles, was du mir sagst. Mir kommt nichts über die Lippen. Ich frage mich, was Harry McKibbon sagen würde oder welche Strafe das Gericht bei einem Gesetzesverstoß in Sachen Schwein verhängen würde. In Anbetracht der Tatsache, dass du es bloß mitgenommen hast, um ihm zu helfen, und nicht zur persönlichen Bereicherung. Haben sie dir das bei Klavan's denn abgenommen?«

»Ich glaube, die meisten haben gar nichts davon erfahren. Wieso sollten sie sich auch drum scheren? Was ist schon ein Schwein unter Tausenden?« Andi lugte in das Käsesandwich, das May ihr hingestellt hatte, um zu sehen, ob Pickle Relish drin war. Ja. Sie biss hinein. Nachdem sie eine Weile gekaut hatte, sagte sie: »Dann ist ja da auch noch Jake.«

»Wer ist Jake?«

»Einer von den Geschäftsführern.«

Norman vollführte eine ausladende Bewegung mit einem Streichholz, das er an seine Zigarette gehalten hatte, und blies einen Rauchkringel. »Muss schwer für dich sein, dort zu arbeiten. Weißt du was, vielleicht solltest du damit was machen – Tiermedizin studieren. Du wärst bestimmt eine gute Tierärztin.«

»Und wo genau sollte ich das studieren?«

Er zuckte die Achseln. »Na, zum Beispiel an einer staatlichen Uni.«

»Norman, klingt das denn realistisch? Selbst wenn ich begabt wäre, wie sollte ich denn das Geld dafür aufbringen?«

»Wie wär's mit einem Stipendium?«

»Das würde bedeuten, ich müsste irgendeinen Nachweis erbringen, wie ich auf der Highschool abgeschnitten habe.«

»Na und? Den kannst du dir doch ganz einfach besorgen. Dein Dad könnte den doch bestimmt für dich beschaffen.«

»*Dein Dad könnte*...« Seltsam, so einen Satz von einem anderen zu hören, gesprochen in der klaren Annahme, dass doch wohl jeder einen Dad hatte, selbst wenn er nur in der Erinnerung existierte. Egal, ob man noch mit ihm redete oder sich auseinandergelebt hatte oder einander selten traf. Vielleicht war er Handelsvertreter oder Journalist oder Forschungsreisender. Oder so etwas Prosaisches und Unscheinbares wie Buchhalter oder Lehrer. Sie lächelte: Wie schlicht – der Gedanke gefiel ihr.

Selbst wenn er ihr nicht zu Hilfe geeilt wäre, als sie vom Fahr-rad fiel, oder nicht zum Festakt ihrer Grundschule gekommen wäre oder dem Theaterstück, in dem sie an der Highschool eine Hauptrolle gespielt hatte – ja, selbst wenn er ihre Abschlussfeier verpasst hätte. Selbst wenn er sie ganz erbärmlich und auf jede erdenkliche Art im Stich gelassen hätte, selbst dann könnte sie ihn anrufen. »*Dad, ich brauch meine Highschool-Zeugnisse.*«

Selbst wenn sie ihm nicht schreiben konnte, weil seine alte Adresse nicht mehr gültig war, selbst wenn sie ihn nicht anrufen konnte, weil er sie verlassen hatte, selbst dann hätte sie wenigs-tens Kenntnis davon und wüsste nicht nur, was sie jetzt wusste, nämlich gar nichts. Sie könnte ihm sogar alles verzeihen, wenn sie nur wüsste, dass es irgendjemanden irgendwo zum Verzei-hen gab.

»Vielleicht treibt dich ja auch was ganz anderes, weiter dort zu arbeiten. Vielleicht denkst du ja dran, den Laden abzufackeln?«

»Wenn ich das täte, würden sie doch alle verbrennen.«

»Jake zum Beispiel?«

»Nein. Die Schweine.« Oscar zum Beispiel.

24. KAPITEL

Andi konnte sich nicht erinnern, wann sie sich zum letzten Mal etwas Neues zum Anziehen gekauft hatte. Sie schaute in der Unique Boutique vorbei, wo sie die einzige Kundin war. Die Eigentümerin war vermutlich hinten in der durch einen Vorhang abgetrennten Nische.

Die Sachen waren nett, wenn auch ein wenig unmodern. Sie probierte eine Jeansjacke an, einen roten Wollmantel (den sie etwas zu auffällig fand), dann eine graue Steppweste und eine in Hellblau.

Sie hatte sich gerade für die blaue Weste entschieden, als eine Frau im Blumenkleid (altmodisch, wie die anderen auf dem Ständer) hinter dem Vorhang hervortrat, sich entschuldigte und fragte, ob sie was gefunden habe. Die Frau war im mittleren Alter, mit zarter, üppig gepuderter Haut wie früher, als Frauen noch losen Puder und Rouge benutzten. Andi überlegte, wie sie darauf kam, denn für sie war »früher« doch eine sinnleere Vorstellung.

Auf ihrem geblümten Kleid trug die Besitzerin eine große altmodische Silberbrosche, auf der eine Katze, ein Hund und ein Schwein den Mond über einem kleinen See betrachteten. Das Stück war aufwendig gearbeitet und erzählte dem, der sich Zeit dafür nahm, eine kleine Geschichte. Das Geschäft hatte auch einen Schaukasten mit Modeschmuck, und Andi fragte sich, ob diese Brosche wohl einmal darin gelegen hatte.

»Die nehme ich.« Andi reichte ihr die Weste und sagte: »Mir gefällt die Anstecknadel, die Sie da tragen.«

Die Frau verdrehte das Kinn und schaute hinunter, als hätte sie vergessen, wie sie aussah, und sagte dann: »Ja, ist die nicht süß? Die hat mir mein Mann von einer seiner Reisen mitgebracht.«

Andi gefiel die Vorstellung, dass seine Reise den Ehemann an diesen See oder diese Bucht geführt hatte, wo er Katze, Hund und Schwein in natura gefunden hatte. Sie hätte noch den ganzen Abend dastehen und über diese Reise und andere, die sie sich für ihn ausdenken würde, herumfantasieren können.

»Das wären dann dreiundvierzig Dollar fünfzig, bitte.«

Andi gab ihr zwei Zwanziger und einen Fünfer, nahm dankend ihr Wechselgeld in Empfang und verabschiedete sich.

»Tut mir leid, Schätzchen«, sagte Alma, die Frau in der Taxizentrale von Kingdom Kabs, »aber Bub hat grade eine lange Fahrt nach Beulah rüber, und Ernie ist krankgemeldet.«

Von Ernie, ob nun krank oder gesund, hörte Andi zum ersten Mal. »Wie lang wird er denn brauchen?«

»Ach, bestimmt noch ein paar Stunden.«

Andi überlegte. Es war Samstagabend, und morgen musste sie nicht zu Klavan's. »Weißt du was, ich glaub, ich übernachte heute einfach bei Mrs. Englehart drüben.«

»Na, das ist doch eine prima Idee. Dann kann Bub dich gleich als Erstes morgen früh nach Hause fahren. Ich werd's ihm sagen.«

Andi lächelte. Hier wusste anscheinend jeder Bescheid, was sie vorhatte oder vorhaben sollte. »Gut. Kann ich das Telefon benutzen, um Mrs. Englehart anzurufen?«

Ihr altes Zimmer sei verfügbar, beschied Mrs. Englehart ihr mit Nachdruck.

Andi gefiel die Vorstellung, dass sie es als ihr altes Zimmer bezeichnete. »Bloß die eine Nacht, Mrs. Englehart. Ich hab beschlossen, in der Stadt zu bleiben.«

Nun lag Andi auf dem noch gemachten Bett, auf der bauschigen weißen Decke, die Hände hinter dem Kopf verschränkt, und dachte an die dreiundvierzig Dollar fünfzig, die sie ausgegeben hatte. Und dann an Fitzgeralds Begriff von emotionalem Kapital.

Wenn das emotionale Kapital verbraucht war, konnte das für die betreffende Person genauso gut wie schlecht sein. Wenn Gefühle verschwunden waren, waren sie verschwunden, die guten wie die schlechten, die glücklichen wie die traurigen.

Sie würde sich nicht mehr darum scheren, ihren Vater zu finden, auch nicht um am Zaun verlassene Esel oder um kranke Schweine, auch nicht um Oscar oder um die Wildpferde. Oder darum, dass sie damals in Salmon so viele Schüsse auf einen Mann abgegeben hatte, dass der sich direkt vor ihren Augen quasi aufzulösen schien, in der Luft ein zarter Dunst aus Blut. Nein, und um Gefühle würde sie sich auch nicht mehr scheren.

Als es an ihrer Tür klopfte, richtete sie sich auf.

»Andi?« Mrs. Englehart machte die Tür einen Spalt auf.

»Ja?«

»Entschuldige, ich hoffe, ich hab dich nicht geweckt. Ach, du bist ja noch angezogen. Sheriff McKibbon hat angerufen und nach dir verlangt. Und ob du mal kurz auf die Wache rüberkommen könntest.«

»Oh, okay. Woher wusste er denn, dass ich hier bin?«

»Er sei vorhin vorbeigefahren und hätte dich reinkommen sehen, sagt er.«

»Hat er nicht gesagt, weshalb er mich sprechen will?« Es könnte wegen der einstweiligen Verfügung sein, aber das glaubte sie nicht. Sie zog einen Schuh an und tastete mit dem Fuß unter dem Bett nach dem anderen.

»Nein, Liebes, hat er nicht.« Die Tür ging zu.

Bevor sie ihr Zimmer verließ, musterte sie Gesicht und Haar im Spiegel, trug Lippenstift auf Ersteres auf, strich Letzteres glatt und ging die Treppe hinunter.

»Sheriff?«

Harry McKibbon blickte von seinen Papieren auf, deutete ein Lächeln an, versuchte jedoch ernst zu bleiben. »Andi. Komm herein. Mach aber die Tür zu, ja?«

Lautlos tat sie es. Sie sah, dass er seine dunklen Ray-Bans nicht aufhatte und war beeindruckt vom intensiven Blau seiner Augen. Sie wartete.

Mit einem Kopfnicken deutete er auf einen Stuhl auf der anderen Seite seines stählernen Schreibtischs. »Warum setzt du dich nicht?«

Obwohl sie sich einige Gründe denken konnte, nahm sie Platz, wenn auch möglichst nicht auf der Stuhlkante. Zur Bequemlichkeit war der Stuhl nicht gedacht.

Er war gerade dabei gewesen, ein Formular auszufüllen, das er nun in sein Postausgangsfach warf. »Ich habe eine Beschwerde bekommen von Klavan's, wegen eines vermissten Schweins, von dem sie behaupten, du wärst letzthin abends damit weggefahren. Auch hättest du dafür ohne Befugnis eins ihrer Fahrzeuge benutzt.«

Sie seufzte. »Es geht doch wohl nicht um den blöden Van.« Genau das hatte er aber doch soeben gesagt. Sie schlang die Arme um sich, als hätte man sie in eine Zwangsjacke gesteckt, das Opfer von anderer Leute Dummheit. »Erzählen Sie mir jetzt bloß nicht, dass die sich da wirklich einen Kopf drum machen.«

»Um das Schwein? Vermutlich nicht, da hast du recht. Wegen *dir* regen die sich so auf. Na, jedenfalls behauptet Ben Klavan, du hättest gesagt, das Schwein sei unterwegs gestorben, als du mit dem Van zur Sweetland-Farm gefahren bist.«

»Ja. Ich wusste nicht, was ich tun sollte. Ich konnte das Schwein nicht aus dem Van kriegen, weil es zu schwer war, also bin ich nach Hause zu Jim gefahren und …« Sie verstummte.

»Weiter.«

»Und hab es begraben.«

»*Du* hast es begraben?«

Sie nickte.

»Aber wie hast du es denn aus dem Van gekriegt?«

Wie dämlich war sie eigentlich? Hatte sie nicht soeben behauptet, das Schwein sei zu schwer? Sie wollte aber Jim und Tom nicht mit hineinziehen. Jetzt hatte sie alles vermasselt. »Ähm,

179

das Schwein war gar nicht so schwer, wie ich dachte. Ich hab es … einfach rausgewälzt.«

»Hmm, hmmm. In ein offenes Grab. Schau mal, ich komme gerade von Jim, wo ich mir seinen Viehbestand mal angesehen habe. Also, soweit ich mich erinnere, hat Jim schon seit Jahren diese beiden Schweine. Bloß dass dort jetzt drei Schweine sind, von denen eins aussieht, als wäre es kürzlich operiert worden. Vielleicht um einen Tumor zu entfernen oder so was in der Art.«

Andi kaute verlegen auf ihrer Unterlippe herum. »Was hat Jim gesagt?«

»Gar nichts. Ihn habe ich gar nicht drauf angesprochen. Ich dachte, ich frage zunächst mal dich.«

Obwohl er sie nun womöglich ins Gefängnis werfen würde, konnte sie nicht umhin, ihn zu mögen. Jetzt umso mehr, weil er Jim aus der Sache raushalten wollte, was eigentlich sie hätte tun sollen und nicht getan hatte. »Lässt sich das Schwein denn identifizieren? Hat es irgendwas an sich, woran sich feststellen lässt, wo es herkommt?«

»Nein. Einen Führerschein hat es nicht. Jedenfalls nicht bei sich.«

»Dann glauben Sie also, dass das Schwein, das ich im Van hatte, in Wirklichkeit gar nicht gestorben ist?«

Harry hatte einen Fuß über das andere Knie gezogen und rieb sich nachdenklich den Knöchel. »So ungefähr, ja. Dass es in Wirklichkeit gar nicht gestorben ist. Dass es vielleicht irgendwie tot ausgesehen hat oder so tat, als wäre es tot. Ohne, nun ja, wirklich tot zu sein.«

»Sie glauben also, ich hätte das Schwein gestohlen und wäre mit dem Van zu Jim abgehauen?«

»So ungefähr, ja.«

Andi musterte ihn und versuchte dabei, eine Unerbittlichkeit an den Tag zu legen, die sie nicht verspürte. »Das müssen Sie ja dann wohl auch glauben, weil ich es nie fertigbrächte, Sie umzustimmen, nachdem Sie ja denken, die alte Sau ist der lebende Beweis dafür, dass Sie recht haben.« Sie rutschte noch mehr an die

Stuhlkante vor. »Aber kommen Sie sich denn gar nicht lächerlich vor, wegen einem Schwein zu ermitteln, wo die Bailey-Brüder immer noch frei rumlaufen. Immerhin haben die mich auf der Straße fast tätlich angegriffen, sind dann bei Jared eingebrochen und haben Sam einfach irgendwo ausgesetzt. Und *dann* waren sie auch noch bei Jim im Stall, um Sam zu klauen oder ihm was anzutun. Womöglich wollten die ihn sogar umbringen! Oder hat das Schicksal dieses Schweins Sie alles andere vergessen lassen?«

»Nein. Dafür wirst aber wahrscheinlich schon du noch sorgen, mit all den unerklärlichen Eseln und Schweinen. Bald werden die Farmer hier in der Gegend ihre Kühe und Schweine noch bei sich im Wohnzimmer unterbringen. Du behauptest also, das Schwein bei Jim stammt gar nicht von Klavan's.«

»Nein. Ich sag gar nichts, bis ich mir einen Anwalt besorgt hab. Sie könnten aber natürlich Ihre Leute von der Spurensicherung zu Jims Schweinekoben rüberschicken und sehen, was die zutage fördern. Dafür brauchen Sie aber einen Durchsuchungsbefehl. Und den Richter möchte ich sehen, der das Sammeln von Schweinemist zur Beweisfindung bewilligt.«

Harry konnte sich ein Lächeln kaum verkneifen. Er stand auf und sagte: »Okay, ich denke, das ist vorerst alles.«

Andi war ebenfalls aufgestanden. »Tut mir leid, dass Sie Ihre Zeit damit verplempern müssen, Sheriff.«

Die Hände in die Hüften gestemmt, eine Hand über dem ledernen Pistolenhalfter, meinte er: »Wieso hörst du dort nicht einfach auf?« Die Frage schien ihn zu beschäftigen, während er mit offenbar ehrlich empfundenem Mitleid auf sie hinunterblickte. »Mit deiner Einstellung? Wie hältst du das bloß aus? Ich versteh einfach nicht, wie du das aushältst.«

Vielleicht lag es daran, dass sie *durchaus* dort aufhören könnte. Es stand ihr frei, zu bleiben oder zu gehen. Sie steckte ja nicht mit dem Fuß zwischen den Bodenplanken fest. Es stand ihr frei, diesen Ort des Elends zu verlassen, sich umzudrehen und wegzugehen. *Uns allen stand es frei.*

Sie drängten sich in ihren Kopf, so wie sie sich in ihren Kisten und Pferchen drängten, sich zu Hunderten gegen die Gitterstäbe pressten und sie aus todgeweihten Augen ansahen. Warum waren sie gezwungen, in einer anderen Welt als der ihren zu leben? Warum landeten sie als Kadaver auf einem Haufen neben einem Güllebecken oder unter dem Messer des Abstechers? Und warum endeten sie als Hackfleisch und Koteletts, unter glatte, glänzende Plastikfolie gepresst, während sie sich einfach davonstehlen konnte?

Sie hob den Blick. »Manche Dinge muss man eben einfach aushalten, Sheriff.«

Er sah sie eine Weile schweigend an, nickte dann und hielt ihr die Tür auf. Keine Frage, keine Einwände, bloß ein Blick und ein Nicken.

Fast wünschte sie, er würde sie noch einmal hereinrufen.

Zurück in der Pension, klopfte sie sich gerade den Schmutz von den Schuhen, als Mrs. Englehart im Morgenmantel auf sie zukam. Ihr Haar hing ihr in einem Zopf über den Rücken. »Andi, ich hab ganz vergessen, dir zu sagen, dass jemand nach dir gefragt hat …«

»Sie meinen Alma? Geht's um die Taxifahrt morgen früh?«

»Nein, nein, jemand anderes. Ein Mann. Sagte, er sei ein Freund von dir und ob du da wärst. Ich sagte ihm, du wärst drüben bei der Polizei. Hast du ihn denn nicht auf dem Weg hierher getroffen?«

»Nein«, sagte sie. Sie trat von der Fußmatte, näher zu Mrs. Englehart, und hoffte, ein Wort, ein Detail, irgendein vager Hinweis würde ihr den Fremden in ein deutlicheres Licht rücken – vielleicht war es ja ein alter Bekannter, der sie auf einen Drink ausführen wollte. Dabei hatte sie ja gar keine alten Bekannten. »Was hat er sonst noch gesagt?«

»Nur das. Er sei ein Freund auf der Durchreise und wolle kurz vorbeischauen und hallo sagen.«

»Wie sah er denn aus?«

Mrs. Englehart schien mühsam nach Worten zu suchen, um die magnetische Anziehungskraft des Mannes zu beschreiben, was ihr aber nicht gelang. »Er war höflich, groß, dunkle Augen, dunkles Haar.« Als sie sich dabei den Finger in die Wange bohrte, sah sie aus wie ein Denker in einer alten Karikaturzeichnung.

»Hat er gesagt, ob er wiederkommt?« Bestimmt.

»Nein, bloß so viel: ›Richten Sie ihr aus, ich melde mich wieder.‹«

Andi stand da und atmete flach. »Danke.« Auf der Treppe wandte sie sich um. »Falls er wieder auftauchen sollte, sagen Sie ihm, ich bin noch unterwegs. Ich bin einfach müde.«

Inzwischen war sie mehr als nur müde, sie war völlig ausgelaugt. Und sie hatte Angst.

Noch vollständig angezogen lag sie auf ihrem Bett.

War denn da immer jemand, den man nicht abschütteln konnte? Vielleicht war er ein Freund von Harry Wine, doch bezweifelte sie, dass Harry die Art von Freund hatte, der es auf Vergeltung abgesehen hatte.

Nein, es war jemand, der noch weiter in ihrem Leben zurückreichte. Und in dem Fall hatte es keinen Sinn, sich den Kopf zu zerbrechen, wer er war.

Die Vergangenheit, schwerelos in einem Moment, war imstande, sich schon im nächsten in ein bleiernes Gewicht zu verwandeln. Manchmal malte sie sich aus, sie sei schlicht und einfach vom Himmel gefallen.

Jene Hütte im Sandia-Gebirge, in der sie Zuflucht gesucht hatte. Und dann dieses Gefühl, dass jemand dort gewesen war und etwas gesucht hatte. Harry Wine hatte es von sich behauptet. »*Ich war einmal dort.*« Damals hatte sie es geglaubt, später jedoch Zweifel bekommen. Harry Wine war ein Lügner, und Andi hatte mehr als einmal das Gefühl gehabt, dass jemand während ihrer Abwesenheit in der Hütte gewesen war.

Sie hätte diesen mysteriösen Mann für ein Produkt ihrer überdrehten Fantasie gehalten, wäre er nicht von anderen gesehen worden.

»*Großer Typ, dunkelhaarig, war hier und hat nach dir gefragt.*«
Das hatte Janine beim Tischabräumen im Opal Bar and Grille
gesagt, wo Andi mit ihr die Spätschicht gearbeitet hatte. Es wurde
gewöhnlich Mitternacht, bis sie endlich Feierabend hatten.

Was er denn gewollt hätte und wie er hieß, hatte Andi gefragt.
Und Janine wusste weder auf das eine noch das andere eine Antwort.

»Was hast du ihm gesagt?«

»Ich? Gar nichts hab ich ihm gesagt.«

»Aber hat er gesagt, er kommt wieder?«

Janine schüttelte den Kopf. »Hat er nicht. Wie viele mysteriöse
Männer gibt's denn in deiner Vergangenheit?« Sie lachte.

Andi lächelte, obwohl ihr gar nicht danach zumute war. »Keine.
Aber woher soll ich das wissen? Wo sie doch mysteriös sind?«

In jener Nacht lag sie im Bett und befürchtete, es könnte die
Polizei von Idaho sein – irgendein State Trooper vielleicht. Aber
das war lächerlich – ein Polizist hätte Uniform getragen, und
das hätte Janine erwähnt. Vielleicht ein Ermittler von der Mord-
kommission? Der hätte zwar normale Straßenkleidung getragen, aber hätte er nicht seine Dienstmarke zeigen müssen? Sich
irgendwie ausweisen müssen? Möglich war auch ein Privatdetektiv. Soweit sie wusste, brauchten die sich nicht auszuweisen.

Aber wieso sollte jemand einen Privatdetektiv auf sie ansetzen?

Der Fall hatte damals in den unbedeutenderen Zeitungen
Schlagzeilen gemacht, war bei den größeren, dem *Post Register*
etwa, aber auf die Innenseiten verwiesen worden, obwohl es sich
um ein Gewaltverbrechen gehandelt hatte. In dem Motelzimmer
hatte es ausgesehen, als hätte es Blut geregnet.

Man hätte auch mit einer etwas intensiveren Polizeipräsenz
rechnen können und damit, dass die Ermittler sich etwas ein-
satzfreudiger gezeigt hätten, als dies tatsächlich der Fall gewesen war. Die ganze Sache war irgendwie halbherzig durchgeführt
worden.

Zwischen jenem Ereignis und dem mitternächtlichen Gläseraufräumen im Opal Bar and Grille außerhalb von Idaho Falls lag fast ein Monat. Und keine zwei Wochen später war der Mord an Harry überhaupt nicht mehr in den Nachrichten.

Vier Monate nach Idaho Falls tauchte der Mann in einem recht netten Restaurant in Billing, Montana auf. Wieder geschah das Gleiche, wieder war sie nicht da gewesen – es war ihr freier Tag. Diesmal sprach er mit der Empfangsdame, die Andi später sagte, ein groß gewachsener Mann in Schwarz habe sie sprechen wollen. Kein Name, nichts über sein Anliegen. Auch kein Wort darüber, ob er wiederkommen würde.

Ein paar Monate später war er wieder da, auf der anderen Seite des Staates, in Miles City.

Und nun ließ er sich in North Dakota blicken.

Sie hätte es Stalking nennen können, bloß – wie konnte man jemanden belangen, der alle paar Monate auftaucht, und zwar dann, wenn man gerade die Arbeitsstelle gewechselt hatte? Welche Feinde hatte sie sich gemacht, dass sich dies nun schon anderthalb Jahre hinzog? Es war rätselhafter als die übliche Form von Stalking. Die spielte sich immer wieder am gleichen Ort ab, in derselben Stadt. Dieser Mann jedoch war ihr durch drei Bundesstaaten nachgereist, um sie zu sprechen.

Oder auch nicht. Sie fragte sich, wieso er immer dann auftauchte, wenn sie gerade weg war. Er legte es wohl darauf an, dass sie wusste, dass er da war und sie einholen konnte, ganz egal, wie weit sie sich entfernte.

Erschöpft von dem Gedanken, fiel sie in ihr Kissen zurück.

25. KAPITEL

Am nächsten Morgen ging sie hinüber zum Taxibüro und traf Ernie, der von seiner ominösen Krankheit genesen war und bereit, sie zu chauffieren. Ernie erwies sich als schweigsamer Typ, was ihr sehr recht war.

Als sie zu Hause bei Jim ankamen, beschloss sie, sich von den Sorgen der letzten Nacht dadurch zu befreien, dass sie Dakota auf die Übungsbahn hinausführte, nachdem sie ihm zuerst einen halben Apfel zu naschen gegeben hatte (die andere Hälfte hob sie zu zukünftigen Bestechungszwecken auf).

Sie warf einen Blick zum Haus hinüber und hoffte, dass ihr niemand zusah. Inzwischen sollte sie so etwas Grundlegendes wie die Kunst des Aufsteigens auf ein Pferd eigentlich beherrschen. Doch jedes Mal, wenn sie versuchte, ihren Fuß in den Steigbügel zu stellen und das rechte Bein über den Sattel zu schwingen, machte Dakota schnell einen Schritt vorwärts, und sie rutschte seitlich an ihm herunter.

Nach mehreren fehlgeschlagenen Versuchen gab sie ihm schließlich die zweite Apfelhälfte. Was aber auch nichts half – sie konnte immer noch nicht aufsteigen.

Sie versuchte, ihn so an den Zaun zu stellen, dass der Sattel sich auf gleicher Höhe mit der Oberkante des Zauns befand und sie einfach von der obersten Latte auf den Rücken des Pferdes gleiten konnte. Dieses Manöver probierte sie mehrmals. Dakota stand vollkommen reglos da, bis sie auf den Sattel loshechtete, woraufhin das Pferd vom Zaun wegtrat und sie in der Luft hängen ließ.

Was war bloß los mit diesem Pferd? Er benahm sich, als sei er verhext. Aber da war nichts, was ihn hätte verhexen können.

Jim und Tom waren zu Tom hinübergefahren, und Andi war allein und wusch gerade Salat fürs Essen.

Was sie bewog, erst ans Fenster und dann an die Tür zu treten, war das langsame Nähern eines Fahrzeugs. Sie erkannte den Wagen nicht, es war ein Ford Bronco oder einer von diesen aufgemotzten riesigen Pick-ups.

Ein Mann stieg aus, groß gewachsen, in schwarzen Jeans und Hemd und mit breitkrempigem Hut. Er schlug die Wagentür zu, blieb stehen und blickte umher.

Die Haustür stand offen. Andi stand hinter der Fliegengittertür. Ein Gefühl von Beklommenheit und Angst überkam sie, als sie den Fremden den Weg heraufkommen sah. Männer in schwarzer Kleidung sahen automatisch immer ein wenig einschüchternd aus, was vermutlich der Grund war, weshalb einer wie Lucas Bailey sich so kleidete. Das Adrenalin, das ihren Körper durchströmte, war das gleiche, das ihr schon damals den Magen umgedreht hatte, als die Bailey-Jungs mit ihrem Truck am Straßenrand angehalten hatten. Sie wusste genau, wer dieser Mann war.

Er näherte sich dem Haus in aller Seelenruhe, konnte sie natürlich auf der anderen Seite der Fliegengittertür sehen. Er sah sie, blickte sie einen Moment direkt an. Unter dem breitkrempigen Hut, der seine Stirn beschattete, lächelte er. Es war nur ein Anflug von Lächeln, ein vereinnahmendes Lächeln, das erwidert oder zumindest verstanden werden sollte.

»Madam.« Einen Gruß andeutend tippte er mit Daumen und Zeigefinger an die Hutkrempe. Er wartete ab.

Obwohl es nicht viel helfen würde, hielt sie die Gittertür zwischen ihnen geschlossen. »Wollten Sie was?«

»Bloß eine Auskunft.« Mehr sagte er nicht, als wüsste sie schon Bescheid, was für eine Auskunft er haben wollte.

»Also?« Sie versteifte sich. »Sind Sie vom Weg abgekommen? Haben Sie sich verfahren?«

Sein breites Lächeln machte sein Gesicht nicht freundlicher als das knappe vorhin. »Nein, Madam. Ich suche aber eine, die vom Weg abgekommen ist.«

Vom Weg abgekommen! Was für eine merkwürdige Ausdrucksweise. Es hörte sich fast mythisch an. Biblisch, schicksalsträchtig. Eine vom Wege abgekommene Seele!

Und noch ein Gedanke kam Andi: nämlich dass es besser wäre, abzuhauen. Dieser ungebetene Gedanke kam ihr unwillkürlich. Es war entsetzlich. Sie wartete, die Arme verschränkt, nur durch die klapprige Fliegengittertür von dem Mann getrennt. »Ich weiß überhaupt nichts. Ich habe hier keine Fremden gesehen.«

Beide ignorierten sie die offensichtliche Frage – was er ausgerechnet *hier* zu suchen hatte. Sie könnte verstehen, wenn er zum Sheriff gegangen wäre oder sich in May's Diner gesetzt hätte, um Mildred das Foto zu zeigen oder es vielleicht sogar für Norman und die anderen am Tresen herumzureichen. Oder wenn er an Eulas Gemüsestand Halt gemacht hätte, um sich zu erkundigen. Das alles ergab einen Sinn. Das hier nicht. Er hatte sich die Mühe gemacht, zu Jim rauszufahren, also gab es auch einen ganz bestimmten Grund dafür.

»Ich versteh nicht recht, warum Sie hier sind.«

»Vielleicht weiß zufällig jemand was. Könnte ja sein.«

Sein Blick wanderte von ihrem Gesicht hinter sie, wo er aber wegen des dunklen Hintergrunds nichts sehen konnte. »Ist vielleicht sonst noch jemand da, der mir helfen könnte?«

Jim und Tom waren erst kurz zuvor weggefahren, vor etwa zwanzig Minuten, und sie mochte wetten, dass er schon irgendwo versteckt im Wagen gesessen und gewartet hatte, bis sie weg waren.

Sie schüttelte heftig den Kopf. »Niemand.« Dann merkte sie, wie dumm es war, ihn wissen zu lassen, dass sie allein war. »Sie müssen aber gleich zurück sein.«

Er sah um sich, sein Blick wanderte über die Auffahrt und den Stall und wieder zurück. »Nettes Anwesen habt ihr. Schöne Landschaft. Ließe sich gut leben hier. Eine Meile weiter unten bin ich an einer stattlichen Farm vorbeigekommen. Sah aber aus, als wohne keiner mehr da.«

Dann kramte er etwas aus seiner Brieftasche, das sich als ein verschwommener Schnappschuss herausstellte, den er gegen das Fliegengitter drückte. Er zeigte eine Familie, zumindest glaubte sie, dass es sich um eine Familie handelte. Ein Mann, eine Frau und ein Mädchen. Es war schwer zu sagen, ob das Mädchen einem der beiden ähnlich sah, da sie alle von der Sonne geblendet die Augen zusammengekniffen hatten. Das Mädchen war ungefähr elf oder zwölf, die Eltern wirkten arm und heruntergekommen ebenso wie das Haus hinter ihnen.

»Sie erinnern sich doch.« Es war keine Frage. Jetzt war es anders, jetzt richtete er sich direkt an sie, nicht an irgendjemanden.

Sie schüttelte den Kopf. »Nein.«

Sein Blick wurde schärfer, als wollte er die Erinnerung aus ihr herausschneiden. »Soll das heißen, Sie erinnern sich nicht an Alice?«

Sie sah erneut das Mädchen an und schüttelte den Kopf.

Er stand da, unerbittlich und stumm, eine dunkle geschnitzte Gestalt, reglos, ungerührt.

Sie regte sich ebenfalls nicht.

Nun schob er sich den Hut aus der Stirn, als wollte er sich noch ein Weilchen locker weiterunterhalten. »Ich dachte, Sie würden sich vielleicht erinnern.«

Das war keine Antwort. Sie rieb sich den Unterarm und sagte: »Tut mir leid, aber ich hab jetzt zu tun. Ich wünsch Ihnen viel Glück, dass Sie sie finden. Es muss wirklich traurig sein für Sie.« So viel Mitgefühl konnte sie aufbringen.

Er blies die Backen auf und atmete hörbar aus, als wollte er sagen: »*Schnuff, schnuff, puff, ich blas dein Haus um.*«

Andi spürte, wie es ihr kalt den Rücken herunterlief.

Er zog den Hut wieder ins Gesicht, verbeugte sich knapp zum Abschied und wandte sich zum Gehen. Dann drehte er sich noch einmal um und sagte: »Schwer zu glauben, dass Sie sich nicht erinnern.«

Sie schüttelte den Kopf. Sie wollte seinen Besuch durch kein weiteres Wort verlängern.

Kurz nachdem er weg war, nachdem er sich in seinen Pick-up-

Truck geschwungen, auf dem Rondell gewendet und dabei Kies und Schiefer aufgewirbelt hatte, kamen Jim und Tom angefahren.

»He, Andi.«

»He, Mädchen.«

Sie kamen an die Tür, wo sie immer noch stand. »Hast du nach uns Ausschau gehalten?«

Sie machte ihnen lächelnd die Tür auf, begrüßte sie und ging in die Küche zurück, um den Salat fürs Abendessen vollends fertig zu machen.

»Die gute alte Sau da draußen scheint sich ja einzugewöhnen«, sagte Tom, über seine Schweinerippchen gebeugt.

Andi aß Spaghetti mit Tomatensauce.

»Bei May's hieß es, Klavan sei stocksauer gewesen, weil jemand sich mit seinem Viehzeug aus dem Staub gemacht hat«, sagte Jim.

Andi sah abrupt von ihrem Teller auf. »Woher um alles in der Welt soll der das erfahren haben bei dem Haufen Schweine, die die dort haben? Der lässt sich doch gar nicht in den Ställen blicken.«

Tom sagte: »Ich versteh das auch nicht. Es war eine von den prämierten Zuchtsauen.«

»Prämiert? Prämiert? Hast du den Tumor gesehen, den das arme Ding hatte? Da drüben gibt's nichts Prämiertes. Die werden alle gleich behandelt: nämlich furchtbar.«

»Ganz deiner Meinung. Ich hab nur wiederholt, was Klavan anscheinend gesagt hat.«

Konzentriert rollte Andi die Spaghetti um ihre Gabel. Über das Schwein konnte sie weiter nichts sagen – und über das Schicksal, das ihm bevorstand. Erstaunlich, wie scheinheilig Klavan und all die anderen waren. Dann kehrten ihre Gedanken wieder zu dem schwarzgekleideten Besucher zurück.

»Jemand war hier, während ihr weg wart. Vielleicht seid ihr ihm unterwegs begegnet, fuhr einen schwarzen Ford-Truck?«

Sie schüttelten die Köpfe. Jim fragte: »Was wollte er denn?«

»Er sagte, er sucht ein Mädchen namens Alice. Hörte sich nach seiner Tochter an, soweit ich verstanden habe.« Das stimmt aber doch gar nicht, oder? Auf dem Foto war das Mädchen doch mit Mutter und Vater abgebildet gewesen. »Einer von denen, die alles zu einem Rätsel verklären wollen.« Sie wiederholte das Gespräch in groben Zügen.

»Verdammt merkwürdig«, meinte Jim und fragte dann genau dasselbe wie sie: Wieso war dieser Kerl extra zu Jims Farm rausgefahren?

»Versteh ich nicht«, meinte Tom. »Der wollte irgendwas. Beschreib ihn doch noch mal.«

Andi tat es. Diesmal fiel es ihr schwerer, sein Gebaren darzustellen. »Ihr seid so jemandem bestimmt schon begegnet: Der gibt einem das Gefühl, er hätte noch einen Trick im Ärmel, wüsste mehr, als er rauslässt, auf jeden Fall aber mehr als man selber.«

»Vielleicht sollten wir McKibbon einweihen. Harry kennt hier in der Gegend jeden.«

»Der Mann ist aber gar nicht von hier.«

Sie wollte ihnen sagen, dass dieser Fremde wahrscheinlich ihr auf der Spur war, ihr nachstellte. Doch sie verwarf den Gedanken sofort wieder. Darüber musste sie später, wenn sie allein war, erst einmal selbst in Ruhe nachdenken.

»Ich hab 'nen Brotauflauf gemacht«, sagte sie, »zum Nachtisch.«

»Gut.«

»Toll.«

»Mit Rumsoße.«

»Noch besser«, sagte Tom. »Aber weißt du was?« Er griff ins Büfett hinter sich nach der Flasche Myer's Rum. »Das hier ist die beste Soße, die es gibt. Nur her mit dem Nachtisch.«

Sie lachten.

Später lag sie im Bett, den Unterarm in einer theatralischen Geste über die Stirn geschwungen, und fragte sich, warum ihr Leben so kompliziert und gefährlich sein musste: der schwarzgekleidete Mann, der Esel Sam, das Schwein. Die ständige Gefahr.

War es bloß ihr Bedürfnis nach Abwechslung? Lag ihr denn wirklich am Herzen, was mit der Sau passierte, mit all den Schweinen bei Klavan's? Mit jedem einzelnen? Leicht exaltiert seufzend nahm sie den Arm von der Stirn und setzte sich auf. Die Gegenstände in ihrem Zimmer wurden ihr plötzlich ganz deutlich bewusst: der grüne Papierkorb mit den aufgemalten Hündchen drauf, die Haarbürste, der Kamm und der alte Spiegel auf der Kommode, das schräg einfallende Mondlicht, in dem sie all diese Dinge sehen konnte.

Das Familiengrüppchen mit den niedergeschlagen dreinblickenden Leuten, die vom Licht geblendet in die Kamera starrten, besaß nicht die geringste Ähnlichkeit mit den Oliviers, auch das Haus hinter ihnen sah überhaupt nicht aus wie das der Oliviers, obwohl sie es sich gar nicht in allen Einzelheiten ausgemalt hatte: mit dem Tennisplatz und dem Hund Jules, der dem Federball hinterherjagte (Federn zerfetzten, Federn stoben).

Und dann die Olivier-Kinder, eigentlich nicht direkt Kinder, eher Erwachsene, fünf an der Zahl, manche älter als sie, manche jünger. Swann war der Älteste. Die anderen drei... Marcus und... wie hatte sie bloß ihre Namen vergessen können? Wie leicht sich die Dinge doch verflüchtigten, wenn man sie sich nicht immer wieder ins Gedächtnis rief.

Das Grüppchen sah aus, als würde es am liebsten schnell wieder im Haus verschwinden.

Es war das erste Mal, dass der Mann sich ihr gezeigt hatte. Die anderen paar Male in Idaho Falls und in den Restaurants außerhalb von Billings und dann wieder in Miles City in Montana hatte er bloß nach ihr gefragt. Schwer zu glauben, dass er sie in diesem abgelegenen Kaff leichter gefunden hatte.

Vielleicht irrte sie sich auch. Vielleicht war es nicht derselbe Mann gewesen. Womöglich war alles nur Einbildung.

Sie nahm ihr Taschenbuch mit der Gedichtsammlung vom Nachttischchen neben ihrem Bett. Es war zerfleddert und hatte so viele Eselsohren, dass sie die Stelle erst nicht finden konnte.

Es war ein Gedicht von Wallace Stevens über eine Frau, die bei Kaffee und Orangen saß und über einen Hirsch nachdachte, der durchs Gebirge streifte, über die Beeren, die in der Wildnis reiften, und vor allem über einen Schwarm Tauben, deren Flügel beim Abwärtsflug »vieldeutige Wellenbögen« vollführten.

Aber warum »vieldeutig«? Weil man ihre Richtung nicht genau erkennen konnte? Warum?

Die Zeilen waren so perfekt, dass es wehtat. Das hat Schönheit an sich: Sie tut weh.

Denn sie wollte etwas, was sie nicht haben konnte. Sie wollte den Hirsch und den Flug der Vögel. Sie wollte nicht die konkreten Gegenstände selbst, sondern das, was sich hinter ihnen verbarg.

Wenigstens war es ihr durch dieses Nachdenken über Poesie gelungen, den Fremden für ein paar Minuten zu vergessen.

Morgen nach Feierabend würde sie Sheriff McKibbon noch einmal einen Besuch abstatten.

26. KAPITEL

Sie traf sich mit Jake auf dem Gehweg zu Baracke drei, als er gerade mit Papieren in der Hand aus dem Büro kam.

Andi glaubte, nun wäre für Jake die perfekte Gelegenheit, den Schweinediebstahl anzusprechen, doch er blieb bloß stehen, schaute zum Himmel hoch und bemerkte, wie leuchtend blau der doch sei.

Andi hob ebenfalls den Blick. »Wo gehst du hin?«

»Das da muss ich Vernon geben. Wegen dem Transport.«

»Zum Schlachthof.«

»Ja. Und?«

»Versetzt du dich eigentlich je in ihre Lage?«

Er hob den Blick erneut zum Himmel. »Nein, keine Chance.« Er musterte sie wieder. »Du aber vermutlich schon, sonst würdest du ja nicht fragen.«

Sie zuckte die Achseln. »Manchmal.«

»Warum?«

Mit der Frage hatte sie nicht gerechnet.

»Na ja, wenn ich geschlachtet werden soll, wäre es vielleicht leichter, wenn jemand versuchen würde, meine Gefühle nachzuempfinden.«

Jake kaute seinen Kaugummi und dachte nach. »Wir sind aber keine Schweine, Andi.«

Müssen wir auch nicht sein, wollte sie sagen, schaute ihm dann aber bloß nach, während er sich entfernte.

Vernon war gerade dabei, mit dem Schlauch den Mist wegzuspritzen. Auch alles Wasser dieser Welt, dachte Andi, könnte diesen Geruch nicht wegwaschen. In der Hand hielt er die Papiere, die Jake ihm gebracht hatte.

Vernon kaute seinen Lieblingstabak und spuckte das braune Zeug im hohen Bogen über die Gitterstäbe. Das konnte er ziemlich gut – wenn das etwas war, worauf man stolz sein konnte. Der Priem war dunkelbraun, fast so schwarz wie seine Augen.

»Soll ich das für dich machen?«, bot sie an.

Vernon drehte sich überrascht um. »Hey, Kleine. Ja, gern, wenn's dir nichts ausmacht. Ich brauch einen Kaffee.« Er übergab ihr den Schlauch. In der Hand die Thermoskanne, stand er da und überflog die Papiere. »Scheiße!«

»Was ist denn?«

»Passt mir gar nicht, für was die mich da eingeteilt haben«, meinte er schulterzuckend. »Zweimal hintereinander sollten die mich ja nicht für einen Transport einsetzen. Der da geht immer als Letzter raus.«

»Redest du von dem Schlachthof?«

»Ja.« Er spuckte, ohne sich diesmal um kunstvolle Ausführung zu bemühen.

Andi schluckte. Ihr war, als hätte sie einen Kloß im Hals. »Äh, vielleicht könnte ich das für dich machen. An deiner Stelle mitfahren, mein ich.«

Darüber staunte Vernon nicht schlecht. »Du?«

Sie tat es lässig ab, als wäre ein Schweinetransport etwas ganz Alltägliches für sie. »Wieso nicht, es gibt doch zwei Fahrer, oder? Ich wäre doch nicht der Hauptfahrer, oder?«

»Danke für dein Angebot, aber weißt du, mit dem Fahren ist es nicht getan. Warst du schon mal dabei, wenn man Schweine zum Schlachten abgeliefert hat? Oder hast in einer Schlachtfabrik gearbeitet? Das möchte ich doch sehr bezweifeln.«

»Ist das denn so schwer?«

»Nein. Aber ganz schön fiese Arbeit.«

»Was heißt fies?« Hatte sie in dem guten Vernon etwa noch so eine mitleidsvolle Seele vor sich? »Fies« daran war aber wahrscheinlich nur, dass es für Vernon unangenehm war.

»Na, weil ich draußen vor der Rutsche stehen und die Mist-viecher mit Gewalt reintreiben muss. Die wollen sich nämlich nicht rühren.«

»Weil sie wissen, was ihnen blüht.«

Vernon wollte gerade etwas darauf erwidern, als auf seinem Handy irgendeine dämliche Melodie plärrte. Er meldete sich. »Ja, okay. Ich sag doch, okay! Reg dich ab.« Dann wandte er sich um und ging ohne einen weiteren Kommentar über das »Fiese« an diesem Job davon.

Als sie den Hauptstall betrat, regte sich das übliche geschäftige Durcheinander: Alle Tiere stürzten sich an die Gitterstäbe, auch wenn eigentlich nicht genug Platz für solche Manöver war. Sich in die Gehege zu begeben war nicht gestattet. Das würde nur Unruhe stiften, hieß es, was auch immer damit gemeint war. Es sei gefährlich.

»*Die Versicherung kostet mich einen Haufen Geld*«, hatte sie Klavan sagen hören. Also, das war echt fies. Klavan war ein fieser Kerl, und er war ein Geizkragen.

Sie hatte den übrig gebliebenen Brotauflauf und das restliche Weizenbrot mitgebracht. Nachdem sie das Gatter geöffnet hatte und hineingegangen war, wurde sie sofort umringt. In aller Seelenruhe begann sie, Brotstücke abzubrechen und auszuteilen. Womöglich würden die Schweine sie zu Tode trampeln, wenn sich alle gleichzeitig auf sie drängten.

Was bot sich ihr für ein Anblick! Sie hatten einander gebissen, hatten sich gegenseitig Ohren und Schwänzchen abgebissen, weil sie so eng zusammengepfercht völlig verrückt spielten. Deswegen und aus Hoffnungslosigkeit. Manche taten so, als würden sie kauen, kauten buchstäblich Luft, weil es sonst nichts zu kauen gab. Andi wusste nicht, wie sie es anstellen sollte, auch zu denen weiter hinten zu gelangen, also bewegte sie sich langsam in die Richtung, und wie Wasser schlossen die Schweine ihre ge-teilten Reihen wieder hinter ihr. Es machte ihr irgendwie Angst, dass sie im Grunde keinen Fluchtweg hatte, falls es plötzlich nötig war. Es war wie beim Schwimmen, wenn man sich zu weit vom Ufer entfernt.

Andi teilte alles aus, was sie hatte, und einige Tiere hatten das Nachsehen. Sie schob sich im Pferch wieder nach vorn und staunte, als sie draußen vor dem Gatter war, dass sie sie nicht zerquetscht hatten.

Noch am selben Nachmittag oder aber in der darauf folgenden Woche würden sie durch diese Tür hinausgetrieben und auf Trucks geladen, so dicht zusammengepfercht, dass sie sich nicht rühren konnten. Am anderen Ende würde sich der Prozess dann umgekehrt wiederholen, bloß dass sich dort am Ende kein Stall befand, sondern eine Art Rutsche, wo ihnen ein Bolzen ins Hirn getrieben würde, um sie bewusstlos zu machen. Sie wusste nicht genau, wie es dann weiterging, und scheute sich davor, es zu erfahren. Sie hatte keine Ahnung, ob Vernon auf ihr Angebot zurückkommen würde. Fast wünschte sie, er würde es nicht tun.

»Verdammt, was treibst du da, Kleine?«

Sie fuhr herum. Es war Regis Watts. Ein Glück, dass er sie nicht im Gehege erwischt hatte, sonst würde sie gleich an Ort und Stelle gefeuert.

»Diese Schweine«, sagte sie und versuchte, einen eifrig beflissenen Ton anzuschlagen, um anzudeuten, dass sie zu dem, was sie tat, durchaus berechtigt war, »die sollen doch zum Schlachten, manche sind aber gar nicht schlachtfähig.«

»Nicht *schlachtfähig*? Wer hat dir denn hier die Oberaufsicht erteilt? Wo zum Teufel steckt Vernon? Der sollte sich mit mir hier draußen treffen.«

Verglichen mit Regis Watts war Vernon fast ein Heiliger. »Dem geht's nicht so besonders. Er meint, er kriegt vielleicht 'ne Grippe. Ich glaub, er ist zum Büro rüber. Wieso? Was wollen Sie denn? Vielleicht kann ich das machen.«

Als Regis auf sie zukam, musste sie sich anstrengen, nicht zurückzuweichen. Nein, sie blieb standhaft und überlegte, ob es im Leben nicht im Grunde nur darum ging: standhaft zu bleiben.

Er stand jetzt dicht vor ihr in selbstherrlicher Pose und mit säuerlichem Lächeln. »Du meinst, aushelfen wie mit der alten Sau letzthin? Also, wenn ich Klavan wäre, ich hätte dich hochkantig rausgeschmissen. Verdammt, dass sich jemand dermaßen in Sachen einmischt, die ihn nichts angehen, hab ich noch nie erlebt.«

Er hatte recht. »Ich wollte die Sau zu Sweetland bringen, so wie Hutch gesagt hat. Eins will ich Ihnen aber sagen: Für die hätte doch keiner mehr Geld gezahlt, mit dem Riensentumor an der Seite. Dass das das Veterinäramt nicht durchgelassen hätte, weiß ich. Nie im Leben.« Nichts dergleichen wusste sie. Die Kontrolleure fraßen Klavan vermutlich aus der Hand. Die waren genauso schlimm wie alle anderen auch.

Regis lachte gekünstelt. »Ah, jetzt bist du also Fleischbeschauerin, was? Wo zum Teufel bist du eigentlich her, Kleine? Du solltest in so einem Laden wie hier gar nicht arbeiten. Du bist schlichtweg zu fein und zu pingelig.«

Sie hätte aber am liebsten laut losgelacht. »Pingelig? Wie kommen Sie denn darauf?« Er wusste wahrscheinlich gar nicht, wieso er dieses Wort gewählt hatte. Damit meinte er wohl, dass sie nicht war wie die anderen und deshalb verdächtig. Andi stellte sich Klavans ehemaliges Schwein im Hof bei Max und Hazel vor und lächelte. Sie steuerte auf die Tür zu.

»Weißt du was? Weißt du was?«, rief Regis ihr hinterher. »Du denkst wohl, du bist hier die Oberheilige, was?«

Über die Schulter gewandt, gab sie zurück: »Kommt drauf an, wer die anderen Heiligen sind.«

Al Cully war auf dem Weg zur Two Dogs Bar und nahm sie im »Schlepper« mit, wie er seinen uralten Pick-up-Truck nannte. Al machte keinen Hehl daraus, dass er ziemlich viel Zeit im Two Dogs und im Plugged Nickel verbrachte.

»Ein Zuhause fernab von zu Hause«, sagte er in frohlockendem Tonfall, der eher zu einem Stelldichein mit einer längst verflossenen Geliebten passte. »Oder vielleicht ganz einfach mein Zuhause, Punkt. Darf ich dich zu einem Drink einladen? Oder wollen die dann deinen Ausweis sehen?« Er schniefte ein Lachen durch die Nase.

»Hast du im Two Dogs schon mal erlebt, dass sie den Ausweis sehen wollen? Ich wette, nein.«

»Was machst du denn so mit deiner freien Zeit? Ich meine, außer dass du die Bailey-Jungs zusammenschießt?«

»Ich weiß gar nicht, wovon du redest.«

»Ah, hör auf. Wir wissen doch, dass du mit deiner Knarre auf die angelegt hast. Dein Fehler war bloß, dass du nicht getroffen hast.« Da war wieder das schniefende Lachen.

»Wo hast du denn das gehört?«

»Im Two Dogs natürlich. Wir wissen alles, was hier abläuft. Manchmal sogar schon, bevor es passiert.«

Andi schüttelte bloß den Kopf. Sie war es leid, abstreiten zu müssen, dass sie auf jemanden geschossen hatte, und konnte sich denken, dass in einer Kleinstadt wie Kingdom schon allein ihr Auftauchen ein großes Ereignis darstellte.

»Und der Alte, Lucas? Den konnte ich noch nie leiden. Fieser alter Dreckskerl. Ein Grund, warum die Jungs so Amok laufen.«

Sie sah die verdorrte Landschaft vorüberziehen, die weite ebene Fläche aus dürstendem Weizen, die sogar in diesem versengten Goldton noch wunderschön war. »Der Boden braucht dringend Regen.«

»Verdammt, der Boden hier braucht immer Regen. Wenn wir mal aufhören würden, drauf rumzureiten, würde es wahrscheinlich regnen.«

Sie erreichten den Stadtrand mit dem Ortsschild, bei dem Andi immer lächeln musste. KINGDOM mit dem hingepinselten Zusatz »Come«. Wieso wischten sie es nicht weg?, fragte sie sich. Vermutlich wollten ein paar alte Bibelschwinger das Wort unbedingt drauflassen.

»Wo soll ich dich absetzen?«

»Ich will zu Sheriff McKibbon, also am besten an der Polizeiwache.« Gleich darauf wünschte sie, sie hätte May's Diner gesagt.

»Was willst du denn beim Sheriff? Ist dir schon wieder was passiert? Meine Güte, Mädchen, seit du da bist, ist in Kingdom in einem Monat mehr passiert als sonst in zehn Jahren!«

»Das fass ich einfach mal« – und nun lächelte sie wieder – »als Kompliment auf.«

»Jawohl, *Madam*, das solltest du auch. Hier ist wirklich inzwischen viel mehr los.«

Cully hielt vor dem Büro des Sheriffs an, und Andi bedankte sich und stieg aus.

27. KAPITEL

Der Hilfssheriff, Leroy Lambreseau, war allein im Büro. Früher hatte Hilfssheriff Lambreseau seinen Namen auf Lamb abgekürzt – Leroy Lamb –, den anderen Teil dann aber wieder angenommen, da er fand, ein so distinguierter französischer Name wirke sich zu seinen Gunsten aus. Das tat nämlich sonst nichts bei ihm.

»Andi. Hast du wieder Ärger?«

»Ich hatte noch nie Ärger, dann hab ich jetzt ja wohl auch keinen. Wo ist Sheriff McKibbon?«

»Drüben in Golden Valley. Die haben einen tollwütigen Hund, der die Leute terrorisiert.«

»Das ist aber schlimm.«

»Na, und ob. Viele Leute halten sich in ihren vier Wänden verschanzt.«

»Ich meine, schlimm für den Hund, nicht für die Leute.«

Leroy tat ihren Einwand mit einer lässigen Handbewegung ab. »Esel, Schweine – demnächst sperren die Leute auch noch ihre Katzen und Hunde weg.«

»Nachdem wir inzwischen sämtliche Berglöwen ausgerottet haben, verstehe ich eigentlich nicht, wieso sie sich Sorgen machen.«

»He, du bist genauso schlimm wie ein Berglöwe.«

Darüber musste sie lächeln und sagte zum zweiten Mal: »Das fass ich mal als Kompliment auf.«

Leroy war aufgestanden und rückte sein Pistolenhalfter zurecht. »War aber nicht so gedacht.« Dann ging er hinaus, gerade als der Wagen des Sheriffs vorfuhr. Die beiden redeten miteinander, wie Andi durch das Sichtfenster in der Tür erkennen konnte.

Als sie sich trennten, kehrte sie zu ihrem Platz an der Wand zurück.

Harry McKibbon trat ein. »Andi.«

Sein Lächeln erschien ihr strahlend hell, weil sie den ganzen Tag sonst keines gesehen hatte. Er hängte seine Jacke über die Rückenlehne seines Stuhls.

»Was ist aus dem Hund geworden, Sheriff?«

Er setzte sich. »Hm, den mussten wir leider erschießen.«

»Sie mussten, soll das ja wohl heißen.«

Er nickte.

Sie sagte: »Wenn es um tollwütige Tiere geht, bleibt einem nicht viel übrig, stimmt's? Fragen Sie sich eigentlich, was in deren Köpfen vorgeht? Die sehen völlig abgedreht aus, nicht? Ich meine, nicht verrückt, sondern so voller Wut. Andrerseits, das arme Gehirn spielt bei denen dann ja wohl tatsächlich verrückt.«

Er seufzte: »Kein Wunder, dass du das Gewicht der Welt auf deinen Schultern trägst. Warst du schon immer so?«

»Vielleicht.« Dann rückte sie damit heraus: »Ein Stalker ist hinter mir her.«

Harry blickte sie erschrocken an. »Was?« Er lehnte sich in seinem alten Drehstuhl zurück. »Dir bleibt auch gar nichts erspart, was? Wer – sag bloß, es ist einer von den Baileys!«

»Nein.«

»Kennst du ihn, diesen Stalker?«

»Wieso sollte ein Stalker einem mitteilen, wer er ist?«

Die Frage schien Harry zu überraschen. »Weil das schon der halbe Spaß dran ist. Du erinnerst dich an Jodie Foster? Hinckley war besessen. Er hat auf den Präsidenten geschossen, um sie zu beeindrucken. Zum Beweis dafür, wie sehr er sie liebte.«

»Na, wenn man Jodie Foster heißt«, sagte sie und schaute auf ihre Hände hinunter, die, gerötet und schwielig, wie sie waren, ganz offensichtlich nicht die von Jodie waren, »dann schenkt einem die Polizei schon die gebührende Aufmerksamkeit.«

»Ich bin die Polizei. Meine Aufmerksamkeit hast du.«

Sie blickte rasch hoch, um zu sehen, ob er sich ein Lachen verkniff, doch er sah todernst aus.

Er bedeutete ihr, näher zu rücken, sich auf den Stuhl neben seinem Schreibtisch zu setzen, statt an der Wand drüben sitzen zu bleiben. Sie kam herüber.

»Sie denken bestimmt, ich denk mir das alles aus.« Gott, musste sich das eigentlich so kindisch anhören? Als zöge sie einen beleidigten Flunsch?

»Wieso sollte ich das denken?«

»Es macht mich einfach so nervös.« Ihre Pulloverärmel waren so weit heruntergezogen, dass sie die Hände verdeckten, deren Röte sie nun zu verbergen suchte.

»Kann ich mir vorstellen. Also, fällt dir denn jemand ein, der so was täte?«

Sie schüttelte den Kopf. »Nein, absolut nicht.«

Der Sheriff zog einen Schreibblock zu sich herüber, nahm einen Kugelschreiber und schrieb etwas auf. Andi bemerkte, dass er Linkshänder war und den Stift in einem ungewöhnlichen Winkel hielt.

»Okay, wann bist du zum ersten Mal in Kontakt – wo ist dir diese Person zum ersten Mal aufgefallen?«

»Es ist eher so, dass mir seine Gegenwart schon länger bewusst ist. Tatsächlich gesehen haben ihn andere Leute.«

Harry runzelte die Stirn. »Wo war das?«

»Ich hab in einem Lokal in Idaho Falls als Bedienung gearbeitet, und eine von den anderen Kellnerinnen sagte mir, ein Mann wäre vorbeigekommen und hätte mich gesucht. Sie sagte ihm, ich wäre in ein paar Stunden zurück und er solle doch wiederkommen, tat er aber nicht.«

»Hat sie ihm gesagt, wo du wohnst?«

»Nein. Sie sagte, es sei ein Fremder gewesen – ihr jedenfalls fremd –, und deshalb hätte sie sich gedacht, ich wollte das nicht.«

»Gut. Wann war das?«

Andi überlegte. »Vor über einem Jahr.«

»Und dann?«

»Das zweite Mal war in Montana, in Billings. Da hab ich in einem Restaurant gearbeitet, genauso, als Kellnerin, bloß war das Trinkgeld da viel besser. Die Frau, die an dem Abend den Empfang machte, sagte mir, ein Mann hätte nach mir gefragt. Und behauptet, er sei ein alter Freund von mir.«

Wieder runzelte Harry besorgt die Stirn. »Hast du damit gerechnet, dass er wiederkommt?«

Sie schluckte. »Irgendwie schon. Nach Idaho beschloss ich, einen anderen Namen anzunehmen, aber das hat nicht viel geholfen.«

»Welchen Namen hast du denn benutzt?«

»Amy Olds. Ich dachte mir, ich behalte die Initialen, nachdem auf meinem Rucksack ja A.O. steht, wissen Sie.« Wegen dieser Initialen war sie anderthalb Jahre lang in der Gegend herumgejagt.

»Und ist er später wiedergekommen?«

»Nein. Aber nach ein paar Monaten hatte ich von der Arbeit in Billings genug und hab ich mich wieder auf den Weg gemacht, zu Fuß und per Anhalter. Dann bekam ich einen Job in Miles City in einem Diner. Wieder das Gleiche. Das ist jetzt sieben oder acht Monate her. Es war das dritte Mal.«

»Und da...«

»Wieder genauso. Und gestern tauchte er dann draußen bei Jim auf.«

Überrascht legte er den Block aus der Hand. »Bei Jim? Willst du damit sagen, er kam einfach an die Haustür...?«

Sie nickte. »Ja.«

»Woher wusstest du, dass es derselbe Mann war?«

»Er passte zu der Beschreibung, und er tat so verdruckst. Sie wissen schon, wie jemand redet, bei dem man merkt, dass er unterschwellig etwas anderes sagen will. Fast wie bei einem Code.«

»Sag mir, was er gesagt hat.« Harry griff wieder nach dem Schreibblock. »Bei Klavan's hat er nicht nach dir gesucht?«

»Wenn ja, dann hat mir niemand was gesagt. Was so viel heißt wie nein. Das sind dort nämlich lauter Klatschbasen.«

Harry lächelte. »Ich weiß. Erzähl weiter.«

Andi wiederholte das Gespräch fast wörtlich. Die Worte hatten sich tief in ihr Bewusstsein eingegraben, seine Worte und auch der Mann selbst.

»Diesmal behauptet er, er sucht nicht – nein, andersrum –, er sucht nach einem Mädchen namens Alice und dachte, du würdest sie kennen? Würdest dich an sie erinnern? Warum?«

»Keine Ahnung.« Andi beugte sich näher zu ihm herüber. »Er war nicht besonders erfreut, als ich ihm sagte, ich könnte mich nicht an sie erinnern und wüsste auch sonst nichts über die Leute auf dem Foto.«

Harry McKibbon legte seinen Stift hin und überlegte einen Augenblick, zurückgelehnt in den Stuhl, der unter seinem Gewicht ächzte. »Das ist ungewöhnlich für einen Stalker. Er verhält sich nicht wie der klassische Stalker, entschuldige den Ausdruck. Es kommt ihm anscheinend nicht so sehr auf dich an als auf die Leute auf dem Foto. Für mich klingt das so, als hätte es dieser Bursche eher drauf angelegt, dich zu ärgern, als dir tatsächlich Schaden zuzufügen. Allerdings weiß ich darüber natürlich nicht sehr viel. Sag mal: Fallen dir irgendwelche Dinge ein, die du sowohl hier als auch an den anderen Orten getan hast? Ähnliche Dinge?«

Andi sah ihn verständnislos an. »Was hab ich denn hier getan?«

»Na, du zeigst doch großes Interesse an Tieren.« Harry rieb sich mit dem Daumennagel über die Augenbraue. »Viele Leute fassen solche Freundlichkeit als Beleidigung auf. Als würdest du zu ihnen sagen, das hättet ihr selbst tun sollen.«

»Das sag ich doch gar nicht.«

»Nein, aber viele Leute bauen da eine Abwehrhaltung auf. So meine ich das. Kann es sein, dass du etwas vollkommen Korrektes getan hast, damit aber jemanden maßlos verärgert hast? Überleg mal.«

Andi erinnerte sich an den bedauernswerten Hund in Idaho Falls, der immer angekettet gewesen war. »Na ja, einmal hab ich wegen einem misshandelten Hund den Tierschutz verständigt. Meinen Sie so was in der Art?«

Er nickte. »Bloß noch schlimmer. Eine misshandelte Person zum Beispiel.«

Für Andi war das nicht schlimmer. Sie schüttelte den Kopf.

Harry lehnte sich in seinen Drehstuhl zurück, den Ellbogen auf der Armlehne, den Kopf in die geballte Faust gestützt.

Sie saß reglos da und dachte, sie könnte natürlich unmöglich erwarten, dass er daraus schlau wurde, wenn sie ihm das Einzige, woran sie sich aus ihrer Vergangenheit erinnerte, nicht verraten wollte. Sie würde es wohl tun müssen, dachte sie, zumindest teilweise. »Da ist doch etwas ... Vor beinahe zwei Jahren war ich in New Mexico. In Santa Fe. Eines Morgens bin ich in einer Frühstückspension aufgewacht und wusste nicht, wie ich da hingeraten war. Überall im Zimmer lagen Männerkleider verstreut, und in einer Jeanstasche steckte Geld. Ich bin mir ziemlich sicher, so wie ich mich fühlte – es tat so weh –, ich wusste, ich war vergewaltigt worden.«

Harry McKibbon ließ sich auf seinem Stuhl vorwärtskrachen. »Mein Gott!«

Andi erzählte ihm den Rest – oder jedenfalls das meiste davon. Den wichtigsten Teil am Ende ließ sie allerdings weg.

»Die Geschichte, die du mir erzählt hast, war also erfunden? Du kannst dich an gar nichts mehr erinnern aus deiner Vergangenheit vor der Frühstückspension in Santa Fe? Hast du ihnen etwas gesagt, den Besitzern?«

»Nein, der Frau hab ich nichts gesagt. Ich hab ein bisschen mit ihr geredet, um was rauszubekommen, aber nachdem ich sie ja nicht direkt fragen konnte ...«

»Warum nicht? Warum bist du nicht zur Polizei gegangen? Es gab doch bestimmt einen Polizeibericht über ein Feuer in einem Bus ...«

»Weil ich nicht einmal mehr meinen Namen wusste. Ich dachte mir, dieser Mann könnte sich aus allem herausreden. Ich wollte ihn nicht anzeigen, ich wollte einfach weg von ihm.«

Harry saß eine Weile schweigend da, dann sagte er: »Glaubst du, dieser Stalker hat etwas damit zu tun? Dass er vielleicht der Mann in der Frühstückspension war?«

»Oder vielleicht ein Freund von ihm.«

Im Blick des Sheriffs war etwas, eine leise Andeutung von Zweifel, die Andi beunruhigte. Das Problem war: Wenn man alles, was in letzter Zeit passiert war, zusammennahm – Sam, der Esel, die Einschüchterungsversuche der Baileys –, dann war das alles schon seltsam genug, auch ohne Gedächtnisverlust, Vergewaltigung und einen Stalker. Und vielleicht war die Art, in der sie es darstellte, zu kontrolliert, um überzeugend zu wirken. Doch nur so konnte sie mit den Dingen fertig werden, ohne völlig zusammenzubrechen.

Oder war sie inzwischen so abgehärtet, dass sie gar nicht mehr viel spürte?

Harry sagte: »Wieso sollte dieser Mann, von dem du behauptest, er hätte dich vergewaltigt ...«

(Der in der Formulierung angedeutete Zweifel entging ihr nicht).

»... dir einen Freund hinterherschicken? Hast du etwas genommen, das er zurückhaben will? Du sagtest, du hast das Geld eingesteckt. Aber wenn er es in der Hosentasche hatte, kann es doch nicht so viel gewesen sein, dass er dich deswegen verfolgt ...«

Sie fiel ihm ins Wort. »Nein. Außer dem Geld hab ich gar nichts genommen. Dreihundert Dollar. Was anderes hab ich nicht genommen.« Außer der Waffe. Das ließ sie wohl besser weg.

Doch Harry ließ sich nicht beirren. »Etwas, von dem du nicht wusstest, dass es für ihn wertvoll war?«

Erneut schüttelte sie den Kopf. »Nein.«

»Wieso ist dir der Kerl denn nicht selber hinterher?«

Sie hielt den Blick unverwandt auf sein Gesicht gerichtet. Weil er tot war. Stattdessen sagte sie: »Es muss jemand sein, der damit nichts zu tun hat. Er hat mich ja vorher schon dreimal ausfindig gemacht. Ich hab das Gefühl, der kann jederzeit an mich ran, wann er will. Falls er vorhat, mich umzubringen, versteh ich nicht, warum er es nicht längst getan hat. Schließlich hatte er ja oft genug Gelegenheit dazu.« Sie glaubte, den Blick des Sheriffs auf sich zu spüren, ohne dass dieser sie jedoch richtig ansah. »Sie meinen, ich bilde mir das alles bloß ein?« Dies sagte sie fast hoffnungsvoll, als würde sie lieber für ein wenig verrückt gehalten als von diesem Mann verfolgt werden.

»Nein, nur wenn du dir einbildest, dass die anderen Frauen ihn sich auch eingebildet haben.« Harry lächelte. »Und das ist unwahrscheinlich.«

»Was soll ich tun? Ich meine, was kann ich tun?«

Sie hatte es nie so recht glauben wollen, wenn in einem Buch die Augen einer Romanfigur beschrieben wurden: wie ausdrucksvoll sie waren, wie sich an ihnen subtile Gemütsschattierungen ablesen ließen. Harry McKibbons Augen waren jedoch von einem so leuchtenden Blau und drückten so viel Mitgefühl aus, dass sie sich fragte, ob dieses Gespräch ihr vielleicht zu viel emotionales Kapital abverlangte. »Ich glaube, ich geh dann jetzt.« Sie machte Anstalten zu gehen, tat es dann aber doch nicht.

»Hör zu, Andi, ich kann hier nur eins machen, nämlich gut Ausschau halten nach diesem Mann, und das werde ich bestimmt tun. Verständige mich bitte, sobald irgendetwas vorfällt. Der legt anscheinend keinen Wert drauf, im Verborgenen zu bleiben. Sein Verhalten folgt keinem der Muster, die ich kenne.« Er nahm Block und Stift zur Hand. »Sag mir doch die Namen der Frauen, die ihn da gesehen haben, wo du gearbeitet hast.«

»Das ist schon so lang her. Eine hieß Janine Westwood – das war im Opal Bar and Grille in Idaho Falls, dann noch Irene Jones in Billings und Esther Mack in Miles City. Und in Billings meine Vermieterin, Mrs. Negley. Die hat ihn auch gesehen.«

Harry notierte sich alles. »Ich fang bei Mrs. Englehart an.«

»Ich glaube, die hat mir alles gesagt, was sie über ihn wusste.«

»Es kann aber sein, dass sie unabsichtlich etwas ausgelassen hat. Normalerweise konzentrieren sich die Leute auf eine Sache, das Gesicht oder die Stimme oder die Kleidung und nehmen anderes nur am Rande wahr. Wieso blinzelst du?«

»Ich versuch, alles zu sehen.«

»Über mich.«

»Hmm, hmm.«

»Ein undankbarer Job.«

»Wie ist das mit Jodie Foster weitergegangen? Ist er aus dem Gefängnis entlassen worden?«

»Nein, der sitzt immer noch.«

»Ich frag mich, ob er es noch mal machen würde.«

»Der wäre verrückt, wenn er es überhaupt nur versuchen würde.«

»Der war doch von Anfang an verrückt.«

Harry war aufgestanden, und Andi erhob sich nun ebenfalls. »Ja, da hast du recht.«

Andi seufzte. »Die wär ich gern.«

»Wer?«

»Jodie Foster.«

»Wegen mir nicht.«

Während sie an dem Sonnenblumenfeld vorüberging, überlegte Andi, was er damit gemeint hatte. Er hätte lieber sie um sich als Jodie Foster! Schwer zu glauben. Er war eben einfach ausnehmend nett.

Sie betrachtete das Feld, auf dem die Baileys Sam einfach stehen gelassen hatten, wie einen armen Schwimmer vom Steg ins Meer gestoßen. Eine hübsche, lustige Szene wäre es gewesen – Sam in den Sonnenblumen! –, hätte ihn nicht der Teufel selbst dort hineingesetzt.

Jared war gerade damit beschäftigt, einem kräftigen Pferd ein Hufeisen zu verpassen. Andi stand in der offenen Tür und rief ihn.

»He, Andi.« Er hielt das Vorderbein des Pferds hoch, während er die Passform des Eisens begutachtete.

Andi gefiel die Art, in der die Szene an ein Schuhgeschäft erinnerte, mit Jared als Schuhverkäufer, der einem Kunden einen schicken Schuh anzog.

»Komm einfach rein, und kümmer dich nicht um den guten Mooney, der scheint sich hier für was ganz besonders Feines zu halten.«

Andi spähte in den abgedunkelten hinteren Teil des Stalls. »Ist das da hinten nicht Nelson?«

»O ja. Den hat Jim vorhin hergebracht.«

»Und … ist er fertig? Kann er abgeholt werden?«

»Hmm, hmm.« Jared nickte, einen Hufnagel im Mund.

»Ich hab noch keine Mitfahrgelegenheit. Da könnte ich doch Nelson nach Hause reiten.«

Jared ließ den Nagel in seine Hand fallen. »Äh, Jim kommt ihn abholen. Ich hab gerade mit ihm gesprochen, kurz bevor du hereinkamst.«

Andi wunderte sich über Jareds beunruhigten Ton. »Wenn ich mal dein Telefon benutzen kann, ruf ich ihn an.«

»Ja, okay, mach nur.«

Den Hörer ans Ohr gepresst schürzte sie die Lippen, während es am anderen Ende läutete. Sie meldete sich und sagte, sie sei gerade bei Jared und ob sie Nelson nach Hause reiten könne. »So weit ist es doch gar nicht.«

Sie drückte sich den Hörer gegen die Jacke. »Er sagt, ich soll dich fragen, ob so eine weite Strecke schlecht für Nelson wäre.«

»Ja. Ja, würd ich schon sagen.« Jared nahm ihr den Hörer aus der Hand. »Ich rate davon ab, Jim.«

Sie beobachtete ihn, während er lauschte. Er sagte mehrmals hmm, hmm, hmm und legte dann auf. »Jim kommt mit dem Boxenwagen und holt Nelson ab. Da kannst du dann ja mitfahren.«

Sie setzte sich auf eine alte Orangenkiste und schaute Jared zu, bis er Mooney fertig beschlagen hatte. »Kennst du dich mit Jockeys aus und ob es da wegen der Körpergröße irgendwelche Beschränkungen gibt?«

Er hob den Blick. »Nehm ich schon an. Jockeys sind immer klein. Hat damit zu tun, wie viel Gewicht so ein Pferd tragen kann.«

»Dann kommt es also auf das Gewicht an, und der einzige Grund, dass Jockeys so klein sind, ist, dass sie, wenn sie größer wären, mehr wiegen würden?«

»Möglich. Wieso? Überlegst du, ob du Jockey werden willst?« Andi nickte. »Momentan wiege ich etwa fünfundfünfzig Kilo.«

»Das sind wahrscheinlich zehn Kilo zu viel.«

»Einige Jockeys haben auch schon um die fünfzig Kilo gewogen.«

Mooney schnaubte (als wollte er seine Meinung kundtun), und Jared rieb ihm beruhigend über den Hals. »Sehr wenige, möchte ich wetten.«

»Das hab ich aus einem von Jims Büchern.«

»Wie groß bist du?« Jared versetzte dem Pferd einen freundschaftlichen Klaps auf die Flanke.

»Eins achtundsechzig.«

»Das sind dreizehn Zentimeter mehr als der durchschnittliche Jockey.«

Andi war genervt. Sie war sich sicher, dass es mit dem Geschlecht zu tun hatte, dass er fand, Frauen sollten sich nicht in diese männliche Domäne begeben. »Aber das meine ich ja gerade! Entscheidend ist nicht die Größe, sondern das Gewicht.«

Jared führte das Pferd in eine Box und meinte über die Schulter gewandt: »Aber wenn du zehn Kilo abnehmen würdest, wärst du doch bloß noch Haut und Knochen. Du kämst ja kaum die Treppe hoch, geschweige denn auf ein Pferd. Du wärst so dünn wie manche von diesen Pariser Models, durch die man ja fast durchgucken kann.«

»Ach, jetzt übertreibst du aber *gewaltig*, Jared.«

»Na, jedenfalls ….« Er kehrte wieder zu seinem Werkzeug zurück.

»Ich würde so gern Dakota reiten auf der Bahn in Fargo.«

»Auf der *Pferderennbahn* in Fargo? Äh, ich will dich da jetzt nicht enttäuschen, aber das ist ungefähr so wahrscheinlich, wie dass dem guten Mooney Flügel wachsen. Hast du überhaupt eine Ahnung, wie viel *Erfahrung* so ein Jockey braucht? Menschenskind, da muss man eine Menge Stunden geritten sein, muss über Jahre alle möglichen Jobs gemacht haben, die mit Rennsport zu tun haben.«

»Aber vielleicht bin ich ja ein Naturtalent«, gab Andi unbeeindruckt zurück.

Jared blieb die Spucke weg. Er starrte sie fassungslos an. »Ein *Naturtalent?* Äh, wie lang reitest du jetzt bei Jim drüben? Doch bestimmt noch nicht länger als sechs oder sieben Wochen.«

Sie fühlte, wie sie rot anlief. »Mann, ich rede doch nicht vom nächsten Rennen! Ich dachte nur, äh… irgendwann mal. Und überhaupt – woher willst du wissen, dass ich *kein* Naturtalent bin? Du hast mich noch nie reiten gesehen.«

»Ich werd dir sagen, worin du ein Naturtalent bist: in Sturheit. Nein, das mein ich jetzt nicht als was Schlechtes. Sagen wir so: In Sachen Zielstrebigkeit bist du ein Naturtalent. Du bist der zielstrebigste Mensch, der mir je begegnet ist. He, du könntest das Pferd wahrscheinlich auf Kurs halten, indem du es einfach bei der Mähne packst und nicht mehr loslässt.« Jared stieß ein raues Lachen aus. Die Vorstellung amüsierte ihn. »Du bist definitiv ein Naturtalent, wenn's drum geht, was auf die Reihe zu kriegen, darin bist du ein Naturtalent.«

Sie hätte sich am liebsten die Ohren zugehalten. Hätte sie das Wort doch nie ausgesprochen! »Ich glaub, ich geh auf einen Kaffee zu May's rüber, bis Jim kommt. Er kann mich ja da abholen. Sagst du ihm das, bitte?«

Jared kämpfte mit dem Lachen. »Mit Vergnügen.« Während sie ging, lachte er immer wieder vor sich hin. Er bekam sogar Schluckauf.

28. KAPITEL

Tom zog die große Platte mit Rippchen herüber und nahm sich ein paar auf den Teller. Andi sah ihm zu. Mit einem Blick auf Andi meinte er: »Du kannst es bestimmt absolut nicht ausstehen, dass wir Steak und Rippchen essen, und doch sagst du nie was.«

Er wirkte bekümmert, fand sie, aber nicht über sie, sondern über seine Gabel, die immer noch in den Rippchen stak, als wäre die schuld und nicht seine Lust auf Fleisch. Sie wollte nicht, dass er so traurig guckte, und lächelte ihn an. »Du hast dich doch dein ganzes Leben so ernährt. Wieso sollte ich was dagegen haben?«

»Es erfordert schon ziemlich viel Nachsicht«, sagte Jim.

Andi schüttelte den Kopf. »Die hab ich aber mit Sicherheit nicht.« Dann fragte sie: »Jim, kannst du mich morgen etwas früher zur Arbeit fahren? Um sieben?«

Jim nickte. »Wieso das?«

»Morgens werden wieder Schweine zum Schlachthof gefahren. In diesen riesigen Trucks. Zweihundertfünfzig Schweine können sie in so ein Ding verfrachten, sagen sie.« Bei dem Gedanken an den Transport fühlte sie sich plötzlich ganz matt.

»Wo bringen sie die hin? Wo ist dieser Schlachthof?«

»In Preston. Nordöstlich von hier.«

Jim schüttelte den Kopf. »Ich brauch einen Kaffee.« Andi wollte schon aufstehen, doch er winkte ab. »Nein, ich hol ihn mir selber.«

»Und wieso musst du so früh dort sein?«, wollte Tom wissen.

»Um sie in die Trucks zu treiben? Das sollten die dich eigentlich nicht machen lassen.«

»Mach ich auch nicht. Einer von den anderen kann nicht mitfahren, und da wollte ich für ihn einspringen.« Sie rechnete nicht damit, dass sie die Bemerkung unkommentiert ließen.

Jim kam von der Küchenanrichte herüber, die Kaffeekanne in der Hand. »Du fährst mit so einem Viehtransporter zum Schlachthof? *Du?* Wieso das denn?«

»Wie gesagt, Vernon ist was dazwischengekommen, der kann nicht.«

»Ah ja, und dir wird gleich wieder was hochkommen, nämlich dieses Abendessen.«

Andi lachte gekünstelt. »Ach, Mann, hör auf. Ich war noch nie in einer Fleischverarbeitungsfabrik.«

»Und ich war noch nie bei einem Ku-Klux-Klan-Treffen im Wald und hab auch nichts verpasst«, versetzte Jim und knallte einen Kaffeebecher vor ihr auf den Tisch, dann die gläserne Kaffeekanne. »Das ist Wahnsinn! Das solltest du bleiben lassen.« Er warf einen Blick zu Tom hinüber, der skeptisch die Stirn runzelte.

Sie trank einen Schluck Kaffee.

»Wer fährt denn den Schlepper?«

»Weiß ich nicht.«

Tom griff nach der Kaffeekanne und schenkte sich ein. »Also, Andi, wenn jemand sich von einem Schlachthof fernhalten sollte, dann du. Bei deiner Einstellung gegenüber Tieren?« Tom blickte ihr direkt ins Gesicht. »Was soll das denn bringen, dass du in dem Laster da mitfährst? Du willst den Kerl doch wohl nicht mit deinen Fahrkünsten bezirzen, hoffe ich? So miserabel, wie du fährst.«

»Ich werd nicht fahren, ist doch klar.«

»Es gibt auf dieser Welt nichts, was du für diese Schweine tun kannst. Du kannst nichts ändern an ihrem Schicksal. Du kannst diese zweihundertfünfzig Schweine doch nicht hochheben und auf irgendeine hübsche grüne Wiese bringen. Du kannst nicht verhindern, dass sie geschlachtet werden.« Er beugte sich näher zu ihr und verstärkte seinen nachdrücklichen Tonfall. »Es geschieht, ob mit dir oder ohne dich. Du machst dich doch bloß unglücklich. Ich war schon in Schlachthäusern. Da willst du nichts damit zu tun haben, glaub mir. Ich möchte bloß wissen, wieso du dir das überhaupt *antust*.«

Andi sah ihn fragend an. »Ich weiß nicht, was du damit meinst.«

»Das klingt ja fast so, als ob du dich wegen irgendwas schuldig fühlst.«

Sie machte sich an dem Saum ihrer Serviette zu schaffen, rieb den Stoff hin und her. Sie fühlte sich wie benommen.

»Und das alles« – Tom deutete mit dem Daumen über die Schulter in die vermeintliche Richtung der Schweinemastanstalt – »ist Wiedergutmachung, Ersatzhandlung.«

Darauf wusste sie nichts zu erwidern. Ihr fiel rein gar nichts ein, außer die vergangenen anderthalb Jahre noch einmal durchzudenken, die ihr als Erinnerung zur Verfügung standen, auf der Suche nach einem Hinweis, der sie von dem Gedanken rettete, das alles sei die Strafe für Harry Wine. Da waren die Kojoten, die sie aus Stahlbackenfallen gerettet hatte, die Fuchsfamilie, der halb verhungerte Hund – doch das alles hatte sich zeitlich vor der zweiten Begegnung mit Harry Wine zugetragen.

»Es ist doch so«, schaltete Jim sich ein, »wenn du damit irgendetwas ausrichten willst, mit einer Art Sendungsbewusstsein handelst, dann vergiss es lieber. Das ist hoffnungslos. Da hat Tom völlig recht.« Er breitete die Hände und die Arme aus, wie um die ganze Hoffnungslosigkeit zu unterstreichen. Inzwischen war er aufgestanden, zum Spülbecken gegangen und hatte den Wasserhahn aufgedreht. » Du kannst rein gar nichts tun, was diesen Schweinen noch helfen könnte.« Geistesabwesend ließ er Wasser ins Spülbecken laufen. »Es wird so ablaufen wie immer.« Er deutete hinter sich in Richtung Schweinestall. »Du hast dieses Schwein da gerettet. Schön und gut für das Vieh, aber was richtest du schon aus, wenn du bloß eines rettest?«

»Jedes Tier zählt«, sagte sie und starrte auf die Tischplatte.

Jim runzelte die Stirn. »Ich weiß nicht so recht, was du damit sagen willst. Jedenfalls gehen diese Schweine zum Schlachten, die machen den ganzen Ablauf durch, und eins kannst du mir glauben, wie das abläuft, davon willst du lieber nichts wissen.«

»Ich weiß, dass sie betäubt werden.«

Tom meldete sich zu Wort. »Wenn sie Glück haben.«

Sie warf ihm einen Blick zu, ohne das Thema weiter zu verfolgen. Es tat ihr leid, dass sie überhaupt etwas gesagt hatte.

Jim hatte einen Topf im Spülbecken, den er nun kräftig schrubbte. »Über kurz oder lang behauptest du noch, diese Schweine zu schlachten sei genauso schlimm wie die Vernichtung von sechs Millionen Juden im Krieg.«

»Nein, tu ich nicht.«

Jim schnaubte. »Na, wenigstens etwas.«

»Es ist noch schlimmer.«

Hochrot im Gesicht wandte Jim sich um. Tom wirkte geschockt. »Das ist doch jetzt wohl nicht dein Ernst.«

»Doch. Ich kann dir ein Dutzend Gründe nennen, wieso ich das glaube.«

Beide wandten den Blick ab, ihre Gesichter tiefrot angelaufen. »Das ist jetzt aber genug zu diesem Thema«, sagte Jim.

War es aber offenbar nicht, denn er fuhr fort: »Du musst dich von der Vorstellung freimachen, du wärst persönlich dafür verantwortlich, was mit diesen Schweinen passiert.«

Andi stand auf, ihren Kaffeebecher in der Hand. »Bist du es?«

»Bin ich was?«

»Verantwortlich?«

»Um Himmels willen, natürlich nicht.«

Sie sah Tom an. »Und du?«

Er runzelte die Stirn. »Nein.«

»Na, wenn du nicht verantwortlich bist und du nicht verantwortlich bist und *ich* nicht verantwortlich bin – wer dann?« Sie stand vom Tisch auf. »Gute Nacht.«

Sie lag im Bett und überlegte, warum sie dagegen waren, dass sie mitfuhr, warum das Ganze die beiden so wütend machte. Doch sie wollte sich nicht fragen, warum. Sie fürchtete die Frage mehr als die Antwort. Die Frage trieb einen Keil in ihren Kopf, eine Öffnung, die immer weiter und weiter werden konnte, bis das Warum sie ganz verschlang.

Andi wälzte sich im Bett herum und zog die Decke bis ans Kinn hoch. Weil sie nicht schlafen konnte, machte sie Licht und hob ihren Gedichtband vom Fußboden auf.

»Sonntagmorgen.« Von Wallace Stevens. Unergründlich! Ganz nach ihrem Geschmack: je dichter, je vieldeutiger, desto besser. Sie wollte überhaupt nicht verstehen. Sie wollte, dass die Worte an ihr abglitten, sie nicht ins Grübeln brachten. Die Worte konnten ruhig zu Boden fallen und wie kleine Glasplättchen zerschellen.

Schlaflos lag sie da. Schließlich stand sie auf und trat ans Fenster, das nach Norden hinausging und von wo man einen Ausblick auf das Felsgestein hatte. Der kalkweiße Mond ließ Felsen und Felder ringsum kränklich bleich erscheinen. In der weißen Stille der Baracken würden die Schweine nicht schlafen, sondern abwarten. Sie wüssten nicht recht, was kommen würde, würden jedoch immer argwöhnischer, immer ängstlicher, je mehr sie sich dem Ende näherten.

Bei Morgengrauen war Andi aufgestanden und hatte sich rasch angezogen. Sie ging hinunter in die Küche und nahm einen Topf, um sich den kalten Kaffee vom gestrigen Abendessen aufzuwärmen. Sie trank ihn stehend am Spülbecken und schaute zum Stall hinüber, der aus dem Bodennebel zu ihr herüberzuschweben schien. Da kam ihr der seltsame und alles andere als beruhigende Gedanke, dass es von nun an Zeichen geben würde. Sie verwarf ihn als bizarren Unsinn.

Zeichen. Für sie? Was sollten sie bedeuten? Sie goss den bitteren Kaffee ins Spülbecken, zog ihre Jeansjacke über und ging in den Stall hinaus.

Dort rieb sie Sam den Hals und wandte sich dann zu Dakota hinüber, der ihr den Rücken zuwandte, die Nase in der Heuraufe.

»Die ist leer«, sagte sie.

Dakota ließ sich nicht beirren. »Manchmal frag ich mich, wie schlau du eigentlich in Wirklichkeit bist. Allmählich hab ich die

Nase voll, ständig bloß mit deiner Kruppe zu reden. Ich würde dich ja gern ausreiten, aber heute früh hab ich keine Zeit.«

Daraufhin drehte Dakota sich zu ihr um.

»Aber wenn ich wieder da bin, machen wir einen schönen Ausritt.«

Dakota drehte sich wieder weg und streckte ihr sein Hinterteil entgegen.

Dadurch, dass Jim so spät aufgestanden war, hätte sie sich fast verspätet. Und noch mehr Zeit verbrachte er mit der Zubereitung seines Frühstücks. Er ließ es sich nicht nehmen, sich Frühstücksspeck zu braten, und hätte auch noch Waffeln gemacht, wenn sie ihn nicht energisch davon abgehalten hätte.

»Jim, der Truck fährt sonst ohne mich.«

»Ah. Okay, dann eben keine Waffeln.« Er machte sich wieder daran, den Speck mit einer Gabel zu wenden, summte »Camptown Races« vor sich hin und schlug mit dem Fuß den Takt dazu.

»Du musst mich doch nur schnell absetzen. Frühstücken kannst du auch nachher noch.«

»Schon, aber ich hab saumäßigen Kohldampf. Was ist mit dir? Isst du nichts? Solltest du aber, ich kann mir vorstellen, dass da unterwegs nicht oft Halt gemacht wird.« Summend schob er den Speck in der Pfanne herum.

Andi stöhnte genervt und setzte sich hin.

»Okay, okay. Dann mach ich mir nur kurz ein Sandwich.« Er schnappte sich den Toast aus dem Toaster und bestrich ihn mit Butter. Dann ließ er die vier Scheiben Speck zwischen die beiden Toasthälften rutschen. Das Sandwich in einer Hand kramte er nach seinen Schlüsseln und sagte fröhlich: »Find meine Schlüssel nicht. Na, wo…?«

Andi hielt sie lächelnd in die Höhe. »Ich hab sie.« Sie schmunzelte über seinen Gesichtsausdruck. *Strich durch die Rechnung.*

HÖLLENFAHRT

29. KAPITEL

Der Viehtransporter, mit drei Ladeebenen übereinander, stand vor der dritten Baracke. Nat und Hutch machten sich einen Heidenspaß daraus, die Schweine die Rampe hinaufzustoßen, Hutch mit einem elektrischen Viehtreiberstab. Andi hoffte bloß, dass nicht einer von den beiden als Ersatz für Vernon eingeteilt war. Das würde ihr gar nicht in den Kram passen.

Zum Glück kam in dem Moment Jake herüber und sagte zu Hutch, er solle mit der Stange aufhören.

»Das ist kein Spiel, Mann.« Und während er zu ihr herüberkam, hörte Andi ihn hinzufügen: »*Sadistischer Dreckskerl!*«

Die Schweine wollten nicht so recht mitmachen. Die untere Ladefläche war voll, die zweite auch fast. Es gab keinen Bewegungsspielraum, die Tiere standen eng aneinandergekauert gegen die Stäbe gepresst, manche lagen halb über den anderen. Schreie und Grunzen. Rüssel an Rüssel und Rumpf an Rumpf.

»Jake, es sind zu viele.«

Er musterte sie mit einem leicht ironischen Lächeln. »Soll ich mir jetzt für den Rest des Tages dein Gejammer anhören?«

»Bist *du* der Fahrer?«

Er sah sie kopfschüttelnd an. »Wieso um alles in der Welt hast du dich eigentlich für die Fahrt gemeldet? Das ist nichts für dich, glaub mir.«

Sie ließ das vorab auf sich beruhen, während sie zusah, wie die Schweine versuchten, ihre Rüssel unter den Gitterstäben durchzustecken, wie sie zurückweichen wollten und dafür geprügelt wurden. »Doch, ist es schon.«

»Menschenskind, Mädchen, von welchem Stern stammst du eigentlich?«

»Vom gleichen wie die.« Sie deutete mit dem Kinn in Richtung Truck.

»Klavan sagt, so viele reinpacken wie möglich, und zweihundertsechs kriegen wir rein. Ich bin auch der Meinung, es sind zu viele, aber wenn du hier Stunk machen willst, bestreite ich, das je gesagt zu haben. Oder bist du etwa eine von diesen heimlichen Tierschutzaktivisten? Hast vielleicht eine versteckte Kamera bei dir?«

»Jetzt mach dich nicht lächerlich.«

»Ich will dir mal was sagen: Ich arbeite jetzt seit neun Jahren bei Klavan's. Davor hatte ich Jobs, gegen die ist das hier das reinste Zuckerschlecken. Die Bezahlung ist gut, es gibt ordentliche Sonderleistungen, und von mir aus darf das auch so bleiben.«

Er ging zum Truck hinüber. Beim Entlanggehen stemmte er sich immer einmal wieder gegen die Gitterstäbe, um zu sehen, ob sie standhielten, rieb gelegentlich ein paar Rüssel und Ohren. Jake, dachte Andi, war im Grunde ein gutherziger Mensch. Er konnte seinen Job nicht ausstehen, musste aber von irgendwas leben.

Nachdem fertig aufgeladen war, wurde die Rampe weggezogen. Andi ging wie Jake vorhin am Truck entlang und (weil er es auch gemacht hatte) rieb jedem Schwein, das sie erreichen konnte, Kopf, Rüssel oder Ohren. Besonders diejenigen auf der obersten Ladefläche taten ihr leid, denn sie waren der Sonne schutzlos ausgeliefert. Und die konnte manchmal richtig heiß brennen. Sie hatte nicht gesehen, dass jemand Wasser oder Futter mit eingeladen hätte.

Jake rief ihr etwas zu und bedeutete ihr einzusteigen.

»Wo ist das Wasser? Die brauchen doch Wasser! Und Futter.«

Er schüttelte den Kopf. »Die schaffen es schon. Ich mach das nicht zum ersten Mal. Eins schwör ich dir ... wehe, du willst mir etwa Ärger machen!«

Sie schüttelte heftig den Kopf. »Nein, nein. Ich dachte nur, wir haben vielleicht vergessen, es mit einzuladen.«

»Na, dann fahren wir jetzt los.« Während er auf den Fahrersitz kletterte, ging sie auf die andere Seite herum zur Beifahrertür.

Sie war überrascht, wie hoch über der Straße sie saßen, wie zwergenhaft klein der Viehtransporter alle anderen Fahrzeuge erscheinen ließ. Ob dies dem Truckfahrer ein Gefühl von Macht vermittelte, fragte sie sich, das ihn aggressiver fahren ließ? »Hast du mit dem Ding hier das Gefühl, der König der Straße zu sein?«

Er hatte eine aufgeschlagene Straßenkarte vor sich und fuhr mit dem Finger eine Linie entlang. »Ja, klar. Ich komme mir vor, als könnte ich die Schweine glatt über den Grand Canyon fliegen. Wir könnten Thelma und Louise spielen, wir beiden Glückspilze.«

»Ich meine bloß, Truckfahrer führen sich manchmal auf, als gehörte die ganze Straße ihnen allein.«

»Aber nicht, wenn sie dich auf dem Vordersitz dabeihaben.« Er faltete die Karte zusammen.

Das ignorierte Andi. »Aber das Wasser – Tiere brauchen doch Wasser. Kriegen sie denn erst welches, wenn wir anhalten und sie rauslassen?«

Er schaute zu ihr herüber, mit einem Gesichtsausdruck zwischen Stirnrunzeln und Lächeln, und wollte nicht glauben, dass er da soeben richtig gehört hatte. »Wenn wir was?«

»Wir sind verpflichtet, das Vieh« – sie wollte nicht, dass es sich so anhörte, als sei sie das Sprachrohr der Schweine – »etwa alle acht Stunden aus dem Truck zu lassen, damit sie Futter und Wasser bekommen und nicht zu gestresst werden. Es gibt doch da so was wie ein Tiertransportgesetz, oder?«

Jake schaute von ihr zur Windschutzscheibe und wieder zurück, als wüsste er nicht recht, welcher Anblick schlimmer war. »Also, wenn Stress deine Hauptsorge ist, dann sollten wir vielleicht eins von den Schweinen ans Steuer lassen, und ich setz mich nach hinten zu den anderen. Die Fahrt dauert keine acht Stunden – Gott sei Dank nicht, sonst würdest du mir das die ganze Zeit vorhalten. Aber sei's drum, halt du nur die Augen offen nach einer schönen grünen Wiese, wo wir sie rauslassen und ein bisschen rumtollen lassen können.« Diesmal langte er über sie hinweg nach dem Türgriff auf ihrer Seite. »Und jetzt raus hier.«

Andi war verwundert. »Warum? Was hab ich denn getan?«

»Du machst mich wahnsinnig. Ich hör mir das doch nicht die ganze Zeit an. Also, zieh Leine.«

»Ach, komm, Jake. Ich sag nichts mehr von wegen Futter und Wasser, obwohl wir verpflichtet sind, dafür zu sorgen ...«

Als es gegen die Scheibe klopfte, schreckten beide auf. Abramson bedeutete ihnen, sie sollten das Fenster herunterkurbeln.

Jake tat es.

»Meine Freunde, habt ihr vor, hier hocken zu bleiben, bis die Scheißsonne untergeht?« Ein falsches Lächeln. »Heute Nachmittag habt ihr dort zu sein.«

»Hab bloß noch auf die Karte geschaut.«

Abramsons künstlich besorgter Ton schlug um. »Schafft endlich die Viecher hier weg!«

Jake nickte, ließ den Motor an, gab Gas. Der Truck schoss los wie ein wilder Stier und holperte über die ungepflasterte Straße, bis er den Asphalt erreichte.

»Und du gibst dir Mühe und hältst unterwegs dein Mundwerk, ja? Ich bin nicht sehr scharf drauf, mir dein ewiges Gemecker anzuhören.« Er zog sich den Hut ins Gesicht, wie um sie und ihr Gerede und die Straße vor ihm einfach auszublenden.

30. KAPITEL

Sie fuhren in Richtung Norden zur State Road 200, die sie durch Beulah und Hazen führte, und dann immer weiter nach Pick City und Lake Sakakawea bis zur U.S. 83. Geradewegs nach Minot.

Die Felder zogen vorbei, gesäumt von spätsommerlich gelbem Goldsturm und Goldrute. Sanfte, grasbewachsene Hügel gingen ineinander über, und an einer Stelle war ein Wolkenschatten so intensiv blau, dass Andi ihn anfangs für einen See gehalten hatte wie den in der Nähe von Pick City.

Von den Ladeflächen war kein Laut zu hören, und für Andi war diese Stille schlimmer als aller Lärm der Welt. Sie überlegte, ob sie Jake sagen sollte, wie unheimlich es war. Dass es ihr lieber wäre, ihr würde das Trommelfell platzen, als dass die Schweine auf ihrem Weg in den Tod so still waren. Reden hätte ihr geholfen, aber Jake wollte sich bestimmt nicht anhören, was sie zu sagen hatte. Trotzdem fand sie es schwer zu glauben, dass er so völlig abgebrüht war, dass ihm dieser Job nichts ausmachte. Dazu war er einfach zu nett.

Sie kamen an einer Farm vorbei mit einem verfallenen Stall, dessen Dach die Erde streifte, ein paar Nebengebäuden und etwas weiter entfernt ein paar Kühen und einigen Schafen, die mit gesenkten Köpfen das kurze Gras knabberten. *Das*, dachte sie, *ist das, was wir zu sehen bekommen. Das, was wir wissen. Nicht das andere. Die Leute in den vorbeifahrenden Autos werfen einen kurzen Blick auf den Truck und wenden sich dann gleich wieder ab.*

Während die Farm im Rückspiegel allmählich kleiner wurde, sagte sie: »Kleine Farmen wie die da haben es wahrscheinlich ziemlich schwer.«

»Ja, das ist Pech. Die werden von Betrieben wie Klavan's mehr oder weniger in den Ruin getrieben.«

Schweigend fuhren sie eine weitere Stunde, dann wollte Andi wissen: »Du warst doch schon mal in einem Schlachthof, oder?«

»Früher hab ich in einem gearbeitet. Das ist nichts, weder für Mensch noch Tier. Fünf Jahre war ich dort, frag mich nicht, wie.«

»Was hast du dort gemacht?«

Er schwieg eine Weile, dann sagte er: »Ich war Abstecher.«

»So werden sie getötet, stimmt's? Man versetzt ihnen einen Stich oder so ähnlich.«

»Oder so ähnlich.«

»Sie werden aber doch zuerst betäubt, nicht? Sie sind dann doch nicht mehr bei Bewusstsein.«

»So sollte es sein.«

Sie sah zu ihm hinüber, sagte aber nichts. Vielleicht lag es an der bedrohlichen Stimmung, aber irgendwie musste sie an ihren unerbittlichen Stalker denken: Er geht weg, aber die Bedrohung bleibt, wie eine Visitenkarte oder ein auf der Türschwelle abgelegtes Paket.

An einem Truckstop mit kleinem Imbiss machte Jake Halt, um zu tanken. Gleich neben der Raststätte ging eine schmale Schotterstraße ab, an der ein paar verstreute Häuser lagen. Er würde ihnen einen Kaffee holen, meinte Jake.

Das erste Haus an dem Feldweg war, wie sie an den Nebengebäuden erkennen konnte, eine kleine Farm. Sie überlegte einen Augenblick, nahm dann einen Schlüssel aus dem Handschuhfach und ging nach hinten an den Truck.

Der stand mit den Hinterrädern in Richtung Felder und Feldweg geparkt. Dort war Andi zwar vor Blicken geschützt, doch würde Jake jeden Moment zurück sein. Sie entriegelte die Ladeluke und klappte sie herunter. Die erste Ebene konnte sie gut erreichen. Umringt von lautem Quieken und Grunzen wollte sie das kleinste Schweinchen herausholen, das sie sehen konnte. Sie wusste, dass Klavan sich hier einiger Tiere entledigen wollte, die unter Marktgewicht waren, doch selbst das, das sie herauszog, wog bestimmt annähernd zweihundert Pfund und war zum Hochheben und Tragen viel zu schwer für sie. Sie befürchtete, es würde gleich herumrennen, doch es war so gewöhnt ans Eingesperrtsein, dass es einfach dastand, völlig verdattert über eine ganz neue Welt. So interpretierte sie es in ihrem typischen Hang zur Romantik. Vermutlich aber wartete es einfach ab, was als Nächstes passieren würde.

Obwohl es kaum laufen konnte, gelang es Andi, es zu dem Zaun zu treiben, der diesen Teil des Grundstücks umgab. Unter dem schob sie das Schwein durch. Es stand da und schaute sie an, und sie streckte die Hand nach ihm aus, um es zu streicheln. Vielleicht würde es erschossen werden, vielleicht verhungern. Andi erwartete nicht die Erlösung oder den Schweinehimmel. Sie versuchte lediglich, es vor der Schweinehölle zu retten. Nichts, was diesem Schwein auf freier Wildbahn widerfahren mochte, konnte so schlimm sein wie das, was ihm widerfahren würde, wenn es in diesem Truck bliebe.

Durch das Fenster des Cafés sah sie Jake seine Einkäufe bezahlen und eilte rasch zum Truck zurück, überprüfte das Schloss, sah nach, ob alles wieder so war wie vorher und legte den Schlüssel an seinen Platz zurück.

Er kam mit Kartoffelchips, einem Kaffee, einer Cola und einem Sechserpack Bier heraus, den er in einer Styropor-Kühlbox hinter dem Sitz verstaute. Sie nahm ihm die Cola und eine von den Chipstüten ab.

»Den Kaffee hab ich genommen«, sagte er, »damit ich wach bleibe, weil mir ja beim Fahren niemand hilft. Mit dem Van bist du damals herumgekurvt wie mit einem Autoscooter. Und das Bier ist für später, damit ich einschlafen kann, nachdem ich den ganzen Tag und die Nacht mit dir zugebracht hab.«

»Tut mir leid wegen dem Fahren.«

»Los, komm jetzt, schwing deinen Hintern hier rauf.«

Sie eilte auf die andere Seite und hievte sich auf den Vordersitz.

Er brachte den Motor auf Touren und fuhr den Truck vorsichtig um die Zapfsäulen herum und hinaus auf die Landstraße.

Sie waren kaum zwei Meilen gefahren, als plötzlich Rauch unter der Motorhaube hervorquoll. »Ach, du meine Güte«, sagte Jake. »Und was jetzt?« Er fuhr langsamer und schaute auf die Temperaturanzeige. Dann streckte er den Kopf zum Fenster hinaus, als könnte der Wind ihm eine Antwort zutragen, und zog den Kopf wieder zurück. »Ist bestimmt der Kühler. Oder es fehlt Kühlwasser. Da müssen wir eben anhalten.«

Sie waren dicht an einer größeren Kreuzung, und Andi bemerkte ein Motel auf der rechten Seite. »Halt doch hier an!«

Jake bog rechts ab und stellte den Truck vorsichtig auf dem Motelparkplatz ab. »Wird dem Besitzer zwar nicht passen, aber was soll's.« Als er den Motor ausschaltete, kam eine Rauchwolke unter der Motorhaube hervor.

Beide ließen sich aus dem Fahrerhäuschen heruntergleiten, nachdem Jake erst noch ein paar alte Lappen hinter seinem Sitz hervorgeholt hatte. Er ging nach vorn, um die Motorhaube zu öffnen, und wich vor dem austretenden Dampf zurück. Er wartete, bis er verflogen war, und schaute dann hinein. »Hm, der Schlauch scheint in Ordnung, also nehm ich an, es ist das Kühlwasser. Konnte natürlich nicht vorhin passieren, beim Tanken. Verdammt.«

Ein großer, dünner Jüngling kam aus dem kleinen Empfangsbüro und gesellte sich zu ihnen, um das komplizierte Innenleben des Trucks zu inspizieren.

»Hallo«, sagte Jake. »Sie haben nicht zufällig etwas Kühlwasser da?«

Der Jüngling schüttelte den Kopf. »Tut mir leid.« Dann schaute er zum Himmel, als könnte vielleicht von dort ein neuer Kühler herunterfallen. »Nächste Möglichkeit, wo Sie so was kriegen, ist wahrscheinlich Garrison oder Minot.«

Jake schüttelte den Kopf. »Nein, vorhin war ein Truckstop, ein paar Meilen von hier. Zu Fuß brauch ich aber zu lange. So viel Zeit haben wir nicht.«

Der dünne Bursche begutachtete interessiert die Schweine. »Wie viel habt ihr denn da?«

»Zweihundert«, erwiderte Andi.

»Stinken ja ganz schön, hä?«

»Sind eben Schweine.«

Daraufhin nickte er nachsichtig, als wäre die große Rätselfrage damit endlich gelöst.

»Hören Sie«, begann Jake, »hier gibt's nicht zufällig ein Auto, das ich borgen könnte? Ich zahl auch gern dafür.«

»Hm, Sie können meins nehmen. Kostet auch nichts.«

»Danke, das wäre die Rettung.«

»Der alte Toyota da drüben.« Er deutete auf ein ehemals silberfarbenes Auto neben dem Büro und griff in die hintere Hosentasche nach dem Schlüssel, den er Jake aushändigte.

»Bin gleich wieder da.« Jake lief zu dem Wagen hinüber und fuhr rückwärts vom Parkplatz.

Andi sah, dass bei einem der Schweine fast das Ohr durchgebissen war und ein anderes aus dem Auge blutete. Es war klar, dass sie sich gegenseitig angriffen, sie waren ja so aufgeregt. Sie sah eine ganze Reihe von verletzten Tieren. Und deren Wunden würden unversorgt bleiben. Manche würden sterben, bevor sie ihren Bestimmungsort erreichten, manche waren vermutlich bereits gestorben. Alle konnte sie ja nicht sehen.

»Ich heiße Andi, und du?«

»Äh, Eddie. Eddie Crane. Freut mich.«

»Eddie, habt ihr hier irgendwo einen Schlauch?«

Er sah sie fragend an. »Ja, schon.«

»Vielleicht auch zwei?«

»Schläuche?«

»Hm, ja. Könnten wir die benutzen, solange Jake weg ist?«

»›Wir‹? Für was denn?«

»Um die Schweine zu begießen. Ich meine, ihnen was zu trinken zu geben. Die fahren schon seit Stunden in der prallen Sonne, ohne was zu trinken. Komm, das machen wir. Ich glaub nicht, dass einer allein alle schafft.«

Er nickte. »Ja, okay, ist gut.«

»Gut! Danke!«

»Ich hol sie.« Er ging zu einem Geräteraum hinüber, und Andi trat an den Truck.

Gleich darauf kam Eddie hinter dem Gebäude hervor, die aufgerollten Schläuche über der Schulter. »Da drüben ist der eine Anschluss.« Er legte einen Schlauch ab und schraubte den anderen auf einen Hahn gleich neben dem Truck. »Die Schläuche sind je fünfzehn Meter lang, das müsste reichen«, sagte er. Dann nahm er den zweiten und schraubte ihn keine zehn Meter weiter unten an. »Ich dreh jetzt auf«, rief er ihr über die Schulter zu, »geh kurz beiseite und sag, ob Wasser rauskommt.«

Sie tat es. Das Wasser bahnte sich einen Weg durch den Schlauch und sprühte heraus. »Ist gut so.« Sie griff nach dem Schlauch und hantierte herum, um das Sprühen in einen kräftigen Strahl zu verwandeln.

Inzwischen war er zu dem zweiten Schlauch gegangen und hatte ihn aufgedreht. »Und was jetzt?« Besorgt musterte er die Schweineschnauzen, die sich an die Gitterstäbe drückten.

»Versuch einfach, sie zu besprühen. Nein, noch besser – gib ihnen einen Wasserstrahl zu trinken. Vielleicht kannst du eine Seite nehmen, und ich nehm die andere. Dann klettern die hinteren nämlich nicht über die vorderen drüber, weil das Wasser ja aus beiden Richtungen kommt. Schau, so.« Sie hielt einem der Schweine die Schlauchmündung ans Maul. Das Tier hätte die Düse fast abgebissen, um ans Wasser zu kommen, trank aber dann friedlich. Alle würden sie nie schaffen. Die obere Ladefläche, fürchtete sie, würde vollkommen leer ausgehen.

Die Schweine drängten mit aller Macht in Richtung Wasser, und Andi rief zu Eddie hinüber: »Schaffst du es?«

»Ja. Wow, hab gleich drei oder vier auf einmal. Halt deinen Finger übers Schlauchende, dann kannst du mehrere gleichzeitig bespritzen. Ich dachte immer, Schweine wären dumm. Die sehen aber bloß dumm aus. Ich bin jetzt im zweiten Stock oben.«

»Wie bist du denn da raufgekommen?«

»Über den Camper hier. Der hat an der Seite eine Leiter. Ich musste bloß draufklettern und mich gut festhalten.«

»Reichst du bis zur dritten Fläche hoch?«

»Ja. Ich spritz sie ordentlich voll.«

Andi lächelte. »Du bist ein Genie, Eddie.«

»Hab ja schon viel über mich sagen hören, aber das noch nicht.« Andi stemmte sich auf die Kühlerhaube des kleinen Lieferwagens neben dem Truck und von dort auf das Fahrerhäuschen. Erfreut stellte sie fest, dass sie sowohl die zweite wie auch die dritte Ebene erreichen konnte. Sie versuchte, den Schlauch so wie Eddie zu handhaben, und es funktionierte. Es war effizienter, als die Schweine einzeln zu versorgen. Bestimmt war ihnen jegliche Art von Feuchtigkeit willkommen.

»Steck den Schlauch zwischen die Stäbe«, schlug Eddie vor. »Dann streiten sie sich zwar drum, kriegen aber mehr Wasser ab. Man sollte meinen, Viehtransporter wären mit Wasserspendern ausgestattet, meinst du nicht auch? Hätte längst schon mal jemand draufkommen können!«

»Das ist denen doch egal.« Andi zwängte den Schlauch zwischen den Stäben hindurch, und die Schweine scharten sich darum.

Sie kletterte wieder hinunter und ging auf Eddies Seite hinüber. Der stand auf der Leiter, die zu dem Camper gehörte, und spritzte die Schweine ab, die wie um Almosen flehende Bettler gegen die Stäbe gequetscht standen.

Sie drehten die Schläuche zu und kletterten hinunter. Eddie stellte den Wasserhahn ab. »Die verstau ich gleich«, sagte er, »wenn du deinen bloß aufrollst.«

Während sie wartete, brachte Eddie die Schläuche dahin zurück, wo er sie hergeholt hatte. Als er schließlich zurückkam, fuhr Jake gerade mit dem Toyota vor und stieg mit seinem Kühlmittel aus.

»Hast du's?«

»Ja, Gott sei Dank.« Er betrachtete den Asphalt. »Was ist denn hier los? Hat's hier geregnet?« Ohne die Antwort abzuwarten, schraubte er kurzerhand den Deckel auf und goss die Kühlflüssigkeit ein. Als er fertig war, knallte er die Motorhaube zu.

Mit einem Blick auf das immer noch tropfende Wasser, das auch in Pfützen auf dem Boden stand, meinte Jake: »Was zum Teufel habt ihr hier angestellt?« Sein Blick wanderte zwischen den beiden hin und her.

»Nichts«, sagte Andi.

»Nichts«, echote Eddie.

Jake sah Andi streng an. »Während ich weg war, hattest du ja jede Menge Zeit, unserem Freundchen hier eine Gehirnwäsche zu verpassen.«

»Der heißt Eddie.«

»Sehr erfreut, Eddie, und vielen Dank für das Auto.« Jake griff nach den Schlüsseln für den Toyota und zog dann seine Brieftasche hervor.

»Nein, nein. Ist schon gut, ehrlich.« Eddie grinste übers ganze Gesicht. »Hat mir Riesenspaß gemacht.« Er lächelte Andi zu.

Jake schaute die beiden an. »Kann ich mir denken. Also, es wird Zeit.« Er ging zum Fahrersitz hinüber.

Andi bedankte sich bei Eddie.

»Dann hoff ich, dass ihr auf dem Rückweg hier vorbeikommt«, sagte Eddie.

»Vielleicht. Jake sucht die Route aus. Aber ich weiß, dass wir uns wiedersehen. Ganz bestimmt.« Sie zögerte einen Augenblick, um zu sehen, ob Jake schon auf seinem Fahrersitz saß, dann umarmte sie Eddie. »Danke, wirklich, danke.«

»Gern geschehen.«

Nachdem sie auf ihren Platz geklettert war, fuhr Jake los, von den Markierungssteinen weg, die jede Parklücke umrandeten und Andi immer an Grabsteine erinnerten. Sie beugte sich aus dem Fenster und winkte Eddie zu, der reglos stehen geblieben war. Er winkte zurück. Sie beobachtete ihn in dem langen Außenspiegel an ihrem Fenster. Er stand immer noch da und verschwand erst, als der Truck auf die U. S. 83 einbog und er nicht mehr im Spiegel zu sehen war.

31. KAPITEL

In einer Kleinstadt abseits der U.S. 83, nicht weit von Minot, machten sie Halt zum Mittagessen. Auf der einen Seite der Hauptgeschäftsstraße waren eine Bank und ein Postamt, auf der anderen ein Futtermittelgeschäft. Daneben befand sich ein Pflanzenladen, vor dem Kästen mit Kapuzinerkresse und Geranien in der Sonne standen. Dann gab es noch ein paar andere Läden sowie ein Restaurant, in dem sie mehrere aufeinandergetürmte Blaubeerpfannkuchen aßen und sich über dies und das unterhielten, wobei beide (fiel Andi auf) sorgsam darauf achteten, einander nicht auf die Füße zu treten.

Während es um North Dakota, die Getreideernte und das Wetter ging, versuchte sie, sich in Jakes Lage zu versetzen, was ihr aber nicht gelang, und das ärgerte sie. Sie hätte gern auch nur für einen Moment seine Entschlossenheit verspürt, die Tiere an diesem besagten Ort abzuliefern, sie wollte fühlen, wie er zu der ganzen Angelegenheit stand. Jake und Jim und Tom – sie konnte es in allen dreien sehen: Es waren gute Menschen. Nun fragte sie ihn doch nach jenem Abschnitt in seinem Leben: dem Schlachthof – wo sich die Abgründe der Seele zeigten.

»Den Job im Schlachthof hast du aufgegeben...«

»Andi!« Sein Blick ließ sie verstummen.

»Entschuldige.« Sie schaute auf ihren fast leeren Teller. Einen ganzen Stapel Pfannkuchen hatte sie verdrückt und konnte sich, wenn sie wollte, noch mehr bestellen, konnte essen, bis ihr schlecht war. Die Schweine aber bekamen nichts. Nichts und wieder nichts bekamen sie und waren machtlos dagegen. Sie schob ihren Teller weg.

»Können wir ihnen nicht was zu fressen bringen?«

233

Er schaute auf die Speckscheiben hinunter und kaute langsamer, als hätte er ebenfalls Lust, seinen Teller wegzuschieben. »Wie sollen wir die denn füttern? Das ist doch praktisch gar nicht zu machen.«

»Doch, immer der Reihe nach, eins nach dem anderen.« Die Arme auf dem Tisch verschränkt lehnte sie sich zu ihm hin. »Komm, Jake, wir könnten irgendwo Futter auftreiben ...«

Plötzlich wutentbrannt, deutete er mit der Gabel auf sie, starrte ihr wild ins Gesicht. »Ich weiß nicht, was bei dir abläuft, Mädchen, aber halt *mich* da bloß raus. Ich hab meine Schuldigkeit getan, vor vielen Jahren schon. Auf so was lass ich mich nicht mehr ein. Du kannst von mir aus machen, was du willst. Du führst dich auf wie jemand, der nichts zu verlieren hat. Ich dagegen hab eine Menge zu verlieren. Ich hab schon mal alles verloren, und ich will verdammt sein, wenn mir das noch mal passiert. Ich bring die Tiere nicht um, ich fahr sie bloß. Für dich macht das keinen Unterschied. Du meinst, das ist so gut wie umbringen. Du siehst die Leute Schweinekoteletts und Rippchen essen, aber auf eine Stufe mit mir stellst du die nicht und auch nicht mit dem Kerl mit dem Bolzenschussgerät. Da kann ich nur eins sagen: Wenn ihr alle miteinander aufhört, sie zu essen, dann hör ich auf, sie zu fahren, und BigSun hört auf sie umzubringen.«

Er hielt so abrupt inne wie ein Trucker, der an einem abschüssigen Hang die Bremse durchtrat. Gefährlich.

Andi ließ eine ganz Minute verstreichen und sah zu, wie er seine Pfannkuchen aufaß, dann sagte sie: »Ich habe Geld. Und vorhin sind wir an einem Futtermittelgeschäft vorbeigekommen.«

Jake pfefferte seine Gabel hin und ließ den Kopf in die Hände sinken. »Himmelarsch, du hast überhaupt nicht *hingehört*, was ich gesagt hab.«

»Doch, Jake, jedes einzelne Wort, und du hast recht. Du hast recht. Außer dass alles, was du da gesagt hast, überhaupt nichts zu tun hat mit dem Futtermittelgeschäft. Es dauert bloß zehn Minuten oder eine Viertelstunde, und ich hab jede Menge Geld.« Sie zog ein paar Scheine hervor und zeigte sie ihm.

Leise kopfschüttelnd lehnte er sich zurück. Dann klappte er den Deckel seines Feuerzeugs auf und zündete sich mit dem schwachen Flämmchen seine Zigarette an, wobei er das Hinweisschild völlig ignorierte, auf dem eine Zigarette im roten Kreis mit Querbalken abgebildet war. »Weißt du was: Du übernimmst hier die Rechnung, und dann sehen wir, was noch übrig bleibt.«

Andi grinste, als die Kellnerin sich ihrem Tisch näherte. »Sir, dies ist ein Nichtraucherlokal.«

Jake lächelte. »Oh, an Vorschriften halten wir uns eigentlich nicht.« Er rutschte über die Sitzbank. »Die junge Dame hier übernimmt die Rechnung, ich verziehe mich lieber.«

Er ging davon, himmelwärts strebende dünne Rauchspiralen hinterlassend.

»Der macht gern Witze, das ist alles.«

Die Kellnerin reichte Andi achselzuckend die Rechnung, die Andi mit einem Zwanziger beglich. »Der Rest ist für Sie. Die Pfannkuchen waren echt gut.«

Die Kellnerin bedankte sich mit einem Lächeln.

Im Futtermittelladen war es ein Gefühl wie Weihnachten: säckeweise Getreidemehl, Mais, Hafer, dazu die tollsten Mischungen. Jake besah sich die Gartenwerkzeuge und Haushaltsgeräte, die nichts mit dem Futter zu tun hatten – wollte sich wohl ganz bewusst von ihr absetzen, dachte Andi. Oder vielleicht machten Männer das ganz automatisch, wenn sie in die Nähe von neuem Werkzeug kamen. Sie mussten alles genau begutachten und prüfend in der Hand wiegen, so wie Jake jetzt gerade einen Schraubenschlüssel.

Der Besitzer, ein freundlicher alter Mann namens Timms, gab ihr die eine oder andere Empfehlung und meinte, indem er die Hand auf einen Sack legte: »Wir haben Mais, Hafer und so weiter, aber wir haben auch dieses spezielle Aufbaufutter, wo das Antibiotikum schon mit drin ist. Ist doch schön, dann muss man es nicht selber dazumischen. Also, wie alt sind denn Ihre Schweine? Das hier ist nämlich gut für die Wachstumsphase.«

»Hm, die sind schon so ziemlich fertig mit Wachsen.«

»Okay, dann fahren Sie vielleicht ganz gut mit dem Schrotmehl hier ...«

Jake streckte den Arm aus und deutete auf die Uhr an seinem Handgelenk.

Sie plänkelte mit Mr. Timms in einem freundlichen, unaggressiven Ton über den Preis; ein Rabatt müsste schon drin sein, immerhin würden sie ja mehrere Sack kaufen. Er gewährte ihr einen kleinen Preisnachlass.

Sie trugen die Säcke nach draußen. Mr. Timms Hilfsangebot lehnte sie ab, denn sie wollte nicht, dass er den Truck sah.

»Und wie willst du jetzt das Futter verteilen? Den Schweinen immer wieder eine Handvoll hinwerfen, als wären es Tauben?«, wollte Jake wissen.

Andi warf einen Blick zu dem benachbarten Pflanzengeschäft hinüber, wo Geranien und andere Blumen in länglichen grünen Plastikkästen standen. »Ich werd ein paar von denen kaufen.« Sie steuerte auf die Pflanzen zu.

Gegen den Truck gelehnt rief Jake ihr nach: »Blumenschmuck für den Tisch? Du denkst wirklich an alles.«

Sie war umgehend wieder zurück, mit neun Pflanzkästen aus Kunststoff. »Die füllen wir und stellen drei auf jede Ebene. So ist das Futter gut verteilt, damit sie sich nicht gegenseitig umbringen, um dranzukommen.«

»Wer geht oben rauf? Ich nicht, dann bleibst ja wohl nur du übrig.«

»Heb mich hoch, so weit es geht, dann kletter ich über das Geländer.« Ohne Schuhe stellte sie sich auf seine Schultern und zog sich an den Gitterstäben hoch.

Die Schweine ließen durchdringendes Geschrei ertönen. Es war schrecklich laut, ganz zu schweigen von dem Gestank. Einfach entsetzlich. Man hielt es beinahe nicht aus. Ihr brannten die Augen. Sie beugte sich über das Geländer. »Reich mir die Kästen rauf. Du hast sie doch gefüllt, oder?«

»Ja, Boss.« Jake reichte ihr einen Trog voller Mais herauf, dann einen mit Getreidemehl und einen dritten wieder mit Mais. Die

Schweine wären direkt losgestürmt, wenn sie genug Platz gehabt hätten. So bekamen die Schnauzen, die am dichtesten dran waren, als Erste etwas zu fassen. Und schon drängten sich andere dazwischen.

Andi trat nach unten auf die zweite Ebene, die Socken verschmiert von Exkrementen, und wiederholte die Prozedur.

Dann war sie wieder unten.

»Mann, du riechst beschissen, und das mein ich wörtlich.«

Sie zog die Socken aus und schmiss sie in eine große Abfalltonne. »Ich muss mich waschen.«

»Du könntest eine richtige Dusche vertragen, aber dafür reicht die Zeit nicht. Probier's in dem Pfannkuchenlokal auf der Damentoilette.«

»Dauert bloß fünf Minuten.«

»Ich weiß, vorausgesetzt, es läuft dir kein Schwein über den Weg.«

Andi düste schnell ab.

Jake kletterte ins Führerhäuschen, und als er wieder zu ihr hinschaute, war sie längst verschwunden.

Sie war das seltsamste Mädchen, das ihm je begegnet war, fand Jake. Mädchen? Mensch. Mann, Frau, Kind. Dabei hatte er schon ein paar merkwürdige Gestalten getroffen. »Seltsam« nicht im negativen Sinn, nein, eher im Sinn von interessant. Mehr als interessant – wie aus einer anderen Welt, wenn man es so sagen konnte. Er wollte sie verstehen, begreifen, was dahintersteckte. Aufgetaucht aus dem Nichts, behauptet, sie käme aus Miles City, Montana, zu Fuß – *zu Fuß!* Was zum Teufel sollte das, quer durch Montana zu Fuß?

Sie ließ sich einfach nicht beirren. Das fand er so erstaunlich an ihr, ihre Zielstrebigkeit. Die bedingungslose, verhandlungsresistente, unerbittliche Andi Oliver. Falls sie versuchen sollte, die Schlachtfabrik zu betreten, würde er sie an einen Baum fesseln. Und knebeln natürlich. Er fragte sich allen Ernstes, ob sie vielleicht zu diesen Aktivisten gehörte, die sich heimlich in Zirkusse und Mastfarmen einschlichen.

Er schob seinen Hut hoch, sah sie auf sich zulaufen, fast hüpfte sie. Haargenau fünf Minuten. *Was bist du bloß für ein Geschöpf, Andi Oliver?* Ihr alleiniger Daseinszweck schien die Fürsorge für diese verdammten Schweine zu sein.

Und sie würde sich nicht davon abbringen lassen.

Andi warf einen kurzen prüfenden Blick auf die Schweine, bevor sie sich wieder auf ihrem Sitz niederließ. »Danke fürs Warten.«

»Hmm, hmm. Wir sind etwa eine Stunde hinterm Zeitplan. Ich hab aber auch nicht damit gerechnet, dass der Truck eine Panne hat.«

Während Jake chauffierte, rutschte Andi tiefer in ihren Sitz und betrachtete die vorüberziehenden Weiden. Jake hatte sich eine Zigarette angesteckt und den Arm aus dem Fenster gehängt, durch das der Geruch von Schweinemist hereindrang.

»Wie weit ist es noch?«

»Zwei, drei Stunden. Hundertfünfzig Meilen.«

»Werden die Schweine gefüttert, wenn wir dort ankommen?«

Jake schlug sich mit der Hand gegen die Stirn. »Mädchen, falls du es noch nicht bemerkt haben solltest – wir fahren nicht ins Hilton Hotel, wo die hungrigen Reisenden als Erstes den Speisesaal stürmen.«

»Demnach also nicht.« Sie zuckte die Achseln. »Wir haben genug dabei.«

Wieder schlug er sich mit gespielter Fassungslosigkeit an den Kopf. »Du glaubst also, die warten mit der Abfertigung, bis du Mais und Hafer und diesen anderen gottverdammten Spezialfraß ausgeteilt hast, den du für einen Haufen Geld gekauft hast?« Seine Stimme wurde lauter, aber nicht wie vorhin in gespielter Verärgerung. Seine Finger verfärbten sich weiß, während er das Lenkrad fest gepackt hielt. »Diese Schweine fahren nicht in die Ferien. *Die fahren zum Schlachten!* Dass dir das nicht in den Kopf will!«

Andi schaute starr geradeaus. Ungerührt sagte sie: »Das weiß ich sehr wohl. Wenn Tiere zum Schlachthof gefahren werden, sind sie für dich schon abgeschrieben. Wir brauchen nichts mehr für sie zu tun, wir können sie getrost vergessen. Sie existieren nicht. Woher kommt das, frage ich mich. Und warum bist du deswegen so sauer?«

Jake antwortete nicht, sondern fuhr einfach schneller.

32. KAPITEL

Am Nachmittag erreichten sie schließlich Preston. Der Viehtransporter rumpelte auf den großen Hof, wo bereits ein Dutzend andere Laster geparkt waren und Hunderte von Tieren entladen wurden – Kühe, Schweine, Schafe, Kälber. Es handelte sich um Firmen, die mehr als einen Truck entsandt hatten. Klavan's war ein vergleichsweise kleiner Betrieb.

Die Pferche reichten, so weit das Auge reichte. Es schienen nicht Hunderte, sondern Tausende zu sein. Sie machten sich lautstark bemerkbar, ein Muhen, Quieken, gellende Schreie, während sie zusammengetrieben wurden.

Arbeiter, Treiber, wie sie auch hießen, liefen an den Tieren entlang und rissen manchmal ein Schwein oder Schaf aus der Menge, um es beiseitezuwerfen. Die toten Tiere sortierten sie aus; auch diejenigen, die sich nicht so schnell bewegen konnten, wie die Treiber wollten – die zu krank oder schwach oder verletzt waren, um selbst vorwärtszukommen. Ausschuss, dachte Andi. Es war verboten, solche Tiere zu verwerten, doch daran hielt sich hier niemand.

Jake stieg aus dem Fahrerhaus hinunter und stellte sich neben Andi. »Hier hab ich früher mal gearbeitet. Bei BigSun, hab ich vorhin ja erzählt.«

Andi schaute ihn fassungslos an.

»So ist die Welt nun mal, Andi.«

Aber welche? In dem Moment stellte sie sich vor, wie Jim und Tom beim Essen herumalberten, ihre Spareribs aßen. Die Schweine wurden auf ein ganz bestimmtes Standardmaß gezüchtet, und dadurch waren die Spareribs annähernd identisch.

Kisten wurden entladen, heruntergeworfen, grob fallengelassen mit allem, was darin war. Die Treiber schoben Kälber mit Rechen, elektrischen Viehtreiberstäben und irgendeinem anderen Gerät, das gerade greifbar war, weiter. Doch die Tiere waren in Verschlägen aufgezogen worden, hatten sich nie richtig bewegt, nie ihre Beine gebraucht und waren daher ungelenkig. Viele fielen hin, eine ganze Menge wurde heruntergeschmissen, tot oder jedenfalls reglos. Nein, sie waren gar nicht alle tot, sie konnte sehen, dass die unteren versuchten hervorzukriechen, mit ihren schwachen Gliedmaßen jedoch keinen Halt fanden und deshalb liegen blieben und erdrückt wurden. Sie hatten keine Kraft in ihren Gliedern, überhaupt keine Kraft.

Die Schwäche war ihnen regelrecht angezüchtet, Schwäche war gut für die Qualität des Kalbfleischs, ohne jeden Muskel war das Fleisch zart. Natürlich waren sie blutarm, so blieb das Fleisch schön hell.

Das alles wusste Andi, hatte es nur noch nie direkt gesehen.

Die Kälber wurden gejagt und getrieben, gepiekt und gestoßen. Ständig fielen welche hin. Jake kam auf ihre Seite herüber. »Wir müssen den Truck näher ranfahren.«

Er wollte sich gerade hinaufhieven, als ein vierschrötiger Mann ihm zurief: »Jake, verdammt noch mal! Wo zum Teufel warst du?« Sie versetzten sich gegenseitig einen kräftigen Handschlag, normales Händeschütteln schien bei diesem Muskelpaket als Begrüßung fehl am Platz.

Jake wirkte alles andere als begeistert. »Bud. Wie geht's, wie steht's?«

Bud wackelte vielsagend mit den Augenbrauen. »Wie soll was stehen, Mann?« Er lachte sich halbtot, lachte für alle beide, was umso besser war, da Jake überhaupt nicht lachte.

Bud taxierte Andi von oben bis unten mit dem anzüglichsten Blick, mit dem sie je angeschaut worden war, selbst von den Bailey-Brüdern. Er sagte: »Mein lieber Schwan, ein Jammer, dass so was an einen Haufen Säue verschwendet wird! Sehr wohl, Madam, ich zeig Ihnen gern jede Menge Tricks, alles was Sie sehen wollen. Ich ...«

Halt doch die Klappe, halt doch die Klappe. Im Hintergrund vernahm sie ein ganz entsetzliches Gebrüll, es war, als ob der ganze Himmel muhte. Sie schaute an den beiden Männern vorbei auf das Vieh, das aus den Pferchen durch die Laufgänge getrieben wurde. Ihr Blick lag reglos auf dem gehetzten Vieh, das geschoben, gestoßen oder mit dem Stock geprügelt auf die tunnelartige Einfriedung zugetrieben wurde, die vermutlich in den Schlachtbereich führte.

»Wozu ist der Tunnel da?«, fragte sie.

»Das ist wie in der Geisterbahn. Hätten Sie Lust, mit mir in ein Wägelchen zu steigen und da mal durchzufahren?« Bud verschränkte die Finger hinter dem Kopf und ließ den Unterleib kreisen.

Sie machte den Mund auf.

Jake, der wusste, dass sie gleich etwas sagen würde, was hier bestimmt keiner hören wollte, meinte rasch: »Komm jetzt, wir bringen den Truck weg.«

Bud sagte: »Fahr einfach da rüber hinter Snow.«

Andi saß noch vor Jake im Fahrerhäuschen.

Er sagte: »Fang jetzt nicht von Tierschutzbestimmungen an. Die übertreten die Vorschriften auf jede erdenkliche Art und alle anderen derartigen Gesetze ebenfalls, und zwar schon immer.«

»Warum macht das Landwirtschaftsministerium dem dann kein Ende?«

»Aus zwei Gründen, vermute ich. Erstens: Sooft ein Kontrolleur seinen Besuch ankündigt, kriegt die Geschäftsleitung Muffensausen und steigt den Leuten da aufs Dach« – er deutete zum Schlachthof hinüber –, »staucht die Arbeiter zusammen, wenn sie nicht korrekt betäuben oder die Schweine abziehen, bevor sie tot sind, lauter solche Sachen.«

Andi starrte ihn fassungslos an. »Komisch, ich sitz hier und bemüh mich nach Kräften und kann mir einfach nicht vorstellen, was ›lauter solche Sachen‹ heißen soll.«

»Oh, Mann«, brummte Jake nur.

»Und was ist der zweite Grund?«

Er schaute über die Schulter, um den Truck in eine freie Lücke zu manövrieren. Hier standen schon viele andere Lastwagen. »Außerdem haben manche wahrscheinlich ein ureigenes Interesse an dem ganzen Unternehmen.« Er brachte den Truck zum Stehen. »Jetzt müssen wir sie raustun und zählen lassen.«

Die Schweine zählen lassen. Andi überlegte kurz. »Das mach ich.«

Er schüttelte den Kopf. »Das mit dem Zählen ist nicht unsere Aufgabe. Das macht der Schlachthof.«

Sag, es ist bei Klavan's falsch abgezählt worden ... Sag, das fehlende Schwein war gar nicht dabei. Die haben sich geirrt.

»Warren!« Jake schwenkte den Arm, um einem dünnen Mann mit Brille ein Zeichen zu machen herüberzukommen. Der Mann trug eine dunkelblaue Schirmmütze.

»He, Jake, wie geht's denn so? Willst du einen Job? Da drin brauchen sie einen ordentlichen Abstecher. Der jetzige hat von Tuten und Blasen keine Ahnung. Madam ...« Er sah Andi an und tippte sich grüßend an die Mütze.

Andi wollte schon den Mund aufmachen, doch als sie Jakes warnenden Blick bemerkte, sagte sie nur: »Hallo, ich heiße Andi.«

Wieder tippte er sich an den Schirm seiner Mütze. »Äh, Sie bleiben besser hier draußen.« Er studierte sein Klemmbord und wiederholte: »Da gehen Sie besser nicht rein.«

»Wir müssen die Masttiere hier entladen und dann gleich zurück.«

»Richtig.« Warren notierte sich etwas in dem gelben Notizbuch auf seinem Klemmbord. Er richtete sich wieder an Andi. »Arbeiten Sie bei Klavan's?«

Andi nickte. »Ich hab erst vor ein paar Monaten dort angefangen.«

»Gefällt's Ihnen?«

Wieder nickte sie. »Mehr oder weniger.«

Die Schweine kamen die Rampe herunter, traten ängstlich in

einen Pferch. Weil die Rampe abschüssig war, glitten viele aus, manche taumelten und stießen andere um.

Die Fahrt hierher war vermutlich ihre erste Erfahrung mit der Außenwelt, und diese Welt hier würde ihnen unendlich viel schlimmer vorkommen.

Die oberste Ebene war inzwischen leer. Jake rief zu Warren hinüber: »Wie viele hast du?«

Warren konsultierte sein Notizbuch. »Ich komm hier auf siebzig. Wie viele habt ihr insgesamt gebracht?«

»Zweihundertsechs.« Jake öffnete das Gatter für die zweite Ladefläche.

Warren nickte und bemerkte dann zu Andi: »Ich frag deswegen, weil hier ein Haufen Jobs angeboten werden. Hier ist ein ständiges Kommen und Gehen.«

»Wie kommt das?« Andi strich mit der Hand über jeden Rücken, den sie erreichen konnte, während die Schweine torkelnd die Rampe herunterkamen.

»Die Arbeit ist schwer und nicht sehr angenehm.«

»Welche Art von Job meinen Sie?«

»Ganz am Ende, bei der Organsammlung.«

»Und was ist mit mittendrin?«

»Äh, da auch, aber da bleiben Sie lieber weg von. Ist besser so.«

Andi half einer Sau auf, die auf dem Mist ausgerutscht war, der nun in der Sonne dampfte. Es gelang ihr, dem Tier wieder auf die Beine zu helfen. »Aber das sind doch die Jobs mit der besten Bezahlung, oder?«

Warren hob den Blick. »Schon, es sind ja auch die schlimmsten.«

»Als Abstecher zum Beispiel?«

»Würd ich mal sagen. Jetzt sagen Sie bloß nicht, dass Sie den wollen?«

Andi blieb die Antwort schuldig.

»Warren«, rief Jake, »du kannst nicht gleichzeitig zählen und dich dabei mit ihr unterhalten.«

Warren lachte. »Ich kann alles und dabei gleichzeitig zählen.«

»Sieben sind tot. Wundert mich ja, dass es nicht mehr sind, normalerweise sind es mehr.«

Andi fragte: »Gibt's hier irgendwo einen Schlauch, Warren?«

»Ja, da drüben ist einer. Zum Feierabend spritzen die hier alles ab.«

Andi ging zu dem Schlauch hinüber. Gleich daneben waren Viehpferche, wo Kühe ihre lange Wartezeit zubrachten. Zwei wandten die Köpfe her und schauten sie an, nagelten sie fest. Besser ein Tornado oder eine Flutwelle, dachte sie, oder der Ausbruch des Vesuv. Besser in Wasser oder Lava ertrinken. Alles war besser als das, was diesen Kühen widerfahren würde.

Als sie sie betrachtete, fühlte sie sich plötzlich wie gelähmt, der Mut verließ sie, und sie fand keine Worte. Die Enttäuschung über sich selbst war so erschütternd, dass sie fürchtete, ihre Knie würden nachgeben.

Sie drehte das Wasser auf und zog den Schlauch zum Pferch hinüber. Ohne zu fragen oder etwas zu sagen, richtete sie den Wasserstrahl auf die Schweine. Als einige das Maul aufsperrten, goss sie Wasser hinein. Ein Ferkel, das kaum richtig stehen konnte, war bei den Sauen mitgekommen. Während Warren und Jake hinten am Truck beschäftigt waren, nahm sie es, schob es sich unter die Weste und ging nach vorn zum Führerhäuschen. Dort setzte sie das Ferkel auf den Fußboden unter dem Beifahrersitz und legte ihre Weste darüber. Dann ging sie wieder zum Schlauch, aus dem immer noch Wasser spritzte.

Warren rief Jake zu: »Sind das alle?«

»Das wär's.«

Warren hob den Daumen vom Blatt – als hätte er seine Informationen geheim halten wollen – und sagte: »Zweihundertsechs, sagtest du? Abzüglich der sieben toten wären das einhundertneunundneunzig. Es sind aber hundertachtundneunzig, Jake. Da fehlt eins.«

Jake sprang von der Ladepritsche. »Dann stimmt da was nicht. Ich hab selber beim Einladen geholfen.« Er schaute auf Warrens Liste.

»Ach, Jake, es ist doch bloß eins.«

»Du weißt, wie Klavan ist. Es könnten genauso gut hundert sein.«

»Sollen wir zwei dann noch mal durchzählen?«

»Klar.«

»Andi, Menschenskind, hör auf mit dem Schlauch.«

»Wieso? Könnt ihr nicht zählen, wenn dabei Wasser läuft?« Trotzdem zog sie den Schlauch weg und ließ das Wasser zu ihren Füßen eine Pfütze bilden. Es lief unter dem Zaun hindurch in den Pferch, wo ein halbes Dutzend Schweine es gierig aufschlabberte.

Sie sah an den Pferchen entlang in Richtung Schlachthaus. Es hatte drei Stockwerke, und jedem war eine andere Tierart zugeteilt: Schafe, Kühe und Kälber, Schweine. Die Tiere wurden den Verbindungskorridor hinuntergestoßen, wo die Treiber sie mit allem, was sie gerade finden konnten, stießen und schoben, während das Vieh unablässig brüllte. Einer von den Arbeitern setzte einen Viehtreiberstab gegen einen Bullen ein, der sich mit aller Kraft wehrte und dann erschrocken aufheulte, als der Stock in seinen Rachen gerammt wurde und ihm einen elektrischen Schlag versetzte.

Andi war sich sicher, dass ihnen klar war, wohin sie gingen. Bestimmt rochen sie das Blut.

Die beiden Männer hinter ihr hatten ihre Zählerei beendet und waren wieder auf dieselbe Zahl gekommen: 198.

Jake rüttelte am Geländer des Trucks, das jedoch ziemlich stabil war. »Wie ist es bloß da rausgekommen?«

Warren sagte: »Jake, ich hab Tiere schon von wer weiß wo entkommen sehen. Einmal hab ich sogar gesehen, wie eine alte Sau direkt hier« – er zeigte mit seinem Klemmbord auf die Stelle –»vor dem Abstecher abgehauen ist. Man glaubt gar nicht, wie die Viecher am Leben hängen. Ich mein ja, der Fehler ist schon bei euch drüben passiert. Von wegen, ich hab mich verzählt, dabei bin ich der Zuverlässigste.«

»Ja, vermutlich hast du recht. Es ist bloß … du weißt ja, was Klavan für ein Arschloch ist.«

»Also, was sind die wert? Wie viel kriegt ihr pro Schwein?«, wollte Andi wissen.

»Vier Dollar.«

»Mehr nicht?« Sie kraulte eines im Pferch hinter den Ohren. Die hier waren noch nicht weitergeschickt worden. Vier Dollar für so ein riesiges Schwein – sie konnte es nicht fassen. Mehr waren sie nicht wert: ungefähr so viel wie ein Caffè latte bei Starbucks. An Jake gewandt sagte sie: »Ich geb dir das Geld dafür.«

»Ach, auf die Moneten kommt's hier nicht an. Ich will bloß nicht hören, wie der alte Klavan ewig drüber herzieht. Das ist der größte Pfennigfuchser, der mir je begegnet ist.«

Sie nahm den Schlauch, rollte ihn auf und brachte ihn dahin zurück, wo sie ihn geholt hatte. Die Kühe trotteten der Reihe nach aus dem Pferch. Sie beobachtete, wie manche zögerten, manche einfach reglos stehen blieben. Der Treiber beschloss, ihnen mit Elektroschock eine Lektion zu erteilen. Eine Kuh fing an zu brüllen.

Jake war ins Büro gegangen, um das Geld für die Schweine abzuholen. Warren stand immer noch mit seinem Notizbuch herum.

»Ich müsste mir natürlich erst mal alles ansehen«, sagte Andi. »Falls ich beschließe, hier zu arbeiten. Ich müsste erst mal sehen, wie das alles abläuft.«

Warren runzelte die Stirn.

Sie sah ihn herausfordernd an. »Warren, soll das heißen, die Leute nehmen diese Jobs einfach so an. Ohne sich das vorher anzuschauen?«

»Wenn sie Erfahrung haben, wissen sie's.«

»Na ja, es haben aber nicht alle Erfahrung. Und sind bestimmt nicht mal richtig ausgebildet. Wenn sie's wären, wüssten sie nämlich vielleicht, wie man diese Kühe antreibt« – sie deutete zu dem Schlachtvieh im Durchgang hinüber –, »ohne ihnen einen Elektroschocker in Rachen oder Hintern zu stecken. Weil die Leute nicht richtig ausgebildet werden, sind hier so viele Stümper am Werk, stimmt's?«

Warren steckte sich das Klemmbord unter den Arm. »Für jemand, die noch nie in einem Schlachthof gearbeitet hat, scheinen Sie sich ja gut auszukennen.«

»Jake erzählt eben davon…« Sie warf einen Blick über die Schulter, um zu sehen, ob Jake aus dem Büro zurückkam. Nein.

Nun sah Warren sie seinerseits herausfordernd an. Mit einem Anflug von Lächeln sagte er: »Sie sind nicht zufällig eine von diesen Spionen vom Tierschutzbund oder vom Verein für artgerechte Tierhaltung, he?«

Sie seufzte übertrieben. »Nein, Warren, natürlich nicht. Ich arbeite für Klavan's, haben Sie das vergessen?« Dort konnte sie natürlich auch als Spion eingeschleust sein. Der Zusammenhang schien ihm aber nicht klar.

Er fuhr fort: »Einen von denen hatten wir nämlich hier. Hat mit einer versteckten Kamera Fotos geknipst. Mann, den hätte die Geschäftsleitung deswegen am liebsten kaltgemacht!« Er lachte, möglicherweise mochte er die Geschäftsleitung nicht besonders. »Tuttle hätte sich fast in die Hosen gemacht, sorry für den Ausdruck.«

»Wer ist Tuttle?«

»Der Geschäftsführer. Fieser kleiner Dreckskerl, schlimmer als Klavan.«

»Hören Sie.« Sie trat näher zu ihm hin. »Es würde bloß zehn Minuten dauern, und mir wär's lieber, Jake erfährt nichts davon, dass ich einen anderen Job suche. Also, könnten wir, ich meine, könnten wir das jetzt gleich machen?«

Warren nagte an seiner Unterlippe und dachte nach. »Wir lassen da keine Leute rein. Wegen der Haftpflicht. Sie verstehen. Ich frag mal kurz nach.«

Von wegen Haftpflicht! Als ob BigSun sich darum scherte, ob jemand verletzt wurde. Andi nickte, sah Warren eine Nummer in sein Handy tippen – in ein BlackBerry! Sie wusste nicht, ob sie lachen oder weinen sollte. Der Kerl arbeitete in einem Schlachthof und hatte ein Telefon für vierhundert Dollar. Die Welt war total verrückt geworden.

Warren trat etwas beiseite. Sprach, horchte und sagte schließlich: »Okay, gehen wir. Bloß wird Jake sich wundern...«

»Soll er doch.«

Warren zuckte die Achseln. »Wenn Sie meinen.«

Auf dem Weg zum Schlachthaus mussten sie einen Pferch nach dem anderen passieren. Pferch an Pferch voller verängstigter, trauernder Tiere. Denn so kam es ihr vor. Auch merkte sie, dass sie nicht genug Kraft hatte, um den Gedanken weiterzuführen, um länger darüber nachzudenken, denn das würde sie fertigmachen. Dann müsste sie sich auf der Stelle auf diesen mistgetränkten Boden setzen und dürfte nicht mehr aufstehen.

Ein Meer von trauernden Tieren. Die nicht um ihr altes Leben trauerten, sondern um das Leben an sich. Sie wusste, es gab noch so viele mehr als die, die hier eingepfercht waren, nicht nur Tausende, nein, Millionen, ja Milliarden – es war derart überwältigend, dass man unmöglich näher darauf eingehen mochte.

Und das alles geschah, noch bevor sie es mit eigenen Augen sah.

33. KAPITEL

Warren hatte ihr beim Eintreten geraten, sich hinter ihm zu halten, damit es nicht auffiel, dass er sie hier durchführte.

»Natürlich, ich halte mich an Sie.« Das meinte sie ehrlich. Sie hatte wirklich Angst, hier drinnen plötzlich auf sich allein gestellt zu sein.

»Die Schweine sind auf der ersten Ebene. Da gehen wir zuerst hin.«

Es gab eine Art Galerieumgang, vermutlich für Leute, die die Schlachtungen zu überwachen hatten. Sie erkundigte sich bei Warren.

»Das ist, damit man sieht, wer den Ablauf aufhält. Es geht nur um den Ablauf. Wenn einer seine Arbeit nicht schnell genug macht, kann der Nächste seine nicht machen und der Übernächste auch nicht. Wenn einer mit dem Bolzenschussgerät danebentrifft oder es nicht ordentlich macht, dann kriegen der Anketter und der Abstecher ihre Tiere noch bei Bewusstsein, und das macht ihren Job viel, viel schwerer. Und gefährlich.«

Andi schloss die Augen. *Verzeihung, wenn mir der Abstecher völlig egal ist,* dachte sie, den Blick auf das nächste Schwein gerichtet, das im Halteperch ankam. Es wurde vom Betäuber gepackt, der dem Tier den Bolzen in den Kopf trieb.

»Das da gerade war ein guter Treffer«, sagte Warren. »Der hat das Schwein gleich umgehauen. Aber man kann nie wissen.«

Das Schwein wurde weiterbefördert zum nächsten Mann, der ihm eine Klampe mit Kette ums Bein befestigte und es kopfüber in die Höhe zog. Nun kam es zum Abstecher, der ihm die Gurgel durchschnitt, damit es ausblutete. In der Abstechgrube stand das Blut ziemlich tief.

»Der Typ da – Hank Dew heißt er, der ist wirklich gut. Der schafft vierhundert Mastschweine in einer Stunde.«

Andi war völlig baff. »Vierhundert in *einer* Stunde? Das hieße aber doch, da geht alle zehn *Sekunden* ein Schwein durch!«

»Darum geht's ja genau: einen flotten Ablauf hinzukriegen. Aber schauen Sie mal da.« Warren deutete auf ein Schwein, dem schon zwei-, drei-, viermal mit dem Bolzengerät in den Kopf geschossen worden war und das immer noch wild um sich stieß, während der Anketter versuchte, ihm die Kette ums Bein zu befestigen. Mit dem heftig umherschlagenden Bein versetzte das Schwein dem Mann einen Stoß gegen die Brust. Da hob der Anketter eine Metallstange auf und prügelte auf das Tier ein, bis dessen Körper blutüberströmt war. Das Schwein schrie, bevor es schließlich unter Schlägen verstummte. Daraufhin erhob sich ein lauter Streit zwischen dem Arbeiter und dem Abstecher.

Das Schwein war aber immer noch nicht tot und versuchte, sich aufzurichten, das Gesicht eine breiige Masse. Hängend kam es weiter zum Abstecher und versuchte immer noch, den Kopf zu heben. Der Abstecher packte das brüllende Tier, schnitt ihm die Kehle durch und ließ es ausbluten.

»Mir schleierhaft, dass da immer noch Blut drin ist«, sagte Warren. »*Gottverdammtnochmal*, das Vieh hatte aber einen Überlebenswillen!«

Andi sagte nichts. Ihr Mund war wie zugefroren.

»Sehen Sie, hier liegt das Problem. Wenn der Betäuber es nicht richtig macht, dann kommt alles ins Stocken, und das Soll wird nicht erfüllt. Deshalb war der Abstecher ja auch so sauer – so muss das laufen: betäuben, anketten, abstechen.« Bei jedem Wort hieb er mit seiner kleinen Faust auf das Geländer. Er hatte ziemlich zierliche Hände.

Andi hörte ihm zu. Es war gerade so, als redete er von der Präzision paradierender Soldaten oder eines Balletts oder eines Kartenausteilers beim Blackjack. Der Rhythmus musste beibehalten werden. Sie hätten genauso gut Autos zusammenbauen oder Erbsendosen befüllen können. Vor ihrem inneren Auge sah sie

Warrens geballte Faust herunterdonnern, seinen Worten Nachdruck verleihend.

Sie bekam plötzlich Angst vor ihm. Nicht dass sie sich in Gefahr gesehen hätte, er war schließlich nicht so furchteinflößend wie die Männer dort unten. Sondern weil sie ihn ganz falsch eingeschätzt hatte, den anderen Warren. Sie hätte nicht gedacht, dass er zu diesem Anfeuerungsgeschrei fähig gewesen wäre.

»Warren!« Sie konnte nicht anders, sie musste es in Worte fassen. Sie musste seine Antwort hören. »Sie haben Spaß dran, sich das anzusehen, stimmt's?«

Da gewann der alte Warren wieder die Oberhand. Er hatte die Unterarme auf das Holzgeländer gelehnt und richtete sich nun auf. »Was? Ach, Scheiße, nein, hab ich nicht. Das ist doch furchtbar.« Wieder ertönte ein gellender Schrei, glasklar schneidend und fast unerträglich. »Na, vielen Dank auch, da kriegen mich keine zehn Pferde runter.«

»Wofür ist der große Kessel da drüben?« Es war ein länglicher Metallbehälter, durch den die Schweine, wie Wäsche auf der Leine kopfüber hängend, gezogen wurden.

»Das ist das Abbrühbecken. Da werden sie reingetaucht, damit die Borsten weich werden. Dann lassen sie sich leichter abziehen.«

»Sie sind aber nicht mehr bei Bewusstsein, wenn sie da reinkommen.« Das sagte sie mehr an sich selbst gerichtet denn als Frage an ihn.

»Meistens nicht. Ja, schon, wenn jeder seinen Job ordentlich gemacht hat.«

Ein Schwein, das sich von seiner Klampe befreit hatte, rannte in der Blutgrube herum, während der Abstecher es zu packen versuchte. Ein Teil des Bluts stammte von dem Tier selbst, das meiste von den anderen vor ihm. Das Schwein war über und über damit beschmiert.

Fast schien es, als streckte es dem Abstecher die Schnauze hin auf der Suche nach etwas, das es nie bekommen würde, etwas

Unmögliches von dem Augenblick an, als das Schwein den Fuß in den Schlachthof gesetzt hatte. Falls es Gnade war, so war dafür hier der falsche Ort.

Und doch schien es mit seinem blutigen Gesicht und der aufgerissenen Augenhöhle darauf zu hoffen. Andi wandte sich ab, als der Abstecher das Schwein, das ihn so flehentlich angeschaut hatte, packte und ihm die Kehle durchschnitt.

Es gibt Umstände, die sind so bizarr, so entsetzlich, aber auch so schön, dass der menschliche Verstand nicht mit ihnen umzugehen weiß. Es ist unvorstellbar, unaussprechlich, unbeschreiblich.

Sie schüttelte den Kopf, wie um die Geräusche loszuwerden, die von dort unten kamen – die wütenden Zurufe der Männer bei ihrer Arbeit, das Kreischen der Schweine. Das Getöse ließ sie zurückweichen, sie musste sich an die Wand lehnen.

Warren schaute über die Schulter. »Alles okay?«

Nein, hätte sie geantwortet, wenn in dem Augenblick nicht Jake zur Tür hereingestürmt wäre.

»Verdammt, was denkst du dir eigentlich dabei, sie hier reinzubringen?« Jake zerrte an Warrens Arm und hätte ihn wie eine ausgebrannte Glühbirne glatt aus der Fassung gerissen, wenn es Warren nicht gelungen wäre, sich aus Jakes Griff zu winden.

Andi sagte: »Nein, Jake, ich hab ihn drum gebeten. Er wollte gar nicht...«

»*Halt die Klappe, Andi!* Halt du bloß endlich ein Mal den Mund.« Er wandte sich wieder Warren zu.

Warren rieb sich gequält den Arm. »Verdammt, Jake! Ich bin kein Scheißbabysitter, hörst du? Sie sagte, sie würde vielleicht gern hier arbeiten, müsste aber erst mal sehen, was gemacht wird...«

Jake trat bedrohlich nahe an Warren heran. »Das war gelogen, Warren. So läuft das nämlich bei der Kleinen. Wenn die was will, erzählt sie dir alles.«

Andi schaute hinunter. Von den Männern dort unten schien keiner den Krawall zu bemerken, der hier oben vor sich ging, obwohl Jake grimmig die Stimme erhoben hatte. Alles lief reibungslos weiter.

»Komm jetzt!« Jake zog sie an der Schulter fort. Sie wandte sich ab, folgte ihm jedoch aus dem Gebäude hinaus.

»Wieso bist du so *sauer*?«, rief sie Jake nach, der wütend lostapfte. Sie kamen an den Pferchen vorbei. Die leeren wurden nun wieder aufgefüllt. Laster trafen ein und fuhren wieder ab – in jenem entsetzlich gleichmäßigen Rhythmus, der ihr im Schlachthaus schon aufgefallen war.

Während Jake mit entschlossenen Schritten voranging, blieb sie an einem Pferch mit Kühen stehen. Einer offenbar trächtigen Kuh, deren Bauch auf den doppelten Umfang angeschwollen war, hielt sie die Hand an die Seite. Gleich war Jake wieder neben ihr, griff nach ihrer Hand und zerrte sie fort. »Ich muss verrückt gewesen sein, dass ich dich hab mitfahren lassen. Was hast du da drin ausgeheckt?« Er deutete in Richtung Schlachthaus. »Willst du den Laden in die Luft sprengen?«

»Nein, ist aber keine schlechte Idee.«

Er fuhr herum. »Hör auf mit der Klugscheißerei. Sag einfach gar nichts.« Er drohte ihr mit dem Finger.

Da musste sie lachen. »Du bist nicht mein Vater! Von dir lasse ich mir nicht vorschreiben, was ich zu tun und zu lassen habe.«

Er schaute sie scharf an. »Solang du mit mir und im Auftrag von Klavan unterwegs bist, jawohl, Madam, da kann ich dir schon sagen, was du zu tun hast. Nicht dass es groß was nützt. Du bist wirklich das verschlagenste Geschöpf, das mir je begegnet ist.«

Sie lief zum Truck, um nach dem Ferkel zu sehen. Das Köpfchen lugte unter der Weste hervor.

»Steig ein«, sagte Jake, ging auf seine Seite hinüber und hievte sich in den Fahrersitz. Dann schaute er zu dem kleinen Gesicht hinunter.

Sie sah Jake wortlos an.

»Ach, was soll's! Ein bisschen mehr Lug und Betrug, ein weiterer Diebstahl – darauf kommt es jetzt auch nicht mehr an!« Als sie eingestiegen war, knallte er seine Tür zu. Den Arm über der Rückenlehne legte er den Rückwärtsgang ein und manövrierte den Viehtransporter um ein halbes Dutzend andere Schlepper herum, von denen die meisten ihre Tiere noch geladen hatten. Schafe, Kühe, noch mehr Schweine.

Als Jake auf die Straße hinausfuhr, sah es aus, als hätte die Sonne den Himmel mit der Farbe von Blut bemalt, nur dass Blut heller leuchtete.

34. KAPITEL

»Warren hätte dich dort gar nicht reinlassen dürfen.«

»*Ich* hab ihn drum gebeten.«

»Ah, natürlich hast du ihn bekniet und belabert. Aber trotzdem hätte er es nicht tun sollen! Weißt du, ich habe selbst mal fünf Jahre dort gearbeitet. Das ist nichts, was du unbedingt sehen musst. Es gibt Dinge auf dieser Welt, die man nicht sehen sollte, und das dort gehört dazu.« Er gab einem kleinen Fiat ein Hupsignal, der sich auf der Überholspur breitmachte.

Andi wollte nicht, dass er sie für streitsüchtig hielt, und so wartete sie eine Weile, bevor sie sagte: »Aber wenn man es nicht sieht, Jake, dann weiß man nicht, dass es geschieht, und kann nichts dagegen tun.«

Er sah zu ihr hinüber. Sein Blick war stechend. »Das ist es ja gerade: Man kann gar nichts dagegen tun. So ist die Welt nun mal, Andi. Da ist nichts zu machen, solange die Leute ihren Frühstücksspeck haben wollen.«

»Du hast dort fünf Jahre als Abstecher gearbeitet. Ich kann mir das absolut nicht vorstellen. Dafür bist du viel zu nett.«

Das trug ihr schallendes Gelächter ein. »Das erste Mal, dass mich jemand nett findet.«

»Stimmt aber.« Sie dachte wieder daran, wie verärgert er gewesen war. »Du hasst es wirklich, hab ich recht? Du hasst diesen Laden.«

»Ja, schon.«

»Auf dich hatte es also den umgekehrten Effekt. Du warst nicht wie diese Männer da unten. Für dich wurde es immer schlimmer. Während die immer tiefer und tiefer sinken. Und irgendwie sogar Gefallen daran finden.«

»Hör auf, so zu reden, als wüsstest du genau Bescheid. Keinem von denen gefällt es. Ich hab anständige Männer gekannt, die sich besoffen haben oder nach einem Tag in diesem Inferno nach Hause gegangen sind und ihre Frauen und Kinder verprügelt haben. Ich zum Beispiel. Drum hab ich auch aufgehört, bloß war es da schon zu spät.«

Wieder staunte sie. »Ich wusste gar nicht, dass du Kinder hattest. Oder eine Frau.«

»Jetzt nicht mehr. Sie hat sich scheiden lassen, und ich kann's ihr auch kaum verdenken. Die Kinder hat sie. Einen Jungen und ein Mädchen, Johnny und Jeanette.«

»Wo sind sie? Wie oft siehst du sie?«

»Gar nicht, zumindest in den letzten paar Jahren habe ich sie nicht mehr gesehen.«

»Wo sind sie?«, wiederholte sie ihre Frage.

Er schüttelte den Kopf. »Keine Ahnung. Sie ist eines Tages einfach weggezogen, ohne mir was zu sagen.«

Verblüfft fuhr Andi in ihrem Sitz herum. »Wie konnte sie so was tun? Das ist doch verboten, oder nicht? So was kann man Eltern nicht antun. Bist du zum Anwalt gegangen?«

»Ja. Der meinte, ich kann sie ja verklagen. Es ist bloß so: Dafür müsste ich sie erst mal finden, und ich find sie nicht.«

»Und ein Privatdetektiv?«

»Einen hatte ich, der hatte aber nicht viel Glück. Er war natürlich nicht die ganz große Leuchte. Was anderes konnte ich mir aber nicht leisten. Erstaunlich, wie eine Frau mit zwei kleinen Kindern so einfach spurlos verschwinden kann.«

»Das tut mir wirklich leid. Du vermisst sie bestimmt sehr.«

Jake nickte. Mit der rechten Hand hielt er das Steuer. Den Ellbogen des anderen Arms hielt er aus dem Fenster und hatte den Handrücken an den Mund gepresst.

Andi glaubte, er würde nun gleich anfangen zu weinen. »Ich hab meine Familie auch schon lang nicht mehr gesehen. Es ist schwer, ich weiß, dass es schwer ist.«

Er zog die Hand weg und stützte sie aufs Lenkrad, berührte

das Lenkrad nur ganz leicht mit zwei Fingern. »Und wieso? Hattet ihr große Meinungsverschiedenheiten?«

Andi lächelte über seinen Ausdruck, mit dem er ihr das peinliche Gefühl ersparen wollte, zugeben zu müssen, dass sie hinausgeworfen worden war. »So ungefähr.« Wie sehr sie sich wünschte, es wäre eine Meinungsverschiedenheit gewesen anstatt dieser Leere.

Sie fuhren durch ein Neonlichtgewitter, das die nasse Straße überflutete und die Pfützen blau, grün und rot färbte.

»Hier hat's geregnet«, sagte er. »Die Luft riecht gut, nicht?«

»Ja. Wo gehen wir was essen? Bei McDonald's?«

»Hast du Lust?«

»Ich hasse McDonald's.«

»Ich auch. Gleich hinter Minot ist ein Conoco Truck Stop. Anderswo ist der Sattelschlepper schwer zu parken.«

Es war ein Econostop. Jake ließ den Truck über den Parkplatz rollen, vorbei an einem Dutzend anderer Laster, die wie Legosteine eng aneinandergefügt in den Parklücken standen.

Nachdem sie ausgestiegen waren, kam Jake herüber und nahm das Ferkelchen hoch. »Hinten drin ist jede Menge Fressen. Damit wirst du für den Rest deines Lebens satt.« Sobald es mit etwas Futter auf einem Blechteller versorgt war, den Jake hinter dem Sitz hervorgezogen hatte, begann das Schweinchen im Futter herumzuwühlen.

»He, erwarte aber nicht, dass wir dir ein T-Bone-Steak bringen.«

»Ich besorg ihm ein bisschen Milch.«

Auf dem Weg zum Restauranteingang fragte Jake: »Was willst du mit dem Ferkel denn machen?«

»Es bei Jim einquartieren, denk ich.«

»Meine Güte, dein Freund Jim kann ja bald eine Arche Noah ausstaffieren, so wie du die Viecher anschleppst.«

»Er wird schon nichts dagegen haben. Er fand das auch okay mit dem anderen Schwein...« Es war ihr einfach so herausgerutscht. Unsicher schaute sie Jake an, der ihr die Tür aufhielt.

»Welches Schwein?«

Sie lächelte, und sie traten ein.

Jake verzichtete auf das extragroße Lendensteak und entschied sich stattdessen für das Gleiche wie Andi: Pekannuss-Pfannkuchen und Spiegelei.

Die Kellnerin schaute die beiden nacheinander an. »Speck dazu? Würstchen?«

Beide verneinten kopfschüttelnd.

Die Kellnerin hieß Mabel und sah aus, als nähme sie hier schon seit ewigen Zeiten die Bestellungen von Lastwagenfahrern auf. Obwohl tiefe Falten sich wie Reifenspuren von der Nase zum Mund gruben, hatte sie einen freundlich lächelnden Ausdruck im Gesicht.

»Heute Abend haben wir unser beliebtes Spezialangebot ›Gute Fahrt‹. Da gibt's außer Pfannkuchen noch eine Scheibe French Toast dazu, drei Eier, entweder als Rührei oder auf andere Art, ein Steak und dazu Bratkartoffeln und Brötchen. Oder ein Maismuffin, wenn Sie das lieber wollen. Die sind hausgemacht.«

»Kann ein Mensch das alles überhaupt aufessen?«, wollte Andi wissen.

Mabel lachte. »Und ob! Manche wollen sogar noch einen Nachschlag.«

»Okay«, sagte Jake. »Das nehm ich, aber ohne Steak.«

»Mögen Sie kein Steak?« Mabels dünne Augenbrauen verharrten erwartungsvoll.

»Heute Abend nicht. Und Kaffee, den Kaffee nicht vergessen.«

»Wie könnte ich?« Mabel wandte sich an Andi.

Die sagte, sie wolle bei ihren Pfannkuchen bleiben.

Dann war Mabel wieder bei Jake: »Wie wär's mit einem Maismuffin?«

»Gut.«

Mabel klemmte sich den Bleistift hinters Ohr, sammelte die Speisekarten ein, machte auf ihrer Gummisohle kehrt und ging in Richtung Tresen und Küche davon.

»Das wär aber nicht nötig gewesen, Jake, dass du wegen mir das Steak nicht nimmst.«

»Wer behauptet denn, es war wegen dir? Nicht alles geschieht wegen dir. Ich schaff das einfach nicht alles.«

»Bloß die Pfannkuchen, drei Eier, French Toast, Bratkartoffeln und ein Maismuffin.«

»He, mit so einem Gedächtnis solltest du als Bedienung arbeiten.«

»Hm, na ja, hab ich auch schon. Ziemlich viel sogar. Die Art von Job kriegt man am leichtesten.«

»Wo hast du gearbeitet?«

»In einem Lokal in Idaho Falls. Dann in Billings und Miles City. In Montana. Fast ein Jahr lang. In Idaho City war ich auch ein Weilchen.«

Jake runzelte die Stirn. »Gab's vorher für dich denn auch schon ein Leben?«

Seltsam, wie er sich ausdrückte, als wäre er ebenfalls vertraut mit einem Leben, das erst vor ein paar Jahren angefangen hatte.

»Klar, aber das ist langweilig.«

»Dann marschierst du also nur so zum Spaß quer über die Great Plains? Wenn ich mir die Bemerkung erlauben darf: Irgendwie machst du nicht gerade den Eindruck, als wärst du besonders reiselustig.«

»Warum denn nicht?«

Er lächelte. »Was dagegen, wenn ich rauche?«

»Was dagegen, wenn ich was dagegen hab?«

»Nein.«

Mabel war wieder da mit einer Kaffeekanne, die so heiß war, dass der Dampf die Luft vernebelte. Sie stellte zwei weiße Henkelbecher hin, schenkte Kaffee ein und ließ kleine Plastikbehälter mit Kaffeesahne auf dem Tisch.

»Gibt es hier auch einen Raucherbereich?«, erkundigte sich Jake.

»Sie sitzen mittendrin.«

Er nickte und steckte sich eine an.

Andi umklammerte ihren Kaffeebecher mit beiden Händen und holte tief Luft. Der Kaffee war ein Gedicht!

»Wieso sollte ich nicht reiselustig sein?«, fragte sie noch einmal.

Jake riss zwei Plastikbehälter auf und schüttete erst Milch in seine Tasse, dann Zucker, dann rührte er gedankenverloren um. »Also, du kommst mir vor wie eine, die sich häuslich niederlassen will. Die ungern ihre Sachen packt und weiterzieht. Du magst es, für länger irgendwo zu bleiben.« Er nippte an seinem Kaffee, hielt den Becher zwischen den Händen in die Höhe. »Oder du magst die Leute. Vermutlich eher die Leute.«

Eine Weile saßen sie schweigend da, während Andi darüber nachdachte. Sie war überrascht, wie gut er sie verstand, und hatte so ein unbestimmtes Gefühl, gescheitert zu sein, ohne dass sie recht wusste, woran. Aber woher wusste er, wie sie sich fühlte? Sie schaute in ihren Kaffee, hielt den Becher hoch, so dass er ihr Gesicht teilweise verdeckte. »Da hast du wahrscheinlich recht. Man kann sich aber doch an einem Ort wohlfühlen und trotzdem woanders hingehen. Das schließt sich doch nicht gegenseitig aus.« Ihr Ton war scharf und beißend, und sie war froh, dass Mabel gerade mit dem Essen daherkam. »Wow!«, sagte sie. »So einen Riesenteller hab ich ja noch nie gesehen.«

Er nahm fast Jakes gesamte Tischhälfte ein.

Andis Teller war konventioneller, aber mit einem ganzen Stapel von Pfannkuchen beladen.

»Das braucht ihr zur Stärkung«, bemerkte Mabel und ging mit quietschenden Sohlen davon.

Andi wollte das Gespräch von ihrer Vergangenheit weglenken. »Wieso hast du zu Warren gesagt, ich würde immer nur lügen?«

»Weil es stimmt. Mir ist noch nie jemand begegnet, der so vollendet lügen kann wie du.«

Sie schob sich eine Ladung in Ahornsirup getränkte Pfannkuchen in den Mund. So leichte, lockere Pfannkuchen hatte sie noch nie gesehen, dazu gab es drei Arten von Sirup.

Sie aßen fertig, bezahlten und gingen zum Truck zurück. Andi blieb plötzlich stehen. »Du hast mich gesehen, letzthin mit dem Van.«

»Und?«

»Du hast gewusst, dass ich das Schwein zu Jim gebracht hab. Du hast mich im Van gesehen. Du wusstest von Anfang an, dass ich Auto fahren konnte.«

»Heiliger Strohsack, das war also auch gelogen? Aber nur wenn du das fahren nennst.«

»Wahrscheinlich lüge ich doch recht viel.«

Er schaute zu dem Schweinchen hinein. »Ehrlich gesagt würde es mich nicht wundern, wenn du gar nicht Andi Oliver heißt.«

Andi war froh, dass er nicht sie, sondern das Schweinchen ansah und dass in der allmählich hereinbrechenden Dunkelheit seine Miene nicht zu erkennen war.

35. KAPITEL

Sie fuhren wieder auf der U.S. 83, diesmal in Richtung Süden.

Andi fragte Jake: »Wo hast du denn früher mit deiner Familie gewohnt?«

»In South Dakota.«

»Hast du deine Kinder seitdem noch mal gesehen?«

»Ja. Monate später, auf dem Jahrmarkt. Ich war mit meinem kleinen Neffen Davy dort. Der wollte unbedingt hin. Seine Mom – also, meine Schwester, ich nenn sie immer Sis – musste arbeiten. Also bin ich mit ihm hin. Da hab ich sie gesehen. Alle zusammen.«

Er fuhr fort: »Beim Riesenrad. Davy fährt furchtbar gern Riesenrad und ich auch. Wir haben uns also in die Schlange gestellt, und da sah ich meine Kleine, Jeanette, ein Stück weiter vorn. Vor uns standen noch ein Haufen andere Leute. Sie hielt die Hand von irgendeinem Kerl, und erst dachte ich, ich täusche mich – ich dachte, wieso ist sie bei diesem Mann?«

Andi ließ diese Geschichte auf sich einwirken. Es war zur Abwechslung einmal nicht ihre eigene Geschichte, keine Geschichte, die sie selbst erzählte. Inzwischen war es dunkel, eine beruhigende Dunkelheit, in der die Scheinwerfer wie im glühenden Schein eines Feuers schimmernd auf sie zukamen. Leichter Regen, eher Dunst als Regen, sammelte sich auf der Windschutzscheibe und wurde sogleich vom Scheibenwischer weggeschoben. Der Mond wirkte wie wässrig, wie in einem Teich gespiegelt. Selbst bei halb heruntergekurbeltem Fenster war es nicht kalt, und die Luft roch süß. Nicht zu vergleichen mit der Fahrt in umgekehrter Richtung, die schon ganz weit weg zu sein schien.

»Erst befürchtete ich, Jeanette sei womöglich entführt worden – gekidnappt. Kurz kam Panik in mir auf. Dann sah ich auf der anderen Seite von dem Kerl Dawn und Johnny. Sie lachte, hatte den Mund weit geöffnet und lachte.«

»Das war bestimmt schlimm, deine Kinder mit einem fremden Kerl zu sehen.«

»Ich hab's kaum ausgehalten, ehrlich.«

»Was hast du dann getan?«

»In dem Moment gar nichts. Ich hatte ja Davy dabei. Ich wäre am liebsten zu ihr hinmarschiert und hätte dem Kerl mit meiner Kleinen an der Hand eins in die Fresse gegeben, dann Dawn aus der Schlange gezerrt und sie fertiggemacht dafür, dass sie mit den Kindern abgehauen ist.

Das hätte mir aber auch nichts genützt, also hab ich mich abgeregt. Es hätte mir nicht das gebracht, was ich brauchte. Ich musste herausfinden, wo sie wohnten, und es meinem Anwalt sagen, damit der ihr die Bullen auf den Hals hetzen konnte. Das hieß abwarten, bis sie gingen, und ihnen dann folgen. Mein Neffe wurde allmählich müde, und ich konnte ja nicht verlangen, dass er noch ewig durchhielt. Ich wusste nicht, was ich tun sollte, bis mir einfiel, klar, ich Blödmann, ich könnte doch Sis zum Jahrmarkt kommen lassen, damit sie ihn mit nach Hause nimmt. Sie hasste Dawn fast genauso wie ich. Ich wusste, dass Sis bald Feierabend hatte. Und so hab ich's dann gemacht.« Er rieb sich mit der Hand übers Gesicht, schlug aufs Lenkrad und sorgte dafür, dass ein Volvo in der Nebenspur kurz ausscheren musste. »Gott, ich hätte die beiden umbringen können.«

»Ich auch.«

»Danke.«

»Deine Schwester kam also …«

»Eine halbe Stunde später war sie da. Weil ich Dawn und die anderen im Auge behalten musste, hatte sie die Idee, mich anzurufen. Ich würde ihr dann sagen, wo ich stand. In dem Moment nämlich an einer von diesen Schießbuden, du weißt schon, wo man für so viele Schüsse zahlt, wie man haben möchte. An der Art, wie der Kerl das Gewehr hielt, erkannte ich sofort, dass er Jäger sein musste. Er war sogar so angezogen: großkariertes Hemd, Kappe...«

»Sag mir, wo der Kerl steckt, und ich erschieß ihn für dich.«

Jake lachte. »So ein Risiko gehst du bloß für ein Schwein ein.«

»Ach was, du zählst so viel wie ein Schwein.«

Er lachte wieder. »Das ist bestimmt das größte Kompliment, das ich im Leben je kriegen werde.«

»Wahrscheinlich. Und weiter?«

»Sis nahm Davy also mit, musste sich aber sehr zurückhalten, um nicht auf Dawn loszugehen. Es fiel mir schwer, mich zu beherrschen und sie weiter zu beobachten. Sie blieben auch nicht mehr lange. Weil es nur einen Parkplatz gab und viele Leute schon gegangen waren, konnte ich sie im Auge behalten, in mein Auto steigen und sofort losfahren, nachdem die in ihres gestiegen waren. War natürlich ein Geländewagen, so wie die Mistkarre hier vor uns, die andauernd die Fahrspur wechselt.« Er deutete auf den schwarzen Land Rover, der sich aufführte, als würden alle anderen Fahrzeuge ihn bloß aufhalten, obwohl nur sehr wenig Verkehr herrschte.

»Wie ging's dann weiter?«

»Erst folgte ich ihnen, bis ich mich fragte, verdammt, wieso eigentlich? Was war daran so besonders, dass die Frau sich einen neuen Macker gesucht hat? Kommt doch andauernd vor. Ich machte kehrt und fuhr nach Hause.«

Andi war überrascht. »Aber dann hast du ja gar nicht rausgekriegt, wo sie wohnen.«

»Ich weiß. Frag mich nicht, wieso ich das gemacht hab.«

Also sah Andi davon ab. Nach weiteren ein oder zwei Meilen sah sie es vor ihnen liegen. »Da ist ja das Stardust, Eddies Motel. Das Hinweisschild ist mir vorher gar nicht aufgefallen. Können wir da anhalten?«

»Hmm, hmm.« Jake drosselte die Geschwindigkeit, um rechtzeitig ins Stardust Motel abbiegen zu können. »Der ist ja jetzt dein Busenfreund, nachdem er sich so rührend um die Schweine gekümmert hat. Hat sich voll reingehängt – natürlich alles we-

gen dir, aber ich glaub, die Schweine haben ihm wirklich leid-
getan.«

Andi ließ sich vom Truck heruntergleiten. Als sie das Empfangsbüro betrat, saß dort nicht Eddie in eine Zeitschrift ver-
tieft, sondern eine Frau vor einem kleinen Fernseher. Alt, vermutlich über sechzig, vielleicht siebzig, mit einem Gesicht, das
die Narbenspuren eines Kampfs mit einer ernsten Kinderkrank-
heit zeigte. Sie trug eine graue Strickjacke über einem geblümten Kleid und Hausschlappen. Es gelang ihr, den Eindruck zu
vermitteln, Andi störe sie in ihren Privatgemächern.

»Wo ist Eddie?«

»Weg.« Die Frau lehnte sich in ihrem alten Schaukelstuhl
zurück, drehte sich zum Fernseher hin und verschränkte die
schwabbeligen Arme über der Brust.

»Ach, er ist unterwegs? Wissen Sie, wir waren heute früh
schon mal hier …«

»Na, heut Abend is er jedenfalls nich hier. Gut, dass ich den
los bin.« Diese Mitteilung übermittelte sie, ohne den Blick vom
Bildschirm zu wenden.

»Was ist passiert?«

»Hab ihn rausgeschmissen. Hochkantig.«

»Warum?«

Die Frau wandte sich abrupt um und sah Andi scharf an. »Sie
sind ja ziemlich naseweis. Wieso?« Ihre zusammengekniffenen
Augen deuteten an, dass sie auch Andi ganz gern los wäre.

»Nur so. Ich hab ihn heute erst kennengelernt, und er war
gleich sehr hilfsbereit.«

»Der? Na, zu mir aber nich. Der war 'ne geschlagene Stunde
nich im Büro, wo ich versucht hab, ihn anzurufen. Vielleicht wegen Ihnen.«

Ihr zweideutiges Lächeln ärgerte Andi. »Ja, das stimmt. Wir
hatten ein Problem mit dem Kühler, und Eddie hat ausgeholfen. Er hat meinem Freund dort draußen sogar sein Auto geliehen, damit der zur Tankstelle fahren konnte. Wenn also jemand
schuld ist, dann wir, nicht er.«

Die Frau hielt ihre Zigarette dicht an den Mund, der heftig mahlte, als wollte sie die Zigarettenspitze abknabbern. Sie trug knallroten Nagellack, der ihre dick geäderten Hände nur noch älter wirken ließ.

»Sind Sie etwa eine von denen, die sich gern selber bezichtigen, wenn was schiefgeht?«

Die Frage kam so unerwartet, dass Andi keine Antwort einfiel.

»Kann ja sein, dass Sie ihn um Hilfe gebeten haben, das heißt aber nich, dass er helfen musste.« Dies hörte sich nicht sehr vertrauenerweckend an. »Übrigens war das mein Auto, nicht seins.«

Andi sagte: »Und dafür haben Sie ihn rausgeschmissen? Ihnen ist doch gar kein Geschäft entgangen. Wir waren draußen auf der anderen Seite drüben, hatten das Büro aber immer im Blick. Da ist niemand gekommen.«

Die Frau kniff hinter dem Zigarettenrauch die Augen zusammen. »Na, jetzt aber los. Ihr Freund fragt sich bestimmt schon, wo Sie stecken.«

Andi stapfte wütend hinaus. Das war kindisch, ihr aber ziemlich egal.

Sie schwang sich in den Truck hoch und knallte den Wagenschlag zu.

»Stimmt was nicht?« Jake machte ein besorgtes Gesicht.

»Jake, die Frau da drin, die hat Eddie rausgeschmissen! Bloß weil er mal nicht im Büro war, als sie heute Morgen angerufen hat. Ich hab ihr gesagt, Eddie hat uns lediglich mit dem Ersatzteil für den Kühler geholfen. Die hat bloß dagesessen, geraucht und dämlich gegrinst.«

Jake fing an zu kichern. »Die ist eifersüchtig«, meinte er. »Das ist ihr Problem.«

»Eifersüchtig? Wie kommst du denn auf die Idee?«

»Wie alt ist die? Vielleicht in den Sechzigern. Ich hab sie kurz durchs Fenster gesehen. Und da kommst du angetanzt, ein hübsches, munteres junges Ding. Eddie hat den Fehler gemacht, dass er dir geholfen hat. Meine Güte, du haust die Männer reihenweise um. Na, na, na!« Er griff hinter sich, um ein paar Bier aus der Kühlbox zu ziehen. »Bin gleich wieder da.« Er sprang vom Fahrerhäuschen hinunter und ging Richtung Rezeption.

Andi versuchte, einen Blick auf die beiden zu erhaschen, ohne Erfolg, also wartete sie einfach.

Nach weiteren zwanzig Minuten war er ohne das Bier wieder da.

»Ich hab ihr gesagt«, meinte er, nachdem er auf seinen Sitz gestiegen war, »sie solle ihn – Eddie – vielleicht doch wieder einstellen. Er habe seinen Posten nur deshalb verlassen, weil wir seine Hilfe brauchten, und er habe uns dann ja auch geholfen, aber immer wieder gesagt, jetzt müsse er wieder ins Büro, weil Mrs. Orbison – so heißt sie – mit ihm rechnete. ›Eddie hält wirklich große Stücke auf Sie‹, sagte ich zu ihr.« Er legte lächelnd den Rückwärtsgang ein und fuhr vom Parkplatz.

»Ist nicht wahr!« Sie lachte.

»Klar doch. Ich kann nämlich auch ganz schön verschlagen sein, wenn's sein muss. ›Sie wissen ja, dass seine Mom schon lang verstorben ist‹, sagte ich, ›und da schaut er jetzt eben zu Ihnen auf – na, Sie wissen schon, was ich meine.‹«

»Willst du mir etwa weismachen, die Ärmste ist drauf reingefallen?«

Sie waren wieder auf der großen Straße und fuhren in Richtung Süden.

»Oh ja! Was bleibt ihr andres übrig. Der Ehemann tot, die Kinder auf und davon, und die Verwandten wohnen alle weit weg im Osten.« Jake zuckte die Achseln und kaute an einem Keks. »Ziemlich einsames Leben, würd ich sagen.« Er klang wie einer, dem ein einsames Leben nur allzu vertraut war.

»Du glaubst also wirklich, sie nimmt ihn wieder?«

Jake sah sie von der Seite her an. »Ich denk schon.«

»Das war wirklich nett von dir.«

»Nicht der Rede wert. Wir haben zusammen ein Bier getrunken. Schon erstaunlich, was dabei rauskommt, wenn man zusammen einen hebt.«

36. KAPITEL

Sie fuhren den Truck zu Klavan's zurück und kamen kurz vor zehn dort an. Jake kutschierte sie mit seiner alten Klapperkiste nach Hause, von der er behauptete, sie würde mit einem Dosen-öffner geliefert für den Fall, dass man drin stecken blieb.

Andi hielt das Ferkel auf dem Schoß, als sie auf das Rondell einbogen. Die Einladung zum Essen lehnte Jake dankend ab. Andi brachte das Ferkel in den Stall hinüber, setzte es zu Hazel hinein und achtete darauf, dass keins von den anderen drauftrat. Dann ging sie ins Haus.

Jim und Tom saßen in der Küche, rauchten und tranken Glen-fiddich. Sie freuten sich, dass sie wieder da war.

Andi holte einen Teller aus dem Küchenbüfett und setzte sich. Nach dem Essen im Truck-Stop hatte sie immer noch Hunger. Während sie sich Bohnen auf die Gabel häufte, erzählte sie ihnen von BigSun.

»Hab dir ja gesagt, du sollst da nicht hin«, meinte Jim voller Genugtuung.

»Ist das alles?«

»Was alles?«

»Bloß, dass du froh bist, du hättest recht damit gehabt, dass ich da nicht hin soll?«

Tom und Jim warfen einander vielsagende Blicke zu.

»Du hattest nämlich *nicht* recht. Es musste einfach sein.« Sie griff nach der Salatschüssel.

Tom schüttelte den Kopf. »Ganz schön selbstgerecht bist du, weißt du das!«

»Wär ich lieber nicht, aber ob ich's nun bin oder nicht, ändert doch auch nichts, oder?«

Ihr Blick ging zwischen beiden hin und her.

Jim sagte: »Was willst du damit sagen? Das weiß man bei dir nämlich oft nicht.«

»Ich will damit sagen: Selbst wenn ich aufhören würde, so selbstgerecht zu sein – würde das den Schweinen und Kälbern und Schafen dort bei BigSun denn was nützen?«

Jim seufzte. »Mit dir kann man einfach nicht reden, Mädchen.«

Tom sagte: »Ich begreife nicht, wieso Klavan dich hat mitfahren lassen.«

»Es war eigentlich Jakes Entscheidung.«

»Jake Cade?«, fragte Tom.

Andi nickte. Aus Toms Ton hörte sie Missbilligung heraus.

»Pass bloß auf, dass du dich nicht mit Jake Cade einlässt.«

»›Einlässt‹? Was meinst du damit? Wieso? Stimmt was nicht mit ihm? Er war ganz nett zu mir.«

»Harry McKibbon hat ihn schon mehrmals einbuchten müssen.« Tom nahm einen kräftigen Schluck Whisky. »Wegen Hausfriedensbruch. Weißt du noch, Jim?«

Auf Jims Stirn bildeten sich Runzeln, während er sich zu erinnern versuchte. »Vage.«

»Welchen Hausfrieden hat er denn gebrochen?«, wollte Andi wissen.

»Im Two Dogs. Soweit ich weiß, hat er dort das Mobiliar zertrümmert.«

»Im Two Dogs gibt's keinen Hausfrieden. Da geht doch andauernd irgendwelches Mobiliar zu Bruch. Mit wem hat er sich gestritten? Das hat er doch, nehm ich an, und obendrein noch getrunken.«

»Schon gut. Nimm einfach als gegeben an, dass er ein Hitzkopf ist.«

»Weiß ich.« Andi stellte sich vor, wie Jake zuvor ins Schlachthaus gekommen war, wo sie mit Warren gestanden hatte. »Aber manchmal ist seine Wut auch gerechtfertigt.«

»Gefährlich ist sie.« Einen Augenblick widmete Tom seine

ganze Aufmerksamkeit dem Whisky, dann kippelte er in seinem Stuhl zurück. »In Killdeer drüben wurde ein Mann ermordet. Harry ist sich sicher, dass Jake Cade ihn erschossen hat, konnte es aber nie beweisen.«

»Wie kommt er drauf, dass es Jake war?«

Tom zuckte die Achseln. »Keine Ahnung. Das hat Harry nicht gesagt.«

»Das ist ja alles ziemlich vage, Tom. Wieso glaubst du es dann?«

»Gute Frage!«, sagte Jim, vornehmlich an seinen Whisky gerichtet.

Andi musste lachen. »Ihr zwei seid ja betrunken.«

»Nein, kein bisschen«, erwiderte Jim und kippelte ebenfalls in seinem Stuhl zurück. »Was hast du draußen im Schweinestall gemacht?«

»Nichts Besonderes.« Andi trug ihren Teller zum Ausguss und hoffte, sie könnte verschwinden, bevor die Fragerei weiterging.

»Ich hab dich ja schon viel machen sehen, aber ›nichts Besonderes‹ gehört nicht dazu«, sagte Jim.

Tom knallte lachend sein Glas auf den Tisch. »Ah, du sagst es.«

Jim fuhr fort: »Irgendwelche Überraschungen, wenn ich morgen früh rausgehe?«

Andi seufzte. »Bloß ein Schwein.«

Beide brachten ihre Stühle krachend zu Boden.

»Verzeihung, wie bitte?« Jim hielt sich die Hand hinters Ohr.

»Ja, *wie bitte*?« Tom ahmte die Geste nach, nur dass er sich dabei mit dem Zeigefinger ins Ohr stupfte.

Andi musterte die beiden kopfschüttelnd. »Ein *Ferkelchen*, mehr nicht, aber verglichen mit euch beiden Witzbolden ist es gar nichts.«

Sie lachten schallend und knallten ihre Gläser auf den Tisch.

Kindisch! Nun denn, das machte es für sie umso leichter. Sie war wegen dem Schweinchen doch etwas nervös gewesen, aber jetzt war es heraus. »Ich geh schlafen. Bis morgen früh.«

Als sie sich zum Gehen anschickte, wurde Tom kurz nüchtern

und betrachtete sie mit seinem ruhigen, festen Blick, als hätte er etwas Tiefschürfendes mitzuteilen. »Dein Freund Jake Cade... ich nehm an, du weißt, dass er da, wo du heute warst, jahrelang als Abstecher gearbeitet hat. Das wird dir bestimmt nicht behagen.«

»Den Schweinen damals bestimmt auch nicht. Gute Nacht.«

Sie konnte nicht einschlafen. Sie lag im Bett und dachte an die Kuh mit den traurigen Augen, an das Schwein, das so flehentlich zum Abstecher aufgeschaut hatte. Lauter solche Bilder hatten sich in ihren Kopf eingebrannt. Es nützte nichts, dass sie sich sagte, sie müsse sie vergessen, denn ihr war klar, sie konnte es nicht. Wenn sie allerdings zu oft oder zu lang über diese Bilder nachgrübelte, würden sie sie ersticken. Und doch konnte sie den Blick nicht abwenden.

Aber was um alles in der Welt konnte man denn daran ändern? Im Vergleich zeigte sich, dass Klavan's nicht so schlimm war wie die Schlachtfabrik – nur könnte BigSun ohne Klavan und seinesgleichen natürlich gleich zumachen.

Sie hatte nur dieses eine Ferkel gerettet. Was war das gegen die Hunderte, die in den Pferchen festsaßen?

Jedes Tier zählt. Das hatte sie zu Jim und Tom gesagt. Sie sollte ihrem eigenen Rat folgen. *Jedes Tier zählt.*

Sie dachte an BigSun. Das Einzige, was ihr einfiel, war entweder eine gewaltige Rettungsaktion oder Dynamit. Auf etwas anderes kam sie nicht.

37. KAPITEL

»Wo haben Sie denn das her?« Dr. Jenner war frühmorgens gekommen, während Andi im Stall die Pferde fütterte. Er untersuchte das Ferkel gründlich. »Da, wo Sie auch die anderen gefunden haben?«

Andi sah ihn verwundert an. »Welche anderen?«

Er musterte sie nur vielsagend.

»Das ist bloß ein verwaistes Wesen, das ich am Straßenrand aufgelesen hab.«

»Wollte es per Anhalter fahren?«

»Sehr witzig!«

Nach eingehender Untersuchung meinte der Tierarzt: »Das Kleine ist nicht gut beieinander, aber ich kann da nichts machen. Offensichtlich dehydriert, hat möglicherweise einen Virus. Wer weiß, was da draußen neben der U.S. 83 alles herumliegt, stimmt's?« Er klappte seine Tasche zu. »Sonst noch was? Irgendwelche tasmanischen Teufel, seltenen Rothals-Makis oder australischen Kaninchennasenbeutler?«

Andi sah ihn herausfordernd an. »Kann ich doch nichts dafür, wenn mir ein Tier über den Weg läuft.«

Dr. Jenner sog geräuschvoll die Luft ein und hob den Blick zur Decke, als würde er scharf nachdenken. »Manche Leute lassen es einfach auf die andere Seite hinüberlaufen. Sie dagegen stellen ihm einen Fuß, damit es drüberstolpert.«

Andi strahlte übers ganze Gesicht. »Danke, dass Sie so schnell gekommen sind.«

»Bei Ihnen muss es doch immer schnell gehen. Ihr Leben ist eigentlich gar kein Leben, sondern ein einziger Notfall. Also, bis dann.«

Dakota schaute Dr. Jenner nach und stieß einen lauten Schnüffelseufzer aus.

»Manchmal glaub ich, du bist eifersüchtig. Bestimmt hat dir dein frühmorgendlicher Ausritt gefehlt.«

Dakota schüttelte in weitem Bogen den Kopf.

»Was ist denn mit deinem Hals?« Sie hakte das Törchen auf, streifte ihm die Zügel über, und Dakota senkte den Kopf, als wäre er zu schwach oder zu müde, um ihn hoch zu halten.

»Na, komm. Vor der Arbeit hab ich noch Zeit für ein paar Runden auf der Bahn.« Sie ruckte leicht an der Leine.

Dakota rührte sich nicht vom Fleck. Sie redete ihm gut zu, umschmeichelte ihn, beschimpfte ihn, versprach ihm Leckerbissen. Als sie sich umsah, starrten sie alle an – Odds On, Odds Against, Palimpsest, Nelson, sogar Sam. »Was glotzt ihr denn alle? Ich zieh hier doch keine Show für euch ab!«

Wie aufs Stichwort guckten alle weg. »Ach, das gibt's doch nicht...« Sie zerrte das Zaumzeug weg und hängte es an einen Haken. »Glaubt bloß nicht, dass ihr mich hier so bald wiederseht.«

Und mit diesen unheilschwangeren Worten ging sie davon.

In der Abferkelbaracke teilten sie sich den Kaffee aus Jakes Thermoskanne. Andi wollte nicht zu ihm ins Büro kommen, weil sie ein paar Ferkel im Auge behalten musste, die mit den Beinchen immer wieder durch die Gitterstäbe am Boden rutschten und stecken blieben. Das Thema war BigSun.

»Was willst du gegen die unternehmen?«, fragte sie. »Das ist die reinste Höllengrube.«

»Ich? Ganz einfach... gar nichts, wie jeder, der auch nur einen Funken Verstand hat.«

»Ich hab das Gefühl, ich muss da einfach was machen.«

»Jetzt hör mir mal zu, Andi: Du musst aufhören, die gesamte verdammte Tierwelt im Alleingang retten zu wollen. Unter anderem aus dem Grund, dass es gar nicht geht.«

»Rede ich von der ganzen Welt? Wieso müssen die Leute eigentlich immer übertreiben, wenn sie mich überzeugen wollen?«

»Bei dir bin ich mir nicht so sicher, dass es tatsächlich Übertreibung ist. Du fährst die vollen Geschütze auf.« Er schüttete den Kaffeesatz zwischen den metallenen Gitterstäben auf den Erdboden.

Andi wandte sich ungehalten ab. »Ach, das ist alles so überzogen.«

»Und noch was: Selbst wenn du dafür sorgst, dass einer dichtmachen muss, gibt's immer einen anderen, noch Schlimmeren.«

»Jeder Betrieb zählt.«

»Schon, aber ›einer‹, der schließt, reicht nicht. Pass auf: Die Tagesreise, die wir grade hinter uns haben, ist gar nichts gegen die Strecken, die solche Schlepper normalerweise fahren, oder wie viele Stunden so eine Fahrt sonst dauert. Zweiundsiebzig Stunden sind da die Regel. Zweiundsiebzig Stunden für die Tiere … ohne Fressen, bis nach Mexiko runter, und da kannst du dir ja denken, was für Schlachtgesetze dort herrschen. Gar keine nämlich. Verdammt, verglichen damit war unsere Fahrt fast eine Reise ins Glück.«

»Aber genau das passiert doch, wenn man vergleicht. Was furchtbar war, erweist sich als gut, wenn man es so macht wie du gerade. Und was heißt ›Reise ins Glück‹? Gehen wir doch noch mal hin zu der Blutgrube und sagen den Schweinen, die da hängen und ihr Blut in Strömen vergießen, dass es eine Reise ins Glück war.«

Jake nahm seine Thermoskanne. »Ich muss los, ich hab zu tun.« Er drehte sich um und steuerte auf die Tür zu, rutschte dabei auf dem dick mit glitschigem Schweinemist und Wasser bedeckten Metall fast aus.

Andi sah ihm nach und hatte das Gefühl, dass sie ihm vielleicht doch zu arg zusetzte. Aber wieso war er so wütend? Ihr Gerede machte alle wütend.

Sie griff hinunter, um einem Ferkel das Füßchen aus dem Metallgitterrost zu befreien. Wie alt waren die jetzt? Vier, fünf

Wochen? Noch eine Woche, dann würden sie ihrer Mutter weggenommen und in einen anderen Verschlag in einer anderen Baracke gesetzt. Die Sau hatte in den letzten paar Jahren neun- oder zehnmal geworfen und war so ausgelaugt, dass sie schon bald am Ende ihrer Kräfte war. Andi wusste, dass sie entweder bei den anderen auf dem Kadavertruck landen oder aber die Höllenfahrt antreten würde. Sie griff hinein und tätschelte ihr den Kopf. Die Sau sah matt zu ihr hoch. Sie lag auf der Seite, damit die Ferkel saugen konnten. War das so ziemlich der einzige Lichtblick für die Muttersauen?

Vermutlich ja.

38. KAPITEL

Andi stand auf dem hölzernen Laufgang, der vom vorderen in den rückwärtigen Teil des Stalls führte, in dem die Sauen untergebracht waren. Sie beobachtete, wie Dewey Petty eine Sau mit gebrochenem Becken in Richtung Tür zerrte. Die Sau konnte sich nur bewegen, indem sie sich mit den Vorderbeinen vorwärtszog. Weil das Dewey aber nicht schnell genug ging, hatte er ihr eine Metallschlinge ums Ohr gelegt und zerrte sie an der daran befestigten Kette voran. Die Sau schrie laut.

Andi kam sich vor, als würde sie unter einer dicken Eisschicht dahintreiben und mit starr gefrorenen Augen nach oben schauen. In diesen Dämmerzustand hatte sie sich freiwillig begeben, um die Schreie nur gedämpft hören zu müssen. Als sie jetzt wieder daraus auftauchte, wusste sie, dass sie etwas unternehmen musste.

»He, Dewey, wo willst du denn mit der alten Sau hin?«

»Zum Ausmerztruck.«

Auf den wurden die kranken Mastschweine geworfen, ganze Berge, alle übereinander. Ein Berg des Todes, der abgeholt und irgendwohin gekarrt wurde, um dort zu Tierfutter oder Kosmetik oder sonst irgendwas verarbeitet zu werden. Wenn die Masttiere überhaupt aussortiert wurden. Allzu oft war das nicht der Fall, obwohl es hätte sein müssen. Allzu oft wurden sie auf den Schlachthof gebracht, obwohl fast alle Ausschuss waren.

»Du solltest dich mal sehen, Dewey. Du siehst aus, als wolltest du tanzen gehen.« Sie zwang sich zu einem Lachen.

»Halt's Maul!« Dewey ließ die Kette fallen, so dass die Sau in ihrer eigenen Blutspur zusammenbrach. Durch das heftige Ziehen waren ganze Hautfetzen abgerissen worden.

Ihr spöttischer Ton trieb ihn zur Weißglut. Weder er noch die anderen Arbeiter konnten es ertragen, als Schwächlinge dazustehen. Das waren die meisten aber, jedenfalls Andis Meinung nach. Das war es vielleicht auch, was ihnen an dem Job so gefiel – dass sie sich durchsetzen konnten, dass sie Macht hatten. Sie konnten den anderen zeigen, wie mannhaft sie waren, indem sie auf die Schweine einschlugen. Dewey traktierte sie mit Ketten und Stangen, die gleiche Behandlung wie im Schlachthaus.

Andi sagte: »Wieso, es sieht aus, als wären du und die alte Sau ...«

»Halt deine gottverdammte Klappe! Wenn du meinst, du bist so verdammt schlau, dann mach du's doch.« Während er zur Tür hinausging, drehte er sich noch einmal um, zeigte ihr den Stinkefinger und rief: »Dir zahl ich's noch heim!«

Sie wartete, bis er außer Sichtweite war, bevor sie zu der Sau hinüberging. Mit dem kleinen Handtuch, das sie immer in der Hosentasche bei sich hatte, wischte sie der Sau das Blut vom Gesicht. Das Tier konnte keine Jungen mehr bekommen – ihr Körper war ausgelaugt. Sie hatte es weiß Gott wie viele Jahre getan, einen Wurf nach dem anderen gehabt, immer eingesperrt. Deshalb waren ihre Beine auch in diesem Zustand. Und nun war sie für Klavan's nutzlos.

Die Kette hatte derart an der metallenen Schlinge gezerrt, dass das Ohr fast abgerissen war. Andi knüllte das inzwischen blutige Handtuch zusammen und drückte es gegen das Ohr, um die Blutung zu stoppen. Ihre Hände waren blutverschmiert.

Lady Macbeth, dachte sie – das Blut an ihren Händen so furchtbar, wenn sie eine ins Meer tauchte, würde das grüne Meer sich davon rot verfärben. *Karmesinrot*, das war das richtige Wort.

Nein, Andi hielt sich nicht für Lady Macbeth. So böse war sie nicht, und sie war auch nicht so interessant.

Vom Hocken erschöpft setzte sie sich auf die Fersen. Das Handtuch hatte sich in einen blutigen Klumpen verwandelt, und weil sie nichts zum Abwischen hatte, rieb sie sich die Hände an den Hosenbeinen ab. Sie knöpfte ihr dickes Wollhemd auf, zog es aus und schlüpfte aus ihrem T-Shirt. Beides war inzwischen blutbefleckt. Dann zog sie das Wollhemd wieder an, knüllte das T-Shirt zusammen und tauschte es gegen das Handtuch aus. Die Blutung war mittlerweile zurückgegangen.

Plötzlich fiel Andi auf, wie still es um sie herum war. Mehr als zweihundert Sauen waren hier – und doch durchdrang nur gelegentliches Grunzen oder ein leises Rascheln bei den Ferkeln die Stille.

Es hatte angefangen zu regnen. Heftig prasselten die Tropfen aufs Dach.

Sie würde das Schwein fortschaffen müssen, wusste aber, dass es zum Hochheben zu schwer war. Sie sah sich um, entdeckte aber nichts, das ihr helfen könnte. Am einen Ende der Baracke befand sich ein Regal mit Haken für Werkzeuge und Eimer. An einem Haken hing eine Jacke, darunter eine dünne Decke. Die nahm sie und brachte sie zu der Stelle, wo das Schwein lag. Vielleicht ließe sich daraus ein Gurtwerk improvisieren. Etwas anderes gab es nicht.

Sie legte sie der Sau um den Bauch und zog zu, so fest sie konnte. Dann stellte sie sich vor das Tier, legte sich die Decke über die Schulter und zog, bis sie spürte, dass das Gewicht hinter ihr sich bewegte. Sie drehte sich um, um zu prüfen, dass die Decke der Sau nicht an den Hals hochgerutscht war. Zufrieden wandte sie sich um und zog erneut. Diesmal fühlte es sich nicht mehr ganz so schwer an und bewegte sich leichter. Sie zog ein Stück weiter.

Als Andi sich umblickte, sah sie, dass die Sau auch mithalf, indem sie sich mit den Vorderbeinen vorwärtsschob, so wie vorhin, bevor Dewey ihr Kette und Schlinge angelegt hatte.

Andi lächelte. Fast rechnete sie damit, dass die Sau zurücklächeln würde. Auf diese Weise schafften sie es beide bis an die Tür, wo der Ausmerztruck die Sauen abholen würde.

Wenigstens war heute kein großer Haufen dort, lediglich ein paar Mastschweine lagen etwas abseits im Schlamm. Regenwasser sammelte sich in Pfützen. Es war wie ein See von Schweinen, vom Regen abgewaschen. Einige hatten wie Andis Sau ein gebrochenes Becken, andere gab es mit Beinbrüchen, Kopfverletzungen, offenen Wunden, nässenden Wundstellen. Und alle litten sie, unter allen nur erdenklichen Qualen. Ein Tier, offensichtlich bereits tot, streckte die starren Vorderbeine in die Luft. Es musste schon seit Stunden hier gelegen haben, wenn die Totenstarre so weit fortgeschritten war.

Sie alle waren am Ende zum menschlichen Verzehr bestimmt. Die am leichtesten verletzten Tiere würden trotz allem noch im Schlachthaus verarbeitet, falls ein amtlicher Fleischbeschauer es nicht untersagte, was sein konnte oder auch nicht. Das Schwein mit den Beinen in der Luft wirkte auf Andi wie ein ertrinkendes Kind. Unrettbar, denn niemand konnte letztlich so weit hinausschwimmen.

39. KAPITEL

Bis nach Kingdom konnte sie mit einer Frau namens Betty Sue mitfahren, einer der vielen aus dem unsichtbaren Pulk von Arbeitern, denen Andi bisher noch nicht begegnet war. Betty Sue setzte sie am Diner ab.

Dort war es zur Abwechslung einmal richtig voll. Sie fragte Norman Black, ob nach Kingdom je Touristen gekommen seien.

»Und ob«, erwiderte er. »May's Diner ist ein angesagtes In-Lokal. Da pilgern die Leute massenweise her.«

Andi zog sich eine Speisekarte her. »Was heißt pilgern?«

»Du bist wirklich von gestern. Ein Restaurant, zu dem man hinreist wie an einen Wallfahrtsort. Du hast selbst gesagt, hier gibt's das beste gegrillte Käsesandwich, das du je gegessen hast.« Er lächelte. »Ich hab gehört, du hast eine Ladung Schweine in den Schlachthof nach Preston gefahren.« Dabei schaute er zu der Kuchenplatte auf der Theke vor sich, wo eine Kokossahnetorte thronte.

»Passiert hier eigentlich auch mal was, ohne dass die Leute fast augenblicklich davon erfahren?« Sie klappte die Speisekarte zu und stellte plötzlich fest, dass sie keinen Hunger hatte. Allein beim Gedanken an BigSun verschlug es ihr den Appetit. Als May daherkam, bestellte Andi sich einen Kaffee und ein Blätterteig-teilchen.

»Wir haben Kirsche, Rosinen, Quark, Erdbeer…«

Andi fiel ihr ins Wort. »Kirsche ist gut.« Musste denn alles im Leben eine Entscheidung erfordern?

»Das passt irgendwie nicht so recht zusammen, du und Schlachthöfe. Seit du hier bist, versuch ich aus dir schlau zu werden.«

May stellte Andi den Kaffee und das Blätterteigstück hin. »Norman, nicht jeder Mensch ist ein Roman.« Sie ging wieder.

Andi hätte sich vor Lachen fast an ihrem Kuchen verschluckt und musste schnell einen Schluck Wasser trinken. »Du hast doch die nötige Fantasie, Norman. Sagen wir, du wolltest einen Roman über so einen Mastbetrieb schreiben. Wie würdest du das angehen?«

Norman schwenkte den Kaffeesatz in seiner Tasse herum. »Hm, vielleicht indem man einen Skandal an die große Glocke hängt, das könnte funktionieren. Ist allerdings nicht besonders originell.«

»Oder besonders effektiv. An welche Glocke denn? Die vom hiesigen Landwirtschaftsamt? Dessen Kontrolleure lassen eine Menge durchgehen, inspizieren gar nicht richtig. Da kriegt sogar Gammelfleisch einen Stempel verpasst. Es gibt aber auch gute Leute. Jake sagte mir, er kennt einen Fleischbeschauer, der heimlich, *heimlich!* Fleisch mit rausgenommen hat, um es ordentlich inspizieren zu können. Dort drin ging es nicht, es hätte den Betrieb aufgehalten, und die anderen wären ihm aufs Dach gestiegen. Einen Mann hätten sie fast totgeschlagen, sagte er. Es gibt da dieses sogenannte Maulfleisch, eindeutig mindere Qualität. Ekliges Zeug, voll mit Eiter, geht aber trotzdem durch. Ich glaub, manche Fast-Food-Ketten nehmen das für ihre Hamburger.«

»Ich ess nie wieder in so einem Laden.«

»Die haben doch keine Ahnung, dass sie Gammelfleisch kriegen oder wie es dazu kommt. Die Fleischverarbeitungsanlage bei BigSun war dreckig, eklig…«

Norman steckte sich eins von seinen Zigarillos an. »Sag's ihnen.«

Andi verharrte mit der Tasse in der Luft. »Sag's wem?«

»Den Ketten.« Er paffte. »Ich würde meinen Romanhelden in die Firmenzentrale schicken.«

Andi musterte ihn herausfordernd. »Und?«

»Der kann ja so einen Kopf in einer Tiefkühlbox mitbringen.« Er sah sie entschuldigend an. »Wäre natürlich irgendwie verrückt.«

»Etwas Verrücktes müsste er sich auch einfallen lassen, um in eine von diesen Firmenzentralen reinzukommen.«

Darauf blieb Norman die Antwort schuldig. Stattdessen meinte er: »Vielleicht könnte er ja auch in so einem Fast-Food-Restaurant arbeiten. Als Geschäftsführer oder so. So ein kleines Licht, weißt du, im großen amerikanischen Märchen vom kleinen Mann gegen die Führungsstruktur der Großkonzerne...«

»Es sind aber gar nicht die Großkonzerne, die so was machen. Die wissen das gar nicht mit dem Fleisch.«

»Richtig. Er versucht, die Fast-Food-Kette dazu zu kriegen, dass sie die Schlachtbetriebe verpfeift. Ha, das ist doch eine interessante Wendung!«

»Aber wie kommt er in die Führungszentrale rein?«

»Was weiß ich?«, entgegnete Norman gereizt. »Dazu muss ich das verdammte Buch erst noch schreiben.«

Kurzes Schweigen, während beide über das Problem nachdachten.

Dann fragte Andi: »Wo soll er den Kopf hernehmen?«

Norman zuckte die Achseln und schnippte Asche in das zerbeulte Blechschälchen. »Du bist doch diejenige, die dort drin war, nicht ich.«

»Schon, aber gesehen hab ich so was...« Sie verstummte, als sie plötzlich die Baileys hereinkommen sah, beide Brüder mit Vater Lucas, dünn wie ein Schatten. Andi wandte den Blick ab.

Norman sah sie nicht und hätte sich sowieso nicht um sie geschert. Er redete immer noch von dem Kuhkopf. »Wie würde er den durch die Sicherheitskontrolle kriegen?«

»Keine Ahnung. Du musst dir aber schon überlegen, wie er zu dem Kopf gekommen ist.« Sie drehte sich so hin, dass sie die Baileys nicht mehr sehen konnte, und lehnte, den Kopf in die Hand gestützt, den Ellbogen auf die Theke. »Und weiter?«

Er räusperte sich, kratzte sich am Hals. »Die Sache ist die: Soweit ich sehe, besteht keine Möglichkeit, die Tiere da rauszukriegen, das Nächstbeste ist also, den Ablauf zu stoppen. Dann gibt's noch die Gewerkschaften. Die würden aber natürlich bloß wegen der höllischen Arbeitsbedingungen zum Streik aufrufen.«

Andi kamen die Bilder von der Schlachtung in den Sinn: das Schwein, das sich aus dem Abbrühbecken hochschwang, das andere, das mit suchendem Blick kopfüber hing, sich aufzurichten versuchte, sich herumwarf, und wieder ein anderes, das in der Blutgrube herumrannte, in Rot gebadet, schreiend. Als Andi das fröhlich zechende Grüppchen am anderen Ende der Theke betrachtete, versuchte sie, diese beiden Eindrücke zusammenzufügen – die unbeschwert bechernden Leute und die abgestochenen, kreischenden Schweine. Es gelang ihr nicht. Sie konnte nicht einmal sich und Norman in den Rahmen einfügen.

»… du siehst aber auch nicht glücklich aus.«

Norman hatte etwas gesagt, doch Andi hatte nicht zugehört. »Entschuldige, das ist mir jetzt entgangen.« Sie wusste, dass sie anstelle der Schweine alles Mögliche einsetzen konnte, jede Art von Abscheulichkeit: Völkermord in Afrika, kleine Kinder, die schreiend vor Männern mit Messern und Schusswaffen davonrannten.

»Pass auf«, sagte Norman. »Es gibt da eine Frau namens Odile Nekoma, die hat früher dort gearbeitet. Und Fotos gemacht. Als sie dort war, hat man die Schweine noch gehenkt.«

»*Was?*«

»Ja. Aufgeknüpft.«

»Du lieber Gott, warum?«

Norman zuckte die Achseln.

Sie wollte gerade wieder etwas sagen, als sie spürte, dass jemand hinter ihr stand und sich ein Arm zwischen sie und Norman schob, um die drei Flaschen Heineken in Empfang zu nehmen, die May hingestellt hatte, während sie noch Gläser holte.

Der Arm gehörte Lucas Bailey, der sich mit gespielter Höflichkeit an den Hut tippte. »Abend.«

»He, Lucas«, sagte Norman. »Tu mir den Gefallen und hör auf, dich von hinten anzuschleichen.«

»Ich will mir bloß die paar Bier holen.« Er fasste sich wieder an die Hutkrempe und zog ab. May sah ihm nach und stellte die Gläser wieder weg.

Mehrere Gäste räumten ihre Tischnischen, kamen zur Kasse und verließen das Lokal. Herein zog kalte Luft zusammen mit Sheriff McKibbon, der sich in aller Ruhe umschaute, bis sein Blick auf Andi fiel und gleich danach auf die Baileys. Harry blieb kurz stehen, bevor er auf den Tisch der Baileys zusteuerte.

»Na, los, ihr beiden, aufstehen.«

Carl und Junior guckten erstaunt, während sie sich umständlich vom Tisch erhoben.

»Ähm, also, Sheriff...«

Er kam aber nicht zum Ende.

»Halt die Klappe«, sagte Harry McKibbon. Er drehte Junior herum und ließ die Handschellen zuschnappen, mit seinem Bruder verfuhr er genauso.

»Verdammte Scheiße, was...?«

»Und pass auf, was du sagst!«, kam es von Harry. »Ihr habt euch von Andi Oliver fernzuhalten, hundert Meter Abstand, und da sitzt sie keine vier Meter von euch.«

»Verdammt, jetzt aber Moment mal«, sagte Lucas. »Die Jungs haben überhaupt nichts gemacht. Wenn ich mich recht erinnere, saßen wir hier schon am Tisch, bevor dieses Mädchen reinkam...«

Norman stellte seine Tasse ab und sagte: »Da spielt dir dein Gedächtnis aber einen kleinen Streich. Sie saß nämlich bereits hier neben mir, als ihr reingekommen seid.«

Normans Bemerkung erntete zustimmendes Kopfnicken entlang der gesamten Theke.

Andi fragte sich, wieso Lucas gelogen hatte. So was ließ sich doch so leicht überprüfen.

»Selbst wenn dem so wäre, macht das keinen Unterschied. Ihr habt sie gesehen, hättet also Leine ziehen, irgendwo anders hingehen sollen. Das habt ihr ganz genau gewusst. Los jetzt, Jungs, gehen wir.«

»Bringen Sie die Jungs jetzt etwa ins Gefängnis?«

Der Sheriff schenkte sich die Antwort.

»Mein Anwalt haut sie sofort wieder raus, Sie werden schon sehen.«

Verlegen und mit hochrotem Gesicht traten die Baileys durch die Tür, der Sheriff hinterher.

Lucas zog Geld aus der Westentasche, warf einen Schein auf den Tisch und ging leise fluchend davon.

Im Beisein des Sheriffs hatte Andi immer das Gefühl, die Welt sei in Ordnung. Sie drehte sich auf ihrem Barhocker hin und her. »Ist doch schön, wenn jemand auf einen aufpasst, hab ich recht, Norman?«

»Das bist du wohl nicht gewöhnt.«

Sie schüttelte den Kopf.

»Ich hab dich, glaub ich, noch nie von dir selber erzählen hören.«

»Das liegt bloß daran, dass es da nicht viel zu erzählen gibt.« Das war *buchstäblich* wahr. »Und das wenige ist auch nicht besonders interessant.«

Norman grinste. »Wie kommt's, dass ich das jetzt einfach nicht glaube? Wahrscheinlich, weil du hier gleich alles Mögliche aufgewirbelt hast. Wieso bist du eigentlich ausgerechnet nach Kingdom gekommen? Scheint mir kein sonderlich aufregender Ort für eine Achtzehn- oder Neunzehnjährige.«

»Einundzwanzig«, korrigierte sie ihn.

»Okay, einundzwanzig.«

»Ich bin auch auf gar nichts Aufregendes aus.«

May, die gerade Kaffee nachschenkte, hörte es. »Na, dann bist du hier goldrichtig, Schätzchen.«

Andi lächelte, trank ihren Kaffee vollends aus und rutschte vom Barhocker. »Ich muss nach Hause, Norman. Danke.«

Bevor er fragen konnte, wofür, war sie bereits draußen.

40. KAPITEL

Es war zwar eine recht lange Taxifahrt, doch sie ging trotzdem zu Kingdom Kabs. Jim oder Tom wollte sie nicht damit behelligen, extra herzukommen und sie abzuholen.

Auf Bub war sie nicht besonders scharf und hoffte, einer der anderen Fahrer wäre verfügbar, doch war in dem Moment außer Alma, der Frau von der Vermittlung, nur Bub im Büro.

Alma sagte: »Vorhin war jemand da und hat nach dir gefragt.« Sie schob ihr ein- und ausschaltbares Mikrophon beiseite.

Andi erstarrte. »Wer? Wann?«

»Er hieß ... Wayne, glaub ich? Kannst du dich erinnern, Bub? An den Mann, der nach Andi gefragt hat?«

Bub las gerade Zeitung. »Eh, Mann, keine Ahnung. Ich hab so viel zu tun, da kann ich mir nich auch noch fremde Namen merken.« Er blätterte eine Seite weiter. »Ah, doch ... ich bin mir aber nich mal sicher, ob er überhaupt den Namen gesagt hat. Großer Typ, sah nich schlecht aus, bisschen streng vielleicht, könnte man sagen.«

»Wann war er hier?«

»Äh, warte mal«, meinte Alma. »Vorgestern war das.«

»Ist es nicht länger her?« Das wäre dann nach seinem Überraschungsbesuch auf der Farm gewesen – nachdem er erfahren hatte, wo sie wohnte.

»Nein. Ich erinner mich, weil ich an dem Tag nämlich mit Juney zur Grippeimpfung bin. Ich weiß noch, es war Dienstag.«

Juney war ihr kleiner Junge, ein ziemlicher Schlingel. Sie erinnerte sich vermutlich sehr genau, wann sie mit Juney beim Arzt gewesen war.

Aber wieso suchte dieser Mann nach ihr, nachdem er sie doch

bereits ausfindig gemacht hatte? Sie stand unschlüssig da, bis Bub seine Zeitung hinlegte und aufstand. »Okay, Miss Amerika, dann woll'n wir mal.« Er ließ sein Becken ein paarmal kreisen für den Fall, dass Andi es nicht kapiert hatte.

Andi konnte gut darauf verzichten. Bub war übergewichtig, gute zwanzig Kilo zu viel, hauptsächlich um den Bauch herum. Er war klein und gedrungen und hatte Schweinsäuglein, wenngleich Andi diesen Ausdruck nur ungern in den Mund nehmen mochte. Sie bedankte sich bei Alma und ging mit Bub hinaus.

Nachdem er den Motor des Taxis wie beim Stock-Car-Rennen hochgejagt hatte, drehte er sich zu ihr um und sagte: »Na, Süße, wie geht's uns denn heut Abend?«

»Gut.« Sie antwortete so knapp wie möglich. Alles andere würde er als Unterhaltung auffassen.

Tat er trotzdem. »Wie geht's deinem Maultier?«

»Esel.«

»Is doch das Gleiche.«

Das ließ sie unkommentiert.

»Oder etwa nich? Maultier, Esel, Packtier? Vier Beine und kein Hirn.« Das fand er nun äußerst witzig und patschte lachend auf das Lenkrad. Sie fuhren aus der Stadt raus.

Sie sagte: »Vermutlich besser als zwei Beine und kein Hirn.«

Schweigen. Dann sagte er: »Was soll das denn jetzt heißen?«

»Sag du mir's.« Sie wandte das Gesicht den im Dunkeln liegenden Feldern zu, wo der Wind in einem Maisfeld dunkle Wellen wogen ließ.

»Na, hab ich dich doch grade gefragt, oder?«

»Das heißt, dass manche Tiere viel gescheiter sind als manche Menschen.«

Erneutes Schweigen. Dann sagte er: »Wenn du damit mich meinst, pass bloß auf.«

»Tatsächlich.«

»Ja. Nich dass ich noch sauer auf dich werd.«

»Ich dachte, das bist du schon.«

Den Sinn ihrer Bemerkung verstand er nur mit Mühe. »Das soll doch ein Witz sein, oder?«

»Ja.«

Der Rest der Fahrt ging in seligem Schweigen vonstatten oder wäre zumindest selig gewesen, wenn sie dadurch nicht Muße gehabt hätte, ausführlich über den Mann mit dem schwarzen Hut nachzudenken. Die grässliche Ironie dabei war, dass seine Suche irgendwie auch ihre eigene reflektierte, und das verwirrte sie – es schien, als wären beide gegenseitig austauschbar. Dieser Gedanke machte ihr sogar fast Angst, denn wenn das zutraf, was hieß das dann für sie?

Sie hatte diese erfundene Familie immer weiter ausgeschmückt, diese Leute, die sie beschrieben hatte, wenn sich Fragen nach ihrer Familie nicht umgehen ließen – so sehr, dass sie nun fast selbst glaubte, sie wären real.

Vor ihnen leuchteten die Lichter der Farm auf, ein Lichtfleck in der Dunkelheit.

»Bitte sehr«, sagte Bub.

Andi kramte in ihrer kleinen Geldbörse und gab ihm das Fahrgeld. »Den Rest kannst du behalten.« Rasch entfernte sie sich.

Obwohl es Abendessenszeit war, roch es nicht nach Essen. Aus dem Büro drangen Stimmen.

Jim saß mit dem Rücken zur Tür, hörte sie aber hereinkommen, denn er drehte sich um, den Telefonhörer noch am Ohr. Er beendete das Gespräch und ließ den Hörer auf die Gabel fallen.

Tom stand am Fenster und schaute in die Dunkelheit hinaus.

»Stimmt was nicht?«, wollte Andi wissen. »Ihr seid ja beide ganz blass.«

»Es ist wegen Dakota«, sagte Jim.

Andi erstarrte, spürte, wie Adrenalin sie durchströmte. »Nein! Ist er krank?«

»Nein. Er ist nicht mehr bei uns.«

»Moment«, sagte Tom. »Jim meint nicht, dass er tot ist. Dakota ist buchstäblich fort. Verschwunden.«

»Wohin?«

»Das wissen wir nicht. Jesus hat ihn zuletzt draußen auf der Koppel gesehen – wie immer. Mit Sam war alles in Ordnung, bloß dass der rumlief und tat, als würde er Dakota suchen. Wir nehmen an, es waren die gottverdammten Bailey-Jungs.«

Andi schüttelte den Kopf. »Nein, Sam war doch noch da. Den hätten die Baileys mitgenommen.«

»Na ja, vielleicht war's bloß einer von denen.«

Wieder schüttelte Andi den Kopf. »Für Alleingänge sind die zu feige. Hat denn keiner von euch was gesehen?«

»Wir waren tagsüber in Bismarck. Bloß Jesus war da, und der hatte in den Ställen zu tun.«

Andi sah zu Boden, griff sich dann die Stalllaterne und ging durch die Küchentür nach draußen, zur Koppel.

Gleich neben dem Baum war das harte Erdreich voller Hufabdrücke, wahrscheinlich von Dakota und Sam. Sie hatte am Baum angefangen und arbeitete sich nun nach außen voran, wo die Hufspuren weniger dicht waren und Stiefel- und Schuhabdrücke dazukamen. Manche stammten bestimmt von Jesus. Sie bezweifelte, dass ihre eigenen darunter waren, immerhin war sie mindestens vier Tage nicht hier gewesen.

Andi hatte sich hingekniet, die Laterne abwechselnd hoch und nahe an den Boden haltend, während ihr Blick die Abdruckmuster nachzog. Ein kleiner Stiefel: der von Jesus? Er hatte kleine Füße. Es waren auch größere da. Die von Tom oder Jim. Nein, die waren ja nicht hier draußen gewesen. Es war eine kleine Insel von Abdrücken, von Pferden und von Menschen, ziemlich unkenntlich, allerdings war sie sich fast sicher, dass die Stiefelabdrücke von zwei unterschiedlichen Größen stammten.

Sie nahm die Laterne und ging zurück zum Haus.

»Da waren jede Menge Abdrücke. Ich finde, du solltest Jared anrufen und fragen, ob er rauskommt und sie sich mal ansieht.«

»Jared? Wieso?«

»Er kennt sich mit Hufabdrücken aus. Ich glaub, er kann uns weiterhelfen.«

Achselzuckend griff Jim nach dem Telefonhörer.

Während er anrief, ging Andi in den Stall hinaus. Sie schaute Sam in die Augen, als könnte sie darin das Rätsel dessen eingeprägt sehen, was sich ereignet hatte. Sie ging im Stall umher, schaute nach allen Tieren und setzte sich dann hin. Bis sie einen Laster die Auffahrt heraufrumpeln hörte, blieb sie bei den Pferden.

»Dakota«, sagte Jared. »Verdammt. Und euer Stallbursche hat nichts gesehen?«

»Nein.«

»Pferde sind nicht dumm. Man weiß, dass sie wieder nach Hause zurückfinden.«

Wenn Menschen das bloß auch könnten, dachte sie. »Wär schön, wenn du dir die Abdrücke da draußen mal anschauen könntest.«

»Na, klar. Ich bin mir aber gar nicht sicher, ob ich da groß helfen kann.«

Andi lächelte unmerklich, denn sein Ton ließ durchklingen, dass er sich sicher war, eine riesengroße Hilfe zu sein. Immerhin war er ein erstklassiger Hufschmied, und von denen gab es nicht allzu viele.

Sie nahm die Laterne zur Hand. »Ich hatte Angst, dass sie vielleicht weggeweht sind, bis es hell wird.«

Unterwegs überlegte sie, ob das vielleicht mit ihr so gegangen war. All ihre Abdrücke waren weggeweht worden. Nichts hatte sich so tief eingeprägt, dass es nicht im Nu weggeweht werden könnte.

Sie hielt die Laterne nach Jareds Anweisungen hoch. Inzwischen zerrte ein kalter Wind an ihren Jacken. Jared war auf dem Erdboden und begutachtete mit zusammengekniffenen Augen einen bestimmten Fleck mit kreuzschraffierten Stiefelabdrücken. »Hier sind zwei unterschiedlich große Stiefelspuren, hast du vermutlich schon bemerkt.«

»Stimmt.«

»Eine ist kleiner, die andere Durchschnittsgröße. Sieht aus, als wäre der größere Stiefel über dem kleineren. So dass es aussieht, als wäre der größere danach dazugekommen.«

»Nach Jesus. Ich bin mir ziemlich sicher, dass die kleineren seine sind.« Sie hockte sich neben Jared nieder und hielt die Laterne hoch. »Siehst du denn mehr als zwei Paar Stiefelspuren?«

»Bloß die beiden.«

»Was ist mit Hufspuren? Ich kann nicht erkennen, ob da noch mehr sind als die von Dakota und Sam. Manchmal kommen hier Wildpferde durch, aber ich hab noch nie erlebt, dass sie so nah herangekommen wären.«

»Also, ich kann dir mit Sicherheit sagen, dass diese Hufspuren« – er rieb das Erdreich auf – »nicht zu einem von Jims Pferden gehören, ganz klar. Dieser Huf ist nicht beschlagen, da ist kein Eisen. Die von Jim tragen alle Hufeisen. Hier siehst du, wo die Sohle schon leicht abgenutzt ist, und diese mittlere Hornschicht da am Huf, die bietet nicht genügend Halt. Ja, der Huf ist unbeschlagen, was eigentlich nicht sein sollte.«

»Wir haben also zwei Paar Tierspuren und zwei Paar Menschenspuren. Stiefel.«

»Du meinst, es war Lucas Bailey?« Jared schüttelte den Kopf. »Sein Reitpferd hatte ich in Arbeit. Das ist beschlagen.«

»Jim denkt, es waren die Bailey-Jungs, aber das glaub ich nicht, denn die hätten Sam mitgenommen.«

»Ja, ich weiß noch, dass die in der Nacht damals Sam mitgenommen haben. Eine Riesengemeinheit war das. Über ihre Pferde weiß ich nicht Bescheid.«

»Na, jedenfalls glaub ich nicht, dass der Alte sich mit so was wie Pferdediebstahl abgibt.«

»Du meinst, so tief ist der nicht gesunken?«

»Oh, tief gesunken schon. Ich meine bloß, die Mühe würde er sich nicht machen. Der gehört zu denen, die sich einen Spaß draus machen, wenn die anderen *glauben*, er würde was anstellen.«

Jared zog die Schultern hoch, um sich vor einem kalten Windstoß zu schützen. »Vielleicht war es einfach ein ganz gewöhnlicher Pferdedieb.«

»Wie viele Pferde werden in der Umgebung von Kingdom denn gestohlen?«

»Nicht viele, aber es ist schon vorgekommen.« Jared war aufgestanden und klopfte sich den Staub von der Hose. »Der andere Stiefelabdruck, Größe 44 oder 45. Von dem gibt's hier so viele Spuren, dass ich glaube, da sind welche aneinandergeraten.«

»Wie meinst du das?«

»Dass es einen Kampf gab. Das kann natürlich vorkommen, wenn das Pferd sich wehrt. Und das hat Dakota bestimmt getan.« In einem zerdrückten Päckchen fand Jared eine Zigarette, klappte sein Feuerzeug auf und steckte sie sich an. Er hielt Andi das Päckchen hin, die dankend ablehnte. »Ich bin aber ganz deiner Meinung, dass es kein gewöhnlicher Pferdedieb sein kann.«

Dewey! Der hatte gesagt, er würde sich an ihr rächen. Ein fieser kleiner Scheißer, dieser Dewey, der wie so viele kleinwüchsige Männer glaubte, wenn er sich in Pose schmiss, würde er imposanter wirken.

Das hatte sie offenbar laut gesagt, denn Jared fragte, ob sie Dewey Petty meinte. Andi nickte. »Dem hat was nicht gepasst, was ich bei Klavan's gemacht hab, und da meinte er, er würde mir's schon noch heimzahlen. Zeigte mir den Stinkefinger und zog ab. Sehr originell.«

»Ja.« Jared kicherte. »Ich weiß, was du meinst. Ich kenn Dewey Petty. Ein elender Dreckskerl. Bei der Arbeit in dem Laden dort stumpft man ab, glaub ich. Man weiß, was den Viechern blüht, und arbeitet trotzdem weiter, als wenn nichts wäre.« Er nahm einen tiefen Zug an seiner Zigarette, die fast vollständig heruntergebrannt war.

»Ich kenn ihn aber kaum, und ich glaub auch nicht, dass der sich hier so gut auskennt.« Sie deutete auf die umliegenden Felder.

»Was hast du jetzt vor?«

»Keine Ahnung.«

»Bei manchen Leuten hier muss man, äh, vorsichtig sein.«

»Danke. Danke, dass du so spät noch rausgekommen bist. Das find ich wirklich ganz toll.«

»Ach, schon gut.« Jared nahm seinen Hut ab, wischte sich mit dem Arm über die Stirn und setzte den Hut wieder auf. »Bin ja froh, dass ich helfen konnte. Die Schweine da bei Klavan's, die werden nicht anständig behandelt. Schön, dass jemand da dagegenhält.«

Für die Bemerkung war Andi ihm dankbar.

Sie gingen zum Haus zurück. »Weißt du, wo Dewey wohnt?«, fragte sie Jared, die Hände tief in den Hosentaschen vergraben.

»Petty? Ja. Der wohnt hier irgendwo in der Gegend. Mit seinem Onkel zusammen. Es heißt, seine Mutter sei mit einem Kamineinsatz-Verkäufer durchgebrannt und der Gatte den beiden hinterher. Jedenfalls hat man seitdem von keinem mehr was gehört.«

»Kamineinsatz. Was ist das?«

»So was wie ein gusseisernes Öfchen.«

»Und wo hier in der Gegend wohnen die?«

»Die Adresse weiß ich nicht. Wenn du's rausfindest, wäre es wahrscheinlich besser, du würdest nicht allein hingehen. Nur für den Fall, dass du das vorhast.«

»Ach was.« Sie hatte es vor.

Inzwischen waren sie bei seinem Pick-up angelangt. Darin roch es ständig nach Pferd, stellte sie sich vor.

»Grüß mir die anderen. Ich muss heute noch ein Pferd beschlagen.«

»Mach ich. Danke, Jared.«

Er nickte und ließ den Motor an, der nicht so recht wollte und nur mühsam auf Touren kam. Jared winkte zum Abschied, als er davonfuhr.

Andi sah ihm hinterher, in Gedanken versunken. Sie ging durch die Hintertür ins Haus, wo Jim und Tom, die Beine ausgestreckt, vor dem Kaminfeuer saßen. Sie überlegten immer noch hin und her, ohne auf eine einleuchtende Lösung zu kommen.

Behaupteten sie wenigstens. Ihre einzige gute Idee sei gewesen, Harry McKibbon anzurufen, teilten sie ihr mit.

»Er kommt heute Abend noch vorbei.«

»Gut«, meinte Andi. »Wundert mich ja, dass er Zeit hat, einen Pferdediebstahl zu untersuchen. Wieso lässt er das nicht seinen Stellvertreter machen?«

»Leroy ist ein Armleuchter.«

Andi hatte sich das Telefonbuch geholt und blätterte die Seiten durch. Es gab mehrere Pettys, den Namen des Onkels wusste sie aber nicht. Wenn es der Bruder des verschwundenen Vaters war, hieß er ebenfalls Petty. Hier in der Umgegend wohnten nicht viele Leute. Da, in der Beulah Road war ein Petty namens Drew. Dort konnte sie es ja mal probieren. Die Beulah Road kannte sie, die lag bloß eine Meile weiter südlich von hier.

»Kann ich das Auto borgen?«

»Wozu denn?« Jim schenkte Tom noch einen Fingerbreit Bourbon ein.

»Um mit jemand über Dakota zu reden.« Wieso hatte sie sich die Sache nicht genauer überlegt? Vermutlich weil sie zu aufgeregt zum Nachdenken war. Innerlich rotierte sie, war nach außen hin aber die Ruhe selbst.

Jim sagte: »Rede doch erst mal mit Harry McKibbon.«

»Das macht ihr beide ja schon. Ich dachte mir, ich geh Jake besuchen.«

Jim schüttelte den Kopf. »Das finde ich keine so gute Idee, Andi. Ich kann mir auch nicht denken, wie der helfen soll.«

»Weil er klug ist. Und weiß, was so läuft.«

»Du hast uns noch gar nicht erzählt, was Jared gesagt hat.«

Sie erzählte es ihnen.

»Ach, Herzchen, bleib lieber hier und erzähl das dem Sheriff.«

»Also, kann ich das Auto borgen?«

Tom hatte die Beine ausgestreckt, die Füße auf dem Kaminvorsetzer. »Du kannst doch Auto fahren, oder?«

Die Hände in die Hüften gestemmt funkelte Andi ihn wütend an.

»Dann mach ich eben einen Spaziergang.« Es war bloß eine Meile. Wenn man bedachte, dass sie schon Hunderte und Aberhunderte von Meilen hinter sich gebracht hatte, war das gar nichts. »Falls der Sheriff mit mir reden will – ich bin bald wieder da.«

Oben zog sie festere Schuhe an, musterte sich im Spiegel über ihrer Kommode und überlegte, wieso sie sich eigentlich anschaute. Dann griff sie kurz entschlossen ins Nachtkästchen und holte ihre Schusswaffe heraus.

41. KAPITEL

Sie kam an Sonnenblumen vorbei, die in der Dunkelheit silbrig aussahen und fremdartig wirkten. In Grüppchen zusammenstehend, schienen sie sie die ganze Zeit schon zu beobachten. Der nächtliche Himmel war vollkommen vom Mond ausgefüllt, die Sterne beiseitegeschoben. Direkt vor ihr lag die Beulah Road, an der Kreuzung stand ein Haus. Sie konnte Lichter erkennen, wenn auch nicht die Umrisse des Hauses. Es entpuppte sich als ziemlich klein und sehr alt – ein Holzhaus, weiß getüncht. Oder – in dieser Nacht – mondgetüncht. Ein Briefkasten in Gestalt einer rostgesprenkelten Blechröhre an der Straße, von der das Haus ein gutes Stück zurückgesetzt lag. Ein schmaler Kiesweg führte zum überdachten Eingang.

Von irgendwoher ertönte der Klang einer Windharfe, die, wie sie feststellte, vom Vordach herunterhing. Sie ging nicht sofort zur Tür, sondern hielt sich abseits im Schatten, was nicht schwer war, denn das Haus hatte viele schattige Stellen. Als sie den Stall sah, wollte sie schon darauf zugehen, kehrte dann aber um.

Sie ging an die Haustür, klopfte und hörte wieder die Windharfe. Dann blieb es still, bis die Tür von einem älteren, ziemlich mageren Mann geöffnet wurde, der in die Finsternis spähte.

»Ja?«

»Ich heiße Andi Oliver. Ich arbeite mit Dewey bei Klavan's und wollte fragen, ob er da ist?«

»Er ist da. Wie sagten Sie, war Ihr Name?«

Sie nannte ihn noch einmal.

»Kommen Sie doch rein.« Er hielt die Tür weit auf. »Ich bin Deweys Onkel. Die Leute nennen mich Onkel Drew – als wär das mein einziges Ruhmesblatt: Onkel sein.«

Andi lächelte. »Danke.«

Das Haus duftete nach Äpfeln und Alter. Es war pieksauber und ordentlich, was wahrscheinlich der sorgfältigen Fürsorge des Onkels zuzuschreiben war.

»Kommen Sie doch mit nach hinten in die Küche.«

Sie folgte ihm in einen ebenfalls hübsch aufgeräumten, in blassgelbem Farbton gestrichenen Raum mit einem Tisch mit gelbkarierter Wachstuchdecke und zwei gelben Stühlen. Eilfertig entfernte der Onkel ein paar Zeitungen von einem Stuhl und wischte die Sitzfläche mit einem Geschirrtuch ab.

»Ich trinke gerade Tee. Möchten Sie eine Tasse?«

Offensichtlich hatte er es nicht eilig, Dewey zu holen.

Abzulehnen wäre ein bisschen gemein, fand sie, denn allmählich gewann sie den Eindruck, dass Onkel Drew nicht oft Gelegenheit hatte, den Gastgeber zu spielen. »Das wär wirklich nett.«

Während er redete, machte er einen der Küchenschränke aus Kirschholz auf und holte geräuschvoll Tasse und Unterteller hervor. »Arbeiten Sie auch bei Klavan's? Hm, ja, Dewey ist schon ganz schön lange dabei. Dort haben schon viele Pettys gearbeitet.« Er stellte ihr Tasse und Unterteller hin. Auf ihrem Geschirr war ein anderes Blumenmuster als auf dem, das bereits auf dem Tisch stand.

Da blitzte plötzlich eine Erinnerung auf: In einem Garten oder auf einem Rasen saßen Leute um einen Tisch. Es musste Sommer gewesen sein, denn keiner trug einen Mantel. Sie tranken Tee aus zierlichen Tässchen. Andi saß ganz still, so still, dass man hätte meinen können, sie hielte ein Haus aus hauchdünnem Schleier, das ein achtloser Atemzug zum Einsturz bringen könnte. Dann war alles wieder weg – Haus und Teetassen –, und ihr blieb nur die Frage, wer diese Leute waren. Waren es Verwandte? Gab es sie wirklich? Warum kam ihr dieses Bild ausgerechnet hier und jetzt in den Sinn?

Sie musterte Onkel Drew Petty, der behutsam die Teekanne über ihre Tasse neigte, durch ein kleines Sieb einschenkte und dann die Tülle abwischte wie an einem Abendmahlskelch. Er schob ihr die Zuckerdose hin, setzte sich und griff nach seiner eigenen Tasse.

Er schien weder von ihr noch von sich selbst etwas zu erwarten. Nach ein paar Minuten Schweigen sagte er: »Dewey ist draußen im Stall. Soll ich ihn holen?«

Sie lächelte. Es war, als wäre ihm Dewey gerade eben wieder eingefallen, als wäre er gar nicht der Grund ihres Besuchs. Gekommen war sie wegen des Tees. »Schon gut. Ich geh einfach zu ihm raus.«

Er nickte. »Er ist bei dem neuen Pferd, das er sich gerade angeschafft hat.« Er nahm einen Schluck Tee.

»Ach ja? Wo hat er es denn her?«

»Aus Tompkins Futtermittelgeschäft, sagte er. Keine Ahnung, wo die dort ein Pferd haben sollten. Ich find's komisch, dass Tompkin überhaupt Futter verkauft, der macht sich doch gar nicht so viel aus Tieren.« Behutsam stellte er seine Tasse auf den Unterteller.

»Stimmt, das ist komisch.«

Onkel Drew lehnte sich zurück und verschränkte die Hände im Nacken. »Der ist übergeschnappt, nachdem ihm seine Frau abgehauen ist, einfach auf und davon ist sie.«

»Hier scheinen ja eine Menge Frauen abzuhauen.«

Onkel Drew runzelte leicht die Stirn und rieb sich mit der Hand über die Wange, als wollte er sie blank polieren. »So ist es.« Er ließ die Hand sinken.

Andi sagte: »Na, dann geh ich mal in den Stall. Danke für den Tee, Onkel Drew.«

Das Pferd war ein kastanienbraunes, recht schönes Tier, viel eleganter als Dakota und zu elegant für Dewey.

Der war gerade dabei, ihm die Flanke abzureiben, und fuhr bei Andis Anblick überrascht hoch. »Was zum Teufel suchst du denn hier?«

»Ein Pferd.«

Dewey knallte mit dem Lappen in seiner Hand. »Was für ein Pferd?«

»Einen Rappen. Der ist vom Auslauf hinter der Farm verschwunden, und wir können uns nicht denken, wie er dort weggekommen ist.«

Dewey klatschte sich den Lappen über die Schulter. »Verstehe. Und du glaubst jetzt, ich hätte ihn gestohlen.«

»Nein, das glaub ich nicht.« Inzwischen jedenfalls nicht mehr. »Ich frag eben überall in der Gegend rum, ob ihn vielleicht jemand gesehen hat.«

»Na, ich jedenfalls nicht.« Dewey machte sich wieder daran, das Pferd abzureiben.

»Es ist wirklich wunderschön, dein Pferd.«

Dewey trat einen Schritt zurück, als fiele es ihm erst jetzt auf, wo Andi es erwähnte. »Ja, schon. Den hab ich von Tompkin drüben.«

»Dein Onkel Drew meinte, er wundere sich, dass Tompkin ein Pferd hatte, wo er doch Tiere gar nicht mag.«

»Hat Onkel Drew wieder blödes Zeug gequatscht?«

»Nein. Dass der blödes Zeug quatscht, kann ich mir nicht vorstellen. Er hat so was Beruhigendes.«

»Der ist schon in Ordnung. Du redest ja, als würdest du ihn kennen.«

»Er erinnert mich irgendwie an jemanden.« Das war es aber gar nicht. Es war nicht nur der Onkel, sondern eine ganze Reihe von Dingen. »Ist das dein einziges Pferd?«

»Nein, ich hab noch eins. Moment mal! Glaubst du etwa, ich hätte deins irgendwo versteckt?«

»War bloß so eine Frage.«

»Ha ha. Eins weiß ich bei dir: dass du nämlich nicht einfach bloß so fragst. Wenn du eine Frage stellst, dann kommen da noch fünfzehn andere Fragen nach.«

»Na, dann könnte ich jetzt eine nach der anderen stellen, aber ich muss nach Hause. Danke.«

Dewey nickte und wandte sich wieder seinem Pferd zu.

Andi kehrte in die Küche zurück, wo Onkel Drew immer noch vor seiner Tasse mit Unterteller saß. Die Kanne war durch einen dickwandigen weißen Krug ersetzt worden. Und umgekehrt auf den Unterteller gestellt wartete eine zweite Tasse darauf, in Gebrauch genommen zu werden.

»Wollen Sie einen Kakao? Hab gerade welchen heiß gemacht. Es sind auch Marshmallows da.«

Wieder war Andi fast gerührt von Onkel Drews Beflissenheit und wollte ihn nicht einfach mit seinem Krug heißer Schokolade allein dort sitzen lassen.

»Danke. Ich liebe Kakao mit Marshmallows.« Sie setzte sich ihm gegenüber, während er die Tasse umdrehte und aus dem Krug einschenkte.

Er sagte: »Nehmen Sie ruhig von den Marshmallows. Ich nehme bloß eins, aber viele Leute mögen lieber zwei oder sogar drei.«

Andi häufte sich zwei auf.

»Haben Sie Dewey gefunden?«

Als wäre Dewey in der weitläufigen Landschaft womöglich nicht auszumachen gewesen. »Er war im Stall, wie Sie sagten.«

Onkel Drew nickte nachdrücklich. »Dachte ich mir schon.« Er nippte an seinem Kakao.

»Der Kakao ist wirklich gut«, sagte sie mit einem Marshmallowbart auf der Oberlippe. Sie wischte ihn sich mit einer von den Papierservietten ab, die hübsch säuberlich auf dem Tisch gestapelt lagen.

»Freut mich, dass er Ihnen schmeckt.« Er klopfte sich die Taschen ab, als würde er nach Zigaretten suchen, machte sich aber nichts daraus, als er keine fand. »Haben Sie herausgekriegt, was Sie wissen wollten?«

»Nein, doch nicht.«

»Ah, das ist aber schade.«

»Eins von unseren Pferden ist nämlich verschwunden, und da geh ich herum und frag die Leute, ob sie es gesehen haben. Er heißt Dakota.«

»Oh, das tut mir aber leid. Ist er weggelaufen oder hat man ihn etwa gestohlen?«

»Wir glauben, er wurde gestohlen.«

»Schlimm ist das, ganz schlimm. Wieso sollte ihn jemand mitnehmen?«

»Aus Rache.«

Onkel Drew schien diese Antwort nicht ungewöhnlich zu finden, sondern eher damit gerechnet zu haben. Er nahm es zur Kenntnis, dachte darüber nach. »Dann ist es vermutlich jemand aus Ihrem Bekanntenkreis. Aber so viele Leute kann es doch bestimmt nicht geben, die was gegen Sie haben könnten. Vielleicht war es jemand, von dem Sie gar nicht wissen, dass er Ihnen eins auswischen will.«

»Daran hab ich noch gar nicht gedacht.« Das stimmte. Hatte sie vielleicht jemanden unabsichtlich beleidigt? Sie schüttelte den Kopf. »Wenn ich was gemacht haben sollte, was jemand so geärgert hat, dass er auf ein fremdes Grundstück geht und ein Tier stiehlt...« Sie verstummte und musste wieder an die Baileys denken, diesmal aber bekam sie selbst ein schlechtes Gewissen. Sie hatte Sam einfach mitgenommen. »In dem Fall würde ich mich bestimmt dran erinnern, meinen Sie nicht?«

»Ja, ich denke schon. Vergessen Sie aber eins nicht: Dieser Jemand könnte ja auch einfach eine Vollmeise haben, wenn er aus einer kleinen Mücke einen riesigen Elefanten macht.«

Andi stützte die Ellbogen auf den Tisch und schaute, das Kinn in die Hände geschmiegt, zu ihm hinüber. Er hatte wirklich einen glasklaren Verstand. Das hing wohl mit seiner sorgsamen Aufmerksamkeit gegenüber den kleinen Feinheiten des Lebens zusammen – den Tassen und Untertellern, dem Krug und den auf einem Tellerchen hübsch arrangierten Marshmallows. Und mit der blitzsauberen Küche.

»Es ist doch so«, fuhr er fort, »wir sind ständig so in Eile, dass wir die Hälfte glatt übersehen. Vielleicht sind Sie ja jemandem auf die Füße getreten und haben es nur nicht gemerkt. Oder...« Er wischte etwas von seiner Strickjacke, die imaginäre Asche einer imaginären Zigarette vielleicht. »Oder jemand spielt Ihnen da in boshafter Absicht einen üblen Streich.«

Er schien auf etwas herumzukauen, dabei hatte Andi ihn gar nichts in den Mund stecken sehen. Tabak? Kaugummi? Luft?

»Da wäre aber natürlich auch noch die Möglickeit, dass ein Kidnapper dahintersteckt.«

»Wir – sind aber gar nicht reich.«

»Es geht nicht nur um Geld.« Er redete wie einer, der sich mit Geiselverhandlungen bestens auskannte. »Für Kidnapping gibt es viele Gründe.«

Irgendwo im vorderen Teil des Hauses schlug eine Uhr. Der zarte Klang passte zu dem Mann. Andi sah auf ihre Armbanduhr. Sie war über eine Stunde weg gewesen. »Oje, jetzt muss ich aber gehen. Wir bekommen Besuch.«

»Keine Eile. Die werden ja wohl ein Weilchen warten können.«

Andi war aufgestanden und trank ihren Kakao vollends aus. »Ich weiß, manche sagen das einfach so, aber Sie haben mir wirklich sehr geholfen, Onkel Drew. Ich würde gern mal wieder vorbeikommen und weiterreden.«

Er war ebenfalls aufgestanden und steuerte langsam auf die Haustür zu. »Freut mich, wenn ich mich nützlich machen konnte.«

Sie gingen durchs Wohnzimmer, und er hielt ihr die Haustür auf. »Na, dann hoff ich, dass Sie Ihr Pferd wiederkriegen. Wissen Sie, hier gibt's viele Wildpferde, die holen sich die Stallpferde, und dann laufen sie alle zusammen weg.«

Die Vorstellung fand sie gleichermaßen komisch und treffend.

»Ist ja kein schlechtes Leben für so ein Pferd, in der Wildnis«, fuhr Onkel Drew fort. »Und wenn's so ist, dann sehen Sie ihn wieder. Halten Sie also gut Ausschau, was an Ihnen vorbeiläuft.«

Sie streckte die Hand aus. »Das mach ich.«

Sie schüttelten einander zum Abschied die Hand, und er machte die Tür zu.

Sie betrachtete die geschlossene Tür und war plötzlich traurig.

42. KAPITEL

Der Wagen des Sheriffs stand in der Auffahrt, und Andi war froh, dass sie Harry McKibbon nicht verpasst hatte. Als sie durch die Küchentür hereinkam, stellte sie mit Bedauern fest, dass er dort nicht am Tisch saß und entspannt einen Kaffee trank.

Aus dem Büro, wo sie Jim und Tom vorhin zurückgelassen hatte, drangen Stimmen.

»Andi«, sagte Jim, »wo warst du?«

»Entschuldige, ich hab jemand besucht, der vielleicht was über Dakota weiß. Hallo, Sheriff.«

»Tut mir leid wegen Dakota.«

Sie nickte ihm zu und lehnte sich neben den Waffenständer an die Wand, als wollte sie ein Gewehr griffbereit haben, falls Unheil drohte.

Harry McKibbon sagte: »Hier bei uns gehen nicht viele Pferde verloren. Wenn man mal alle persönlichen Beweggründe ...«

»Sie meinen, zum Beispiel die Baileys«, ergänzte sie.

»Richtig. Aber abgesehen von denen hätte jemand Dakota auch stehlen können, um ihn zu verkaufen oder sogar als Deckhengst, obwohl ihr ja keinen Stammbaum für ihn habt.«

Tom sagte: »Er stammt von einer von diesen Urinfarmen – so heißt das ja wohl, wo sie schwangeren Stuten den Harn abzapfen. Oben im Norden ist so eine, direkt an der kanadischen Grenze. Die männlichen Fohlen sind wertlos, die landen beim Schlachter. Es geht um dieses Hormonersatzpräparat, das sie aus Stutenharn gewinnen. Das weiß ich, weil meine Frau es immer genommen hat, bevor man dann erfuhr, wie das Zeug hergestellt wird. Furchtbar, ein Pferd so zu behandeln, bloß damit Frauen in den Wechseljahren keine Hitzewallungen kriegen. Das hab ich ihr auch gesagt.« Er lächelte. »Da hat sie mich gefragt, ob ich schon mal eine Hitzewallung hatte.« Das Lächeln wurde breiter und verflüchtigte sich dann bei der Erinnerung.

Harry wartete ab, und als er merkte, dass Tom nichts hinzufügen wollte, sprach er weiter. »Wenn jemand das Risiko einging, ihn direkt von der Koppel wegzustehlen, muss die Motivation schon ziemlich stark gewesen sein.«

Andi sagte: »Dakota ist ein guter Läufer. Ich glaube aber, das wahre Motiv ist, dass jemand uns eins reinwürgen wollte.«

»Jim sagt, du glaubst nicht, dass es die Bailey-Brüder waren. Na, die sitzen ja sowieso in einer Zelle fest.«

»Außerdem gab es bloß zwei Paar Stiefelspuren, eine war die von Jesus. Jared war hier und hat sich die Stelle um den Baum herum angesehen. Ein Paar Hufabdrücke stammten übrigens von einem Pferd ohne Hufeisen. Also von keinem von Jims Pferden.«

Harry sagte: »Ich finde, wir sollten uns als Erstes Lucas Bailey genauer ansehen. Angenommen, das Pferd wurde tatsächlich entwendet, dann wäre das seine Vergeltung dafür, dass du seinen Esel gestohlen hast.«

»Das ist nicht bewiesen«, versetzte Andi.

»Richtig. Bloß dass Lucas das nicht gelten lässt. Er ist sich jedenfalls sicher, dass du's warst.«

»Ich glaub nicht, dass Lucas es getan hat«, sagte Tom. »Okay, Grund genug hätte er schon, aber du vergisst, was für ein Mensch Lucas ist. Punkt eins, er ist stinkfaul, und zweitens heckt er nichts Kompliziertes aus, wahrscheinlich aufgrund von Punkt eins. Er wartet ab, bis sich die Dinge in seine Richtung entwickeln. Oder er schickt lieber seine Jungs aus.«

Und überhaupt – was würde er mit Dakota anfangen, nachdem er ihn gestohlen hat? Zusätzliche Kosten für ein weiteres Pferd will der mit Sicherheit nicht. Also würde er ihn verkaufen, bloß wie? Hier in der Gegend jedenfalls nicht, so viel ist sicher. Die Leute wüssten doch, dass Dakota entführt wurde, also müsste er ihn irgendwo anders versteigern lassen.

Und das alles ist Lucas Bailey viel zu umständlich. Der ist auch keiner, der ewig zuwartet und dann plötzlich losschlägt, sonst hätte er inzwischen schon längst was unternommen. Ich meine, außer Andi zu belästigen, was er ja mit Vergnügen tut. Und was die Jungs betrifft, da stimme ich dir zu: Die würden nur gemeinsam was anstellen, die feigen Säcke. Wenn ihr mich fragt, ein Mann, der eine Frau an der Straße dumm angeht, ist doch ein Erzfeigling.

Und Entführung? Dakota ist zwar ein großartiges Pferdchen. Ein Seabiscuit oder Nashua oder so was in der Richtung ist er aber nicht. Jedenfalls noch nicht. Wie viele tausend Dollar würde Jim also zahlen, um Dakota zurückzubekommen? Nein, hier geht's nicht um Geld. Und es ist auch keine Spontanhandlung. Nicht wie bei jemand, der an einem erbärmlich aussehenden Esel vorbeikommt und ihn mitnimmt ...«

»Was nicht bewiesen ist«, ergänzte Andi. So lange Reden hatte sie Tom Rio noch nie führen hören. Und stimmte jedem seiner Worte zu.

Tom musterte sie nur kurz. »Es war bestimmt niemand, der da draußen in der Pampa spazieren gegangen ist und ein Picknickplätzchen gesucht hat. Die Sache war definitiv vorsätzlich.«

»Hätten es vielleicht auch ein paar Schulkinder sein können?«, fragte Jim.

»Schon möglich«, erwiderte Harry. »Aber nicht sehr wahrscheinlich.«

»Wer bleibt denn dann übrig, wenn es nicht die Baileys waren?«

»Wir setzen hier zu viel als gegeben voraus«, sagte Tom. »Dass es Lucas und seine Jungs waren, glaube ich auch nicht. Ich meine aber trotzdem, es war Vorsatz.«

Wie aufs Stichwort klingelte in dem Moment das Telefon. Jim nahm ab und meldete sich: »Ja, hallo.«

Die Männer rauchten alle, und Andi hob den Blick zu dem Baldachin aus Qualm, der sich über ihnen gebildet hatte.

Der Stuhl, auf dem Jim sich inzwischen zurückgelehnt hatte,

kam krachend zu Boden. »Was?« Er lauschte, den Hörer fest ans Ohr gepresst, doch der Anruf war offenbar unterbrochen worden, denn er hielt den Hörer von sich weg und sah ihn an, als wäre die Stimme immer noch darin versteckt. »Er hat aufgelegt.«

»Wer?«, fragten Harry und Tom wie aus einem Munde.

Jim starrte sie an. »Es war doch vorsätzlich. Das war der, der Dakota gestohlen hat.«

43. KAPITEL

Nun war es nicht so, dass alle gleichzeitig angefangen hätten zu reden. Erst einmal herrschte gespanntes Schweigen.

Schließlich machte Harry den Anfang. »Jim?«

»Der Kerl, der Dakota mitgenommen hat ... klingt ganz schön selbstzufrieden.« Er verstummte kopfschüttelnd.

»Was will er?«, fragte Tom.

Jim wirkte ratlos. »In puncto Geld nicht viel. Fünfhundert verlangt er. Ich glaube aber nicht, dass es um das Lösegeld an sich geht. Sondern um die Übergabe.« Er sah Andi an, die ihn fragend musterte.

»Was meinst du damit?«, fragte Harry.

»Er will, dass Andi es überbringt.«

Ihre Hand löste sich vom Gewehrlauf. »Ich?« Dann fragte sie sich, wie sie bloß so unsäglich dumm gewesen sein konnte. Auf ihn hätte ihr Verdacht doch als Ersten fallen sollen, doch er hatte bei all den Erwägungen vorhin gar keine Rolle gespielt. Die Situation war fraglos höchst gefährlich, unverfroren wie er war. Er stand bei anderen Leuten einfach so auf der Türschwelle, tauchte wie aus dem Nichts auf, machte sich nicht einmal die Mühe, sein Gesicht zu verbergen, setzte sich über jeden hinweg, der ihn herausfordern wollte.

»Und Dakota?«

»Den bekommen wir wieder, wenn die Übergabe stattgefunden hat.«

»Was passiert sonst?«, fragte Andi.

»Dann erschießt er Dakota. Oder fährt mit ihm davon.«

Absurderweise kam Andi plötzlich Onkel Drews Bemerkung über Wildpferde in den Sinn.

»Aber wer zum Teufel ist *es?*«, fragte Harry.

Jim schüttelte den Kopf. »Waylans heißt er.«

Wie Wayne, dachte Andi. Das hatte Alma bei Kingdom Kabs gesagt.

»Wer ist das?« Er schien die Frage an Andi zu richten.

Andi sagte nichts. Vor Angst versagte ihr die Stimme. Sie räusperte sich. Es war, wie wenn man einen abgewürgten Motor anlässt. »Vor drei Tagen hab ich ihn zum ersten Mal gesehen. Er kam hierher. Ich hab euch doch erzählt, dass da jemand war, wisst ihr noch?« Ihr Blick galt allen dreien.

»Der Stalker«, sagte Harry.

Sie nickte.

Jim beugte sich nach vorn, blickte sie gespannt an. »Welcher Stalker? Von einem Stalker hast du nie was gesagt. Soll das heißen, du kanntest ihn?«

»Nein. Ich hab ihn vorher noch nie *gesehen.*« Hörten die überhaupt zu? Sie hätte sie am liebsten alle geschüttelt, damit sie einmal diese schreckliche Angespanntheit erlebten, die sie ständig spürte. »Ich hab nichts gesagt, weil es sowieso nichts genützt hätte. Du und Tom, ihr hättet doch gar nichts machen können. Der Mann ist wie ein Geist.«

»Wo soll dieses Lösegeld übergeben werden?«, wollte Harry von Jim wissen.

»Hat er nicht gesagt. Er sagte, ich würde wieder von ihm hören.«

»Das soll dich nervös machen.« Harry, der gegen den Schreibtisch gelehnt dagestanden hatte, ließ sich in den Klubsessel sinken.

Jim sagte: »Das Geld kann ich ohne Weiteres beschaffen. Das ist kein Problem.«

Andi konnte nicht die geringste Schuldzuweisung in seiner Stimme entdecken. Keine unterschwellige Besorgnis, kein zweifelndes Hinterfragen. Sie war an dem ganzen Ärger schuld, das alles war Teil ihrer Last, ihrer Bürde, zu der auch Sam gehört hatte.

»Also, was machen wir?«, wollte Jim wissen.

»Das, was er sagt«, erwiderte Andi. »Genau das, was er sagt.«

»Du? Kommt nicht in Frage, dass du das Geld überbringst.«

Andi schwieg und drehte sich um, um zum Stall hinüberzuschauen, dessen Umrisse sie im Dunkeln kaum ausmachen konnte.

»Einer von uns wird gehen, entweder ich oder Tom«, sagte Jim.

Andi drehte sich wieder her. »Das wird nicht funktionieren. Ich soll hin, ich muss hin. Um mich geht's doch gerade. Obwohl ich das nicht besonders schmeichelhaft finde.«

Harry sagte: »Ich fürchte, sie hat recht.« Er klang bedrückt. Vornübergebeugt saß er da und betrachtete eingehend seine Schuhe, als schämte er sich dafür – er war schließlich der Gesetzeshüter –, dass er mit keinem Plan aufwarten konnte, der sie nicht in Gefahr brachte.

Jim sagte: »Na, das wär's dann.« Er ließ die Hände auf die Schenkel sinken. »Jetzt müssen wir eben abwarten und sehen, ob er das Pferd laufen lässt.«

»Nein«, entgegnete Andi. »Wir warten nicht ab. Der bringt das Pferd um, ohne mit der Wimper zu zucken. Und wer weiß, ob er sich nicht noch ein anderes holt, wenn er nicht kriegt, was er will?«

»Wir wissen ja nicht, was er will«, sagte Jim.

»Doch, er will, dass Andi das Geld überbringt«, gab Tom zurück.

»Ich hab überhaupt keine Erinnerung an diesen Mann. Absolut keine. Ich hab keine Ahnung, warum er mich verfolgt.«

Harry sagte: »Hört sich an, als ginge es um das Stalking als Selbstzweck. Der hatte doch jede Menge Gelegenheit, direkt an dich heranzukommen, was er aber nicht getan hat, also hat er es vielleicht drauf abgesehen, dich in Angst zu halten. Bloß dass er diesmal etwas anderes macht. Warum?«

Er erhob sich. »Ich muss los. Falls er wieder anruft – ich wette, der wartet erst mal ein, zwei Tage ab –, dann will ich informiert werden. Ich will wissen, wo diese Übergabe stattfinden soll.

Wahrscheinlich auf offenem, freiem Feld, ohne viel Deckung zur Überwachung.«

»Dann können Sie das eben nicht machen«, sagte Andi. »Auch gut, der würde es nämlich bestimmt merken, wenn Sie ihn beobachten.«

»Ich sagte, ohne viel Deckung. Nicht ohne jede Deckung.«

Andi seufzte. »Hören Sie, ich weiß es ja zu schätzen ...«

»Nein, tust du nicht.« Harry kam direkt auf sie zu und blieb dicht vor ihr stehen. »Du kannst gar nicht zu schätzen wissen, was du nicht begreifst, und hier begreifst du einiges nicht. Für dich sieht das Ganze recht unkompliziert aus, stimmt's? Ist es aber nicht. Da gibt's einen Haufen Dinge, die ins Auge gehen könnten, du hast ja keine Ahnung. Und da wir nicht wissen, was dieser Kerl eigentlich will – die fünfhundert sind's nämlich ganz sicher nicht –, haben wir es noch weniger unter Kontrolle. Jedenfalls gehst du da nicht allein hin. Verstanden?«

»Nein! Wer hier was nicht versteht, sind Sie.«

Harry fluchte leise. »Ich will nicht, dass du so überspannt dorthingehst, hörst du? Ich will, dass du mir das versprichst.«

Sie seufzte. Wenn ihm dann wohler war. »Okay.«

»Merk dir das, Andi. Also dann, gute Nacht. Jim. Tom.« Er steuerte auf die Tür zu.

Die drei blieben einen Augenblick sitzen, bis Andi sagte: »Wo wohnt er? Wo könnte er ein Pferd unterstellen, ohne Aufsehen zu erregen?«

»Du sagtest doch, er kam mit dem Auto. Vielleicht schläft er da auch drin.«

»Es war ein Pick-up.« Andi runzelte die Stirn. »Aber das Pferd ...«

»Könnte ja draußen angebunden sein, oder?«

Alle drei blieben noch eine Weile zusammen sitzen und beratschlagten, wie wahrscheinlich es war, dass Andi etwas zustoßen könnte. Die Männer gaben zu, dass Andi vermutlich recht hatte: Falls der Mann ihr etwas antun wollte, hätte er es längst schon tun können.

»Was der will, sind Informationen, er will etwas wissen. Der wird mich schon nicht erschießen. Und wenn er mich kidnappen wollte… dann hätte er das längst machen können.«

Schließlich stand Tom auf. »Ich fahr nach Hause.« Er schüttelte den Kopf. »Schlimme Geschichte.« Er legte die Hand auf Andis Schulter. »Kind, bei dem Leben, das du führst… da würde den meisten von uns Hören und Sehen vergehen.« Er lächelte sie an. »Gute Nacht.«

Toms Lächeln hatte immer etwas Tröstliches.

»Gute Nacht, Tom.«

Nachdem er gegangen war, verschränkte Jim die Arme und verkündete, er wolle noch ein Weilchen aufbleiben. »Für alle Fälle. Geh du schlafen.«

»Danke, Jim. Der kommt aber bestimmt nicht hierher.«

»Wahrscheinlich nicht. Geh schlafen.«

Andi überlegte: Da dieser Waylans mit Dakota nur etwas anfangen konnte, wenn er am Leben war, brauchte sie keine Angst zu haben, dass er ihn tötete. Wie sehr Tiere allerdings unter Entwurzelung litten oder darunter, dass sie sich in fremden Händen befanden, wusste sie nicht. All die unglaublichen Geschichten, wie Tiere wieder nach Hause gefunden hatten, deuteten darauf hin, dass ein Tier sehr wohl wusste, wo es nicht daheim war.

Sie richtete sich auf, boxte ihr Kissen ein paarmal zurecht und legte sich wieder hin.

Wo zum Teufel war er, dieser Mann, der sie derart besessen verfolgte? Allzu weit weg konnte er nicht sein. Er hatte diesen Pick-up, aber keine Pferdebox, zumindest nicht, als sie ihn letzthin gesehen hatte. Warum hatte er sie damals aufgesucht? Damit sie wusste, wie er aussah? Oder damit sie erfuhr, dass er wusste, dass ihre Geschichte über ihre Vergangenheit eine Lüge war? Weshalb gab er vor, er suchte nach seiner kleinen Tochter? Alice: Hatte sie jemanden mit diesem Namen gekannt? Es war eine Art Folter, und genau darauf hatte er es angelegt.

Hatte er damals, als er vor Jims Haustür stand, etwas gesagt, das als Hinweis dienen könnte, wo er zu finden war? Und – was genauso wichtig war: Hatte er irgendetwas andeuten, ihr *heimlich* einen Hinweis geben wollen?

Er hatte sie mehrmals aufgespürt, und dass er sie bei diesen Gelegenheiten nicht direkt zur Rede gestellt hatte, war äußerst seltsam.

Sie schirmte die Augen mit dem Unterarm ab, als wollte sie jeden Lichtschimmer ausblenden.

Vermutlich dachte er sich, je mehr er sich bedeckt hielt, desto mehr würde sie sich ängstigen. Es flößte einem Angst ein, wenn so ein böser Mensch sich damit abgab, über ganz belanglose Dinge zu reden: das Wetter, die Landschaft, Häuser, Ställe ...

Ställe.

Die verlassene Custis-Farm! Die war es, von der hatte er geredet.

Andi schwang die Beine aus dem Bett, stand auf und trat ans Fenster. Mit dem Auto waren es anderthalb Meilen, querfeldein wäre es kürzer. Falls jemand von Custis dort gewesen wäre, hätte sie den Lichtfleck in der Ferne sehen können. Doch in der Richtung war alles stockfinster.

Es gab zwei Ställe. Im einen könnte man zur Not ein Auto unterbringen, im anderen ein Pferd. Keiner würde sich wundern, wenn gelegentlich ein Fahrzeug auf den Hof kam oder wegfuhr. Hier in der Gegend fiel so etwas nicht auf, weil alle weit verstreut wohnten.

Sie warf ihren Flanellbademantel über und wollte schon die Tür aufmachen, um hinunterzugehen und den Sheriff anzurufen. Da fiel ihr wieder ein, was er gesagt hatte:

»*Ich will nicht, dass du so überspannt hingehst. Du musst mir versprechen ...*«

Sie hatte es versprochen, da er offensichtlich Wert auf solche Dinge legte und absurderweise sogar glaubte, sie würde sich daran halten.

Nein, Harry McKibbon würde die Sache selbst in die Hand

nehmen und zur Custis-Farm hinausfahren wollen, und am Ende käme womöglich nichts weiter dabei heraus als ein totes Pferd. Ihr Verfolger war schlau genug, der Polizei zu entkommen. Wenn die Polizei dort aufkreuzte, hätte er entweder eine plausible Story parat oder würde einfach verschwinden.

»Ich will nicht, dass du so überspannt hingehst...«

Warum nicht? Die ganze Welt war doch überspannt.

Andi legte sich wieder hin, erschöpft vom anstrengenden Nachdenken über diesen Waylans und darüber, was er eigentlich von ihr wollte. Angenommen, er war nicht einfach nur so zum Spaß hinter ihr her: Dann musste das, was er wollte, ja furchtbar wichtig für ihn sein, wenn es bedeutete, sie über ein Jahr lang heimlich zu beobachten.

Der Kerl kam ihr absolut ungelegen, schließlich hatte sie im Augenblick schon genug mit Klavan's und BigSun zu tun.

Hörten die Männer bei BigSun eigentlich Punkt fünf oder sechs Uhr mit dem Töten auf? Machten sie dann Feierabend wie alle anderen auch? Merkten sie, was mit ihnen geschah? Dass dieser blutige Job, dieses ewige Abschlachten sie gedankenlos, ja achtlos werden ließ?

Vielleicht war das die einzige Möglichkeit, die einzige Hoffnung: dass ihnen dabei absolut nicht wohl in ihrer Haut war. Doch dann kam sie sich dumm vor. Es war schließlich ihr Job. Diese Männer mussten irgendwie ihren Lebensunterhalt verdienen. Ob ihnen wohl dabei war oder nicht.

Sie stellte sich dramatische Szenen vor. Feuer leuchtete in ihrer Vorstellung auf, Feuer nach einer gewaltigen Explosion. Nicht nur das Schlachthaus, auch die Pferche, die Zäune, die Büros – alles ging in Flammen auf. Oder sie stellte sich vor, wie sie an der Grenze Streife ging und jeden Sattelschlepper anhielt, der Nutztiere transportierte, wie sie sie mit vorgehaltener Waffe anhielt...

Sie zog die Nachttischschublade auf und holte die Pistole heraus. Sie nahm die Patronen aus dem Magazin, visierte. Dann lud sie sie wieder und legte sie in die Schublade zurück. Was hatte sie eigentlich vor?

Vielleicht erwartete er, dass sie ihn zu einem verborgenen Schatz führte. Ja, sie war die Letzte von der Bande, die Banken und Schmuckgeschäfte überfallen hatte, und hatte das Geld oder die Diamanten irgendwo gebunkert. Er konnte sie nicht töten, bis sie ihn hingeführt hatte.

Und dann käme die Zeit für den großen Showdown, und sie würden sich an einer staubigen Landstraße oder sonst wo treffen und – Peng! Nachdem sie zugesehen hätte, wie sein Blut sich in Pfützen unter ihm sammelte…

Sie gähnte. Meine Güte, wurde sie denn gar nie erwachsen? Was war los mit ihr? Versteckte Schätze, Geld, Juwelen. Oder ein geknackter Tresor. Vielleicht kannte nur sie die Zahlenkombination. Einen Code, den nur sie knacken konnte…

Andi setzte sich aufrecht hin. Das musste es sein. Das musste es einfach sein.

Das war der Grund, weshalb er ihr gefolgt war.

Er hatte es auf ihre Erinnerung abgesehen.

44. KAPITEL

Sie schauten ihr nach, wie sie mit ausladenden Schritten über die Kiesauffahrt auf das Feld zuging, und witterten Unheil. Was käme nun?

Der Mond stand tief. Wenn sich ihre Silhouette vor ihm abhob, fiel es schwer, beide auseinanderzuhalten, sie mit ihrem mondhellen Haar und der blassen Haut.

Odds On und Odds Against ließen die Köpfe über die Seiten der leeren Box hängen, schienen sich zu fragen, wo wohl der war, der sonst immer hier war, und schauten einander an, jeder vom anderen eine Erklärung erwartend.

Hazel hob den Blick von ihrem mitternächtlichen Imbiss am Trog, kaute versonnen und schaute ihr nach, wie sie über den Hof ging, folgte ihren Schritten aufs Feld zu. Was käme nun?, schien sie sich zu fragen und stieß einen tiefen, kehligen Laut aus, der die anderen zu ihr herüberlockte. Dicht zusammengedrängt pressten sie sich gegen den Zaun und dachten alle, was käme nun?

Andi drehte sich nach Haus, Stall und Schweinekoben um und hatte das Gefühl, sie würde beobachtet. Sie schmiegte sich noch tiefer in ihre Jacke. Die Luft war so klar und kalt, dass sie meinte, gegen etwas Hartes zu laufen.

Jedes Mal wenn Andi ihre Geschichte erzählte, schmückte sie sie noch weiter aus, verschönerte sie mit weiteren Einzelheiten. Sie war in eine derart detaillierte Fantasiewelt eingetreten, dass sie allmählich schon selbst begann, an die Oliviers zu glauben und an deren Kraft, sich gegenseitig zu retten, und daran, dass sie sie bestimmt retten würden, wenn sie nur wüssten, in welch misslicher Lage sie sich befand.

Im Kern blieb die Geschichte aber immer dieselbe – die Brüder, die Schwester, selbst Jules, der Hund –, sie alle kamen jedes Mal vor, wenn sie sie erzählte. Sie hatte etwas Tröstliches, diese Beständigkeit der Oliviers, dazu das Haus samt Garten. Dieses Haus, dieser Garten waren imaginär im doppelten Sinne, denn diese Szenerie gab es nirgendwo im wirklichen Leben; sie stammte aus einem Film.

In dem, was sie nun für ihre tatsächliche Vergangenheit hielt – die Vergangenheit, an die sie sich nicht erinnern konnte –, musste dieser Mann vorgekommen sein. Vielleicht nicht als Verwandter oder Freund oder gar Feind, sondern als jemand, für den sie wichtig war, denn sie kannte die Zahlenkombination für den Safe (um es mal so auszudrücken), auf dessen Inhalt er es abgesehen hatte.

Im Lauf der letzten anderthalb Jahre – oder auch länger, woher sollte sie es wissen? – hatte er herausgefunden, wo sie war, und war ihr dorthin gefolgt. Er war dort hingegangen, wo sie war, doch woher wusste er, wann und wo er nach ihr suchen musste? Wieder von ihren Arbeitskollegen, denn Andi kündigte ihren Weggang immer an.

Was um alles in der Welt könnte sie denn wissen? Hatte sie ihn tatsächlich gekannt? Konnte es um eine Sache gehen, deren Augenzeugin sie geworden war? Um irgendein Verbrechen?

Oder war es umgekehrt, und er hatte sie bei einem Verbrechen beobachtet? Dann hatte es etwas mit Harry Wine zu tun. Ihr war schon vorher der Gedanke gekommen, ob dieser Mann vielleicht ein Freund von Harry Wine gewesen sein könnte, und das brachte sie nun zurück zu der Frage: Falls ihr Verfolger seinen Freund rächen wollte, warum hatte er das nicht schon vor einem Jahr getan?

Und wenn er etwas anderes von ihr wollte? Vielleicht wartete er ja darauf, dass sie sich erinnerte? Ließe sich damit erklären, warum er vor Jims Haustür gestanden hatte? Vielleicht war er es leid, abzuwarten, dass sie sich von selbst erinnerte, und war mit dem Hintergedanken erschienen, ihrer Erinnerung durch seinen Anblick auf die Sprünge zu helfen.

Nur hatte es nicht funktioniert, und was führte er jetzt im Schilde?

So musste es sein, dachte sie, während sie das Feld überquerte. Auf diesem Weg war er hergekommen, entweder zu Fuß oder per Pferd. Die verwischten Hufspuren stammten vielleicht von einem anderen Pferd. Ja, so war es. Es war alles so logisch, je länger sie darüber nachdachte: sich in der Custis-Farm zu verschanzen, Dakota in den Stall zu stellen und im Stall oder im Haus zu schlafen.

Spielte sie ihm etwa in die Hände? Machte sie es ihm einfacher? Nein, das glaubte sie nicht, denn er hatte zwar auf einem Treffen bestanden, aber wann und wo er wollte, nicht sie. Vielleicht war das wichtig: Er wollte bestimmen, wo's langging.

Andi lief noch eine Viertelstunde weiter mit dem Mond als einziger Lichtquelle. Die Nacht war so schwarz wie die Waffe in ihrer Tasche.

Dann sah sie die Custis-Farm. Kein Licht drang von dort aus den Fenstern – kein Laternenlicht, kein Kerzenlicht –, doch das hatte nichts zu sagen. Das Haus war hoch und schmal, so hoch, dass man meinen konnte, es stünde auf Stelzen. Es war eins von diesen Häusern, von denen Kinder gern behaupten, dort würde es spuken. Vielleicht stimmte das ja. Vielleicht war die Familie deswegen weggezogen.

Lächerlich! Es war bloß ein Hirngespinst, um nicht an Schlimmeres denken zu müssen. Ein Gespenst oder auch zwei wären ihr herzlich willkommen gewesen.

Sie hatte eine Taschenlampe mitgebracht, doch obwohl diese nur einen bleistiftdünnen Lichtstrahl warf, scheute sie sich, sie zu benutzen. Das Haus befand sich zu ihrer Rechten, zwei Ställe zu ihrer Linken, und dazwischen wucherte büschelweise Indianergras, Fuchsschwanzhafer und Süßgras auf dem Gehweg und dem verwahrlosten ungepflasterten Hof.

Da Andi nicht wusste, was sie als Nächstes tun sollte, setzte sie sich ins ungemähte Gras und wartete auf ein Geräusch, eine Bewegung, einen Einfall. Etliche Minuten vergingen. Sie senkte den Kopf und überlegte, was sie an diesem verlassenen Ort mit einer geladenen Pistole eigentlich anstellen wollte. Glaubte sie tatsächlich, sie könnte ihn erschießen, falls er Dakota nicht herausgab?

Ja, das könnte sie.

Als ein Rascheln aus dem nächstgelegenen Stall drang, fuhr sie hoch. Draußen rührte sich nichts. Aus dem anderen Stall kam ein Geräusch, wie wenn Heuballen oder Kisten oder Bretter herumgeschoben würden. Andi nahm die Waffe aus der Tasche. Sie stand auf und bewegte sich so lautlos wie möglich auf den Stall zu. Die Hecke am Wegrand war hoch genug, sie zu verbergen, und als sie sich gerade dahintergekauert hatte, hörte sie ein Wiehern und erstarrte. Was sie spürte, war eine Mischung aus Erleichterung und Angst – dort waren Pferde, doch das bedeutete zugleich, dass er in der Nähe war.

Oder auch nicht. Möglicherweise hatte er Dakota hier eingestellt, war selbst aber woanders. Das war nicht nur möglich, sondern sogar wahrscheinlich. Sein Problem war schließlich, was er mit dem Pferd anstellen sollte, nicht mit sich selbst. Er konnte Dakota gut einen Tag lang alleine lassen, solange das Tier mit Futter und Wasser versorgt war.

Andi nahm die Waffe herunter, während sie sich der Stalltür näherte. Die Tür stand offen, höchstwahrscheinlich, weil sie nicht recht zuging. Dann schloss sie beide Hände um die zu Boden gerichtete Schusswaffe und trat hinein.

Drinnen war es dunkel, fast schwarz, und das Pferd verschmolz mit der Dunkelheit.

Sie wusste, es war Dakota.

Nun knipste sie die kleine Taschenlampe an und ließ den Lichtstrahl über sein Gesicht gleiten. Er wieherte und wich etwas zurück.

»Dakota, ich bin's«, flüsterte sie. »Ich bin's. Ganz ruhig.« Sie

trat zu ihm an die Box. Es gab drei Boxen, jede mit einer zwei-
teiligen Stalltür, die vor Altersschwäche und mangels Pflege
schon splitterte und wellig war. Sie rieb ihm die Nase, als er
schließlich herankam, und sah sich suchend um. Wasser war genug da, auch Heu. Allerdings musste dringend ausgemistet werden. Sie suchte etwas, womit sie das Pferd nach Hause reiten
konnte.

An einem Haken hing ein altes Zaumzeug. Es sah aus, als
hinge es schon seit Jahren dort. Das könnte gehen.

Als sie es herunternahm, hörte sie, wie ein Fahrzeug ganz
langsam die Straße heraufkam. Es fuhr ohne Scheinwerfer und
bewegte sich vielleicht deshalb so zögernd. Sie stand wie erstarrt,
das Zaumzeug in der Hand. Es konnte nur der Wagen des Mannes sein, der Dakota gestohlen hatte. Wer sonst würde seine
Scheinwerfer ausschalten?

Der Wagen hielt an. Dann wurde es still. Diese Stille war
schlimmer als das Geräusch vorhin. Eine Tür schlug zu.

Andi kauerte sich neben die Box hin. Sie zog die 38er hervor.

Die Schritte, die sich erst genähert hatten, entfernten sich nun
ein wenig, eine Tür ging auf und gespenstisches Licht ergoss sich
über den Stallboden. Er war zum Fahrzeug zurückgegangen und
benutzte die Scheinwerfer als Beleuchtung. Das Licht breitete
sich großflächig aus, ohne jedoch bis zur Pferdebox oder zu ihr
herüberzureichen.

Die Pistole in beiden Händen, die einander gegenseitig Halt
gaben, stand sie langsam auf. »Stehen bleiben!« Sie war überrascht, dass ihre Stimme ganz und gar nicht wie zitterndes Es-
penlaub klang.

Als die dunkle Gestalt noch einen Schritt machte, entsicherte
sie. Mit vollem Magazin ließe sich die Waffe vierzehnmal abfeu-
ern, bevor sie leer war. »Keinen Schritt weiter«, sagte sie.

Er war von hinten beschienen, im Scheinwerferlicht gefangen
wie ein unsicheres Tier, ein Hirsch oder Waschbär. Sie hätte ihn
zu gern zur Strecke gebracht.

Er lachte kurz auf. »Du würdest doch nicht ...«

Zischend fuhr die Kugel neben seinem Fuß in den Staub. Er schrak hoch.

»Würde was nicht?«, sagte sie.

Er streckte den Arm aus, hielt ihr abwehrend die Handfläche entgegen. »Okay, okay!«

Andi trat näher, blieb jedoch deutlich auf Abstand. »Schmeißen Sie die Knarre weg.«

»Was für eine Knarre? Verdammt…?«

»Die Sie damals auf Jims Farm dabeihatten.« Als er zögerte, schrie sie ihn an: »Na, los! Aber langsam.«

Seine rechte Hand bewegte sich auf seine linke Schulter zu.

»Na, na! Nein. Mit der linken Hand.«

»Ich komm nicht dran…«

»O, doch.« Wie gern hätte sie ihn auf der Stelle abgeknallt!

Unbeholfen zog er mit der linken Hand die Waffe aus dem Schulterhalfter.

»Fallen lassen und hier herüberschieben.« Kein Wunder, dass die Leute Waffen so gut fanden. Das Machtgefühl, das eine Pistole einem verschaffte, war atemberaubend. Hier stand sie nun dem Mann gegenüber, der sie über ein Jahr lang verfolgt hatte, und konnte ihn nach Herzenslust herumkommandieren.

Er stieß den Revolver über den staubigen Boden.

Andi hielt ihre eigene Waffe auf ihn gerichtet, während sie seine zu sich herzog. »Wer sind Sie?«

»Das hab ich doch schon gesagt, als ich bei euch auf der Veranda stand.«

»Haben Sie nicht. Kennen Sie Harry Wine?«

»Wen? Nein. Nie gesehen.«

»Warum folgen Sie mir?«

»Tu ich gar nicht, Mädchen.« Ganz gelassen spuckte er etwas aus dem Mundwinkel, Tabaksaft vielleicht. Er hatte auf irgendetwas herumgekaut. »Wie zum Teufel kommst du denn auf die Idee?«

»Durch Sie komm ich auf die Idee. Sie verfolgen mich jetzt seit über einem Jahr. Erst in Idaho, dann in Montana. Warum?«

»Na ja…« Er warf in einer dramatischen Geste die Hände hoch, und dann passierten zwei Dinge rasch hintereinander. Wie bei einem Zaubertrick schien seine erhobene Hand einen zweiten Revolver aus der Luft zu greifen. Das Zweite war, dass Dakota sich aufbäumte und beinahe die Boxentür zertrümmert hätte.

Der Schuss landete weitab vom Ziel und verfehlte Andi, die abdrückte und seine Schulter verfehlte, seinen rechten Arm aber streifte und die Waffe aus seinen Fingern gleiten sah. Mit einem Satz war sie drüben und hob sie auf, behielt ihn aber unablässig im Auge. »Und jetzt steigen wir in Ihr Auto, und Sie fahren nach Kingdom.«

»Ah, das glaub ich nicht.« Aus der Wunde an seinem Oberarm, den er festhielt, drang Blut. »Ich dachte, wir könnten vielleicht was aushandeln.«

»Mit Ihnen? Ich kann mir nicht denken, was wir füreinander tun könnten.«

»Ah, ich wette, mit irgendwas könnte ich aufwarten.«

»Mit was?«

»Na, sagen wir mal so: Ich komme nicht mit dem Gesetz in Konflikt.«

Verwirrt sagte sie: »Was heißt das? Sie haben eine weiße Weste?«

Sein Lachen klang unangenehm. »Momentan schon. Was ich aber sagen wollte, ich scher mich nicht groß um das Gesetz und du auch nicht, nehm ich an.«

Verwirrt ließ Andi die Waffe sinken. »Wie um alles in der Welt kommen Sie denn darauf?«

Er zuckte die Achseln. »Du hast doch bestimmt keinen Waffenschein für das Ding da.«

Sie hob die Waffe wieder hoch. »Klar hab ich einen.« Klar hatte sie keinen.

Er wandte sich abfällig lachend ab und sah zu Dakota hinüber, der ihnen Heu mampfend zusah. »Schau mal, wenn es je drum ginge, mich zu erschießen oder aber dein Pferd, dann müsste ich dran glauben.«

Andi schnaubte verächtlich. »Da fällt einem die Wahl nicht schwer.«

»Nun, rein rechtlich genieße ich mehr Schutz als das Pferd. Ich mein ja bloß, da kämst du mit dem Gesetz in Konflikt.«

»Und dass Sie das Pferd gestohlen haben, was ist damit? Und mit dem Lösegeld? Wieso sollte ich mich auf einen Handel mit Ihnen einlassen?«

»Das hab ich bloß gesagt, damit du mit mir redest.«

»Eine ziemlich blöde Methode.«

Er breitete die Arme aus. »Wieso? Du redest doch gerade mit mir, oder?« Sein Kichern klang tonlos, leblos. »Mir ist es so oder so rum egal. Du kannst dein Pferd ruhig mitnehmen. Hübsches Tier.«

»Das hab ich auch vor. Und was ist mein Teil bei dem Handel?«

»Du hast die *Information*.«

Sie konnte die Betonung heraushören, als ginge es um etwas überaus Wichtiges. »Welche ›Information‹? Ich weiß gar nicht, wovon Sie reden. Ich kann mich an nichts erinnern.«

»Oh doch, du weißt es. Vielleicht willst du dich nicht erinnern. Vielleicht bist du deswegen zur Vagabundin geworden.« Diesmal war sein Lächeln eher müde als unheimlich. »Kannst es dir aber nicht aussuchen. So ist das ja wohl meistens im Leben: Man kann sich's nicht aussuchen.« Er grinste. »Also, schau mal: Es hat nicht viel Sinn, wenn du weiter bockig bleibst. Ich bin da, wenn du reden willst.« Sein Revolver lag immer noch zwischen ihnen auf dem Boden. »Mein Schießeisen nehm ich dann wieder an mich, wenn du nichts dagegen hast.« Er sah, wie ihr Arm sich versteifte. »Hör zu: Du weißt, dass ich nicht auf dich schieße …«

»Haben Sie aber grade versucht.«

»Quatsch. Wenn ich's gewollt hätte, hätte ich's auch geschafft.« Er hob lächelnd seine Waffe auf und tippte sich wie zum Gruß an die Hutkrempe. Dann drehte er sich um und ging auf die Stalltür zu. »Mach dir also weiter keinen Kopf drum, Mädchen.« Diese Worte warf er über die Schulter zurück.

Dann wandte er sich noch einmal um. »Ach ja, Waylans heiß ich. Falls dir das was sagt.«

Sie wusste nicht, was sie darauf erwidern sollte. »Ihr Pferd, das im anderen Stall drüben, das sollten Sie beschlagen lassen.«

Er musterte sie abschätzig. »Vielleicht. Ist aber gar nicht mein Pferd.« Dann ging er hinaus in die Dunkelheit.

Sie sah nicht, wie er in seinen Wagen stieg. Sie hörte, wie die Tür auf und wieder zugemacht, ein Motor angelassen wurde, Kies unter den Reifen stob. Dann entfernten sich langsam die Geräusche, als er den Weg hinunter bis zur Straße fuhr. Dann nichts.

Andi nahm das Magazin aus der Smith & Wesson und verstaute die Waffe wieder in ihrer Jackentasche. Dann blieb sie einen Augenblick verdattert stehen.

Waylans.

Dakota malmte immer noch bedächtig sein Heu. Er hielt still, als sie die Arme um seinen Hals schlang und den Kopf auflegte. Dann nahm sie das alte Zaumzeug, das er, immer noch weiter kauend, abzuwerfen versuchte. Andi war inzwischen aber recht versiert und schaffte es, ihm alles anzulegen und den Riemen festzuziehen.

Einen Sattel konnte sie nirgends entdecken, aber eine Decke und einen Gurt. Damit und mit dem Zaumzeug könnte sie ihn vielleicht reiten. Sie warf ihm erst die Decke über den Rücken, zurrte dann den Gurt fest. Das Problem war, dass sie keine Steigbügel hatte, die ihr aufhelfen könnten.

Sie zog sich eine Kiste herüber, von der aus sie auf eine der Holzstreben an der Box steigen konnte, in die sie dann einen Fuß stellte. Nun war sie hoch genug, um das andere Bein herüberschwingen zu können. Allerdings hatte sie dabei zu viel Schwung und fiel auf der anderen Seite des Pferdes wieder herunter.

Weit geduldiger, als er sich ihr normalerweise zeigte, stand Dakota still und wartete ab. Sie fluchte, ging hinten um ihn herum, hievte sich nochmals hoch – und rutschte wieder herunter.

Dakota schnaubte verächtlich durch die Nüstern.

Und das soll eine Rettungsaktion sein?

45. KAPITEL

Mit einer etwas dröge dreinblickenden Frau namens Willa, die ihr anbot, sie für drei Dollar mitzunehmen, kam Andi bis nach Kingdom. »Is doch billiger als 'n Taxi, he?« Andi gab ihr die drei Dollar, nicht sonderlich überrascht über die Kleinkariertheit.

Sie fühlte sich etwas niedergeschlagen und wollte zuerst auf ein gegrilltes Käsesandwich zu May's, bevor sie Harry McKibbon aufsuchte – ein Besuch, dem sie mit bestenfalls gemischten Gefühlen entgegensah. Und schlimmstenfalls? Ach, es war zum Davonlaufen.

Sie traf Norman Black auf seinem Stammplatz an der Theke.

Er sagte: »Sag mir, ob ich jetzt falschliege.«

»Und ob«, erwiderte sie und schlug die Speisekarte auf, obwohl sie schon wusste, was sie nehmen würde. »Solltest du nicht zu Hause sein und ein Buch schreiben? Ich versteh nicht, wie du zwanzig Stück davon veröffentlichen konntest, wenn du immer hier herumhockst.«

Mildred kam herüber, um Andis Sandwichbestellung entgegenzunehmen. Sie stellte ihr ein Glas Wasser hin, steckte ihr Schreibblöckchen wieder in die Tasche und ging davon.

Andi nippte an dem Wasser. »Warst du selbst schon mal in einem Schlachthof?«

»Einmal. Und für kein Geld der Welt ginge ich da wieder hin.«

»Man sollte meinen, denen fällt was Besseres ein. Warum erschießen sie die Tiere denn nicht einfach?«

»Geldverschwendung. Ich hab mal von einem gelesen, der hat in einem Tierheim gearbeitet und Hunde über die Klippen gejagt. Jemand fragte ihn, wieso er sie nicht einfach erschießt. Kugel kostet fünf Cents, sagte er. Klippe kostet gar nichts.«

Andi stützte den Kopf in die Hand. Wieder so ein Bild, das sie nicht mehr los wurde. »Hättest du mir das bloß nicht gesagt!«

»Entschuldige. Keine schöne Vorstellung.«

»Und wieso warst du in einem Schlachthof?«

»Zu Recherchezwecken. Eine Szene in meinem Buch sollte dort spielen, ich hab mich dann aber anders entschieden. So was lesen die Leute nicht gern.«

»Kommen hier eigentlich manchmal auch Tierschützer her?«

»Einmal, kann ich mich erinnern, da hat so eine Gruppe mal Nachforschungen in dieser Fabrik oben im Norden angestellt, wo sie Stuten den Harn abzapfen. ›Pipifarm‹ nennt sich das. Find ich ziemlich schlimm, weil es die ganze Sache ins Lächerliche zieht.«

Mildred kam herüber, stellte Andi das gegrillte Käsesandwich hin und schenkte Norman Kaffee nach. Dann schwebte sie wieder von dannen.

»Dort hat Jim auch Dakota geholt.« Sie griff nach dem Sandwich, nahm einen Bissen, legte es wieder hin. »Weil sie dort keine Verwendung für männliche Fohlen haben, werden die versteigert. Die meisten landen beim Schlachter. Dakota…« Warum erzählte sie Norman nicht von gestern Abend?

Norman nickte verständnisvoll. »Die armen Viecher. Vor vierzig, fünfzig Jahren war es allerdings noch nicht so schlimm. Erst dann ging es mit den großen Agrarbetrieben so richtig los. Die produzieren massenweise Kälber, Schweine und Hühner – einfach Wahnsinn ist das.«

»Wie würdest du das stoppen? Ich meine, abgesehen davon, dass du es an die große Glocke hängst?«

Der Löffel klapperte laut im Kaffeebecher, als Norman ihn hinstellte. »Keine Ahnung, vielleicht kann man die verklagen? Das versuchen diese Tierschützer doch auch manchmal. Die haben doch ihre Anwälte.«

»Gibt's hier denn welche?«

Normans Lachen klang etwas erschöpft, als hätte er seine diesbezügliche Tagesration bereits verbraucht. »Mir ist noch nie jemand begegnet, der so leicht zu beeinflussen ist wie du. Ich sag bloß ›Anwalt‹, und schon hältst du Ausschau nach einem. In Bismarck lässt sich vermutlich einer auftreiben, aber ich kenne keinen. Hatte nie einen Grund zur Klage.«

Andi griff wieder nach ihrem Sandwich, ohne aber davon abzubeißen. »Ich dagegen schon.«

Norman kicherte. »Als Nächstes kommt dann Abfackeln.«

»Daran hab ich auch schon gedacht.«

46. KAPITEL

»Du hättest mich gestern Abend anrufen sollen.« Harry McKibbon war wütend. »Wundert mich ja, dass Jim nicht…«

»Nein. Der wollte anrufen, aber ich hab ihn davon abgehalten. Es war zwei Uhr nachts.«

»Du denkst wohl, den Sheriff braucht man bloß während der normalen Geschäftszeiten? Ich war schon mehr Nächte im Einsatz, als du je sanft durchschlummert hast.« Er lehnte sich zurück. »Der Kerl ist zur Custis-Farm raufgefahren, stimmt's?«

»Ja. Die Autonummer hab ich aber nicht.«

»Hätte ich auch gar nicht verlangt.« Er beugte sich wieder vor. Andi saß ihm gegenüber an seinem Schreibtisch. »Andi, was sollte das Gerede über diese ›Information‹? Was glaubst du, was das bedeutet?«

»Hört sich an, als hätte ich irgendwann früher einmal etwas herausgefunden. Zum Beispiel die Zahlenkombination für einen Safe. Oder vielleicht war ich Augenzeugin eines Verbrechens.«

Harry schüttelte den Kopf. »Er heißt Waylans, richtig?«

Sie nickte. »Ob mit Vor- oder Nachnamen, weiß ich nicht.«

Der Drehstuhl knarrte, als Harry sich zurücklehnte und Andi durchdringend musterte. »Weiß er das von deinem Gedächtnisverlust?«

»Wie sollte er? Sonst würde er doch nicht glauben, ich könnte ihm weiterhelfen. Wie sollte er wissen, dass alles, was ich über mein früheres Leben erzähle, frei erfunden ist?« Sie blickte auf die Hände in ihrem Schoß.

Harry schmunzelte. »Wie sieht es denn aus, dein erfundenes Leben?«

Sie schüttelte unwillig den Kopf. »Ach, Sachen über meine

Familie eben und wo wir gewohnt haben und so. Er meint, ich will ihm bloß nicht sagen, was er wissen will, und schalte auf stur.«

Sie schwiegen eine Weile.

»Aus dem Kerl werde ich nicht schlau«, sagte Harry. »Es scheint ihm direkt Spaß zu machen. Der hielt das wohl für einen Scherz, euer Pferd zu stehlen und dann Jim anzurufen und Geld zu verlangen.« Harry schüttelte den Kopf. »Hat er irgendwas gesagt, wo er hin will? Oder ob er dableibt?«

»Nein, das hätte ich Ihnen gesagt.«

Harry tippte mit einem zernagten Bleistift auf seinen Schreibblock und sagte nach einer Weile: »Was ist, wenn er gar nicht auf diese ›Information‹ aus ist? Was ist, wenn er das einfach so dahergesagt hat, in Wirklichkeit aber was ganz anderes will?« Er lächelte matt. »Bloß um die Sache zu verkomplizieren?«

»Das schafft er jedenfalls. Wenn es überhaupt noch komplizierter geht.«

»Gehen wir mal zurück: Als er letzthin bei euch war, hat er doch behauptet, er würde jemanden suchen.«

Sie schwieg und besann sich. »Er hat mir ein Foto von einer Familie gezeigt – ich vermute mal, dass es eine Familie war: ein Mann, eine Frau und ein Mädchen, etwa elf oder zwölf. Er dachte, ich würde mich an sie erinnern.« Sie sah zum Sheriff hinüber und gleich wieder weg, als könnte sie sich schon denken, was er sagen würde.

»Sie kamen dir überhaupt nicht bekannt vor, willst du sagen.«

Sie nickte. »Ich hatte sie noch nie gesehen.«

»Das Mädchen …«

Sie fiel ihm ins Wort. »Er suchte nach einem Mädchen – Alice. Ob sie seine Tochter war oder … nein, nein. Konnte sie gar nicht sein. Der Mann auf dem Foto war nicht Waylans.«

»Das muss aber nicht heißen, dass sie es nicht doch war. Der Mann hätte ja irgendwer sein können – ein Onkel, irgendein anderer Verwandter oder ein Freund …«

»Glauben Sie, ich bin das Mädchen?«

Er hielt die Hand hoch, als wollte er den Gedanken abwehren. »Du meine Güte, nein. Wieso sollte ich? Bloß weil er schon die ganze Zeit hinter dir her ist? Natürlich nicht. Wenn du es wärst, würde er sich wohl kaum so verhalten.«

»Er sagte aber nicht ›Tochter‹, er sagte ›Alice‹. Er war überrascht, dass ich mich nicht erinnerte …« Sie richtete sich auf. »Nein, er war eher verärgert als überrascht, als ich sagte, ich *erinnerte* mich nicht an sie. Er glaubte nicht, dass ich unter Gedächtnisverlust leide, er dachte, ich würde lügen.«

Harry sah Andi durchdringend an.

»Sagen Sie es jetzt nicht!« Sie hielt, wie er vorhin, die Hand hoch, als wollte sie die Wörter zurückdrängen, die er noch gar nicht ausgesprochen hatte. »Er ist nicht mein Vater. Er nicht.«

Harry schloss genervt die Augen. »Das meine ich ja auch gar nicht. Aber kann es denn sein, dass Waylans gar nicht der ist, der dir die ganze Zeit gefolgt ist? Könnte der Mann, den deine Freundinnen in Idaho und Montana gesehen haben, vielleicht jemand ganz anderes sein?«

Andi musterte ihn ziemlich ungläubig. »Sheriff, glauben Sie wirklich, dass das ein Zufall ist? Wollen Sie etwa behaupten, Waylans sei aus heiterem Himmel hier aufgetaucht und erst zu Jim und dann zu Mrs. Englehart und schließlich zu Kingdom Kabs gegangen?« Erschöpft stand sie auf und ging zur Tür.

Er erhob sich ebenfalls. »Andi …«

Sie ging wortlos hinaus.

47. KAPITEL

»Anwalt?« Tom schob die Würstchen, die er gerade briet, außer Sichtweite, als Andi mit ihrer Frage zur Tür hereinkam. »Anwalt? Was hat Klavan denn angestellt? Dir einen Prozess an den Hals gehängt, als er dich beim Schweinchenstreicheln erwischt hat?« Lachend machte er sich wieder daran, Brotscheiben für French Toast zu halbieren.

»Weißt du, was die mit Ferkeln machen, mit denen was nicht stimmt? Werfen sie an eine Wand. ›Plumpser‹, nennen sie die.«

Tom sah den Wassertropfen zu, die in der Grillpfanne auf und ab hüpften. »Jetzt hör aber auf, Andi.«

»Doch. Kein Wunder, dass die Leute es nicht glauben. Und weißt du, wie sie sich rausreden? ›Das ist in dem Gewerbe so üblich.‹« Sie zog ihre Steppweste aus und hängte sie über die Lehne eines Küchenstuhls. »Wo ist Jim?«

»In Bismarck drüben. Müsste eigentlich jeden Moment wieder da sein. Ich wollte gerade Abendessen machen. Du hast hoffentlich nichts gegen French Toast.«

»Au, fein! Du bist ein viel besserer Koch als Jim, sag ihm aber nicht, dass ich das gesagt hab. Was ist mit Anwälten?«

»Keine Sorge, ich hab keine eingeladen.«

»Sehr witzig! Ich meine, ob du welche kennst. Hast du dir schon mal einen genommen?«

»Ja, klar. In ein gewisses Alter kommt man nicht ohne Anwalt. Damit rechnen die. Der, den ich hatte, sitzt in Fargo. Ich glaub, Jim hat einen in Bismarck. In Bismarck gibt's jede Menge Anwälte.« Er tauchte dicke Brothälften in eine Eiermischung, unterbrach jedoch seine Tätigkeit und wandte sich ihr zu. »Darf ich mich erkundigen, wieso du einen Anwalt brauchst?«

»Ich hab überlegt, ob ich eventuell das Landwirtschaftsministerium verklagen soll…«

»Wow! Das ist ja der Knüller!« Er drehte sich wieder zum Herd um. »Ich bin bloß froh, dass sich das Wörtchen eventuell in deine Überlegungen geschlichen hat.« Er sah zu, wie sich ein Stück Brot mit der flüssigen Mischung vollsaugte, und griff nach seinem Kaffee. »Woher hast du denn diese Schnapsidee?«

Andi sah blinzelnd zu ihm hoch, als würde ihr seine Fröhlichkeit in den Augen brennen. »Von den Plumpsern, die wie Basebälle herumgeschmissen werden.«

Er zog sich einen Stuhl her und nahm Platz. »Andi…«

»Schon die Art, wie du meinen Namen aussprichst, klingt herablassend.«

»Stimmt gar nicht. Ich frage mich bloß, ob du mal darüber nachgedacht hast, was da auf dem Spiel steht.«

»Nein, keinen Augenblick hab ich an den Gedanken verschwendet.«

»Sei nicht so sarkastisch.« Er stand auf, ging wieder zu seinem Brot und warf eine lappige Scheibe ins Spülbecken.

»Und sei du nicht so herablassend. Mir scheint, du bist nicht sehr begeistert von dieser Aktion? Wenn du mich nicht unterbrochen hättest, wüsstest du, dass ich beschlossen habe, das Ministerium nicht zu verklagen.«

Tom zog die Würstchenpfanne vom Herd. »Gott sei Dank.«

»Ich verklage BigSun und Klavan's.«

»Das ist Wahnsinn«, sagte Jim, der hereingekommen war, als sie gerade angefangen hatten zu essen. Er starrte Andi über seine Gabel mit French Toast hinweg an. »Wie kommst du denn auf so eine bescheuerte Idee?«

Indem sie so tat, als würde sie die Frage abwägen, sah Andi blinzelnd zur Decke hoch. »Was war es noch gleich? Vielleicht – ah ja, ich glaub, das war, als ich gesehen habe, wie sie Schweinen, die noch bei Bewusstsein waren, die Gurgel durchgeschnitten haben.«

Jim schüttelte heftig den Kopf. »Das ist aber BigSun, die Fleischverarbeitungsanlage. Das hat nichts mit Klavan's zu tun.«

Andi wandte den Blick von der Decke. »Ich sagte doch, alle beide. Machst du zwischen denen wirklich einen Unterschied?«

»Aber natürlich.«

»Klavan's ist auch nicht besser. Du hättest Dewey Petty sehen sollen, wie der eine verkrüppelte Sau am Ohr vorwärtsgezerrt hat.«

»Andi, du musst aufhören mit dem Zeug. Du begreifst anscheinend nicht, dass du gegen gewisse Dinge auf dieser Welt nichts machen kannst, und hier ist die Nummer eins: Klavan's. Oder sonst irgendeine von diesen Massentierhaltungsfirmen und Fleischverarbeitungsanlagen. Ob's dir gefällt oder nicht, die existieren nun mal.«

»Ich rede nicht davon, die Mastfarmen abzuschaffen, obwohl ich das gern täte. Ich rede von dieser einen einzigen. Ihr wart ja nie dort drin. Und du hast sie bloß von der Straße aus gesehen, Jim. Du hast bloß dieses makellose Weiß gesehen.«

»Ob ich's gesehen habe oder nicht, ist doch unerheblich!«

»Ach ja?«

Jim geriet allmählich in Rage. Da war es wieder. Andi fragte sich, warum sich alle ständig so ereiferten.

»Es ist vergebliche Liebesmüh, diesen Betrieb zu verklagen. Der wird nie und nimmer dichtmachen müssen. Als Nächstes redest du noch davon, den verdammten Laden in die Luft zu jagen!«

Tom lehnte sich zurück und griff nach seiner Kaffeetasse. »Mir wär's lieber gewesen, du hättest das nicht gesagt.«

Jim stutzte. Er musste unwillkürlich lachen.

Andi machte sich den Stimmungsumschwung zunutze. »Also, kennt ihr einen Anwalt?«

Mit einiger Überredungskunst hatte sie Jim den Namen seines Rechtsanwalts entlockt. Es handelte sich um einen gewissen Bobby Del Ray, und seine Kanzlei befand sich in Bismarck.

»Ist der gut? Kann der die Geschworenen überzeugen?«

»Darin glänzt er. Der geborene Darstellungskünstler.«

»Würde er sich in meinen Fall denn so richtig reinhängen?«

»Nein, aber das wär nicht seine Schuld. Das würde nämlich kein Anwalt.«

»Du redest, als wär so was noch nie gemacht worden. Es sind aber doch schon viele Leute gegen rechtsbrecherische Massentierhaltungsbetriebe vorgegangen.«

»Schon, aber noch keine Neunzehnjährige ohne das geringste hieb- und stichhaltige Beweismaterial.«

»Einundzwanzigjährige«, gab sie verächtlich zurück.

Im Stall draußen verteilte sie Rüben und dachte über Beweismaterial nach. Dakota wandte ihr den Rücken zu, aber erst nachdem er seine Rübe bekommen hatte. Beweismaterial könnte doch bestimmt auch von Augenzeugen stammen. Bloß – wer in diesem Unternehmen würde sich denn bereit erklären, als Zeuge auszusagen? Ein Anwalt könnte Leute auch vorladen, dann wären sie zur Aussage gezwungen. Allerdings waren sie auf ihre Jobs angewiesen, und es würde ihnen schwerfallen, offen über die Abläufe im Schlachthof zu reden. Vermutlich würden sie lügen. Leute wie Hutch und Nat würden wohl kaum gute Zeugen abgeben.

Allerdings war da ja noch Jake. Auf Jake glaubte sie sich verlassen zu können. Er wusste, dass Klavan's ein verkommener Laden war.

Allmählich gelangte Andi zu der Überzeugung, dass man sich mit den Außenseitern dieser Welt zusammentun musste, um etwas zu verändern. Man musste sich mit krankhaften Gemütern anfreunden. Mit Nat und Hutch wollte sie aber lieber nichts zu tun haben. Da musste man schon ziemlich verrückt sein.

»Setz dich da hin«, sagte Jake am nächsten Morgen, auf einen Stuhl neben seinem Schreibtisch deutend. »Setz dich hin, Andi, und lass dir mal ein paar Sachen sagen.«

Andi setzte sich und bereitete sich schon auf eine Riesenenttäuschung vor. Außer Jake kannte sie keinen, der überhaupt irgendwelche Anzeichen zeigte, dass er ihre Gefühle teilte.

Er nahm ihr gegenüber Platz. »Hör zu: Du denkst immer nur an das Wohl dieser Schweine. Aber was ist mit unserem Wohl, dem Wohl der Leute, die hier arbeiten? Wir würden unsere Arbeit verlieren, wenn sie Klavan's dichtmachen. Na gut, sagst du, und wenn schon, wir können uns ja einen anderen Job suchen. Das ist aber gar nicht so einfach hier. Wo siehst du in einer Stadt wie Kingdom denn offene Stellen? Okay, wir könnten nach Fargo ziehen, aber selbst wenn's dort Jobs gäbe wie Sand am Meer, müsste man dafür doch sein ganzes verdammtes Leben umkrempeln.«

Er fuhr fort: »Und was ist mit den Betrieben, die auf unsere Angestellten angewiesen sind? Wir hätten kein Geld zum Ausgeben mehr. Diesen Dominoeffekt machst du dir anscheinend gar nicht klar. Wenn man am Ende der Reihe was verändert, fällt die ganze Reihe zusammen. Glaub mir.« Jake lehnte sich zurück.

Sie sah ihn bloß an. »Das heißt dann ja wohl nein?«

Sie stand auf und ging.

Sie hätte ihn gern gefragt, wovor er eigentlich Angst hatte. Wenn es Unsinn war, wenn es so lächerlich war, dass sie von einer Anzeige gegen Klavan's redete, wovor hatten sie dann alle Angst?

Während sie an dem Tag ihre Arbeiten erledigte, kam sie zu dem Schluss, dass sie mit dem Bus nach Bismarck fahren würde. Dazu musste sie aber erst einmal herausfinden, wo einer abfuhr. Bestimmt fuhr Greyhound oder so etwas Ähnliches die Strecke auf der U.S. 83.

Jim oder Tom wollte sie nicht bitten, sie bis zur Bushaltestelle zu fahren. Sie hatte keine Lust, sich ihr demoralisierendes Gerede anzuhören. Bei Klavan's meldete sie sich krank, und weil es das erste Mal war, hatte niemand etwas einzuwenden. Vielleicht waren sie sogar erleichtert, die altkluge Besserwisserin einen Tag lang nicht sehen zu müssen.

Statt weiter mit Jim über Bobby Del Ray zu diskutieren, hatte sie kurzerhand in der Kanzlei angerufen und mit seiner Sekretärin einen Termin vereinbart. Assistentinnen hießen die ja wohl heutzutage oder nicht? Mr. Del Rays Assistentin hatte sich erkundigt, weswegen sie ihn denn sprechen wollte. Andi hatte sich nur vage geäußert. »Es hat mit meinem Job zu tun.« Sie fürchtete, der Anwalt würde sie nicht empfangen, wenn er schon vorher wüsste, worum es sich handelte.

Morgens hatte sie Jim gesagt, wohin sie fuhr. Er reagierte überrascht und wollte wissen, wie sie denn dort hinkäme. Eine Freundin würde sowieso in die Richtung fahren, sagte Andi. Und ging.

48. KAPITEL

Die Busfahrt dauerte etwas über eine Stunde. Zur U.S. 83 war sie mit Hilfe ihres verlässlichsten Transportmittels gelangt: zu Fuß, kombiniert mit Mitfahrgelegenheiten. Es hatte zwar mehr als zwei Stunden gedauert, doch sie hatte es geschafft.

Dass niemand sie kannte, damit hatte Andi noch nie Schwierigkeiten gehabt. Es war im Gegenteil eher beruhigend. Man hatte das Gefühl, man konnte sich ein bisschen mehr ausbreiten, mehr Luft hereinlassen, ein Fenster oder eine Tür weiter aufmachen.

In Bismarck erstand sie im Greyhound-Bahnhof einen Stadtplan und fand die Main Street auch gleich. Von Bobby Del Rays Assistentin hatte sie erfahren, dass die Kanzlei gegenüber vom alten Bahnhof war. »Da ist jetzt ein mexikanisches Restaurant drin«, hatte die Frau ihr gesagt. Andi wäre den Weg dorthin auch zu Fuß gegangen, stellte aber fest, dass es dann ziemlich knapp werden würde. Am Ausgang 25 war die Transitpforte, am Ausgang 27 gleich daneben die Taxivermittlung. Hier nahm sie sich ein Taxi.

»Sie sind Miss Oliver?«

Das Schildchen auf dem Schreibtisch bestätigte ihren Assistentinnenstatus. Sie musterte Andi von Kopf bis Fuß, als wollte sie für eine Schuluniform Maß nehmen. Bei dem ziemlich altmodischen Kleid der Frau kam Andi der Gedanke, dass es glatt aus der Unique Boutique stammen könnte. Dies wunderte Andi, und sie fragte sich, ob Bismarck, ein Dutzend Mal größer als Kingdom, tatsächlich weltläufiger, großstädtischer war.

Um ein paar Jahre mehr herauszuschinden, hatte Andi einen Rock und einen schlichten Pullover angezogen und reichlich Make-up aufgelegt, dazu üppig goldbraunen Lidschatten. Make-up, fand Andi, wirkte immer so schwer und ließ einen daher älter aussehen. Wie jung musste sie dieser Frau aber vorkommen, wenn Leute in ihrem Alter anscheinend keine Anwälte engagierten?

Engagieren war der richtige Ausdruck. Anwälte waren teuer, und sie wusste nicht, wie sie das Geld berappen sollte, falls es die siebenhundert Dollar überstieg, die sie im Lauf des letzten Jahres zusammengespart hatte. Sie hatte etwas Geld mitgebracht und beschloss, sich über den Rest erst Gedanken zu machen, wenn der Anwalt den Fall tatsächlich übernahm. Es hatte keinen Sinn, sich über die Bezahlung Sorgen zu machen, wenn er ablehnen würde.

Sie setzte sich auf einen der an der Wand aufgereihten Stühle. Außer ihr war niemand da. Nachdem sie eine Viertelstunde gewartet hatte, ging die Bürotür auf, ein Mann streckte den Kopf heraus und bedeutete ihr per Handzeichen, doch einzutreten.

Die Assistentin war nicht Teil dieser Transaktion und blickte nicht einmal von ihren Papieren auf.

Andi folgte ihm in sein Büro und nahm auf dem Mandantensitz neben dem Schreibtisch Platz. Nach einem prüfenden Blick schätzte sie ihn als vollkommen ungefährlichen Mann ein. Wie überhaupt die ganze Stadt wirkte er freundlich, sanft und angenehm. Über ihr Alter zeigte er sich keineswegs überrascht und deutete auch nicht an, dass sie zu jung war, seine Dienste in Anspruch zu nehmen.

»Ich arbeite bei Klavan's, das ist diese Schweinemastanstalt in der Nähe von Kingdom, und wohne bei Jim Purley. Der hat Sie auch empfohlen … äh, ja, kann man so sagen. Für meinen Fall hat er Sie nicht empfohlen. Das liegt aber daran, dass er findet, ich bin verrückt, und meint, kein Anwalt, der bei Verstand ist, würde diesen Fall übernehmen.«

Bobby Del Ray grinste über beide Backen. »Ich übernehme! Erzählen Sie.«

Was sie eigentlich als Entschuldigung geäußert hatte, war stattdessen genau der richtige Ton gewesen. Es war offenkundig, dass Bobby Del Ray Herausforderungen liebte – dass er nur allzu gern Fälle annahm, die andere Anwälte womöglich für aussichtslos hielten. Er verschränkte die Arme und steckte sich die Hände unter die Achseln. Dass er zu seinem blauen Hemd eine dunkelblaue Krawatte trug, auf der sich diverse Hündchen tummelten, entlockte ihr ein Lächeln. Sein Jackett hatte er über die Rückenlehne eines ziemlich mitgenommen aussehenden Drehstuhls gehängt, in dem er nun sanft vor und zurück schaukelte.

Andi sagte: »Es geht um Betriebe wie Klavan's sowie um einen Schlachthof namens BigSun und darum, dass die gegen alle möglichen Tierschutzstatuten verstoßen und den Tierschlachtungs- und Tiertransportgesetzen zuwiderhandeln. Sie waren wahrscheinlich noch nie in so einem Betrieb.«

»Nein, aber ich kann mir's vorstellen.«

Sie schüttelte den Kopf. »Können Sie nicht, glauben Sie mir. Es übersteigt jede Vorstellungskraft. Ich will Ihnen ein paar Sachen erzählen.«

Sie berichtete ihm so knapp wie möglich, denn sie wollte seine Zeit nicht verschwenden, die immerhin zweihundertfünfzig Dollar die Stunde wert war. Wo nötig, ging sie jedoch ins Detail.

Bobby Del Ray lauschte jedem ihrer Worte (so kam es ihr jedenfalls vor), während er sich mit dem Bleistift wie mit dem Trommelstock eines Tambourmajors immer wieder über die Finger fuhr.

»Einen Großteil der Schuld hat sich das Landwirtschaftsministerium selbst zuzuschreiben, finde ich. Wahrscheinlich wollen die der fleischverarbeitenden Industrie nicht auf die Füße treten. An denen liegt es hauptsächlich, am Ministerium, und deswegen hatte ich zuerst auch die Idee, die zu verklagen.«

Er ließ den Bleistift-Trommelstock ruhen. »Das Bundesministerium für Landwirtschaft?«

»Ja. Aber dann dachte ich mir, das ist vielleicht zu schwierig. Also hab ich mich auf Klavan's verlegt oder BigSun oder alle beide. Jemand muss etwas tun.« Sie lehnte sich zurück und schaute an ihm vorbei aus dem Fenster. Sie schüttelte den Kopf. »Jim findet, ich bin verrückt.«

»Dann irrt er sich. Sie haben doch von Bell Farms gehört, nicht wahr?«

Hatte sie nicht, fand das aber ein Manko und war froh, als er ihre Antwort nicht abwartete.

»Ein Betrieb namens Sun Prairie – gehört auch zu Bell – hat in einem Reservat der Sioux-Indianer einen Schweinemastbetrieb aufgemacht – Rosebud heißt die Siedlung. Nun hat South Dakota zwar Umwelt- und Tierschutzgesetze, die man jedoch dadurch umging, dass man den Betrieb auf Indianergebiet ansiedelte, wo man die nicht einhalten musste. Sun Prairie redete den Leuten im Rosebud-Reservat also ein, die Firma sei ein Geschenk des Himmels wegen all der Jobs, die dort entstünden. Was am Ende für sie rauskam, waren schlecht bezahlte Handlangerjobs unter derart miesen Bedingungen, dass die Vereinigung für Humane Landwirtschaft die Staatsanwaltschaft per Petition ersuchte, gegen Sun Prairie gerichtlich vorzugehen, wegen fortgesetzter Tierquälerei. Es gab eine ellenlange, minutiöse Beschreibung der entsetzlichen Methoden, mit denen die Schweine gequält wurden. Rosebud gelang es daraufhin, wegen all der Verstöße aus dem Vertrag rauszukommen.

Also, beknackt ist an dem, was Sie da vorhaben, gar nichts. Was Jim vielleicht beknackt findet, ist die Tatsache, dass Sie als Einzelperson auftreten, nicht als Organisation mit ein paar hundert Mitgliedern. Wie groß ist der Betrieb bei Klavan's?«

»Die haben dort fünftausend Schweine.«

»Bei Rosebud waren es, glaub ich, hunderttausend. Die Arbeiter waren ständig krank. Die Zustände waren erbärmlich. Na, Sie wissen ja Bescheid, wie es da ist bei Klavan's. Was ist mit potentiellen Zeugen? Gibt's jemand, der die Zustände bestätigen würde?«

»Bis jetzt noch nicht. Ich hab rumgefragt, aber die haben natürlich Angst um ihre Jobs. Mach ich ihnen eigentlich auch nicht zum Vorwurf, schließlich müssen sie ihre Familien ernähren. Ich weiß, dass ich... wie heißt das gleich... einschlägiges Beweismaterial brauche. Ich könnte eine Kamera mit reinnehmen und Fotos machen. Oder vielleicht einen Camcorder. Würde das was nützen?«

»Selbstverständlich würde das was nützen, aber nicht einmal das würde unangefochten durchgehen. Stellen Sie sich mal vor, was für schwere Anschuldigungen gegen Sie erhoben werden könnten. Auf eine richterliche Entscheidung könnten wir da lange warten.«

»Wie lange?«

»Vielleicht Monate, möglicherweise ein Jahr oder länger.«

Das klang nicht sehr ermutigend. Dass ein Fall sich über einige Monate hinzog, konnte sie sich vorstellen, aber Jahre?

»Während der Betrieb bei BigSun und Klavan's ganz normal weitergehen würde. Das würde Mammutunternehmen wie Morrell oder Smithfield auf den Plan rufen, und die würden knallhart gegen Sie vorgehen, alles über Sie ans Licht zerren, was sie nur finden könnten, und zwar nicht bloß über Sie, sondern auch über Ihre Familie. Drogen? Sex? Vorstrafenregister? Und auf jeden Fall Ihre emotionale Festigkeit. Wenn es Sie ärgert, dass Ihre Freunde Sie lächelnd für verrückt erklären, dann warten Sie mal ab, bis Sie den Rechtberater aus einer Topanwaltskanzlei gegen sich haben, der das Gleiche behauptet.«

Sie sah an ihm vorbei aus dem Fenster. Es wäre eine Ironie des Schicksals, wenn diese Anwaltsriege das Unterste zuoberst kehren und ihre Vergangenheit aufdecken würde.

»Dann will ich jetzt mal ein paar Auskünfte über Sie aufnehmen. Andi Oliver. Alter?«

Wie hatte sie nur so dumm sein können, nicht zu begreifen, dass ihre Vergangenheit, ihr Leben, ihre Familie zum Vorschein kommen würden? Und außerdem die vergangenen zwei Jahre und alles, was passiert war.

»Andi?«

»O, Entschuldigung. Ich bin einundzwanzig.« Sie kramte in ihrer Tasche nach dem Geld. »Ich hab genug mitgebracht, um Sie für dieses Mal zu bezahlen.«

»Sie brauchen doch nicht...«

»Bitte.« Sie reichte ihm zwei Fünfziger hinüber.

»Das ist heute bloß eine Konsultation, Andi. Ich bin ja noch gar nicht für Sie tätig geworden.«

»Na, gut. Danke. Ich würde jetzt gern nach Hause gehen und über das alles nachdenken, was Sie gesagt haben.«

Er unterbrach sie. »Wie kommt es, dass Sie bei Jim Purley wohnen?«

Es klang nicht etwa argwöhnisch, eher so, als wäre ihm gerade eben etwas in den Sinn gekommen, etwas, das er begreifen wollte.

»Ich brauchte einen Job, und weil ich in Kingdom keine feste Bleibe hatte, meinte er, ich könnte ja bei ihm wohnen. Und dann hab ich diesen Job bei Klavan's angenommen.«

»Wieso haben Sie sich den denn ausgesucht? Hatten Sie bereits den Verdacht, dass da gegen die Tierschutzvorschriften verstoßen wird?«

»Ja.«

Er sah sie lange nachdenklich an. »Und wo waren Sie, bevor Sie nach Kingdom kamen?«

Sie sah es schon kommen. »Ich bin einfach so herumgereist, mit dem Rucksack, im Westen und Mittleren Westen.«

»Und woher sind Sie?«

»Aus New York. Hören Sie, Mr. Del Ray...«

»Bobby.« Er lächelte.

Nun lächelte sie auch. »Könnten wir das ein andermal machen? Ich muss jetzt gehen.«

Er stand auf, schüttelte ihr die Hand, sagte, er würde sich melden.

»War mir ein Vergnügen, Andi.« Er meinte es ehrlich.

Auf der Rückfahrt im Bus konnte sie nur an eins denken, nämlich dass ihr nicht vorher eingefallen war, ihre eigene Geschichte, ihre Vergangenheit könnte in die ganze Sache hineingezogen werden. Und genau untersucht werden. Und dass sie dann entlarvt wäre.

Zu den Ermittlungsmöglichkeiten, über die das Rechtssystem verfügte, hatte sie nie Zugang gehabt. Eigentlich hätte es ihr recht sein müssen, wenn ihre Vergangenheit aufgedeckt würde; wenn man herausfand, wer sie war. Es war ein Grund mehr, die Klage voranzutreiben.

Sie schaute nach draußen, als der Bus an einer stillgelegten Sinclair-Tankstelle vorbeifuhr, sah die leeren, mit dem ballonförmigen Aufsatz versehenen Zapfsäulen und musste wieder an Reuel denken und an seinen Hund, den er an einer alten Sinclair-Tankstelle gefunden hatte, ausgesetzt, aus irgendeinem Auto geworfen. Sie wünschte, Reuel wäre hier und sie könnte sich bei ihm Rat holen.

Sie hatte über Zeitungen gebrütet, auf der Suche nach etwas über sich, hatte sich im Fernsehen die Nachrichten angeschaut in der Hoffnung, ihr Gesicht zu entdecken – nichts, nur völlige Leere! Immer wieder flammte etwas auf, was ihr vorkam wie Erinnerungen, doch es hätten auch Träume sein können, die sie in die hinterste Ecke ihres Gedächtnisses verbannt hatte.

Aber darauf … darauf war sie wohl nicht vorbereitet – dass jemand anderes, ein Anwalt, ein Polizist ihr ihre Vergangenheit in einem braunen Umschlag überreichte, den Inhalt gestempelt und zusammengeheftet: Das bist du!

Der Gedanke machte ihr Angst.

Sie lehnte sich gegen das Fenster und legte die Stirn an die kalte Scheibe. Es fühlte sich an wie Winter.

Und dann die Sache mit Harry Wine. Die Polizei hatte den Fall nie gelöst, weder die in Salmon noch die des Staates Idaho. Höchstwahrscheinlich, weil man es gar nicht so recht wollte. Viele waren heilfroh, dass Harry Wine endlich tot war. Die Polizei, hatte sie gehört, tat pro forma, was sie sollte, aber mehr nicht. Es bestünde eigentlich kein Grund, sie mit der Sache in Verbindung zu bringen, und doch…

Wozu war sie bereit?

War sie bereit, das alles durchzuziehen, auch wenn sie am Ende vermutlich eine Niederlage einstecken würde? Und wenn eine Riege von hochdynamischen Anwälten es drauf anlegte, sie zu demontieren?

Außerdem war Tierquälerei ja wohl kaum ein neues Thema, oder? Was hatte sie dem noch hinzuzufügen?

Sie hielt den Blick auf die schäbigen Farmen und leer stehenden Gebäude gerichtet. Dann wandte sie sich ab und überlegte, ob sie sich damit vielleicht von sich selber abwandte.

Sie kamen an einer Wiese mit Schafen vorbei, die dem Bus freundlich entgegenblickten, oder jedenfalls kam es ihr so vor. Wisst ihr, was ihr für ein Glück habt? Sie wäre gern ausgestiegen und quer über die Wiese gelaufen, um es ihnen zu sagen.

Wie ernst war es ihr mit der ganzen Sache?

Da sah sie Nat wieder vor sich, wie er ein Ferkel packte und es gegen die Wand schleuderte.

Sie zuckte gequält zusammen.

Und da wusste sie, dass es ihr ernst war.

49. KAPITEL

Zur Abendessenszeit war sie wieder zurück. Erst per Anhalter beziehungsweise zu Fuß nach Kingdom, dann hatte sie den erlösenden Einfall gehabt, sich von Kingdom Kabs bis vor die Tür chauffieren zu lassen. Obwohl sich eine Fahrt mit Bub am Steuer nie so recht nach Erlösung anfühlte.

Jim war gerade beim Kochen. Er drehte sich kurz vom Kotelettwürzen um und lief dabei rot an, als wäre er bei einer kriminellen Handlung ertappt worden. »Ach, hallo.«

Tom saß mit seinem üblichen Whiskey und der Lokalzeitung da und lächelte ihr entgegen.

Obwohl sie eigentlich damit gerechnet hatte, erkundigte sich keiner von beiden, ob Bobby Del Ray sie ebenfalls für verrückt hielt.

Jim bemühte sich, einen lockeren Ton anzuschlagen. »Bist du mit Bobby Del Ray gut zurechtgekommen?«

Sie hatte sich neben Tom gesetzt und nestelte an ihrem Platzdeckchen herum. »Ja, er ist sehr nett.« In dem Moment dachte sie, sie würde gleich zusammenklappen, so erschöpft war sie.

»Klingt ja nicht so begeistert. Hat er dir abgeraten?«

Sie schüttelte den Kopf. »Nein. Äh, doch, insofern als er mir klarmachen wollte, wie schwierig es wäre, Klavan's und BigSun vor Gericht zu bringen. Als ob ich mich damit gleichzeitig mit Fleischgiganten wie Smithfield und Morrell anlegen würde.«

»Würdest du in gewissem Sinn ja auch. Die wären bestimmt nicht begeistert von deinem Anliegen.«

Andi schwieg einen Augenblick, dann sagte sie: »Ich versteh einfach nicht, wieso eine Mastfarm oder ein Schlachthof nicht nach humaneren Standards betrieben werden kann.«

»Natürlich verstehst du das, Andi«, entgegnete Jim, während er zusah, wie das Bratfett zwischen den Koteletts hochspritzte. »Es geht schlicht und ergreifend um Geld. Die glauben, wenn man eine Anlage so betreibt, wie es die Tierschützer verlangen, wirft sie weniger Profit ab.«

»Das stimmt aber wahrscheinlich gar nicht. Schau doch, was die verlieren, wenn ein Schwein, das noch bei Bewusstsein ist, einen Arbeiter gegen den Kopf tritt. Dann fällt der aus, und sie müssen Ersatz für ihn auftreiben, und das hält doch die Produktion noch viel mehr auf.«

Tom hob den Blick. »Ist dir schon mal die Idee gekommen, dass es ihnen heimlich gefällt, die Tiere so zu behandeln? Obwohl der Gedanke furchtbar ist. Vielleicht ist es nicht nur schneller und effizienter, wenn die Männer das Vieh so schlachten – vielleicht gefällt es ihnen ja sogar.«

Jim schob die Koteletts in der gusseisernen Bratpfanne herum und zuckte die Achseln. »Ziemlich grausig.«

Andi musste daran denken, wie Warren dort oben auf der Brücke gestanden hatte. »Vielleicht habt ihr recht. Das Problem ist …« Sie hatte gerade sagen wollen »meine Vergangenheit«, doch was nützte es, wenn sie zugab, dass sie gar keine hatte? In der Hinsicht konnten sie ihr nicht helfen, ihr auch keinen Rat geben. Und wenn der Fall nie vor Gericht kam, wäre ihre Vergangenheit doch unerheblich. Sie begann erneut: »Das Problem ist, dass wir vermutlich keinen dazu bewegen können auszusagen.«

»Überrascht mich gar nicht«, sagte Jim. »Klavan's sichert doch ihren Lebensunterhalt. Nicht vergessen, wir leben hier in North Dakota! Da kann keiner mal eben schnell nebenan bei McDonald's oder Wal-Mart anheuern, um ein paar Extrastunden zu schieben.«

»Ich weiß, ich weiß. Ich dachte nur, da ist vielleicht jemand …«

»Einer wie Jake Cade, meinst du? Nein, Madam. Da tust du ihm zu viel der Ehre an«, sagte Jim.

»Ach, Jim, ich weiß nicht«, versetzte Tom. »Ich vermute mal, er würde es gern tun, kann aber nicht.«

»Ich dachte, du kannst Jake Cade nicht besonders leiden.«

»Stimmt auch. Trotzdem, er hat Kinder. Es ist schwer, das Richtige zu tun, wenn andere auf einen angewiesen sind.«

»Die wohnen aber gar nicht ...« Sie unterbrach sich. Toms Einwand traf sie. »Im Gegensatz zu mir, auf die niemand angewiesen ist, meinst du. Für mich ist es leichter ...«

Tom fiel ihr ins Wort. »Nein, ist es nicht, Andi. Für dich ist es mindestens genauso schwer. Ich will damit nur sagen, mach dir nicht allzu große Hoffnungen, dass du einen findest, der bereit ist, es an die große Glocke zu hängen. Vermutlich gibt's ja auch den einen oder anderen Arbeiter bei Klavan's, dem die armen Geschöpfe leidtun.«

Jim sagte: »Was Bobby Del Ray sagt, leuchtet ein. Und jetzt essen wir.«

Am nächsten Morgen sah Andi, wie wieder Schweine zum Schlachten dicht gedrängt in einen Sattelschlepper gepackt wurden. Gefahren wurden sie nicht von Klavan's, sondern von einer Transportfirma, die man bestellte, wenn es von der Menge her erforderlich war. Sie schaute zu, wie die Schweine die Rampe hoch und in den Viehtransporter getrieben wurden. Einige machten anstandslos mit, die meisten zögerten und mussten gestoßen, mit Viehtreiberstäben geschlagen oder hineingepeitscht werden.

In der Nacht davor hatte Andi geträumt, dass sie mit ein paar anderen Todgeweihten zusammen war. Es war ein Alptraum, aus dem sie voller Entsetzen aufgewacht war. Es hatte in dem Traum keine Gewalt gegeben, kein Blut, keine Drohungen. Das Furchterregende war diese Unausweichlichkeit des Todes gewesen. Als sie sich an einen Mann wandte, der offensichtlich Bescheid wusste, erfuhr sie: »Wir werden sterben.« Dies hatte er ohne jede Gefühlsregung gesagt. Es gab nicht die geringste Chance, absolut keinerlei Möglichkeit zu überleben. Und genau so war es für diese Schweine. Denn sie war sich sicher, ihr Instinkt sagte ihnen, dass es kein Entkommen gab.

Der Laster platzte beinahe aus allen Nähten. Der Fahrer, ein bärtiger Schrank von einem Kerl, saß ungerührt da und starrte durch die Windschutzscheibe.

Sie war unterwegs zur Sauenbaracke, als sie Jake aufs Büro zugehen sah. Sie hatte sich sein Handy geliehen, um Jim anzurufen, und musste es ihm zurückgeben. Jake, das wusste sie, war in Ordnung. Auf ihn hoffte sie immer noch. Jake hatte ein Gewissen, wenn auch, so wie es sich anhörte, ein grausames Gewissen.

In der Baracke machte sie ein paar Ferkel von der Muttersau los, die einfach auf sie gekrabbelt waren, und befreite einem andern Tier das Beinchen, das es sich zwischen den Bodenplanken eingeklemmt hatte.

Als sie mit Füttern fertig war, lehnte sie sich an eins von den niedrigen Türchen und betrachtete die Ferkel, die nicht wissen konnten, was ihnen bevorstand. Sie versuchte sich vorzustellen, welche davon gegen die Wand geknallt als »Plumpser« enden würden. Dieses hier bestimmt, dem sie das Beinchen befreit hatte. Sie trat in den Verschlag, hob es hoch und steckte es sich unter die Jacke. Weil bald Feierabend war und sie nichts mehr hier aufhielt, zog sie den Reißverschluss hoch und ging nach draußen. Auf dem Weg zur Straße fiel ihr plötzlich Jakes Handy wieder ein.

Mist! Sie machte kehrt und steuerte aufs Büro zu. Die Hand schützend über das Ferkel gelegt rannte sie die Stufen hoch, presste das Handy ans Ohr und redete laut mit einem nicht existierenden Gesprächspartner, lachte, um das eventuelle Quieken des Ferkels zu übertönen.

»Ja. Also, dann.« Sie klappte das Telefon zu. »He, Jake! Danke!« Sie warf es ihm hinüber und machte sich schleunigst davon.

Bei Jim zu Hause angekommen holte sie das Ferkel hervor, setzte es in den Schweinestall und sah zu, wie die anderen herbeieilten, um es zu begucken. Es quiekte wie am Spieß.

Sie wollte gerade zu Bett gehen, als ihr einfiel: wieso eigentlich keine *ehemaligen* Angestellten von Klavan's? Diejenigen, die aufgehört hatten, dort zu arbeiten, die entweder von sich aus gekündigt hatten oder gefeuert worden waren. Die hätten doch nichts zu verlieren.

Eine von ihnen hatte Norman Black erwähnt, eine Frau mit einem seltsamen Namen. Odelia? Nein, Odile. Der Nachname war so ähnlich wie Tacoma, hörte sich indianisch an. Nekoma, das war's. Sie hatte gekündigt, weil sie es dort nicht mehr aushielt, hatte Norm gesagt. Und sie hatte Fotos.

Andi lag da, die Hände hinter dem Kopf verschränkt. Wie viel Gewicht hatte eine einzige Zeugin, überlegte sie. Dann fiel ihr der nette Junge vom Motel ein, Eddie. Seine Aussage – schließlich hatte er nur die Schweine auf dem Laster gesehen – hätte bestimmt nicht so viel Gewicht. Sie versuchte sich vorzustellen, wie Klavans Verteidigungsanwälte ihn verhörten.

»*Sie sahen einen Transport mit zweihundert Schweinen und stellten Wasser zur Verfügung. Woher wissen Sie, dass sie es unbedingt brauchten?*«

»*Weil sie mir's gesagt hat.*«

»*Mit ›sie‹ meinen Sie die Klägerin?*«

»*Ja.*«

»*Aber selbst gesehen haben Sie es nicht?*«

»*Ähm, nein. Ich mein, man kann ja nicht direkt sehen, ob jemand Wasser braucht.*«

Zwar konnte er nichts zu den Zuständen auf der Schweinemastfarm oder im Schlachthof sagen, aber doch wenigstens bestätigen, dass da ein überfüllter Viehtransporter gewesen war und dass die Schweine offensichtlich in schlechtem Zustand waren.

Viel wäre es nicht. Andrerseits kannte sie die Gesetze nicht. Bobby Del Ray konnte aus Eddies Geschichte womöglich eine Menge herausschinden.

Und wenn Odile Nekoma ihre Fotos herumgezeigt hatte, dann wäre sie sicher bereit, als Zeugin auszusagen, oder nicht?

Da fiel Andi wieder ein, wie Drew Petty gesagt hatte, es hätten schon viele Pettys bei Klavan's gearbeitet. Hatte er damit auch sich selbst gemeint? Sie konnte ihn sich nicht in dieser Umgebung vorstellen, aber vielleicht war seine sanftmütige Art ja die Konsequenz aus der erbarmungslosen Tierquälerei bei Klavan's. Er könnte bestimmt als Zeuge auftreten, denn er hatte nichts zu verlieren. Und er war, fand sie, auf seine stille Art doch furchtlos und unerschrocken. Er würde anständig und ehrlich wirken, nicht wie einer, der eigennützige Zwecke verfolgt oder alte Rechnungen begleichen will. Nein, Drew Petty wäre als Zeuge alles andere als aggressiv.

Im Gegensatz zu ihr selbst.

Sie drehte sich herum. Nun konnte sie ruhig schlafen, fand sie. Sie hatte bei null angefangen und war auf drei Zeugen gekommen. Vielleicht. Und dann war da auch noch Jake. Auf ihm ruhten ihre Hoffnungen.

Da der nächste Tag ein Samstag war, musste sie nicht zur Arbeit gehen. Sie konnte gleich damit anfangen, diesen Leuten einen Besuch abzustatten.

50. KAPITEL

»Odile Nekoma?«

Andi hatte Norman angerufen und von ihm ihre Adresse erfahren.

»*Erwarte aber nicht zu viel, hörst du? Das ist eine ziemlich schwierige Zeitgenossin.*«

»*Meine Güte, Norman, das bin ich selber auch.*«

Die Frau hatte grobe, wie mit einem Meißel gehauene, kantige Züge und stumpf geschnittenes, schwarzes Haar. Wie sie sich gab, passte irgendwie dazu. Sie schien Fremden gegenüber einen gewissen Argwohn zu hegen.

»Die bin ich. Und wer sind Sie?« In einer Hand hielt sie eine Bierdose Red Rock sowie eine Zigarette.

Andi nannte ihren Namen und den Grund ihres Besuchs.

»Ach, der Scheißladen?« Damit meinte sie Klavan's. »Komm rein. Willst'n Bier?«

Es war noch nicht einmal zehn Uhr vormittags. »Nein, danke.« Sie folgte Odile Nekoma in ein bis obenhin vollgestopftes Zimmer.

»Zigarette?« Odile offerierte ihr ein zerdrücktes Päckchen Marlboro Lights.

»Nein, danke. Ich rauche nicht.«

Odile schniefte ungehalten. »O, Mann, sie trinkt nich, sie raucht nich, und ich soll mich jetzt mit ihr abgeben? Na los, schieb das Zeug einfach runter von der Couch und setz dich.«

Andi packte einen Stapel Zeitungen und Zeitschriften auf die Seite und ließ sich auf dem frei gemachten Platz nieder. Von draußen hatte man den Eindruck, dass das Haus aus blanken Brettern und drum herum sonst nichts bestand, leer gefegte Ödnis. Drinnen sah es aus wie auf einem Flohmarkt. Überall lagen Bücher und Papiere gestapelt. Couch und Sessel waren entweder uralt oder so durchgesessen, dass man fast zu Boden sank. Sie waren dazu mit fantasievoll bestickten Seidenkissen bestückt. Irgendwo spielte Flötenmusik, und Andi glaubte Räucherstäbchen riechen zu können. Alle Fußböden waren mit gewebten Indianerteppichen in leuchtend roten und blauen Zickzackmustern belegt. Andi fragte sich, ob Odile vielleicht eine Schwäche für den Südwesten hegte, doch dann fiel ihr ihr Nachname wieder ein.

»Du arbeitest also bei Klavan's? Wie hältst du's da bloß aus?«

»Gar nicht. Darum will ich ja mit Ihnen reden. Ich hab mir einen Anwalt genommen und will die verklagen. So wie die die Schweine behandeln ...« Andi zuckte hilflos die Achseln.

Odile schwenkte die Hand wie ein Schulkind im Unterricht, das meint, es hätte die richtige Antwort. »Mal langsam, Schätzchen. Sagtest du grade ›verklagen‹? Und du hast einen *Anwalt*?«

»Bobby Del Ray in Bismarck.«

Odile brummte anerkennend und stand auf. »Darauf noch ein Bier! Bobby Del Ray kenn ich. Der kriegt sogar einen Stall Ochsen dazu, dass er ihm zuhört.«

Sie nahm ihre leere Dose mit in die Küche und kam mit einer frischen zurück, die sie unterwegs zischend öffnete. »Und für was kannst du mich gebrauchen?«

»Als Zeugin.«

»Aha, vor Gericht also?«

Andi nickte.

Odile schien buchstäblich daran zu kauen, was sie aber vermutlich eigentlich kaute, war ihre Backentasche. »Okay.« Sie zuckte die Achseln und nahm einen kräftigen Schluck Red Rock.

Andi staunte, wie einfach es war. Sie hatte damit gerechnet, dass Odile ihrem Vorschlag nur nach heftigem Zureden zustimmen würde. »Das freut mich aber. Ich hab bis jetzt noch niemand gefunden, der dort arbeitet und das machen würde.«

Odile stieß ein leises, bellendes Gelächter aus. »Wundert mich gar nicht. Warte, ich hol meine Fotos.«

Andi stand auf und sah sich im Zimmer um. Es war überraschend gemütlich hier. Als sie leises Gackern hörte, dachte sie erst, Odile sei schon wieder da, bis sie den Papagei sah. Er hockte auf einer kleinen Stange und schwang mit geschlossenen Augen seelenruhig hin und her. Bisweilen ging ein Auge auf und flatternd wieder zu. Kein Interesse. Sie schmunzelte.

»Macht sich der blöde Vogel wieder mausig?« Odile setzte sich mit ihren Schnappschüssen und dem Bier wieder hin.

»Nein. Der schaukelt und ist ganz still.«

»Na, dann hast du aber eine komische Wirkung auf ihn. Das Vieh hält sonst nie die Klappe. Kannst du vielleicht hexen?«

Die Frage schien ernst gemeint. Andi lachte. »Hexen? Ich? Von wegen. Schön wär's.«

Odiles Mund verzog sich zu einem sichelförmigen Lächeln. »Weißt du, ich bin Halbindianerin. Sioux. Meine Mutter hat auf Zaubersprüche geschworen.«

Andi setzte sich wieder auf die Couch.

Versonnen blätterte Odile mit dem Daumen den Packen Fotos durch, als wollte sie Karten beim Blackjack verteilen und gleich welche auf den Tisch knallen oder aber die Zukunft weissagen. Sie schwieg.

Odiles Vorfahren. Der Papagei. Die Bildkarten. Die Stille. Ihre Bemerkung über »Zaubersprüche«. In so einer Atmosphäre würde sich wohl jeder wie verhext vorkommen.

»Schau sie dir an.« Anstatt ihr die Fotos hinüberzureichen, bedeutete Odile ihr mit einem Kopfnicken herzukommen.

Andi sah sich über Odiles Schulter hinweg das an, was Norman ihr bereits beschrieben hatte. Gut, dass er das schon getan hatte, obwohl einen wohl nichts auf ein gehenktes Tier vorbereiten konnte. Nichts hätte sie vorbereitet auf diesen Anblick: Schweine, die von Pfosten und Eisenstangen hingen, die Hälse in Ketten gestreckt, ihre Schatten über den Boden geworfen wie Opfer einer Lynchjagd.

Wie konnte so etwas geschehen? Ihr Mund war so trocken, dass sie kein Wort hervorbrachte.

»Das war's«, sagte Odile. »Das hat mir gereicht. Ich konnte sie nich anschauen, die armen Geschöpfe in den endlosen Verschlägen, ich konnte ihnen nich in die Augen schauen. Ja, das war ein neuer Tiefpunkt.« Zigarette und Bier schienen vergessen, während sie die nun ausgebreitet auf dem Tisch liegenden Fotos betrachtete, zwölf Stück aus verschiedenen Blickwinkeln aufgenommen, von denen auf einigen auch Angestellte von Klavan's zu sehen waren.

Andi erkannte den breit grinsenden Hutch, der die Hand zum Schießeisen formte, den ausgestreckten Zeigefinger wie einen Lauf auf die gehenkten Schweine gerichtet. Endlich gelang es Andi, ein paar zusammenhängende Wort hervorzubringen. »Wie haben Sie es geschafft, die Fotos zu machen?«

»Wie? Na, die dämlichen Arschlöcher haben wohl gedacht, ich schick die an den *National Geographic,* und dann werden die Dreckskerle noch berühmt.«

»Glauben Sie, ich kann da einen Camcorder reinschmuggeln und ein Video aufnehmen?«

»Hm, das wär schon viel schwieriger. Paar Fotos würdest du bestimmt hinkriegen. Bei dir wären sie aber bestimmt misstrauisch. Bei mir damals nich, ich war bloß 'ne Lachnummer. Wenn die nich total bescheuert sind – was natürlich immer sein kann –, dann kapieren die, dass du da nicht ohne Grund Bilder machst. Pass bloß auf.«

»Sie sagten, Sie sind eine Sioux. Dann wissen Sie doch bestimmt Bescheid über die Geschichte mit dem Rosebud-Reservat und Sun Prairie.«

»Ha, glaub mir, da weiß ich wirklich Bescheid! Vor paar Jahren kamen sie daher, haben uns das Blaue vom Himmel versprochen von wegen jede Menge Arbeit, einen Haufen Jobs. Kannst dir ja denken, wie hoch die Arbeitslosenquote da war. So um die sechzig Prozent von uns hatten keinen Job. Wir konnten unser Glück nich fassen: Arbeit haben sie uns versprochen, mit dem Reservat einen Vertrag gemacht und die Fabrik hingestellt. Die Jobs waren aber furchtbar, weil die Zustände furchtbar waren. Nich bloß für die Schweine, auch für die Arbeiter. Die Leute sind in dem elenden Gestank krank geworden, manche kriegten chronische Lungenprobleme. Da, wo's aus den Güllebecken ins Erdreich gesickert is, war das Wasser verseucht. Einfach furchtbar.«

»Kennen Sie noch andere Leute, die bei Klavan's gekündigt haben?«

»Sicher noch mehr außer mir. Drew Petty zum Beispiel. Der hasst den Laden ebenfalls. Mit dem solltest du mal reden. Der wohnt gar nich weit von hier.«

»Zu ihm geh ich als Nächstes. Kennengelernt hab ich ihn schon. Scheint eine ehrliche Haut zu sein.« Andi stand auf. »Jetzt muss ich aber gehen.«

Odile erhob sich mühsam von ihrem Sessel und holte Andi den Mantel, in einer Hand immer noch die Bierdose. »Von den Fotos, könnte ich von denen Abzüge bekommen? Ich würd sie Bobby Del Ray gern zeigen.«

»Warum eigentlich nicht? Ich lass sie dir machen.«

»Das ist wirklich sehr nett von Ihnen, Odile.« Andi nahm sich eine von den Aufnahmen mit den gelynchten Schweinen. »Kann ich das hier mitnehmen?«

»Klar.«

Während Andi auf die Tür zusteuerte, sagte Odile: »Es is bloß – das is jetzt schon fünf Jahre her, dass ich dort gearbeitet hab. Da wird der Anwalt von denen wahrscheinlich drauf rumreiten und behaupten, es hätte sich geändert, es wär alles viel besser geworden.«

»Na, und mein Anwalt wird drauf rumreiten, dass dem nicht so ist.« An der Tür drehte sie sich noch einmal um. »Warum? Warum werden die Tiere auf diese Art getötet? Warum erhängt man sie? Warum erschießt man sie nicht einfach? Oder man ersticht sie? Um einen sanften Tod geht's denen ja offensichtlich nicht. Die Fotos haben schon was unheimlich Perverses.«

»Warum sie's tun? Macht! Weil sie's eben können.«

51. KAPITEL

»Onkel Drew?«

Andi lächelte, als er ihr die Tür des schmucken Häuschens öffnete.

»Ach, hallo, Miss Andi. Kommen Sie doch rein.« Er hielt die Tür weit auf.

Drinnen erkundigte sie sich, ob Dewey zu Hause war.

»Nein, hätten Sie ihn denn sprechen wollen?«

»Nein, ihn nicht, sondern Sie.« Sie lächelte. »Er fände es wohl nicht so gut, dass ich mich mit Ihnen über Klavan's unterhalte.«

»Na ja, allen Leuten recht getan ist eine Kunst, die niemand kann. Hab ich recht?«

Andi fand es amüsant, dass er immer so verschwörerisch tat. Wie beim letzten Mal folgte sie ihm in die Küche. Vermutlich verbrachte er hier die meiste Zeit.

»Setzen Sie sich schon mal hin. Ich mach Ihnen einen Kaffee.«

Es freute sie, dass er den Zweck ihres Besuches anscheinend nicht sonderbar fand oder gar argwöhnisch reagierte. Sie spürte bereits, wie Ruhe und Gelassenheit sie erfüllten, sich gleich einem Schleier über die Küche legten. Es war wirklich erstaunlich, was für eine Wirkung er auf andere hatte. Kein Ansinnen schien ihn zu überraschen. Auch nicht, dass er als Zeuge in einem Gerichtsprozess auftreten sollte, hoffte sie.

Er stellte ihr einen Kaffee hin in einer leuchtend blauen Henkeltasse mit einem Smiley darauf. Sie fand diese gelben Gesichter sonst immer etwas nervig, aber hier passte es irgendwie. Dieses Lächeln wirkte so hoffnungsvoll.

»Was kann ich für Sie tun?«

»Sie erwähnten doch, dass ganz viele Pettys bei Klavan's gearbeitet haben. Sie auch?«

»Ja, durchaus. Ich habe dort gearbeitet, als ich nirgendwo sonst einen Job fand.« Er goss etwas Sahne in seinen frisch eingeschenkten Kaffee und nippte daran.

Andi trank ihren schwarz, während sie abwartete. An seinem Gesichtsausdruck meinte sie ablesen zu können, dass er noch mehr sagen wollte, was er auch tat.

»Ich war Buchhalter, und zufällig brauchten sie bei Klavan's gerade einen. Einen neuen, besser gesagt.« Er gab ein bisschen Zucker in seine Tasse und rührte bedächtig um. »Das war wahrscheinlich scheinheilig von mir.«

»Wieso das?«

»Weil… wenn ich da gearbeitet hätte, wo Dewey und die anderen waren – ich meine, direkt dort bei den Schweinen –, dann hätte ich es nicht lange ausgehalten, Job hin oder her.« Betrübt wiegte er den Kopf. »Sie aber wohl auch nicht, oder?« Sein Blick war skeptisch, als könnte er sie sich in dieser Rolle nicht vorstellen.

»Nein, sicher nicht. Wir wollen Klavan's verklagen, weil die die Schweine dort so furchtbar quälen.«

Sein bedächtiges Lächeln deutete an, dass er gleich einen überraschenden und wunderbaren Einfall haben würde. Dann schlug er mit der Faust so heftig auf den Tisch, dass die Tassen tanzten. »Gottverdammtnochmal! Wird aber auch allmählich Zeit! Sie sind bei einer von diesen Tierschützergruppen, stimmt's? Die haben Sie hingeschickt, damit Sie die Dreckskerle mal ausspionieren! Entschuldigen Sie den Ausdruck, aber… *Gottverdammtnochmal!*«

Seine Lebhaftigkeit brachte sie, wie bei Odile Nekoma, zum Lachen. »Zum Teil haben Sie recht. Ich gehöre aber keiner Organisation an.«

»Wer will denn dann klagen?«

»Ich. Als ich sagte ›wir‹, meinte ich meinen Anwalt. Er heißt Bobby Del Ray. Kennen Sie ihn?«

Er verzog angestrengt das Gesicht und versuchte, sich zu erinnern. »Kommt mir bekannt vor, der Name, aber ich weiß nicht… Soll das heißen, Sie machen es auf eigene Faust?«

Sie nickte.

»Na, Mädchen, dann lassen Sie sich mal die Hand schütteln!« Er streckte ihr seine entgegen, und Andi ergriff sie. »Vor Jahren rief ich mal ein paar Tierschützer an. Die wollten sich das mal anschauen. Die hatten so viele Beschwerden von allen möglichen Leuten, dass sie kaum hinterherkamen. Es ging um Massentierhaltung und diese Fleischverarbeitungsbetriebe. Manche sind zehn-, zwanzigmal größer als Klavan's, hab ich gelesen, wo sie täglich Millionen von Tieren umbringen. Täglich. Wer isst denn das ganze Fleisch? Na ja, wir tun das, aber wie viel müssen wir denn essen? Und wieso müssen wir es überhaupt essen? Ich ess kein Schweinefleisch mehr. Rind und Lamm auch nicht mehr. Das Einzige, was ich noch esse, ist Hühnchen, und damit muss ich wahrscheinlich auch aufhören, nach allem, was man so hört.« Onkel Drew überlegte. »Und Dewey? Der wird nie aufhören, Fleisch zu essen. Weist mich auch immer extra drauf hin. Ich sage ihm, wenn er Schweinekotelett will, muss er es sich selber machen. Ein Weichei nennt er mich.«

»Weichei? Das ist ja ein Ding! Unglaublich! Ist es denn heldenhaft, Schweine mit der Peitsche zu schlagen? Sie zu treten und mit dem elektrischen Stab zu traktieren? Und sie aufzuhängen?« Sie nahm das Foto aus der Tasche und schob es ihm über den Tisch.

»Gütiger Gott!« Er flüsterte die Worte, als würde das Bild, falls er die Stimme erhob, womöglich zum Leben erweckt. Er fummelte eine Zigarette aus seinem Päckchen, steckte sie sich in den Mundwinkel und zündete ein Streichholz an. Dabei starrte er die ganze Zeit wie gebannt auf das Foto.

»Sie haben also im Büro gearbeitet? Dann haben Sie aber trotzdem Sachen gesehen, mit denen Sie nicht einverstanden waren.«

»Das kann man wohl sagen. Ganz krank hat es mich gemacht, wie die die Schweine behandelt haben. Hinter einer von diesen

Baracken hatten sie den sogenannten ›Ausschusshaufen‹. Da haben sie die Schweine einfach draufgeschmissen, manche waren noch gar nicht tot, bloß eben krank – auf den Haufen haben sie sie geschmissen. Machen sie wahrscheinlich immer noch, oder?«

»Stimmt.« Sie beugte sich über den Tisch näher zu ihm hin. »Hören Sie, Onkel Drew, ich versuche, Leute dazu zu kriegen, dass sie vor Gericht aussagen, wie Klavan's die Tiere behandelt. Falls es zum Prozess kommt, meine ich. Würden Sie das tun?«

»Ganz bestimmt.«

»Kennen Sie sonst noch Leute, die dort gearbeitet haben und die damit auch nicht zurande kamen?«

Er rieb sich den Kopf und schloss die Augen, so dass es aussah, als wollte er gleich eine unheilvolle Weissagung über die Welt verkünden. »Ja, doch, da war ein gewisser Melvin Duggan, der hat gekündigt und ist dann zu BigSun. Aus dem Regen in die Traufe, würd ich mal sagen. Dann hat er bei BigSun auch gekündigt. Den kann ich für Sie anrufen. Er wohnt in Preston. Dort ist nämlich BigSun. Wahrscheinlich ist er deswegen dorthin arbeiten gegangen, obwohl er sich schon dachte, dass es ziemlich an die Nieren gehen würde. Aber der Mensch muss ja schließlich essen.« Er klang, als wäre er sich dessen gar nicht so sicher. »Soll ich den anrufen?«

»Das wäre wirklich toll von Ihnen.«

Onkel Drew lächelte. »Allerdings … wenn ich aussage, wird Dewey wahrscheinlich nie wieder ein Wort mit mir reden, aber das ist eben Pech.« Er schüttelte den Kopf. »Es war jedoch nicht bloß das, wissen Sie. Die haben auch die Bilanzen frisiert. Ich glaube, ich war da, um dafür zu sorgen, dass alles gut aussah.«

Sie rief Bobby Del Ray auf gut Glück an. An einem Samstag konnte man nicht unbedingt davon ausgehen, dass er in der Kanzlei wäre.

War er aber. »Ich arbeite an Wochenenden und Feiertagen und zahle mir selbst die Überstunden.«

»Ich wollte Ihnen sagen, ich hab drüber nachgedacht und will die Sache durchziehen, wenn Sie mitmachen. Zwei Zeugen hab ich schon und könnte vielleicht noch mehr auftreiben.« Sie berichtete ihm von den Gesprächen, die sie mit Odile und Drew geführt hatte.

»Das ist doch schon mal ein guter Anfang. Sehr gut.«

52. KAPITEL

Eddie schlug vor, sie sollte mit dem Bus von Bismarck nach Minot fahren und er würde sie dort mit dem Auto abholen. Dann könnten sie zusammen nach Preston fahren. Das mache er doch gern für sie.

Jim hatte sie nur die halbe Wahrheit gesagt, weshalb sie nach Preston fuhr – sie wolle Eddie bequatschen, als Zeuge auszusagen. Die Bar in Preston verschwieg sie. Drew Petty hatte wie versprochen diesen Melvin Duggan angerufen und Andi gesagt, Duggan würde sich mit ihr treffen und vielleicht noch einen anderen ehemaligen Mitarbeiter mitbringen. Es gebe da eine Bar namens Zero's, wo sie sich treffen könnten.

»Wieso Eddie als Zeuge?«, wunderte sich Jim. »Was weiß denn der darüber?«

Da musste sie mit der Lastwagenpanne vor dem Stardust Motel herausrücken.

»Mein Gott, Andi…« Er hatte gelacht. »Du bist ja noch dickköpfiger als Dakota.«

»Vielleicht verstehen wir uns gerade deshalb so gut.«

Es war womöglich sogar derselbe Greyhound-Bus, nur diesmal in die andere Richtung, nach Minot. Die Sitze waren ziemlich durchgesessen, aber es gefiel Andi hier drin, hätte ihr wahrscheinlich auch gefallen, wenn sie die ganze Strecke hätte stehen müssen. Es war ein Transportmittel, das sie dahin brachte, wo sie hinmusste.

Der Bus hielt an einer Kreuzung, um einige Fahrgäste aussteigen zu lassen. Schnurgerade kreuzten die beiden Straßen einander, und man hatte den Eindruck, es würde endlos so weitergehen. Abgesehen von einer einsam dastehenden Farm, wo Haus oder Stall sich als schwarze Silhouette auf dem Kamm eines kleinen Hügels abzeichnete, stach nichts in der Umgebung heraus. Tiere waren keine zu sehen. Vielleicht stand das Weidevieh längst wieder im Stall.

Doch dann sah sie eine Büffelherde, die in der Hügelsenke verborgen gewesen war. Seit dem Theodore-Roosevelt-Nationalpark in der Nähe von Medora hatte sie keine Bisons mehr gesehen. Sie beobachtete die sich schwerfällig voranbewegenden Tiere, die ihre gewaltigen Köpfe bei jedem Schritt senkten, während ihre Hufe Staubwolken aufwirbelten, die den Weg hinter ihnen vernebelten. Sie bewegten sich gemächlich und gleichmäßig, fast wie einstudiert. Ihr langsames Vorankommen stimmte sie traurig. Sie sah ihnen zu, während die Sonne hinter ihnen Feuer fing und der Staub, den sie aufgewirbelt hatten, sich in Rauch verwandelte. Wie sie so langsam dahinliefen mit ihren bärtigen, gesenkten Köpfen, wirkten sie irgendwie tragisch.

Nach einer weiteren Stunde erreichte der Greyhound den Busbahnhof von Minot, wo alle Passagiere nacheinander ausstiegen. Eddie stand neben seinem Wagen und musterte die Fahrgäste mit zusammengekniffenen Augen. Erst sah er Andi gar nicht, und als er sie schließlich erblickte, schwenkte er die Arme über dem Kopf, als wollte er einem Flugzeug oder Schiff auf hoher See signalisieren, dass er hier war und gerettet werden musste.

Andi gab ihm einen flüchtigen Kuss auf die Wange und umarmte ihn. »Ich freu mich so, dich zu sehen, Eddie.« Es stimmte, denn Eddie hatte ihr bereitwillig geholfen und sich für die Schweine eingesetzt.

Sie stiegen ins Auto, und Eddie fuhr vom Bahnhof in nördlicher Richtung. »Wo müssen wir in Preston denn hin?«

»Zu einer Bar namens Zero's. Liegt auf der Hauptgeschäftsstraße. Dort ist ein gewisser Melvin Duggan, vielleicht ist auch noch ein anderer dabei, er war sich aber nicht sicher.«

»Willst du mich dabeihaben, wenn du mit dem redest? Ich

glaub, das machst du besser allein, oder?« Er trat aufs Gas und scherte aus, um einen alten klapprigen Laster zu überholen.

»Da hast du recht. Du könntest dich aber trotzdem in die Bar setzen.«

»Ja, okay. Verdammter BMW.«

Der Wagen flitzte vorbei, silbern oder sternfarben.

»Wieso zahlen Leute ein kleines Vermögen für Autos?«, wollte sie wissen. »Wieso brauchen die das, um sich gut zu fühlen?«

»Hm, ehrlich gesagt, find ich's aber auch nicht so berauschend, diese Schrottkiste hier zu fahren.«

»Gehört die Mrs. Orbison? Die war ja stinksauer, als Jake damit herumkutschiert ist.«

»Schon, aber ich fahr andauernd damit. Die hat doch bloß nach einem Grund gesucht, mir eine reinzuwürgen. Wenn's nach mir ginge, hätte ich am liebsten einen Ford Mustang. Mein absolutes Traumauto.«

»Das ist was anderes, das bedeutet, dass man für ein bestimmtes Auto schwärmt; es geht nicht um den Luxus allein. Du würdest dich ja bestimmt auch gut drum kümmern – du wärst dein eigener Automechaniker. Das ist was anderes.«

Nun war ihm schon wohler, merkte sie. Vermutlich hatte er sich bisher den Luxusliebhabern zugerechnet. »Ja, da hast du wahrscheinlich recht.«

Jetzt störte ihn auch der BMW nicht mehr so, der vor ihnen über den Highway schwebte.

»Was glaubst du, was aus dieser Klage wird?«

»Ich hab keinen blassen Dunst. Bobby Del Ray meint, das wird lange dauern, bis da was vorankommt. Sehr lange.«

53. KAPITEL

Zero's war eine von jenen Bars, wo die Gäste – fast ausschließlich Männer in Wildlederjacken oder dicken Wollhemden – wie aufgereihte Zapfhähne am Tresen hingen. Sie sahen aus, als wären sie schon lange nicht mehr zu Hause gewesen – und als hätten sie auch nicht die Absicht, an diesem glückseligen Zustand etwas zu ändern.

»Hast du eine Ahnung, wie er aussieht?«

»Ich soll nach einem Mann mit roten Haaren schauen, der ein rotes Wollhemd anhat. Das muss er sein.« Sie nickte zu einem breitgesichtigen Mann im roten Hemd hinüber. Bei ihm am Tisch saß noch ein anderer. »Das muss einer von seinen Freunden sein.«

»Okay, ich setz mich hier hin«, sagte Eddie. Er stand neben einem leeren Barhocker, neugierig beäugt von den Männern auf beiden Seiten.

Andi steuerte auf den rückwärtigen Teil der Bar zu, wo zwei unbenutzte Billardtische standen.

Die beiden Männer – einer davon der Rotschopf, den sie für Melvin Duggan hielt, der andere, schmales Gesicht und hochgewachsen, trug etwas, das aussah wie eine alte Anzugsjacke – schienen perfekt zueinander zu passen und saßen mit der selbstsicheren Miene derer da, die sich zu Zero's Stammkundschaft zählten.

Sie musterten sie, während sie sich ihrem Tisch näherte. Zwei andere Männer hatten angefangen, Billard zu spielen. Der eine, der mit dem Queue den ersten Stoß ausführte, tat dies ziemlich ungeschickt.

»Melvin Duggan?« Sie streckte ihm mit einem zaghaften Lächeln die Hand hin. Er sah nicht aus wie einer, der ein Lächeln goutierte. »Ich heiße Andi Oliver.«

Er nickte und ergriff ihre Hand. »Madam. Drew sagte schon, dass Sie paar Informationen wollten. Nehmen Sie das jetzt etwa auf Tonband auf?« Er schaute auf ihren Brustkorb ohne offensichtliches Interesse an ihrem Busen, eher an dem, was sie möglicherweise unter ihrer Weste trug.

»Nein, tu ich nicht.« Wenn es die Bailey-Jungs gewesen wären, wäre jetzt das Angebot gekommen, sie doch gleich mal von oben bis unten abzutasten, ha-ha.

»Das ist Tim Dooley.«

Der spillerige, höfliche Mann erinnerte ein wenig an Onkel Drew. Außerdem wirkte er freundlicher als Melvin Duggan oder zumindest weniger argwöhnisch.

»Tim, der hat weiter hinten gearbeitet ...«

»Als Kopfhäuter«, sagte Tim.

»Wir haben beide da drunten gearbeitet, ich als Betäuber. Sie wissen schon, der mit der Betäubungspistole. Ich konnte es gut. Da kam die Kuh die Rutsche runter in die Betäubungsbox, und ich hab sie gleich aufs erste Mal k.o. gekriegt. So soll's ja auch laufen, bloß wenn andere dran waren, haben sie's dem armen Viech zwei-, drei-, viermal reingebolzt, und manche waren da trotzdem noch bei sich.« Melvin hielt inne, um an seiner Zigarette zu ziehen. Dann legte er die Hände auf die Schenkel. »Drew sagte, Sie arbeiten bei Klavan's, es gefällt Ihnen aber nicht. Damit wären wir also zu dritt.«

»Wie haben Sie das ausgehalten?«

»Lag an der Bezahlung. Wenn man nach Feierabend sein Geld abholen kann, lässt sich fast alles aushalten. Danach ist man raus und hat sich besoffen, weil man's eben doch *nicht* ausgehalten hat. Ich hab ja wenigstens meinen Job gut gemacht, obwohl man mit so was ja nicht angeben soll. Ich mein, ich hab's korrekt gemacht. Wenn man die Betäubungspistole richtig einsetzt, ist die Kuh sofort weg und stirbt. Falsch gemacht, ist das Vieh kurz mal weggetreten, kommt aber dann wieder zu sich und lebt noch, wenn es für den Abstecher hochgezogen wird. Für die Jungs ist das verdammt gefährlich.«

Tim nickte fast unmerklich. Er kam Andi so vor, als sei er Ärger nicht gewohnt und wollte ihm auch möglichst aus dem Weg gehen. »Ich erinner mich, es kam öfter mal vor, dass die Kuh noch am Leben war, bis sie zu mir kam.«

»Aber dann mussten Sie sie ja bei lebendigem Leib abziehen.«

Tim schloss die Augen und nickte ergeben. »Ja, Madam, hab ich getan. Und wenn eine Kuh einen dann so anschaut … je weniger man sich dabei vorstellt, bei diesem Blick, desto besser.«

Andi sah den Pferch vor dem Schlachthof vor sich, den Blick in den sanften Augen der Kuh. Rasch machte sie ihre eigenen zu. Je weniger man sich vorstellt … Tim hatte recht.

Andi teilte ihnen mit, was sie vorhatte.

»Ja, davon hat Drew schon was erwähnt.« Mutlos ließ Melvin sich gegen die Rückenlehne seiner Sitzbank fallen. »Also, ich weiß nicht recht.«

»Sie arbeiten aber doch gar nicht mehr dort, hätten also nichts zu befürchten.«

»Stimmt schon. Wir könnten aber auch enden wie Johnny Johnson.« Er wandte sich Tim zu. »Erinnerst du dich noch an den?«

Tim nickte bedächtig, als wäre der Mann für immer in seinen Gedanken verwurzelt. »Das Problem war, Johnny hat das Maul mächtig aufgerissen. Wie sagt man dazu? Ein Nestbeschmutzer, hat alles an die große Glocke gehängt? Den haben sie aus dem Little Missouri gefischt, oben im Teddy-Roosevelt-Park. Da ist er oft rauf zum Angeln.«

»Anglerunfall hat es geheißen. Johnny sei ertrunken. Der erste Angler, von dem ich so was hör. Schon seltsam.«

»Gab es da denn Ungereimtheiten?«

Melvin musterte sie herausfordernd. »Haben Sie schon mal gehört, dass ein Angler in dem Fluss ertrinkt, in dem er angelt?« Melvin tat seine Zweifel durch ein Schnauben kund. »Laut Polizei ist er mit dem Kopf auf einem Stein aufgeschlagen, ausgerutscht vielleicht und mit dem Kopf aufgeschlagen.«

Diesmal schnaubte Tim. »Den Stein hat wohl eher einer in der Hand gehabt.«

Andi sagte: »Und jetzt haben Sie Angst, dass Ihnen auch so was passiert.«

Sie blieben die Antwort schuldig. Schließlich fragte Melvin: »Sie etwa nicht?« Seine schwarzen Augen saugten sich an ihr fest wie Blutegel.

Andi fand Melvin Duggan irgendwie sympathisch. Vielleicht weil er sie nicht herablassend behandelte. Die Frage beantwortete sie allerdings nicht.

Tim sagte: »Das heißt aber jetzt nicht, dass wir nicht aussagen wollen.«

Melvin warf sein langes Haar aus dem Nacken. »Stimmt. Ich mein ja nur.«

»Es könnte sowieso sein, dass es bis zur Zeugenvernehmung noch recht lang dauert. Ich danke Ihnen wirklich sehr für das Gespräch.« Sie stand auf. Die beiden machten ebenfalls Anstalten dazu, wurden vom Tisch jedoch daran gehindert.

»Hat mich gefreut«, sagte Melvin und blieb hocken. Tim nickte zustimmend.

Andi war müde. Auf dem Rückweg sagte sie: »Die halten sich beide ganz schön bedeckt. Kann ich ihnen aber nicht verdenken. Sie meinten, es sei gefährlich.« Andi erzählte Eddie das mit Johnny Johnson.

»Kriegst du denn nicht Schiss, Andi? Überleg doch mal, gegen wen du da antrittst.«

»Doch, Schiss hab ich schon. Vielleicht übernachte ich heute im Stardust. Noch so eine Busfahrt packe ich momentan nicht.« Sie schaute in ihrer kleinen Geldbörse nach. »Genug Geld hab ich dabei.«

Er winkte ab. »Du bist unser Gast.«

Sie lächelte. »Wieso hab ich bloß den Eindruck, dass deine Chefin davon gar nicht begeistert wäre?«

»Ach, seit Jake mit ihr geredet hat, frisst die mir aus der Hand.«

»So was kann Jake echt gut.«

54. KAPITEL

Am nächsten Nachmittag stieg sie an der U.S. 83 aus dem Bus von Minot aus und fuhr per Anhalter nach Kingdom. Sie hatte Glück, als gleich das erste Auto anhielt. Der Fahrer fuhr sogar bis nach Beulah, und von dort konnte sie, wenn es sein musste, zu Fuß gehen.

Da sie seit acht Uhr morgens nichts gegessen hatte und hungrig war, machte sie einen Abstecher in den Diner.

Norman Black sprach sie gleich an, als sie eintrat. »He, wo zum Teufel warst du gestern Abend?« Sein Lächeln wirkte irgendwie aufgesetzt.

»Gestern Abend?« Nicht zu fassen, dass ihre Fahrt nach Preston sich so schnell herumgesprochen hatte. »Unterwegs. Wieso?«

»Dann hoff ich, dass ›unterwegs‹ nicht dort ist, wo BigSun ist.«

»Ich war in Preston. Wieso?« Gleich würde sie etwas Unliebsames hören.

»Hast du noch nicht von dem Feuer gehört?«

»Nein.« Sie versuchte, den Anflug von Panik zu unterdrücken.

»Bei BigSun. So etwa um Mitternacht. Die meisten Gebäude brannten wie Zunder. In den Büros hat's nicht gebrannt, da sind sie wahrscheinlich froh, dass sie ihre Bilanzen noch haben, die bestimmt sowieso frisiert sind. Interessant ist, dass keine Tiere zu Schaden kamen. Zu der Zeit waren nicht mehr viele in den Pferchen, und die paar, die noch drin waren, wurden rausgelassen. Schweine, ein paar Kühe, Schafe. Die sind draußen auf einem Feld einfach frei rumgelaufen. Unvorstellbar!«

Sie hätte am liebsten laut gelacht oder gesungen oder sonst irgendwas. »Wie ist das passiert?«

»Brandstiftung, heißt es.«

Sie hatte gegen den Tresen gelehnt dagestanden und ließ sich nun auf einen Sitz fallen. »Was? Brandstiftung?«

»Die Polizei geht von einer Tierschützergruppe aus ...«

Andi schüttelte den Kopf. »Die stecken doch keine Gebäude in Brand.«

»Dachte ich auch. Sie wollen natürlich nicht ausschließen, dass es ein Einzeltäter war, und ermitteln ›in mehrere Richtungen‹, wie es so schön heißt.«

Andi zögerte. »Du glaubst doch nicht etwa, ich hätte was damit zu tun, oder?«

»Dein Name ist bereits gefallen. Rate mal, von wem das kam?«

»Von den Baileys.«

Er nickte. »Und macht jedenfalls jetzt die Runde.«

»Mein Name macht ›die Runde‹?«

»Wundert dich das? Du hast schließlich kein Geheimnis draus gemacht, wie sehr dir der Laden zuwider ist.«

»Von zuwider bis abfackeln ist aber ein weiter Weg.« Eigentlich nicht, in ihren Augen jedenfalls nicht. »Es hätte ja auch einer von den Baileys sein können, bloß damit sie es mir anhängen können.« Ihr Herz pochte wild.

»Du weißt genau, dass es kein Bailey war.«

»Wieso nicht?«

»Kannst du dir vorstellen, dass die vorher die Tiere in Sicherheit bringen?«

Er hatte recht. Das hätten sie nicht getan.

Statt sich etwas zu bestellen, sagte Andi, als Mildred herüberkam, sie müsse jetzt gehen. »Also, dann bis später, Norman.«

Er antwortete etwas, was sie aber schon nicht mehr hörte.

Das Taxi hielt hinter dem Wagen des Sheriffs. Das, fand Andi, verhieß nichts Gutes. Seufzend bezahlte sie für die Fahrt und ging ins Haus.

»Andi!«, sagte Jim. »Hast du das mit BigSun gehört?«

Als Harry McKibbon sie ansah, schlug sie die Augen nieder. Sie spürte seinen Blick auf sich ruhen. »Ja, hab ich gehört. Erwarte jetzt kein Bedauern von mir.«

»Genau darum geht es«, sagte Harry.

Da schaute sie zu ihm hoch. »Was soll das heißen?«

»Dass du vielleicht glücklicher bist als irgendwer sonst.«

Jims mattes Lächeln reichte nicht bis zu seinen Augen, als wollte sein Blick das zurücknehmen, was sein Mund äußerte. »Worauf willst du damit hinaus, Harry?«

An Andi gewandt sagte Harry: »Ich hab erfahren, dass du gestern unterwegs warst.«

Jim wollte anfangen zu protestieren, doch Harry hielt wie ein Verkehrswächter an der Kreuzung abwehrend die Hand hoch.

»Sheriff, Sie glauben doch wohl nicht, ich …«

»Wo warst du?«

»Hören Sie, die Fahrt nach Preston dauert Stunden, wenn Sie das damit andeuten wollen.«

»Nein. Wo warst du?«

Sie setzte sich hin, wütend, dass er diesen Ton anschlug, wenngleich er ja allen Grund dazu hatte.

Jim war mit seiner Antwort schneller als sie. »Ich hab dir doch gesagt, sie hat einen Freund besucht, draußen an der U.S. 83. Der betreibt dort ein Motel.«

»Andi?«

»Ja, das stimmt, da war ich. Sie können den Freund ja meinetwegen anrufen.«

»Mach ich auch. Wie heißt er?«

»Eddie Crane. Hier.« Sie kramte die Telefonnummer des Stardust aus ihrem Rucksack und reichte sie ihm.

»Danke.« Er zückte sein Notizbuch und schrieb sich die Nummer ab. »Hast du dort übernachtet?«

Sie nickte. Welche Schlüsse er daraus zog, war ihr egal.

»Ich hab gehört, du hast dir einen Anwalt genommen.« Er klickte ein paar Mal mit seinem Kugelschreiber. »Du solltest wirklich aufpassen, Andi. Du vergrätzt einige Leute ganz schön mit dieser Geschichte.«

Sie schwieg.

Er lächelte unmerklich. »›Betreibst Hetze‹, wie sich jemand ausdrückte.«

»Wundert mich ja, ehrlich gesagt, dass es überhaupt einen juckt, was ich tue.«

»Mach dir da mal nichts vor.«

»Ist das alles, Sheriff? Ich muss jetzt mit Dakota ein bisschen raus.«

Er nickte und steckte Notizbuch und Stift wieder ein. »Klar. Du hältst dich zur Verfügung, falls ich noch was wissen will.«

Es war keine Frage.

UND UNHEIL KAM

55. KAPITEL

Der Entfernungsmesser der Remington war auf einhundertachtzig Meter eingestellt. Grainger justierte den schwarzen Ziel-
punkt auf diese Distanz. In einhundertachtzig Metern Abstand
vom Haus hatte er Deckung gefunden, auf der anderen Straßenseite – an einem mit Bäumen bestandenen Hügel mit roten Felsbrocken. Es war die einzige Stelle in der Umgebung, die Deckung
bot, aber ideal. Die Furchen und Riffel im Felsen erinnerten ihn
an die Badlands. Mit den diversen Schichten bildete die Felsober-
fläche an einer Stelle eine höhlenartige Öffnung, flach und ideal
als Ausgangsposition zum Schießen.

Er befand sich an einer Stelle weitab von der Straße, wo er sein
Fahrzeug geparkt hatte. Leider keinen Geländewagen, denn so
einen hatte er auf dem Toyota-Gelände nicht auftreiben können.
Das war aber nicht weiter schlimm, er musste eben einfach ein
Stück weiter zu Fuß laufen.

Er stützte die Remington auf den Sandsäcken auf, die er frühmorgens um zwei von einer Straßenbaustelle an der U.S. 83 entwendet hatte. Arbeiter waren keine dort gewesen, und so hatte
er sich die Säcke neben den orangegelben Leitkegeln geschnappt
und sie in den Kofferraum geworfen. Es war einfacher, als ein
paar Futtersäcke zu kaufen (wo sich dann womöglich jemand an
ihn erinnern würde).

Grainger zog die Stütze an die Schulter und gab drei Schüsse
ab. Sie lagen dicht beieinander, nicht ganz ins Schwarze getroffen, etwa zweieinhalb Zentimeter vom Zentrum entfernt. Am
Windeknopf des Entfernungsmessers zählte er vier Klicks rechts
ab, justierte also zweieinhalb Zentimeter nach rechts. Dann lud
er erneut durch und feuerte wieder drei Schüsse ab. Perfekt. Voll

ins Schwarze. Er las die Hülsen auf und ließ sie in die Hosentasche fallen.

Dann stand er auf und verstaute das Gewehr in einer gepolsterten Hülle, sammelte Zielscheibe und Säcke ein und kehrte zum Wagen zurück.

Es war Zeit zum Abendessen, und er hatte Hunger. Sein Ziel war Kingdom.

Grainger wusste, dass sie es war, sobald sie im Diner durch die Tür trat. Jung und hübsch, aber eigentlich lag es an ihrem Haar. Sie sei blond, hatte man ihm gesagt. Der Ausdruck war aber unzureichend. Dieses Blond war dermaßen ätherisch – ein anderes Wort fiel ihm dazu nicht ein –, dass er unwillkürlich an ein Bild von J.M.W. Turner denken musste: so wie es das Licht einfing. Nein, es strahlte eher selbst Licht aus, wie einer von diesen Schleiern bei Turner, wie zarteste Lichtfädchen.

Er hatte sich in die Tischnische ganz hinten gesetzt. Das Mädchen nahm neben einem Mann an der Theke Platz, der anscheinend Stammgast war, da er sich schon ein Dutzend Mal Kaffee hatte nachschenken lassen. Vielleicht hatte er auch auf sie gewartet. Kein Wunder. Nun unterhielten sie sich.

Grainger war froh, dass der Mann rechts von ihr saß, denn so konnte er selbst ihr Gesicht deutlich sehen, wenn sie sich beim Reden dem anderen zuwandte. Grainger konnte sie von seinem Platz aus direkt anschauen, während er Kaffee trank, seinen Apfelkuchen verputzte (der recht gut war) und dann eine von seinen kleinen Zigarren rauchte.

Erst hatte sie gelächelt, nun hörte sie auf. Ihr Gesicht war ernst, nachdenklich. Er fragte sich, was der Kerl wohl zu ihr gesagt hatte. Was für Unglücksbotschaften er ihr übermittelt hatte. Er war insgeheim froh, dass er nichts mit anderen zu schaffen hatte. Er hatte im Grunde überhaupt nichts gegen andere Leute, nur waren ihm seichtes Gerede und Unglücksbotschaften eben zuwider.

Er brauchte das Foto eigentlich gar nicht, das sowieso schlecht war und sie aus einiger Entfernung zeigte. Jeder andere hätte ganz allgemein gesagt: »Ausnehmend hübsch, mit hellblondem Haar«, er jedoch legte Wert auf Genauigkeit. Es war sozusagen sein Fachgebiet, die Dinge haarscharf ins Visier zu nehmen.

Er verließ den Diner durch den Hinterausgang, um nicht an ihr vorbeigehen zu müssen, wenngleich es eigentlich egal war, ob sie sein Gesicht sah, denn aus hundertachtzig Metern Entfernung würde sie es nicht erkennen. Jedenfalls dachte er das. Konnte allerdings sein, dass es doch nicht egal war.

Er ging die sechs Straßen weiter zu seinem schwarzen Toyota. Genau genommen war es nicht direkt sein Wagen, sondern einer, den er eben momentan fuhr. Er hatte sich den erstbesten geschnappt, von einem großen Parkplatz hinter einem Supermarkt in Bismarck. Er hatte ihn genommen, weil Schwarz nicht auffiel, und ein schwarzer Camry schon gleich gar nicht. Kurz danach wechselte er auf dem Hof eines Toyota-Gebrauchtwagenhändlers die Nummernschilder aus, von einem schwarzen Toyota Camry zum anderen.

Grainger hätte sich auch vom Autodiebstahl ernähren können. Es war nur eben keine besonders interessante Tätigkeit und auch keine rechte Herausforderung.

Die Polizei hätte bestimmt ihre liebe Not damit, das Nummernschild aufzuspüren. Schließlich fuhr es nirgendwohin.

Er hatte sich in einem Motel an der State Road 200 etwas außerhalb von Beulah einquartiert, zehn Meilen von Kingdom, eine angenehme Entfernung. Das Motel war genauso anonym wie er.

In Augenblicken wie diesen, irgendwo in einem unscheinbaren Motelzimmer, überkam ihn doch eine gewaltige Sehnsucht nach dem Golfkrieg, obwohl er das keiner Menschenseele verraten würde. Dort hatte man wirklich etwas vom Schießen verstehen müssen. Es erforderte mehr Können, einen einzigen Schuss an der richtigen Stelle zu platzieren, als ein Dutzend Schüsse hier, für Aufträge wie diesen. Im Golfkrieg musste man nämlich jederzeit damit rechnen, dass das Gewehr eines Heckenschützen vom Dach eines Gebäudes auf einen gerichtet war.

Ein Auftrag wie dieser war einfach zu leicht. Die hunderttausend gingen weit über das hinaus, was dieser Job überhaupt wert war, fand er wenigstens. Trotzdem hatte er so viel verlangt, nur um diesen Leuten auf den Zahn zu fühlen, und die verdammten Idioten hatten die Summe auch abgedrückt.

Sie mussten ihr wirklich den Tod wünschen. Sie war schrecklich jung, Gott, sie war noch ein Mädchen, und die wollten sie wirklich ausgeschaltet haben. Er fragte sich, warum.

56. KAPITEL

»Überall wird herumerzählt, was du gemacht hast.«

Sie befanden sich in der Abferkelbaracke.

»Was denn? Was hab ich denn gemacht?«

»Du bist nach Bismarck, hast dir diesen Staranwalt genommen und überall Zeugen zusammengetrommelt für eine Strafanzeige«, erwiderte Jake. »Und jetzt hat Klavan dich im Verdacht, dass du hier mit einer Kamera anrückst oder so was in dem Stil.«

»Wenn keine Schweine gequält werden, wieso macht er sich dann einen Kopf?«

»Spinnst du? *Klar* weiß er, dass wir diese Tiere wie den letzten Dreck behandeln. Bloß nennt er es nicht Quälerei, weil man es seiner Ansicht nach eben so macht. Das ist blödes Viehzeug, das keine Ahnung hat und dem es sowieso egal wäre. Das heißt, falls er sich überhaupt darüber Gedanken macht, was er aber nicht tut. So läuft das nun mal in solchen Betrieben. Es ist ihm *scheißegal!* Allen ist es egal.«

»Dir nicht.« Als verfügte sie über Zauberkräfte, bewog ihr durchdringender Blick ihn, sich umzudrehen und auf den Ausgang zuzusteuern.

»Ich bin nicht der Dreckskerl, der dich ans Messer liefern will«, rief Jake ihr über die Schulter zu, während er zur Tür hinausging.

Klavans Verdacht war durchaus gerechtfertigt. Die Digitalkamera, die sie bei sich hatte, gehörte Odile Nekoma. Weil der Apparat schon ein paar Jahre alt war und so klobig, dass sie ihn nicht gut unter der Kleidung verstecken konnte, trug sie ihn in einem Leinenbeutel, den sie bei den Sauen in eine Kiste schob.

»Mit dem Chip gehst du in ein Fotogeschäft in Bismarck und druckst dir die Bilder selbst aus«, hatte Odile ihr geraten.

Es war recht einfach, Fotos von den trächtigen Sauen in den engen Verschlägen zu schießen. Als Vernon auftauchte, schob sie die Kamera rasch wieder in den Leinenbeutel. Vernon war kein besonders wachsamer Geselle.

»Machst du dich nützlich?«, fragte er.

»Hab ich mich je schon mal nützlich gemacht?«

»Wenn ich mir's recht überlege, nein.« Er ließ sein kehliges Lachen ertönen, während er die Tränkanlage überprüfte.

»Wird heute wieder geladen?«, erkundigte sich Andi.

»Kaum. Ich glaub nicht, dass Klavan's schon einen neuen Betrieb aufgetan hat.«

»Wer kommt denn in Frage außer BigSun?«

»Vielleicht eine Firma in South Dakota. Oder in Mexiko. Aber BigSun nimmt den Betrieb ja bald wieder auf.«

»Bestimmt.« Andi warf sich den Leinenbeutel über die Schulter und ging. Wenigstens eine Atempause, wenn auch eine ganz kurze.

Hutch und Nat trieben irgendwo Schweine zusammen. Versetzten ihnen Hiebe auf den Rücken und brachten den elektrischen Viehtreiberstab zum Einsatz.

Die beiden befanden sich auf der einen Seite der Rampe, sonst war niemand da außer den Lastwagenfahrern, die lachend vor ihren Trucks standen.

Sie hatte sich ein Loch in die Weste geschnitten, gerade groß genug für die Kameralinse. Sie hatte eine besonders fiese Szene aufgenommen, in der Hutch einem Schwein, das nicht mehr weiter konnte, mitten ins Gesicht einen Tritt versetzt hatte. Als ihm das Blut auf den Pullover gespritzt war, geriet er nur noch mehr in Rage und hieb dem Schwein mit einem Stahlrohr auf den Schädel. Das Tier starb, Hirnmasse blieb auf der Rampe liegen.

Warum um alles in der Welt hatten sie bloß so eine Wut auf die Tiere?

Sie wollte schon wieder auf die Baracke mit den trächtigen Sauen zugehen, als einer der Büromitarbeiter ihr etwas zurief und sie herüberwinkte.

»Was?«, rief sie zurück.

»Klavan will dich sprechen.« Er deutete mit dem gekrümmten Daumen hinter sich. »Im Büro.«

O Gott! Sie blickte sich nach einem Versteck für die Kamera um, doch solange der Kerl dort stehen blieb und sie beobachtete, konnte sie nichts machen. Ihr blieb nur, den Apparat eng an sich zu drücken. »Ich muss noch kurz auf die Toilette«, rief sie hinüber.

»Hier oben ist eine«, rief er zurück. »Komm jetzt.«

Zögernd ging Andi in Richtung Büro. Der Kerl wollte nicht warten und ging voraus. Wenigstens gelang es ihr, die Kamera unter der Weste hervorzuziehen und im Leinenbeutel zu verstauen. Aber wo sollte sie bloß mit dem Beutel hin?

Jake war auch da, druckste aber irgendwie verlegen herum. Sie überlegte, während sie auf dem Weg zur Damentoilette an ihm vorbeiging, ob Klavan ihn vielleicht ausgefragt hatte und er deswegen nicht zu ihr herüberschaute.

Sie klappte den Klodeckel zu und setzte sich drauf. Hier drin gab es keine Möglichkeit, den Beutel zu verstauen. Sie hatte gehofft, einen großen Abfalleimer vorzufinden, in dem sie die Kamera unter Papiertüchern verstecken könnte.

Vorhin war sie gegen einen Garderobenständer gerempelt. Sie betätigte die Toilettenspülung und ließ Wasser ins Waschbecken laufen. Dann nahm sie den Leinenbeutel mit der Kamera und dachte: *Offen sichtbar verstecken.*

Der Garderobenständer vor dem Toilettenraum war vollgehängt mit Mänteln und Tragetaschen. Er war beweglich wie einer von diesen Ständern in Kaufhäusern, mit zwei metallenen Querstreben und Rädern. Auf beiden Seiten befanden sich Haken und Kleiderbügel. Sie hängte den Leinenbeutel an einen Haken auf der Wandseite, sammelte sich kurz und ging auf Klavans Büro zu.

Dabei spürte sie, wie Jake jeden ihrer Schritte genau beobachtete.

Sie klopfte an die bereits offen stehende Tür.

»Ja? Kommen Sie herein.«

Andi trat ein, bekam aber keinen Platz angeboten.

»Sie sind Andi Oliver?« Klavan lehnte sich zurück und schmiss seinen Stift auf den Schreibtisch. »Verdammt, Mädchen, was wird hier eigentlich gespielt?«

Andi runzelte so tief die Stirn, dass ihre Brauen sich beinahe in der Mitte trafen. »Was meinen Sie damit, Mr. Klavan?«

»Sie wissen *haargenau*, was ich damit meine. Der Witz ist, dass Sie glauben, Sie kommen damit durch.«

Wieder dieses Stirnrunzeln, nur legte sie jetzt den Kopf schief, als könnte eine andere Perspektive seine Worte vielleicht erhellen. »Womit denn?«

Er beugte sich vor. »Sie haben hier einen Aufruhr angezettelt und behauptet, wir würden die Schweine quälen.«

Jetzt schaute sie verwundert. »Tun wir doch auch. Ist das denn ein Thema?«

Er war vom Stuhl aufgesprungen. »Das sind Schweine, Menschenskind, *Schweine*. Die existieren bloß zu einem Zweck: uns zur Nahrung zu dienen!«

»Wissen die das?«

Klavan packte den Aktenordner, an dem er gearbeitet hatte, und knallte ihn auf den Tisch. »Verdammt noch mal, für wen halten Sie sich eigentlich? Sie kommen hier vor ein paar Monaten angetanzt und führen sich auf, als gehörte der Laden Ihnen!« Seine Stimme schwoll gewaltig an. »Und manipulieren meine Angestellten, Jake zum Beispiel, und lassen sich von ihm helfen, gehen vermutlich ins Bett mit ihm …«

»Hat Jake das behauptet?«

»Brauchte er gar nicht. Dann erzählen Sie in Kingdom herum,

wie furchtbar es hier zugeht. Jetzt will ich Ihnen mal was sagen, Mädchen: Ich hatte die Kontrolleure vom Veterinäramt hier, und der Betrieb ging perfekt durch. Das einzige kleine Problem war das Lagunenbecken, aber das bringen wir in Ordnung. Wenn Sie also nicht aufhören, zeig ich Sie an.«

»Ich weiß gar nicht, wovon Sie reden.«

Klavan lief dermaßen rot an, dass Andi schon dachte, er bekäme gleich einen Schlaganfall. Mit seinen breiten Schultern und den fleischigen Armen erhob er sich hinter seinem Schreibtisch wie ein Berg.

»Ich will Ihnen mal was sagen, Schätzchen: Das wird Ihnen noch leidtun. Passen Sie mal bloß auf. Passen Sie bloß auf, mit Ihnen werden wir schon noch fertig!«

Für Andi hörte es sich an wie eine Stimme aus einem Vulkan, kurz bevor die Lava an den Seiten herunterläuft. »Ich weiß wirklich nicht, wovon Sie reden.«

»Machen Sie weiter so, dann werden Sie schon sehen!« Noch mehr kochende Lava. Sie dachte, der Kerl würde nun gleich einen Herzinfarkt bekommen, was ihr eigentlich ganz recht wäre.

»Machen Sie die Weste da auf!«

»Was?«

»Machen Sie sie auf. Wenn ich nicht total spinne, haben Sie da eine Kamera drin.«

»Hab ich nicht.«

Er kam hinter seinem Schreibtisch hervor. »Entweder Sie machen die jetzt auf, oder ich reiß sie Ihnen runter.«

»Wenn Sie das tun, ruf ich die Polizei.«

»Scheiß auf die Polizei!« Er kam auf sie zu. Als er die Hand ausstreckte und ihr an die Jacke greifen wollte, riss Andi die Tür weit auf und schrie: »Halt!« Die Versuchung war groß, »Vergewaltigung!« zu rufen, doch fürchtete sie, dass dadurch alles unnötig eskalierte.

Den drei verdatterten Gestalten im Vorzimmer rief er zu: »Sie hat fotografiert …«

Da machte Andi den Reißverschluss auf, damit alle es sehen

konnten, und entledigte sich der Weste. »Ich sag Ihnen doch, ich habe keine Kamera.«

Das machte ihn stutzig. Er trat ein paar Schritte zurück. »Verdammt, jetzt aber raus mit Ihnen!«

»Heißt das, ich bin gefeuert?«

Er knallte ihr die Tür vor der Nase zu. Jake stand direkt hinter ihr. »O Mann, Andi. Ich hab dich aber gewarnt!«

»Ich glaub, ich bin gefeuert.«

Jake sagte nichts.

Ein schreckliches Gefühl von Traurigkeit überkam sie, während sie zum Garderobenständer hinüberging, er hinterher.

»Du bist zu gut für diese Arbeit hier, Jake.«

Mit zusammengebissenen Zähnen erwiderte er: »Manche Leute müssen praktisch denken. Du nicht.«

Sie schwang den Leinenbeutel über die Schulter. »Nein, ich wohl nicht. Bis dann, Jake.«

57. KAPITEL

Er wusste nicht, zu welchem exakten Zeitpunkt sie auf dem Fußweg sein würde, nur dass sie dort sein würde. Sie war an jedem dieser vier Tage dort entlanggegangen, seit er hier auf Beobachtungsposten war – mit dem Kübel in der Hand wie eine Melkerin. Und zwar immer nach dem Abendessen, einer Mahlzeit, die jeden Abend zu leicht unterschiedlichen Zeiten eingenommen wurde. Was den Gang zum Stall und zum Schweinekoben betraf, war eher auf sie Verlass. Einmal hatte sie zwei Kübel getragen, beide voll mit irgendwelchem Futter für die Pferde und Schweine. Die Schweine schien sie besonders zu mögen. Über den Zaun gelehnt stand sie da und schaute ihnen zu.

Er hatte das Haus aus einer Entfernung von hundertachtzig Metern von den Felsen auf der anderen Straßenseite her beobachtet. Er hatte gesehen, dass sie den Weg ein paarmal am Tag zu unterschiedlichen Uhrzeiten machte. Der Abendgang fand allerdings immer regelmäßig nach der gemeinsamen Mahlzeit statt. Es war noch hell, keine Hindernisse waren im Weg. Er hatte die drei durch sein Fernglas beobachtet: das Mädchen und zwei Männer. Über das Mädchen wusste er nichts.

Und dann der Stall. Am späten Nachmittag führte sie ein hübsches pechschwarzes Pferd heraus sowie ein Maultier oder einen Esel. Sie streiften umher, hinaus auf das Feld, wo es bis auf zwei sehr hohe Bäume keine Deckung gab. Die Position hatte er ebenfalls ausgekundschaftet.

Knapp hundert Meter weiter auf der anderen Seite des Hauses befand sich eine Trainingsbahn. Sie sattelte den Rappen, fiel mindestens dreimal herunter, bevor es ihr gelang, sich in den Sattel zu schwingen. Es war köstlich anzuschauen. Manchmal fiel sie auch auf der anderen Seite herunter. Schließlich saß sie im Sattel und ritt im Ring herum. Grainger hatte noch nie jemanden so schlecht reiten sehen. Sie war bestimmt nicht mit den Pferden hier aufgewachsen. Demnach war von den beiden Männern, die er gesehen hatte – die meiste Zeit den einen, den er für ihren Vater gehalten hatte –, wohl auch keiner der Vater. Frauen gab es keine. Ein kleiner, dunkelhäutiger Mann war noch da, der sich um die Pferde kümmerte. War sie ebenfalls hier angestellt? Um die Pferde zu versorgen, sie auf der Trainingsbahn zu bewegen? Ganz sicher nicht. Er lachte lautlos in sich hinein.

Wenn hier Krieg wäre, hätte ihn dieses Lachen das Leben kosten können. Lautlos oder nicht, sein Körper hatte sich bewegt.

Er hatte ihr Schlafzimmerfenster ausgespäht. Nicht in voyeuristischer Absicht, bloß um zu erfahren, zu welchen Zeiten sie was machte. Sie stand mehrmals die Nacht am Fenster. Völlig regungslos. Nackt war sie nie gewesen, und manchmal zog sie die Jalousie herunter.

Er fragte sich, was sie wohl getan haben mochte, dass jemand so viel Geld hinlegte, um sie aus dem Weg zu schaffen. Ging es vielleicht um eine Erbschaft, auf die sie den Alleinanspruch anmeldete? War sie vielleicht Augenzeugin eines Mordes gewesen? War eine eifersüchtige Ehefrau im Spiel?

Nein, irgendwie passte das nicht zu dem Mädchen. Sie war nicht alt genug, wirkte nicht raffiniert genug für die Rolle der Rivalin.

Grainger nahm seine Baseballmütze vom Kopf, wischte sich die feuchte Stirn ab und setzte die Mütze wieder auf. Es war kalt, doch die intensive Konzentration brachte ihn wie immer zum Schwitzen. Die Sache mit der Mütze hätte ihn in Kuwait ebenfalls das Leben gekostet. Da hätte er sich genauso gut hinstellen und mit den Armen rudern können. Aber hier, wo niemand Ausschau nach ihm hielt, war die Gefahr minimal.

Fünf Stunden beobachtete er sie heute nun schon. Sie schien ihm einfach zu jung, um ausgeschaltet zu werden. Fragen konnte er sich zwar stellen, genau wissen wollte er es allerdings nicht.

Wie sie wohl heißen mochte, überlegte er.

Wissen wollte er das aber ebenfalls nicht. Seine Kontaktperson hatte gesagt, sie benutze den Namen Andi Oliver.

Sie benutze den Namen … War sie etwa eine Ausreißerin? Oder in irgendeinem Zeugenschutzprogramm? Kein Kommentar von seiner Kontaktperson. Die Kontaktperson war auch nicht der Auftraggeber. Grainger bestand immer auf Anonymität, nicht bloß was ihn selbst betraf, sondern auch denjenigen, der das Geld lockermachte. Er wollte gar nicht wissen, wer ihn anheuerte. Er wollte mit dem Dreckskerl, der das Honorar bezahlte, nicht in Verbindung treten.

Er hatte Lust, eine zu rauchen. Wie gefährlich es war, während eines Auftrags zu rauchen, war ihm derart vehement eingehämmert worden, dass er nie auch nur die kleinste Rauchfahne riskierte. Und obwohl ihn hier oben niemand suchte, wenigstens bisher noch nicht, hielt er sich an diese Regel.

Was hatte sie verbrochen? Je weniger er wusste, desto besser. Manchmal war die Person, die ihn anheuerte, so erpicht darauf, ihm vom Zielobjekt zu erzählen und was das Zielobjekt ihm oder ihr angetan hatte, dass Grainger ihnen regelrecht befehlen musste, es für sich zu behalten.

»Was? Ach, ich dachte nur …«

»Dann dachten Sie falsch.«

Als er den ersten Tag hier gewesen war, also einen Tag nachdem er sie im Diner gesehen hatte, war sie plötzlich stundenlang verschwunden gewesen. Grainger vermutete, dass es die Stunden waren, die sie in der Schweinemastanstalt arbeitete.

Die hatte er ebenfalls sondiert, doch wozu es in aller Öffentlichkeit durchziehen, wenn es auch anders ging? Auf diesem Pferdehof, dieser Ranch oder was es auch war, war sie täglich ein Dutzend Mal frühmorgens und abends allein unterwegs. Heute schien sie allerdings nicht zur Arbeit gefahren zu sein, denn sie war im Haus, bevor er auf der Anhöhe war. Vielleicht war sie früher nach Hause gekommen.

Keiner passte auf sie auf.

Er wartete ab. Er nahm Gewehr und Entfernungsmesser aus der Hülle, öffnete den Bolzen und ließ die Patronen hineingleiten, zog den Bolzen zurück, legte die Wange an die Schulterstütze und hob das Gewehr an die Schulter. Er hatte das Gefühl, als hätte ihm jemand gerade einen tadellos geschnittenen, perfekt sitzenden Anzug gereicht. Eine seltsame Vertrautheit überkam ihn, die er nicht erklären konnte. So glatt und geschmeidig. Er ließ das Gewehr sinken, lehnte sich zurück und wartete.

Wartete und dachte an den Krieg. Er hatte sein eigenes Team gehabt. An dem Tag damals hatten sie zu viert einen Einsatz gehabt und Stellung auf dem Dach eines großen Hauses bezogen, den Überresten eines einst wunderschönen, inzwischen größtenteils zerbombten Anwesens. Der Ort hatte Grainger an eine prächtige Ruine erinnert, die er einmal auf einem Foto gesehen hatte: ein altes Haus mit einem wild wuchernden Garten dahinter, ein leeres, damals ausgetrocknetes Wasserbecken, gesäumt von Statuen in anmutigen Posen, die von ihren Podesten gestürzt, teilweise sogar zerbrochen waren. Zwei seiner Männer waren von gegnerischem Heckenschützenfeuer getötet worden. Die Schüsse mussten aus fast einem Kilometer Entfernung gekommen sein.

Inzwischen senkte sich hier die Sonne über das ausgedorrte Feld und den schattigen Felsen. Er wartete auf das Mädchen, sah kurz auf die Uhr, wie spät es war. Pünktlich war sie nicht.

Der späte Vormittag eignete sich nicht so gut, weil sie um halb zwölf zur Arbeit ging und sich dann immer in Begleitung eines der Männer befand. Vielleicht war sie hier eine Weile auf Besuch. Die Art, wie sie auf diesem Rappen saß, ließ ihn zur Überzeugung gelangen, dass dies hier nicht ihr ursprüngliches Zuhause war.

Er gebot sich, mit diesen Überlegungen aufzuhören, keine Schlussfolgerungen mehr zu ziehen auf der Grundlage von eigentlich gar nichts.

Normalerweise tat er das nicht. Normalerweise waren seine Zielobjekte aber auch Männer, meist hartgesottene Burschen, die aussahen, als würden sie ihm liebend gern mit gleicher Münze heimzahlen, falls er die Sache doch offen austragen wollte.

Auf tätliche Auseinandersetzungen ließ er sich nicht ein, denn einmal war ein Mann durch ihn zu Tode gekommen. Der Kampf war offen und ehrlich gewesen, das tödliche Ende vermutlich nicht. Er hatte sich zur Mäßigung gemahnt und es dann doch nicht getan.

Situationen, in denen er sich Selbstbeherrschung befehlen musste, mochte Grainger nicht. Folglich vermied er alles, was eine Eskalation der Dinge befördern könnte.

Diese Arbeit gehörte nicht in diese Kategorie. Er hatte ein Ziel. Er traf ins Ziel. Immer. Traf nie daneben. Zugegeben, die Zielobjekte waren leichter zu treffen als im Krieg. Dort hatte ihn schließlich der Feind im Visier. Scharfschützen, Meister ihres Fachs, und besonders Heckenschützen galt es auszuschalten.

Was damals passiert war, hätte nie passieren dürfen. Die Tarnung war erstklassig. Er konnte seine Männer selbst kaum ausmachen. Als sie Willie erwischten – dazu hatten sie den Einbruch der Nacht abgewartet –, erkannte Grainger, wodurch Willie seine Position verraten hatte. Bei Nacht wäre es nicht weiter aufgefallen, bei Tageslicht schon: Das untere Ende von Willies Gewehr war tiefschwarz. Das hatte ihn verraten. In der Natur gab es nichts Schwarzes, schwarz war nichts. Dunkel schon, aber nicht schwarz.

Sie war aus dem Hintereingang gekommen. Er hob das Gewehr an und zog es in einer geschmeidigen Bewegung an die Schulter. Er spähte durchs Visier, wo das Fadenkreuz ihren Kopf in perfekte Viertel teilte. In dieser Sekunde blitzte die Sonne in ihrem Haar auf; ganz hell leuchtete es plötzlich auf.

Es war, als ob sich der Abzug auf einmal selbst betätigte. Alles verschwamm. Der Rückstoß der Waffe, und sie stand immer noch da.

Er hatte danebengetroffen.

Die Kugel hatte ihren Kopf offenbar gestreift, denn sie stand stockstill, hielt sich die Hand an den Kopf. In dieser Sekunde, die ihren Fall zu Boden hätte einleiten sollen, fuhr stattdessen ihre Hand an den Kopf.

Er hatte sofort nach dem Fernglas gegriffen und sah nun, wie sie die Hand vom Gesicht nahm. Sie stand vollkommen reglos da. Sie rannte nicht weg, versuchte nicht einmal, ins Haus zurückzulaufen. War vermutlich starr vor Angst. Und doch hatte er das Gefühl, dass sie auf etwas wartete.

Auf den finalen Schuss? Als wäre ihr klar, dass sie nicht entkommen könnte. Sich nicht zu bewegen erforderte allerdings eine Menge Selbstbeherrschung oder aber Übung in der Kunst, sich der Gefahr zu stellen.

Oder (und das war vermutlich der wahre Grund) sie wusste gar nicht, was geschehen war, und war bloß verwirrt. So verharrte sie einige Sekunden, schaute nicht einmal ihre Hand an. Geblutet hatte sie wahrscheinlich nicht.

Er hob die Messinghülse auf und steckte sie sich in die Tasche. Eine weitere Patrone tat er nicht hinein. Er wartete ab, so wie auch sie abwartete.

58. KAPITEL

Zunächst hielt Andi es für einen Wespen- oder Bienenstich. Doch dann kamen ihr Zweifel. Irgendetwas hatte so rasant wie ein Torpedo ihre Wange gestreift. So bewegte sich jedoch kein Insekt, ein Insekt verharrte in der Luft, schwirrte umher.

Das Einzige, was ihr sonst noch einfiel, war eine Kugel … aus einer Schusswaffe, obwohl sie den Gedanken lieber nicht an sich heranlassen wollte. Sie bemerkte einen Blutstropfen, der vielleicht von einem leichten Kratzer herrührte.

Jemand hatte auf sie geschossen.

Darauf deutete auch das plötzliche Aufleuchten eines Lichtstrahls hin. Dieses Aufleuchten kannte sie, hatte es oft gesehen, wenn sie auf dem Schießplatz geübt hatte. Ein kurzes Blitzen von Licht auf Metall. Wie ein Augenzwinkern. Da! Fast hätte sie sich in die Richtung gewandt und dorthin geschaut …

Doch sie hielt sich zurück. Es war wichtig, dass sie den Kopf nicht um den Neunziggradwinkel drehte, der nötig wäre, um zu den Felsen auf der gegenüberliegenden Straßenseite zu schauen. Der Schütze sollte nicht wissen, dass sie erkannt hatte, woher der Schuss gekommen war.

Wieso war kein zweiter Schuss gefallen?

Reglos stand sie auf der freien Fläche zwischen Haus und Stall. Davonrennen hatte nicht viel Sinn, denn dann wurde womöglich ein weiterer Schuss abgegeben. Während sie die drei oder vier Sekunden dagestanden hatte, um nachzudenken, war kein Schuss mehr gefallen.

Der Schütze sollte nicht merken, dass sie wusste, was vor sich ging.

Diese Gedanken lasteten schwer wie Blei auf ihr. Ihr ganzer

Körper fühlte sich schwer an, wie in einem Traum, wenn man nicht losrennen kann. Sie musste sich zwingen, sich in Richtung Stall in Bewegung zu setzen, nicht zum Haus hin, obwohl sie eigentlich ins Haus wollte, hineingehen wollte, durch die Tür stürmen wollte, schreien wollte, dass Jim und Tom ihr zu Hilfe kommen sollten. Sie wollte sich jemandem in die Arme werfen – Jim, Tom, Jake, Harry, ja sogar Eddie – und denjenigen alles in Ordnung bringen lassen.

Doch sie tat es nicht, weil sie nicht konnte. Weil sie wusste, dass es keinen anderen Ausweg gab, als standhaft die Stellung zu behaupten.

Sie gelangte sicher ins Stallinnere, und obwohl sie kein Blut verloren hatte, ließ sie sich drinnen an der Wand zu Boden gleiten und hatte dabei das Gefühl, eine Blutspur zu hinterlassen wie Harry Wine damals.

Ihr einziges Zugeständnis an die Gefahrensituation war, dass sie Dakota und Sam an dem Nachmittag nicht zum Spaziergang auf die Koppel führte. Sie wusste, dass Dakota über diese Änderung des Plans absolut nicht erfreut war, was er auf seine übliche Art bekundete. Als sie den beiden je eine Extramohrrübe gab, schnaubte er nur kurz und kehrte ihr das Hinterteil zu, während er seine verzehrte.

Schließlich machte sie sich doch auf den Weg vom Stall zum Haus. Jim und Tom hatten bequem die Füße hochgelegt und lasen Zeitung. Ihnen gegenüber ließ sie nichts verlauten. Zwar starrte sie einen Augenblick aufs Telefon und überlegte, ob sie den Sheriff nicht doch informieren sollte, war sich aber nicht sicher, ob er ihr überhaupt glauben würde.

Bestimmt war es Klavan, dachte sie, morgens um zwei schlaflos im Bett liegend. Jemand bei Klavan's musste es darauf angelegt haben, ihr Einhalt zu gebieten und die drohende Strafanzeige zu vereiteln. Vielleicht war es auch ein viel größerer Betrieb als Klavan's, so wie Bobby Del Ray gesagt hatte.

Oder Waylans? Aber warum versuchte er es auf diese Art? Er hätte sie doch gleich dort im Stall erschießen können, wenn er gewollt hätte. Niemand hätte es herausgekriegt, jedenfalls vorerst nicht. Aber er wollte ja etwas von ihr – die »Information« –, und die bekäme er nicht, wenn sie tot wäre.

Und die Baileys? Die waren zwar dumm und gemein, für Killer hielt Andi sie aber nicht. Wahrscheinlich waren sie viel zu feige, jemanden zu erschießen. Lucas… vielleicht, denn ein Feigling war der bestimmt nicht, doch was hatte er davon, wenn er im Kittchen landete?

Nachdem sie eine Stunde später immer noch nicht schlau daraus geworden war, schlief sie schließlich erschöpft ein.

59. KAPITEL

»Hast du was?« Jim stand am Herd und ließ ein paar Würstchen in die fettspritzende, gusseiserne Pfanne fallen.

Andi holte den Orangensaft aus dem Kühlschrank. Sie schüttelte den Kopf. »Nein, wieso?«

»Du siehst irgendwie blass aus. Der Job bei Klavan's bereitet dir doch nicht etwa schlaflose Nächte, oder?«

Sie schüttelte den Kopf. »Nein, obwohl es mich eigentlich schon ziemlich aufregt.« In Bezug auf die Schweine stimmte das auch. Was konnte man nur tun, damit sie eine wenn auch nur kleine Gnadenfrist bekamen und nicht behandelt wurden wie Möbelstücke, wie gefühllose Objekte? Wer davon faselte, Tiere besäßen keine Gefühle, sollte einmal gezwungen werden, einen Tag in einem Schlachthof zu verbringen.

Was würde jetzt mit den Schweinen geschehen? »Gottverdammte Scheiße!« Heftig knallte sie ihren Orangensaft auf den Tisch.

»Was?«

»Nichts.«

Jim lachte. »Das ist das erste Mal, dass ich dich den Namen des Herrn im Munde führen höre.«

»Von welchem Herrn sprichst du?« Sie trank ihren Orangensaft und starrte aus dem Fenster.

Jim schob ihr zwei Spiegeleier auf den Teller, legte ein gebuttertes Vollkornbrot dazu. »In die Kirche gehst du gar nie, oder?«

»Wieso soll ich in die Kirche gehen?«

Da musste er noch mehr lachen. »Das macht man eben. Manche gehen sogar regelmäßig. Du bist aber anscheinend nicht gläubig. Und wieso nicht?«

»Tiere und kleine Kinder. Die können sich nicht selber verteidigen, über die wird einfach so hinweggegangen.«

Jim trat wieder an den Herd. »Stimmt, da ist was dran.«

Wieso sagte sie es ihm nicht? Unablässig stellte sie sich immer wieder die gleichen Fragen. Sie sollte den Sheriff verständigen.

Andi aß Eier und Toast vollends auf und brachte ihren Teller zum Spülbecken. »Ist die Polizei eigentlich schon weitergekommen? Hat sie eine Ahnung, wer das Feuer gelegt haben könnte?«

Jim schüttelte den Kopf, während er wieder ein paar Pfannkuchen auf einen Teller schob, der zum Warmhalten auf der Herdplatte stand. »Soweit ich weiß, nein. Mach dir da aber keine Sorgen. Du hast ja ein hieb- und stichfestes Alibi.« Er reichte ihr ein Sieb mit Essensresten. »Für die Schweine, falls du rausgehst.«

Andi nahm es und blieb mit dem Sieb unterm angewinkelten Arm stehen. Weil sie sich so nicht traute, die Fliegengittertür aufzustoßen, nahm sie das Sieb auf die andere Seite.

»Hast du was?«, fragte Jim nun zum zweiten Mal.

»Was? Nein.« Sie schaute über die Kiesauffahrt und den grünen, baumbestandenen Vorplatz zum Schweinestall hinüber. Dort standen sie bereits in einer Reihe am Zaun und warteten. Die beiden Ferkel hatten sich zu den drei Schweinen gesellt, um auch zu warten, ohne wahrscheinlich zu wissen, worauf.

Ihr Anblick rührte Andi fast zu Tränen. Resolut stieß sie die Tür auf mit einem kurzen Blick auf Jim, der die Würstchen in der Pfanne herumschob. »Die Eier waren wirklich gut, Jim, so gut wie noch nie.«

»Hm, danke.« Lächelnd wandte er sich wieder der Pfanne zu.

Sie trat ins helle Licht hinaus.

Dabei bemühte sie sich, nicht schnell zu laufen. Schnell laufen würde nichts nützen. Er könnte sie so oder so treffen. Wenn er aus so großer Entfernung schoss, war er ein Meister seines Fachs, möglicherweise gar ein Scharfschütze. Was sie sich nicht erklären konnte, war die Tatsache, dass er sie beim ersten Mal verfehlt hatte.

Der Kies knirschte unter ihren Füßen, und in ihrer Angst verstärkte sich das Geräusch zu einem ohrenbetäubenden Lärm.

Nichts geschah. Vielleicht war es die falsche Tageszeit. Gestern war es am frühen Abend passiert. Vielleicht wollte er sich ja auch eine Weile bedeckt halten.

Den Gedanken verwarf sie aber sogleich wieder. Sie konnte sich nicht vorstellen, dass ein Scharfschütze eine Woche lang untätig herumhing, bloß um einen Schuss loszuwerden. Nein, er würde es bestimmt sehr bald hinter sich bringen.

Dies ging ihr durch den Kopf, während sie Kohlblätter und Maiskolben an die Schweine verfütterte.

Sie blickte Richtung Felsen. Aus dieser Position konnte sie leicht erkennen, ob sich dort etwas bewegte, ob etwas wie das Aufblitzen von Licht auf Metall zu sehen war. Den gleichen Fehler würde er allerdings nicht noch einmal machen. Es war der perfekte Standort, dort hatte er genügend Deckung. Wäre sie noch nie dort oben gewesen, sie hätte den Platz nie in Betracht gezogen.

Vermutlich würde er sich nun für die Nacht entscheiden. Ihr Fenster ging direkt auf die Felsen hinaus.

Grainger aß in einem elend schlechten Steakhaus in der Nähe seines Motels zu Abend. Bedächtig kaute er sein Steak und spülte es mit einem Heineken hinunter.

Nicht der Wind war es gewesen, der das Geschoss vom Ziel abgelenkt hatte. Den Wind überprüfte er vorher immer. Gestern war es absolut windstill gewesen, kaum ein Lüftchen hatte sich geregt, nicht viel mehr als ein Hauch hatte die Blätter an den Zweigen bewegt.

Was also war geschehen? Wieso hatte er sein Ziel verfehlt?

Er hatte alles überprüft, was einen Schuss verderben konnte: das Wetter, die nicht ganz perfekte Positionierung, falsches Atmen – alles … und wusste dabei sehr wohl, dass er nichts finden würde.

Wenn er also auf rein gar nichts kam, war es etwas, das ihm *entging*, etwas, das er keiner Prüfung unterziehen und folglich nicht korrigieren konnte. Und das beunruhigte ihn nun doch sehr.

Seine Frau fiel ihm ein, die ihn vor Jahren verlassen hatte, nachdem sie ihm gesagt hatte, mit ihm könne man unmöglich leben, er sei einfach so ein Perfektionist. Unwillkürlich musste er schmunzeln. Würde sie in diesem Moment wieder in sein Leben treten, würde sie vermutlich dasselbe sagen.

War der Auftrag einfach zu leicht? Das satte Honorar fiel ihm wieder ein, das sein Auftraggeber bereit war zu zahlen.

Er knüllte die Papierserviette zusammen und schmiss sie auf das halb aufgegessene Lendensteak. Er nahm einen kräftigen Schluck Bier. Er würde wieder hingehen, diesmal nach Einbruch der Dunkelheit. Er würde es mit einem Nachtschuss versuchen. Vorab blieb er aber sitzen und trank sein Bier.

Der Vorteil für ihn war, dass sie nicht begriffen hatte, was tatsächlich geschehen war. Sonst wäre sie unverzüglich ins Haus gerannt, um Hilfe zu holen. Jemand hätte die Polizei verständigt. In dem Fall wäre er zum Motel zurückgefahren und hätte sein Zimmer geräumt, denn dann hätten sie sämtliche Motels im Umkreis abgeklappert und sich die Gäste vorgeknöpft, besonders die allein reisenden Männer.

Nein, heute Abend würde er noch mal hingehen. Diesmal würde er nicht danebenschießen.

Dass er sich das einreden musste, machte ihn nervös.

Vor fünf Jahren hatte sie gesagt: »*Du erschießt einen Menschen kaltblütig und gerätst nicht ins Wanken? Haderst nicht mit dir? Zögerst nicht?*«

Beths Ausdrucksweise hatte ihm gefallen, und er hatte gelächelt.

»*Und findest es auch noch lustig?*«

Nein, lustig fand er es nicht.

»*Du warst ein Held, Billy, ein Kriegsheld. Und jetzt, wo du zurück bist, machst du so was!*«

Zurückgekehrt war er mit einem überwältigenden Gefühl von Entfremdung, nicht Heldentum. Wie viele Menschen hatte er umgebracht? Unzählige. Ein paar hatte er auch gerettet, die Männer in seinem Team, doch das hatte er getan, weil er so extrem gut war im Schießen. Und darin war er immer noch gut. Das hatte er aber natürlich nicht gesagt, sondern stattdessen erwidert: »Es gibt keine Helden mehr, Beth.«

Eine Woche später verließ sie ihn. Ihren gemeinsamen Sohn nahm sie mit.

60. KAPITEL

»Arschlöcher«, sagte Tom, nachdem sich Jim über Klavan's aus-gelassen hatte. »Es sieht eindeutig so aus, als hätten sie Angst vor einer Klage. Und dadurch erwecken sie wiederum den Eindruck, Dreck am Stecken zu haben. Sind die eigentlich so dämlich, dass sie das nicht kapieren? Welcher Anwalt vertritt die überhaupt, was glaubst du?«

»Wahrscheinlich eine ganze Latte von Anwälten, eine ganze Kanzlei.« Andi spießte eine Kirschtomate so resolut auf, dass sie sich fast bei ihr entschuldigt hätte.

»Es hat einen Haufen Beschwerden gehagelt von Leuten, die in Windrichtung dieses Betriebs wohnen. Leah Bond – kennt ihr Leah Bond?« Als Tom nickte, fuhr Jim fort: »Sie sagt, sie kriegt immer ganz schlimme Kopfschmerzen von dem Gestank, schlim-mer als Migräne. Ich kann mir nicht vorstellen, dass die dort die Vorschriften einhalten. Ich mein, die müssen doch dafür sorgen, dass dieses ›Lagunenbecken‹ – ein sagenhaftes Wort! – den gän-gigen Vorschriften entspricht.«

Andi wartete darauf, dass es dunkel wurde. Sie saß auf ihrem Bett und war dabei, ein Magazin mit Neun-Millimeter-Patronen zu bestücken. Die Smith & Wesson lag neben ihr auf dem Bett.

Als sie diese Waffe zum ersten Mal abgefeuert hatte, damals im Sandia-Gebirge in New Mexico, hatte der Rückstoß sie zu Boden geschleudert. Inzwischen war sie viel erfahrener und konnte ziemlich passabel schießen.

Als sie fertig war, schob sie das Magazin in die Waffe und zog erst ihre Steppweste an und darüber die Jeansjacke. Sie wollte sich die Waffe schon zwischen Gürtel und Kreuzbein schieben, als sie plötzlich zögerte. Sie nahm sie noch einmal, entfernte das Magazin und steckte es sich in die Jackentasche. Dann schob sie die 38er in ihren Gürtel und ging aus dem Zimmer.

Sie konnte die beiden nicht sehen, hörte aber in der Küche ihre leicht erhobenen, etwas verärgert klingenden Stimmen. Sie hatte sie noch nie richtig streiten hören.

»Ich geh kurz raus in den Stall«, rief sie.

»Ja, okay.« Sie nahmen ihr Streitgespräch wieder auf.

Sie sattelte Dakota, der zur Abwechslung einmal nicht scheute oder sich zur Wehr setzte. Nun, *fast* nicht. Er versuchte zwar nach Kräften, sie mit der Schulter wegzudrängen, am Ende gelang es ihr jedoch unter Zuhilfenahme eines Schemels, sich hochzustemmen und zumindest für ihre Verhältnisse recht flink aufzusteigen.

Als sie ihn über die Auffahrt ritt, fragte sich Dakota wohl, ob dies eine Wiederholung des aufregenden nächtlichen Erlebnisses mit den Bailey-Brüdern werden sollte. Andi stellte sich vor, dass ihm Folgendes im Kopf herumging: »*Wo sind sie? Wo sind die beiden Dreckskerle?*« Wütendes Schnauben.

»Nein«, sagte sie laut, »um die geht's heute Abend gar nicht. Wir machen bloß einen kleinen Ritt um die Biegung dort oben.«

Gleich hinter Jims Haus schlängelte sich die Straße nach links. Es war eine ziemlich scharfe Kurve, die ein Auto fast im rechten Winkel ausfahren müsste und die nur von wenigen Bäumen gesäumt war. Wenn Andi hier abstieg, befänden sich die Felsen schräg über ihr.

Sie band Dakotas Zügel um eine Zeder und versprach ihm, gleich wieder da zu sein. Für den Augenblick bot ihr der weiße Mond genügend Licht zur Orientierung, allerdings leuchtete er zu hell, um ihre Silhouette zu verbergen. Nun, da war nichts zu machen!

Mittlerweile war sie zwischen den Bäumen und dem kniehohen Gras oberhalb der Felshöhe angelangt, von wo, wie sie mit ziemlicher Sicherheit vermutete, der Schuss gekommen war. Mehrere ausgetretene Pfade führten zu dem Felsvorsprung hinüber, und von hier oben konnte sie im kalten Licht des Mondes alles überblicken.

Ob er es heute Abend wieder versuchen würde, wusste sie nicht. Wenn nicht, würde sie morgen früh, wenn es hell wurde, wiederkommen. Und dann wieder bei Nacht. Lange hier ausharren würde er wahrscheinlich nicht, glaubte sie. Er wollte bestimmt möglichst bald weg von hier.

Andi ließ sich auf dem grasbewachsenen Hang nieder, einem ihrer Lieblingsplätzchen, holte die Waffe und das Magazin hervor, schob das Magazin ein. Dann setzte sie sich bequem hin, um zu warten.

Sie könnte natürlich auch total danebenliegen. Der Schuss hätte von jeder x-beliebigen Position hier oben abgefeuert worden sein können, aber dann fiel ihr wieder das Aufleuchten des Metalls in der Sonne ein: Es war von dem flachen Felsen hier etwa zweieinhalb Meter unter ihr gekommen. Zumindest hätte sie sich diese Stelle ausgesucht.

Nun, lieber lag sie total daneben als tot hier herum.

Sie wartete ganz still, das Kinn auf den angezogenen Knien, und betrachtete aufmerksam das dunkle Muster des Espenlaubs.

Es gab Jäger, die stundenlang dasaßen und darauf warteten, dass ein Hirsch oder Springbock ihnen vor die Flinte lief. Obwohl sie für die Jagd nichts übrig hatte, musste sie solche Geduld doch bewundern, in der sich die große Ernsthaftigkeit des Jägers ausdrückte. Es gab Jäger, bestimmt anständige Menschen, die einem waidwunden Tier auf der Spur blieben, es nicht mit zerrissener Flanke herumirren und verbluten ließen. Mit so einem Mann hätte sie gern einmal geredet. Was die Jagd betraf, war sie unbedarft, doch bevor man etwas hassen kann, sollte man versuchen, es zu verstehen. Ausgenommen natürlich Dinge, die jenseits von jedem Verständnis lagen, wie etwa zwei gelynchte Schweine.

Sie schaute auf die Uhr: halb elf. Seit zwei Stunden war sie jetzt hier draußen. Kein Laut war zu hören bis auf das Knacken im Geäst der Kletteneichen.

Nur... es waren gar nicht die Bäume. Es regte sich nämlich kein Lüftchen. Sie beugte sich vor und lauschte. Ein zurückschnellender Zweig, ein Rascheln im Gestrüpp.

Damit möglichst nichts auf ihre Anwesenheit hindeutete, bewegte sich Andi ganz langsam und vorsichtig auf die Kante der Felsplatte zu, schaute hinunter und erblickte einen Mann – einen sehr groß gewachsenen, kräftigen Mann, der Haltung nach in den Dreißigern oder Vierzigern. Sein Gesicht konnte sie nur zum Teil sehen, da er ihr den Rücken zugewandt hatte.

Das Gewehr, das er bei sich hatte, war offensichtlich mit allen Schikanen ausgerüstet. Die unterschiedlichen Einzelteile konnte sie nicht ausmachen, bei dem Ding obendrauf handelte es sich aber vermutlich um eine Teleskoplinse. Auch hatte er mehrere kleine Säcke dabei.

Nun sah sie auch, was er sah. Ihr erleuchtetes Fenster, wo sie absichtlich das Licht hatte brennen lassen, damit man vermutete, sie sei da. Haus, Stall und Gehweg lagen im Dunkeln und waren aus der Entfernung nicht zu erkennen bis auf die winzige Funzel neben der Küchentür, die den oberen Teil des Fußwegs beleuchtete. Da er ganz allein war (nahm er wohl an), brauchte er sich auch nicht besonders leise zu verhalten, denn niemand hielt nach einem Schützen Ausschau. Trotzdem passte er auf. Er bewegte sich langsam, hantierte behutsam mit dem Gewehr. Er ließ sich Zeit, seine Stellung zu beziehen, an den glatten Felsen geschmiegt, den beschichteten Regenmantel zur Polsterung unter sich gestopft und das Gewehr auf die Sandsäcke aufgestützt.

Er hatte sich bloß wenige Meter unterhalb von ihr postiert. Zwischen ihnen und dicht hinter ihm lagen mehrere Felsschichten, die sie als Trittsteine benutzen konnte. So konnte sie sich lautlos annähern und ihn, wenn er sie hörte und sich umdrehte, schlimmstenfalls erschießen oder bestenfalls entwaffnen, was sie sowieso vorhatte.

Sie war froh, dass er so flach hingestreckt auf dem Bauch lag, denn auf diese Weise wäre es viel schwieriger, in die Sitzposition oder in irgendeine andere Position zu wechseln, die es ihm gestattete, auf sie zu schießen. Dazu müsste er das Gewehr herumschwenken und wäre tot, noch bevor er recht zielen konnte. Falls er wirklich gut war, könnte es ihm natürlich im Handumdrehen gelingen. Da kam ihr der etwas unangenehme Gedanke, dass er tatsächlich sehr gut war und sie, falls er sie hörte, im Nu würde erledigt haben. Vermutlich war er so gut. Wenn sie ihn nicht umbrachte, würde sie ihn bitten, ihr Unterricht zu erteilen.

Sie trat auf den ersten Stein, wartete und trat behutsam auf den nächsten hinunter. Die Unterseite ihrer Socken wischte sie sorgsam ab für den Fall, dass etwas daran haften geblieben war. Dann ging es weiter hinunter. Für die zweieinhalb Meter brauchte sie zehn Minuten. Als sie in den Sandias nach Kojoten und Füchsen gesucht hatte, die in Stahlbackenfallen gefangen waren, hatte sie sich in Behutsamkeit geübt und es darin zur Meisterschaft gebracht.

Schließlich war sie unten angekommen. Sie stand neben seinen Füßen, die Schusswaffe in den Himmel gerichtet. Als sie sah, wie er erstarrte und das Gewehr packte, setzte sie ihm den Lauf der Smith & Wesson an den Hinterkopf.

»Ich heiße Andi. Und wer sind Sie?«

61. KAPITEL

O Mann!, dachte Grainger. Er brauchte nicht lange zu raten, was es war, er hatte im Laufe der Jahre genügend Waffen auf sich gerichtet gehabt. Erstaunt war er allerdings, als er feststellte, wer diese hier in der Hand hielt: das Mädchen.

»Das Gewehr hinlegen. *Los!*«

Er tat es.

»Schieben Sie's von sich weg zu mir herüber.«

Dies tat er ebenfalls. Andi schob es noch ein Stück weiter außer Reichweite, an die Felskante hinüber.

»Darf ich mich umdrehen? Ich rede nicht gern mit jemandem hinter mir.« Wenn er sie anschaute, konnte er sie vermutlich entwaffnen.

»Nein.«

»Schlaues Mädchen.« Er lächelte. »Wollen wir etwa die ganze Nacht hier draußen bleiben? Mir schlafen allmählich die Arme ein.«

»Halten Sie die Hände über den Kopf und stehen Sie auf. Langsam.« Nachdem er sich erhoben hatte, sagte sie: »Den Fußweg zur Straße runter – sind Sie da heraufgekommen?«

»Irgendeinen Weg bin ich heraufgekommen, ja.«

»Dann gehen wir da auch wieder runter. Ich will sehen, ob Sie unterwegs was versteckt haben. Eine Waffe vielleicht.«

Nun musste Grainger wirklich schmunzeln. »Hab ich nicht. Ist aber keine schlechte Idee.« Offenbar hatte sie das Lächeln in seiner Stimme herausgehört, denn sie fuhr ihn an: »Damit eins klar ist: keine Mätzchen. Eine abrupte Bewegung, und ich schieße. Da kenn ich nichts.«

»Darf ich Sie was fragen? Wo...«

»Nein. Los jetzt.«

Er trat zur Seite, wo die unebene, grasbewachsene Stelle in das Felsgestein überging und seine Remington lag. »Was ist mit dem Gewehr?«

»Das lassen Sie liegen. Das kann ich später holen.«

»Wohin gehen wir denn?«

»Einfach weiterlaufen. Behalten Sie die Hände oben.«

»Der Weg ist ziemlich holprig und steinig. Wenn ich hinfalle...«

»Dann stehen Sie wieder auf, lassen die Hände aber da, wo sie sind.«

»Sie sind ja voller Mitgefühl, was...«

»Klappe halten. Ich bin nicht hier, um mit einem Auftragskiller zu quatschen.«

Er verkniff sich sein Lachen. Bis auf ein paar Wurzeln und Steinbrocken lagen keine Hindernisse auf dem Weg, und so erreichten sie die Straße ohne Zwischenfall.

»Ich nehm an, Sie haben einen Wagen. Wo steht der?«

»Eine halbe Meile von hier.« Er deutete mit dem Kinn in die Richtung.

»Also los.«

Er setzte sich in Bewegung, sie dicht hinter ihm. »Na, und wenn jemand vorbeifährt und uns sieht, wirkt das denn nicht sehr verdächtig?«

»Wenn ein Auto vorbeikommt, können Sie die Hände ja runternehmen...«

»Danke...«

»...und die Arme um mich legen.«

Grainger staunte nicht schlecht. »Was?«

»Dann sehen wir wie ein Liebespaar aus, und ich weiß wenigstens, was Sie mit Ihren Händen machen. Aber keine Sorge. Ich hab dann immer noch die Knarre zwischen Ihren Rippen.«

Er schüttelte den Kopf. »Sie denken aber auch wirklich an alles, Süße.«

»Süße? Was fällt Ihnen ein, mich so zu nennen!«

Er verkniff sich das Lachen. »Sorry, das ist so eine Südstaatenmarotte, die ich mir einfach nicht abgewöhnen kann.«

»Sie sind doch gar nicht aus den Südstaaten.«

Kein Verkehr aus beiden Richtungen. Grainger war enttäuscht. Er hätte den Notfallplan zu gern in die Tat umgesetzt. Sie war so ein hübsches Mädchen.

Da kam ihm der Gedanke, dass es vielleicht gar nicht dasselbe Mädchen war. Er drehte sich um, bevor sie ihn daran hindern konnte. Doch, es war dasselbe Mädchen.

»Schauen Sie nach vorn.«

Sie gingen noch fünfzehn Meter, bis er sagte: »Da ist es.«

Sein Camry stand auf einem Feldweg, in dem Andi die alte Straße zur verlassenen Custis-Farm erkannte.

»Schließen Sie auf.«

»Die Schlüssel sind in meiner Tasche.« Er deutete auf die linke Tasche in seiner Segeltuchjacke.

Mit der freien Hand griff sie hinein und holte die Schlüssel heraus.

Die Hand, fand er, fühlte sich an wie der Flügel eines Mauerseglers. Als ob er sich da auskennen würde!

Sie machte die Fahrertür auf und rutschte auf den Beifahrersitz, hielt dabei die ganze Zeit die Waffe auf ihn gerichtet. »Los, steigen Sie ein. Sie können die Hände runternehmen. Sie müssen ja fahren.« Als er einstieg und sich die Arme rieb, fragte sie: »Wo wohnen Sie?«

»In einem Motel außerhalb von Beulah.«

»Okay, fahren wir.«

Sie überraschte ihn immer wieder. »Zu meinem Motel?«

»Ich kann Sie ja schlecht mit zu mir nach Hause nehmen, oder? Da würden sich die anderen sicher wundern.«

Er machte die Tür auf seiner Seite zu. »Stimmt. Ich dachte eigentlich eher an was Konventionelleres, zum Beispiel das Büro des Sheriffs, die Polizeiwache, so was in der Art.«

Sie schüttelte den Kopf. »Los, fahren Sie. Ich würde auch gern Ihren Führerschein sehen.«

»Wer weiß, ob ich auch alt genug bin? Okay. Da, hier haben Sie die ganze Brieftasche.« Er zog sie aus einer Gesäßtasche, warf sie ihr hin. »Wollen Sie wirklich zu diesem Motel?«

»Sagen wir, wir machen uns ein flottes Wochenende!« Während er den Motor anließ, kramte sie in der Brieftasche und zog den Führerschein hervor. »Ihr Name ist doch nicht Tom Green, wie hier steht.« Ihr Blick ging zwischen ihm und dem Führerschein hin und her. »Das klingt so aufgesetzt. Vielleicht ist es gar nicht Ihrer. Das Foto sieht Ihnen nicht sehr ähnlich.«

Er fuhr rückwärts auf die Straße hinaus. »Auf einem Foto sieht man sich doch nie ähnlich.«

»Stimmt, aber das hier sieht nicht nach Ihrem Führerschein aus, weil es gar nicht Ihr Führerschein ist.« Er beschleunigte das Tempo, während sie die Kreditkarten nacheinander durchging. »Ich wette, Tom Green hat nie versucht, jemanden umzubringen.«

Wieder musste sich Grainger das Lachen über ihr selbstsicheres Auftreten verkneifen. »Wie kommen Sie darauf, dass ich Sie umbringen will?« Er blinzelte in die Dunkelheit, der Mond war verschwunden.

»Ach, vielleicht wegen der Kugel, die gestern Abend an meinem Gesicht vorbeigeflogen ist.« Sie stopfte die Kreditkarten wieder in die Brieftasche zurück und legte sie auf den Sitz zwischen ihnen. Jenseits der Felder waren in der Ferne für einen kurzen Augenblick die Lichter von Kingdom zu sehen.

»Ist bei den Kreditkarten irgendwas Interessantes dabei?«, fragte er.

»Hab nichts entdeckt, aber wir könnten ja Tom Green fragen.« Sie lehnte den Kopf gegen die Kopfstütze und schwieg.

»Sie brauchen übrigens nicht andauernd das Ding da auf mich gerichtet halten.« Er wandte den Blick von der Straße, um sie anzusehen. »Ich werd schon nichts anstellen.«

»Wieso sollte ich das glauben?« Die Waffe, die zwischenzeitlich neben der Brieftasche gelegen hatte, kam wieder in die Höhe.

Über ein paar Meilen herrschte Schweigen, was Grainger durchaus behagte. Es war so eine angenehme Stille, wie sie auch unter anderen Umständen selten ist; ganz zu schweigen davon, wenn jemand eine Schusswaffe auf einen gerichtet hält. Er lächelte. Ab und an geriet die Waffe ins Schlingern. Andi hatte Mühe, wach zu bleiben.

Er hatte nicht vor, etwas anderes zu tun als das, was sie anordnete. Die jetzige Situation war weit interessanter als alles, was er sich hätte ausmalen können. Einmal, als die Waffe schon etwas schlaff herunterhing – und sie die Augen geschlossen hatte –, legte er den Finger unter den Lauf und richtete sie wieder auf. Er kramte nach einer Zigarette, als sie plötzlich die Augen aufriss.

»Was war das?«

»Was? Nichts. Ich will mir bloß eine anstecken. Willst du eine?«

»Ich rauche nicht.« Sie gähnte. Ihre Hand mit der Waffe rutschte ein wenig nach unten.

»Tu doch die verdammte Knarre weg.«

»Haben Sie in Ihrem Motelzimmer eine Waffe?«

»Meine liegt auf den Felsen da draußen.«

»Eine Ersatzwaffe haben Sie nicht?«

Ersatzwaffe. Das fand Grainger köstlich. Er schnippte das Streichholz aus dem Fenster. »Wieso sollte ich?« Er hatte eine, würde sie gegen sie aber nicht einsetzen.

»Mit dem Gewehr hatten Sie ja nicht viel Glück, hm?«

»Sehr witzig.«

Nach ein paar Meilen sagte er: »Da drüben ist das Motel.«

Ein großes grünes vierblättriges Kleeblatt prangte auf dem weißen Schild des Shamrock Motels. Der Buchstabe A in der Neonschrift SHAMROCK flimmerte und schien gleich ganz auszugehen.

»Ist der Besitzer Ire?«

Er bog auf den Parkplatz ein. »Weiß ich doch nicht. Ich quatsche keine Motelbesitzer voll. Aus offensichtlichen Gründen.«

»Verstehe. Ist das Ihr Zimmer?«

Er fuhr den Wagen in eine Lücke vor der Nummer 19. »Da wären wir.«

Andi hielt die Pistole fest ans Bein gepresst, als sie ausstieg und an die Tür trat, die er aufschloss und – wie es jeder Gentleman tun würde – für sie aufhielt.

Sie ging hinein, setzte sich auf das Riesenbett und schaute sich um.

Während er den Schraubverschluss von einer Flasche Bushmills entfernte, sagte Grainger: »Ich darf dich auf den Monet an der Wand da drüben aufmerksam machen.« Er deutete mit dem ausgestreckten Arm hinüber. »Und direkt hinter dir ist ein J.M.W. Turner.« Es waren zwei billige Drucke, das eine Bild stellte verschwimmende Blumen in einem Wasserbecken dar, das andere Bäume bei Sonnenaufgang.

Sie musste schmunzeln. »Hat ja einen guten Geschmack, das Shamrock.«

»Hier.« Er reichte ihr ein Wasserglas mit einem Fingerbreit Whisky. Dann setzte er sich an einen runden Tisch aus Holzimitat.

Die Schusswaffe lag neben ihr auf dem Bett. Sie nippte an dem Whisky. »Woher weißt du, dass es Monet und Turner ist?«

»Na, wegen der Pinselführung natürlich.« Er deutete auf die verschwimmenden Blumen.

»Du weißt genau, was ich meine. Die echten Maler. Überrascht mich ja irgendwie, dass du die kennst.«

»Ach, du meinst, weil ich meinen Lebensunterhalt mit dem Umbringen von Leuten verdiene? Ich seh da keinen Widerspruch.«

Sie verdrehte die Augen. »Okay, wer hat dich angeheuert und warum?«

Er zuckte die Achseln. »Weiß ich nicht.«

»Was soll das *heißen*, du weißt es nicht? Du hast versucht, mich umzulegen. Das muss doch jemand angeordnet haben. Und dich dafür bezahlt haben.«

Er nickte. »Die Kontaktperson, der Mittelsmann. Ich will nie genau wissen, für wen ich es mache. Oder warum.« Er lehnte sich zurück und schaute sie an. Der Ton ihrer Augen war so hell, dass sie fast silbern wirkten, silberblau war es, dachte er, genau die gleiche Farbe wie der Fluss in Maine, in dem er so gerne fischte. Reines Wasser.

»Aber das ist … das ist doch unverantwortlich!«

Da warf Grainger den Kopf in den Nacken und lachte. »Das kann man wohl sagen.«

»Das läuft also so: Jemand wird von der Person geschickt, die den Auftrag erledigt haben will, und übermittelt dir die Details.«

»Korrekt.«

»Willst du mich immer noch töten?«

»Nicht mal im Traum.« Dies sagte er ganz ernsthaft.

Die Antwort schien sie zu überraschen. »Dann musst du aber doch das Geld zurückgeben.«

»Ich hab's noch gar nicht angenommen. Das mache ich immer erst, wenn ich den Auftrag erledigt habe. Dann nehme ich die komplette Summe.«

Sie runzelte die Stirn. »Aber auf die Art können die dich doch übers Ohr hauen. Wenn du den Auftrag erledigst und die dann nicht zahlen.«

»Glaub ich eher nicht.« Er lächelte und schenkte sich noch einen Fingerbreit Whisky ein.

»Ach, ich verstehe …«

»Na, aber vielleicht kannst du mir verraten, wieso jemand dich umlegen lassen will.«

Wie er zuvor zuckte nun sie die Achseln. »Weiß ich nicht.«

»Du weißt es also auch nicht?«

»Nein, aber ich kann's mir denken.« Sie erzählte ihm von Klavan's, von der Klage, von BigSun.

Grainger hörte sich alles an und fand es schwer nachvollziehbar, dass jemand dieses Mädchen ins Fadenkreuz nehmen würde, nur weil sie misshandelten Tieren helfen wollte. Er äußerte sich in diesem Sinne.

»Ich weiß. Aber in Wirklichkeit geht's hier doch um Geld, oder?«

»Wie bei den meisten Dingen. Du meinst also, die Geschäftsleitung hat Profiteinbußen, wenn man bestimmte Maßnahmen ergreift, um die Tiere besser zu behandeln?«

»Ja. Das ist ein Grund, weshalb die mich wahrscheinlich ausschalten wollen. Da ist aber noch etwas anderes.« Sie erzählte ihm von Waylans.

»Und du hast keine Ahnung, wovon dieser Mensch redet?«

»Nein.«

»Irgendwas in deiner Vergangenheit…«

»Das ist es ja gerade. Ich hab überhaupt keine Vergangenheit, abgesehen von den letzten paar Jahren.« Auch davon erzählte sie ihm einiges. Nicht das Ende, nicht von Harry Wine, aber das meiste erzählte sie ihm. Und fragte sich dabei, wieso sie, was ihre Vergangenheit betraf, sich bei allen anderen so zugeknöpft gab, ihm gegenüber aber so freimütig war. Vielleicht lag es ja an der völligen Widersinnigkeit ihrer Beziehung.

Grainger fixierte sie mit starrem Blick, als würde ihr Gesicht sich andernfalls gleich auflösen wie die Blumen auf dem Gemälde. Falls sie nicht vollkommen verrückt war, hatte er hier ein Mädchen vor sich, das seit sie denken konnte verfolgt und gehetzt wurde.

»Und dann«, fuhr sie fort, »sind da ja auch noch die Baileys.«

Da war noch mehr?

Sie erzählte ihm von dem Vorfall auf der Landstraße.

Gehetzt, belästigt, betrogen, bedroht. Doch man brauchte sie nur anzuschauen: so schön und zugleich unnahbar und unerschrocken. Diese Unerschrockenheit hatte irgendwie etwas Faszinierendes. Er kramte eine Zigarette aus dem Päckchen auf dem Tisch neben sich. »Darf ich also mit Sicherheit davon ausgehen, dass du die Polizei nicht verständigst?«

Sie betrachtete ihre Hände. Sie schien sich zu schämen, dass sie die Waffe weggelegt hatte, als wäre sie bei ihrem Vorhaben

411

gescheitert. »Nein, das mach ich nicht.« Sie hob den Blick. »Weil ich will, dass du mir hilfst.«

Er versuchte, sich seine Überraschung nicht anmerken zu lassen, da die Bemerkung so zaghaft gekommen war. Er zündete sich die Zigarette an und schwenkte das Streichholz, bis es erlosch. »Bei was denn genau?«

»Da ist zunächst mal dieser Waylans. Wenn du den finden könntest, dann könntest du – oder könnten vielleicht wir beide – aus ihm herausholen, wieso er mich verfolgt.« Als müsste sie ihn erst noch überzeugen, fügte sie hinzu: »Schlimm genug, wenn man von jemand verfolgt wird und weiß, warum; aber wenn einem völlig rätselhaft ist, wer der Typ ist und was er von einem will …«

»Ich weiß.« Auf seltsame Art und Weise waren sie einander sehr ähnlich: sie, die von rätselhaften Kräften getrieben wurde, und er von solchen, die er lieber nicht so genau kennen wollte. Und beide starrten sie ins Leere.

»Als Heckenschütze weißt du wahrscheinlich, wie man Leute aufspürt.«

»Allerdings ist da ein Unterschied: Ich bekomme einen Anhaltspunkt, zum Beispiel, wo die Person sich befindet und, falls bekannt, ihren Bewegungsradius, wo ich sie auffinden könnte. In deinem Fall habe ich einen Namen bekommen, ein Foto, das Haus, wo du wohnst, deine Arbeitsstelle. Mit anderen Worten, genug, um dich zu finden. Über Waylans weiß ich gar nichts.«

»Ich kann dir aber sagen, wie er aussieht, ich kann dir sagen, wo ich ihn gesehen habe. Er hält sich irgendwo hier in der Gegend auf. Womöglich wohnt er sogar in dem leer stehenden Haus auf dem Custis-Grundstück.«

Grainger überlegte. »Ist das alles?«

»Ja.«

Er rauchte und musterte sie dabei nachdenklich. »Du führst wirklich ein verdammt seltsames Leben, Andi.«

Sie lächelte kaum merklich. »Mit dem es fast aus gewesen wäre.«

Grainger schaute zu Boden.

»Wenn ich diesen Waylans loswerden könnte, wär mir schon wohler.«

»Hört sich an, als wär das deine kleinste Sorge.«

»Du meinst, die Größere wärst du?«

»Nein.«

Er meinte den nächsten Schützen, den man auf sie ansetzen würde.

62. KAPITEL

Während Grainger wartete, dachte er an Jimmy. Hoffentlich hatte Beth das kleine Chalet behalten und ließ Jimmy Ski fahren.

Sie hatte solche Angst, er könnte verunglücken, hatte sie schon immer gehabt. »O Gott, Billy, schau dir diese Hänge an! Er könnte sich den Hals brechen!«

»Wenn du ihn nicht lässt, Beth, vergällt es ihm nicht nur seinen geliebten Sport, er wird auch ein Hasenfuß werden.«

»Ach, und du bist keiner? Du hast Mut. Ist es das, was du zeigst, wenn du einen Menschen kaltblütig erschießt? Mut?«

Er gab keine Antwort. Es hatte keinen Sinn. Sie hatte gerade erfahren, womit er seinen Lebensunterhalt verdiente. »Es ist ja nicht mal, dass du deine Opfer hasst. Du kennst sie ja gar nicht. Du tötest sie für Geld.«

»Ja.«

Damals vor fünf Jahren hatte er einfach bloß dagestanden in ihrem Haus außerhalb von Vail, unfähig, einen guten Grund anzuführen, weshalb er im Scheidungsverfahren das gemeinsame Sorgerecht hätte gewährt bekommen sollen. Nicht einmal ein regelmäßiges Besuchsrecht wurde ihm eingeräumt. Er würde seinen Sohn vielleicht nie wiedersehen, und es gab nichts auf der Welt, was er dagegen hätte tun können. Um zu vermeiden, dass Jimmy erfuhr, welcher Art von Arbeit er nachging, hatte er nichts angefochten und war am Ende leer ausgegangen.

Er hatte Jimmy seit fünf Jahren nicht mehr gesehen. Mit der Scheidung war alles aus und vorbei gewesen. Für Beth spielte es keine Rolle, dass er ein guter Vater gewesen war – besser als gut, zumindest im Vergleich zu anderen Vätern, die er kannte.

Das alles erstarrte jedoch wie geschmolzenes Wachs, sobald

die Flamme erloschen war. Was hatte Beth erwartet? Welcher abscheuliche Virus hätte von ihm auf Jimmy übergehen sollen?

»Was kümmert es dich, Billy? Du bist wahnsinnig. Stimmt's? Irgendeine Schraube scheint bei dir locker zu sein. Findest du nicht auch?«

Es war dieser Sarkasmus, dieser ironische Tonfall, den er nicht ertragen konnte, als hätte sein Wunsch, Jimmy zu sehen, keine ernsthafte Antwort verdient.

Beth redete weiter: »Wie oft muss ich es noch wiederholen? Ich will nicht, dass mein Sohn mit einem Auftragskiller als Vater aufwächst.«

Beinahe hätte er sie korrigiert. Beinahe hätte er gesagt, er sei kein Auftragskiller. Er sei Scharfschütze.

Er hatte noch nicht die Absicht, die Leute zu kontaktieren, die dieses Mädchen töten lassen wollten. Er würde es so lange wie möglich hinauszögern, denn wenn sie erfuhren, dass er den Auftrag nicht erledigt hatte, würden sie einen anderen schicken.

Er war in das Leben dieses Mädchens eingebunden, sagte er sich, weil sie ihm gar keine andere Wahl gelassen hatte. Das stimmte aber nicht. Nachdem sie sich voneinander verabschiedet hatten, hätte er jederzeit das Weite suchen können. Hätte einfach seine Remington holen, in sein Auto steigen und davonbrausen können.

Doch hier saß er nun in seinem Wagen und beobachtete durchs Fernglas das Haus, in das er den Mann hatte gehen sehen.

»Die Custis-Farm. Ich glaub, dort wohnt er«, hatte Andi ihm gesagt.

Nein, er war also nicht fortgegangen. Und das beunruhigte ihn genauso, wie der fehlgegangene Schuss ihn beunruhigt hatte.

Seinen Ford Pick-up hatte der Mann im Stallgebäude abgestellt. Außer Sichtweite. Als er aus der hinteren Tür trat und Richtung Stall ging, legte Grainger das Fernglas beiseite und

wartete, bis der Truck die ungepflasterte Auffahrt hinunterge-
fahren war.

Grainger folgte ihm.

Er fuhr dem Pick-up die zehn Meilen bis nach Hazen hinterher. Er wartete, bis Waylans parkte, ausstieg und über die Straße
in ein Restaurant ging.

Grainger fragte sich, wieso er zum Essen den weiten Weg
machte und ob das der eigentlich Grund für die Fahrt nach Hazen gewesen war. Es schien eine recht nette Stadt zu sein, doch
bezweifelte er, dass Waylans sich auch nur einen Pfifferling darum scherte.

Nach fünf Minuten überquerte er die Straße und trat ein. Der
wohlvertraute, hufeisenförmige Tresen aus Holzimitat, links die
Tischnischen. In der ersten saß Waylans, vor sich einen Henkelbecher mit noch dampfendem Kaffee und einen Teller mit zwei
gezuckerten Donuts.

Er nippte gerade an dem Kaffee, als Grainger auf die Sitzbank rutschte. Waylans war darin geübt, sich seine Empfindungen nicht anmerken zu lassen. Er zuckte kaum mit der Wimper.
»Und Sie wären?«

»Es geht um das Mädchen.«

»Welches Mädchen?«

»Sie wissen genau, welches Mädchen.«

Waylans stippte einen gezuckerten Donut in den Kaffee und
verzehrte ihn in aller Ruhe, bevor er sich zu einer Antwort bequemte. »Nein. Und Sie kenn ich auch nicht.«

Die Kellnerin – Rayette, dem Namensschildchen nach – blieb
mit einer Kaffeekanne an ihrem Tisch stehen. Grainger ließ sich
eine Tasse einschenken. »Danke, sonst nichts.« Sie ging wieder.
»Warum?«

»Warum was?«

»Warum verfolgen Sie sie?«

»Ich verfolge sie doch gar nicht.«

»Wer dann?«

»Na der, von dem Sie die ganze Zeit reden.«

»Das machen Sie jetzt schon über ein Jahr.«

Waylans nahm den zweiten Donut und legte ihn wieder hin. Seine Augen waren hart und dunkel wie Achat. »Wieso sollte jemand einem Menschen so lang nachlaufen?«

»Das möchte ich gerne von Ihnen erfahren.«

»Einen Dreck werden Sie von mir erfahren, Mister.« Er setzte ein dünnes, säuerliches Lächeln auf. Und genoss es.

Grainger schwieg einen Augenblick, dann sagte er: »Könnten wir vielleicht aufhören, einander auf den Sack zu gehen?«

»Ist Ihr Sack, nicht meiner.« Das fand Waylans nun ungeheuer witzig, denn er schüttelte sich lautlos lachend.

Da hatte Grainger sich schon mit einem Griff die Pistole aus dem Gürtel gezogen. »Ich bin bereit zu hören.« Er beugte sich noch weiter herüber, damit er unter dem Tisch Platz hatte, den Arm auszustrecken, bis die Waffe Waylans Knie berührte.

In dessen Blick flackerte Überraschung auf und erstarb gleich wieder, als er sich erneut Kaffee und Donut zuwandte. »Mit den Dingern soll man nicht rumspielen. Da könnte leicht eine Kniescheibe dran glauben müssen. Was Sie hier drin ja wohl vermeiden wollen, nehm ich an.«

Nachdem er begriffen hatte, dass der andere sich nicht einschüchtern ließ, zog Grainger die Waffe zurück und schob sie sich in den Hosenbund. Keiner schaute zu, er und Waylans waren bloß zwei Freunde, die sich auf einen Kaffee trafen.

»Wir können gern so weitermachen. Sie wissen, ich werde wiederkommen und die gleichen Fragen stellen.«

Waylans schien sich dies durch den Kopf gehen zu lassen, während er den Donut vollends verdrückte und einen großen Schluck Kaffee nahm.

Grainger half ihm auf die Sprünge. »Sie kennen sie.«

»Könnte man so sagen.«

»Sie kennt Sie aber nicht.«

»Sagt sie.«

»Und was sagen Sie?«

»Oh doch, sie kennt mich.«

»Sie kann sich an nichts aus ihrem Leben erinnern, was länger als anderthalb Jahre zurückliegt.«

»Behauptet sie das?« Waylans zuckte die Achseln.

»Also, was wollen Sie von ihr?«

»Sie hat Informationen für mich.«

»Glaubt sie aber nicht. Was denn?«

»Das geht Sie einen Dreck an.«

Grainger überlegte. »Warum haben Sie sich nicht gleich ganz zu Anfang an sie gewandt? Warum zum Teufel haben Sie sie die ganze Zeit verfolgt?«

Waylans hatte sich eine Zigarette angezündet und blies nun den Rauch über den Tisch. »Das behaupten Sie, Freundchen. Wieso spielen Sie ihren Beschützer?«

»Sie ist eine Freundin von mir.«

Waylans schüttelte den Kopf und drückte seine kaum gerauchte Zigarette aus. »Die hat keine Freunde.« Er schmiss eine Fünfdollarnote auf den Tisch und stand auf. »Hat sie alle verbraucht. War nett, mit Ihnen zu reden.«

Grainger machte Anstalten aufzustehen. »Warten Sie …« Er wusste, es war sinnlos, ihn aufhalten zu wollen. Der Kerl würde bloß noch mehr reden und weniger sagen. Verärgert über sich selbst betrachtete er die leere Tasse, das Tellerchen mit den Zuckerkrümeln. Das hatte er jetzt nicht gut im Griff gehabt. O Mann, er hatte das Gespräch überhaupt nicht im Griff gehabt. Waylans hatte es im Griff gehabt.

Nach dieser Begegnung fühlte er sich irgendwie geschwächt. Seit er in North Dakota war, erging es ihm so. Was an ihm intakt gewesen war, lief nun Gefahr auseinanderzubrechen.

Falsch. War es schon.

63. KAPITEL

»Mehr hab ich aus ihm nicht herausgekriegt. Nicht besonders hilfreich«, sagte Grainger am gleichen Abend zu ihr, als sie in seinem Wagen saßen und redeten. Zu Jim hatte sie gesagt, sie wolle mit einer Freundin eine Spazierfahrt machen. Grainger hatte sie unten an der Auffahrt abgeholt.

»O doch«, erwiderte Andi. »Wenigstens hast du ihn dazu gebracht, dass er es zugibt. Und jetzt weiß er auch, dass er beobachtet wird.«

»Erinnerst du dich an gar nichts mehr, bevor du in Santa Fe gelandet bist?«

»Nein, nur bis zu dem Morgen in Santa Fe.«

»Vielleicht kommt der Mann aus dem Ort, in dem du zuletzt warst, vor Santa Fe meine ich.«

Sie seufzte und blickte hinaus über die Felder, die in der brütenden Spätnachmittagssonne lagen. »Irgendwie müssen wir aus ihm herauskriegen, was er eigentlich will.«

Aufmerksam beobachtete Grainger ihr Gesicht. »Vielleicht wäre das ja eine Möglichkeit.«

»Was?«

»Wenn er erfährt, dass du gar nicht unter Gedächtnisverlust leidest. Ich meine, wenn du es zugeben würdest.«

Ihr Gesicht war klar wie ein wolkenloser Himmel. »Du meinst, ich soll sagen, ich hätte gelogen? Damit er mir wirklich hinterherjagt und mich stellt.« Sie musterte ihn skeptisch. »Bloß, dumm ist der nicht …«

»Jeder ist in irgendeiner Hinsicht dumm. Sein Schwachpunkt ist vielleicht: Er ist darauf angewiesen, dass du dich erinnerst. Sonst würde er dir sicher Gewalt androhen, hat er ja bereits.

Aber er ist auf dich angewiesen. Also wird er dir nichts tun, bis er herausbekommt, was er wissen will.«

»Wenn ich aber doch gar nichts weiß, wie kann ich ihn dann zum Reden bringen? Er wird ja wohl kaum sagen: ›Dann erinnerst du dich also doch an den Banküberfall?‹ Oder ›den Diamantendiebstahl‹.«

Grainger lächelte. »Die Fakten wird er wahrscheinlich nicht rausrücken. Aber wenn er überhaupt redet, und das wird er müssen, dann wird er was sagen, worauf du bauen kannst. Und du bist natürlich im Vorteil: Er glaubt, du hast das, was er will oder vielleicht unbedingt haben muss.«

»Womöglich ist er auch ein Auftragskiller. Dann hab ich euch beide auf dem Hals. Ihr werdet euch vermutlich gegenseitig ausschalten, und ich komme ungeschoren davon.«

»Kann sein. Komm also nicht auf die Idee, mich hier sitzen zu lassen.«

Ihr Lachen klang unsicher. »Hör auf, ich mach doch nur Spaß.«

»Ich nicht.«

Sie wusste nicht, wieso sie plötzlich rot wurde, und versuchte es zu verbergen, indem sie sich mit den Händen übers Gesicht strich. »Morgen geh ich zu meinem Anwalt wegen der Klage.«

»Glaubst du, damit erreichst du was? Bist du sicher, dass deine Zeugen nicht vielleicht doch umkippen? Wenn's hart auf hart kommt?«

»Oh, nein. Außer jemand heuert dich an, sie zu erschießen.«

»Sehr witzig. Ich finde, du solltest die Klage fallen lassen, Andi.«

»Kann ich nicht. Du hast gesehen, wie diese Tiere leben müssen. Ganz zu schweigen von BigSun und wie sie sterben. Ich war's übrigens nicht, ich hab das Feuer nicht gelegt.«

»Hab ich auch nie geglaubt. Die aber vermutlich schon. Ich glaube, du bist in Gefahr.«

»Ich wette, es war BigSun, aber wir wissen nicht, wer dich angeheuert hat, weil du dir ja nicht die Mühe machst rauszukriegen, wieso du jemand umbringst. Woher soll ich wissen, dass du nicht Waylans' Gegenspieler bist? Der will was von mir, und jemand anderes will vielleicht verhindern, dass er es kriegt. Ich weiß nicht, wie ich ein Treffen mit dem bewerkstelligen soll.«

»Ich kann ihm ja die Nachricht übermitteln. Übrigens, wie kann ich eigentlich dir eine Nachricht zukommen lassen? Bei dir zu Hause anrufen will ich lieber nicht.«

Sie überlegte kurz, dann schrieb sie ihm Odiles Nummer auf. »Ruf sie an, sie kann ja dann mich anrufen.« Dann sagte sie: »Vielleicht ist der, der dich angeheuert hat, ja auch jemand aus meiner Vergangenheit, der mich umbringen lassen will.«

»Ist dein Leben eigentlich immer so? Dass das Unheil gleich um die Ecke lauert? O Mann, ich weiß gar nicht, wie du das aushältst, Süße.«

»Ich halt es aus, weil ich es aushalten muss.« Sie musterte ihn abschätzig. »Und nenn mich nicht Süße.«

64. KAPITEL

Grainger folgte dem Pick-up, als dieser von der Custis-Farm fuhr. Waylans schien es nicht groß zu kümmern, dass jemand seine Spur aufnahm. Hielt er sich für unangreifbar? Für unverwundbar?

Mehrere Meilen blieb Grainger dem Truck auf der Spur, bevor er schließlich die Lichthupe betätigte. Er überholte, verlangsamte das Tempo und machte Waylans ein Zeichen, er solle anhalten.

Grainger stieg aus, ging zum Truck zurück. Waylans kurbelte das Fenster herunter. »Ich kann Sie jetzt das Gleiche fragen: Wieso fahren Sie mir verdammt noch mal hinterher?«

Den Arm auf der Kante des Autodachs, beugte Grainger sich herunter. »Sie will Sie sprechen.«

Das schien ihn erst einmal vor den Kopf zu stoßen. »Wegen was?« Er kaute irgendetwas, Kaugummi oder Tabak.

»Das werden Sie schon erfahren. Auf der Koppel, von der Sie das Pferd gestohlen haben... dort ist sie fast jeden Nachmittag, spät. Morgen Abend wird sie dort sein.«

Er klopfte ihm zweimal aufs Dach und ging zu seinem Wagen zurück.

65. KAPITEL

Der nächste Tag war windig, rau und warm. Der Wind wiegte die dünnen Zweige der Pappel hin und her und zauste den Beifuß, hob Dakotas Mähne und Sams Schweif. An der dunklen Baumreihe dort hinten, zu weit weg, als dass etwas zu erkennen gewesen wäre, geschah etwas Seltsames. Aus der flirrenden, verschwommenen Fläche schien sich ein Baum von den anderen gelöst zu haben. Das Landschaftsbild löste sich auf.

Dakota hörte auf zu grasen und sah zu, wie dieser Baum sich auf die Koppel zubewegte. Sam hob den Kopf und schaute ebenfalls zu. Aus der Entfernung wirkte alles verschwommen. Sie beobachteten die sich nähernde Gestalt.

Er hatte einen Gang, als gehörte ihm die ganze Welt. Die Bäume schienen sich vor ihm zu verneigen, der Wind schnitt wie mit Messern.

Andi wand die Finger durch Dakotas Haltestrick, als könnte ihr das eine Kraft verleihen, die sie nicht verspürte.

Als er vor ihr zum Stehen kam, nickte sie. Er tippte sich an die Hutkrempe, als träfen sie sich hier, um sich einander erneut vorzustellen.

»Madam«, sagte er.

Sie spürte ein Schaudern, schlimmer als zuvor, denn diesmal war keine Fliegengittertür zur Abgrenzung zwischen ihnen.

Dakota hatte den Kopf vom Gras gehoben und starrte Waylans an. Er schien ihn wiederzuerkennen, und zwar ungern.

»Ihr Freund drüben sagte, Sie wollten mich sprechen.«

Sie fragte sich, was in ihm eigentlich vorging.

»Sie wollten doch wissen… Also, was ist Ihnen diese Information wert?«

Er warf ihr einen scharfen Blick zu, dann lachte er. »Statt mich jetzt hier zu erpressen, würde ich an Ihrer Stelle mal überlegen, was es Ihnen wert ist. Fangen wir vielleicht mal so an: Ihr Leben. Das möchten Sie doch sicher gern behalten, nehm ich mal an.«

»Wenn ich die Einzige bin, die was weiß, dann glaub ich nicht, dass Sie mich umbringen würden. Und was die anderen betrifft…?« Sie zuckte die Schultern.

»Scheiß auf die anderen.« Doch er wirkte unsicher.

»Dinge… oder auch Menschen kommen irgendwie immer wieder zurück. Sie verfolgen einen, wissen Sie.«

»Ach, Mädchen, behalten Sie das mit dem Verfolgen mal für sich und verraten mir lieber, wieso ich herkommen sollte.«

»Ich bin bereit, es Ihnen zu sagen, wenn Sie mich bloß in Ruhe lassen.«

»Spricht nichts dagegen, wenn Sie reden.«

»Erinnern Sie sich – was damals passiert ist?«

»Klar erinnere ich mich, verdammt genau sogar.«

Andi hatte das Gefühl, nicht auf heißem Erdboden zu stehen, sondern auf einer dünnen Eisschicht, auf Eis, das so zart und durchsichtig war, dass es beim nächsten Wort aus ihrem Munde brechen würde. Ihr blieb nur eins übrig: auf gut Glück etwas auszuspucken und zu hoffen, dass es irgendeinen Sinn ergab. »Die da hinter Ihnen her waren…«

»Verdammt, was soll der Mist? Hinter mir war niemand her.«

»Aber natürlich! Mein Gott, waren Sie denn so ahnungslos, dass Sie das nicht gewusst haben?«

Er zögerte. »Hat sonst doch auch keiner was gewusst.«

»Oh, doch.«

»Wer?«

Sie hatte keine Ahnung, wohin sie den Fuß setzen sollte, ohne zu stolpern. »Ich weiß zwar den Namen nicht, aber…«

Als sein Hals rot anlief, wusste sie, dass sie das Falsche gesagt hatte. »Dann erinnern Sie sich an gar nichts, Kleine.« Sein Gesicht verdüsterte sich, in der Ferne war Donnergrollen zu hören.

»Okay, ich hab meinen Teil vom Deal eingehalten, jetzt sind Sie dran.«

»Deal? Wir hatten doch keinen Deal.« Sie starrte ihn an, während ihr allmählich ein Licht aufging. »Sie waren das? Sie haben das Feuer bei BigSun gelegt?«

»Wer dachten Sie denn?«

Sie machte einen Schritt auf ihn zu, schlug sich dabei gegen die Brust. »Und die denken, ich war's. Das haben Sie absichtlich getan, ausgerechnet an dem Tag, als ich in Preston war.«

»Ach, um Ihnen das anzuhängen, brauchen die schon noch mehr als das, was sie haben.« Er zog seine Waffe aus dem Schulterhalfter. »Wird Zeit, dass Sie mir sagen, was Sie wissen.«

Das Ding war gut einen halben Meter von ihrem Herzen entfernt. Ihre Gedanken überschlugen sich. Es war, wie wenn man behutsam die Drehungen bei der Zahlenkombination an einem Safe vornimmt. Sie wartete auf das Klicken – der Sperrvorrichtung an der Waffe.

Sie musste etwas sagen, um sich zu retten. Sie hatte sich zu sehr darauf verlassen, dass er etwas erwähnte, ihr etwas erzählte, woran sie anknüpfen konnte. Sie brauchte bloß eine Geschichte zu erfinden, einen Plan auszuhecken. Doch ihr Verstand wollte einfach nichts ausspucken, keinen Namen, keinen Ort.

Da bewegte er die Waffe ein Stück nach rechts. »Ah, hier haben wir ja zwei hübsche Tierchen, wie wär's, wenn ich mit denen anfange?«

Wie hatte sie nur so dumm sein können, Dakota und Sam mit hierherzubringen? Jetzt war es zu spät, ihm zu sagen, sie hätte nur so getan und wüsste überhaupt nichts über Alice. »Hören Sie, ich kann Ihnen nicht sagen, wo Alice ist…«

Er ließ die Waffe sinken und schaute sie an, als hätte sie gerade etwas völlig Überraschendes gesagt. »Was können Sie nicht?«

»Ihnen sagen, wo sie ist. Alice. Ich weiß es nicht.«

Nun schien er tatsächlich wütend, aber nicht in dieser aufgesetzten Art, die er vorher vielleicht witzig gefunden hatte. Wieder hob er die Waffe. »Der Esel zuerst…«

Da warf sie sich auf ihn. Ein kurzes Knacken war zu hören, dann flog ihm die Waffe aus der Hand. Blut trübte die Luft, spritzte hoch wie Regen auf der Windschutzscheibe. Die eine Hälfte seines Kopfes war weg, als hätte er sie abgeschraubt und fortgeschmissen. Blut, Knochen und Hirnmasse ergossen sich üppig auf die Erde. Dakota bäumte sich auf und wäre wohl weggelaufen, wenn Andi ihn nicht am Strick festgehalten hätte. Sam lief weg, aber nicht weit, und kam gleich wieder angetrottet.

Andi schaute zu den hohen Felsen auf der anderen Straßenseite und war trotz des strömenden Bluts dankbar.

66. KAPITEL

Harrys Wagen und zwei Autos von der Bundespolizei waren neben der Koppel geparkt, zusammen mit einem Fahrzeug von der Spurensicherung und einem Krankenwagen. Die Sanitäter standen über die Leiche gebeugt, deren Gliedmaßen merkwürdig verdreht waren, wie Hieroglyphen. Die eine Kopfhälfte fehlte.

Es hatte sich gleich herausgestellt, dass es sich hier um denselben Mann handelte, von dem Andi dem Sheriff vor über einer Woche erzählt hatte.

Harry stieß geräuschvoll die Luft aus. »Was ist passiert? Der Kerl hatte einen Vierundvierziger Magnum Colt bei sich. Warum?«

»Um mich zu bedrohen.«

»Warum? Lass mich jetzt nicht andauernd fragen!«

»Er wollte wissen, wo seine Tochter Alice ist – also, ich nehm mal an, sie ist … sie war seine Tochter. Ich weiß überhaupt nicht, wer das ist, geschweige denn, wo sie ist.« Sie war erleichtert, als ein Kollege von der Spurensicherung sich dem Sheriff näherte.

»Der Kopfschuss kam von da drüben« – der Techniker deutete in Richtung Straße –, »ich kann aber nicht genau sagen aus welcher Entfernung. Eins kann ich aber sagen: War ein verdammt guter Schütze, so wie der den Kopfschuss aus der Entfernung hingekriegt hat. Dem Winkel nach war er vermutlich irgendwo da oben zwischen den Felsen.«

»Könnte es ein Scharfschütze sein? Vielleicht Militärangehöriger oder Ex-Soldat? Oder ein Jäger?«

»Glaub ich nicht«, meinte der Techniker schulterzuckend. »Nicht bei so einem Schuss. Ich würde sagen, der Bursche hat mehr als bloß ein bisschen Erfahrung im Erschießen von Leuten.«

»Jäger sind ja oft verdammt gute Schützen«, erwiderte Harry und ging wieder zum Tatort hinüber. Zu Andi gewandt meinte er: »Wir können es ziemlich genau eingrenzen. Der mysteriöse Schütze scheint ganz offensichtlich ein Freund von dir zu sein.«

»Was?« Andi gab sich überrascht und höchst irritiert. »Wieso muss das was mit mir zu tun haben?«

»Tut es doch meistens, Andi. In diesem Fall sagen wir mal: weil er dir das Leben gerettet hat.«

»Es könnte doch viel eher sein, dass es ein Feind von ihm ist.« Sie deutete auf den Toten, den inzwischen ein Leichensack bedeckte.

»Wenn er lediglich diesen Waylans umbringen wollte, dann hat er sich ja einen merkwürdigen Moment dafür rausgesucht. Nämlich genau als du dich auf den Kerl geworfen hast.«

Aufgeregt bemühte sie sich, das zu entkräften. »Dann hat er vielleicht auf mich gezielt, weil Klavan oder BigSun ihn auf mich angesetzt hatten.«

Voller Skepsis über diese Erklärung warf auch der Sheriff einen Blick zur Leiche hinüber. »Hm … das könnte schon …«

»Sehen Sie?« Ihr Lächeln war dünn geworden.

»… bloß, wie kommt es dann, dass dieser Superschütze den Falschen erwischt hat?«

»Was meinen Sie damit?« Etwas Besseres fiel ihr nicht ein.

»Genau was du denkst, dass ich meine, Andi. Er hat auf Waylans gezielt, nicht auf dich.«

Sie wusste nicht, was sie darauf antworten sollte.

Harry fuhr fort: »Dein Freund ist also ein eiskalter Killer.«

»Er ist nicht mein Freund!«

»Das ist aber schade. Ein Typ, der dich beschützt? Einer, der für dich sogar morden würde? He, so einen Freund hab ich nicht. Schön wär's.«

Es kam bei ihr an, trotz des unterschwelligen Sarkasmus. Sie wollte sich am liebsten auf jemanden werfen, so wie vorhin auf Waylans, nur um aufgefangen zu werden. Sie wollte so lange weinen, bis all die Tränen, die sie nie vergossen hatte, endgültig versiegt waren. Das Weinen, die Müdigkeit, das unstete Wandern von einem Ort zum anderen, von Stadt zu Stadt – sie wollte aufhören. Aufhören und hundert Jahre lang nur noch schlafen.

Scheitern allenthalben. Sie verspürte plötzlich eine überwältigende Traurigkeit, als würden sie und alle anderen unter einem verfluchten Himmel erdrückt. Alle miteinander. Es war ihr gemeinsames Los. Einen Augenblick überlegte sie, ob es den Menschen am Ende nicht genauso erging wie den Schweinen.

Waylans hatte es richtig ausgedrückt: Vagabundin. Sie sah zu den Felsen empor.

»Wer ist es, Andi?«

Sie schaute Harry McKibbon scharf an. »Sie sind doch von der Polizei. Sagen Sie mir's.«

Dann ging sie davon und hatte das Gefühl, nirgends zu sein, ein Niemand zu sein.

Eine Vagabundin.

67. KAPITEL

Es dauerte keine Stunde, bis Harry McKibbon bei Jim aufkreuzte. Jim und Tom saßen gemeinsam mit ihr am Küchentisch, jeder über eine Tasse Kaffee gebeugt.

»Kann das denn nicht warten, Harry? Andi hat einen ziemlich schlimmen Schock.«

An Harrys Blick ließ sich ungefähr ablesen, dass er dachte, diesem Mädchen könnte auch ein Bett aus glühenden Kohlen, gefolgt von einer Enthauptung keinen Schock versetzen.

Andi vergaß, eine mitleiderregende Haltung einzunehmen, und warf dem Sheriff stattdessen einen bösen Blick zu.

»Nein, es kann nicht warten!«, versetzte dieser. »Tut mir leid, wenn du dich jetzt nicht in der Lage fühlst, aber du warst schließlich dabei. Bessere Zeugen gibt es nicht.« Harry versuchte ein Lächeln, doch es funktionierte nicht – nicht für sie, nicht für ihn.

»Es geht schon«, sagte sie.

Harry schaute erst Jim an, dann Tom. Keiner von beiden machte Anstalten, sich zu rühren, geschweige denn ihn und Andi allein zu lassen.

Harry kratzte sich beim Anblick der Tassen und Becher nachdenklich die Stirn. »Könnte ich davon vielleicht eine Tasse haben?« Als Jim sich anschickte aufzustehen, fügte er hinzu: »Und ein Glas davon?« Er deutete auf Toms Whiskey.

Während Jim mit Kaffee und Tom mit Whiskey beschäftigt waren, setzte er sich Andi direkt gegenüber. »Pass auf«, fing er an, dankte dann erst Jim für den Kaffee und Tom für den Drink. »Es würde die Sache schon gewaltig erleichtern, wenn du mir jetzt einfach sagst, was zum Teufel hier eigentlich los ist.«

»Das hört sich ja an, als wäre es meine Show.«

»Ist es das denn nicht?«

Sie seufzte tief auf. »Hab ich Ihnen doch gesagt, Sheriff: Ich hab mich mit diesem Mann getroffen, weil er dachte, ich hätte Informationen, die er wollte.«

»Was für Informationen?«, wollte Tom wissen.

»Wenn ich das wüsste.« Sie wandte sich an Tom. »Das ist eine lange Geschichte.«

Harry sagte: »Erzähl es einfach der Reihe nach.« An Jim und Tom gewandt sagte er: »Und keine Unterbrechung, sonst komm ich hier nie weg.« Zu Andi: »Ich kapier das nicht. Vor gut einer Woche sagtest du, er wäre hierhergekommen und hätte behauptet, er sei auf der Suche nach einem Mädchen. Du hättest ihm gesagt, du wüsstest nichts über sie. Wieso dann das Treffen heute Nachmittag?«

Es wäre eigentlich nichts weiter daran, wenn sie Harry McKibbon einen Teil der Wahrheit sagen würde. Grainger wäre dadurch nicht gefährdet oder würde womöglich ins Visier des Sheriffs geraten. »Weil ich wissen wollte, was er weiß. Über meine Vergangenheit, über meine Familie.«

»Er hat aber doch nicht angedeutet, dass er dich überhaupt kannte, als er damals hier vor der Tür stand.«

»Das war gespielt! Also sagte ich ihm, das mit dem Gedächtnisschwund wäre gelogen. Ich sagte, ich würde Alice nicht kennen. Ich nahm an, das sei seine Tochter. Daraufhin wurde er richtig wütend, wieso, weiß ich auch nicht. Als Erstes wollte er Sam erschießen, wenn ich es ihm nicht sagte. Dann Dakota. Dann mich.«

»Okay«, sagte Harry und ließ sich von Tom nachschenken. »Damit weiß ich aber immer noch nicht, wer diesen Waylans nun erschossen hat.«

Andis Verärgerung wurde wieder größer. »Keine Ahnung, aber eins weiß ich: Wenn den nicht jemand erschossen hätte, dann lägen Dakota und Sam und ich jetzt sicher alle in Blutlachen da. Ich konnte ihm nicht sagen, was er wissen wollte, weil ich es nicht wusste. Aber das hätte der mir doch nicht mehr ab-

431

genommen, nachdem ich so getan hatte, als könnte ich mich an alles erinnern.«

»Meine Güte, jetzt lass doch das Mädchen in Ruhe«, sagte Jim zu Harry, der ihn jedoch überhaupt nicht beachtete, ihn keines Blickes würdigte, sondern Andi unbeirrt fixierte.

Harry sagte zu ihr: »Dir ist ja wohl klar, dass es sich hier um einen Mordfall handelt, ja? Und zwar um vorsätzlichen Mord. Der Schütze lag auf der Lauer. Wenn du den Schützen kennst, machst du dich der Beihilfe zum Mord schuldig, und das könnte eventuell eine sehr lange Gefängnisstrafe nach sich ziehen.«

Jim war wütend. »Okay, Harry, ich weiß, du bist hier der Gesetzeshüter, aber das ist nun doch …«

»Halt die Klappe, Jim.« Sein Ton war fest und unerbittlich. »Ihr dürft meinetwegen gern hierbleiben, du und Tom, aber ihr seid entweder ruhig oder geht raus. Oder ich nehme Andi gleich mit auf die Wache.«

Jims Gesicht war rosa gesprenkelt. Tom stand leise fluchend auf, um die Kaffeekanne zu holen.

In dem Moment rollte draußen ein Wagen neben den Streifenwagen des Sheriffs heran. Einer der Männer, die Andi am Tatort gesehen hatte, klopfte an die Küchentür.

Jim stand auf und ließ ihn herein.

»Sheriff«, sagte der Polizist und tippte sich zum Gruß lässig an die Hutkrempe. »Ich muss Sie mal kurz sprechen.« Er lächelte die Umsitzenden unsicher an, als wüsste er nicht recht, wie man sich in einer solchen Situation korrekt verhielt.

Harry stand auf, entschuldigte sich, und die beiden gingen nach draußen.

Der Polizist wandte sich vom Sheriff zu den Felsenplatten hinüber, die zu dieser späten Stunde in ein tiefes Rot getaucht waren. »Die Sache ist die: Die Kollegen von der Ballistik können nicht genau sagen, woher der Schuss kam. Es gibt mehrere Möglichkeiten da oben« – er deutete hin –, »die der Schütze genutzt haben könnte.«

»Der Ballistiker soll sich an die Polizei in Bismarck wenden, damit die sich das mal ansehen. Und es stimmt einfach nicht, wenn sie behaupten, er hätte überall auf diesem Felsen sein können. Wenn der Kerl ein Heckenschütze ist, wovon ich ausgehe, dann gibt's für ihn bloß eine einzige geeignete Stelle. Eine, vielleicht zwei. Der hat sich todsicher nicht einfach irgendwo auf einen Felsen hingeknallt. Nein, der hat sich sein Plätzchen sorgfältig ausgesucht. Wir müssen herausfinden, wo er sich postiert hat. Lassen Sie weitersuchen. Obwohl ich zugebe, dass er vermutlich nicht viele Spuren hinterlassen hat.«

Der Polizist kehrte zu seinem Wagen zurück und raste davon, als sei der Teufel hinter ihm her.

Harry ging wieder ins Haus.

Als wäre er überhaupt nicht weg gewesen, wandte Tom sich an ihn: »Ich kann deinem Gedankengang hier nicht ganz folgen, Harry. Wie sollte dieses Mädchen Komplizin sein, wo sie doch selber in der Schusslinie war?«

»Darauf will ich ja hinaus: Sie war gar nicht in der Schusslinie. Andi?«

Sie hob mürrisch den Blick. »Was?«

»Nimm die Sache jetzt endlich ernst! Das ist hier kein Spiel.«

Da sprang sie so unvermittelt auf, dass ihr Stuhl umfiel. Die anderen zuckten zusammen. »Ernst? Kein Spiel? Und das sagen Sie mir? Ich bin doch diejenige, die da vorhin eine Knarre vorm Gesicht hatte. Für mich ist es ernster als für Sie, Sheriff. Und jetzt hören Sie endlich auf, so verdammt herablassend zu tun.«

Harrys Backenmuskel verhärtete sich. »Dann sprechen wir uns eben später noch mal, wenn du jetzt nicht willst.«

»Bin ich froh, dass ich für die Schweine einen Anwalt genommen habe. Vielleicht darf ich ihn mir bei denen ja ausleihen.« Sie kickte den Stuhl aus dem Weg und verließ Tisch und Raum.

Sie schauten ihr hinterher, hörten die Treppenstufen knarren, als sie nach oben stürmte.

Harry konnte sich ein Schmunzeln kaum verkneifen. Ein Wutanfall. Ein improvisierter Wutanfall. Und plötzlich ging ihm auf, dass sie der authentischste Mensch war, dem er je begegnet war, trotz ihrer erfundenen dramatischen Geschichte.

Jim und Tom schauten Harry erwartungsvoll an, der sein Glas ergriff und den Rest Whiskey vollends austrank.

Um einen lockereren Ton bemüht witzelte Jim: »Ich dachte, im Dienst darfst du nicht trinken, Harry.«

Harry knallte das Glas auf den Tisch. »In welchem Dienst?« Er hob ähnlich wie der Polizist vorhin die Hand, sagte »Gentlemen« und wandte sich zum Gehen.

68. KAPITEL

»Die Bullen werden sicher sämtliche Hotels, Motels und Pensionen abklappern«, sagte Grainger. »Und sich die Namen von den Gästen geben lassen. Von allein reisenden Männern, die bloß ein paar Nächte bleiben.«

Sie saßen in einem Hotelzimmer im Radisson im Zentrum von Bismarck.

»Die wissen doch gar nicht, wie du aussiehst«, sagte Andi.

»Noch nicht, aber warte, bis die sich in dem Restaurant ans Personal ranmachen, das mich eventuell mit Waylans gesehen hat.« Er hätte sich dafür in den Hintern beißen können: Wieso war er bloß so dämlich gewesen, sich irgendwo zusammen mit Waylans zu zeigen? Seine einzige Entschuldigung war, dass diesmal alles anders lief als sonst – dass er versuchte, das Leben von jemandem zu retten, den er eigentlich töten sollte.

Und mit dem Zielobjekt selber hatte er weiß Gott auch noch nie etwas zu tun gehabt. Er war noch nie auf der Flucht gewesen, die Polizei hatte nie gewusst, nach wem sie Ausschau halten musste. Er war immer verflogen wie Rauch.

Endlich war es ihm durch Vermittlung von Odile Nekoma gelungen, sich mit ihr zu treffen. Zu Odile hatte er gesagt: »Sagen Sie ihr, sie soll mich auf dem Handy anrufen. Sagen Sie ihr, es ist Billy.« Noch so etwas, was er noch nie vorher gemacht hatte: seine Nummer herausgegeben.

Und diese Jungfrau-in-Nöten-Nummer hatte er auch ganz bestimmt noch nie abgezogen.

Hier saß sie nun und sah so jämmerlich aus, dass er sie am liebsten in den Arm genommen hätte.

»Die können doch leicht ein Foto von seinem Führerschein

machen lassen und es herumzeigen und fragen, ob jemand diesen Mann in Gesellschaft von jemand anderem gesehen hat. Wenn sie die Kellnerin in dem Restaurant fragen, wird die mich wahrscheinlich identifizieren können. Das wird den Bullen zwar nicht furchtbar viel nützen, aber zumindest lässt sich das Spektrum dann einengen. Ich will damit bloß sagen, die Wahrscheinlichkeit, dass sie mich finden, ist gering, wenn ich hier erst mal weg bin. Und die Chance, dass sie was auftreiben, womit sie dir so was wie ›Beihilfe‹ anhängen können, liegt fast bei null. Im Shamrock hat dich niemand gesehen. Wir haben direkt vor der Zimmertür geparkt. Was dieser Sheriff behauptet, ist Quatsch, Andi. Der will dir bloß Angst machen.«

Sie saß ihm gegenüber auf dem zweiten Bett. »Ich hab keine Angst. Na ja, schon, aber nicht davor, davor eigentlich nicht. Musst du wirklich weg?«

Peinlich für sie und zu seinem tiefsten Bedauern fing sie an zu weinen. Dicke Tränen wie in einer Karikaturzeichnung tropften ihr auf die Jeans.

»Andi …«

»Bitte geh nicht.« Sie stand auf, beugte sich herüber und schlang die Arme um ihn, und nur die etwas ungeschickte Haltung – sie stehend und er sitzend – hielt ihn davon ab, sie in eine Umarmung zu ziehen.

Stattdessen zog er sie neben sich aufs Bett. »Ich kann mir keinen denken, der dir mehr schaden könnte.«

Sie hatte die Stirn an seinen Oberarm gelehnt, den sie mit beiden Armen umschlungen hielt. »Ich schon. Ohne dich zu sein. Ohne dich ist schlimmer als mit dir. Du hast mir das Leben gerettet. Und bist dabei ein enormes Risiko eingegangen.«

»Und das wirkt bei dir immer noch nach, Andi. Du bist so straff gespannt wie Jeff Becks Saiten.«

»Wer ist Jeff Beck?«

Grainger lächelte. »Ein Gitarrist.«

»Du meinst, ich soll auch von hier verschwinden, weil ich in Gefahr bin.«

Genau das hatte er zu ihr gesagt. »Ja.«

»Okay, warum kann ich dann nicht mit dir gehen? Du könntest mich doch mitnehmen.«

Er war von widerstreitenden Gefühlen überwältigt. »Die Art, wie ich lebe, würdest du gerade mal einen Tag lang aushalten. Das könntest du einfach nicht.«

»Klar könnte ich.«

»Ich werde mich nicht ändern, weißt du. Ich bin Scharfschütze. Das bin ich nun mal.«

»Wo wohnst du?«

»In Las Vegas.« Das war gelogen. Es war der erstbeste Ort, der ihm einfiel, den sie bestimmt verabscheuen würde. Die fünfzig Acre Land in Wyoming, wo er tatsächlich lebte, wären genau ihre Kragenweite.

Sie lächelte. »Schwer zu glauben.«

»Ich spiele nun mal gern. Aber das sieht man ja, stimmt's?« Er erwiderte ihr Lächeln, während er ihr ein paar Haarsträhnen zurückstrich. »Es wird Zeit, dass du zu deinem Anwalt gehst.«

Sie warf einen Blick auf den billigen Digitalwecker auf dem Nachttischchen und stand auf. »Dauert wahrscheinlich nicht länger als eine Stunde. Du bist dann doch noch hier, oder?«

Er stand ebenfalls auf. »Ja.« Es bedeutete, nein, und er vermutete, dass sie es wusste. Es war gemein von ihm, aber viel besser, als voneinander Abschied nehmen zu müssen.

Sie stellte sich auf die Zehenspitzen und legte ihm die Arme um den Hals. Diesmal erwiderte er ihre Umarmung. Er spürte ihr offenes Haar auf der Wange. Und das blaue Band, das es teilweise zusammenhielt. Welches andere Mädchen auf der Welt band sich mit einem blauen Band das Haar zusammen? Am liebsten hätte er auch geweint.

»Die zwei Männer in der Bar, bei Zero's. So wie Sie die beschreiben, werde ich nicht recht schlau draus«, sagte Bobby Del Ray. »Bis es zum Prozess kommt, dauert es noch lang. Monate, wenn nicht gar Jahre. Bis dahin können es sich die beiden auch anders überlegen.«

Andi nickte. »Ich denke, sie werden aussagen. Sonst hätten sie doch überhaupt nicht mit mir geredet.«

»Okay. Ich hab den zuständigen Staatsanwalt immer noch nicht dazu gekriegt, sich des Falls anzunehmen. So etwas braucht Zeit. Viele Rancher und Farmer sind der Meinung, sie hätten das gottgegebene Recht, mit Tieren umzuspringen, wie es ihnen gerade so passt.«

»Aber wie können Menschen dabei zuschauen, wie ein blutendes Schwein in einen Kessel mit kochendem Wasser geworfen wird? Oder den Anblick einer Kuh ertragen, der die Augen bluten? Oder einer Sau, die so viele Ferkel geworfen hat, dass sie nicht mehr laufen kann …« Andi unterbrach sich und wandte den Blick ab. »Entschuldigung.«

»Die meisten Leute haben so was nie mit eigenen Augen sehen.« Bobby hob abwehrend die Hände. »Ich verstehe Sie ja, ich verstehe Sie wirklich. Aber das ist wie mit der Frage, ob das Tragen von Waffen erlaubt sein darf. Man kann kein Gesetz verabschieden, das normalen Bürgern das Tragen von Schusswaffen verbietet, weil dann die National Rifle Association dagegen protestiert und meint, wenn man auch nur den kleinen Finger reicht, nimmt einer die ganze Hand. So ist das! So schlicht und einfach wie die Nase im Gesicht, und da sagen manche Leute dann: ›Welche Nase?‹«

»Ich begreif das nicht.«

»Sie müssen es auch gar nicht begreifen. Sie müssen nur dafür sorgen, dass Schluss damit ist.«

Sie schwieg und betrachtete den uralten Teppich auf dem Fußboden.

»Wollen Sie es sich noch mal überlegen?«, fragte er ruhig.

»Nein. Wie lang hat es bei den Rosebud-Leuten gebraucht, bis ihr Fall entschieden war?«

»Jahre. Das kann ganz schön entmutigend sein, ich weiß.«

»Da ist noch etwas.« Sie erzählte ihm von Waylans' Erschießung.

Bobbys Stuhl kam krachend zu Boden. »O Mann!«

Dann sagte sie ihm, womit Harry McKibbon ihr gedroht hatte.

»Quatsch! Wundert mich ja, dass er so was sagt. Ich kenne ihn, er macht seinen Job gut und fair. Beihilfe zum Mord? Quatsch.«

»Hat aber schon seine Berechtigung. Ich meine, wenn ich weiß, wer Waylans erschossen hat, sollte ich es ihm sagen.«

»Wissen Sie es denn?«

»Ja.«

»Aber Sie verraten es nicht.«

»Nein.«

»Würden Sie es mir sagen?«

»Nein.«

»Ich bin Ihr Anwalt.«

»Sie sind der Anwalt der Schweine.«

Er lachte kurz auf. »Nächstes Mal, wenn Sie kommen, bringen Sie eins mit. Sie trauen mir also nicht, ist es das?«

Sie musterte ihn erschrocken. »Doch, natürlich.«

Er schien nicht überzeugt. Sein Stuhl knarrte, als er sich zurücklehnte.

Für Andi hörte sich das Geräusch fast bekümmert an. »Ich kann nicht länger in Kingdom bleiben. Es könnte gefährlich für mich sein.«

Er nickte. »Sie halten aber Verbindung?«

»Ja, bestimmt. Das heißt nicht, dass ich über den Fall jetzt anders denke. Ich will ihn wirklich durchziehen.«

»Sollten Sie auch, Andi.« Als er aufstand, sah er sie an, als sähe er etwas zum ersten Mal.

Sie fragte sich, was es wohl war, bedankte sich und ging.

Er war weg.

Sie stand in dem Zimmer im Radisson und schaute umher. Er war verschwunden und hatte nichts zurückgelassen – kein Geruch lag in der Luft, keine Kuhle war mehr auf dem Bett, wo er gesessen hatte.

Andi setzte sich da hin, wo sie neben ihm gesessen hatte, und stützte den Kopf in die Hände. Sie konnte nicht fassen, dass jemand so spurlos verschwunden sein konnte.

69. KAPITEL

Er war aber gar nicht weg.

Er hatte nicht die Absicht wegzugehen, solange er die Gefahr nicht ausgeschaltet hatte.

Das Erste, was Grainger tat, nachdem er das Motel verlassen hatte: Er suchte ein Einkaufszentrum auf, eines von diesen großen mit einem riesigen Parkplatz. Das Kirkwood wäre in Ordnung. Er fuhr im Camry herum, bis er etwas fand, was ihm geeignet erschien – nicht so unscheinbar wie ein Camry, aber auch nicht so protzig wie der kirschrote Porsche, der sich auf einem der Behindertenparkplätze breitmachte. Na, von wegen behindert!

Das Volvo-Cabrio weiter hinten war genau richtig. Solide und sinnlich. Ein bisschen auffällig, wie ein Rock mit Schlitz, bis das Verdeck zuging und alles verdeckte. Er fuhr den Camry in die Lücke daneben. Momentan war das Dach des Volvo heruntergeklappt, was Dieben freien Zugriff verschaffte – danke schön! Da der Wagen neu war (der Händlerpreis klebte noch an der Scheibe), gäbe es vermutlich einen Zweitschlüssel. Er glitt in den Wagen und öffnete das Handschuhfach. Da lag er, der Schlüssel, den der Händler vor der Übergabe benutzt hatte. Oft wurde dabei vergessen, dem neuen Besitzer Bescheid zu sagen. Eine offene Einladung. Er wechselte die Nummernschilder aus. Dann ließ er den Volvo an und fuhr aus der Lücke. Er überlegte, ob der Besitzer des Camry seinen Wagen wohl wieder zurückbekommen würde, der arme Kerl.

Er fuhr den Volvo vor ein Herrenbekleidungsgeschäft auf der anderen Seite des Parkplatzes. Dort entschied er sich für ein schwarzes Kaschmirjackett und einen Rollkragenpullover von Ralph Lauren, ebenfalls schwarz.

Dann verließ er das Einkaufszentrum und fuhr auf der Suche nach einem Geschäft, das Straßenkarten führte, ein Weilchen herum. Er fand eines und erstand wieder die gleiche topographische Karte, die er zuvor benutzt, dann aber in einen Mülleimer geworfen hatte, als er damit fertig war.

Mit diesen drei Neuerwerbungen fuhr er im Cabrio ans andere Ende der Stadt und nahm sich in einem Days Inn ein Zimmer für eine Nacht.

Als Erstes legte er sich aufs Bett, schob sich die Kissen in den Rücken, zündete sich eine Zigarette an und dachte nach.

»*Das ist nicht gut, Grainger*«, hatte sein Kontaktmann gesagt.

Grainger hatte ihn am gestrigen Tag angerufen. »*Nein, aber es hat Sie ja nichts gekostet. Sie können sich jemand anderen besorgen.*«

Der Mann am anderen Ende der Leitung hörte sich an, als zöge er Luft durch die Zähne ein. »*Es ist bloß... Sie wissen, wie kompliziert so was ist.*«

»*Tut mir leid.*«

»*Man sagte mir, Sie sind der Beste. Was ist passiert?*«

»*Ich hab falsch kalkuliert. Und überhaupt... ich bin sowieso nicht der Beste.*«

Der Anruf hatte sich nicht aufschieben lassen. Er hätte es auch gar nicht gewollt: Falls sie einen anderen Schützen beauftragen würden, würde der umgehend eintreffen. Und dann wollte Grainger hier sein. Mit der Psychologie kannte Grainger sich aus. Wenn die sich einmal entschlossen hatten, so zu verfahren, wollten sie auch, dass es sofort über die Bühne ging. Denn Idioten waren ungeduldig. Sorgsam waren die nicht.

Wen auch immer sie kriegen würden – und Grainger kannte einige in diesem Metier –, derjenige würde vermutlich genauso vorgehen wie er selbst: sich ein Zimmer in einem Motel nehmen, nicht in Kingdom, aber auch nicht zu weit weg. Er würde sich also diejenigen anschauen, die er letzthin zugunsten des Shamrock verschmäht hatte. Er stand auf, um zu duschen, dann zog er die neuen Sachen an. Seine alten Jeans waren vollkommen in

Ordnung, und um die Schusswaffe hinten am Rücken zu tragen, brauchte er einen vertrauten, bequemen Hosenbund. Heutzutage hatten Jeans eine derart tief sitzende Taille, dass man sie fast als Socken tragen konnte.

Seinem Matchsack entnahm er zwei kleine Schachteln, die zwei verschiedene Paar Kontaktlinsen enthielten. Seine eigene Augenfarbe war etwas zu auffallend – silbrig, stahlfarben, eisig, je nachdem, wer die Augen beschrieb, und das taten viele. Offenbar also zu einprägsam. Die Kontaktlinsen in der einen Schachtel waren blaugrün, die in der anderen in einem gewöhnlichen Braunton, seiner normalen Haarfarbe recht ähnlich.

Mit seinem Haar etwas anzustellen traute er sich nicht recht. Wenn er es selbst färbte oder abschnitt, wäre es womöglich verpfuscht, und zu einem Friseur wollte er nicht. Die Farbe war aber so unauffällig, dass es sich kaum lohnte, sie zu verändern. Allerdings zog er einen Scheitel und bürstete es sich über den Kopf so nach links, dass ein paar Strähnen übers Auge fielen. Dann verwuschelte er es wieder.

Er betrachtete sich im Spiegel. Schwarzer Kaschmir über schwarzer Merinowolle. Dunkle Augen, Armani-Brille mit Metallgestell. Er lächelte. Fast wünschte er, eine Frau wäre da, die er beeindrucken könnte. Die einzige, die er beeindrucken wollte, hatte er soeben verlassen.

Grainger schnappte sich die Schlüssel von der Kommode, zog den Matchsack vom Bett und verließ das Days Inn durch einen anderen Ausgang.

Er besorgte sich eine Lokalzeitung, den *Register*, wo auf einer der Innenseiten über den tödlichen Zwischenfall auf »Purleys Ranch« berichtet wurde. Andi hatte das Anwesen nie als Ranch bezeichnet, und dass sein Besitzer es so nannte, bezweifelte er.

Er fuhr nach Norden in Richtung Golden Valley, was aber über kein Motel verfügte, und bog dann ab auf die State Road 200 in Richtung Westen. Die nächste Kleinstadt war Zap. Auch hier kein Motel, doch fuhr er gemächlich durch den Ort, fasziniert von der Leere. Bis auf einen kleinen Jungen, der einen Ball in die

Luft warf, war keine Menschenseele zu sehen. Zap war zwar eine sehr kleine Stadt, offenbar aber stolz auf sich, denn auf einem Hügel prangte in weißer Farbe ein gigantisches Z, und ein riesiges Schild listete die örtlichen Attraktionen auf. Er hatte immer noch keine Ahnung, worin diese eigentlich bestanden. Er stieß auf eine Ansammlung von Straßen, die alle Frauennamen trugen: Virginia Lane, Sharon Court, Elizabeth Avenue. Man hatte sich auch einige Mühe gegeben, denn die Namen trugen nicht einfach den Zusatz »Street«. Besonders gefiel ihm »Evangeline Lane«. Das alles erinnerte ihn an etwas, rührte etwas in ihm an, doch er kam nicht darauf, was es war. Er spürte nur, dass es vielleicht wichtig war.

In Hazen machte er Halt beim Roughrider, dann in zwei Motels in Beulah. Jedes Mal sagte er den gleichen Spruch: Er suche nach einem Freund, der gestern oder heute Nacht hier gewesen sei, Alleinreisender, vermutlich für eine Übernachtung. Er gab natürlich einen falschen Namen an, doch beide Male lautete die Antwort nach Überprüfung der Anmeldescheine: »Nein, Sir, ein einzelner Herr hat sich nicht angemeldet. Tut uns leid.«

Er fuhr denselben Weg wieder zurück, als er den Pick-up-Truck plötzlich vor einem Motel in Pick City geparkt sah. Die Aufkleber auf der Heckscheibe und fast über die ganze Ladepritsche außen kamen ihm bekannt vor: hauptsächlich Reklame für die National Rifle Association, dazu ein paar Anti-Abtreibungs-Aufkleber.

Mein Gott, dachte er, Kyle Hanna. Kyle war mit in Graingers Team gewesen, alles Heckenschützen und Kundschafter. Er war der beste Schütze, den Grainger kannte.

Und hier war er nun. Der Idiot scherte sich offenbar nicht darum, dass er mit diesem Truck sofort erkannt wurde. Kyle war schon immer so verdammt selbstgewiss gewesen. Ein Wunder, dass es ihn in Kuwait nicht den Kopf gekostet hatte.

Grainger wollte zu dem Restaurant, in dem er sich Waylans vorgenommen hatte. Weil er sich denken konnte, dass Kyle bis zum Einbruch der Dunkelheit sowieso nirgends hingehen würde, machte er kehrt und fuhr zurück nach Hazen. Dabei hörte er unterwegs einem Radioprediger zu und beobachtete die Sonne, die wie Wasser über die Weizenfelder glitt.

Falls es ihm nicht gelang, Kyle Hanna auszuschalten, würde er sich Andi schnappen und abhauen. Das wäre kein persönliches Opfer für ihn, für sie aber, obwohl sie es nicht wusste. Es wäre ein Desaster. Ihr Leben würde gründlich erschüttert, ein Umweg, den sie nicht machen sollte, einer, der sie wahrscheinlich nie wieder auf die Hauptstraße zurückführen würde. An Schicksal hatte er noch nie geglaubt, bloß an den Zufall. Hier jedoch geriet seine Überzeugung ins Wanken. Nichts von dem, was Andi zustieß, war zufällig.

Nachdem er den Volvo an der Hauptgeschäftsstraße abgestellt hatte, steckte er sich die Straßenkarte in die Tasche, stieg aus, klemmte die gefaltete Zeitung unter den Arm und steuerte ein paar Häuser weiter auf das Restaurant zu.

Er überlegte, ob er für diesen kleinen Test eine Tischnische nehmen sollte, eventuell sogar dieselbe, in der er mit Waylans gesessen hatte, beschloss dann aber, dass ein Platz an der Theke günstiger war, um ein Gespräch in die Wege zu leiten.

Rayette stand am anderen Ende der Theke und unterhielt sich mit einem bulligen Automechaniker. Der Name der Werkstatt war in riesigen Buchstaben auf seiner Jeansjacke aufgedruckt, als wären die Mitarbeiter lauter Gefängnisinsassen. Grainger setzte sich ein paar Plätze entfernt von dem Werkstattfritzen hin, aber immer noch in Rayettes Blickfeld. Dann machte er die Zeitung auf, schlug ein paarmal auf den Falz in der Mitte, um sie glattzustreichen.

Als sie zu ihm herüberkam, bestellte er sich Kaffee und eins von den süßen Teilchen, die unter einer Plastikhaube auf der Kuchenplatte lagen, und zog eine Speisekarte aus dem Aluminiumständer neben dem Zuckerstreuer. Die Kellnerin war gleich wieder da mit dem Kaffee und einem Teller, auf den sie das süße Teilchen gleiten ließ.

Er sagte, der Kaffee und das süße Stückchen wären ihm genug, dann fragte er: »Haben Sie das hier gelesen?« Er schüttelte die Zeitung, hielt sie ihr entgegen.

Und ob! »Mister, ich hab nicht bloß drüber gelesen, ich war sogar dran *beteiligt*.«

»Ach, tatsächlich?« Er schob seine Brille ein Stück höher und sah ihr direkt ins Gesicht, bereit zu hören.

Sie stellte die Kaffeekanne wieder auf die Heizplatte und legte den Unterarm auf die Theke, um sich darauf lehnen zu können. Der Ermordete habe, sagte sie, »gleich da drüben« gesessen, und sie habe ihn bedient.

»Mein Gott! Da rücken Ihnen die Bullen ja jetzt bestimmt ganz schön auf die Pelle.«

»Das kann man wohl sagen!«, bedeutete ihm ihr seliger Blick. Sie winkte lässig ab. »Die haben mich sogar zitiert« – sie tippte auf die Zeitung –, »auf der zweiten Seite.«

Gehorsam suchte er die Fortsetzung des Berichts heraus. Sie half ihm, indem sie auf die betreffende Stelle deutete. Er las laut vor: »›Rayette Jenks, Kellnerin im besagten Restaurant, sagte, sie sei es gewesen, die Waylans bedient hatte.‹« »Das wusste ich aber damals nicht«, fuhr sie fort. »Er war's tatsächlich, saß mit einem Freund zusammen in der Tischnische da.« Grainger las weiter: »›Die Polizei sucht nun nach diesem zweiten Mann, der möglicherweise bei den Ermittlungen weiterhelfen kann.‹«

»Die wollten wissen, ob die zwei aussahen, als wären sie befreundet oder so. Ich sagte, klar, die haben ganz locker miteinander Kaffee getrunken und geredet. Aber ich hör doch nicht zu, wenn die Gäste sich unterhalten.« Dies sagte sie mit inbrünstiger Selbstgefälligkeit. »Die wollen, dass ich ihn für einen Zeichner beschreibe, wissen Sie, wie die das immer machen …«

Grainger nickte. »Sie meinen, so eine Fahndungszeichnung?«

»Genau. Aber die müssen den Mann erst noch herholen aus … entschuldigen Sie.«

Sie schnappte sich die Kaffeekanne und huschte ans andere Ende der Theke, wo der Automechaniker seinen leeren Henkelbecher in die Höhe hielt und heftig herumschwenkte.

Grainger musste fast lachen. Sein Plan wäre natürlich hinfällig geworden, wenn sie auch nur die leiseste Andeutung gemacht hätte, dass sie ihn wiedererkannte. Da das Restaurant bei seinem ersten Besuch fast leer gewesen war, bezweifelte er, dass er sich sonst noch über jemanden Sorgen machen musste.

Er trank seinen Kaffee und zog die Karte hervor, um zu sehen, ob der Weg über die U.S. 83 kürzer war als der, auf dem er hergekommen war. Sein Blick folgte der schnurgeraden Interstate 94 bis nach Fargo, dann ein Stückchen zurück, und da sah er es: Alice. Eunice Street, Elizabeth Avenue! Das war es, was ihm vorhin nicht aufgegangen war. Alice war überhaupt keine Person, Alice war ein Ort! Deshalb war Waylans über Andi so wütend gewesen. Sie hatte angenommen, Alice sei ein Mädchen, seine Tochter vielleicht, und in dem Sinn hatte sie darüber gesprochen. Etwas musste geschehen sein in Alice …

Rayette unterbrach seinen Gedankengang. »Und wo sind Sie her?« Sie stützte sich auf eine Hand, hielt die Kaffeekanne in die Höhe. Zeit zum Schäkern.

Er lächelte. »Aus Vegas.«

»Oh!« Sie breitete die Hand über ihr Herz wie zum Schwur, während sie die Kanne auf der Theke abstellte. »Ach, nach Las Vegas wollte ich schon immer mal. Ich hab eine Freundin, die findet die Spielautomaten im Caesars Palace einfach toll. Waren Sie da schon mal?« Die anderen Gäste vollkommen vergessend stützte sie in einer Pose wie aus einem Fünfzigerjahrefilm die Ellbogen auf die Theke und bettete ihr Kinn auf die verschränkten Finger.

Er stand lächelnd auf und legte einen Zehner auf die Theke. »Vielleicht seh ich Sie ja dort, obwohl Sie mein Gesicht bis dahin bestimmt vergessen haben.«

»Ich vergess nie ein Gesicht.«

Er schob ihr den Zehner hin und sagte: »Der Rest ist für Sie – für die Spielautomaten.« Er zwinkerte ihr zu und ging hinaus.

Auf dem Weg aus der Stadt hinaus dachte er über Rayette nach. Auch wenn er ihr den Strip in Vegas aufzeichnete und ihr fünfhundert Dollar in die Hand drückte für die Spielautomaten, würde sie Caesars Palace trotzdem nicht finden.

Und nun konnte er sich auf Kyle Hanna konzentrieren.

Kyle Hanna war besser als Grainger, er war beinahe legendär. Bloß dass Legenden eben nicht immer ein glückliches Ende nehmen. Grainger hatte den großen Vorteil, dass er wusste, dass Kyle hier war, wogegen Kyle davon ausgehen musste, dass Grainger bereits Leine gezogen hatte. Alles andere wäre hirnrissig.

Seit Kuwait benutzte Kyle immer ein Heckenschützengewehr, mit dem er aus einer Meile Entfernung sein Ziel treffen konnte. Waffe und Umfeld beherrschte er perfekt. Die Flugbahn einer Kugel war hochsensibel, und je weiter das Zielobjekt entfernt war, desto größer die Wahrscheinlichkeit, dass der Schuss abgelenkt werden könnte. In einer städtischen Umgebung konnten Gebäude einen Windkanal bilden. In der hiesigen Umgebung nicht.

Im Gegensatz zu Grainger spähte Kyle seine Zielobjekte nicht aus, nicht so gründlich wie Grainger jedenfalls, der Andis Kommen und Gehen mehrere Tage lang eingehend studiert hatte. Nein, Kyle Hanna kam und ging auch gleich wieder, hielt sich nicht lange auf. Gewöhnlich nannte man ihm die Orte, an denen das Zielobjekt auftauchen würde: zu Hause, bei der Arbeit, im Bungalow am Meer. Dann wählte er die bestgeeignete Stelle aus, ging hin und wartete. Und zwar auf eine Art, zu der ein gewöhnlicher Sterblicher gar nicht in der Lage wäre, jedenfalls nicht so lange – Stunden, Tage. Und nicht unter diesen Bedingungen – bei jedem Wetter, in vollkommener Reglosigkeit, mit dieser extremen Konzentriertheit.

Wenn Grainger ihn also heute aufgespürt hatte, wäre Kyle bis morgen verschwunden. Das hieß, er würde den Schuss zwischen jetzt und dann abgeben. Es würde zwischen Sonnenuntergang und Sonnenaufgang passieren. Kyle mochte Nachtschüsse. Er konnte auch im Dunkeln sehen.

Grainger schaute auf die Karte und rieb sich die Schläfen. Er fühlte, dass elende Kopfschmerzen im Anzug waren.

Ein paar Meilen außerhalb von Pick City fuhr er auf den Parkplatz eines Pizzalokals, ging hinein und bestellte eine große Pizza mit allen Zutaten. Solange die im Ofen war, ging er nebenan in einen Spirituosenladen und besorgte einen Sechserpack Heineken. Dann kehrte er in den Pizzaladen zurück, holte die Pizza ab und ging zum Wagen.

In Pick City angekommen fuhr er beim Motel vor. Der Pickup stand noch da. Grainger stellte sich daneben.

Er nahm die Pizza vom Beifahrersitz, ging zur Tür und klopfte. Eine Stimme rief: »Ja?«

»Pizzaservice.«

Der Riegel glitt zurück, und die Tür öffnete sich einen Spalt. »Ich hab doch gar keine…«

»Hallo, Kyle.«

Kyle Hanna war völlig von den Socken. Er war noch nie einer von der hellsten Truppe gewesen. »Kennen wir uns?« Seine Augen verengten sich zu Schlitzen.

»Das ist ja nicht gerade schmeichelhaft.«

Nun riss Kyle verwundert die Augen auf. »Grainger? Menschenskind, Mann! Machst du jetzt auf Fotomodell für Männermagazine?« Er zog die Tür weiter auf, schob sich das glatte Haar aus der Stirn.

Grainger lud Pizza und Bier auf dem Allzwecktisch ab und setzte sich auf den Stuhl aus billigem orangebraunem Plastik und Holzimitat. »Wie viel haben sie dir gezahlt, Kyle?«

Kyle hatte schon ein Stück Pizza umgeklappt und ließ es auf halbem Wege zum Mund verharren. »Was meinst du damit?«

»Och, komm schon. Du weißt doch – die Kleine. Die du für Klavan's kaltmachen sollst.«

Einige Augenblicke, in denen es aussah, als würde er nachdenken, was er aber nicht tat, denn Kyle war kein Denker, kaute er seine Pizza, trank die Bierdose halb aus und sagte: »Was interessiert's dich?« Er rülpste und schlug sich gegen die Brust.

»Klavan ist ein falscher Hund. Der hat dir das Geld hoffentlich im Voraus gegeben. Der oder BigSun – die bei BigSun kenn ich aber nicht.«

»Haufen Arschgeigen. Eugene Tuttle. Den anderen kenn ich nicht.« Er rülpste erneut und setzte sich hin. »Jetzt sag bloß, die haben dich auch angeheuert? Wieso das denn?«

»Vielleicht wollen sie Verstärkung«, meinte Grainger schulterzuckend.

»Verstärkung?« Es war, als würde Kyles Lachen in seiner Kehle wie Glas aneinanderreiben. »Für mich nicht, für dich vielleicht.«

»Hast du alles Geld im Voraus bekommen?«

Kyle nickte, den Mund voller Pizza. »Krieg ich immer im Voraus. Sichere Sache. Ich schieß nicht daneben.«

»Könnte ich dir's ausreden?«

Kyle hörte auf zu kauen, glotzte ihn ungläubig an. »Wieso das denn?«

Grainger blieb die Antwort schuldig.

»Ausgeschlossen. Meinst du, ich geb die siebzig Riesen zurück? Du hast sie wohl nich alle.« Er zog die Lasche von einer weiteren Bierdose ab.

Ziemlich erfreut stellte Grainger fest, dass sie Kyle Hanna recht billig eingekauft hatten. »Was ist, wenn ich dir genauso viel auf die Hand geb?«

»Siebzigtausend? So'n Haufen Zaster hast du?«

»Nicht bei mir.«

»Du lügst, Grainger. Und wenn nich, würd ich's trotzdem nich machen. Dann schicken die mir jemand auf den Hals, da kannst du Gift drauf nehmen. Vielleicht sogar dich.« Das fand Kyle nun furchtbar witzig. Er bekam Tränen in die Augen vor lauter Lachen. »Also, was is da jetzt mit der Frau?«

»Gar nichts.« Grainger stand auf. »Okay, Kyle. Ich muss los.«

Kyle musterte ihn argwöhnisch. Wenn er die Augen zu so schmalen Schlitzen zusammengekniffen hatte, erinnerte er an einen Wolf. Als Grainger die Tür aufzog, sagte Kyle: »Pass auf.«

Grainger wandte sich um. »Was?«

»Du denkst doch nicht etwa dran, ähm, mich abzuknallen?«

»Quatschkopf! Da müsste ich wahnsinnig sein.« Obgleich er genau das vorgehabt hätte, wenn ihm nicht doch noch eine viel bessere Idee gekommen wäre, wie Kyle Hanna beseitigt werden könnte.

Bevor er in den Wagen stieg, warf er einen Blick auf das Kennzeichen am Pick-up, merkte sich die Nummer und schrieb sie auf, sobald er im Wagen saß. Alles andere – die Aufkleber auf der Stoßstange, der überall auf der Ladepritsche hinten verstreute Unrat, die Waffenlobby-Reklame – war Grainger vertraut. Kyle fuhr immer noch ein Fahrzeug, das leicht auszumachen war, denn Kyle hielt sich für unangreifbar. Ihm würde schon nichts passieren.

Von seinem Handy aus wollte er nicht anrufen. Als er an einer Tankstelle eine Telefonzelle sah, hielt Grainger an. Er brachte den Volvo vor einer Zapfsäule zum Stehen, stieg aus und ging in das Tankstellenhäuschen, um das Benzin im Voraus zu bezahlen und sich Münzgeld zu besorgen.

Wieder draußen steckte er den Zapfhahn in den Tank, stellte den Zähler auf die langsamste Stufe und ging ans Telefon. Fütterte den Automat mit Münzen, wartete. Als im Büro des Sheriffs jemand abnahm, sagte Grainger: »Der Mann, den Sie wegen der Sache mit Waylans suchen, ist im Sakakawea Motel in Pick City. Blauer Pick-up, steht draußen davor.« Er nannte das Kennzeichen. »Der Name ist Kyle Hanna.«

Grainger wollte gerade auflegen, als die beflissene Stimme sagte: »Warten Sie, wer …«

Kyle war wahrscheinlich gerade dabei, das verdammte Gewehr zu ölen, wenn die Bullen die Tür eintraten.

Grainger lächelte.

70. KAPITEL

Grainger hatte Kyle Hanna eigentlich gar nicht aufsuchen wollen, hätte gerne auf die Begegnung verzichtet, doch war es die einzige Möglichkeit herauszubekommen, wer hinter der Sache steckte, wer sie alle beide angeheuert hatte.

Er ließ den Motor wieder an und fuhr in Richtung Kingdom davon.

Was sie gesagt hatte, traf zu – alles sah so harmlos aus, die weißen Gebäude im Schatten des bevorstehenden prächtigen Sonnenuntergangs.

Am Fuß der kleinen Anhöhe, von der aus man Klavan's überblicken konnte, war er aus dem Wagen gestiegen. Nun stieg er wieder ein. Er hatte das kleinere Gebäude und die ungepflasterte Straße, die dorthin führte, erspäht und steuerte nun geradewegs darauf zu.

Grainger fuhr den Wagen rückwärts in eine Lücke. Dann klappte er das Handschuhfach auf und nahm den 357er Magnum Revolver heraus, stieg aus und ging auf den Vordereingang des Gebäudes zu, von dem er annahm, dass darin das Büro untergebracht war. Die Waffe steckte er sich hinten in den Gürtel.

Drinnen befand sich ein großer Raum mit Computer, Aktenschränken, mehreren Schreibtischen und einem abgewetzten Ledersofa unter einer breiten Fensterfront. Links davon war ein weiteres, etwas kleineres Büro. Es musste bereits nach Feierabend sein, denn in dem größeren Raum hielt sich nur noch ein Mitarbeiter auf.

»Kann ich Ihnen helfen?«

Ein gutaussehender Bursche, vermutlich in den Dreißigern. Er schien ehrlich überrascht, dass ein Außenstehender hier auftauchte.

»Ich würde gern Mr. Klavan sprechen. Ist er da?«

»Ja. Ähm, haben Sie einen Termin?«

Du liebe Güte! Als würde man dem Kerl hier die Bude einrennen. »Nein. Ist er da drinnen?«

»Ja, aber …«

Grainger warf ihm ein strahlendes Lächeln zu und marschierte in das kleinere Büro hinüber.

Klavan sah von einem Stapel Papiere hoch, auf denen er irgendetwas anstrich und sie dann beiseitelegte. »Ja?«, sagte er mürrisch. Er schmiss seinen Stift hin, als wäre der am Auftauchen dieses hochgewachsenen Dreckskerls schuld, der darüber hinaus auch nicht allzu freundlich aussah, ihn bei der Arbeit unterbrach, und das auch noch kurz vor Feierabend.

»Ich hätte Sie gern kurz gesprochen, Mr. Klavan.«

»Um was geht's?« Klavan musterte ihn argwöhnisch.

Grainger nahm auf dem Stuhl auf der anderen Seite des Schreibtischs Platz. »Um das Mädchen, das Sie rausgeschmissen haben. Andi Oliver.«

Besorgnis begann sich im Gesicht des anderen auszubreiten, während er sich räusperte. »Andi? Nettes Ding, bisschen rebellisch allerdings. Das geht Sie aber einen Dreck an! Wer sind Sie überhaupt?«

»Diver. Dick Diver.« Grainger mochte F. Scott Fitzgerald und konnte sich vorstellen, dass Klavan den wohl eher nicht las. Obwohl es witzig wäre, wenn er es täte.

»Nun, die kleine Oliver hat außerdem auch geklaut.«

»Ach? Was wollen Sie damit sagen, Sir?« Die Anrede »Sir« wählte er mit Bedacht, als Zeichen der Ehrerbietung, damit Klavan sich etwas entspannte, was er auch prompt tat.

»Na, zunächst mal hat sie eine von den Sauen gestohlen. Dann hat sie die Leute aufgehetzt und sogar damit gedroht, uns zu verklagen.«

»Weswegen denn?«

»Wegen der gottverdammten Schweine. Die Kleine wusste anscheinend nicht den Unterschied zwischen einem Schwein und dem Papst. Schweine, fand sie, sollten behandeln werden wie Könige.« Klavan beugte sich so weit vor, wie es ging. »Für wen arbeiten Sie eigentlich, Diver? Sind Sie Anwalt oder was? In welcher Eigenschaft sind Sie hier?«

»In dieser.« Mit einer geschmeidigen Bewegung förderte Grainger den Revolver zutage.

Der Ausdruck in Klavans mittlerweile erbleichtem Gesicht sprach Bände. Grainger lächelte. Klavan hob die Hände, hielt sie abwehrend vor sich hin und rollte seinen Bürostuhl nach hinten gegen ein Fenster mit grünen Jalousien. Dabei schaute er immer wieder verstohlen in Richtung Tür.

»Der ist beschäftigt. Keine Sorge, Klavan. Ich hab nicht die Absicht, Sie abzuknallen – vorerst jedenfalls nicht. Aber wenn Andi Oliver irgendwas zustößt, steh ich gleich wieder auf der Matte, glauben Sie mir. Und dann knall ich Sie ab. Beten Sie also, dass ihr nichts zustößt. Dass sie keinen Unfall hat, an dem Sie womöglich nicht mal beteiligt sind. Hoffen Sie, dass sie erst guckt, bevor sie über die Straße läuft, und von keinem runterfallenden Tresor getroffen wird.« Grainger genoss es, hier mit vorgehaltener Waffe zu sitzen.

Klavan, der verzweifelt einen Ausweg aus diesem Schlamassel suchte, warf verstohlene Blicke in Richtung Telefon und auf etwas anderes Unerfindliches in oder auf seinem Schreibtisch, vielleicht einen Notrufknopf.

»Behalten Sie Ihre Hände bei sich, Mann, sonst mach ich Sie kalt. Also, verstehen Sie, was ich sage?«

Auf Klavans Stirn und Oberlippe bildeten sich Schweißperlen. »Ich war's nicht. Es war mein Bruder, ich konnte ihn nicht davon abhalten...«

»Mir scheißegal, wer von euch einen zahlt, der sie umbringen soll. Sie haben mich verstanden. Also, noch mal, damit das klar ist: Wenn Andi Oliver etwas zustößt, wird jemand dafür bezahlen. Ihr Betrieb oder BigSun oder sonst wer.« Den gesenkten Revolver seitlich von sich auf und ab schwenkend stand Grainger auf. »Das kapieren Sie doch, ja?«

Klavans Kopf erinnerte an diese kleinen Vogelfiguren, die man an ein Wasserglas hängt – plopp, plopp, plopp. »Ja.«

Grainger steckte sich die Waffe wieder in den Gürtel. »Dann guten Abend«, sagte er freundlich beim Hinausgehen und machte die Tür hinter sich zu. Der Bursche im Vorzimmer war immer noch allein.

Grainger ging auf ihn zu, ein gereiztes Lächeln im Gesicht. »Sie sind nicht zufällig Jake, oder?«

»Ja ...«

»Arschloch.« Er holte aus und versetzte ihm einen Schwinger, der krachend auf Jakes Kinnlade landete. Der wirbelte herum, bevor er mit dem Gesicht voraus zu Boden ging.

Grainger marschierte hinaus.

Er war wieder auf dem Highway, hielt einmal an einer Shell-Tankstelle an, um zu tanken und Kaffee zu trinken, und fuhr die nächsten paar Stunden durch, während es allmählich dunkel wurde. Die magisch wirkende Ansammlung von Neonlichtsternen in der Ferne verriet ihm, dass er sich Eddies Motel näherte. Aus dieser Entfernung sahen sie aus wie vom Himmel auf die Straße gefallene Sterne.

Inzwischen war es bereits nach acht Uhr abends. Er fuhr vor dem Büro heran und ging hinein. »Bist du Eddie?«, wandte er sich an den dünnen, schlaksigen Jüngling, der sich im Fernsehen gerade eine von diesen läppischen Reality-Shows anschaute, die die ganze Nacht über liefen.

Der Junge fuhr erschrocken hoch. »Ich? Ja.«

»Ich bin ein Freund von Andi Oliver.« Grainger lächelte ihn an.

Eddie wusste nicht recht, ob er lächeln oder skeptisch dreinschauen sollte, tat also abwechselnd das eine und das andere. »Was wollen Sie?«

»Keine Sorge, ich bin wirklich ein Freund. Du kannst was für mich tun. Als du mit Andi nach Preston gefahren bist, da habt ihr in einem Klub doch mit ein paar Typen geredet.«

Eddie nickte eilfertig. »Die früher im Schlachthof gearbeitet haben. Sie wollte sie als Zeugen.«

»Haben sie zugesagt? Oder gezögert?«

Eddie lehnte sich gegen den Tresen und fummelte an ein paar Broschüren herum, die aber nichts mit dem Stardust Motel zu tun hatten. »Äh, also scharf drauf waren sie nicht. Aber Andi meinte, sie würden schon mitmachen.« Er hörte auf, die Broschüren zu stapeln, und blickte in die Dunkelheit hinaus. »Sie ist eine Frau. Da hat man's schwer, da hören einem die Männer nicht gern zu. Sie fand das einfach so beschissen, wie die Viecher da behandelt und dann abgeschlachtet werden, da musste sie einfach was tun.«

Eddie zuckte die schlaffen Schultern. An seinen steckendünnen Armen waren aber doch ein paar Muskeln. »Was meinten Sie damit, ich kann was für Sie tun?«, fragte er dann weiter.

»Diese beiden Männer, mit denen würde ich mich gern mal unterhalten.«

Eddie musterte ihn abwägend, dann breitete sich ein Lächeln über seinem Gesicht aus. »Ich glaub, wenn Sie sich mit jemand ›unterhalten‹, dann hört der aber gut zu.«

»Den Eindruck mach ich also auf dich?« Grainger lächelte ihn freundlich an.

»Ja, schon.« Eddie schien erfreut, dass ein von der Nacht verschlüsseltes Geheimnis sich nun enthüllt hatte. »Der Klub heißt Zero's. Gleich am Ortsrand von Preston. Ist ganz leicht zu finden, direkt an der Main Street. Ist ja keine große Stadt.« Währenddessen kramte er in seinem abgegriffenen Geldbeutel und förderte nun ein Zettelchen zutage, das er Grainger schon geben wollte, dann aber erst fragte: »Woher soll ich wissen, dass Sie der auch sind, wie Sie sagen?«

»Ich hab noch gar nicht gesagt, wer ich bin. Ich heiße Billy Grainger, hab mich aber sonst überall als Dick Diver vorgestellt. Das bleibt also unter uns.«

»Und wieso?«

»Wieso der Deckname? Falls die Polizei kommt und anklopft.« Grainger sah den Zettel in Eddies Hand. »Wer sind jetzt ...«

»Sind die Bullen hinter Ihnen her?« Das schien Eddie nun äußerst spannend zu finden.

»Wären sie, wenn sie mehr wüssten.«

Das klang ja noch vielversprechender! Eddie machte schon den Mund auf, um der Angelegenheit weiter auf den Grund zu gehen, als Grainger sagte: »Aber das tut ja hier nichts zur Sache, stimmt's, Eddie? Weißt du noch, wie die hießen, Andis Zeugen?«

Eddie sah auf den Zettel in seiner Hand hinunter, als wäre dieser durch einen Zaubertrick, ein weiteres Zeichen, plötzlich dort aufgetaucht. »Der eine heißt Melvin Duggan und der andere Tim Dooley. Hier.«

Grainger sah sich die Namen an, prägte sie sich ein und gab ihm den Zettel zurück. »Falls du den noch mal brauchst.« Als ob Eddie beschließen könnte, ihnen ebenfalls auf die Pelle zu rücken. »Was weißt du über die?«

Eddie machte ein ernstes Gesicht. »Die haben beide als Schlachter dort gearbeitet, bei BigSun. Der eine als Abstecher – wissen Sie, was das ist?«

»Ich kann's mir gut vorstellen.«

»Und der andere war, glaub ich, mit Abhäuten beschäftigt. Ich hab aber selber nicht mit denen geredet. Das hat Andi mir später erzählt.«

»Aber du warst dort.«

»O ja, ich war auch in der Bar.«

»Kannst du mir die beiden beschreiben?«

»Klar.« Eddie hatte die Ellbogen auf der Theke, den Kopf in die gefalteten Hände gestützt. »Am auffälligsten war, dass sie zusammen dort waren. Das sind die aber immer, glaub ich.«

»Schwul? Oder sagen wir so: Wo der eine ist, kann der andere nicht weit sein?«

»Nein, schwul nicht. Eher wie echte Freunde. Der eine, der Melvin heißt, der ist leicht zu erkennen. Leuchtend rote Haare, hatte an dem Abend ein knallrotes Hemd an. Und wie dem Tattoo-Paradies entsprungen – soweit ich sehen konnte, war der von oben bis unten tätowiert. Der zweite Typ, Tim, schlaksig und dünn, also, mit Gliedmaßen, die wie gedrechselt aussehen und von den Raubvögeln abgenagt.«

Grainger schüttelte lachend den Kopf. »Eddie, hoffentlich musst du mich bei der Polizei nie beschreiben. Die hätten mich innerhalb von zehn Minuten geschnappt.«

Das gefiel Eddie. »Schon in Ordnung«, sagte er mit einem gewollt lässigen Schulterzucken. »Andi helf ich jederzeit gern.«

»Sie findet, du bist großartig.«

Den Blick gesenkt zuckte er wieder mit den Schultern. »Ach echt? Na, eins sag ich Ihnen: Wenn der Fall vor Gericht kommt, bin ich dabei, als erster Zeuge. Ich hab mir irgendwie nie Gedanken gemacht über Tiere, speziell über Schweine – bis ich den Sattelschlepper von Klavan's gesehen hab. Hat sie Ihnen bestimmt erzählt. Wir machen uns einfach keine Gedanken über das alles …« Seine Stimme driftete irgendwohin ab.

»Ja, das stimmt.« Grainger sah auf die Wanduhr. »Also, ich muss los, wenn ich dort sein will, bevor die dichtmachen.«

»Bei Zero's? Die machen bestimmt nie zu.«

»Danke für die Auskunft, Eddie.« Er streckte ihm die Hand hin. Eddie schüttelte sie. »Wieso wollen Sie die beiden denn sprechen?«

»Bloß um sie dran zu erinnern, ihr Wort zu halten. Und gegen den Laden auszusagen, wenn's so weit ist.«

»Wenn's dazu kommt. Andi meinte, es könnte sein, dass das Verfahren noch lang aufgeschoben wird. Monate, vielleicht Jahre. Inzwischen könnten die es sich komplett anders überlegen.«

»Ich weiß. Darum will ich ja mit ihnen sprechen. Um dafür zu sorgen, dass sie das nicht tun.«

Das Zero's war eine düster-dumpfige Bar in einer düster-dumpfigen Straße, flankiert von einem kleinen Lebensmittelgeschäft auf der einen und einem Kolonialwarenladen auf der anderen Seite. Dem Ausdruck »Kolonialwaren« war Grainger seit seiner Kindheit nicht mehr begegnet. Die Schaufensterpuppen trugen Kleider und Schuhe, wie sie vor Jahrzehnten mal in Mode waren. Bestimmt war der Laden ganz verstaubt. In der Mode spiegelte sich die ganze Stadt wider.

Wieso stand er eigentlich hier und schaute sich unmoderne Klamotten an? Es gab Zeiten, wo er ohne sein Gewehr in der Hand doch erheblich an sich selbst zweifelte. Mit einem Seufzer stieß er die Eingangstür zum Zero's auf.

Von einer zechenden Gästeschar erwartete man immer Lärm und Getöse, doch im Zero's war es trotz der recht vollen Bude still, fast totenstill: eine bedrückte Stimmung. Er ging an die Bar, setzte sich. Der Barkeeper kam herüber, ein vollbärtiger Kerl mit schwarzer Augenklappe, Ring im Ohr, aber ohne Papagei auf der Schulter. Mit Holzbein womöglich, doch das konnte Grainger nicht sehen. Er bestellte sich einen doppelten Glenlivet, überrascht, dass sie den führten.

Er ließ den Blick durch das Lokal schweifen. Ein paar Frauen sahen zu ihm hin. Eine zwinkerte ihm zu. Er zwinkerte nicht zurück. Graingers Problem war unter anderem, dass er zu viel sah – nicht nur die Gesichter und das Mienenspiel, sondern auch das, was dahinter lag –, die Feinheiten, Schatten, Lügen. Es war, als ob seine Arbeit – bei der er alles Irrelevante herausfiltern konnte –, als ob ihn all das urplötzlich überkam, wenn er einmal nicht durchs Zielfernrohr peilte.

Die roten Korkenzieherlocken fielen ihm fast sofort ins Auge. Der zweite Mann war nicht da – ah, doch, gerade rutschte er neben den Rotschopf auf die Sitzbank in der Tischnische, zwei Bierflaschen beim Flaschenhals haltend.

Grainger nahm sein Glas und ging auf die Tischnische im rückwärtigen Teil des Raumes zu. »Gentlemen«, sagte er.

Sie schauten erst ihn, dann einander an und dann im Raum umher, als wüssten sie nicht recht, wo sie Grainger, aber auch sich selbst und die Bar hintun sollten.

»Kennen wir uns?«

Es klang nur leicht feindselig, als wäre ausgeprägtere Feindseligkeit zumindest vorab noch fehl am Platze.

»Nein. Ich bin aber ein Freund von Andi.« Als sich offenbar keiner von beiden an den Namen erinnerte, fügte er hinzu: »Andi Oliver, die hier war und sich mit Ihnen über Ihre frühere Arbeitsstelle unterhalten hat.« Falls sie das womöglich ebenfalls vergessen hatten.

Hatten sie nicht. »Ah ja, die Kleine«, sagte der Rothaarige, bei dem es sich um Melvin Duggan handeln musste.

»Die Kleine, ganz recht. Was dagegen, wenn ich mich setze?«

Das Klappergestell (Eddie hatte ihn recht treffend beschrieben) rutschte zur Seite. Duggan sog an seiner Zigarette, blies dicken Qualm aus und legte die Zigarette dann mit dem glimmenden Ende nach außen an der Tischkante ab. Der Tisch war mit ringförmigen kleinen Brandflecken übersät.

»Also, was wollen Sie? Sind Sie der Anwalt?«

Grainger überlegte, ob er bejahen sollte, nur um die Dinge etwas voranzutreiben, fand jedoch, dass ihre Antworten dann womöglich zurückhaltender ausfallen würden. »Nein, ich bin einfach nur ein Freund.«

Sie nickten. So weit, so gut.

»Sie hat mich bloß gebeten, Sie an die Klage zu erinnern. Es wird noch einige Zeit dauern, Sie können sich ja vorstellen, wie sich so was abspielt. Große Firmen können ein Gerichtsverfahren ewig hinauszögern. Das Geld dafür haben die. Und das stammt vielleicht sogar aus diesen landwirtschaftlichen Großbetrieben. Einiges davon kommt sicher über BigSun. Ist Ihnen Eugene Tuttle ein Begriff?«

»Tuttle? Ja, klar. Den kennt jeder, der dort arbeitet. Ein echter Scheißkerl. Rennt dauernd rum, steckt seine Nase überall rein. Der ist wohl dort der Geschäftsführer. Ein echter Scheißkerl – oder hab ich das schon gesagt? Der verbringt sein Leben hauptsächlich dort im Betrieb. Der wohnt praktisch da.«

»Wo ist er, wenn er nicht dort ist?«

»Wo er zu Hause ist? Was weiß ich. Aber wenn Sie den su-chen, fangen Sie da mal an, in den Verwaltungsbüros.«

Der schwarzhaarige Kerl kaute auf der Lippe herum. Beide wirkten etwas nervös. »Ja, äh, also, wir haben das noch mal gründ-lich durchgesprochen. Nicht dass wir sagen, wir machen's nicht, aber wir müssen es uns noch mal gut überlegen.«

Grainger lächelte. »Was gibt's da zu überlegen? Sie wissen, worum es geht.«

Melvin unterbrach ihn. »Es ist so, wir sind uns da nicht hun-dertprozentig sicher, wissen Sie.«

»Es ist wichtig, dass Sie es machen. Ohne Ihre Aussagen könnte die ganze Sache den Bach runtergehen.«

»Okay, okay. Es ist bloß … also, wir brauchen 'nen Job. Es ist schwer, hier in der Gegend Arbeit zu kriegen, und BigSun ist der größte Arbeitgeber.«

»Heißt das, Sie wollen Ihre alten Jobs wieder?«

»Na, nicht grade die Jobs, aber selbst wenn man ganz allge-mein Arbeit sucht, sagen wir mal im Straßenbau, dann wird man nicht genommen, wenn die denken, man würde Stunk machen – Sie wissen schon, was an die große Glocke hängen, so was in der Art.«

Grainger sah einen nach dem anderen nachdenklich an. »Hm, verstehe. Klingt, als säßen Sie ganz schön in der Zwickmühle.« Er trank seinen Scotch vollends aus, ließ ein paar zerknüllte Scheine auf dem Tisch liegen und sagte lächelnd: »Ich komme wieder.«

»Wer zum Teufel sind Sie eigentlich?«

»Der Zwick in der Mühle.«

Grainger ging hinaus.

Das drängendere Problem war nun Eugene Tuttle.

Um den zu finden, brauchte er eigentlich bloß seiner Nase zu folgen. Es roch stark nach verbranntem Holz, als er aus dem Wa-gen stieg, danach und nach mit Blut und Angst vermischtem tierischem Abfall. Angst war greifbar, das kannte er schon. Manchmal fühlte es sich an, als sei die Luft völlig durchdrungen davon. Von irgendwoher, nicht von hier, sondern von einer entfernt gelegenen Farm, tönte Muhen. Tiere sah er keine, nur die leere Fläche, wo die Auffangpferche gestanden hatten.

Das gegenüberliegende Gebäude war vermutlich das, was vom Schlachthaus übrig geblieben war. Er wollte gar nicht daran denken, was dort gemacht worden war. Das wollte er lieber Andi überlassen. Wie feige von ihm! In einigen Fenstern brannte Licht. Der Rest lag im Dunkeln. Es schien, als wäre der ganze Betrieb für kurze Zeit angehalten, bevor der Morgen wieder alles in Gang setzte.

Die Bürotür stand offen. Beim Anblick von Eugene Tuttle dachte man an einen *Buchhalter* oder vielleicht *Lehrer* oder *Forscher*. Er saß über einen Aktenordner gebeugt, als würde er gerade irgendein seltenes Exemplar unter dem Mikroskop betrachten. Für einen »Scheißkerl«, der einen Viehhof betrieb und die Oberaufsicht in einer Schlachtfabrik führte, würde man ihn weiß Gott nicht halten.

Als er den Blick hob, änderte Grainger seine Meinung. Das Gesicht war wild, barbarisch. Mit scharfen, frettchenhaften Zügen und einer spitzen Nase. Beim Anblick von Grainger schienen seine Nüstern zu beben, als würde er Witterung aufnehmen.

»Ja?«

»Sind Sie Eugene Tuttle?«

»Ja. Eugene Tuttle, ja.«

»Man sagte mir, Sie wären vermutlich hier zu finden.«

»Ach ja, wer denn?«

»Freunde. Wenn ich Sie einen Augenblick sprechen könnte.« Eugene sah auf seine Uhr. »Es ist fast elf Uhr ... *abends*.«

Dies betonte Tuttle, als könnte sein Besucher meinen, es sei Vormittag.

»Wir haben ein Problem.«

»*Wieso wir?*« Tuttle steckte die Kappe auf seinen Schreibstift. »Wer zum Teufel *sind* Sie?«

Grainger wusste noch nicht, für wen er sich ausgeben sollte, blieb die Antwort also schuldig. »Im Grunde haben *Sie* ein Problem. Ich leiste Ihnen da bloß Gesellschaft.« Grainger blieb aufrecht stehen. Er wusste, dass seine Größe einschüchternd wirkte.

»Was suchen Sie hier? Wenn Sie sich beschweren wollen, bin ich nicht der richtige Ansprechpartner. Da wenden Sie sich vielleicht…«

»Nein. Man sagte mir, Sie sind der Ansprechpartner für alles. Ich denke, Sie kennen eine junge Dame namens Andi Oliver?«

Tuttles Blick fiel auf den Schreibtisch. Entweder zu einem Sicherheitsknopf oder einer Schusswaffe. Da seine Hände sich aber nicht bewegt hatten, griff Grainger nicht nach seiner hinten im Gürtel. »Der Name sagt Ihnen was.«

Tuttle regte sich nicht. »Was wollen Sie?«

»Ich will, dass Sie sie vergessen.«

»Ich weiß nicht, wovon Sie reden.«

Grainger seufzte, als fände er die Vorstellung, die der andere hier abzog, enttäuschend. »Eugene, Eugene, ich bin außerdem ein Freund – nun ja, ein Bekannter – von Kyle Hanna…«

Diesmal hatte er ins Schwarze getroffen.

»…und der hat sich entschieden, den Job nicht anzunehmen. Beziehungsweise, die Entscheidung wurde ihm abgenommen.«

»*Was?* Und was ist mit…« Er unterbrach sich gerade noch, aber nicht rechtzeitig.

»Mit dem Geld? Gute Frage. Das kriegen Sie zurück. Oder jedenfalls das meiste davon.«

Das kleine Wiesel (schrecklich, dieses Tierchen in ein so schlechtes Licht zu rücken) schnüffelte ein paarmal, als wollte der Kerl tatsächlich die Wahrheit erschnüffeln. »Ich kenne diese Leute überhaupt nicht.«

»Sie tun schon wieder so, als hätten Sie von Tuten und Blasen keine Ahnung, dabei sitzt Kyle bereits irgendwo auf der Polizeiwache. Und die werden bestimmt wissen wollen, wer ihn angeheuert hat. Sie und Klavan nämlich. Nun möchten Sie sich vielleicht um Kyle kümmern, bevor der den Bullen was flüstert. Sehen Sie, ich kenne Kyle. Bei dem bleibt die Klappe zu, bis sein anwaltlicher Vertreter auftaucht. Nämlich meine Wenigkeit.« Grainger hatte die passende Visitenkarte herausgezogen, nachdem er blitzschnell ein halbes Dutzend durchgeblättert hatte. »Hier ...« Er reichte ihm die Karte über den Tisch.

Tuttle konnte nicht umhin, einen Blick darauf zu werfen. »›D. Diver, Anwalt – Delaplain, New Jersey.‹ Na, angenommen, Sie haben recht – was wollen Sie dafür?«

»Ach, sagen wir, vielleicht fünfzigtausend. Der wird genau das machen, was ich ihm sage. Dazu käme dann noch die Zusicherung, dass weitere Anschläge auf das Leben des Mädchens unterlassen werden.«

Eugene funkelte ihn wutentbrannt an. »Was geht Sie denn die Frau an? Einen Scheißdreck! Wieso sollte ich das tun?«

Grainger seufzte. »Ist das denn nicht klar wie Kloßbrühe, Eugene? Ich muss schließlich meinen Mandanten schützen, nicht wahr? Wenn irgendjemand anderes daherkommt und versucht, sie abzumurksen, steht Kyle sofort unter Verdacht.«

»Der sitzt doch im Knast.«

»Richtig. Aber haben Sie denn sonst noch einen in petto, den Sie der Kleinen in den nächsten zehn Minuten auf den Hals hetzen können? Kyle bleibt nämlich nicht lang im Knast, Sie Trottel.«

Eugene war eingeschnappt. »Das muss jetzt nicht sein, dass Sie mich hier beleidigen.«

Grainger konnte sich vor Lachen kaum halten. *Das muss jetzt nicht sein, dass Sie mich hier beleidigen,* du meine Güte. »Was ist Ihr Job hier?«

»Ich bin einer der Eigentümer. Ich bin für die Finanzen zuständig«, erwiderte er verdrossen.

»Und wer ist für die Morde zuständig?«

Tuttle blies sich mächtig auf. Für so ein mickriges Kerlchen konnte er sich ganz schön in Pose werfen.

»Das ist doch einfach lächerlich!«

Da Tuttle sich erhoben hatte, setzte Grainger sich hin, nur damit das Ungleichgewicht wiederhergestellt war. »Was ist es denn, was um keinen Preis herauskommen soll?«

»Nichts, überhaupt nichts. Das denkt die Kleine sich alles aus. Die will hier bloß Unheil stiften.«

»Ich würde sagen, das Unheil« – Grainger stand wieder auf – »ist bereits gestiftet. Gute Nacht, Mr. Tuttle. Wir sprechen uns wieder.«

Mehr war aus dem Mann nicht herauszubekommen. Graingers Ziel war jedenfalls gewesen, eine Nachricht zu übermitteln, und er war sich ziemlich sicher, dass er es erreicht hatte. Auf lange Sicht gesehen hatte er vielleicht nicht viel zuwege gebracht, fürs Erste aber schon. Sie würden sie in Ruhe lassen, wenigstens so lange, bis sie alles ausklamüsert hatten. Und wenn sie dann erfuhren, dass sie fortgegangen war, würden sie die ganze Sache vermutlich vergessen. Es war schon schwierig genug gewesen, einen Schützen zu finden – zwei Schützen eigentlich –, und dann beide Male einen Fehlschlag zu erleben.

Dies alles ließ er sich auf der Rückfahrt nach Kingdom durch den Kopf gehen. Es war bereits Mitternacht, und er war müde. Er hätte sich in Eddies Motel einquartieren können, befürchtete aber, ihr könnte etwas zustoßen, falls er nicht in ihrer Nähe war. Bettzeug hatte er dabei und war es gewohnt, auf dem Erdboden zu schlafen.

71. KAPITEL

Sie waren es immer wieder durchgegangen. Jim hatte Schwierigkeiten mit der Tatsache, dass sie fortgehen wollte. Tom konnte es auch nicht recht verstehen. Alle beide fürchteten um ihre Sicherheit.

Jim schüttete gekochte und in Scheiben geschnippelte Kartoffeln in eine Keramikschüssel. »On the road again – und weiter geht's.«

Andi lachte. »Das ist doch von Willie Nelson.«

»Nimm *wenigstens* den Wagen.«

»Nein, ich kann doch nicht euer Auto nehmen. Trotzdem danke, Jim, das ist sehr nett von dir. Ich bin's aber schon gewöhnt, zu Fuß zu gehen oder mit dem Bus zu fahren. Das mach ich gern. Wenn man zu Fuß geht, sieht man was.«

Mit dem Whisky in der Hand meinte Tom: »Esel zum Beispiel.«

Jim löffelte großzügig Mayonnaise auf die Kartoffeln. Er klatschte die Mayonnaise so heftig vom Löffel, dass man meinen konnte, er wollte seine Wut an dem Salat auslassen.

Da klopfte es an oder klang eher wie ein Rütteln an der Fliegengittertür. Es war Harry McKibbon.

»Harry, komm rein. Du kommst grade recht, um hier eine festzunehmen und einzubuchten.«

»Ich nehme an, damit bist du gemeint.« Er sah Andi prüfend an. »Wieso sollst du eingebuchtet werden? Außer natürlich einfach aus Prinzip.«

Jim antwortete. »Um sie von ihrer hirnverbrannten Idee abzubringen, uns zu verlassen und zu Fuß nach Kanada zu laufen.«

Eigentlich nach Alaska, dachte Andi, aber das zu sagen, würde alles bloß noch schlimmer machen.

Harry runzelte die Stirn. »Tut mir leid.« Es klang ehrlich. »Ich versteh allerdings nicht, was daran hirnverbrannt sein soll.« Er setzte sich, nickte bejahend, als Jim ihm Kaffee anbot, und nahm sich aus einer Schale auf dem Tisch einen Kartoffelchip.

Tom lehnte sich in seinem Stuhl zurück. »Zu Fuß? Zu Fuß nach Kanada? Hört sich das denn nicht hirnverbrannt an?«

Harry schüttelte den Kopf. »Nicht bei Andi.« Er biss von dem Kartoffelchip ab und sah sie forschend an. »Gehst du weg, weil Waylans erschossen wurde? Kann ich gut nachvollziehen, bloß, wenn das der einzige Grund ist, also, wenn du glaubst, der Kerl hätte es vielleicht auf dich abgesehen gehabt ...?«

»Zum Teil. Auch, weil sie mich gefeuert haben und ich nicht mehr bei den Schweinen arbeiten kann. Klavan lässt mich nie wieder aufs Gelände.«

Jim stand da, die Kaffeetasse in die Höhe haltend. »Und diese gerichtliche Angelegenheit, die Klage gegen die verdammte Schweinemastanstalt? Willst du dafür denn nicht hierbleiben?«

»Bobby Del Ray meint, das dauert noch Monate, wahrscheinlich eher ein bis zwei Jahre. Der Staatsanwalt will die Sache einfach nicht in Angriff nehmen. Offenbar gehört Klavan hier die halbe Gegend und BigSun die andere Hälfte.«

Harry sagte: »Du lässt es aber doch nicht etwa sausen?«

»Nein, natürlich nicht. Ich bleib in Kontakt.«

»Also, zum Kaffeetrinken bin ich heute Abend nicht hergekommen, obwohl das ja nett ist, aber in einer Sache wollte ich dich doch beruhigen. Wir haben den Schützen.«

Sie erstarrte, ließ die Hand, die sie Jim wie eine Fahne hingestreckt hatte, abrupt sinken. *Billy.* Sie brachte kein Wort heraus.

Harry fuhr fort: »Ich würde es ja gern unserer sachkundigen Polizeiarbeit zuschreiben, es lag aber daran, dass wir einen telefonischen Hinweis erhalten hatten. Der Anrufer sagte, der Typ habe sich in einem Motel verschanzt, Gewehr unterm Bett versteckt. So ein Idiot.«

Andi räusperte sich. »Wer ist es?« Sie hoffte, den anderen würde ihr veränderter Ton nicht auffallen.

»Ein Bursche namens Kyle Hanna…«

Der Name legte sich wie Balsam über ihre Seele. Bis ihr einfiel, dass er ja auch Pseudonyme benutzte. Sie musste schlucken. »Hat er gesagt, was er hier wollte?« *Bestimmt nicht, bestimmt ist es nicht Billy Grainger.* »Von wem kam der Hinweis?«

»Es war bloß eine Stimme am Telefon. Vorgestellt hat er sich nicht«, fügte Harry trocken hinzu. »Hanna sagt nicht, wieso er hier ist, er meint, bloß zum Jagen, was das Gewehr erklären würde, das stimmt aber nicht. Wie zu erwarten, beteuert er seine Unschuld. Behauptet, jemand anders wär's gewesen und will es ihm in die Schuhe schieben.«

Das hörte sich nach Billy Grainger an. Andi nahm sich einen Kartoffelchip und fing an, ihn in lauter kleine Stückchen zu zerbröseln. »Wie sieht er denn aus?« Das klang nicht so lässig, wie sie eigentlich beabsichtigt hatte. Sie aß die Krümel, ohne etwas zu schmecken.

»Widerlicher kleiner Kerl. Knapp eins fünfundsechzig, so in dem Dreh. Dreckige Fresse, Pickelgesicht. Wieso? Ist er ein Freund von dir? Würde mich ja nicht wundern.«

Ihr Gesicht fühlte sich heiß an – jetzt bloß nicht rot anlaufen, hoffte sie. Vor Erleichterung war sie so benommen, dass sie sich scheute, vom Tisch aufzustehen. »Ich frag mich nur, ob ich ihn vielleicht schon mal gesehen habe, ob er mir auch gefolgt ist, zusammen mit Waylans.«

Harry wurde wieder ernst und runzelte die Stirn. »Der behauptet, er hätte noch nie von dir gehört. Das Problem ist bloß – er hatte ein Foto dabei, das jemand vor einem der Klavan-Gebäude von dir gemacht hat.«

Jim knallte seinen Kaffeebecher auf den Tisch. »Wieso musst du ihr das jetzt sagen, Harry?«

Harry wunderte sich. »Sie weiß es doch schon.« Er musterte sie fragend.

Sie nickte. »Klavan steckt dahinter, glaub ich jedenfalls. Es könnte aber auch BigSun sein. Jetzt, wo der Sheriff den Schützen hat, werd ich's vielleicht erfahren.«

Harry seufzte. »Vielleicht aber auch nicht. Der sagt nichts, erklärt sich bloß für unschuldig und verlangt einen Anwalt.« Er nahm sich noch einen Chip.

Jim sagte: »Über die Ballistik kannst du aber doch was sagen, oder? Ob die Kugel, die aus dem Gewehr kam, die gleiche Sorte ist wie die, mit der Waylans getroffen wurde.«

»Das ist ja das Problem. Wir haben keine Hülsen gefunden. Die hat er wahrscheinlich mitgenommen. Der Kerl ist ein Profi.«

»Verdammt, eine Kugel muss doch in seinem Körper gesteckt haben. Oder ist die durchgegangen?«

»Die ist glatt durchgegangen. Durch seinen Kopf.«

Jim starrte stumm vor sich hin. Andi sagte nichts.

»Wir haben sie nicht gefunden. Wir haben jeden Zentimeter Boden abgesucht. Nichts. Nichts, was zu Hannas Gewehr passen würde.«

»Hm, das sieht dann aber nicht gut aus für Hanna, was? Wenn's die Kugel aus einer anderen Waffe wäre, käme er ungeschoren davon.«

»Der kommt vielleicht auch so ungeschoren davon. Was für Beweise haben wir denn? Keine. Nur Indizien. Taucht einer im Motel auf mit einem Gewehr. Mann, der könnte ja auch Hirsche oder Bären jagen oder sonst was. Andrerseits: Um einen Weißwedelhirsch zu erlegen, braucht einer kein M40A1-Sturmgewehr mit zehnfach erweiterter Schusskapazität. Ich behalte ihn also da, solang ich von Gesetzes wegen kann.«

Dann hatte er also recht, dachte Andi. Innerhalb von achtundvierzig Stunden würden sie einen anderen schicken, um sie zu töten. Sie sah auf ihre Hände hinunter, um zu vermeiden, dass ihr die anderen ansahen, wie erleichtert sie war.

»Sobald er sich allerdings einen Anwalt nimmt« – Harry rieb die Handflächen gegeneinander –, »ist er weg.«

»Der muss es aber doch sein, Harry.«

»Hmm. Ich hab mir die Vorgeschichte von diesem Hanna mal

angesehen. Der war bei der Operation Wüstensturm mit dabei. Heckenschütze. Ich hab einen Kollegen in Fort Myers angerufen, der mir ein paar Unterlagen rausgesucht hat. Dieser Hanna war ein Superschütze, ein Tausendsassa. Ich meine, wer sonst trifft einen Silberdollar aus knapp tausend Metern Entfernung?«

»Dann muss er es sein.«

»Seltsame Schlussfolgerung, die du da ziehst, Jim.« Harry lächelte. »Waylans stand vielleicht einen halben Meter neben Andi. Wenn der Kerl also versucht hat, Andi zu töten, wieso hat er sie dann verfehlt?«

Weil er nicht versucht hat, mich zu töten, sondern mich zu retten. Das sagte sie jedoch nicht. Das würde sie für sich behalten.

Am nächsten Morgen war Andi schon früh auf, packte ihren Rucksack und ging nach unten, wo sie von einem niedergeschlagenen Jim begrüßt wurde, der gerade dabei war, Unmengen von Frühstücksspeck zu braten, wie um ihren Abschied zu verspotten. Sie musste schmunzeln.

Sie ging zum Stall hinaus, wollte aber nicht länger bleiben als für einen knappen Abschiedsgruß, wollte die Tiere auch nicht füttern. Sollte Jesus sich darum kümmern.

Bei ihrem Anblick verdrückte sich Dakota sofort in die hinterste Ecke seiner Box.

»Ach, keine Sorge, wir gehen nicht raus auf die Bahn. Ich käm doch nicht auf die Idee, dich rauszuführen, obwohl … du mich ja vielleicht nie wieder siehst.«

Da kam Dakota wieder nach vorn und guckte interessiert, obwohl Andi nicht wusste, was sein Interesse erregt hatte. Sie ging zu Sam hinüber, um ihm die Flanke zu tätscheln. »Ich kann dich nicht mitnehmen, außerdem geht's dir hier doch viel besser.« Sie fragte sich, was sie von dem Esel als Reaktion auf diese Mitteilung wohl erwartete. Odds On und Odds Against schauten erst einander und dann sie an. Palimpsest schüttelte den Kopf und schnaubte. Nelson schien etwas zu kauen, vielleicht auch bloß Luft, nur um irgendetwas zu kauen.

Seufzend ließ sie sich auf einem dicken Heuballen nieder, schaute sie alle an, und alle schauten zurück. Andi musste an das Schwein im Schlachthof denken, das blutüberströmt dem Abstecher flehend sein Gesicht entgegenhob. Sie ertrug es kaum, senkte den Kopf. *Wenn wir sie täuschen,* dachte sie, *sind wir die Getäuschten. Wenn wir sie betrügen, schauen sie uns unbetrogen an.*

Die Pferde und Sam musterten sie weiter unverwandt, mit so melancholischem, traurigem Blick, dass sie schon dachte, sie wüssten, was folgte: Sie ging weg, und sie würde ihnen fehlen.

Entweder das oder sie wollten ganz einfach ihr Frühstück.

Und sie saß darauf.

72. KAPITEL

Grainger beobachtete Jim Purleys Haus von der Felsplatte aus, seine Sicht nur getrübt vom frühmorgendlichen, sich rasch auflösenden Nebel. Dass sie entweder heute oder morgen weggehen würde, wusste er, aber nur deswegen, weil sie ihm von ihrem Vorhaben erzählt hatte. Es gab bestimmt auch noch andere Gründe, obwohl er sich ziemlich sicher war, dass er die Gefahr entschärft hatte, zumindest vorläufig. Vorerst würde keiner was versuchen. Man würde sie in Ruhe lassen, allerdings… wer konnte sich schon sicher sein, was andere tun würden und was nicht? Er blieb auf Beobachtungsposten, denn er wusste sie erst in Sicherheit, wenn sie die Stadt verlassen hatte.

Deshalb hatte er ihr auch nichts von Alice gesagt. Es wäre nur eine zusätzliche Bürde, die sie meinte auf sich nehmen zu müssen, und dann würde sie nicht weggehen. Er hatte selbst vor, sie auf sich zu nehmen.

Seit zwei Tagen war er nun schon auf Beobachtungsposten. Er riss eine kleine Packung Käsekräcker auf, aß einen, trank Wasser aus einem Kanister. Etwas Obst und eine Tüte Karotten hatte er auch dabei und Kaffee in einer Thermoskanne. Er verspürte plötzlich Lust auf einen großen Teller Eier mit Frühstücksspeck, aber daran war jetzt nicht zu denken.

Da bewegte sich etwas. Er hob das Fernglas. Gleich darauf trat Andi aus der Hintertür, ging über den Fußweg zum Stall und blieb stehen. Sie hob den Kopf und schaute in Richtung Felsen, wandte sich dann ab und ging den Weg hinunter. Sie hielt sich keine zehn Minuten im Stall auf. Dann kam sie heraus, ging zum Schweinestall hinüber und stand ein paar Minuten über den Gatterzaun gebeugt. Danach ging sie den Weg wieder zurück zum Haus.

Er wartete.

Nach einer Weile trat sie mit den beiden Männern aus der Haustür. Sie war zwar mit keinem von beiden verwandt, doch er wusste, dass das jetzt sehr hart für sie werden würde. Sie rückte den Rucksack zwischen den Schultern zurecht. Er sah schwer aus. Weiß der Himmel, was sie da drin hatte – ein Schwein vielleicht? Unwillkürlich musste er lachen. Über ein Mädchen wie sie musste man einfach lachen.

Sie hob den Blick, sah direkt zu ihm herüber.

Doch sie konnte ihn natürlich nicht sehen, rechnete auch nicht mit ihm. Das Licht ließ seinen Gewehrlauf nicht aufblitzen, weil gar kein Gewehr da war. Ihr Gesicht zeigte eine Abschiedsmiene, die allerdings nicht ihm galt, sondern dem Ort. Glaubte er jedenfalls. Sie warf einen Blick ins Gestern.

Sie würde nie erfahren, wie sehr er versucht gewesen war, das zu tun, was sie wollte: sie mitzunehmen. Er war nur ehrlich gewesen, als er gesagt hatte, sie würde sein Leben nicht aushalten können. Jetzt, wo er sie die Straße entlang weggehen sah, wo er sah, wie sie ihren Freunden zuwinkte, kamen Grainger doch echte Zweifel. Vielleicht sollte er mit ihr gehen, um die Wasser zu teilen, die Dunkelheit zu vertreiben – aber für wen zum Teufel hielt er sich eigentlich? Andi brauchte keinen, der für sie die Wasser teilte.

Aus der Ferne ertönte Wehklagen, ein Schrei oder Kreischen, und Grainger dachte: Irgendwo da draußen wird gerade ein Tier gequält, ein Hund getreten, eine Katze versengt, ein Esel mit der Peitsche traktiert.

Und irgendwo da draußen ist einer, der das tut. Bruder, fang an zu beten, denn Unheil naht, und du stehst dem Unheil genau in der Bahn.

Grainger sah zu, bis die ferne Straße zu einem Strich am leeren Horizont wurde und die Gestalt verschwand.

Dann ließ er das Fernglas sinken und lächelte.

»Zeig's ihnen, Süße!«

EPILOG

Das weiße Pferd war entweder gestrauchelt und in die Grube gefallen oder vielleicht sogar hineingestoßen worden. Ein verletztes Wildpferd war es bestimmt nicht. Mit seinen hervorstehenden Rippen sah es irgendwie krank aus. War vermutlich gestrauchelt, obwohl sich auf diesen weiten Feldern kaum Hindernisse fanden. Vielleicht war es einfach vor Erschöpfung niedergesunken. Es lag offensichtlich im Sterben.

Nach vier Tagen Fußmarsch und einer langen Busfahrt war Andi inzwischen bis an die nördliche Grenze von North Dakota gelangt. Dahinter lag Kanada.

Von der Stelle aus konnte sie in der Ferne etwas sehen, was wie eine Pferdefarm aussah. Es waren bestimmt ein Dutzend Ställe, ziemlich große sogar, und auf der dahinterliegenden Koppel erkannte sie einige Pferde. Da keine anderen Tiere zu sehen waren, waren die Ställe wohl für die Pferde gedacht.

Sie sah sich nach etwas um, womit sie das Pferd herausziehen konnte, irgendetwas, mit dem sie eine Art Hebelwirkung erzielen könnte, ein um einen Baum gebundener Strick, irgendetwas. Doch sie wusste, da war nichts, kein Strick und kein Baum. Und wenn, hätte es dem Pferd auch nichts geholfen.

In ihrem Rucksack war ebenfalls nichts Brauchbares. Das Schmerzmittel und die Arnikasalbe … sie hatte keine Ahnung, ob die etwas nützen würden. Das Pferd lag auf der Seite, blickte aus einem großen Auge zu ihr hoch.

Jetzt um Himmels willen bloß etwas Wasser!

Obwohl kaum Platz war, weil die sterbende Stute die Grube

fast vollständig ausfüllte, ließ Andi sich in das Loch hinunter. Das Tier wirkte verängstigt – kein Wunder: Was kam denn jetzt noch und brachte Unheil mit sich?

»… den weißen Falter hinweg in die Nacht…«

Sie überlegte, ob sie vielleicht zu der Farm laufen sollte, um Hilfe zu holen, hatte dann aber das Gefühl, dass von dort keine Hilfe käme, jedenfalls ganz bestimmt keiner, der eine Art Gerät herbeischaffte, mit dem sich das Pferd hochheben ließe.

Sie zog ihre Steppweste aus und schob sie der Stute unter den Kopf. Dann rieb sie ihr die schweißnasse Flanke. Das Loch, hatte sie festgestellt, war fast anderthalb Meter tief.

Wasser! Sie griff nach oben in ihren Rucksack und zog die Literflasche Wasser hervor. Die war zwar nur halb voll, würde aber Linderung bringen, obwohl sie nicht wusste, wie das Pferd daraus trinken sollte, wenn es den Kopf nicht heben konnte. Bilder von Dakota und Sam, von Odds On und Odds Against kamen ihr in den Sinn, alle ihr Wasser aus Eimern saufend. Sie konnte der Stute bloß den Kopf etwas anheben und versuchen, ihr das Wasser einzuflößen. Das gelang ihr mehr schlecht als recht, und ein Teil des Wassers tröpfelte dem Tier aus dem Maul und am Hals herunter. Aber immerhin besser als nichts. Wenigstens entspannte sich das Pferd so weit, dass es die Augen zumachte.

Etwas unbequem saß Andi mit bis ans Kinn angewinkelten Beinen da, den Arm verkrampft unter dem Hals der Stute. Sie machte sich los und faltete die Weste zu einem besseren Kissen zurecht. Sie wusste nicht, wie lange sie so dagesessen hatte, während ihr im Kopf lauter Bilder von Grainger, Jim, Tom und Bobby Del Ray herumgingen.

Immer wieder strich sie der Stute mit der Hand über die Seite und fühlte ihren flachen Atem. Das Tier lag im Sterben, und sie wollte es nicht allein lassen. Sie wollte nicht, dass es einsam starb. Wie lange sie dort blieb, wusste sie nicht, als ihre Hand plötzlich spürte, wie der Atem nachließ, immer schwächer wurde, bis das Pferd sich kurz streckte und dann ganz aufhörte zu atmen. Andi fing an zu weinen, hörte dann aber abrupt auf und wischte sich mit dem Ärmel übers Gesicht.

Ihr blieb nichts mehr zu tun. Sie stand auf und stemmte sich aus dem Loch hoch, dann nahm sie ihren Rucksack und lief querfeldein. Je mehr sie sich dem Anwesen näherte, desto mehr schien es außer Sichtweite zu geraten, gerade wie ein Stern.

Schließlich gelangte sie an eine Umzäunung mit Holzpfosten, Stacheldraht und einem Schild mit der Aufschrift BETRETEN VERBOTEN. Sie musste lachen. Irgendwo hier in der Nähe würde sich bestimmt bei näherem Hinsehen herausstellen, dass der Zaun an mindestens einer Stelle beschädigt war, nämlich da, wo das Pferd durchgekommen war. Was zum Tod des Tiers geführt hatte, wusste sie allerdings nicht.

Nach weiteren zehn oder fünfzehn Minuten Fußmarsch erreichte sie das Anwesen – lang gestreckte Stallungen, ähnlich wie bei Klavan's, bloß nicht weiß gestrichen.

Als sie an einer offenen Stalltür vorbeikam, blieb sie stehen. Sie sah Pferde in schmalen Boxen stehen, mehrere Reihen hintereinander, und jedes Tier war offenbar an einen Schlauch mit einer Art Plastikbeutel angeschlossen. Das war es also, wovon Jim und Tom ihr erzählt hatten. Aus genau so einem Betrieb hatte Jim Dakota geholt. Er hatte von diesen Pferdefarmen gesprochen, die sich hauptsächlich an der Grenze befanden, die meisten davon in Kanada. PMU – Pregnant mares' urine. Harn von schwangeren Stuten. Der Harn wurde aufgefangen, was bedeutete, dass alle, die hier standen, trächtig waren. So brachten sie also ihr Leben zu.

Andi stand eine Weile da und überlegte, ob sie hineingehen und jemanden anschreien sollte, irgendeinem da drinnen von dem sterbenden Pferd berichten sollte, dem toten Pferd. Nein, auch wenn sie es immer wieder sagte, es würde doch nichts ändern.

Hinter den Ställen lag ein großes weißes Haus, wahrscheinlich wohnten dort die Besitzer. Links vom Stall befand sich ein weiß getünchter Klinkerbau.

Ein Mann mit breiten Hosenträgern und Schildmütze trat aus dem Stall, in den Händen zwei Eimer. Als er sie sah, blieb er stehen. »Kann ich was helfen?« Sein Stirnrunzeln wirkte eher neugierig als feindselig. »Brauchen Sie was?«

»Ich wollte bloß sagen, ich hab da draußen ein Pferd gefunden« – sie deutete in die Richtung, aus der sie gekommen war – »in einer Grube. Es ist wahrscheinlich gestolpert und da reingefallen.«

Er stellte die Eimer ab. »Oh, Scheiße. Verzeihung. Das ist wahrscheinlich über den Zaun rüber. Wo ist es denn jetzt?«

»Ich kann Ihnen zeigen, in welcher Richtung, dann ist es ganz leicht zu finden.«

Er nickte.

»Ist in dem weißen Gebäude dort das Büro?«

»Ja, da drüben.«

»Also, wenn Sie einfach so geradeaus gehen, kommen Sie direkt zu der Stute. Sie liegt in einem tiefen Loch. Ich fürchte, sie ist tot.«

Er nickte erneut, dankte ihr und ging auf den Zaun zu.

Andi warf sich den Rucksack über die Schulter und ging die drei Stufen zu dem Klinkerbau hoch.

Drinnen befand sich ein langer Tresen. Dahinter saß über eine Zeitung gebeugt ein großer, spindeldünner Mann unbestimmten Alters, am anderen Ende ein kleinerer, kräftigerer. Beide trugen Schildmützen.

Der Dünne hob überrascht den Blick und verzog das Gesicht zu einem anzüglichen Grinsen. »Ah, *hallo*, Hübsche.« Der lüsterne Blick sollte wohl durchtrieben und sexy wirken.

Andi stand einen Augenblick reglos da und überlegte, ob sie ihn erschießen oder einfach zurücklächeln sollte. Schließlich brachte sie ein etwas schiefes Lächeln zustande und ließ es dabei bewenden.

Ich kann Ihnen zeigen, in welcher Richtung, dann ist es ganz leicht zu finden.

Da ging ihr ein Lächeln übers ganze Gesicht. Es galt ihr ganz allein. »*Sei doch nicht so gottverdammt selbstgerecht*«, konnte sie Tom sagen hören.

Sie dachte an Grainger. Sie dachte an Alaska, an diesen kühlen, blauweißen, verführerischen Zauber. Wie sehr sie sich danach sehnte, dorthin zu kommen.

»Ich heiße Andi. Ich suche einen Job.«

DANKSAGUNGEN

Mein Dank geht an den Animal Legal Defense Fund und an Sue Ann Chambers für ihre Hilfe bei Rechtsfragen; an die Humane Farming Association und Gail Eisnitz für ihre unermüdlichen Nachforschungen zum Thema Schweinemastanstalten und Schlachtfabriken; und an John Walker, der imstande ist, aus unvorstellbarer Entfernung einen Zweig vom Baum zu schießen.

Martha Grimes

zählt zu den erfolgreichsten Krimiautorinnen unserer Zeit.
Sie wurde in Pittsburgh geboren und studierte an der University of Maryland. Lange Zeit unterrichtete sie Kreatives
Schreiben an der Johns-Hopkins-University. Martha Grimes
lebt heute abwechselnd in Washington, D.C., und in Santa Fe,
New Mexico. Weitere Informationen zur Autorin unter
www.marthagrimes.com

<u>Mehr von Martha Grimes:</u>

Fremde Federn
Blinder Eifer (🕮 auch als E-Book erhältlich)
Mordserfolg (🕮 nur als E-Book erhältlich)
Inspektor Jury gerät unter Verdacht
Inspektor Jury geht übers Moor
Karneval der Toten (🕮 auch als E-Book erhältlich)
Inspektor Jury spielt Katz und Maus
Inspektor Jury kommt auf den Hund
Still ruht der See
Auferstanden von den Toten (🕮 auch als E-Book erhältlich)
Inspektor Jury lichtet den Nebel
Inspektor Jury lässt die Puppen tanzen
All die schönen Toten (🕮 auch als E-Book erhältlich)
Die Ruine am See

GOLDMANN
Lesen erleben